及與傳承具有重要意義。

《劉學鍇文集》，共十卷二十二册，約一千二百萬字。全書分卷如下：第一卷《李商隱詩歌集解》（一至四册），第二卷《李商隱文編年校注》（一至四册），第三卷《李商隱資料彙編》（一至二册），第四卷《李商隱詩選》，第五卷《李商隱傳論》（一至二册），第六卷《李商隱詩歌接受史》，第七卷《温庭筠全集校注》（一至二册），第八卷《温庭筠傳論·温庭筠詩詞選》，第九卷《唐詩選注評鑒》（一至四册），第十卷《古典文學名篇鑒賞及其他》）。這次結集出版，年事已高的劉學鍇先生對全書又做了必要的修訂。

在編輯過程中，面對二十二册皇皇巨作及作者的修訂手跡，我們對在學術田野上辛勤勞作近七十年的劉學鍇先生充滿崇敬感佩之情。由於編輯學養等方面的原因，文集難免有文字訛錯之處，敬請方家批評指出，以便今後修訂重印時改正。

安徽師範大學出版社

二〇二〇年十一月

總目

凡例

一、本書以明汲古閣刊《唐人八家詩》之《李義山集》（三卷，不分體）為底本，以下列各本為校本：

（一）《四部叢刊》影印明嘉靖二十九年毗陵蔣氏刻《中唐人集十二家》之《李義山詩集》（六卷，分體），簡稱蔣本。

（二）明姜道生刻《唐三家集》之《李商隱詩集》（七卷，分體），簡稱姜本。

（三）明悟言堂抄本《李商隱詩集》（三卷，不分體），簡稱悟抄。

（四）明胡震亨輯、清康熙二十四年刊《唐音統籤·戊籤》之《李商隱詩集》（十卷，分體），簡稱《戊籤》。

（五）清影宋抄本《李商隱詩集》（三卷，不分體），簡稱影宋抄。

（六）清康熙四十一年席啟寓刊《唐詩百名家全集》之《李商隱詩集》（三卷，不分體），簡稱席本。

（七）清蔣斧影印錢謙益（東澗老人）寫校本《李商隱詩集》（三卷，不分體），簡稱錢本。國家圖書館藏有傅增湘據錢謙益、季滄葦二抄本校勘的本子，凡季抄異文可供參考者間亦采入。

（八）清朱鶴齡《李義山詩集箋注》本（三卷，不分體），簡稱朱本。

二、除以上各專集外，復以唐、宋、元三代之主要總集及選本進行校勘：

（一）古典文學出版社影印日本江户昌平坂學問所官板本《又玄集》，簡稱《又玄》。

（二）《四部叢刊》影印述古堂鈔本《才調集》，簡稱《才調》。

（三）中華書局影印明刊配宋殘本《文苑英華》，簡稱《英華》。

（四）文學古籍刊行社影印宋本《樂府詩集》，簡稱《樂府》。

（五）文學古籍刊行社影印明嘉靖本《唐人萬首絶句》，簡稱《萬絶》。

（六）國家圖書館藏元刊本《瀛奎律髓》，簡稱《律髓》。

三、凡底本正文有訛、脱、衍、倒者，一律據他本校改後出校。底本與他本異文兩通者，亦出校，但不改底本。馮注本所引舊本異文有與上述諸本不同而可備參考者出校。底本不誤而他本顯誤者，不出校。少數别本異文，雖大體上可判定為誤文，但為慎重起見，仍出校表示整理者意見，以資參考。底本原有的校語可改正文之誤或與正文兩通者，酌情出校。各家校改意見確有可采者，亦酌加引録。

四、校記一般不述校改理由。臚列各本異文時以文字相近者並列（如蔣本、姜本與《戊籤》，悟抄與席本，錢本與影宋抄、朱本與季抄等），不盡依時代為序。

五、本書之注釋箋評，彙集下列各家專著：

（一）明錢龍惕《玉谿生詩箋》。

（二）清朱鶴齡《李義山詩集箋注》。

（三）清吴喬《西崑發微》。

（四）清陸崑曾《李義山詩解》。

（五）清徐德泓、陸鳴皋《李義山詩疏》。

（六）清姚培謙《李義山詩集箋注》。

（七）清屈復《玉谿生詩意》。

（八）清程夢星《重訂李義山詩集箋注》。

（九）清馮浩《玉谿生詩集箋注》（據《四部備要》排印嘉慶增刻本）。

（十）清沈厚塽輯《李義山詩集輯評》（輯何焯、朱彝尊、紀昀三家評箋。）其中何、朱二氏評間有與馮注本所引田蘭芳、楊守智、錢良擇評相同或相近者。今以何焯《義門讀書記》與《輯評》何氏評（朱筆評）對校，凡《讀書記》與《輯評》相同之條目，文字概依《讀書記》，並於括號内注明見《讀書記》；《讀書記》無，僅見於《輯評》，而馮注本又未引作田、楊二氏評者，仍作何氏評，於括弧内注明見《輯評》；《讀書記》無，僅見於《輯評》，馮注本引作田、楊二氏評者，從馮注本。《輯評》朱彝尊評（墨筆評）用黄永年先生藏朱評過録本對校，並與錢良擇《唐音審體》、馮注本所引錢評参校。凡過録本所無、而馮注本引作錢氏評者，從馮注本作錢評，馮注本未引者，標以『《輯評》墨批』；《輯評》墨批與錢氏《唐音審體》、馮注引錢評重見者，則於括弧内注明並酌注其文字異同。

（十一）清紀昀《玉谿生詩説》（《詩説》與《輯評》紀評小有同異，今以《詩説》為主，間采《輯評》紀評與《詩説》有異者，並分别注明）。

（十二）清姜炳璋《選玉谿詩生補説》。

（十三）近人張采田《玉谿生年譜會箋》及《李義山詩辨正》。

除上述各本外，復旁搜宋以來詩話、筆記、選本、文集中有關評注考證資料；近人及今人研究論著中有關注釋、考訂方面之資料亦酌加采録。

六、會注部分的排列，一般以注家年代先後為序。間有注家時代在前而所引書時代在後、注家時代在後而所引書時代在前者，視情況調動先後次序。各家注之間空一格，以清眉目。各家注文明顯錯誤者不收，明顯重複者，取其時代在前或引書較完整準確者。間有諸家失注或諸説不同需加按斷者，則作補注或申述己見，加【按】、【補】標明。馮注本句下箋語每有涉及比興寄託而又傷穿鑿者，酌移於箋評部分。

七、會箋會評部分一般以時代先後為序。間有針對前人評箋加以駁正、發揮者，為便省覽，酌加調整。評箋資料除明顯重複者酌加删削外，均予采録。今人箋評除確有新見並持之有故者酌加收録外，一般性評論解説不收。

八、會箋會評之後附有整理者按語，内容包括繫年考證、疑難問題考辨、詩意解釋及主題闡述等。一般不作思想内容與藝術手法分析評論。少數重要篇章或衆説紛紜者亦偶及之。

九、本書校記中臚列各本簡稱，一般不加標號。舊注引書，不論撮述、節引、全引，概加引號，以免與注者之解釋按斷混淆。

十、本書分編年詩與未編年詩兩部分。編年詩一般於注〔一〕或箋評部分之整理者按語中略述編年依據。未編年詩大抵按題材分類相從，其間有可大體推知其寫作時期者，亦略述己見，以供參考。

十一、本書卷末附録以下資料：

（一）傳記資料。

（二）各本序跋凡例及書目著録。

（三）李商隱年表。

目錄

編年詩

未編年詩

附編詩

附録

編年詩

富平少侯

七國三邊未到憂①，十三身襲富平侯②。不收金彈抛林外③，却惜銀牀在井頭④。綵樹轉燈珠錯落⑤，繡檀迴枕玉雕鎪〔一〕⑥。當關不報侵晨客〔二〕⑦，新得佳人字莫愁〔三〕⑧。

校記

〔一〕『雕鎪』原作『彫搜』，據蔣本、戊籤、影宋抄、錢本、悟抄、席本及才調、律髓改。【馮班曰】檀，宋本作『襢』。

〔二〕『不報』，馮引一本作『莫報』。【何曰】按作『莫』字方是少侯之意，作『不』字只是閽人拒客耳（《義門讀書記》。《輯評》：『莫』字方是少侯傲長者，『不』字只閽人放肆耳。）【按】何説非。『當關』之所以『不報』，正緣少侯『新得佳人』之故，雖不明言少侯之意，而諷意彌長。作『莫報』則直遂無味，且與全篇由作者從旁叙述之口吻不合。

〔三〕『字』，席本作『是』。

集注

①【朱注】七國，謂漢景時七國。隋明餘慶詩：『三邊烽亂驚。』【程注】《六代論注》：『漢景帝時七國反，謂吴、膠西、楚、趙、濟南、淄川、膠東。』《晉書·張軌傳》：『阻三邊而高視。』【姚注】《小學紺珠》：『三邊，幽、并、凉三州。』《後漢書》：『鮮卑寇三邊。』【馮注】《漢書》：『景帝時，吴、膠西、楚、趙、濟南、菑川、膠東七國反。』《史記·匈奴傳》：『冠帶戰國七，而三國邊於匈奴。』《索隱》曰：『三國，燕、趙、秦也。』《後漢書·鮮卑傳》：『幽、并、凉三州緣邊諸郡歲被寇抄殺略。』田云：『只言無兵事，偏説得隱曲。』按：七國喻藩鎮，三邊謂外寇，言年少未遽知憂也。【張相曰】到，猶道也。未到，猶云不道，不道有不知義。未到憂，猶云不知憂也。【按】未到憂，謂憂國之念從未到其心頭也，暗斥其當憂而不憂，作『不知憂』解，則僅言其童昏無知而已。三邊，借指唐時吐蕃、回鶻、党項等邊患。

②【朱注】《漢書》：『張安世封富平侯，子延壽嗣；延壽卒，子放嗣。放，敬武公主所生，娶皇后弟平恩侯許嘉女。與上卧起，寵愛殊絶。』【馮注】放之嗣爵，《漢書》不書其年，此云『十三』，何據？家語：『周成王年十有三而嗣立。』疑其影用之。【按】不過言其少年襲爵，不必泥。第二字宜平，而數字中唯『三』字屬平。放系延壽曾孫，朱引有誤。

③【馮注】《西京雜記》：『韓嫣好彈，常以金為丸，所失者日有十餘，長安為之語曰：「苦饑寒，逐金丸。」兒

童每聞嫣出彈，輒隨之，望丸之所落，輒拾焉。』

④【朱注】《樂府・淮南王篇》：『後園鑿井銀作牀，金瓶素綆汲寒漿。』吴曾《能改齋漫録》：『山海經：崑崙墟九井，以玉為檻。』銀牀者，以銀作欄，猶所云玉檻耳。《名義考》：『銀牀非井欄，乃轆轤架也。』《廣韻》：『轆轤，圓轉木，用以汲水。』

【馮注】梁簡文詩：『銀牀繫轆轤。』 【張相曰】却，猶豈也。却惜，豈惜也。描寫豪侈，與上句語意一貫。 【黄徹曰】（三四二句）曲盡貴公子憨態。 【馮舒曰】三四猶諺云『當著弗著』。第三比無當橫賜，第四則膏澤不下也。【按】此二句中『抛』『在』乃關鍵性詞語。抛於林外須臾即失者不收，安置井頭不致丢失者却深惜而系念之，正貴胄既豪侈且憨愚之表現。『却』當如字解。若作『豈』解，則頷聯為不惜金，豈惜銀，太直遂無味。

⑤【朱注】《開元遺事》：『韓國夫人上元夜然百枝燈樹，高八十餘尺，竪之高山，百里皆見。』 【程注】《朝野僉載》：『睿宗先天二年作燈輪，高二十丈，衣以錦繡，飾以金銀，燃五萬盞，望之如花樹。』《西都賦》：『裛以藻繡，絡以輪連，隋侯明月，錯落其間。』 【按】綵樹轉燈，當是周圍環繞燈燭之華麗燈柱。珠錯落，形容繁燈如明珠交錯照耀。朱注『燈樹』，程注『燈輪』，皆近之。

⑥【朱注】《拾遺記》：『魏明帝檢寶庫中，得一玉虎頭枕，單池國所獻，其頷下有篆書云：帝辛之枕。嘗與妲己同枕之，是殷時遺物也。』《語林》：『王平子從荆州來，敦欲殺之，平子恒持玉枕以自防。』古詩：『玉枕龍鬚席，郎眠何處牀？』《魏都賦》：『木無雕鎪。』 【馮注】徐陵詩：『帶衫行障口，覓釧枕檀邊。』 【按】繡檀迴枕，疑指周迴刻鏤精工之檀木枕，『玉雕鎪』，形容檀枕刻鏤精細光潔如同玉雕。 【何曰】二句皆叙宿處（《輯評》朱筆批。何氏《讀書記》無）。

⑦【馮注】《東觀漢記》：『汝郁載病徵詣公車，臺遣兩當關扶入，拜郎中。』嵇康《絶交書》：『卧喜晚起，而當關呼之不置。』

⑧【馮注】莫愁，石城女子。又盧家婦名莫愁。 【姚注】《樂府》：『河中之水向東流，洛陽女兒名莫愁。十

五嫁為盧家婦，十六生兒字阿侯。』【何曰】借『莫愁』字與『未到憂』相應，言外則所謂無愁有愁也（輯評朱批）。【錢鍾書曰】『大夫夙退，無使君勞』，箋：『無使君勞倦，以君夫人新為配偶。』……蓋與白居易長恨歌『春宵苦短日高起，從此君王不早朝』，李商隱《富平少侯》『當關不報侵晨客，新得佳人字莫愁』，貌異心同。新婚而退朝早，與新婚而視朝晚，如狙公朝暮賦芧，至竟無異也。（《管錐編》第一册）

【王夫之曰】姿態雅入樂府。（《唐詩評選》）

【吴喬曰】言襲封，疑是為絢。（《西崑發微》）

【馮班曰】自然，非楊、劉輩可及，知此可以言崑體矣。

【賀裳曰】蓋詠西京張氏也。其詩止形容侈汰，而不入實事，如『不收金彈抛林外』，乃韓嫣事，正不妨借用耳。（黄白山評：此本刺時人而寓言富平侯耳，豈詠西京張氏乎？）（《載酒園詩話又編》）

【何曰】此詩刺敬宗。漢成帝自稱富平侯家人。三四言多非望之濫恩，反靳不費之近澤。（《讀書記》）又曰：落句與《少年》篇意同，而較蘊藉。（《輯評》）

【胡以梅曰】起句言侯之興豪，别無所憂，惟事遨遊，以不當憂而憂之，有一種少年紈袴憨致在言外。第二雖直寫其侯號，而亦兼用張放之國戚耳。三四言既不收金彈，却肯惜銀牀乎？四是反語。五六舉室中珍玩珠燈之富麗，玉枕之精巧，枕下既承新寵，血脈相通，以言少侯之無愁有餘味。妙在雙借『莫愁』以結之，收拾通篇。此是高手作法異人處。（《唐詩貫珠串釋》。下同）

【《唐詩鼓吹評注》】此言富平侯少年襲封，樂不知節，如韓嫣之棄金彈，淮南之飾銀牀，以至珠燈之錯落，玉枕之雕鏤，皆倚其富貴也。末言新得佳人如莫愁之美，而當關不敢報客，是又極形淫樂以諷之耳。

【陸曰】《少年》一篇，借東京梁、竇家兒，以刺武宗時事。《少侯》一篇，又借西京張氏以刺至德來藩鎮之不臣者，如劉稹之自稱留後，李惟岳、王庭湊之拒命自專。天子非特不討，且聽其父故子襲，至有尚公主之事。義山不便顯斥，題曰『富平少侯』，若托於詠史者然，庶幾言之者無罪耳。……詩言少侯年僅十三，即膺封爵，當日七國之謀，三邊之寇，不但未嘗宣力，并未嘗分憂者也。惟是席豐履厚，視金彈銀牀，直如糞土而已。且一燈也而必編珠錯落，一枕也而必琢玉雕鏤，則他物稱是可知。加以姻親外戚，日高晏眠，其驕奢淫佚若此，非所謂寵禄過之者耶？

【陸鳴皋曰】通首總形容豪貴氣象。首句是少年游俠之心，次句言已貴也。大抵少年豪貴，其情性輕財寶而愛温柔，故抛棄金彈而却惜井牀之寒冷也。五六句極形華侈。結言貪歡晏起，極風流意，却寫得雅渾。

【姚曰】此寫貴寵之憨癡，為荒躭者諷也。世間無享富貴而一無所憂之人，雖身為天子，而七國三邊之慮，不可不存，世之一無所憂，如富平少侯，則有之矣。第三句，應愛惜者不知愛惜也；第四句，不必眷注者偏勞眷注也。五六言其窮奢極侈。結言聲色以外，一切户外可以不問也。否則所處愈高，所憂當愈大，七國三邊之患，已到而始憂之，豈有及乎？此詩應作於武宗時，色荒禽荒之隱慮，不敢明言，而託詠於富平少侯。開口七字，足當『痛哭』一書。七國，喻藩鎮多逆命；三邊，喻回紇吐蕃為西北患，語不虚下。

【屈曰】天下事未到其人之憂者，以其自幼封侯也。三當惜不惜，四不當惜而惜也。五六奢華。七不交賢士，八漁色也。不下論斷，具文見意，儼然一無知貴介縱横紙上。

【田曰】全首只形容驕貴宴安，『少』字已出。（馮箋引）

【徐曰】此為敬宗作。帝好奢好獵，宴遊無度，賜與不節，尤愛纂組雕鏤之物。視朝每晏，即位之年三月戊辰，羣臣入閤，日高猶未坐，有不任立而踣者。事皆見《紀》《傳》。《漢書》：『成帝始為微行，從私奴出入郊野，每自稱富平侯家人。』而敬宗即位年方十六，故以富平少侯為比，不敢顯言耳。（馮箋引）

【馮曰】徐説是矣，此異於《少將》《公子》諸篇也。《通鑑》：『帝宣索左藏金銀，悉貯内藏，以便賜與。』第四句指此。蘇鶚《杜陽雜編》：『寶曆二年，浙東貢舞女二人，曰飛鸞、輕鳳。帝琢玉芙蓉為歌舞臺，每歌舞一曲，如鸞鳳之音，百鳥莫不翔集。歌罷，令内人藏之金屋寶帳。宮中語曰：「寶帳香重重，一雙紅芙蓉。」』結句指此。徐氏引郭妃則誤矣。　又曰：統觀李唐全代，中葉以後，河朔既不可復，諸藩鎮屢有擅命，吐蕃、迴鶻、党項先後頻入寇，蓋内外皆不寧矣。而敬宗童昏失德，朝野危疑，故連章諷刺，以志隱憂。此章首七字最宜重看。

【紀曰】太尖無品，格亦卑卑。（《玉溪生詩説》）　又曰：此《義山集》中之下乘。（《瀛奎律髓刊誤》）

【方東樹曰】不及前詩（按：指《少年》）。此義山十四歲時少作。（《昭昧詹言》）

【曾國藩曰】此亦譏動戚子弟。（《十八家詩鈔》）

【張曰】此當與集中《少將》《公子》等篇參看。徐氏謂指敬宗，……然細玩詩意，但詠動閥，非指帝王家也。徐説太鑿。（《會箋》）　又曰：通篇以冷語諷刺，律詩變格，何得目為尖薄哉？（《辨正》）

【黄侃曰】此詩刺武宗，題曰『富平少侯』，詭辭也。首句隱括漢成帝報許后書意，而注家皆不憭。武宗好游獵，又寵王才人，故以成帝比之。『回枕』，猶繞枕也。（《李義山詩偶評》）

【按】義山詠古之作，大率可分三類。一為以古鑒今之作，重在昭示歷史鑒戒，如隋宮、馬嵬之屬；一為借古喻今之作，重在借古事以隱指現事，如《茂陵》《瑶池》之屬；一為借題託諷之作，題面雖似詠古，而内容則與題面了不相涉，或故意錯易史實，示讀者以假託古事而寓諷之蛛絲馬跡。如本篇題為『富平少侯』，而所詠情事則與張放具體行事無關。抛金彈用韓嫣事，已為張冠李戴，末句用莫愁，更屬後世典實。凡此皆可決其非詠漢之富平少侯。何氏、徐氏均舉成帝微行時自稱富平侯家人一事以證所謂『少侯』，實即少帝，已道破作者製題微意；馮氏謂『首七字最宜重看』，亦深得作者用心。如所諷對象為尋常貴介，則彼等所知者本聲色狗馬，責以不憂『七國三邊』，似屬無的放矢，必其人居其位當憂而不憂，方以『未到憂』責之刺之。且泛諷勳閥少年，顯言之可也，何必託古以諷？少年詩雖有宣室、甘泉、灞陵、田竇等字面，不過用典，非託古以諷。試比較『七國三邊未到憂』與『不識寒郊自轉蓬』（《少年》結句），所諷對象地位固有别。篇末以『莫愁』暗諷其無愁而終將有愁，與《陳後宫》（茂苑城如畫）結句『天子正無愁』意略同，亦可證所諷者係無愁天子之流。姚氏謂暗諷武宗，與武宗即位時之年歲（廿八歲）、行事皆不符（武宗頗思振作，非『七國三邊未到憂』之君）。何、徐謂諷敬宗，近之。敬宗年少襲位，不恤國事，惟以宴遊為務，與詩中所詠少侯情事大體相合。至馮氏引浙東貢舞女事以證末句，則近乎鑿。

敬宗寶曆二年，義山年方十五。或疑此詩不類少作。然義山早慧，『十六能著才論、聖論，以古文出諸公間』，則十五作此詩自屬可能。或以為詩雖刺敬宗，作年則在其後，然終與『新得佳人』之語未合。

陳後宫〔一〕

玄武開新苑①，龍舟讌幸頻②。渚蓮參法駕③，沙鳥犯鉤陳④。壽獻金莖露⑤，歌翻玉樹塵⑥。夜來江令醉，别詔宿臨春⑦。

校記

〔一〕律髓題作『陳後主宫』。

集注

①【馮注】《宋書》："元嘉二十三年，築北隄，立玄武湖於樂遊苑北。"徐爰《釋問》："本桑泊，晉大興二年創為北湖。宋元嘉中有黑魚見，因改玄武湖，以肄舟師。"《陳書》："後主至德四年九月，幸玄武湖，肄艫艦閱武，宴羣臣賦詩。"

②【馮注】《淮南子》："龍舟鷁首，浮吹以虞。此遊於水也。"《通鑑注》："自唐以來，治競渡龍舟。"

③【朱注】應劭《漢官儀》："天子法駕所乘曰金根車。"【馮注】《漢書·文帝紀》："奉天子法駕迎代邸。"如淳曰："屬車三十六乘。"《後漢書·輿服志》："乘輿大駕，太僕御，大將軍參乘，屬車八十一乘；乘輿法駕，奉車郎御，侍中參乘，屬車三十六乘。"【補】參法駕，參謁天子之車駕。天子鹵簿，有大駕、法駕、小駕三種，以儀衛之繁簡別之。

④【朱注】《星經》："勾陳六星為六宮，亦主六軍。"《晉天文志》："勾陳六星在紫宮中。勾陳，後宮也。王者法勾陳，設環列。"【馮注】《史記·天官書》："中宮天極星。後句四星，大星正妃，餘三星後宮之屬。環之匡衛十二星，藩臣。皆曰紫宮。"《索隱》曰："《星經》以後句四星為四輔，其句陳六星為六宮，亦主六軍，與此不同。"【方回曰】鉤陳星後宮之象，亦左右宿衛之象。（《瀛奎律髓》）【馮班曰】次連妙。又曰：如此詠史，不媿盛譽。（以上《讀書記》引）又曰：每讀宋初崑體，轉嘆此君之不可及也。又注曰：《甘泉賦》："伏勾陳使當兵。"服虔注："鉤陳，神名，紫薇宮外營陳星也。"詩中用此，非《天官書》後宮之解。（以上《輯評》何焯引）【何曰】（馮班注）非也。題曰"陳後宮"，結句顯然有所指斥，即所謂沙鳥也。渚蓮以比嬪御，借陳事刺當時耳。（《輯評》）【按】鈎（勾同）陳，屬紫薇垣，共六星。鈎陳一即北極星。此以鈎陳為後宮之代稱。二句

謂渚蓮參謁天子車駕，沙鳥觸犯後宮佳麗。渚蓮、沙鳥即景描寫，不必有所喻，而言外有刺。

⑤【馮注】《三輔黃圖》：『建章宮有神明臺，武帝造，祭仙人處。上有承露臺，有銅仙人舒掌捧銅盤玉杯，以承雲表之露，和玉屑服之。』班固《西都賦》：『抗仙掌以承露，擢雙立之金莖。』【按】金莖，即承露盤之銅柱。亦可指仙人掌承露盤。

⑥【馮注】《陳書》：『後主使諸貴人及女學士與狎客共賦新詩，被以新聲，其曲有《玉樹後庭花》《臨春樂》等。』按：瀛洲玉塵，見《搜神記》；而歌動梁塵語，習用。此『塵』字固非湊韻。【按】二句謂其惑於神仙，妄求長生；沉湎女色，歌舞享樂。

⑦【馮注】《陳書·江總傳》：『後主授總尚書令。總當權宰，但日遊宴後庭，共陳暄、孔範、王瑗等十餘人，當時謂之狎客。』《張貴妃傳》：『後主於光昭殿前起臨春、結綺、望仙三閣，後主自居臨春閣。』

【馮舒曰】參法駕者為渚蓮，犯勾陳者為沙鳥，宿臨春者為江令，君臣淫湎之狀，極意形容。（何焯《讀書記》引）　【馮班曰】江左繁華，陳宮淫湎，一筆寫出，力有千鈞。（馮箋引）

【賀裳曰】正如義山『夜來江令醉，別詔宿臨春』，致堯則曰『密旨不教江令醉，麗華含笑認皇慈』，蓋總以寫倖臣狎客之態，惟在得其神情，原不拘於醉不醉，真所謂『淡妝濃抹總相宜』也，無容膠執耳。（《載酒園詩話》）

【何曰】三四言臨幸之非其地也。次連是一篇《艮獄記》，寫得不成模樣，却渾然不露。（七八）風刺入骨。（《輯評》）

【姚曰】不居法宮而幸龍舟。渚蓮參法駕，妖冶之煽惑也。沙鳥犯勾陳，警備之疎忽也。君臣沉湎如是，欲不亡，得乎？

【程曰】上卷已有《陳後宮》五律，愚見不切陳事，而結又用北齊後主云：『從臣皆半醉，天子正無愁。』遂定以為寄託敬宗之詞。若此首則誠為懷古，無他意矣。

【徐曰】此為敬宗作。《舊書・紀》：『寶曆時幸魚藻宮觀競渡；又發神策六軍，穿池於禁中；又詔淮南王播造競渡船供進。』前四句所云也。五謂惑於道士劉從政等，求訪異人，冀獲靈藥。六謂教坊供奉及諸道所進音聲女樂也。《熊望傳》云：『昭愍嬉遊之隙，以翰林學士崇重不可褻狎，乃議別置東頭學士，以備曲宴賦詩。劉栖楚以望名薦送，事未行而昭愍崩。』則其時定有詞臣為狎客者，如末二句所云也。（馮箋引）

【馮曰】徐箋確矣。敬宗宴飲女樂諸事備詳《紀》文也。……二馮止就詩論詩，亦頗善言其妙。

【王鳴盛曰】直詠其事，不置一詞。（馮注初刊本王氏手批）

【紀曰】較『茂苑城如畫』一首氣宇稍寬，骨法稍重，然總之是小調也，病亦是在末二句。又曰：三四蘊藉。飛卿《驪山》詩：『過客聞《韶濩》，居人識冕旒』，亦是此意。結故為尖刻不了之語，義山習氣。（《瀛奎律髓刊誤》）

【張曰】結以反刺作收，通體含蓄不露，味乃愈出，此玉谿慣技也。非尖佻家數可擬，紀評謬。（《辨正》）又曰：二詩（按指本篇及同題五律『茂苑城如畫』）以『陳後宮』為題，斷非詠史，與《隋宮》《楚宮》別也。徐湛園謂刺敬宗，……比附頗精，惟不類少作，姑編於此（按張氏《會箋》編二詩於大和元年）。

【按】《陳後宮》五律二首，舊本分置上、中二卷。然二詩不僅同題同體，且取材、立意亦大體相同，表現手法尤為相似，其為同時之作，可大致推定。程氏以『茂苑』首用事不切陳事，而定為託諷敬宗之作，此首則以為純屬懷古。其意蓋謂此首『江令』『臨春』均切陳事，故為單純詠史。此固區分有無託諷之一途。然亦並非凡題與事切者必無託諷，如《瑤池》《漢宮》之類皆顯例。區分有無託諷之另一重要途徑，可視其心注乎歷史教訓之虛，抑注乎當時現實中相類似之事實。因二者構思時着眼點有別，自不能不見於筆端。以此詩而論，作者行文中顯然强調二事：

一為龍舟讌遊，二為狎客夜宿臨春，前者尤為重點。按之史實，陳後主雖亦有游幸玄武湖之事，然其荒淫之典型事例則非此。故作者拈出此事予以突出描繪，其意固不在詠史，而在託諷現實。敬宗『幸魚藻宮觀渡』『詔王播造競渡船』等事，正為其荒嬉失政之典型表現。故徐氏之説確有可取，非生硬比附者比。

陳後宮〔一〕①

茂苑城如畫②，閶門瓦欲流③。還依水光殿，更起月華樓④。侵夜鸞開鏡⑤，迎冬雉獻裘⑥。從臣皆半醉⑦，天子正無愁⑧。

校記

〔一〕『宮』，悟抄作『主』，非。

集注

①【馮曰】似當與上首合，而舊分兩卷，《英華》則此首在前。

②【朱注】《吴都賦》：『帶（當作佩）長洲之茂苑。』虞世南詩：『高臺臨茂苑。』按：茂苑非必吴地始可稱。《南史》：『宋有樂遊苑，齊起新林、芳樂等苑，皆在臺城内。』所謂『茂苑城如畫』也。若《吴地記》之茂苑，其名立於貞觀中，有引此者非是。【馮注】《漢書·枚乘傳》：『説吴王濞曰：「修治上林，雜以離宮；積聚玩好，圈守禽獸，不如長洲之苑。」』孟康曰：『以江水洲為苑也。』按：吴王移都廣陵。長洲之苑，在廣陵之境，故海陵地也。《吴都賦》『佩長洲之茂苑』，雖接姑蘇言，然明言四遠也。自唐萬歲通天元年析吴縣置長洲。《通典》曰：『以吴之長洲苑為名，於是皆以茂苑為吴郡矣。』此句指廣陵，非指吴郡。【按】茂苑，出《穆天子傳》及左思《吴都賦》，本不指宮苑。此特借指京都之宮苑耳，以為指吴郡、廣陵者均非。苑城，孫吴所築，晉置臺省於此，始稱臺城。沈德潛《唐詩別裁》卷十二：『茂苑在臺城内，非吴城之茂苑也。閶闔門亦然。二處宋、齊所建。』又，孫吴及晉宋以來之華林園，亦在臺城内。此園經宋元嘉時擴建，為名園之一，齊梁諸帝常宴集於此。

③【朱注】《宋書》：『元嘉十二年，新作閶闔、廣莫二門。』【馮注】按閶門有在吴郡者，《吴越春秋》子胥立閶門也；有在揚州者，《舊書·紀》寶曆二年正月，鹽鐵使王播奏揚州舊漕河水淺，舟船輸不及期，今從閶門外古七里港開河，向東屈曲，取禪智寺橋東通舊官河是也。與陳後宮要皆不符，而詩意借古紀事，當指揚州。【按】閶門，即閶闔，傳説中之天門。《離騷》：『吾令帝閽開關兮，倚閶闔而望予。』亦指皇宮正門。張衡《西京賦》：『正紫宮於未央，表嶢闕於閶闔。』薛綜注：『宮門立闕以為表。嶢者，言高遠也。』此處即泛指宮門。

④【朱注】《陳書》：『後主盛修宮室，無時休止，税江税市，徵取百端。』【馮注】緊接起聯。《南史》言陳後主盛修宮室，故借言更有構造，不必徵實。【沈德潛曰】月華樓乃陳後主所建。

⑤【馮注】范泰《鸞鳥詩序》：『昔罽賓王結罝峻祈之山，獲彩鸞鳥，欲其鳴而不能致。夫人曰：「嘗聞鳥見其類而後鳴，可懸鏡以映之。」王從其言。鸞睹影感契，慨然悲鳴，哀響中宵，一奮而絶。』與《異苑》山雞事相類。謂曉粧之至早也。詳《南朝》『雞鳴埭』句。

⑥【朱注】《晉咸寧起居注》：『太醫司馬程據上雉頭裘一領，詔於殿前焚之。』【馮注】《晉書·武帝紀》：

『咸寧四年冬，太醫司馬程據獻雉頭裘，帝以奇技異服，典禮所禁，焚之於殿前。』【何曰】妙在中四句形容得惟日不足。（《讀書記》）又曰：作『開鸞鏡』『獻雉裘』即笨。（《輯評》）

⑦【何注】張説《玄武門侍射詩序》：『衆官半醉，皇情載悦。』（《輯評》）

⑧【朱注】《北齊書》：『後主好彈琵琶，自為《無愁之曲》，民間謂之無愁天子。』【馮注】《隋書·樂志》：『北齊後主自能度曲，嘗倚絃而歌，別采新聲，為《無愁曲》，自彈胡琵琶而唱之，音韻窈窕，極於哀思，曲終樂闋，莫不隕涕。樂往哀來，竟以亡國。』

【朱彝尊曰】與《南朝》詩同。

【何曰】此詩極深于作用，自覺味在鹹酸之外。（《讀書記》）

【陸鳴皋曰】首聯言苑囿之麗。次聯言宮室之侈。腰聯言服飾之華，鸞鑑形則舞，而采色炫爛也。末言君臣宴樂，有燕雀處堂之意。

【姚曰】茂苑閶門，見一隅之地；依殿起樓，見工役不休。五句，是無朝暮；六句，是無冬夏。君臣都在醉夢中，焉得不亡！

【屈曰】一二城郭之壯麗，三四宮殿之華美。五女色之妍，六衣服之賒。○臣醉而君無愁，荒淫如此，安得不亡！深戒將來也。

【程曰】題為『陳後宮』，結句乃用北齊事，合觀全篇，又不切陳，蓋借古題以論時事也。按敬宗遊幸無常，好治宮室，欲營別殿，制度甚廣。其初即位，雖以李程之諫而止；改元寶曆以后，輒令度支郎盧貞按視東都，欲修宮闕，以致藩鎮之懷二心者如朱克融、王庭湊皆請以兵助工。賴裴度之謀，始挫其奸。然則時事之可愁者莫大於此，而朝庭漠然不以為意，一時廷臣如裴度、李程輩固有諫諍，無如鹽鐵使王播造競渡船，運材京師，摇蕩君心者不乏其人，所以嘆從臣半醉，天子無愁也。若作懷古，則陳、齊踳駁，了無義理。

【徐曰】此亦為敬宗作。《紀》書命中使往新羅求鷹鷂，則中國珍禽不待言矣。《杜陽編》載南昌國進浮光裘，以紫海水染色五彩，蹙成龍鳳，飾以真珠，『侵夜』二句謂此類也。帝樂從羣小飲，其後卒以夜獵還宫，與中官劉克明打毬，軍將蘇佐明等飲酒，帝方酣，入室更衣，忽遇害，時年十八。末聯其先事之憂歟？（馮箋引）

【馮曰】此解（按謂刺敬宗）發自午橋，而徐氏衍之也。上四句當與《覽古》之『蕪城江左』參看。上半下半分賦遠近事，借陳宫為題，無取細切。

【紀曰】四家評以全不説出為妙，似矣。然此種尖俏之筆，作小詩則耐人尋味，作律詩則嫌於剽而不留，非大方氣體，雖有餘意，終乏厚味也。言各有當，不可不辯。

【張曰】不説出方有餘味，方得諷刺體，此比興所以高於賦也。紀氏烏足以知之！（《辨正》）

【按】程氏以用事不切陳，而符合敬宗『遊幸無常，好治宫室』之行事，推斷為託諷敬宗之作，大體近是。杜牧《上知己文章啟》云：『寶曆大起宫室，廣聲色，故作《阿房宫賦》。』此篇所賦，殆與《阿房宫賦》相類。義山所歷諸帝，亦惟敬宗行事最合詩中所賦情事。六句諷其愛纂組之物也。

無愁果有愁曲北齊歌〔一〕①

東有青龍西白虎②，中含福星包世度〔二〕③。玉壺渭水笑清潭，鑿天不到牽牛處④。麒麟踏雲天馬獰⑤，牛山撼碎珊瑚聲⑥。秋娥點滴不成淚，十二玉樓無故釘⑦。推煙唾月抛千里，十番紅桐一行死⑧。白楊別屋鬼迷人⑨，空留暗記如蠶紙⑩。日暮向風牽短絲〔三〕，血凝血散今誰是⑪？

校記

〔一〕《樂府詩集》卷七十五録此詩，題内無「北齊歌」三字，題下有注曰：「李商隱曰：無愁果有愁曲，北齊歌也。」

〔二〕「星」，《樂府詩集》作「皇」。

〔三〕「向」，朱本作「西」。「牽」，姜本作「吹」。

集注

①【朱曰】曲名緣起未詳。　【朱彝尊曰】案：此曲本是北齊歌曲，故題云。　【馮曰】當是義山自撰之曲，取義於北齊耳。《隋書·樂志》：「北齊後主自能度曲，嘗倚絃而歌，別采新聲為《無愁曲》，自彈胡琵琶而唱之，音韻窈窕，極於哀思。曲終樂闋，莫不隕涕。樂往哀來，竟以亡國。」　【張曰】北齊高緯自創《無愁曲》，時人謂之「無愁天子」，玉谿反其意而擬之，故曰《無愁果有愁曲》。係以《北齊歌》者，溯其源，以示託寓之微意也。

②【朱注】《禮記》：「行前朱雀而後玄武，左青龍而右白虎。」　【馮注】《史記·天官書》：「東宮蒼龍，西宮參為白虎。」張衡《靈憲》：「蒼龍連蜷於左，白虎猛據於右。」　【按】古代選擇黃道、赤道附近二十八宿為「坐

標』以觀測日月五星運行。東方蒼龍七宿：角亢氐房心尾箕；西方白虎七宿：奎婁胃昴畢觜參。（蒼龍、白虎，係將東方或西方七宿在想像中聯接成龍、虎形象，與北方玄武七宿、南方朱雀七宿合稱四象。）

③【道源注】《雲笈七籤》：『包括世度，璇璣照明。』【姚曰】福星，即歲星。《天文志》：『歲星所在，其國多福。』【馮注】《史記·天官書》：『察日月之行，以揆歲星順逆。』《索隱》曰：『《物理論》云：「歲行一次，謂之歲星。十二歲一周天。」』《正義》曰：『《天官》云：「歲星所居國，人主有福。」』

④【朱注】渭水本清，玉壺納之。開鑿天荒，無所不至，特不及河漢耳。【紀注】《尸子》曰：『天左闢而起牽牛。』『不到牽牛處』用此，長孺注誤。【馮注】《三輔黄圖》：『渭水貫都以象天漢，横橋南渡以法牽牛。』按：《北史齊周紀》：『齊神武以晉陽四塞，乃定居焉。及文宣帝受東魏禪，都鄴，而晉陽往來臨幸。』鄴在東，晉陽在西，故首句云然，兼取漢世蒼龍闕、白衣觀之名矣。次句統舉所有封域。宇文周氏承西魏為帝，都長安，故三四用渭水天河，謂笑其一壺之水不足顧忌，開疆所不到也。【按】義山借題託諷之作，於古事多不切，馮氏句下箋附會北齊事，殊泥且鑿。為存舊注，仍加引録，然不可從。

⑤【朱彝尊曰】龍虎、騏驎天馬等語，似指陵廟而言。語雖險僻，意自可曉。【馮注】《漢書·禮樂志》：『馬生渥洼水中，又獲宛馬。作《天馬歌》。』互詳《茂陵》。

⑥【朱注】《括地志》：『牛山在臨淄縣南十里，即齊景公所遊。』僧齊己詩：『昔年曾夢涉蓬瀛，惟聞撼動珊瑚聲。』【馮注】《列子》：『齊景公遊於牛山，臨其國城而流涕曰：「美哉國乎！若何滴滴去此國而死乎？」』《晉書》：『石崇以鐵如意擊碎王愷珊瑚樹。』

⑦【馮注】十二玉樓，詳《九成宫》。《北史·齊紀》：『文宣營三臺於鄴下，後帝又於晉陽起十二院，壯麗逾於鄴下。』『踏雲』二句指周師之至，後主走青州，故用牛山也。周武帝平鄴，詔偽齊東山南園及三臺並毀，撤諸物入用者，盡賜百姓。晉陽十二院當亦毀矣，故曰：『無故釘。』

⑧【道源注】《酉陽雜俎》：『南中桐花有深紅色者。』【馮注】《詩義疏》有青桐、白桐、赤桐。宋陳翥《桐

譜》：『頳桐高三四尺即有花，色紅如火，無實。』此取桐孫之義，紅桐言貴種，指神武子孫也。

⑨【朱注】陳藏器《本草》：『白楊北土極多，人種墟墓間，樹大皮白。』【馮注】《古詩》：『驅車上東門，遥望郭北墓。白楊何蕭蕭，松柏夾廣路。』【補】番，量詞，此猶『株』『樹』之意。十番，十樹。

⑩【道源注】何延之《蘭亭記》：『羲之……書用蠶繭紙……』【馮注】《書斷》：『魯秋胡玩蠶作蠶書。』《北齊書》：『周軍奄至，太子恆、淑妃及韓長鸞等皆為所獲。時齊之太后、諸王同送長安。至建德七年，數十人無少長皆賜死，神武子孫存者一二而已。至大象末，改葬於長安北原洪瀆川。』此故言其人已死，惟有暗記其事者。

⑪【朱注】短絲，鬢絲也。李賀詩：『寒緑幽風生短絲。』『推煙唾月』以下，言人已離，物已死，蕭蕭白楊，徒記其人于蠶紙耳。血凝血散，生死相乘，是果不能無愁也。【馮注】短絲，接上白楊，謂楊柳絲也。

【朱曰】義山集中此等詩全學長吉。

【何曰】此真鬼詩，大似長吉手筆。（《讀書記》）

【陸鳴皋曰】此詠北齊之廢宮也。首二句，言□搆時形勝規模，亦似宅中圖大。三四句，言開濬陂池，水清如玉壺，雖渭之清，猶笑而陋之。不到牽牛，謂惟天上不能到，甚言極其穿鑿耳。『騏驎』以下，言周師之入，鐵騎飛騰，山形震動，而美人珊瑚之聲碎矣，淚亦竭矣，宮亦墟矣。驅去後宮，如推煙唾月，人離而嘉樹亦盡，惟有白楊鬼物，而當年行樂暗記之地，已如舊紙之模糊而不可識矣，安得不令憑弔者對荒凉之景而追傷輾轉乎。無愁而有愁，其果然也。

【姚曰】起四句，極寫無愁。『麒麟』四句，亂離之況。『推唾煙月』以下，國亡家破後，傷心慘目，讀之覺一片鬼氣。○『鑿天』句，言遨遊無度，唯天上不曾到耳。

【屈曰】《天文志》：『歲星所在，其國多福。可伐人，人不可伐。』一段無愁。二段有愁。三段又到無愁。四段同歸於盡，果有愁。東西，例南北也。中有福星包涵萬物。玉壺之明，注渭水，笑清潭不如，言其人心無所不至，但不能至河漢耳。騏驎天馬，踏空而來，如齊景公牛山憂生，撼碎珊瑚。一旦秋娥滴淚，而玉樓已無故釘矣。煙月一抛，紅桐俱死，白楊蕭蕭，徒記生平於鸞紙，謂青史也。日暮髮短，死生相乘，果不能無愁也。題曰《北齊歌》，則曲名起齊可知，然則詩亦刺高齊之作。

【程曰】此為敬宗而作也。按史，敬宗即位，年始十六，遊幸無度，嬺比羣小，故以『無愁天子』比之。又曰『果有愁』者，言不得正其終也。起句『東有青龍西白虎』，比當時宰相裴度與李逢吉。青龍主陽氣，為君子，指度；白虎主陰氣，為小人，指逢吉。『中含福星包世度』，謂敬宗也。『玉壺渭水笑清潭』，言拂張權輿之諫而幸驪山温湯。『鑿天不到牽牛處』，言信趙歸真之言而求神仙異人。『騏驎踏雲天馬獰』，言李佑獻馬百五十匹，為温造所彈。『牛山撼碎珊瑚聲』，言尉遲鋭請補塞牛心山為東川疲敝。『秋娥點滴不成淚』，謂帝崩時未嘗册后，僅立才人郭氏為貴妃。『十二玉樓無故釘』，謂即位時嘗欲幸東都，按修宮闕。『推煙唾月抛千里，十番紅桐一行死』，謂崩後景象，譬如煙沉月墮，鳳死桐枯。『白楊別屋鬼迷人，空留暗記如鸞紙』，謂平生信仙，卒不永其祚。莊陵已閉，空剩仙方。『日暮西風吹短絲，血凝血散今何是』，謂帝王享祚，如日薄西山之短速，而考其由來，則為宦官與擊毬將軍等所弑。然則前日之荒淫為樂者豈無愁耶？抑果有愁耶？此曲名之所由創也。《北齊歌》者，托之於北齊也。朱本補注中有馮武箋，以為直賦高齊之事，未敢謂然。

【馮曰】實詠北齊而暗有寓意也。蓋追悼劉從諫之作。『東龍西虎』，喻南北司如水火也。『福星』，謂天子也。『玉壺』二句，暗遡從諫欲入清君側之惡也。『騏驎』四句，謂天兵往討，夷其茅土也。『牛山』暗言亡國。石崇，寓石雄入潞州也。『推煙』以下，謂誅劉稹後，其母阿裴及弟妹從兄輩並俘至京，斬於獨柳下也。事皆載《舊書·紀傳》。又《新書》言郭誼斬稹，悉取從諫子在襁褓者二十餘殺之矣。『空留』句，謂徒有暗記從諫之事實者。其以北齊為言者，澤潞為河東道，與北齊晉陽鄰接也。蓋至劉稹方拒命，其先從諫尚扶王室，又頗得士大夫之心，故猶有默傷之者。

【紀曰】此長吉體也，終是別派，不以正論。（《玉溪生詩説》）○『天馬獰』『無故釘』『血凝血散』，皆不成語。（《輯評》）

【張曰】詳味詩旨，蓋感甘露之變，而傷文宗崩後，楊妃、安王等賜死而作。東龍西虎，喻神策兩軍。『中含』句，謂禁軍本為護衛帝室而設，奈何出此無名之舉哉！『玉壺』句，暗指訓、注、王涯輩誅宦官不成，則所謂『鑿天不到牽牛處』矣。『牽牛』喻君側惡人也。『騏驎』句，比仇士良等倒戈，大戮廷臣，氣焰益横。『牛山』句即史所謂文宗偽喑不語也。『秋娥』二句，更以文宗崩後不能保一愛姬，痛之。『推煙』句，謂楊賢妃賜死。『十番』句，指陳王、安王賜死。國祚未衰，而文宗之緒斬焉，豈非一行死乎？『白楊』二句，言死者常已矣，徒留佚事在簡書，使後人向風牽愁而已，千載而後，誰復定其是非哉？真所謂無愁天子而竟有愁矣。此是通篇大意。至馮氏以追悼劉從諫解之，實無據也。（《會箋》）又曰：其詩體則全宗長吉，專以峭澀哀艷見長。讀之光怪陸離，使人欽其寶而莫名其器。紀氏於昌谷一派素未究心，徒以後學步者少，任情醜詆，與長吉何損毫末哉！適以形其譾陋耳。玉谿古詩除《韓碑》《偶成轉韻》外，宗長吉體者為多，而寓意深隱，較昌谷尤過之，真深得比興之妙者也。晚唐昌谷之峭艷，飛卿之哀麗，皆詩家正宗。玉谿則合温李而一之，尤擅勝境。觀此詩可見。（《辨正》）

【按】此借題寓諷，慨時主荒湎無愁，終召禍亂之作。詩中於北齊史事一無所及，正暗示詩特借『無愁果有愁』及『北齊』之字面以諷慨現實中如高緯一流『無愁天子』耳。馮氏謂悼劉從諫，不特與『無愁果有愁』無所關合，且全置義山《行次昭應》《登霍山驛樓》等詩所表現之政治立場於不顧，其謬顯然。張氏謂感文宗甘露之變而作，然文宗勤儉求治，雖終無所成，而其非『無愁天子』一流則較然可見（張箋解題及句下箋即避開『無愁果有愁』而勿論）。義山所歷諸帝中，堪稱『無愁天子』者惟敬宗一人。《富平少侯》《陳後宮》二首，有『七國三邊未到憂』『新得佳人字莫愁』『從臣皆半醉，天子正無愁』等句，注家以為託諷敬宗，甚切合。此篇所諷對象，亦自屬敬宗無疑。

程氏句下箋雖多傷穿鑿附會，然不得因此而否定諷敬宗之説。

青龍白虎，喻神策左右二軍。福星，喻敬宗。神策二軍本為翊衛皇室而設，而敬宗竟死於神策軍將之手，故起即點明所藉為『無愁』之資者，正『有愁』之因也。敬宗不得正其終，而曰『福星』，亦微詞也。『玉壺』二句，詞意晦澀，似謂玉壺中所盛之渭水，較清潭之水更清，鑿天幾徧，惟未到牽牛之處（河漢）耳。按史：敬宗屢幸魚藻宮觀競渡；寶曆二年正月，以諸軍丁夫二萬入内穿池修殿；八月，觀競渡於新池。『鑿天』所指，殆即發神策軍於禁中穿池之類，新池至清，故有『玉壺渭水笑清潭』之句。二句蓋諷其躭於宴遊，營建無度。『騏驎』二句，上句似寫宦官及擊毬軍將等在帝左右者，『獰』字透出其獰惡；下句似暗寫敬宗被殺於室内而聲聞於外，『牛山』暗示遊宴之所及君主身份。『秋娥』二句，以仙居指帝居，謂敬宗年少而夭，未嘗册后，後宮哭吊無人；而生前窮極奢靡，宮室侈麗，『無故釘』，即杜牧《阿房宮賦》『釘頭磷磷，多於在庾之粟粒』之謂。『推煙』二句，程謂指崩後景象，『譬如煙沉月墮，鳳死桐枯』，近之。然『十番紅桐一行死』似有所指。史載敬宗死後，宦官劉克明等矯稱上旨，以絳王悟權勾當軍國事。樞密使王守澄等以衛兵迎江王涵入宮，發神策軍進討，斬劉克明等，絳王亦為亂兵所殺。『紅桐一行死』，或即指敬宗死後宮廷之變亂。『白楊』二句，渲染亂後白楊蕭蕭、别屋鬼嘯之凄凉景象，並謂其事祕而不宣，惟間有暗記於稗史者。末二句謂日暮風吹短絲，景象凄凉，彼神血乍凝旋即銷散者果何人哉？前四寫『無愁』，『秋娥』以下寫『果有愁』，『騏驎』二句正全篇之轉關，亦一篇之主要事件。

無題〔一〕

八歲偷照鏡，長眉已能畫①。十歲去踏青②，芙蓉作裙衩③。十二學彈箏④，銀甲不曾卸〔二〕⑤。十四藏六親⑥，懸知猶未嫁⑦。十五泣春風，背面鞦韆下〔三〕⑧。

校記

〔一〕本篇舊本與五律『幽人不倦賞』首相連，題作《無題二首》。馮氏謂『幽人』首『必別有題而失之』，紀氏亦謂『幽人』首係因『與《無題》詩相連，失去本題，誤合為一者』（《輯評》。《四庫全書總目提要》之《李義山詩集》條略同）。兹從馮、紀説分别標題，删『二首』二字。

〔二〕『曾』原一作『能』，非。

〔三〕『面』，蔣本、姜本、季抄均一作『立』。

集注

①【馮注】《古今注》：『魏宫人好畫長眉。』　【程注】《漢書·張敞傳》：『敞為婦畫眉。』　【按】古以長眉為美，至唐天寶年間，『青黛點眉眉細長』，猶為入時妝扮。

②【馮注】《唐輦下歲時記》：『唐人巳日在曲江傾都禊飲踏青。』盧公範《饋飾儀》：『三月三日上踏青鞋履。』　【按】踏青，春日郊游。踏青節因時、地而異，有正月八日、二月二日、三月三日等多種節期。

③【馮注】《御覽》引《釋名》：『裙，下裳也。』《離騷》：『集芙蓉以為裳。』揚雄《反離騷》：『被夫容之朱裳。』按：《廣韻》：『畫、衩，去聲，十五卦部；卸、嫁、下，去聲，四十禡部。』此通用也。錢曰：『衩當改

袴。」誤矣。　【補】衩，衣裙下側開衩處。唐時有衩衣，即兩側開衩之長衣，係露體之便服。《唐書》：『僖宗衩衣見崔彦昭。』王建《宮詞》：『衩衣騎馬繞宮廊。』此處裙衩連文，自專指女子下裳。《離騷》：『制芰荷以為衣兮，集芙蓉以為裳。不吾知其亦已兮，苟余情其信芳。』『十歲』二句化用其語。除狀其妝飾之美外，兼亦象徵其情操之高潔。

④【補】箏，戰國時已流行於秦地，故又稱秦箏。唐宋時教坊用箏均十三絃，惟清樂用十二絃，以寸餘長鹿骨爪撥奏。《風俗通》：『箏，秦聲也，蒙恬所造。』

⑤【朱注】杜甫詩：『銀甲彈箏用。』按：銀甲，繫爪之類。《藝林伐山》：『妓女以鹿角琢為爪，以彈箏，曰繫爪。』　【姚注】《杜詩注》：『以銀作指甲，取其有聲。』　【馮注】《梁書·羊侃傳》：『有彈箏人陸大喜，著鹿角爪，長七寸。』按：《通典》：『彈箏用骨爪，長寸餘，以代指。』唐人每云銀甲，其用同也。

⑥【馮注】《周禮·地官·大司徒注》曰：『六親，父、母、兄、弟、妻、子也。』《漢書·禮樂志》：『六親和睦。』如淳曰：『《賈誼書》以為父也、子也、從父昆弟、從祖昆弟、曾祖昆弟、族昆弟也。』賈誼《治安策注》同《周禮注》。《史記》：『管仲曰：上服度則六親固。』《正義》曰：『外祖父母一，父母二，姊妹三，妻兄弟之子四，從母之子五，女之子六。』解各不同。『父母二』上，當有脱文。　【按】『六親』異説尚多。《左傳·昭二十五年》杜預注以為即《左傳》所説父子、兄弟、姑姊、甥舅、昏媾、姻亞。《漢書·賈誼傳》『以奉六親』王先謙補注則又定為諸父、諸舅、兄弟、姑姊、昏媾、姻亞。藏六親，藏於深閨，迴避關係最親之男性戚屬。

⑦【補】懸知，揣知，狀女子半是希望，半是躭憂之待嫁心理。　【何曰】『猶』字對上『已』字妙。（《讀書記》）

⑧【朱注】《荊楚歲時記》：『春節懸長繩於高木，女子袨服立其上，推引之，名曰打鞦韆。漢武帝千秋節日以之戲於後庭。』　【馮注】《古今藝術圖》：『寒食鞦韆，北方山戎之戲，以習輕趫者。』《天寶遺事》：『宮中至寒食節，築鞦韆嬉笑為樂，帝常呼為半仙之戲。』唐高無際《鞦韆賦序》：『漢武帝祈千秋之壽，故後宮多鞦韆之樂。』

【補】背面，背向，背對。古時女子十五歲許嫁，詩中女主人公則前途未卜，憂傷煩悶，故無心為鞦韆之戲，獨向春風而泣。作者《别令狐拾遺書》云：『生女子，貯之幽房密寢，四鄰不得識，兄弟以時見，……即一日可嫁去，是宜擇何如男子屬之耶？』與本篇末四句可互參。

箋評

【曾季貍曰】晏叔原小詞：『無處説相思，背面鞦韆下。』呂東萊極喜誦此詞，以為有思致，此語本李義山詩云：『十五泣春風，背面鞦韆下。』（《艇齋詩話》）

【胡震亨曰】只須如此便好。

【馮班曰】只學得《焦仲卿妻》一段，然此道已非他人所解。（何焯引）

【吴喬曰】才而不遇之意。（《西崑發微》卷上）

【張謙宜曰】樂府高手，直作起結，更無枝語，所以為妙。（《絸齋詩談》卷五）

【何曰】為少年熱中干進者發慨。（《讀書記》）又曰：高題摩空，如古樂府。○每於結題見本意。○亦有不盡之妙。（《輯評》）

【陸鳴皋曰】此屬艷情，妙不説盡。

【屈曰】『十五』二句寫聰明女郎省事太早，而幽怨隨之；才士之少年不遇，亦可嘆也。

【姚曰】義山一生，善作情語。此首乃追憶之詞。邐迤寫來，意注末兩句。背面春風，何等情思，即『思公子兮未敢言』之意，而詞特妍冶。

【程曰】此在幕中閒憶其平生而歸於幕府之寂寞也（指『八歲』『幽人』二首）。前首專述生平。『八歲』二句言自幼已能文章。『十歲』二句言出謁河陽，干以所業。『十二』二句言從此佐幕，不曾游閒。『十四』二句言佐幕爲賓，原非黨附。『十五』二句言爲人排擠，迄今沉淪也。

【馮曰】《上崔華州書》『五年讀經書，七年弄筆硯』，《甲集序》『十六著《才論》《聖論》，以古文出諸公間』。此章寓意相類，初應舉時作也。

【紀曰】獨成一格，然覺有古意，古故不在形貌音響間。四家評曰：每於結處見本意。又曰：亦有不盡之妙。芥舟評曰：此首誠佳，然不可仿效，彼固由仿效而來，以能截體，故佳耳。《無題》諸作，有確有寄託者，《來是空言去絶縱》之類是也；有戲爲艷語者，《近知名阿侯》之類是也；有實有本事者，如《昨夜星辰昨夜風》之類是也；有失去本題而後人題曰《無題》者，如《萬里風波一葉舟》一首是也；有失去本題而誤附于《無題》者，如《幽人不倦賞》一首是也。宜分别觀之，不必概爲深解。其有摘詩中字面爲題者，亦無題之類，亦有此數種，皆當分晰。

【張曰】案《樊南甲集叙》：『樊南生十六能著《才論》《聖論》，以古文出諸公間。後聯爲鄆相國、華太守所憐，居門下時敕定奏記，始通今體。』此可考義山爲文之始。又《無題》：『八歲偷照鏡……』，寫少年澳涊依人之態，與《上崔華州書》……及《甲集叙》寓意相合，亦當作於此年（按指大和元年）。馮氏謂初應舉時，非也。（《會箋》）

【按】諸家之解少異，然均以爲此篇乃託寓少年有才、憂慮遇合之作（姚氏雖未明言，然味其解末二句爲『思公子兮未敢言』之意，固亦以爲有所託）。詩中描繪之少女，美麗早慧，勤於習藝，嚮往愛情，而幽閨深藏，青春虚耗，無法掌握自身命運。託喻痕跡顯然。姚謂『邐迤寫來，意注末兩句』，極有見地。馮氏引《上崔華州書》及《樊南甲集序》以證之，亦切合。義山少年才俊，渴求仕進，然出身寒微，『内無强近，外乏因依』（《祭徐氏姊文》），憂慮前途之心情時或流露於筆端。《初食笋呈座中》於抒寫凌雲壯志之同時表露剪伐之憂，可與此篇互參。

以少女懷春之幽怨苦悶，喻才士渴求仕進遇合之心情，詩中習見。本篇不特結處顯露本意，前八句取年齡序數寫法，亦處處具有象喻意味（如『十二學彈箏，銀甲不曾卸』，即所謂『懸頭曾苦學』之意）。且徵之作者生平，求之作者詩文，均若合符節，其為託喻，自無可疑。

本篇作年不易確考。姚、程以為追憶之詞，按之內容、風格、神情，殊為不類。『十五』云云，固非實際紀年，張氏據此繫於義山十六歲時，自屬太泥。然寫作本篇時，離『十五泣春風』之少年時代不遠，則可大體推定。義山大和三年入令狐天平幕，署巡官，本篇或當作於入幕之前。

失題〔一〕

幽人不倦賞，秋暑貴招邀①。竹碧轉悵望，池清尤寂寥〔二〕。露花終裛濕②，風蝶強嬌饒〔三〕③。此地如攜手，兼君不自聊④。

〔一〕原連五古無題『八歲偷照鏡』篇作『《無題二首》』。蔣本、悟抄、席本、錢本、影宋抄均同，戊籤此篇分置五古中，亦作『《無題》』。【何曰】此首當另有題。【馮曰】必別有題而失之。【紀曰】有與無題詩相連，失去本題，誤合為一者，如『幽人不倦賞』是也。【按】諸家説是，茲從馮注本作『失題』。

〔二〕『尤』，馮注本作『猶』。

〔三〕『饒』，蔣本作『嬈』。

①【屈復注】秋暑，猶秋熱也。【程注】儲光羲詩：『招邀及浮賤。』【按】『招邀』，邀請，亦作『招要』。趙冬曦《陪燕公游㴩湖上亭》：『江外多山水，招要步馬來。』『貴』，欲也，須也。

②【姚注】《文字集略》：『裛，坌衣香也。』然露坌花亦謂之裛也。【按】『裛』，通『浥』，沾濕。陶潛《飲酒》詩：『裛露掇其英。』

③【馮注】《古今注》：『蛺蝶，一名風蝶。』此謂風中之蝶。【補】嬌饒，柔美嫵媚。『饒』亦作『嬈』。

④【馮注】劉安《擬騷》：『歲暮兮不自聊。』【程注】左芬《離思賦》：『心不自聊。』

【吴喬曰】此詩乃招友同遊不至之作。讀結語，意其人亦不得志於絢者乎？（《西崑發微》）

【姚曰】此寫睹物懷人之感。竹碧池清，殊堪消暑，秖因意中人去，故悵望中轉覺寂寥也。露花風蝶，是眼前寂寥況味。此時便得與君攜手，恐不免伶玄通德之悲耳。

【屈曰】以不倦賞之幽人，當秋暑之愁時，最貴招邀而實無人招邀也。中四秋暑景物。七『此地』二字緊接中四，言此時此景，如能攜手，兼君無聊時，定當極歡也。○結倒句法，言當我不倦之頃，兼君無聊之時，如能此地攜手，其歡何如乎？」『兼』字從首句來。

【程曰】專言幕府。起二句言流連光景，須有招邀。三四言閑中悵望，徒自寂寥。五六言身如花蛺，終難强留。七八言儻有攜游，人亦永歎無疑也。

【馮曰】結言我無聊，恐兼爾亦無聊也。似同應舉失意者。

【張曰】詩中不見應舉意，且天下安有應舉之幽人哉？殊誤。（《會箋》）

【按】秋暑之時，本欲招友同賞幽勝，奈己別有懷抱，情緒不佳，故雖面對碧竹清池，反增悵惘寂寥；目接露花風蛺，亦覺其强作嬌饒。心緒悵然，則即令招君攜手同游，亦並使君意興索然矣。『幽人』指君。此似寄友之作，意在抒寫己之『不自聊』情緒，告以雖值秋暑而不招其同遊之故。諸家解似均未安。作年不詳。附編《無題》（八歲偷照鏡）之後。

初食笋呈座中

嫩籜香苞初出林①，於陵論價重如金②。皇都陸海應無數③，忍剪凌雲一寸心④？

集注

①【補】『籜』，竹皮，即笋殼。竹類主稈所生之葉，竹笋時期包於笋外。『香苞』，指笋殼包裹之嫩笋，狀若花苞，故稱。

②【朱注】《齊乘》：『於陵在長山縣二十五里，即陳仲子所居。』　【馮注】《元和郡縣志》：『淄州長山縣，本

漢於陵地。』

③【馮注】《漢書志》：『秦地有鄠杜竹林，南山檀柘，號稱陸海，為九州膏腴。』又《東方朔傳》：『此所謂天下陸海之地。』【何曰】陸海，言陸地海中所産之物也。（《輯評》）【按】皇都陸海連文，明指長安附近物産豐饒之地（陸海謂陸上膏腴之地，如海之無所不出）。或云『陸海』猶山珍海味之意，亦通。班固《兩都賦》：『陸海珍藏，藍田美玉』。

④【補】淩雲寸心，語意雙關，以徑寸之竹笋長成為淩雲翠竹關合少年之淩雲壯心。

【何曰】憐才。（《輯評》）

【姚曰】此以知心望當事也。須知三千座客中，要求一個半個有心人絶少。

【屈曰】皇都之剪食無數，誰惜此淩雲一寸心乎？流落長安者可痛哭也。

【徐曰】此疑從崔戎兗海作。戴凱之《竹譜》：『九河鮮育，五嶺實繁』，九河在今德州、平原之間。大約北地多不宜竹，時必有以筍為方物獻者，故紀之。（馮箋引）

【馮曰】《竹譜》云：『般腸實中，為筍殊味。』註曰：『般腸竹生東郡緣海諸山中，有筍最美。』正兗海地也。淄亦與兗鄰，何疑焉？

【紀曰】感遇之作，亦苦於淺。（《詩説》）

【張曰】詩無可徵實。於陵，淄州地，徐湛園因疑從崔戎兗海作。馮氏又引《竹譜注》……證之，似可從。結語微露恥居關外之意，必幕遊未第時也。（《會箋》）又曰：此種題何可深做？若太求深，則入險怪一派矣。紀氏以

詩法自命，豈不知作詩當相題耶？（《辨正》）

【按】詩託物寓懷，既抒凌雲之志，亦寓剪伐之憂。時作者閱世未深，故雖有遭受剪伐之隱憂，而少年豪氣仍流注筆端。張氏謂『必幕游未第時作』，誠是。然確切寫作時地，則不易考定。徐、馮因『於陵』二字而謂詩作於兗海幕，然義山大和八年四月隨崔戎赴兗，五月方抵兗，六月庚子，戎卒，居幕時間不過月餘。且五月抵兗，已非『嫩籜香苞初出林』之時矣。故此詩作於兗海之可能性甚小。然據『皇都陸海應無數』之語，詩亦非作於長安（『應』系推測之詞）。或作者青少年時代客游洛下等地時於某顯宦席上所賦。於陵之論價如金（因竹笋稀少）、皇都之多而遭剪伐，皆自想像得之。『忍剪』云云，正流露異時應舉或遭挫折之憂慮。自比『嫩籜香苞』，亦弱冠少年口吻。

隨師東〔一〕①

東征日調萬黄金，幾竭中原買鬭心。軍令未聞誅馬謖②，捷書惟是報孫歆③。但須鸑鷟巢阿閣④，豈暇鴟鴞在泮林〔二〕⑤。可惜前朝玄菟郡⑥，積骸成莽陣雲深⑦！

校記

〔一〕『隨』，各本均同，唯馮注本改作『隋』。詳箋。

〔二〕『暇』，朱注本、季抄、馮注本作『假』。按『暇』『假』字通。王粲《登樓賦》：『聊暇日以銷憂。』影宋抄作『暇』，則『暇』之誤字。

集注

①【潘畊曰】按《韻會》：『隋，古本作隨。文帝去辵作隋。二字通用。』此詩蓋引隋師東征之事以諷也。（程注引）【朱注】《通鑑》：『大和元年，李同捷盜據滄、景，詔烏重胤、王智興、康志睦、史憲誠、李載義、李聽、張璠各率本道兵討之。二年九月，命諸軍進討王庭湊。十月，憲誠及同捷戰於平原，屢敗之；載義又敗之於長蘆；柳公濟敗庭湊於新樂，又敗之於博野；劉從諫又敗之於昭慶。時諸軍討同捷，久未成功，每有小勝，則虛張首虜以邀厚賞。朝廷竭力奉之，饋運不給。滄州喪亂之後，骸骨蔽地，城空野曠，户口什無三四。』詳詩中語，正此時事也。【馮注】《廣韻》：『隋，本作隨，隋文帝去辵。』彭叔夏《文苑英華辨證》：『隨、隋二字，《通鑑》初書楊忠為隨公，楊堅為隨王，文帝方省文為隋。』按：《水經》『涓水逕隋縣西』，漢碑亦有作『隋』者。《金石文字記》云：『隋、隨二字通用。』余意或隋文特禁用『隨』，非始省作『隋』也。《國語》：『晉臣辛俞曰：「是隋其前言。」』注曰：『隋，許規切，壞也。』是亦音隨。唐人碑文中每有書隨高祖者，其通用審矣。【按】隨師東，即隋師東征。此亦託古諷時之作，詳箋。

②【朱注】《蜀志》：『建興六年，諸葛亮出軍向祁山，拔馬謖統大衆在前。與魏將張郃戰於街亭，為郃所破。亮退軍還漢中，謖下獄死。』

③【原注】平吴之役，上言得歆；吴平，孫尚在。【朱注】王隱《晉書》：『杜預伐吴，軍入樂鄉，至（吴）都督孫歆帳下，生將歆詣預。王濬先列得歆頭，而預生送歆，洛中大笑。』【按】三四謂對違反軍令、不服調度之將領不敢懲誅，諸將唯知謊報戰功，以邀厚賞。

④【馮注】《尚書·中候》：『黄帝時，天氣休通，五得期化，鳳凰巢阿閣，讙於樹。』《國語》：『周之興也，鸑鷟鳴於岐山。』《説文》『鸑鷟，鳳屬，神鳥也。』師曠《禽經》：『鳳雄凰雌，亦曰瑞鶠；亦曰鸑鷟，羽族之君長也。』【補】阿閣，四面有棟及檐霤之樓閣。《文選注》：『《周書》曰：明堂咸有四阿（柱）。』然則閣有四阿省謂之阿閣。鳳巢於阿閣，喻賢臣在朝。

⑤【馮注】詩：『翩彼飛鴞，集于泮林。食我桑黮，懷我好音。』喻淮夷之歸化也。此句取義稍異。【按】此借指藩鎮割據州郡。五六謂但須賢臣在朝，豈容藩鎮割據。豈暇，豈能假借。

⑥【朱注】《漢書》：『武帝元封四年，以朝鮮地置樂浪、玄菟、真番、臨屯四郡。昭帝罷真番，築遼東玄菟城。』【馮注】《漢書·地理志》：『玄菟郡。』注曰：『武帝元封四年，開高句驪。』【朱翌曰】『玄菟郡』多作平聲，義山云：『可惜前朝玄菟郡，積骸成莽陣雲深。』（菟）則作仄音。（《猗覺寮雜記》）

⑦【馮注】《後漢書·酷吏傳》：『積骸滿穽。』《左傳》：『逢滑曰：「暴骨如莽。」』【朱注】按隋煬帝大業中頻年用兵高麗，末二語蓋舉往事以諷也。

箋評

【潘畊曰】此詩蓋引隋師東征之事以諷也。軍令未聞誅馬謖，謂宇文述等九軍敗于薩水，帝不忍誅。無何，遂加述開府，則軍令廢矣。捷書惟是報孫歆，謂帝再舉東征，高麗囚斛斯政請降。帝既還，罪人竟不得，則捷書虛矣。『鸑鷟』四句，極言人君當任賢圖治，不必遠事招懷，如《無向遼東浪死歌》，豈非殷鑑哉！觀末二語，其為隋事甚明，蓋亦詠史之作也。夫李同捷據滄州，自當進討，非煬帝生事外夷比。然諸將玩寇邀賞之罪有不可逭者，此故假隋事以譏切之。（程箋引）

【何曰】憂不在東藩之不服，而在中原之力竭，將有隋末羣盜之起。師出無名，不當遂非也。（《輯評》）

【胡以梅曰】此詠隋煬帝征高麗之事，蓋讀史而作也。言東征日調發黃金萬兩，竭中原之力，以買戰鬭之心。軍令不嚴，失機不坐，欺蒙報捷，假捏非真。其黷武失律，真可嘆也。要知但須中國有道，則鳳凰巢於阿閣矣，豈暇論於鵄鴞之在泮林乎？若無道則自治不暇，又何能及外夷！『暇』字極明。朱箋作『假』誤。結則指出其處而哀生靈之慘也。按是題，明言隨師東。隨即隋，……東，東征。稱中原以見征在邊遠，且結又説出玄菟，無可移易者。乃集以為指李同捷據滄景事，則『中原』二字與結處如何强合耶？（《唐詩貫珠串釋》卷二十三）

【沈德潛曰】此借隨東征之役以諷時事。三語言軍令不行。四語言虚報邀賞。五六言人主修德則賢士滿朝，不必藉遠人之服也。（《唐詩別裁》）又曰：義山近體，襞績重重，長於諷諭。中多借題攄抱，遭時之變，不得不隱也。詠史數十章，得杜陵一體。至云：『但須鸑鷟巢阿閣，豈假鵄鴞在泮林？』不愧讀書人持論。（《説詩晬語》）

【陸曰】此借隋東征之役，以譏切時事也。……王庭凑陰以兵糧助同捷，黨惡之罪，在所不原。乃微露請服之意，遂赦之而復其官爵，是威令廢矣，故曰『軍令未聞誅馬謖』也。……下半言人君當為鸑鳳，不當為鷹鸇。彼大業中用兵高麗，至有《浪死遼東》之歌；今滄州喪亂後，骸骨蔽地，户口什不存一，可不惻然動念也哉！

【陸鳴皋曰】文宗時，詔諸道兵討李同捷、王庭凑等，師老無功，每虚報捷以邀賞，故假隋事以諷也。首言竭貲饋運。次譏諸將之掩敗張功。五六句言朝廷但當進賢保治，而無取窮兵致遠也。結到生靈塗炭，可抵一篇戰場文。

【徐德泓曰】窮兵之戒，既託於隋，而篇中只有『東征』『玄菟』字一點，仍不用隋事以實之，而復引古以為喻，所謂玄之又玄也。其靈奧如此，雖杜老亦當遜是一籌。

【屈曰】竭中原有數之黃金，欲買戰士之鬭心，號令嚴明，無虚張首虜方可成功。今俱不然。況棄鸑鷟而假鵄鴞，以前朝久置之地，積骸成莽，征戰不休，誠可惜也。○鸑鷟比君子，鵄鴞比小人。此首蓋不敢明言時事而借隋煬帝東征為題也。

【姚曰】此諷廟算之失也。討逆敵愾，自是武臣本分事，乃日費斗金以買鬭，將愈驕，卒愈惰，邀功悻賞無已，勢所必至也。然此皆廟算無人之故。蓋内無鸑鷟，故外有鴟鴞。誠使一將成功而致枯萬骨，已不忍道，況功未成而先枯萬骨乎？可痛極矣。

【馮曰】朱箋本兼討王庭湊言之，以廷湊助同捷也。然詩專指滄景，……潘畊引隋煬帝征高麗，宇文述等九軍敗績於薩水，帝怒，除其名，明年，復述等官爵，又徵兵討高麗，以解『軍令』句似合。其解『捷書』句，則所引有舛。詩固借隋為言，何煩切證歟？五句謂須賢臣在朝，然非泛指也。《舊書·紀》及《裴度傳》：『敬宗嘆宰執非才，致姦臣悖逆。學士韋處厚力請復用裴度，河北、山東必稟廟算。度自興元入朝，復知政事。及同捷竊弄兵權以求繼襲，度請行誅伐，踰年而同捷誅。』度前後在朝，衆望所尊，惜屢被讒沮，時則以年高多病，懇辭機務矣。故詩有含意焉。

【紀曰】四家以為終傷蹇直也。五六句歸愚所賞，然詩中筋節在此二句，過求筋節而失之板腐亦在此二句。〇問長孺解末二句如何？曰：不然。此詩一篇皆就隋事以託諷，未露正文，開首東征即指高麗之役，非前四句序時事，中二句發議論，末二句以前朝指點也。〇問『隨』字經文帝去辵為隋，何以仍書『隨』字？曰：當時雖去辵旁，意後來仍兩書之，如殷商之兩稱。觀歐陽詢書《醴泉銘》石刻中云『隨氏舊宮營于曩代』亦有辵旁，是可證也。

【姜炳璋曰】隨師東者，言諸軍隨王師而東征也。蓋滄、景、德、棣皆在長安之東，如朱長孺所云李同捷盜據滄、景之事，詩正指此時也。愚謂此就時事言之。以七道節度使之兵會剿滄、景、德、棣，何難克期平賊？而日費黃金，迄無成緒者，以軍令不嚴，冒功邀賞故也。故王者之師，只須賢宰相運籌密勿，而不必日上首功，泮林獻馘。時李宗閔同平章事，沮李德裕不用，故為此言。末二借隋為喻，猶所謂殷鑑不遠也。積骸成莽，萬骨皆枯，當日情形，宛然在目，誰謂義山非詩史乎？

【方東樹曰】前四句將正義説定，五六空中掉轉，收換筆繞補餘意。古人無不用章法。王濬破吴都督孫歆，虜歆而還。沈瑩言：『吴名將皆死，幼小當任。』此亦言將帥幼小，不足任也。太和二年，東征李同捷、王庭湊，久未成功。……滄州凋敝，骸骨蔽地。托詠煬帝征高麗，故曰『前朝玄菟郡』。樹按：凡此皆不免支晦拙滯。五六句似亦責

政府無人，但無根，又合掌。此義山十六歲時少作也。（《昭昧詹言》）

【張曰】朱長孺謂此詩詠討滄景，是矣；惟引隋煬帝大業中用兵高麗，以為舉往事以諷，午橋、孟亭皆從其說，則非也。詳通首隸典，無一切隋事者，且義山唐人，陳隋事以刺今，又何異『劇秦美新』耶？余細參詩題，蓋義山隨令狐楚赴天平時書事之作。同捷自寶曆末盜滄景，至是年五月始平。喪亂之後，骸骨蔽地，城空野曠，戶口十無三四。義山赴鄆在十一月，正瘡痍未復時也。末用玄菟故實者，滄景舊隸平盧大都督府，例兼新羅、渤海押蕃諸使耳。此解詩意乃切。隨、隋雖古通，然舊本則皆作隨。五句馮氏謂暗指裴度，極有見。唐自憲宗用晉公討平淮、鄆，河北駸駸禀命。宰相崔植、杜元穎不知兵，劉總歸朝，所籍軍中難制者，並勒還幽州。克融、廷湊作亂，遂至再失河北。兗、海、滄、景，羣起效尤，豈非廟堂用人之咎哉！詩人推原禍始，固不同於目論也。（《會箋》）又曰：感事傷時，急不擇言，故據所見以直書，而草野私憂之情，自見言外，此賦體所以更高於比興也。何害於樸實哉！然以為板腐、蹇直，則有大繆不然者。且詩借隨事以諷，正得詩人譎諫之旨，故篇中不妨明抒己憤也。（《辨正》）

【按】潘、朱二家謂此詩系借隋師東征以諷討李同捷之役，諸家多從之。馮氏引朱箋而删除其枝蔓（討王庭湊一節），更切詩意。張氏會箋乃別創『隨令狐楚赴天平時書事之作』一說，變託古諷今為直書現事。然其舉以駁正舊說之證據，均難以成立。『通首隸典，無一切隋事』，此正義山託古諷今慣技，《富平少侯》亦然。馮氏謂：『詩固借隋為言，何煩切證歟？』此論最為通達。張氏泥於詠史常例，以為必通首切隋事方為舉隋事以託諷，殊不知此詩係借詠史為名，寓慨時事之作，以隋師東征為題，本屬假託，自不必詳徵隋事。『隋師東』者，實即『唐師東』也。且隋煬帝侵高麗，為壓迫鄰國之不義戰爭；唐廷討李同捷，為制止割據分裂之正義戰爭。義山所抨擊者，非討叛戰爭本身，而係戰爭中所暴露之唐廷軍事、政治窳敗現象，故自不能以隋師東征事與唐廷東征事一一具體類比。且如張氏之解，題目『隋師東』為『隨令狐楚赴天平（天平在長安之東）』之意，而首句『東征』則又指諸道討李之事，同一『東』字，豈能歧義如此。況詩中無一語述及『隨令狐楚赴天平』途中情況，詩與題又豈能如此了不相涉？末聯

『玄菟郡』，明指高麗，張氏曲為之解，殊屬牽强。『積骸成莽陣雲深』，乃遥想中滄景地區殘破之情景，如謂赴鄆途中目擊，則鄆州離滄景尚遥，義山又何從得睹之耶？至『舊本皆作隨』，並不足以證明此『隨』字必作『隨從』解而非指『隨（隋）』朝。故仍以舊説為當。

此詩主旨，既非反對唐師東征，亦非止於譏刺討叛諸將之跋扈難制、冒功邀賞。諸將之跋扈邀賞，其源蓋為朝廷威令不行，一味推行厚賂政策；而根本原因又在宰輔不得其人。五六兩句，實為一篇之樞要。姚氏謂：『此諷廟算之失也。』可謂一語破的。大和元年至三年四月，韋處厚、竇易直、路隋、裴度等先後為相。李宗閔為相在大和三年八月，時滄、景已平。

詩學杜七律，得其嚴重整飭，而動蕩變化稍遜，蓋效而未化之作。

春游

橋峻班騅疾①，川長白鳥高②。煙輕唯潤柳，風濫欲吹桃。徙倚三層閣，摩娑七寶刀〔一〕③。庾郎年最少④，青草妒春袍⑤。

校記

〔一〕『七』原一作『八』，季抄、朱本同。

①【姚注】《説文》：「騅，馬蒼黑雜色。」一曰蒼白色。【馮注】《爾雅》：「蒼白雜毛，騅。」

②【補】白鳥，白羽之鳥，如鶴、鷺之類。《詩·周頌·振鷺》：「振鷺于飛。」《毛傳》：「鷺，白鳥也。」

③【朱注】古《瑯琊王歌》詞：「新買五尺刀，懸著中梁柱。一日三摩娑，劇於十五女。」【朱彝尊曰】二句不過即事，無他深意。

④【姚注】《世説》：「庾小征西嘗出未還，婦母阮與女上安陵城樓。俄頃翼歸。阮語女：『聞庾郎能騎，我何由得見？』婦告翼，翼便於道盤馬，始兩轉，墜馬墮地，意氣自若。」【馮注】姚氏謂用庾小征西，是也。《晉書》：「庾翼風儀秀偉，少有經綸大略。蘇峻作逆，翼年二十二，兄亮使白衣領數百人備石頭。事平，辟太尉陶侃府，遷從事中郎。」

⑤【朱注】古詩：「青袍似春草。」

【姚曰】首聯，寓目之遠。次聯，時物之佳。五六，言別有託意，惜無解人。結句，見虛度之可歎也。

【馮曰】赴桂陸途中作。原編與《離席》接。第六句謂懷報恩之志，七八指同舍中最年少者。

【紀曰】問『風濫欲吹桃』四家評賞『濫』字之妙，而芥舟直以為不佳，何也？曰此字不是不通，只是纖巧，不通之字句人人得而見之，其為害也小，纖巧之字句似乎有味可玩，誤相仿效，不知引出幾許詩魔矣，此病有才思人尤易犯，吾甯從芥舟之説免生流弊。（《詩説》）專取此種，便入《瀛奎律髓》門徑。後半有老驥伏櫪之思，非但為香倩語也。廉衣曰：五六客氣。芥舟曰：前四上二字平頭，亦小病。又曰：腰聯真是健筆。（《輯評》）

【許印芳曰】前四句及末句皆有所指而託之景物，便不着迹。杜詩深於比興，義山得其奥秘，乃能如是運筆。五六有奮發意而含蓄不露，亦賦體之佳者。（《瀛奎律髓彙評》引）

【張曰】馮氏定此詩為大中元年赴鄭亞桂管幕作，以桂遊正春時也。余細玩結語『庾郎年最少』句，恐係弱冠時赴崔戎華州幕，或令狐楚東平幕所賦。若大中元年，義山年已三十六，不得云『最少』；且其時屢經失意，亦無如此豪興也。考《安平公詩》述華州事，有『三月東風』語，正係春時。《舊紀》崔戎移兖海在三月。詩又云：『五月至止六月病。』蓋三月奉詔，五月到任，其起程當春杪矣。故題曰『春遊』也。詩無牢愁，的是少作。馮氏謂七八指同舍中最年少者，細玩實無此意，何其强作解人歟？（《會箋》）又曰：平頭唐律不忌。『濫』字是義山練字訣，未嘗不佳。五六健筆，以為『客氣』可乎？此詩集中上駟。（《辨正》）

【按】本篇舊本雖與《離席》相連，時令亦皆值春杪，然一則川長馬疾，煙輕風濫，徙倚層閣，摩娑寶刀，意興豪縱，一則餘照殘花，凄然沾巾，詩境迥别。馮氏同繫大中元年赴桂時，顯非。後四句一意相承，『徙倚』，『摩挲』二語，正見其初入軍幕，意氣方豪，所謂『庾郎年少』者，顯係自指，着一『妒』字，少年得意之態如見。在東平幕時，初受知於令狐，為巡官，或與此詩結聯語意更合。大和八年赴兖海幕時，已應試不第，與此詩意致似少異矣。且赴兖海幕在四月，已非『風濫欲吹桃』之時。題曰『春游』，詩亦不似行旅之作，當是在幕春游也，酌編大和四年春。

謝書[①]

微意何曾有一毫，空攜筆硯奉《龍韜》[②]。自蒙半夜傳衣後[③]，不羡王祥得佩刀[④]。

集注

①【補】此詩為義山謝令狐楚傳授章奏之學而作。或解『謝』為『辭謝』者非。

②【馮注】《太公六韜》：『《文韜》《武韜》《龍韜》《虎韜》《豹韜》《犬韜》。』徐曰：『宋高似孫《硯箋》：杜季陽端石蟾蜍硯篆「玉谿生山房」，李商隱硯也。』《春渚紀聞》：『紫蟾蜍，端溪石也。無眼，正紫色，腹有古篆「玉谿生山房」五字，藏於吴興陶定安世家，云是李義山遺硯。其腹疵垢，直數百年物也。後以易向叔堅拱璧，即以進御，世人不復見也。』【補】《隋書·經籍志》有《太公六韜》五卷，舊題吕望撰。宋晁公武《郡齋讀書志》：『《六韜》，兵家權謀之書也。元豐中，以《六韜》《孫子》《吴子》《司馬法》《黄石公三略》《尉繚子》《李衛公對問》頒行武學，號曰七書。』此以『龍韜』概指兵書。二句謂楚之恩遇，已雖欲圖報，實何嘗有絲毫之報答，徒日在幕下攜筆硯、捧兵書，侍奉於左右而已。是時商隱署巡官，楚既授以章奏之道，或亦時命其任文字之役，故有『攜筆硯』之語。

③【朱注】李舟《能大師傳》：『五祖弘忍告之曰：「汝緣在南方，宜往教授，持此袈裟，以為法信。」一夕南

逝。公滅度後，諸弟子求衣不獲，始相謂曰：「此非盧行者所得耶？」使人追之，已去。』《寶林傳》：『能大師傳法衣處在曹溪寶林寺。』【馮注】《舊書·方伎·僧神秀傳》：『昔後魏末，有僧達磨者，本天竺王子，以護國出家，入南海，得禪宗妙法，云自釋迦相傳，有衣鉢為記，世相付授。』按：六祖慧能在碓坊，五祖弘忍夜詣之，以杖三擊其碓，能即以三鼓入室，五祖乃以達磨法寶及所傳袈裟付之。能捧衣而出，是夜南邁，大衆莫知。屢見釋氏書中。《新書·藝文志》：『令狐楚《漆匳集》一百三十卷，《梁苑文類》三卷，《表奏集》十卷。』【補】此以『半夜傳衣』喻令狐楚秘授章奏之法。據《新唐書·令狐楚傳》：『李說、嚴綬、鄭儋繼領太原，高其行，引在幕府，由掌書記至判官。德宗喜文，每省太原奏，必能辨楚所為，數稱之。……憲宗時，累擢職方員外郎，知制誥。其為文，於牋奏制令尤善，每一篇成，人皆傳諷。』楚為當時駢文章奏名家，故以五祖喻之。

④【馮注】《晉中興書》：『初，魏徐州刺史呂虔有佩刀，工相之，以為必三公可服此刀。虔語別駕王祥：「卿有公輔之量，故以相與。」祥始辭之，虔强與，乃受。』《晉書·王祥弟覽傳》：『祥臨薨，以刀授覽，曰：「汝後必興，足稱此刀。」覽後奕世賢才，興於江左矣。』【按】唐時官私文書，例用駢體，擅長駢體章奏為文士致身通顯之重要條件，故有『不羨王祥得佩刀』之語。

【朱曰】此詩疑義山為令狐楚巡官時作也。《唐書》云：『楚能章奏，以其道授商隱，自是始為今體章奏。』故借用五祖傳衣事。

【朱彝尊曰】此必軍帥招之佐幕，故有第二句。謝者，謝辭之也。

【姚曰】此謝令狐公作也。義山儷體文，得法於令狐，故有此作。

【屈曰】詳詩，必楚卒後有軍率來招者，其意不誠，故作此詩以謝絶之。

【程曰】半夜傳衣之語，則所謂奉龍韜者必非指他幕之節使，其為令狐楚無疑。義山平生長於箋奏之文，傳之者實為楚也。末有不得佩刀之語，蓋為楚巡官之時，猶未登第，故作自寬之詞，正所以感慨系之也。

【紀曰】應酬中之至下者。起句尤不成語。（《玉溪生詩説》）又曰：此謝令狐楚也。

【張曰】此令狐召赴太原報謝之作。楚以章奏授義山，而是年應舉，為崔鄲所斥，故有末句。起則追溯天平恩遇，自慨無以報稱也。馮編大和二年，時令狐尚未鎮天平，情事皆舛矣。（《會箋》。編大和二年）又曰：未至下劣至極，亦未至不成語，此等評語皆太過分。……（《辨正》）

【按】此詩作年，馮繫大和二年，張繫大和六年，似均未合。《舊唐書·文苑傳》：『商隱能為古文，不喜偶對。從事令狐楚幕，楚能章奏，遂以其道授商隱，自是始為今體章奏。』楚授章奏之道既在義山從事楚幕時，則《謝書》之作自不可能在入幕前之大和二年。張氏以末句為暗指應舉被斥，實則此句不過極言得楚章奏真傳後躊躇滿志之心情，非有所指。且味詩意，似非久蒙恩遇後致謝令狐，而係令狐授章奏之道後不久，義山自覺技藝精進、青雲可望時作。朱氏謂作於為天平巡官時，大體可信。楚大和三年十一月任天平軍節度使，此詩之作，或當稍晚。酌編大和四年。

天平公座中呈令狐相公①時蔡京在坐京曾為僧徒故有第五句〔一〕②

罷執霓旌上醮壇③，慢妝嬌樹水晶盤④。更深欲訴蛾眉斂，衣薄臨醒玉艷寒⑤。白足禪僧思敗道⑥，青袍御史擬休官⑦。雖然同是將軍客⑧，不敢公然子細看〔二〕⑨。

校記

〔一〕『時蔡京在坐京曾為僧徒故有第五句』，此十五字各本均連『令狐令公』作大字，併入題內，惟悟抄為雙行小字。【徐曰】『京幼嘗為僧徒』二句，乃方回《律髓》評語，後人誤入題中也。【馮曰】舊題十五字，當即本之《紀事》者，縱或有，然亦宜附注題下耳。【按】《唐詩紀事》卷四十九蔡京下云：『令狐文公在天平後堂宴樂，京時在坐，故義山詩云：「白足禪僧思敗道，青袍御史擬休官。」謂京曾為僧也。』《紀事》之文固與此十五字相近，然據此即斷定『舊題十五字，當即本之《紀事》者』，亦屬武斷。徐說亦類此。惟馮氏『宜附注題下』之說，則較為合理。蓋此詩『白足』句非注不能明。作者即席賦詩呈獻之時，因蔡京在坐，主客均能會意；迨事過境遷，輯詩編集之日，方感加注之必要。疑此十五字本系作者自注，傳寫過程中闌入正文，遂若長題。茲據悟抄改『時蔡京在坐』等十五字為小字作題下附注。《瀛奎律髓》題作『天平公座中呈令狐令公時蔡京在坐』，無『京曾為僧徒』等十字。案此詩腹、尾二聯均涉及蔡京，則原題或當依《律髓》，亦未可定。又，題內『天平公座』之『公』字，朱鶴齡曾疑是衍文，後又載潘畊之論，以『天平公座』四字斷句，以為『公座』者即《紀事》所云『後堂宴樂』也，作『天平公』讀者失之（見程注引）。吳喬《西崑發微》此首題注亦云：『題中天平公座之「公」字，疑是衍文。蓋天平言地，令公言人，若云「天平座中呈令狐令公」，則曉然矣。』又引潘耒曰：『天平公座即《紀事》所云後堂宴樂也，作「天平公」讀者失之。』所載與程注引稍異。按潘說是。『天平』不得稱公，猶『涇原』（王茂元曾任涇原節度使）、『兖海』（崔戎曾任兖海觀察使）、『桂管』（鄭亞曾任桂管觀察使）、『武寧』（盧弘正曾任武寧軍節度使）、『東川』（柳仲郢曾任東川節度使）之不得稱公一例。題內『相公』，原作『令公』，他本均同，據《蔡寬夫詩話》及顧學頡說改。詳注①。

〔二〕『子』，姜本及律髓作『仔』，字通。

①【錢龍惕箋】《舊書》：大和三年十一月，令狐楚進位檢校兵部尚書、鄆州刺史、天平軍節度使。【馮注】《舊書·志》：『中書有中書令』，唐之宰相曰同中書，固以此也。令狐雖未實進中書令，而《香山集》中亦稱令狐令公矣。《新書·方鎮表》：『元和十四年，置鄆曹濮節度使，治鄆州；十五年賜號天平軍。』《舊書·傳》：『令狐楚，字殼士。』《舊書·紀》：『大和三年，令狐楚檢校右僕射、天平軍節度使。』【按】令公為中書令之尊稱。令狐楚於憲宗元和十四年七月，為中書侍郎、同平章事，然從未帶中書令銜。據顧學頡考證，此『令公』當為『相公』之誤。詳見其《李商隱天平公座中呈令狐令公詩題令公二字舊説辨誤》。《蔡寬夫詩話》引此題作『呈令狐相公』。

②【朱注】《唐詩紀事》：『邕州蔡大夫京者，故令狐文公楚鎮滑臺日，於僧中見之，曰：「此童眉目疎秀，進退不懾，惜其單幼，可以勸學乎？」師從之，乃得陪學於相國子弟。後以進士舉上第，尋又學究登科，作尉畿服。為御史，覈獄淮南，李相紳憂悸而卒，頗傳繡衣之稱。謫居澧州，稍遷撫州刺史。後假節邕交，没而藁殯其地。』《舊唐書》：『大中三年二月，貶殿中侍御史蔡京為澧州司馬。』《通鑑》：『咸通三年，京以左庶子為嶺南西道節度使。後賜自盡。』【馮注】彭陽公為鄆，薦蔡京正在此時，詳《年譜》。《水經注》云：『滑臺城即鄭之廩延也。』《舊書·志》河南道滑州，以城有古滑臺也。滑、鄭、濮三州節度治滑州。貞元元年，號義成軍。令狐宦蹟並未涖滑臺，《紀事》誤也。京以進士登學究科，時謂好及第，惡登科，《唐摭言》載之。而《摭言》載反初及第並不及京，豈幼年事在所略歟？公座既非可專指一人，義山年少，何可肆言？《紀事》所載，殊不可信。但公座不當實有僧流，故且存其説。【按】馮氏《玉谿生年譜》引朱閔《歸解書彭陽碑陰》云：『公尹洛，禮陳商；為鄆，薦蔡京；涖京，辟李商隱。』則蔡京明為楚鎮天平時所薦。

③【朱注】《高唐賦》：『霓為旌，翠為蓋。』《西都賦》：『虹旃霓旌。』【補】醮壇，道士祈禱所設之壇。『罷』字貫全句，謂罷執霓旌，不復上醮壇也。

④【朱注】《太真外傳》：『成帝獲飛燕，身輕欲不勝風，恐其飄翥，為造水晶盤，令宮人掌之而歌舞。』【馮注】此語見《太真外傳》，言明皇在百花院便殿覽《成帝内傳》也。唐以前《經籍志》無此書，疑不足據。【姚注】慢妝，猶薄妝。【徐曰】『嬌樹』暗用『瓊樹朝朝新』之語。【按】陳後主《玉樹後庭花》有『璧月夜夜滿，瓊樹朝朝新』之語，詠張貴妃、孔貴嬪容色。二句諸家解頗紛紜，朱鶴齡於『衣薄』句下注云：『座中必有官妓，故云。』程氏則云：『大都女道士之在鎮府醮祭者，故起句如此。而末句又有不敢公然之語，若妓，則醮壇何指？又何不可子細看乎？』馮浩引徐逢源曰：『唐時女冠出入豪門，與士大夫相接者甚多，或令狐家妓曾為之。』姚氏云：『詳詩句，必令狐坐中姬有曾為女道士者，故有此作。』諸說中姚氏之説較長。此詩末句暗用劉楨平視甄后事，則『慢妝』者之身份恐非官妓，亦非尋常家妓，而系姬妾者流。二句謂座中美姬昔曾執霓旌上醮壇為女道士，今則薄妝輕施如嬌美之玉樹，於水晶盤中作掌上舞矣。

⑤【補】玉艷，容光。二句謂更深斂眉欲訴，似含幽怨；夜寒衣薄酒醒，益增奇艷。【朱彝尊曰】艷詞必極深婉，此天性也。

⑥【朱注】《法苑珠林》：『魏太武時，沙門曇始甚有神異，足不躡履，跣行泥穢中。奮足便净，色白如面，俗號白足阿練也。』【馮注】《魏書·釋老志》：『惠始到京都，世祖每加敬禮。五十餘年未嘗寢卧，雖履泥塵，初不汙足，色愈鮮白，世號之曰白脚師。』【蔡啟曰】唐搢紳自浮圖易業者頗多。劉禹錫《答廖參謀》：『初服已驚白髮長，高情猶問白雲深。』李義山《呈令狐相公》詩曰：『白足禪僧思敗道，青袍御史欲休官』，以指其座中人，皆顯言之。蓋當時自不以為諱，近世言還俗，雖里民猶且恥之也。（《苕溪漁隱叢話》引）【計有功曰】謂京曾為僧也。【錢鍾書曰】敗道者，破戒而未還俗。（《管錐編》第三册）

⑦【馮注】《唐六典》：『袍制有五，一曰青袍。』按：幕官帶御史銜者。《全唐詩》劉得仁有《送蔡京侍御赴大

梁幕》詩，則京又曾為汴幕憲官，不知其在何時也。上句若果指蔡，此句亦當指蔡，愚固不能信之。【紀曰】《册府元龜》載唐時風憲不與燕會，故曰『擬休官』也。（《詩説》）又曰：李栖筠事可證。（《輯評》）（按：杜牧為御史，分司洛陽，於李愿席上觀妓賦詩，可證御史並非絶對不許入宴會。本篇所謂青袍御史，當指幕官帶御史銜者。）【朱曰】白足禪僧擬蔡京，青袍御史必義山自謂。【吴喬曰】青袍御史，必指别客。楚卒後，義山方為御史。【屈曰】青袍御史指座客而言，不必義山自謂。【按】吴、屈説是。『擬休官』者，蓋渲染此女子之誘惑力，直欲令御史生休官之想，以圖與佳人相伴。紀解殊泥。青袍御史當是幕官帶監察御史銜者。

⑧【朱注】將軍謂天平公。【馮注】《漢書·汲黯傳》：『大將軍青既益尊，黯與亢禮，曰：「大將軍有揖客，反不重耶？」』【按】『同是將軍客』，謂己與蔡京及所謂『青袍御史』者同為令狐幕客。

⑨【馮注】《水經注》：『魏文帝在東宮宴諸文學，酒酣，命甄后拜坐，坐者咸伏，惟劉楨平仰觀之。太祖以為不敬，送徒隸簿。今華林隸簿，昔劉楨磨石處也。』暗用此典，雅切公坐。《魏志注》作『楨獨平視』。

【吴喬曰】直稱蔡京姓名，而詩語帶謔，其在京學於相國子弟時無疑。不敢細看，當是家妓耳。青袍御史，必指别客。楚卒後，義山方授御史。愚意此詩作于文宗大和三年己酉楚為天平節度時。……（《西崑發微》卷中）

【陸曰】詩中白足禪僧與青袍御史皆指京言，同是將軍客，乃自謂也。舊解以天平公為绹，以御史為義山自謂，皆未當，今特正之。○前四句，是形官妓；五六是戲座客；結處是呈令狐令公。言此官妓，以道家妝束來此座中，其嬌態直可作掌上舞也。蛾眉斂，令人憐；玉艷寒，又令人愛。宜座客見之，為之傾倒，覺向時之道心頓退，而今日之官職可輕也。我雖同是將軍之客，而於此有不敢屬目者焉。……

【姚曰】詳詩句，必令狐坐中姬有曾為女道士者，故有此作。罷執霓旌上醮壇，從女道士還俗也。慢妝，猶薄妝。嬌樹，必『嬌貯』之譌。淡掃蛾眉，而貯以水晶之盤，奇艷愈發矣。更深眉斂，衣薄玉寒，猶帶不甘入俗之意。『白足』句指蔡，『青袍』句自謂。奇艷奪人如此，雖後堂密坐，猶恨看不分明，不謂之天上人，不可得也。

【屈曰】首二句寫妓呈技，先執霓旌而上醮壇，罷乃改妝而歌舞也。及夜深玉寒，故斂眉欲訴，令人徒生敗道休官之想。而體統尊嚴，未敢肆觀也。青袍御史指座客而言，不必義山自謂。『天平公座』一讀，與下令狐公無妨，舊注全非。

【程曰】《唐詩紀事》云：『令狐文公在天平後堂宴樂，蔡京時在坐。』是則令狐令公之為令狐楚明矣。朱長孺誤讀為天平公，遂疑下文不應又出令狐公，著有論説（按朱箋初以為此令狐令公必指令狐綯）。既而又為不當，又作補箋，引據唐人朱閲《歸解書彭陽公碑陰》……定此詩為令狐楚鎮鄆之日。但疑『天平公座中』公字恐是衍文。後又載潘畊之論，以『天平公座』四字斷句，以為『公座』者即《紀事》所云『後堂宴樂』也，作『天平公』讀者失之。愚按『公座』二字潘説甚是。天平之不得稱公，猶之前開府（封）之不可稱公一例也。……中聯白足禪僧，本題注為蔡京，青袍御史不知所謂。若以為自謂，此時方署巡官，安得遽兼御史？若別有一人同在座中者，則當與京一例，於題注明。若亦屬京，則京為御史在大中三年，去太和三年遠矣。事不可考，姑且闕疑。又按朱注云：『座中有官妓。』非也。大都女道士之在鎮府醮祭者，故起句如此。而末句又有『不敢公然』之語，若妓，則醮壇何指？又何不可子細看乎？

【紀曰】蒙泉以為後四句粗淺也，前四句亦自不佳。

【張曰】此公座中當有官妓為女冠者。『白足』調京，『青袍』別指同舍。詩疑令狐命賦，故云『呈令狐令公』。不然，義山年少，措辭何一無忌憚乃爾！（《會箋》。按馮注引徐逢源已謂『此詩似文公命賦』，為張説所本）。又曰：艷詩中最深婉者，措辭鮮麗而有神味，絶非西崑塗澤所及。紀氏不好香奩體而以為不成語，過矣。……（《辨正》）

【按】詩中寫一宴會間歌舞侑酒之女子，其人似為府主姬妾者流，並曾為女道士，身份甚卑。然商隱寫來奇艷奪人，座間有思敗道者，有擬休官者，有雖目睹而看不分明者（不敢公然子細看，既暗點其人身份，亦見其光艷照人，令人不敢注視也）。此種美之征服力，不亞於漢樂府《陌上桑》觀羅敷一段。

由此詩可見義山與令狐關係之親密，遠超一般幕主與僚屬。亦可見唐代士子禮法觀念甚為淡薄，作風放浪，出言無忌。義山部份《無題》詩，其產生之背景當與此類詩描寫之生活有密切關係。

此篇艷而不流於褻，謔而不墮於惡趣。頷聯『鮮麗而有神味』，末聯用典雅切而帶風趣。自藝術角度觀之，固不及後期同類作品深婉圓熟，然寫人物與氣氛，亦有難以企及之處。紀評未免太苛。

贈宇文中丞①

欲搆中天正急材〔一〕②，自緣煙水戀平臺③。人間只有嵇延祖〔二〕，最望山公啟事來④。

〔一〕『搆』，蔣本、朱本作『構』。萬絕作『造』，系避宋高宗諱改。

〔二〕『嵇』，蔣本作『稽』，字通。

集注

①【朱注】《舊唐書》：『大和六年八（按當作七）月，以御史中丞宇文鼎為户部侍郎，判度支。』【馮注】《舊書・紀》：『大和三年十二月，以吏部郎中宇文鼎為御史中丞。』《新書・宰相世系表》：『宇文鼎字周重，父邈，亦御史中丞。』【張曰】案《李漢傳》：『八年代宇文鼎為御史中丞，時李程為左僕射，以儀注不同，奏請定制。』考《程傳》：『大和六年，就加檢校司空，七月徵為左僕射，時中丞李漢以為受四品已下拜太重云云』，則漢於大和六年已代宇文鼎為中丞矣。《傳作》八年，誤。又曰：詩當作於天平府罷，宇文鼎未遷户部侍郎時。【按】《舊書・紀》：大和六年七月，『以御史中丞兼刑部侍郎宇文鼎為户部侍郎判度支。』故張正《李漢傳》『八年』之誤甚是。編年則似未妥，詳箋。

②【朱注】《列子》：『西極化人見周穆王，王為改築宮室，其高千仞，臨終南之上，名曰中天之臺。』【馮注】賈誼《新書》：『楚王作中天之臺，三休而後至其上。』劉向《新序》：『魏襄王欲為中天之臺，以許綰言而罷。』【按】此言朝廷急需構厦之材。又，古史稱堯舜之時為中天之世，猶言盛世。『欲構中天』或兼寓君主求治之意。

③【馮注】《史記》：『梁孝王大治宮室，為複道，自宮連屬於平臺三十餘里。』【徐曰】舒元輿《御史臺新造中書院記》云：『河南宇文公為御史中丞。』蓋宇文河南人，故用平臺。（馮注引）【張曰】次句『煙水』『平臺』自喻，所謂『占數東甸』（謂義山卜居洛陽）也；或以梁園比幕僚，即『甘心與陳阮』之意。【按】平臺故址在今商丘縣東北，與洛陽相去甚遠，張解此句為『占數東甸』顯非。馮引徐説以此句屬宇文，亦非。而張氏『甘心與陳阮』之解則近是。詳箋。

④【自注】公盛嘆亡友張君，故有此句。【朱注】《晉書·嵇紹傳》：「紹字延祖，康之子，以父得罪，靖居私門。山濤領選，啟武帝，請為秘書郎。帝謂濤曰：「如卿所言，乃堪為丞，何但郎也！」」《山濤傳》：「所奏甄拔人物，各為題目，時稱《山公啟事》。」【馮注】《魏志注》：「嵇康子紹，字延祖，少知名。山濤啟以為祕書郎，稱紹平簡溫敏，有文思，又曉音，當成濟者。……遂歷顯位。」【按】作者自注「盛嘆」，除蔣本外，各本均作「感嘆」。馮曰：盛一作感，誤。《後漢書·孔融傳》：「文舉盛嘆鴻豫名實相副。」《吳志·虞翻傳》：「于禁雖為翻所惡，然猶盛歎翻。」茲依蔣本及馮校改。

【姚曰】當求才正急之時，而故人有子，更迫於彈冠私願矣。

【馮曰】宇文罷中丞，暫爾家居。因其曾為吏部，故又以銓衡期之也。

【紀曰】直寫平淺。

【姜炳璋曰】此蓋以引薦張君之子勉宇文。然觀第三句，言人間豈只有延祖一人乎？則勉宇文者，不獨甄拔張氏也。

【張曰】義山應舉不第，望人薦達也。次句「煙水」「平臺」自喻，所謂「占數東甸」也。或以梁園比幕僚，即「甘心與陳阮」之意。馮氏謂宇文河南人，罷中丞家居，因其曾為吏部，故以銓衡期之，均誤。詩當作於天平府罷，宇文鼎未遷户部侍郎時。馮編大和八年，疏矣。（《會箋》。按張編大和六年）

【按】馮氏謂「宇文罷中丞，暫爾家居」，純出臆測，非有佐證，第因宇文為河南人而牽合次句「平臺」為解。然次句顯非指宇文，蓋彼早登要路，為廊廟之具，不必再以「欲構中天正急材」望其為構厦之材也。正急材與三四句呼應。史載梁孝王曾與鄒陽、枚乘、司馬相如等文士極遊於平臺之上，是則『平臺』固可作為幕府之代稱。『自緣煙水戀平臺』者，謂己所戀者惟幕府之遊宴生涯耳。三四則又因宇文盛贊亡友張君，而謂人間惟有如嵇延祖者（指張君之子），最望公之品題薦舉。詳味詩意，似宇文曾微露薦引義山之意圖，義山則因受知幕主而不擬他就，故以『自緣煙水戀平臺』婉謝之，且望其施惠於亟須援引之亡友之子。『自緣』與『惟有』『最望』，前後呼應。

張氏謂此篇當作於天平府罷之後，與『戀平臺』之語不合。頗疑此詩作於居天平幕時。義山《上令狐相公狀》云：『每水檻花朝，菊亭雪夜，篇什率徵於繼和，盃觴曲賜其盡歡，委曲款言，綢繆顧遇。』此正所謂『自緣煙水戀平臺』也。酌編大和五年。

贈趙協律皙①

俱識孫公與謝公②，二年歌哭處皆同〔一〕③。已叨鄒馬聲華末④，更共劉盧族望通⑤。南省恩深賓館在⑥，東山事往妓樓空⑦。不堪歲暮相逢地，我欲西征君又東⑧。

校記

〔一〕『皆』，席本、朱本、季抄作『還』，於義似稍優。然此詩處處強調己與趙之共同點（俱、共），此處用『皆』字似更切。

集注

①【朱注】《唐六典》：『隋太常協律郎二人，皇朝因之。』《舊唐書·王質傳》：『質在宣城，辟崔珦、劉蕡、裴夷直、趙晳為從事，皆一代名流。』本集有《為安平公兖州奏趙晳充觀察判官狀》。【張注】《紀》書『以權知河南尹王質為宣歙觀察使』於大和八年九月，此詩送晳赴宣州作，時方冬暮，故結句云然也。【補】《舊唐書·王質傳》：『大和中，王守澄構陷宰相宋申錫。文宗怒，欲加極法。質與常侍崔玄亮雨泣切諫，請付外推，申錫方從輕典。質為中人側目，執政出為虢州刺史。……八年，為宣州刺史、兼御史中丞、宣歙團練觀察使。』《樊南文集》卷二《為安平公兖州奏趙晳充判官狀》：『右件官洛下名生，山東茂族。』知趙為洛陽人。此詩蓋崔戎卒後，晳應王質之辟赴宣州，義山贈行之作。味『不堪歲暮相逢地，我欲西征君又東』之句，相逢及離別之地或即在洛陽。大和八年冬，義山赴京應明春之禮部進士試，行前有《上鄭州蕭給事狀》。此路經洛陽時贈別趙晳之作。

②【馮注】《晉書》：『孫綽，字興公，博學善屬文，襲爵長樂侯，累遷散騎常侍、廷尉卿。于時文士，綽為其冠。謝安，字安石，少有重名，累遷中書監録尚書事、加侍中都督諸軍事，封建昌縣公，進封太保，薨贈太傅。』孫、謝嘗同居東土，同汎海同修禊，見《晉書》諸傳中。【按】此以孫、謝分指令狐楚、崔戎。

③【馮注】大和七年六月，楚為吏部尚書，則歌；八年六月，崔安平卒，則哭。【補】歌哭，語出《禮記·檀弓》：『晉獻文子成室，張老曰：「美哉輪焉！美哉奂焉！歌於斯，哭於斯，聚國族於斯。」』二句謂己與趙晳均為令狐楚、崔戎所知，二年同居幕下，未曾相離，且感情投合，悲喜歌哭與共。馮注以『歌』『哭』分屬令狐與崔戎，非。首二句僅言己與晳關係之密切，初未道及令狐與崔戎之升沉生卒，五六始出『在』『空』二字。且令狐憲宗時即登台輔，此時入為吏部尚書，亦不足『歌』。

④【朱注】鄒陽、司馬相如俱為梁孝王賓客。【馮注】《史記·司馬相如傳》：『梁孝王來朝，從鄒陽、枚乘、莊忌之徒，相如見而説之。因病免，客遊梁，梁孝王令與諸生同舍。』【程注】任昉《宣德皇后令》：『客游梁朝，則聲華籍甚。』【補】聲華，猶聲譽。白居易詩：『昔為京洛聲華客，今作江南潦倒翁。』句意謂己已叨居聲華籍甚之同幕諸文士之末。『鄒馬』即包括趙皙。此句不必專指同出令狐門下，義山居兖，與趙同幕，正所謂『已叨鄒馬聲華末』也。

⑤【自注】愚與趙俱出今吏部相公門下，又同為故尚書安平公所知，復皆是安平公表姪（『復』，底本作『後』，誤，據蔣本、姜本、戊籤、影宋抄、錢本改）。【朱注】劉盧，劉琨、盧諶也。《文選》琨《答諶詩》：『郁穆舊姻，嬿婉新婚。』善曰：『臧榮緒《晉書》：琨妻即諶之從母。』諶《贈琨詩》：『申以婚姻，著以累世。』向曰：『婚姻，謂諶妹嫁琨弟。』【馮注】按鄒馬統言幕中，非專指令狐鎮汴，此句則專指與安平戚誼也。《晉書·盧諶傳》曰：『琨妻即諶之從母。』又曰：『清河崔悦，劉琨妻之姪也。』《温嶠傳》曰：『劉琨妻，嶠之從母也。』《劉琨傳》曰：『温嶠表稱姨弟劉羣，内弟崔悦、盧諶等。』蓋琨妻與諶母、嶠母為姊妹，故舉劉盧以合崔姓。雖作者意不及此，亦堪搜剔。【補】族望，猶名門大族，有聲望之宗族。句意謂己與趙皙並為崔戎表姪，猶劉琨之與盧諶，族望相通，戚誼甚密。

⑥【朱注】陸游《筆記》：『唐人本以尚書省在大明宫之南，故謂之南省。』【馮注】《通典》：『尚書省都堂居中；都堂之東，吏部、户部、禮部；都堂之西，兵部、刑部、工部。』《職官分紀》：『開元中，謂尚書省為南省。』按：六尚書二十四司，皆統於尚書都省，故尚書與郎官統稱南省，或稱中臺。令狐已久進位僕射，則當謂都省。《通志·職官略》：『唐時謂尚書省為南省，門下、中書為北省。亦謂門下省為左省，中書為右省。或通謂之兩省。』【補】賓館，暗用漢公孫弘為丞相，開東閤以延賢士事，賓館即東閤之異名。此言令狐尚在。

⑦【馮注】《晉書》：『謝安寓居會稽，棲遲東土，每遊賞，必以妓女從其後。雖受朝寄，然東山之志始末不渝，每形於言色。』二句分指。【程注】《六朝事跡》：『上元縣東山，今土山是也。謝安寓居會稽，棲遲東山，此

安之舊隱也。後於土山營築，以儗東山。』【胡以梅曰】蓋暗用羊曇之痛。【按】此言崔戎已卒。

⑧【馮注】此云『君又東』，必赴宣州也。『西征』指赴京師。詩蓋八年冬自家赴京途次作。

【金聖嘆曰】孫言孫綽，謝言謝安，以比吏部相公與安平公也。『歌哭處還同』者，言二年聚於兩家，美輪美奂之下，未嘗暫有分隔也。三四再寫『俱』字『同』字，言不寧此『俱』此『同』而已，唯叨附文墨則又『同』，忝繫中表則又『俱』也。一解寫與趙投分之厚如此。『賓館在』，言舊游如昨也；『妓樓空』，言吏部下世也。言從此二人分散，直至今日得逢，而又匆匆西東，更值雨雪載塗也。一解寫己與趙蹤跡之乖如此也。（《貫華堂選批唐才子詩》）

【錢龍惕曰】大和七年，令狐楚入為吏部尚書，仍檢校右僕射，故稱吏部相公也。孫公、謝公，指安平與彭陽也。歲暮相逢，河梁送別，追感賓館妓樓之事，所以黯然而作也。

【吴喬曰】亦是人事詩。以有交情，自然懇切。（《圍爐詩話》）

【胡以梅曰】……蓋吏部相公令狐楚已殁，安平公崔戎見在（按此説大誤，參注）。孫公、謝公指此二人，是一生一死，所以以下歌哭兼言。三四五六各分一事。五言在，六言空，皆有綫直通到底。於此求之，孫公是公孫弘，開丞相之閣者；謝公是謝安，蓋暗用羊曇之痛。且李、趙同為安平公表姪，尤親情相類矣。詩人巧於穿插，只倒一字，將兩『公』字為句脈，不可被其瞞過。且諸家詩中，或用孫弘者，或用公孫者，獨不可變而用孫公乎？第三言令狐門下作賓客，第四言安平公門下是親道。第五言吏部南省，賓館尚在，六言安平公東山已往，又為謝公下注疏耳。結念往事而又別離，其為黯然更何如乎？朱注誤以孫公為孫興公，連謝公亦不注用之所以，皆為興公印定眼

目，一篇精神埋没矣。（《唐詩貫珠串釋》卷十四）

【何曰】和淚寫出之詩。（《輯評》）

【陸曰】……安平公謂崔戎，戎卒於大和八年，故稱故尚書。起處以孫綽、謝安比楚與戎，言爾我早為兩公所知，歌斯哭斯，同事二年，初未相離也。在相公之門，則為上客；於安平公所，亦屬至親，與泛然相值者更有異矣。南省恩深，感楚也；東山事往，悲戎也，分頂三四説來。結言歲暮相逢，河梁握手，回憶賓館妓樓之事，能不黯然魂銷也哉！……

【徐德泓曰】前四句，言與趙俱在二公賓席，而俱屬姻親，原注所謂表姪也。五六句，追感舊情。末收歸送趙意。此却近時調，而惓惓恩誼，固屬可傳。

【姚曰】此詩首聯叙與趙二年中周旋事。頷聯承孫公、謝公。中聯承『二年歌哭處』。末聯乃述贈别之意。歲暮相逢，承『二年』來；我欲西征君又東，承『歌哭處皆同』來。章法一片，無迹可尋，而情事表裏本末俱透。此妙惟杜公有之。

【屈曰】受恩深處，白首相逢，况復别離。辭雖淺近，氣味悲凉。

【程曰】……妓樓空，嘆崔氏殁世，歌舞皆散；賓館在，慨令狐閒散，門庭徒存。史稱令狐楚與裴度、鄭覃皆累朝耆俊，久為當路所軋，置之散地，此南省賓館之所以興慨也。……

【紀曰】一往情深，但調少滑耳。滑尤在一結也。（《詩説》）

【姜炳璋曰】五句承『歌』，指令狐楚也；六句承『哭』，指崔戎也。

【方東樹曰】孫、謝指安平公崔戎及令狐也。五六是追感，即起下收意，猶云『客散孟嘗門』也。義山與趙，皆與安平有戚誼。

【張曰】應酬常語，寫來情意真切乃爾，豈滑調哉！（《辨正》）

【按】令狐與崔戎，為義山早歲受知者。然崔戎鎮兖，月餘而殁；令狐内徵，太原幕散。昔之同出門下，同處幕府，同受知遇，同有戚誼者，今為生計所迫，勞燕東西，贈行之際，天涯淪落、漂泊無依之慨油然而生，此詩之所以『氣味悲凉』也。程氏謂五句『慨令狐閒散』，雖有悖事理（吏部居六部之首，不得謂之閒散），然此句的非泛泛叙事，視『恩深賓館在』可知；在者，雖在而於己猶空也。

紀氏謂此詩『純乎滑調』，蓋指其音節瀏亮，語調流走，與傷悼崔戎、嘆息身世之内容不協。然義山詩中確有此一類於流走中見沉鬱悲凉者。此種筆調與詩人所抒發之悲感，實有相反相成之作用，不得謂之『純乎滑調』。何焯稱此詩『和淚寫出』，體會較為深切。

安平公詩①

丈人博陵王名家②，憐我總角稱才華③。華州留語曉至暮④，高聲喝吏放兩衙⑤。明朝騎馬出城外，送我習業南山阿〔一〕⑥。仲子延岳年十六〔二〕⑦，面如白玉欹烏紗⑧。其弟炳章猶兩丱⑨，瑤林瓊樹含奇花⑩。陳留阮家諸姓秀〔三〕⑪，邐迤出拜何駢羅⑫。府中從事杜與李⑬，麟角虎翅相過摩⑭。清詞孤韻有歌響，擊觸鐘磬鳴環珂⑮。

三月石堤凍銷釋，東風開花滿陽坡。時禽得伴戲新木⑯，其聲尖咽如鳴梭⑰。公時載酒領從事，踴躍鞍馬來相過⑱。仰看樓殿撮清漢〔四〕⑲，坐視世界如恒沙⑳。面熱脚掉互登陟㉑，青雲表柱白雲崖㉒。一百八句在貝葉㉓，三十三天長雨花㉔。長者子來輒獻蓋〔五〕㉕，辟支佛去空留鞾㉖。

公時受詔鎮東魯㉗，遣我草奏隨車牙〔六〕㉘。顧我下筆即千字，疑我讀書傾五車㉙。嗚呼大賢苦不壽，時世方士無靈砂[30]。五月至止六月病[31]，遽頹泰山驚逝波[32]。

明年徒步弔京國[33]，宅破子毀哀如何[34]。西風衝户捲素帳，隙光斜照舊燕窠[35]。古人常歎知己少[36]，況我淪賤艱虞多[37]。如公之德世一二[38]，豈得無淚如黃河[39]。瀝膽呪願天有眼[40]，君子之澤方滂沱[41]。

校記

〔一〕錢本自「習」字以下缺。

〔二〕「延」原一作「廷」，朱本、季抄同。

〔三〕「姓」原作「姪」，據蔣本及馮校改。參注。朱本、季抄此句一作「璠璵並列諸姓秀」。

〔四〕「攝」，馮引一本作「插」，非。

〔五〕「長」原作「美」，一作「長」。【按】長者子獻蓋事見《維摩經》，詳注。作「美」非。據蔣本、姜本、戊籤、悟抄、席本、影宋抄改。

〔六〕「奏」，各本均作「詔」。季抄一作「奏」。【朱曰】（詔）疑作「奏」。【馮曰】舊作「詔」，必誤。【按】朱、馮校是。義山受辟至兖幕掌章奏，「草奏」指此。「草詔」系翰林學士、知制誥之職事。此「詔」字必涉上文「受詔」而誤。

①【自注】故贈尚書諱氏（諱，蔣本、戊籤作韓，誤）。【胡震亨曰】安平公疑即五律中崔兖海也。詩中意多合，而此稱韓姓，似誤。【朱注】崔戎也。《舊唐書》：『崔戎，字可大。裴度領太原，戎為參謀。遷劍南東西川宣慰使。還，拜給事中。改華州刺史。遷兖海沂密都團練觀察使。大和八年五月卒，贈禮部尚書。』《新唐書・宰相世系表》：『戎封安平縣公。』【程曰】崔戎之為兖海觀察使，本傳不詳年月，《通鑑》載之大和八年。其在官之日，本傳以為歲餘卒，《通鑑》書三月命官，六月卒。觀此詩『五月至止六月病』一語，則《唐書》失之，《通鑑》為得也。【馮注】原編集外詩。《舊書・紀》：『大和八年三月，以華州刺史崔戎為兖海觀察使，六月卒。』《崔戎傳》：『贈禮部尚書。』義山為戎所知，在華隨至兖。……詩作於九年，故曰『明年徒步弔京國』。《新書・宰相世系表》：『戎為博陵安平崔氏大房，封安平縣公。』戊籤訛『諱』為『韓』而疑之，何歟？【補】諱氏，猶名諱姓氏。此處謄清時原應注『崔戎』姓名。又，據兩《唐書・戎傳》，戎佐太原幕，時王廷湊叛於鎮州，裴度請戎往諭，廷湊聽命。宣慰劍南時，奏罷稅外薑芋錢。刺華時，以華州屬吏供刺史私用錢萬緡享軍。至兖，鉏滅奸吏十餘輩。

②【朱注】《舊唐書》：『戎高伯祖玄暐，神龍初有大功，封博陵郡王。』

③【程注】《詩・國風》：『婉兮孌兮，總角丱兮。』【馮注】《魏志・吴質傳注》：『周陔及二弟韶、茂，皆總角見稱，並有器望。』總角稱才者頗多，不備引。【補】《禮記・內則》：『拂髦，總角。』鄭玄注：『總角，收髮結之。』按總角指未成年者將髮扎成兩角形狀之小髻。後因稱童年時代為總角。《樊南甲集序》：『樊南生十六能著《才論》《聖論》，以古文出諸公間。後聯為鄆相國、華太守所憐。居門下時，敕定奏記，始通今體。』

④【朱注】戎拜給事中，駁奏為當時所稱。大和七年七月，改華州刺史。

⑤【馮注】封演《聞見記》：『近人通謂府廷為公衙，即古之公朝也。字本作「牙」。《詩》曰：「祈父，予王之

爪牙。」故軍前大旗謂之牙旗，軍中號令必至其下。近代尚武，是以通呼公府為公牙，府門為牙門，變轉而為衙也。』按：《後漢書·袁紹傳》：『拔其牙門。』注曰：『牙門旗竿，即《周禮》司常職云「軍旅會同，置旌門」是也。』牙門字似始此。兩衙，早晚衙也。　【程注】白居易詩：『公門日兩衙。』　【田曰】所謂『知己』。（馮注引）　【補】早晚衙者，指官府早晚兩次坐衙治事，接受屬吏參謁。事畢而散，謂之放衙。此處『放衙』當為免除坐衙和屬吏的參見之意，承上『留語曉至暮』而來。

⑥【補】習業，謂習舉業。讀書準備應舉。南山，指終南山。終南山東西橫亘數百里，此指華州南面之一段。

⑦【朱注】延岳，或云崔雍也。按《唐書》：雍字順中。　【馮注】本集有雍與袞，《新書傳》止雍一人，而《宰相世系表》雍、福、裕、厚四人，詳文集箋矣。袞，則《傳》《表》及《舊書》咸通十年《紀》皆無之。延岳疑當為雍字，而《新傳》云『雍字順中』，亦不合，無可再考。

⑧【馮注】《漢書》：『陳平美如冠玉。』　【補】欹，傾側。烏紗，烏紗帽。東晉時宫官着烏紗帢，隋唐貴者多服烏紗帽，其後上下通用，又漸廢為折上巾，烏紗成為閒居之常服。此句所謂烏紗，即屬常服。欹冠，以見其風流倜儻，不拘小節。

⑨【朱注】炳章，崔袞也。　【徐曰】炳章，疑是袞也。（馮注引）　【張曰】《宰相世系表》：『崔戎子四人，雍、福、裕、厚。』此明言仲子，則延岳為福字無疑，炳章或裕之字耶？雍字順中，與延岳不相配，馮注疑之，非也。　【按】《新書·宰相世系表》：『福字昌遠，裕字寬中。』炳章與裕亦不相配，與袞較合。兩丱，參前『總角』注，狀未成年男子髮髻兩角向上分開形狀。

⑩【程注】《世説》：『王戎云：「太尉（指王衍）神姿高徹，如瑤林瓊樹。」』

⑪【朱注】《晉書》：『阮籍，陳留尉氏人也。父瑀，魏丞相掾，子渾、侄咸、咸子瞻、瞻弟孚、咸從子修、孚族弟放、放弟裕，皆知名。』《唐書·世系表》：『戎姪有庚、序、福、裕、厚、朗諸人。』　【馮注】鄭氏注《禮記》：『姓者子姓，謂衆孫也。』此曰阮家諸子孫耳。《喪大記》：『子姓，謂衆子孫也。姓之言生也。』

⑫【馮注】揚子《法言》：『升東岳而知衆山之邐迤。』《楚詞》：『羣行兮上下，騈羅兮列陳。』【按】邐迤，側行連延狀。騈羅，並排羅列。

⑬【朱注】杜勝，李潘。【按】從事，幕府中佐吏。杜勝、李潘詳後《彭陽公薨後贈杜勝李潘》詩注。

⑭【朱注】《北史·文苑傳》：『學者如牛毛，成者如麟角。』虎翅，猶云虎翼。《揚子》：『或問酷吏，揚子曰：「虎哉虎哉！角而翼者也。」』【馮注】《詩》：『麟之角。』《戰國策·齊策》：『循軼之途，鍇擊摩車而相過。』【按】摩，擦也。此『相過摩』意近杜甫《自京赴奉先詠懷五百字》『羽林相摩戛』句中之『相摩戛』，謂杜、李並肩，如麟角、虎翅之相摩擦也，與上『騈羅』相對，意亦略似。麟角、虎翅，喻杜、李人材出衆。

⑮【補】孤有特出之義。清詞孤韻，猶清詞高韻。此句贊美杜勝、李潘詩作清新優美，不同凡響。下句『擊觸鐘磬鳴環珂』即具體形容其『清詞孤韻』所給予讀者之感受。

以上為第一段，叙己在華州受崔戎盛情相待。

⑯【程注】《水經注》：『時禽異羽，翔集間關。』

⑰【馮曰】叙次皆其設色。

⑱【補】踴躍，興致勃勃之狀。過，訪。

⑲【馮注】遥望樓殿高而小也。【按】樓殿指佛寺。

⑳【朱注】《水經注》：『康泰《扶南傳》曰：恒水之源，出崑崙山中，有五大源，諸水分流皆由此。枝扈黎江出山西北，流東南，注大海。枝扈黎即恒水也。故《西域志》有恒曲之目。』《楞嚴經》：『恒河從阿耨達池師子口流出，周圍四十里，其中沙細如麪，亦云金沙河也。』《維摩經》：『取三千大千世界如陶家輪著右掌中，擲過恒沙世界之外。』【馮注】《史記注》：『亦名恒伽河。』《梁書》：『中天竺，國臨大江，名新陶。源出崑崙，分為五江，總名曰恒水。其水甘美，下有真鹽，色正白如水精。』《維摩經》：『恒河沙等諸佛世界。』《金剛般若經》：『恒河沙數三千大千世界。』此句即微塵世界之意，非言其多。【按】馮注是。此言自山上下望，世界直如恒沙微塵耳。

㉑【補】掉，搖動。脚掉，猶擺動雙脚。

㉒【馮曰】句不協調，疑有誤字。【按】青雲表柱，高入雲霄柱立之山峰。

㉓【道源注】《楞伽經》有不生句生句等一百八句。佛言大慧是百八句。先佛所説，汝及諸菩薩摩訶薩應當修學。【朱注】《酉陽雜俎》：『貝多出摩伽陀國，西土用以寫經，長六七丈，經冬不凋。』《齊民要術》：『嵩山記云：嵩高寺中忽有思惟樹，即貝多也，一年三花。』《翻譯名義集》：『貝多形如此方椶櫚，直而且高，長八九十尺，花如黄米子。』【馮注】《大業拾遺記》：『洛陽翻經道場，有婆羅門僧及身毒僧十餘人。新翻諸經，其經本從外國來，用貝多樹葉書，即今胡書體。葉長一尺五六寸，闊五寸許，形似枇杷而厚大，横作行書，隨經多少，縫綴其一邊帖帖然。』【按】佛教慣説一百八，如念佛遍數為一百八，貫珠數為一百八。此處一百八句指佛經經文。句意謂佛寺中多藏佛經。

㉔【道源注】三十三天，欲天也。天主曰忉利，居須彌山頂。四方各八，獨帝釋忉利居中。《楞嚴經》：『世尊座天雨百寶蓮花，青黄赤白，間雜紛糅。』【馮注】《菩薩本起經》：『太子思維累劫之事，上至三十三天，下至十六泥犂。』《起世經》：『須彌山上有三十三天宫殿，帝釋所居。』《正法念經》：『若持不殺不盗，得生三十三天。』《妙法蓮華經》：『佛前有七寶塔，高至四王天宫，三十三天雨天曼陀羅華，供養寶塔。』【按】句意謂置身佛寺高處，恍見三十三天雨花景象。或當時適有落英繽紛景象，故作此聯想，藉以渲染宗教氣氛。

㉕【道源注】《維摩經》：『毘耶離城有長者子，名曰寶積，與五百長者子俱持七寶蓋來詣佛所。佛之威力，令諸寶蓋合成一蓋，徧覆三千大千世界，而此世界廣長之相悉于中現。』

㉖【道源注】《水經注》：『于闐國城一十五里有利刹寺，中有石鞾，石上有足跡，彼俗言是辟支佛跡。』酉陽雜俎：『于闐國贊摩寺有辟支佛鞾，非皮非綵，歲久不爛。』【馮注】《北史》：『于闐國城南五十里贊摩寺石上有辟支佛跣處，雙跡猶存。』《舊書傳》：『戎還兖海，華民戀惜遮道，至有解鞾斷鐙者。戎夜單騎亡去，民追不及。』此借佛之遺跡，以寓州民愛戀。（此原為下句注，酌移此。）【程曰】其所謂『長者子來輒獻蓋，辟支佛去空留鞾』

者，非承敘華州佛寺之景，乃借喻當時攀留之事。按戎自給事中出為華州刺史，吏以故事置錢百緡為刺史私用，戎不取。及遷兗海，民擁留不得行，至抱持取其鞾。……得華州民心如此，蓋實録也。【按】程、馮説可從，然與敘游佛寺並不矛盾。二句似是借佛經故事喻崔戎一行至佛寺後有所施舍供獻，及訪畢離去情景。詩之妙處正在借游佛寺暗寓戎離華州任時情景，故下段即自然過渡至『受詔鎮東魯』。

以上為第二段。敘崔戎春日率從事前往佛寺看望及游覽。

㉗【朱注】《舊唐書》：『大和八年三月丙子，戎遷兗海沂密都團練觀察等使。』

㉘【道源注】建牙旗於車前，故曰車牙。【程注】張衡《東京賦》：『牙旗繽紛。』注：『牙旗者，將軍之旌，竿上以象牙飾之。』【馮注】車牙，輪輮也。見《考工記·輪人》。【按】馮注是。車牙，或謂之輞，或謂之輮，指車輪之外周。隨車牙，即隨從崔戎車馬赴任。草奏，朱、馮均失注。按義山掌章奏之事並非抵兗後方開始，受辟後在道途中即須草奏。文集有《為安平公赴兗海在道進賀端午馬表》，即作於途中。『草奏隨車牙』固非泛語。

㉙【朱注】《莊子》：『惠施多方，其書五車。』

㉚【朱注】《本草》有太清服鍊靈砂法。【馮注】《晉書·葛洪傳》：『從祖葛仙公煉丹祕術，洪得其法。洪年老，欲煉丹以祈遐壽，聞交阯出丹，求為句漏令。』《本草》：『靈砂，久服通神明，不老。』《新書·藝文志》：『崔元真《靈沙受氣用藥訣》一卷。』按《本草》：靈砂以水銀流黄為之，而丹砂金銀皆可鍊服。【程注】《庚辛玉册》：『靈砂者，硫汞制而成形，謂之丹基，可以變化五行，鍊成九還。以一伏時周天火而成者為金鼎靈砂；以九度抽添用周天火而成者為九轉靈砂。』【按】古代道士煉丹，以硫化汞之丹砂為主，摻以别種礦石粉末，以水燒煉，煉成後之所謂長生藥稱靈砂。服者往往致死。此言世無靈丹妙藥可使大賢如崔戎者延壽。

㉛【朱注】《舊唐書》：『戎理兗一年，大和八年五月卒。』《新書》：『年五十五。』按《舊紀》：『戎以八年六月卒』，與此詩合，本傳誤。【按】止，語助詞，無義。崔戎於大和八年五月五日到任，六月十日夜暴染霍亂，十

一日加劇不支。《舊唐書·文宗紀》載六月庚子（二十一日）崔戎卒。當據奏到之日。

㉜【馮注】《檀弓》：『泰山其頽乎！』【按】謂崔戎遽卒，如泰山之遽崩，如逝波之一去不復返。

以上為第三段，叙隨崔戎赴兖，而戎遽卒。

㉝【補】明年，指大和九年。弔京國，至長安崔戎舊宅哀弔。

㉞【朱注】子毁是哀毁之毁。有謂戎子雍賜死宣州者非也。雍賜死在咸通九年。【程曰】按《通鑑》雍賜死在咸通十年十月，與詩所謂戎卒之明年相去甚遠。且結有『君子之澤方滂沱』一語，足知非崔雍既敗之後也。

㉟【馮注】略與前『三月石堤』諸句相激射，榮悴判然矣。『燕窠』暗用巢幕，以比舊在幕中。【按】隟，同隙。隟光，自牆隙斜射之陽光。

㊱【馮注】《虞翻别傳》：『常歎曰：「使天下一人知己，足以不恨。」』

㊲【補】淪賤，身世沉淪微賤。艱虞，遭際艱難憂患。

㊳【馮注】兼鄆相國言之，義山受知，惟二公最深。

㊴【朱注】《世説》：『顧長康哭桓宣武，聲如震雷破山，淚如傾河注海。』【馮注】《晉書·顧愷之傳》：『愷之字長康，為桓大司馬參軍，甚見親昵。後拜温幕，賦詩云：「山崩溟海竭，魚鳥將何依！」或問之曰：「卿憑重桓公乃爾，哭狀其可見乎？」答曰：「聲如震雷破山，淚如傾河注海。」』

㊵【朱注】《楞嚴經》：『時心懷歡喜，謂得天眼。』【馮注】（呪）與祝同。蔡琰歌：『為天有眼兮，何不見我獨漂流？』《菩薩本起經》：『太子得天眼，徹視洞見無極，知人生死，所行趣善惡之道。』按：天眼屢見佛書，皆非此句之義。此自願上天有眼，福善餘慶也。舊注誤。【按】馮注是。瀝膽，竭誠也。

㊶【補】《孟子》：『君子之澤，五世而斬。』此反其意而用之。二句謂竭誠祝願天有眼，俾君子之德澤能滂沱流布，及於其後人。

以上為第四段，叙次年至崔戎舊宅哭弔。

箋評

【陸時雍曰】昌黎胎氣。（《唐詩鏡》卷四十九）

【錢龍惕曰】安平公者，兖海觀察使崔戎也。……此詩……始言總角受知于安平。當其守華之時，與諸子習業南山，其羣從友朋之秀麗，歌詩文賦之鏗鏘，春花鳴鳥之流悦，致足樂也。及公載酒來過，游歷登覽，視世界如恒沙，仰諸天之勝蹟，皆華州事矣。逮乎移官兖海，隨車草詔，一時章表，皆出其手。而丹砂難覓，逝波不返，哀哉！曾幾何時，而徒步京國，宅破子毁，卷西風于素帳，照隟光于燕寀，以此思哀，哀可知矣。然後撫知己于淪賤之日，如此其難，而安平之德，一二世而遽斬，所以洒淚瀝膽，願其澤之滂沱也。

【姚曰】首四句，相識之始。『明朝』下十二句，叙習業南山時過從之樂。『三月』下十四句，叙崔公至山中遊宴之樂。『受詔』四句，叙隨崔到任。『嗚呼』下八句，叙崔公下世。『古人』下六句，總叙崔公之德，而願其有後也。

【屈曰】一段傾蓋相識。二段友其子孫。三段躋之上客之列。四段點時。五段載酒相過。六段文章知己。七段安平亡。八段痛哭結。

【錢曰】集外詩，是義山手筆，而稍平常，豈曾為識者所訂耶？（馮箋引）

【田曰】詩在韓、蘇之間。（馮箋引）

【馮曰】本集此種頗少，意態平易，而情味已不乏。

【王鳴盛曰】畢竟到古詩學杜、韓處，便如木蘭從軍，雖着兜鍪，非其本色。（馮注初刊本王氏手批。按王氏此説本賀裳《載酒園詩話》）

【紀曰】四家評曰：詩在韓、蘇之間。清剛樸老，一洗晚唐纖巧之習。『瀝膽』句鄙俚。（《詩説》）真樸無纖

態，自是正聲，然非佳篇也。（《輯評》）

【張曰】未見鄙俚。○此詩乃義山少作，賦此時方踰弱冠，故骨格清整，尚未能老健揮斥，然已度越後人矣。可見才人發軔之始，已自不同流俗。（《辨正》）

【按】本篇詳叙與崔戎交往始末，為研究義山早期生活與思想之重要資料。詩中叙己與崔戎之交往，完全略去戚誼而只叙崔之知遇。開篇即標『丈人博陵王名家，憐我總角稱才華』，突出戎以名家貴胄而賞識寒素；繼又歷叙殷勤留語、習業南山、載酒往訪、隨戎至兖等情節，以明戎之賞愛非常，厚遇情深。詩人心目中之崔戎，固非照拂寒微戚屬之顯貴，而係憐才之知己。『古人常歎知己少，況我淪賤艱虞多』二語，實乃一篇眼目。

抒寫人生感慨，為義山詩之重要内容與顯著特色。而『淪賤艱虞多』之身世遭遇，實乃此種特色形成之主因。一般詩人於青少年時期，殊少此類作品，而義山則緣其特殊身世遭遇，少作中即頗多此種，《無題》（八歲偷照鏡）、《初食笋呈座中》《謝書》《贈趙協律晳》《贈宇文中丞》諸篇，已露端倪，本篇則其顯著者。此後則因遭遇之困頓而愈益增多，且滲透於各類題材之詩作中。理解義山《無題》諸詩是否有寄託，此點實為一大關鍵。

義山為一重情之詩人，此種性格亦與『淪賤艱虞多』密切相關。本篇叙崔戎之厚遇，悼崔戎之逝世。情真意切，哀感動人。其善為哀誄之文，哭弔之詩，於早年亦已顯露。

過故崔兖海宅與崔明秀才話舊因寄舊僚杜趙李三掾①

絳帳恩如昨〔一〕②，烏衣事莫尋③。諸生空會葬④，舊掾已華簪⑤。共入留賓驛⑥，俱分市駿金⑦。莫憑無鬼論⑧，終負託孤心⑨。

〔一〕「恩」，蔣本、悟抄作「思」，原一作「思」。按此詩首聯對仗，作「思」與下「事」字不對，亦不合律。

①【朱注】崔兗海，崔戎也。杜、趙、李三掾，即杜勝、趙晳、李潘也。【朱彝尊曰】疑明即兗海之子，時已式微，故結句云然。【按】據「烏衣」句，崔明或為戎之族子。末句「託孤」似另有所指。詩作於大和九年，與《安平公詩》同時。

②【朱注】《後漢書》：「馬融常坐高堂，施絳紗帳，前授生徒，後列女樂。」【按】此謂崔戎往昔傳道師育之恩猶如昨日。用「絳帳」，見已與崔非直戚誼，亦非直幕主僚屬之誼，而兼有師弟之誼也。

③【朱注】《世説》：「王公曰：元規欲來，吾角巾徑還烏衣。」《方輿勝覽》：「烏衣巷在秦淮南，去朱雀橋不遠，王、謝子弟所居。」【何曰】第二歎崔明之無官位也。王家子弟居烏衣者獨衰替，見《南史》。（《輯評》）【馮注】《南史》：「謝混風格高峻，少所交納，惟與族子靈運、瞻、晦、曜，以文義賞會，居在烏衣巷，故謂之烏衣之遊。」【按】馮注是。《安平公詩》云：「陳留阮家諸姓秀，邐迤出拜何駢羅。府中從事杜與李，麟角虎翅相過摩。……三月石堤凍銷釋，東風開花滿陽坡。……公時載酒領從事，踴躍鞍馬來相過。」此即「烏衣事」之一例。詩意蓋言往日如烏衣之游者已不可復尋，與門庭衰替無涉，何説誤。

④【朱注】《後漢書》：『郭泰卒，四方之士千餘人，皆來會葬。』【按】此句謂往昔受教於崔戎之諸生空自會集參與崔戎之葬禮。『諸生』與『舊掾』有别，義山蓋以『諸生』自居。

⑤【馮注】陶潛詩：『聊用忘華簪。』趙赴宣歙，李、杜當亦他往，後又在彭陽幕。

⑥【朱注】《漢書》：『鄭當時嘗置驛馬長安諸郊，請謝賓客，夜以繼日。』

⑦【馮注】《戰國策》：『郭隗先生曰：「古之君人有以千金求千里馬者，三年不能得。涓人請求之，得千里馬；馬已死，買其骨五百金。於是不能期年，千里馬之至者三。」』【按】二句謂己與杜、趙、李往昔同受崔戎厚遇，為戎之千金市骨之誠所感而應辟入幕。

⑧【朱注】《幽冥録》：『阮瞻素秉無鬼論，有一鬼通姓名，作客詣之。客甚有才情，末及鬼神事，反覆甚苦。客作色曰：「鬼神古今聖賢所共傳，君何獨謂無？」即變為鬼形，須臾便滅。阮年餘病死。』

⑨【馮注】《後漢書》：『朱暉同縣張堪於太學見暉，把暉臂曰：「欲以妻子託朱生。」暉以堪先達，舉手未敢對。自後不復相見。堪卒，暉聞其妻子貧困，乃自往候視，厚賑贍之。暉少子頡怪而問曰：「大人不與堪為友，平生未曾相聞，子孫竊怪之。」暉曰：「堪嘗有知己之言，吾以信於心也。」』《後村詩話》：『末二句有門生故吏之情，可以矯薄俗。』　【袁枚曰】何言之沉痛也！……非唐人不能作。（《隨園詩話》）

【劉克莊曰】古人感知己之遇，欒布奏事彭越頭下，臧洪、盧諶皆不以主公成敗而二其心。叔季所謂『賓容方翕翕』，熱時則趨附恐後，及時異事改，則振臂而去，至有射羿者……李義山過舊府，有《寄諸掾》詩云：『莫憑無鬼論，終負託孤心。』猶有門生故吏之情，可以矯薄俗。（《後村詩話》）

【錢龍惕曰】此詩八句，用事精妙，念舊感知，讀之淒然。向秀山陽之笛，羊曇西州之慟，不是過矣。詩之感人如此。

【姚曰】感恩知己，人生豈可多得。豈知生死一分，冷熱頓異。既作負心人，猶憑無鬼論以自解，亦思鬼猶可蔑，心可欺耶？此必有所指而言。

【屈曰】淺浮無沉着處。

【程曰】起二句絳帳言師恩，指戎；烏衣言子弟，指雍也。結句『莫憑無鬼論，終負託孤心』，若作泛泛懷舊，不應如此沉痛。況崔戎卒後，子雍方仕於朝，後人冠裳，未嘗陵替。義山亦不必於未衰之門庭，作過情之苦語。集中《安平公詩》結云：『君子之澤方滂沱』，則於其既死之後，正作慶禱之詞，豈若此結之悲悼刻至耶？此詩蓋崔戎子雍既敗作也。……義山詩意，蓋傷此事，以己與杜、趙、李三掾皆莫能直其後人之冤，殊有負於故府恩私也。……詩八句皆對，老杜多有此格，義山效之耳。……

【馮曰】此『徒步弔京國』時也。首句自謂，次句崔明。五六兼己與三掾言之。午橋謂傷崔雍作，謬矣。又曰：程氏以……《過崔兖海宅》詩為咸通十年痛和州刺史崔雍賜死而作，因謂是時義山已七十二歲。夫既為崔雍而作，何乃隱其己之歷官，反遡其父之故蹟歟？趙、李、杜三人至是居官三十年矣，而乃云『舊掾已華簪』耶？午橋謂此篇悲悼刻至，語皆過情，與崔戎卒時不合。曾不思義山於華太守受知最深，故吐辭悽惋。哀情之深淺，準乎交誼之濃淡，豈徒視彼家門之境遇哉！況安平公詩亦明言『宅破子毀哀如何』矣！……（《玉谿生年譜》）

【紀曰】立意既正，風骨亦遒，前四句説現在，五六句追叙，七八句相勉三掾，即暗結崔明秀才話舊，亦極清楚有安放，雖非傑搆亦合作也，特用筆微病其直，而五六屑屑計較亦淺耳。○問『共入』二句莫合掌否？曰上句用鄭當時事，其語尤寬，下句則有知己之感矣，二句相生，自有淺深，非合掌也。○問恐三掾實有負恩忘舊之處，崔秀才話中及之，故寄此詩，其詞有激，故不得不直，未必是病。曰想當然耳。然惟其有激，愈不得直。談龍録載吴修齡之論曰：『意喻之米，文則炊而為飯，詩則釀而為酒。飯不變米形，酒則變盡。噉飯則飽，飲酒則醉，醉則憂者以樂，喜者以悲，有不知其所以然者，如《凱風》《小弁》之意，斷不可以文章之道平直出之者也。」由是以觀，思過半矣。《春秋》責備賢者，此詩固不得曲為之詞也。（《詩説》）

【許印芳曰】八句皆對，極沉鬱頓挫之致。末二語存心忠厚，尤可激厲薄俗。（《瀛奎律髓彙評》引）

【張曰】杜勝、趙晳、李潘，皆崔戎判官，見文集狀。勝，杜黄裳次子，登進士，大中朝，位給事中；潘，字子及，李漢弟，大中初，為禮部侍郎。皆在後。詳《舊書傳》及《新書·世系表》。此與《安平公詩》同時作，程氏謂傷崔雍賜死，謬甚。馮氏駁之，是也。（《會箋》）又曰：沉痛語不嫌直致，紀氏不曉也。修齡所論，誠詩家秘訣。然持此以觀詩，惟義山學長吉體數篇，足以當之而無愧。紀氏既不喜長吉派，以為無取，則此詩宜所擊賞，而又謂非高唱，何歟？直矛盾互持者耳。（《辨正》）

【錢鍾書曰】李商隱《過故崔兖海宅》：「莫憑無鬼論，終負託孤心」，道出「神道設教」之旨，詞人一聯足抵論士百數十言。（《管錐編》第一册）

【按】馮氏糾程之謬，甚是，然於此詩微意，則未曾闡顯。姚氏「生死一分，冷熱頓異」之語，已初探其幽，惜未盡意。義山此詩，蓋深有慨於人情之澆薄也。首句點出「恩」字，即以之籠罩全篇。三四「諸生」「舊掾」分提，「空」「已」對照，意味殊深，已大有「親戚或餘悲，他人亦已歌」之慨。五六以己與三掾合提，以「共入」「俱分」以示彼此均受舊府厚遇，逼出末聯，點明正意。「莫憑無鬼論」，直是誅心之筆。味詩意，似是舊掾中有薄於情義者，故借話舊以慨之。

宿駱氏亭寄懷崔雍崔衮①

竹塢無塵水檻清②，相思迢遞隔重城③。秋陰不散霜飛晚，留得枯荷聽雨聲④。

集注

①【朱注】《唐年補録》：『長慶元年三月，王庭凑使河陽回，及沇水，酒困，寢於道。有濟源駱山人熟視之曰：「貴當列土，在今年秋。」既歸，遇田弘正之難，軍士擁為留後。訪駱山人，待以函丈之禮。乃別構一亭，去則懸榻，號駱氏亭。』又《唐語林》：『駱浚者，度支司書手，李吉甫擢用之。後典名郡，有令名。於春明門外築臺榭，食客皆名人。盧中州題詩云：「地甃如拳石，谿横似葉舟。」即駱氏池館也。』此詩駱氏亭未知在何地。唐書：『崔雍，字順中，戎之子。由起居郎出為和州刺史。龐勛刼烏江，雍遣人持牛酒勞之，密表其狀。民不知，訴諸朝。宰相路巖傳其罪，賜死。』衮字炳章，雍之弟，見集内《安平公詩》。【程曰】駱氏亭非當時名勝，無足深攷。朱長孺舊引二事，一引誘亂臣之相士，一善事權相之胥徒，不足據也。【屈曰】詩有『隔重城』，則春明門外之駱亭為是。蓋二崔方官於朝，義山閒遊宿此，故懷之也。【馮注】按《白氏長慶集》《過駱山人野居小池》詩自注：『駱生棄官，居此二十餘年。』是為長慶二年出守杭州，初由京城東南次藍溪而過之也。杜牧《駱處士墓誌》：『駱處士峻，揚州士曹參軍。元和初，母喪去職，於灞陵東阪下得水樹居之，朝之名士，多造其廬。栖退超脱三十六年，

會昌元年卒。』此與白公所詠，或一或二，必有此題合者。朱氏引《唐語林》駱浚……，似不符也。朱氏又引《唐年補録》王廷凑為駱山人構亭事，時地尤謬矣。崔雍後由起居郎為和州刺史，見《新書・傳》，乃咸通時矣。又考唐漳州陀羅尼石幢，咸通四年造，有朝議郎使持節漳州諸軍事守漳州刺史崔衮之名，其後不為雍所累者，似已卒也。此首未定何年。【按】駱氏亭或即駱峻之園亭。詩當作於駱峻卒前，姑附此。許渾有《題灞西駱隐居》五律，則其居當在灞水之西。

②【補】竹塢，似指植竹之船塢，視下『水檻』可知。駱氏亭臨湖而建，故云『無塵』『清』。

③【補】迢遞隔重城，即隔迢遞之重城。迢遞有高、遠二義，此用高義。重城，猶高城。

④【補】孟浩然詩：『荷枯雨滴聞。』

【朱彝尊曰】（首句）駱氏亭。（次句）寄懷。（末句）宿。

【何曰】寓情之意，全在言外。（《讀書記》）　『秋陰』旁批：欲雨。『霜飛晚』旁批：留荷。下二句暗藏永夜不寐，相思可以意得也。（《輯評》）

【陸鳴皋曰】枯荷聽雨，正是懷人清致，不專言愁也。

【姚曰】秋霜未降，荷葉先枯，多少身世之感！

【屈曰】一駱氏亭，二寄懷，三見時，四情景，寫『宿』字之神。

【紀曰】分明自己無聊，却就枯荷雨聲渲出，極有餘味，若説破雨夜不眠，轉盡于言下矣。『秋陰不散』起『雨聲』，『霜飛晚』起『留得枯荷』，此是小處，然亦見得不苟。香泉評曰：寄懷之意全在言外。（《詩説》）不言雨夜

無眠，只言枯荷聒耳，意味乃深。○相思二字，微露端倪，寄懷之意，全在言外。（《輯評》）

【姜炳璋曰】起是宿駱氏亭。秋霜未零，枯荷猶在。荷葉雨聲，天若留以助相思之況味，蓋清宵輾轉矣。

【按】此詩作年無可確考。詩題逕稱『崔雍崔衮』，固因義山年長於崔氏兄弟，然亦可推知此時二崔尚未入仕。集中寄贈崔氏兄弟者僅此一首，或崔戎卒後義山與二崔關係即漸次疏遠。此詩寫作年代或與《安平公詩》相去不遠，從馮浩附編於此。

本篇抒寫懷友之情，借景寓情，意在言外，何、紀二氏已大體揭出。首句寫駱氏亭之清幽絶塵，正所以惹動懷友思緒之觸媒，亦襯出思念情感之清純。次句言相思而曰『隔重城』，仿佛魂已飛去而受阻於重城，極其真切。『城』之隔正見『情』之通。三四宕開，寫夜宿情景。留、聽二字，寫情入微。蓋詩人夜宿駱氏亭，初喜其環境之清幽而不悦天氣之陰霾，及至聞雨滴枯荷之清韻，伴己度此寂寥之長夜，乃反覺秋陰之延遲霜期，方能『留得枯荷聽雨聲』以慰相思寂寥也。詩人懷友之情，固可意得；其身世蕭條寂寞之感，亦自寓於言外。此則義山審美個性與情趣之典型表現，其中包含對衰颯凄清之美意外發現之欣喜。

東還

自有仙才自不知①，十年長夢采華芝②。秋風動地黄雲暮，歸去嵩陽尋舊師③。

①【馮注】《漢武内傳》：『西王母曰：「劉徹好道，然形穢神慢，非仙才也。」』

②【朱注】《抱朴子》：『華芝，赤蓋白莖，上有兩葉三實，服之可以長生。』【馮注】揚雄《甘泉賦》：『乃登夫鳳凰兮而翳華芝。』《御覽》：『《仙人採芝圖》曰：芝生於名山，食之，令人乘雲能上天，觀望北極，通見神明。』

③【朱注】《唐書》：『河南登封縣，神龍元年改曰嵩陽。嵩山有中岳祠，有嵩陽宫。』【程注】《水經注》：『潁水又東，五渡水注之，導源嵩高縣東北太室。東谿縣，漢武帝置以奉太室山，俗謂之嵩陽城。』【馮注】嵩陽不徒紀地，唐時實有嵩陽觀。如天寶三載《嵩陽觀紀聖德頌》，李林甫撰，徐浩八分書，為明皇命道士孫太冲煉丹至九轉而作。後之學仙者必多於此修習，義山固學仙者。

【姚曰】嵩陽歸路，只怕還是夢中。

【屈曰】此倦遊之作。半生流落，一事無成，故欲尋師訪道以求長生。亦浮海之歎耳。

【程曰】宣宗大中十一年，徵山南西道柳仲郢為吏部侍郎，義山府罷西歸，乃自東而還也。

【田曰】此不得志於科舉之作，然失之俚。（馮箋引）

【馮曰】借學仙寄慨，似未俚也。義山應舉，至是將十年。（按馮編大和九年）

【紀曰】此詩亦無不佳之處，但無佳處耳。（《詩説》）

【張曰】下第東歸，借學仙寄慨。義山自大和二年應舉，至此將十年矣，故云『十年長夢采華芝』也。（《會箋》繫開成元年）又曰：『歸去嵩陽尋舊師』，嵩陽泛指嵩山近境，不必以大河南北為疑。玉陽、王屋與濟上鄰，凡學仙諸詩，皆可尋其脈絡矣。（同上）

【岑仲勉曰】《華州書》『凡為進士者五年』，……猶云自初被鄉貢，於今已五年也。……玆將此五年中商隱赴舉之經過，表列如次：

大和七年鄉貢，知舉賈餗，不取。

大和八年病，不試，知舉李漢。

大和九年鄉貢，知舉崔鄲，不取。

開成元年無明文，當是府試已不取。知舉高鍇。

開成二年鄉貢，知舉高鍇，登第。

……此五年中，商隱得貢者凡三，故《獻相國京兆公啟》曰：『鄉舉三年，纔霑下第。』《華州書》之『居五年間，未曾衣袖文章，謁人求知』，即蒙上『凡為進士者五年』言，謂在此五年中未嘗行卷以干薦也。前節文義本甚明，張竟不能理會，乃云：『據此，則義山應舉始於大和二年，大和二年至六年正得五年。下云居五年間，則統計大和六年至開成元年也。』則不知未登鄉貢，弗得稱進士，且『始為』之『始』字無着，果大和六年之前既均不售，奚得曰『始為』？……《箋》一《東還》詩注云：『義山自大和二年應舉，至此將十年矣，故云十年常夢采華芝也。』『十年』舉成數，……若必作五年、九年，非復詩人之詩矣。謂李大和二年始應舉，純是影響之説。（《平質》）

【按】據《上崔華州書》『凡為進士者五年』之語，商隱為鄉貢進士參加禮部進士試前後共五次。《上令狐相公狀》一作于大和六年，已云『自叨從歲貢，求試春官……然猶摧頹不遷，拔刺未化』，説明上此狀之前，商隱『求試春官』不第已不止一次。《上鄭州蕭給事狀》作于大和八年秋，中有『倏忽三載，邅迴一名』之語，明謂連續三年應試失利，則大和五、六、七三年均參加過禮部試而未第。此三年均為賈餗典貢舉，故《上崔華州書》云『始為故賈相國所憎』。大和八年，『病不試』；大和九年，四應禮部試，『復為今崔宣州（鄲）所不取』。開成元年，未應禮部試。開成二年，五應禮部試，方登第。此商隱五應進士試之大致情形。

田蘭芳謂『此不得志於科舉之作』，誠是。據次句，當是大和九年春應舉落第後『過夏』（《南部新書》乙：『長安舉子，自六月已後，落第者不出京，謂之過夏。多借静坊廟院及閒宅居住，作新文章，謂之夏課。』），於是年秋自長安東還鄭州時所作。次句所謂『十年』，當指踏入社會，開始參加社會活動之『十年』。商隱大和三年初謁令狐楚於東都，旋入天平幕，署巡官，實為求仕活動之始。自大和三年至九年，首尾七年，舉成數而言，故曰『十年』。其間從令狐楚天平、太原幕，從崔戎華州、兖海幕，又四應禮部進士試，而迄無所成。往日所歷之求道學仙生活（所謂『采華芝』，即學仙生活之形象化），惟於夢中時常重温。今日思之，適以誤己之『仙才』耳，故云『自有仙才自不知，十年長夢采華芝』也。至『歸去嵩陽尋舊師』之語，不過科場屢經失意後之牢騷語，非真謂從此歸隱舊山學道也。本年冬商隱在鄭州，甘露之變後有《為鄭州天水公言甘露事表》（鄭州天水公，指鄭州刺史權璩）。

夕陽樓①

花明柳暗繞天愁，上盡重城更上樓②。欲問孤鴻向何處，不知身世自悠悠③。

①【自注】在滎陽。是所知今遂寧蕭侍郎牧滎陽日作者（『牧』，底本作『收』，誤，據席本改。英華作『守』。『者』，原作『矣』，於文氣不合，據蔣本、姜本、戊籤改）。【朱注】按蕭侍郎，蕭澣也。【馮注】《舊書·紀》：『大和七年三月，以給事中蕭澣為鄭州刺史。入為刑部侍郎。九年六月，貶遂州司馬。』《地理志》：『遂州遂寧縣，屬劍南東道。』【按】蕭澣與李宗閔、楊虞卿同黨。大和七年三月，蕭、楊同以給事中出為鄭州、常州刺史。八年十二月，楊入為工部侍郎，蕭亦在此前後入為刑部侍郎。李訓、鄭注惡李宗閔黨，九年六月，貶李為明州刺史。七月，貶楊為虔州司馬，蕭為遂州刺史，再貶李為虔州長史。八月，再貶李為潮州司户，楊為虔州司户，蕭為遂州司馬（馮據《舊紀》小誤，此從張箋）。義山於蕭任鄭州刺史時與蕭結織，並受其知遇。故題注稱蕭為『所知』。夕陽樓為蕭刺鄭時所建。題注稱『今遂寧蕭侍郎』，則詩當作於蕭貶遂以後。蕭之貶乃緣李鄭之排擠，如作詩時李鄭已被誅，蕭之平反即指日可待，當不致有詩中所渲染之黯淡氣氛，故此詩似應作於甘露事變之前，大和九年秋。

②【補】重城，高城。樓，指夕陽樓。

③【馮注】《隋書》：『盧思道曰：「永言身事，慨然多緒。」乃為《孤鴻賦》以寄其情，聊以自慰云。』

【謝枋得曰】夕陽不好説，此詩形容不着迹。孤鴻獨飛，必是夕陽時。若只道身世悠悠，與孤鴻相似，意思便淺。『欲問』『不知』四字，無限精神。（《疊山詩話》）

【徐充曰】身無定居，與鴻何異？此因登夕陽樓感物而興懷也。（明周敬原編、周珽集注《唐詩選脈箋釋會通評林》引。下二條同。）

【焦竑曰】感慨無窮，此與『最無根蒂是浮名』同例，馳競者誦之，可以有省。

【胡世焱曰】身世方自悠悠，而問孤鴻所向，不幾於悲乎？『自』字宜玩味。我自如此，何問鴻為？感慨深矣。

【錢良擇曰】己之飄泊，不異孤鴻。（《唐音審體》）

【姚曰】畢竟飛鴻猶得自主。

【屈曰】正當春愁，更上高樓，忽覩孤雁堪憐，欲問其今向何處，不知自己之身世正自悠悠。雁將問汝如之何其問雁也。意言蕭公不能薦達。

【馮曰】自慨慨蕭，皆在言中，悽惋入神。

【紀曰】借孤鴻對寫，映出自己，吞吐有致，但不免有做作態，覺不十分深厚耳。（《詩説》）

【張曰】此詩神味極自然，絶不見有斧斵痕。又曰：詩語頗有離羣作客之感，不似久居故里者。（《辨正》）

【按】所知遠貶，朝政日非，故雖覽眺花明柳暗之景，亦自百感交集，愁緒繞天。詩雖傷漖遠貶，慨己孑孤，然其中正有時代投影，非無病呻吟之語。三四抒寫即景觸發之人生感慨：謂方將同情孤鴻之遠去，忽悟己之身世亦復如彼，是憐人者正須被憐，而竟不自知其可憐，亦無人復憐之也。言情之凄惋入神，正在『欲問』『不知』之忽然悟到與自然轉換間。

燕臺詩四首

風光冉冉東西陌，幾日嬌魂尋不得①。蜜房羽客類芳心②，冶葉倡條偏相識③。暖藹輝遲桃樹西④，高鬟立共桃鬟齊〔一〕⑤。雄龍雌鳳杳何許⑥？絮亂絲繁天亦迷⑦。醉起微陽若初曙⑧，映簾夢斷聞殘語⑨。愁將鐵網罥珊瑚⑩，海闊天翻迷處所〔二〕⑪。衣帶無情有寬窄⑫，春煙自碧秋霜白⑬。研丹擘石天不知⑭，願得天牢鎖冤魄⑮。夾羅委篋單綃起，香肌冷襯琤琤珮〔三〕⑯。今日東風自不勝，化作幽光入西海⑰。

右春

前閣雨簾愁不卷⑱，後堂芳樹陰陰見。石城景物類黃泉⑲，夜半行郎空柘彈⑳。綾扇喚風閶闔天㉑，輕帷翠幕波淵旋〔四〕㉒。蜀魂寂寞有伴未〔五〕？幾夜瘴花開木棉㉓。桂宮流影光難取㉔，嫣薰蘭破輕輕語㉕。直教銀漢墮懷中，未遣星妃鎮來去㉖。濁水清波何異源㉗？濟河水清黃河渾㉘。安得薄霧起緗裙㉙，手接雲軿呼太君㉚？

右夏

月浪衡天天宇溼〔六〕㉛，涼蟾落盡疎星入㉜。雲屏不動掩孤嚬，西樓一夜風箏急㉝。欲織相思花寄遠，終日相思却相怨。但聞北斗聲迴環㉞，不見長河水清淺㉟。金魚鏁斷紅桂春㊱，古時塵滿鴛鴦茵㊲。堪悲小苑作長道，玉樹未憐亡國人㊳。瑶瑟愔愔藏楚弄〔七〕㊴。越羅冷薄金泥重㊵。簾鈎鸚鵡夜驚霜，喚起南雲繞雲夢㊶。雙璫丁丁聯尺素㊷，内記湘川相識處。歌唇一世銜雨看㊸，可惜馨香手中故㊹。

右秋

天東日出天西下㊺，雌鳳孤飛女龍寡〔八〕㊻。青溪白石不相望㊼，堂中遠甚蒼梧野㊽。凍壁霜華交隱起，芳根中斷香心死㊾。浪乘畫舸憶蟾蜍，月娥未必嬋娟子㊿。楚管蠻絃愁一概，空城舞罷〔九〕腰支在[51]。當時歡向掌中銷，桃葉桃根雙姐妹[52]。破鬟倭墮〔一〇〕凌朝寒〔一一〕[53]，白玉燕釵黄金蟬[54]。風車雨馬不持去，蠟燭啼紅怨天曙[55]。

右冬

〔一〕「鬟」，蔣本、悟抄作「枝」。

〔二〕「翻」，席本作「寬」。

〔三〕「肌」，蔣本、悟抄、席本、影宋抄均作「眠」。按下云「冷襯琤琤珮」，作「肌」是。

（以上《春》）

〔四〕「淵」，戊籤作「洄」。馮注本作「洄」，曰：「一作淵，誤。」【按】《説文·水部》：「淵，回水也。」作「淵旋」不誤。

〔五〕「魂」，戊籤作「魄」。

（以上《夏》）

〔六〕「衡」原作「衝」，據蔣本、戊籤、錢本、影宋抄改。

〔七〕「瑟」，季抄、朱本作「琴」。

（以上《秋》）

〔八〕「孤飛」，錢本作「飛飛」。

〔九〕「舞罷」，蔣本、悟抄、席本作「罷舞」。

〔一〇〕「倭」原作「委」，一作「矮」，據姜本、錢本改。

〔一一〕「寒」原作「雲」，據蔣本、戊籤、錢本、影宋抄、朱本改。

（以上《冬》）

集注

①【朱彝尊曰】（「幾日」句）魂去不知所之。（按：錢氏《唐音審體》批同）

②【朱注】蜜房，蜂房也。郭璞《蜂賦》：「亦託名於羽族。」【程注】班固《終南山賦》：「碧玉挺其阿，蜜房溜其巔。」【馮注】芳心如蜂，倒句法也。

③【朱注】（「冶葉」句）花叢無所不入。【錢曰】（「蜜房」二句）蜜蜂類我之心，花叢無所不到。【陳

永正注】冶葉倡條，猶言野草閑花。　【馮曰】發端四句，言東西飄蕩，不可會合，徒想見其春心撩亂也。

【按】四句追憶往昔陌上尋春。嬌魂，指所思之女子；蜜房羽客，詩人自指。四句蓋謂，春光冉冉而至，春色遍布陌頭，我之芳心，似蜜房羽客，冶葉倡條，徧皆相識，獨伊人之芳蹤，遍尋而不可得。羽客雖指蜂，似亦兼寓己為道流。

④【補】暖藹，春日和煦之煙靄。《詩・豳風・七月》：『春日遲遲。』

⑤【何曰】桃鬟，以桃膠約鬟髻也。（《輯評》）　【朱彝尊曰】似值其人。（錢評『似』作『偶然』）

【按】桃花繁茂如雲鬟，故曰『桃鬟』。此追憶初遇其人於桃樹下情景，高髻雲鬟，與繁花相映，意近『去年今日此門中，人面桃花相映紅』。

⑥【朱彝尊曰】（『雄龍』句）杳不可即。（錢評作『別去杳不可即』）　【按】杳何許，杳然不知何所。

⑦【朱曰】春心如絮亂絲繁，天若有情，亦當迷矣。　【何曰】奇句。（《讀書記》）　【錢曰】愁緒之紛若此。

【按】『暖藹』四句，敘往日初見及今之隔絕不能相會。此下即轉入對女方之無窮思念。意謂當日於晴輝暖靄中相見，桃鬟雲髻，相齊相映；今則雄龍雌鳳，杳不相即，思念之情，如絮亂絲繁，紛擾迷亂，恐天若有情亦為之迷也。

⑧【朱注】微陽，夕陽也。　【錢曰】早晚幾不能辨。　【馮注】午睡初起，微陽恰如初曉。　【陳永正注】馬戴《楚江懷古詩》：『微陽下楚丘。』

⑨【錢曰】朦朧似聞其聲。　【王闓運曰】寫景幻妙。（《手批唐詩選》）

⑩【按】『鐵網罥珊瑚』，見《碧城》（其三）注。此喻入海升天，殷勤尋覓。

⑪【朱注】《高唐賦》：『雲無定所。』　【程注】孟浩然詩：『江上空徘徊，天邊迷處所。』　【錢曰】（『愁將』二句）不知從何處求之方可得。　【田曰】以上總尋不得光景。（馮注引）　【馮曰】『暖藹』二句，想其竚立凝思；『醉起』二句，想其春夢乍醒，皆芳心之所造也。而好事終迷，杳然何所。分明作二小段。　【按】『醉起』

四句，承上『杳何許』與『絮亂絲繁』，極寫迷離惝怳之情與追求尋覓之態。心情迷亂，覓醉銷愁，乍醉乍醒，夕陽映簾，恍若初曙，迷夢方斷，耳畔似猶聞伊人殘語。夢醒愁懷更覺難堪，直欲以鐵網罥珊瑚，覓嬌魂於海底，然海闊天翻，終迷處所。馮氏以『醉起』屬女方，誤甚。釋『暖藹』二句亦非。

⑫【馮注】《古詩》：『相去日已遠，衣帶日以緩。』徐陵詩：『愁來瘦轉劇，衣帶自然寬。』　【錢曰】不自知其消瘦。

⑬【朱彝尊曰】景自韶麗，心自悲涼。（錢評同）

⑭【朱注】《呂氏春秋》：『石可破也，而不可奪堅；丹可磨也，而不可奪赤。』　【朱彝尊曰】莫喻其然。（錢評『然』作『誠』）

⑮【道源注】《漢書》：『戴匡六星，六曰司災，在魁中，貴人之牢。』孟康曰：『貴人牢曰天理。』即天牢也。情不得伸，故曰冤魄。【程注】《晉書·天文志》：『天牢六星在北斗魁下，貴人之牢也。』　【馮注】同上：『貫索九星，賤人之牢也，一曰天牢。』　【何曰】恐迷也。（《輯評》）　【朱彝尊曰】誠極而悲。（錢評同）　【馮曰】（衣帶）四句言其含愁漸瘦，春煙自碧，渾如秋霜之白，猶云看春不當春也。下二句則極寫怨恨。　【按】四句謂己因刻骨之思念而瘦損，春煙碧而秋霜白，總於我無與也。己雖如研丹擘石，赤誠堅定，然天且不知，惟願得天牢以鎖彼之冤魄，勿使之迷處所也。『冤魄』即前之『嬌魂』，指女方，不指己。

⑯【馮注】（『夾羅』二句）暗逗入夏。

⑰【朱曰】『冤魄鎖天牢』『幽光入西海』，皆所謂幽憶怨斷之音也。　【朱彝尊曰】情不可禁，隨風而去，直入西海。（錢評同）　【馮曰】四句總言春光暗去也。而上二句，衣服姿態；下二句言東風亦若不勝愁恨者，與『天亦迷』同一造意。四章皆點明時景而絕不凝滯，蓋以言情為主耳。此首大旨，則先謂其被人取去而懷怨恨也。

【按】『夾羅』四句，謂夾羅之衣已委箱篋，而另着單綃之服，時令已由春徂夏，遥想杳不知所之伊人，值此春去夏來之時，獨居於遠方，香肌冷襯琤琤之珮，寂寞幽冷，情何以堪。傷感之極，覺今日之東風亦若不勝愁怨，化作幽光，遁入西海矣。

（以上《春》）

⑱【補】雨簾不卷，謂漫天飄雨，有如簾幕，終日不止。

⑲【朱注】宋玉《諷賦》：『君不御兮妾誰怨，死日將至兮下黄泉。』 【朱彝尊曰】其地陰寒。（錢評作『其地陰寒之甚』）【按】石城，見《石城》詩題注。《唐書·樂志》謂莫愁所居之石城在竟陵，今湖北鍾祥縣。亦有以石城為石頭城，代指金陵。

⑳【朱注】《文選注》：『《古史考》云：柘樹枝長而勁，烏集之將飛，柘起彈烏，烏乃呼號，因名烏號弓。』【道源注】《南部烟花記》：『陳宮人喜于春林放柘彈。』 【程注】《西京雜記》：『長安五陵人，以柘木為彈，真珠為丸，以彈鳥雀。』何遜詩：『柘彈隨珠丸，白馬黄金勒。』 【馮注】梁簡文帝《洛陽道》：『遊童初挾彈。』顧野王《陽春歌》：『銀鞍俠客至，柘彈宛童歸。』此四句皆夜景。『類黄泉』者，雨天昏黑也，非陰寒之義。潘郎挾彈，見《河東公樂營置酒》，唐詩屢用之。此言夜半何所用之。 【朱彝尊曰】（『夜半』句）不眠無聊，戲以自遣。（錢評『無聊』下有『夜半起行』四字） 【按】《晉書·潘岳傳》：『岳美姿儀……少時常挾彈出洛陽道，婦人遇之，皆連手縈繞，投之以果。』『夜半』句用此典。『前閣』四句寫石城景物：雨簾不卷，芳樹陰陰，幽暗昏黑，頗類黄泉，值此凄黯雨夜，操柘彈以行遊之美少年亦無人欣賞。

㉑【朱注】《漢書注》：『閶闔，天門也。』 【錢曰】摇扇風生，如自天門而來。 【按】閶闔，亦指西風。《史記·律書》：『閶闔風居西方。閶者，倡也；闔者，藏也。言陽氣道萬物，闔黄泉也。』

㉒【道源注】帷幕風動，如旋波之有文。 【馮注】《爾雅》：『逆流而上曰洄。』注曰：『旋流也。』白香山句：『風幌影如波。』此意同之。 【按】淵旋，猶回旋。

㉓【朱注】《蜀都賦》：『鳥生杜宇之魄。』 【馮注】《廣志》：『木綿樹赤花，為房甚繁。』餘見《李衛公》。四句形容其人之翩然而來矣。『蜀魂』指子規，取春時也。言爾春時寂寞，今樂有伴未？木棉花紅，借比炎暑。

【按】「綾扇」二句，係抒情主人公想像所思女子現時情景，言值此夏夜，對方想亦寂寥獨處，綾扇輕搖，西南風至，輕帷翠幕，如漩波蕩漾。故下「蜀魂」二句即以關切口吻遥問曰：爾今流滯異鄉，如泣血啼紅之蜀魂，寂寞中有無女伴相慰？南方荒遠之地，近日來木棉花想又夜開數樹也。「瘴花木棉」，點明時令與女子現居之地，且以木棉花紅反襯女子之寂寥。然則，「石城」當係抒情主人公現居之所。

㉔【朱注】桂宫，謂月宫。【錢曰】月色不可挹取。

㉕【朱注】《洛神賦》：「含辭未吐，氣若幽蘭。」【馮注】言月光流轉，難見其貌，惟微笑私語，吹氣如蘭。【補】嫣熏，嫣香散發。

㉖【朱注】星妃，謂織女。《説文》：「妃，匹也。」【程注】王初詩：「猶殘仙媛湔裙水，幾見星妃渡襪塵？」【朱彝尊曰】妄想捉而留之。（錢評作「銀漢若墮我懷中，便當捉織女而留之。」）【馮曰】直欲留之，使長在懷抱，則可至秋矣。故無意中逗出。【按】未遣，猶不教。鎮，長。「桂宫」四句，回憶昔日雙方歡會情景：月華流轉，清光四射，難以攬取，相對輕聲私語，如香熏蘭綻，馨香馥郁。此時直欲令銀漢墮我懷中，以免使織女常苦來去。上言「雨簾」，此言「桂宫」，見此四句非現境。

㉗【程注】傅玄《和秋胡行》：「清濁必異源。」【朱彝尊曰】濁水清波何必異源乎？（錢評作「何必異源乎」）

㉘【馮注】《戰國策》：「齊有清濟濁河。」【朱彝尊曰】濟河水清，亦當合流也。【補】李頎詩：「濟水自清河自濁。」

㉙【朱注】梁范静妻沈氏《竹火籠》詩：「氤氲擁翠被，出入隨緗裙。」

㉚【朱注】《真誥》：「駕風騁雲輧。」【徐曰】輜輧，婦人車有障蔽者。太君，指仙女。【朱彝尊曰】冀其從空而下。（錢評「下」作「來」）【馮曰】此章全是夜深密約，故曰「夜半」，曰「幾夜」，皆寫暗中情景。「濟河」二句，悵異者終不能久同也。結謂那得明明而來，可接之呼之，不再若前此之私會乎？正反托深夜幽歡也。

【按】末四句以濁水清波之異源喻己與對方如清濟濁河之不能相偕。己與所懷之人，南北異域，仙凡隔路，不復重見。安得於薄霧中起身著緗裙之伊人，已則手接雲車喜迎仙姝之降臨乎？

以上《夏》）

㉛【徐曰】『衡』字是月光如水而不流，故曰『衡』。【朱曰】月曰金波，故言浪。（馮注引。朱注本無此注。）【馮注】《考工記·玉人注》：『衡，古文横，假借字也。』按：衡、衡每互用，而《詩》云：『衡從其畝。』衡通『横』，字義當同此也。

㉜【《輯評》墨批】月中有蟾蜍。秋月，故曰涼蟾。【錢曰】月既落，則星光入户。

㉝【程注】《杜詩注》：『風箏，謂掛箏於風際，風至則鳴也。』【馮注】吹之牽之，使遠去也。【按】雲屏，見《嫦娥》詩注。風箏，懸掛於屋檐下之金屬片，風起作聲，亦稱『鐵馬』。『月浪』四句寫秋夜景色及女子孤寂情懷：月華滿天，似天宇亦因其涼波而呈濕意。夜深不寐，涼月既落，疎星入户。雲屏不動，顰眉獨坐，但聞西樓一夜鐵馬丁冬之聲。此係抒情主人公對所思女子寂寥情景之想像。

㉞【朱注】杜甫詩：『七星在北户，河漢聲西流。』【錢曰】昏旦易更。

㉟【朱注】《古詩》：『河漢清且淺。』【程注】王損之《曙觀秋河賦》：『孤星迴泛，狀清淺之沈珠；殘月斜臨，似滄浪之垂釣。』【朱彝尊曰】河清難俟。（錢評同）【馮曰】（『欲織』四句）言將遠去，而相思相怨，但晦明轉换，而良會難圖。已逗出寄遠，為雙璫伏脈。【按】四句謂欲殷勤寄書以達相思之意，然終日相思，反化作滿腔悲怨。但聞北斗酌漿之聲迴環不絶，而清淺之銀河已漸次隱没不見。暗示星移斗换，時光流逝。

㊱【道源注】金魚，即魚鑰也。《一品集》：『平泉莊有剡溪之紅桂。』【馮注】《舊書·輿服志》：『佩魚袋。三品以上用金魚袋。』此兼取意，言貴人深貯之也。【按】此以『紅桂』喻所思女子。

㊲【朱注】茵，褥也。《西京雜記》：『飛燕為皇后，其女弟上遺鴛鴦褥。』

㊳【朱注】《南史》：『文惠太子求東田，起小苑。』《玉樹》，用陳後主事，見《陳後宫》。【錢曰】（『堪悲』

二句）陳宮已為行路，何人更憐麗華？【馮曰】（『金魚』四句）重門深閉，茵席生塵，其人已去矣。人既去，則小苑人人得至，故曰『作長道』。『玉樹』句，謂勝於張孔之美艷。【按】四句描寫所懷女子舊居荒凉冷寂景象，深致傷感之情。謂其地魚鑰深鎖，紅桂春銷，茵褥塵封，小苑荒廢，當年《玉樹》歌舞之人，誰復憐之？『金魚』句兼寓金屋貯嬌，斷送紅顏青春之意。『玉樹』，點其人身份。

㊴【朱注】嵇康《琴賦》：『亂曰：「愔愔琴德，不可測兮。」』《藝文類聚》：『後漢蔡邕好琴道，每一曲置一弄。』《琴歷》曰：『琴曲有蔡氏五弄，又有九引，九曰《楚引》。』【程注】《唐書·禮樂志》：『琴工猶傳楚漢舊聲及清調蔡邕五弄，楚調四弄，謂之九弄。』【何曰】楚弄，商弄。（《輯評》）【陳永正注】《左傳·昭公十二年》：『祈招之愔愔，式昭德音。』杜預注：『愔愔，安和貌。』

㊵【朱注】《錦裙記》：『惆悵金泥簇蝶裙。』【按】屑金以為物飾，名之泥金。泥金服飾，為華貴之服。

㊶【朱注】陸機賦：『指南雲以寄欽。』《高唐賦序》：『昔者楚襄王與宋玉遊於雲夢之臺，望高唐之觀。』【馮注】陸雲詩：『聲播東汜，響溢南雲。』【朱彝尊曰】（『喚起』句）喻情。【錢曰】（『簾鈎』二句）行雲之夢，為鸚鵡喚醒，如繞雲夢而還。【馮曰】此四句又想其人之夜起彈琴也。『越羅』句，彈琴時之服飾。琴響一傳，而禽為之驚而雲為之動矣。其人自湘中遠去而迴憶，故曰『楚弄』，記舊蹟也。曰『南雲』，曰『繞雲夢』，迴繞衡湘也。合之下句『湘川相識』，其為潭州事益信。【按】『瑶瑟』四句，想像所思女子深夜彈瑟，夢繞南雲。謂瑶瑟愔愔，深藏悲怨之楚聲；越羅衣薄，不禁秋夜之清寒，似覺泥金之沉重。簾鈎鸚鵡，因驚霜而夜啼，故喚醒伊人縈繞南雲之綺夢。所懷之女子此時居於南方，故有『喚起南雲繞雲夢』之語，《到秋》詩『萬里南雲滯所思』可參證。彈瑟者、驚夢者均所思之女子。

㊷【朱注】即《春雨》『玉璫緘札』。【程注】王粲《七釋》：『珥照夜之雙璫。』《古詩》：『呼兒烹鯉魚，中有尺素書。』【馮注】《風俗通》：『耳珠曰璫。』繁欽《定情詩》：『何以致區區？耳中雙明珠。』按：不必拘珠璫、玉璫。【錢曰】謂寄來之書。【按】丁丁，音争争，狀玉璫聲。餘見《春雨》注。

㊸【程注】孟浩然詩：『鬢鬟低舞席，衫袖掩歌脣。』【錢曰】此句難解，疑以『銜雨』比含淚也。

㊹【何曰】言時故也。【朱彝尊曰】末句即指尺素。（錢評同）【馮曰】尺素雙璫，詩中屢見，蓋事實也。錢氏謂女郎寄來，或謂義山寄與，未知孰是。有寄必有答，彼此同之矣。曰『記湘川相識處』，是其人先至湘川，及義山抵湘，得一相識，而其人又他往，故屢以此事追慨。『歌唇』必指其人。言將終身銜淚對之，而可惜馨香漸故矣。【按】『雙璫尺素』，當是男方所寄，《春雨》『玉璫緘札何由達』，《夜思》『寄恨一尺素，含情雙玉璫』均可證。四句意謂，往昔雙璫尺素，寄情殷殷，內記湘川相識時之情景（處，時也）。料想對方將終身含淚對此璫札。而今雙方永隔，璫札之馨香，亦當消散不存矣。末句正象徵此段悲劇情緣已成過去。

（以上《秋》）

㊺【何曰】景已暮矣，終於如此。（《輯評》）【朱彝尊曰】冬日短甚，纔出即下。（錢評『日』作『晝』，『纔』上有『日』字）【馮曰】狀冬日之短。

㊻【朱注】《通義》：『鳳凰，仁鳥也。雄曰鳳，雌曰凰。』《左傳》：『帝賜夏孔甲乘龍，河漢各二，有雌雄。』《法苑珠林》：『梁釋法聰臨泉有雌龍、雄龍，各就手取食。』此云女龍，即雌龍也。

㊼【朱注】陳啟源曰：按《古今樂録》云：『《神弦歌》十一曲，五曰《白石郎》，六曰《清溪小姑》。』青溪、白石，正指此也。《搜神後記》云：『沙門曇遂入青溪，夢一婦人曰：「我是青溪廟中姑。」』不相望，言杳隔也。

【馮曰】此借比男女不相合。

㊽【朱注】謝朓詩：『雲去蒼梧野。』【姚注】《檀弓》：『舜葬于蒼梧之野，二妃未之從也。』【錢曰】堂中之遠，甚于蒼梧之野。【馮曰】四句彼此怨曠之情。人既遠去，則此堂中便絶遠耳。【按】四句寫男女雙方永隔之恨。首句點冬令，次句以『雌鳳』『女龍』喻指所思女子，『孤飛』『寡』似謂其人現已寡居。青溪小姑與白石郎分指對方與己，謂彼此遥隔，對方所居之畫堂遠於蒼梧之野，蓋言生離甚於死別。

㊾【馮注】庾信詩：『香心未啟蘭。』良緣已斷，愁心欲死。【程注】李白詩：『幽桂有芳根。』

㊿【馮注】張衡《靈憲》：『姮娥託身於月，是為蟾蜍。』此以月娥比其人。謂其人遠去，容光消瘦，未必仍如昔日之美矣。

【朱彝尊曰】以不必思自解。（錢評『必』作『足』）【按】『凍壁』四句，謂冬日嚴寒，壁間霜華隱結。遥思其人，恐如芳樹根斷、香心枯死矣。空乘畫舸，追思伊人，想歷此磨難，今日之月娥亦憔悴瘦損，無復昔時之美好容態矣。

(51)【馮注】管絃雜弄，觸緒生悲，昔日舞腰何能再睹也？曰『空城』者，謂其人久去也。此倒句法。時義山尚在其地，故下二句遂溯舊事。

(52)【朱彝尊曰】又以舊歡難久自解。（錢評『難』作『不』）【馮注】按《樂府》本詩云：『桃葉復桃葉，桃樹連桃根；相憐兩樂事，獨使我殷勤。』而後人附會作姊妹也。梁吴均詩曰：『倡家少女名桃根。』【按】『楚管』四句，想像其人在南方之生活及姊妹香銷之恨。謂當日歌舞堂前，楚管蠻絃，紛然雜奏，而今寂寞空城，罷舞之後，惟剩瘦損之腰支。昔日曾作掌上舞之桃葉桃根姊妹，均已舞歇香銷，無復往日青春歡樂矣。

(53)【杜庭珠注】古詩：『頭上倭墮髻。』『墮』，宜作『嫷』。嫷，不嚴飾也。【按】參《深樹見一顆櫻桃尚在》。

(54)【朱注】黄金蟬亦首飾。韓偓詩：『醉後金蟬重。』【按】玉燕釵見《聖女祠》七律。

(55)【馮注】《樂府詩集》傅休奕《吴楚歌》（一作《燕美人歌》）：『雲為車兮風為馬。』【何曰】愁不可解，則怨亦終不能解。（《輯評》）【朱彝尊曰】更恨其人尚在。（錢評『更』作『反』）【馮曰】此又想其容飾而憐其愁恨也。『不持去』者，無能持之去以就所歡。冬夜最長，乃徹夜相思，徒悲天曉矣！【按】『破鬟』四句，想像對方孤冷憔悴之態與傷離怨斷之情。謂其人如今破鬟蓬鬢，倭墮髻斜，燕釵金蟬，獨自瑟縮於清晨寒氣之中。夜來風雨，亦未能化為風車雨馬持其而去，惟獨對啼紅之蠟燭，永夜不寐，愁怨達曙而已。

（以上《冬》）

箋評

【許學夷曰】商隱七言古，聲調婉媚，太半入詩餘矣（與温庭筠上源於李賀七言古，下流至韓偓諸體）。如『柔腸早被秋眸割』『海闊天翻迷處所』『衣帶無情有寬窄』『香眠冷襯琤琤佩』『蠟燭啼紅怨天曙』『蟾蜍夜艷秋河月』『醉起微陽若初曙，映簾夢斷聞殘語』『前閣雨簾愁不卷，後堂芳樹陰陰見』『低樓小徑城南道，猶自金鞍對芳草』『雲屏不動揜孤嚬，西樓一夜風筝急。欲織相思花寄遠，終日相思却相怨』『瑶瑟愔愔藏楚弄，越羅冷薄金泥重。簾鉤鸚鵡夜驚霜，喚起南雲繞雲夢』等句，皆詩餘之調也。（《詩源辯體》）

【周珽曰】寄意深遠，情意愴然。『金魚鎖斷』四句，更饒悲感。

【陸時雍曰】脂粉氣濃，風姿態寡。（《唐詩鏡》卷四十九）

【何曰】四首實絶奇之作，何減昌谷？惟《夏》一首思致太幽，尋味不出。（《讀書記》）　又曰：寄託深遠，耐人咀味。（《輯評》）

【朱彝尊曰】語艷意深，人所曉也。以句求之，十得八九，以篇求之，終難了然。定遠謂此等語不解亦佳，如見西施，不必識姓名而後知其美，亦不得已之論也。（錢評略同）

【杜庭珠曰】寄托深遠，與《離騷》之賦美人、恨蹇修者同一寄興。

【徐德泓曰】詩與『燕臺』兩字，毫無關涉，即四時亦不盡貼合。李之命題，往往多寓意者，亦如詩之不能一時通解也。按其《柳枝詩序》，謂能為幽憶怨斷之音，愛慕《燕臺》之作，將無此四首，亦分幽憶怨斷乎？春之困近于幽，夏之洩近于憶，秋之悲鄰于怨，冬之閉鄰于斷。題意或于此而分也。玩其詞義，亦頗近似。雖其間字樣，亦有彼此參雜者，而大旨不離乎是矣。至其音純屬悲咽，所謂『北聲』也。是則燕臺之義，又北聲之寓言歟？惟此庶幾可合，而奥窅荒忽，的是鬼才。（《春》）此寫幽也。分五段，每段四句。首段，言幽歡之無覓也。風光暗度，無處尋春，反不若遊蜂之遍識花叢矣。第二段，言幽情之未遂也。氣暖桃夭，正婚姻時候，而人立其間，惟兩鬟相對，佳偶杳如，即問天而亦朦朧不明也。高鬟，屬人；桃鬟，仍屬桃言。第三段，言幽夢之難續也。睡起模糊，夕陽映簾，認為初曙，而夢語亦不能全記，欲再尋之，已如沉珊網于海，茫茫不知處矣。第四段，言幽恨之莫訴也。夫衣帶無情之物，尚有寬有窄；烟霜似有情者，而竟自碧自白，不識人意乎？則此堅結不可磨滅之恨，已無可控告矣，只好訴之于天，而天亦不知，其惟收繫天牢，天始知也。第五段寫到魂消魄滅，則幽之至者。謂天氣峭寒，衣單珮冷，風力難禁，情不自克，亦當化作冷光，隨風而入海耳。四首中段落，其起止語氣各不相蒙，與《小雅·鶴鳴》章、杜甫《飲中八仙歌》義例相類，然亦有次序。如此篇尋春不得，則情難遂，由是積而為夢，結而為恨，至于形消質化而後已焉。（《夏》）此寫憶也。分四段，每段四句。首段，憶人物之荒殘也。前簾不捲，則見後堂；而後堂應多芳麗，因憶南朝佳冶之地，無如景物已荒暗如夜，想此時挾彈遊郎，又何所遇乎？次段，憶旅魂之孤寂也。風吹帷幕，尚爾回旋，而因憶不得旋歸之客魂，何其寂寞，所伴者不過烟瘴之花耳，能有幾夜開乎？上二段，乃憐生惜死之情也。第三四段，則上窮碧落下黄泉之意，憶之極矣。言月光難取，因口吐幽香，暗言私語，計惟取銀漢而藏之，當以阻牛、女之會焉。『濁水』二句，比也，言同一水耳，何故清濁各異。安得駕霧起空，呼天而問之耶？上二段，一不甘獨悴之情，一榮枯不自曉之情也。由人至鬼，又窮極上天而下澤焉，其序如此。（《秋》）此寫怨也。分五段，每段四句。首段，時景之怨也。言星月沉西，孤嚬獨掩，而又加以凄風之苦焉。次段，别離怨也，言欲織縑寄遠，思而成怨，但覺斗轉時移，而不見銀河之水，無從渡而相會矣。第三段，故宫怨也。言門鎖塵積，昔日芳園，化為行路，人則生悲耳。至所遺玉樹，當年以之製曲者，亦又何知，而豈解憐亡國者乎？第四段，怨聲也。言凄清楚調，指冷身寒，禽亦聞聲驚起，憐其獨而欲其歡會焉。第五段，怨詞也。言寄來緘札，内記初情，今其人不得見，惟時執其詞，而含淚歌之閲之已耳。但使芳香之物，不覺漫滅手中，為可惜也。因時而傷别，又因今而傷古，情無寄而以聲寫之，聲猶虚而以詞實之，一世銜雨，則怨無窮盡矣。其序如此。（《冬》）此寫斷也。分五段，前三段各四句，後兩段各二句。首段，言途路之斷也。東日西沉，孤而無偶，所云青溪白石，一郎一姑也，而杳不相見，其遠甚于二女之望蒼梧矣。次段，言芳情之斷也。時氣凝寒，衆芳枯槁，而此心亦同寂滅。即或夜泛空明，而以月娥之容質，亦疑其未必美耳，蓋甚言心灰也。第三段，言舊歡之斷也。管絃惟覺其愁，貌態空留其質，回想當日之妙舞清歌，盡消歸無有矣。第四段，言曉粧之斷也。破鬢撩亂，雖有燕蟬，亦不成飾，况曉寒已經難受，又豈勝此金玉之寒姿也？第五段，言夜夢之斷也。雨必有具，今不持去，豈能為暮雨之行，而天又曙，則好夢斷難成矣。後二段若合為一，則首句已點明「朝」字，次句與第三句又不屬，俱難承接，且非轉韻體也，故從韻而以曉、夜分之。路絶而心死，舊情不堪回想，又何有于此日之朝歡暮樂乎？其序如此。

【陸鳴皋曰】（《春》）治葉倡條，蜂能遍識；絮亂絲繁，天亦能迷。字語皆屬奇創，至微陽初曙，夢斷殘語句，尤耐人十日思。（《夏》）後堂芳樹，似陰用後庭玉樹意。石城，應指金陵。蜀魂，南方之鳥；木棉，南土之花。故相屬也。（《秋》）南雲雲夢，從「楚弄」生出，而中忽以鸚鵡聯之，靈心奥折乃爾。末句「故」字，從「一世」生出，持看一世，不得不「故」矣。（《冬》）二妃猶望蒼梧，而此則不相望，故云「遠甚」，豈阻絶更甚于死乎？李别有句曰：「遠别長于死。」往往好作此盡頭語也。「浪乘畫舸」，似暗用謝尚牛渚事，只泛月意耳。空城，即「惑陽城」意，掌中謂舞，歡銷，兼歌言，即裝併下句，此倒法也。玉燕金蟬，頓繳上句，其法亦倒。不曰雲車，而曰風車，避「朝」字耳。

【姚曰】（《春》）首四句，言意中之人不見。「暖藹」四句，言幸得見之。「醉起」四句，言見後相思。「衣帶」四句，言無可告訴。「夾羅」四句，言春光暗去，魂為之消也。（《夏》）起手八句，言相思之深。前四句，屬自己；後四句，屬所思。「桂宫」四句，言相逢之際。「濁水」四句，則相别之况也。（《秋》）首四句，秋宵景色。「欲織」四句，託織女以寄興。「金魚」四句，悲往日之風流易散，恐後之視今，亦猶今之視昔也。「瑶琴」四句，恨現前之歡娱有限，用巫山事，所謂「猶恐相逢是夢中」也。「雙璫」四句，言别後之相思無極，所謂「置書懷袖中，三歲字不滅」也。「馨香」，指尺素，「銜雨看」，應是淚雨，言尺素為淚雨浸漬耳。（《冬》）首四句，言冬日苦短，其室則邇，其人甚遠也。『凍壁』四句，隱語：霜華映壁，影雖存而心已斷；月娥臨夜，寒既苦而色應彫。『楚管』四句，言此時雖楚女蠻姬腰支尚在，恐不堪作掌中舞也。末四句，又作無聊想像之詞，白玉燕釵、風車雨馬，縱彼情思不斷，又豈能相持俱去耶？此皆所謂幽憶怨亂（斷）者。

【屈曰】『冤魄鎖天牢』，『幽光入西海』，皆所謂幽憶怨斷之音也。（《春》）一段無處不尋到。二段可望不可即。三段夕陽在地，酒醒夢斷而終迷處所。四段相思之誠無可告語。五段幽魂飄蕩，不勝東風，而相隨直入西海，無已時也。（《夏》）一段無聊景況。二段風光迅速。三段想其來而留之。四段冀其忽然從雲中降也。水源之清濁既異，流亦不同，比其終不相合也。安得駕雲而來，著薄霧之細裙，得手接而呼，方遂此願。（《秋》）一段長夜不寐。二段相思不相見。三段空房寂寞。四段夢寤無聊。五段唯展玩書札而已。南雲繞雲夢，謂方在高唐夢中，乃鸚鵡驚霜而動簾鉤，遂驚醒也。（《冬》）一段咫尺千里。二段天上所無之色。三段況是雙美。四段物是人非。是四首詞太盛，意太淺，味太薄。四句一解，格不變化，全無盛唐諸公之起伏頓挫，讀者望其雲霧，人人為絕不可解，可嘆，可嘆！

【程曰】四詩乃《子夜四時歌》之義而變其格調者。詩無深意，但艷曲耳。其格調與《河内詩》皆取法於長吉。

【馮曰】余初閱其（徐德泓）逐句疏解，穿鑿牽强，力斥其非；今細玩四章，若統以幽，憶、怨、斷味之，頗饒趣味。其分屬四字者，以《春》《秋》《冬》三首各有『幽』字、『怨』字、『斷』字在句中，《夏》雖無『憶』字，而憶之情態自呈。然拘且鑿矣。柳枝為東諸侯取去，故以《燕臺》之習擬使府者標題，其亦可妄揣歟？《錦瑟》一篇分適、怨、清、和，已為詩家公案，烏可益以《燕臺》之幽、憶、怨、斷哉！（《玉谿生詩詳注補》）又曰：解者各有所見，未能合一，愚則妄定之若是：首篇細狀其春情怨思；次篇追叙舊時夜會；三篇彼又遠去之嘆；四篇我尚羈留之恨。每章各有線索。否則時序雖殊，機杼則一，豈名筆哉！總因不肯吐一平直之語，幽咽迷離，或彼或此，忽斷忽續，所謂善於埋没意緒者。唐季有此一派，於詩教中固非正軌，然而神味原本《楚騷》，文心藉以疏瀹，譬之金石靈品，得訣者鍊服以昇仙，愚懵者乃中毒而戕命矣。　又曰：燕臺，唐人慣以言使府，必使府後房人也。

參之《柳枝序》，則此在前，其為『學仙玉陽東』時有所戀於女冠歟？其人先被達官取去京師，又流轉湘中矣。以篇中多引仙女事，故知女冠。『鐵網珊瑚』，他人取去也。玉陽在東，京師在西，故曰『東風』『西海』也。玉陽在濟源縣，京師帶以洪河，故曰『濁水清波也。』曰『石城』，曰『瘴花』，曰『南雲』，曰『楚弄』，曰『湘川』，曰『蒼梧』，皆楚地之境，故知又流轉湘中也。與《河内》《河陽》諸篇事屬同情，語皆互映。《柳枝》而外，似別有一種風懷也。内惟『石城』二字，與《石城》《莫愁》之作又相類，何歟？又曰：讀此種詩，着一毫麤躁不得。

【紀曰】與下《河内詩》二首及《河陽詩》《和鄭愚汝陽王孫家箏妓二十韻》《燒香曲》皆長吉體，就彼法論之皆為佳作，然已附録《房中曲》及《宫中曲》以見概，此等雅不欲多存也。（《玉溪生詩説》）以『燕臺』為題，知為幕府託意之作，非艷詞也。純用長吉體，亦自有一種佳處，但究非中聲耳。（《輯評》）

【姜炳璋曰】此託為婦人哀其君子之詞，蓋哭李贊皇之作也。有辨見後。○《春》，第一章，言衛公為黨人排擠而含冤入地，可傷也。『嬌魂尋不得』，點清題旨，言贊皇已卒也。白敏中為德裕所薦，反傾德裕，所謂荓蜂而求螫也，故以蜂為喻。『類芳心』，有似尋芳之心也。『冶葉倡條』，蜂無不識，言小人并進也。『桃樹』為公桃李之喻。遲暮春日，桃樹在西，陽光普照，凡樹樹高鬟，無不使之咸立，暗指引用白敏中、令狐綯，原不止王、鄭諸人。豈知朝局一翻，贊皇與其相知之人不知歸於何許，但見群小密布耳。昏醉而醒，望其見天，而夢覺初起之時忽聞人傳之殘語，言惟恐珊瑚為鐵網所收，而鼓浪翻天，使無處所，喻憂贊皇復用力致之於死地也。衣帶前寬後窄，哀瘠之甚也。烟碧霜白，無時不思也。蓋思公擘石丹誠，受冤枉死，而天不知，願得天牢鎖公冤魂，不隨風飄散，以為後日雪冤之地也。夾羅委篋，則衣單薄矣；冷襯玉珮，則身寒凉矣。安能勝東風之力，與之相敵乎？以喻孤寒失勢，不勝排擠也。將來唯有老死蓬蒿，魂隨南海耳；云『西海』，隱其辭也。○《夏》，此一章言其貶謫時雖訟冤無益，而無由以君子小人之黨告之君也。此言贊皇逐後，其門寂寞無人也，『石城』蓋借言之。輕帷綾扇，至弱之物，持綾扇而唤天風，叫開天門，欲公如波淵之旋而返於帷幕不可得也；大中二年，右補闕丁柔立為德裕訟冤，二句指此事也。蓋黨援盡逐，無有伴侣，誰為引手者？惟見愁魂寂寞，冤死於瘴花木棉而已。『桂宫』，月也；『光難取』者，無由見也。『嫣』，美也；『熏』則不美。『蘭破』則不香；『輕輕語』者，懼黨人也。嶺南為牛女分野，界於銀漢，『墮懷中』者，無日不思也。『星妃』，義山自謂；未敢來去，亦畏黨人也。僧孺、宗閔之黨，『濁水』也；德裕之黨，『清波』也。安得薄霧起我緗裙，叩九閽而訴之天也。〇《秋》，此一章言贊皇死，而已將無進用之望也。此追溯其方貶之時，言波浪驟起，宣宗即位，而贊皇逐也。月落星入，贊皇逐，而其黨皆不安也。雲屏遮隔，則孤臣憂戚，無由上達，正如一夜風箏，鳴於西樓之角，何其悽切乎！織花寄遠，作書訊候也；『相思』，欲其召回；『相怨』，終於不復也。北斗回環，如會昌時所逐五相同日北還是也；銀漢不見清淺，嶺南逐客無時再召也。『金魚』二句，言為時最久也。『小苑』，暫別之喻；『長道』，永訣之喻，言吾以公暫歸外職也，豈天涯路遠，竟永訣不歸乎？遂使鸞鏡青娥，竟若亡國之玉人，聽其淪落，誰則憐之？謂贊皇死而已將終擯也。『藏楚弄』者，欲賦楚辭以招魂也；『金泥重』者，有所滯而不得去也。一夜霜飛，『簾鈎鸚鵡』，驚聲喚起南雲，繞於雲夢二澤，慘悽冤結，使人望雲一哭也。義山在鄭亞幕，亞以書奉贊皇，故義山曾至江陵。蓋義山獲交王、鄭，未有不以才薦之贊皇，而稱『相識』，則在使江陵時也。『聯尺素』者，贊皇之復書；其中必有賞識義山之語，故云『内記湘川相識處』。是書存於義山之手，故一生含淚以看，而馨香僅為手中之故物，可惜也。〇《冬》，此一章言可危者不獨義山，而義山更切也。冬日可愛，而日落，謂贊皇卒也。鳳孤女寡，已無所適從也。清溪小姑與白石郎，兩不相望，以卒于崖州，遠隔蒼梧之野，無由送葬也。凍壁霜花，寒氣酷烈也；根斷心死，再無用我之人也。蓋義山在湘川一見後，相契殊深，望其再召，而豈意其遠斥而卒乎？『憶蟾蜍』，憶從前與令狐氏為世交，倘綯得志，猶可冀其引薦，特恐納交王、鄭，中其所惡，未必容顔較（姣）好以相晉接，此其所以『香心死』也。且含愁悲咽者，不獨已一人也，雖得寵如桃葉、桃根者，腰支雖在，歡愛已銷，徒愁嘆而已。『破鬟』二句，自喻也，言已之才華妍麗貴重，冠絶一時，恨不使風車雨馬持去，而使我啼紅抱怨也乎？〇憶乙亥歲曾與家香岩論此詩於吴興慎獨堂，予曰：『此義山哀死之詩，而所哀之人，《春》則曰：「海闊天翻無處所」、「願得天牢鎖冤魄」，《夏》則曰：「幾夜瘴花開木棉」，《秋》則曰「喚起南雲繞雲夢」、「越羅冷薄金泥重」，《冬》則曰「堂中遠甚蒼梧野」、「楚管蠻弦愁一概」，則分明自下注脚矣。其貶潮、崖二州之李文饒乎？』香岩拍案大快，因云：『燕臺乃燕昭王招賢之臺，義山詩凡三見，并不用之豔體；且贊皇縣正幽燕之地，其為哭贊皇無疑也。』及庚辰，予選李詩，覽其全集，至《柳枝五首》，其自序云：柳枝，洛中里孃也，予從兄讓山居為近，詠余《燕臺》詩，柳枝驚問誰人有此？讓山謂曰，此吾里中少年叔耳。則前説大謬不然矣。據《唐書》，德裕卒於大中三年，以太和五年義山《上（崔）華州書》云：愚生二十五矣。是德裕卒時當為五十一歲，而云『少年叔』乎？而彼自以為豔體，安得辨其不然也？因與兒輩云：『解前人文字，不可造次如此。』遂并此四首置之。選集既成，復取讀之，竊疑其贈言於人，何至痛酷之深？且少年之人而私願未諧，何至龍女長寡、化作幽光乎？殊不可曉，懷疑者屢日。及三復集中《李衛公》題詩，乃恍然曰：『信矣，其為哭贊皇也。其云「絳紗弟子音塵絶，鸞鏡佳人舊會稀」，即詩中取喻怨女思婦之説也。其云「今日致身歌舞地」，即小苑玉樹、舞罷腰支之喻也。其云「木棉花暖鷓鴣飛」，即南雲瘴花、越羅蠻管之辭也。而義山自謂少年所作豔詩，則自亂其辭也。蓋德裕既卒之後，正綯秉政之年，而「詭薄無行」之謗既騰，義山又樂自炫其才，一詩既出，人必傳誦，而前後干綯之作，俱托之男女相思。而此四首，詞則哀死，地則崖州，非哭贊皇而何？綯窺見意旨，必益其怒，故以《柳枝》五詩列於《燕臺》之前，緊相聯屬，使觀者以豔體目之。不然義山集中共五百六十七題，從無作長序一篇者，且柳枝一面相識，一語未通，而義山生平未嘗弛心豔冶，胡為而作此長序乎？蓋與《李衛公》題詩同為一歲內之作，皆有所畏忌而不敢昌言其意。此集中《嘲徐公主》詩謂「笑啼俱不敢」，有類於己也。』予既箋注詩下，而復辨之如此。

【王闓運曰】（《夏》）幽豔。（《秋》）冷倩。

【張曰】（《春》）首二句總冒，為四篇主意。『蜜房』二句，言我平日尋春，冶葉倡條無不相識，未曾見有此人。『暖藹』二句，記初見時態。『雄龍』二句，既見依然分阻；『絮亂絲繁』，所謂有情癡也。『醉起』四句，託之夢中歡會，夢醒而雲迷處所，能不使人悵恨哉！『衣帶』四句，言自春徂秋，惟有相思刻骨。心同石堅，不可磨滅，安得鎖之天牢，不令分散也。『夾羅』二句點景，『今日』二句，言相思不勝，直欲隨之而去矣。亦暗起後篇意也。通篇皆狀苦思癡想，惆悵恍惚，真深於言情者，宜柳枝聞而驚嘆與？（《夏》）此首承前篇，代其人寫怨。其人為人取去，必先流轉金陵，故以石城點題。首二句閉置後房，人不得窺。「石城」二句，預想金陵景物，生離死別，有類黄泉，空使我彈柘而歌奈何也。「綾扇」四句，皆狀其人冷落之態。寂寞中亦有歡伴乎？問之也。「桂宫」二句，為人取去之恨。「直教」二句，言取之者直據為己有矣。「濁水」二句，比其人落溷，昔為清流，今為濁汙，何能使人不妬也？結二句言安得親近其人，手接雲軿，呼而詢其近狀哉！此篇皆是想像之詞，馮氏謂實賦歡會，謬矣。〇據《河陽詩》，義山與燕臺相見在人家飲席，其人已先為人後房矣。故詩中只叙為人後房情態，言其據為獨有，更無出來之日也。無一語涉及為人取去，自與柳枝先遇後取者不同。〇馮氏泥「瘴花木棉」字，疑為嶺南風景，謂指楊嗣復貶潮事，最為無稽。不知瘴花木棉，泛言南方天暖耳。《河陽詩》亦有「蛺蝶飛迴木棉薄」句，金陵亦南方地，況篇中固明言石城景物耶？（《秋》）此篇言其人自金陵至湘暗約相見之事。首二句點秋景。「雲屏」二句，言其又將遠去。「欲織」二句，言我欲寄書問訊，而無如終日思怨，兩情不能遥達，惟迴望北斗，歎河清之難俟耳。「金魚」四句，言其人已離金陵，如鯉魚失鈎，但有鴛茵塵滿，舊時小苑，任人往來，真有室邇人遐之恨。「《玉樹》」「亡國」，豈天意不憐美人如是乎？《玉樹》亦借用金陵故事。「瑶琴」四句，言其人至湘中正值初秋之時也。「雙璫」二句，記其人私書約我湘川相見，「内記」即書中所言也。結言其人又去，手香已故，只有私書緘封，可想像其歌脣銜雨而已。蓋封書多用口緘也。此二句暗逗下篇，四首章法相生，學者細閲之，可以悟作詩之法矣。（《冬》）此篇義山赴約至湘而其人又遠去之恨也。「天東」二句，彼此參商。「青溪」二句，室邇人遠。「凍壁」句點景。「芳根」句相思無益，芳心已灰。「浪乘」二句，對月懷人，言縱使再遇月娥，亦未必如彼美之嬋娟矣。「楚管」二句，言彼此含愁一概，其人當亦為我消瘦，只有腰肢尚在耳。「當時」二句，言迴想舊歡，桃葉桃根之樂，安可復得耶？「破鬟」二句，憶其人之容飾。結言風車雨馬，匆匆持去，竟不能稍緩須臾，親近芳澤，空使我對燭流涕而已。「蠟燭」句即杜牧之「替人垂淚到天明」意也。蓋其人春天與義山相見，即為人取去；夏間流轉金陵；至秋又赴湘川，曾約義山赴湘；及冬間赴約，而其人又不知轉至何處矣。詩所以分四時寫之。義山開成五年冬作江鄉之遊，當專為此事，與《柳枝》不可混合也。

吾不知何等為中聲，此詩何以不協于中聲。若以李、杜、王、韋為中聲，彼四家與長吉、玉谿各有傳派，安可相提并衡也！蓋紀氏讀此種詩，莫名其妙，而又無疵可摘，故謬謂『自有一種佳處，究非中聲』，真所謂强詞奪理矣。噫，《燕臺》四章，柳枝聞而稱善，以紀氏之通人，而反不如當時一女子乎？吾不欲責之已。

余閲《才調集》卷末載無名氏古詩數篇，皆倣長吉派者也。無長吉之哀感頑艷，徒掇拾其字面，敷衍成章，無論命意膚淺，去長吉萬里，即練字練句，猶有間也。讀之味同嚼蠟。始知長吉一派，真不易及，非具玉谿生之才，不能强學邯鄲之步也。唐人能學長吉者首推玉谿，其次則温飛卿。若《才調》所選，則下陋詩魔矣。當時之人尚如此，更何論後世哉！宜紀氏輩不識長吉之佳處也。

長吉詩派之佳處，首在哀感頑艷動人，其次練字調句，奇詭波峭，故能獨有千古。若無其用意用筆，而强採撮其字面，以欺俗目，則優孟衣冠矣。如長吉詩中喜用『死』字、『泣』字，此等險字，却要用之得當。至於典故，已經長吉運化，亦不宜生剥。玉谿生此種數篇，凡長吉已用之典，一概不用，而獨取未經人道者探尋用之。且語語運以沉思，出之奇筆，讀之如異書古刻，光怪五色，不可逼視，如此方能與長吉代興，如此方許其學長吉之詩。彼徒剥取其字面，自矜為牛鬼蛇神者，何曾夢見也哉！（《辨正》）

又曰：四詩為楊嗣復作也。首章起二句一篇之骨。『風光冉冉』，喻嗣復相業方隆，『幾日嬌魂』，喻無端貶竄。『蜜房』二句，記己與嗣復相見。當時語曰：『欲趨舉場，問蘇張三楊。』義山之識嗣復以此。『冶葉倡條』，點其姓也。『暖藹』二句，初見時態，義山方年少，故曰『高鬟立共桃鬟齊』也。『雄龍』二句，既見未及提携，所以只有絮亂絲繁之況。『醉起』四句，言文宗忽崩，嗣復漸危。『衣帶』二句，狀危疑之意。『研丹』二句，為嗣復剖冤。『夾羅』句點景。結則以東風不勝比中官傾軋，而嗣復之冤，將從此沉淪海底矣。次章專紀楊賢妃、安王溶事。起言宫幃曖昧，嗣復被讒遠竄，與死為鄰，真不類人間世矣。『石城』楚地，行郎柘彈，指中傷之者。『綾扇』四句，謂武宗震怒，遣中使往殺，忽而中止，如風動波旋，而潮州之行，一若文宗之靈陰相之也。『蜀魂』望帝，以喻文宗，木棉點潮。『桂宫』二句，樹立安王之祕謀。『直教』二句，即史所稱『姑姑何不斆則天故事』也。『濁水』四句則言内人口語，虚實難辨，而嗣復人品，則清濁自分。安得起楊賢妃於九原，而一白其無罪哉！三章嗣復之湘約已赴幕之事。起點秋景。『雲屏』二句，言其遠去。『欲織』二句，言我欲通書問訊，而無如終日相思，兩情睽阻，徒使人迴望北斗，歎河清之難俟耳。『金魚』四句，又以嗣復罷相、賢妃賜死之恨發之。魚鎖斷春，鴛茵塵滿，舊時永巷，任人往來，《玉樹》亡國，何天之不憐美人耶？『瑶琴』四句，喻嗣復自湘貶潮。『雙璫』二句，則記約已入幕也。『内記』云云，即指書中所言，結言其人又去，手香已故，惟有私書緘封，可想像其歌唇銜雨而已，蓋封書多用口緘也。四章義山赴湘，嗣復已去之事。『天東』二句（按：以下六句所釋同《辨正》，從略）……『楚管』自謂，『蠻絃』謂嗣復，言一概含愁，其人亦當消瘦，只有腰肢尚在耳。『當時』二句，迴想舊歡。『破鬟』二句，寫孤孑自憐之態。末以『風車雨馬』結之，言竟不能稍緩須臾，留使不去，雖蠟燭無情，能勿替人垂淚耶？哀感頑艷，語僻情深，使人不易尋其脈絡，真善於埋没意緒者。集中凡關於家國身世，隱詞詭寄，無不類此。若判作艷情，則大謬矣。（《會箋》）

【錢鍾書曰】李義山才思綿密，於杜、韓無不升堂嚌胾。所作如《燕臺》《河内》《無愁果有愁》《射魚》《燒香》等篇，亦步昌谷後塵。（《談藝録》）

【按】《燕臺》四首，紀氏一反平昔通達持平之論，謂此『為幕府託意之作，非艷詞也。』然語焉不詳。張氏《辨正》曾斥馮氏初刊以『瘴花木棉』『指楊嗣復貶潮事』為『無稽』，乃《會箋》中竟棄其大體不失為正確之解，轉而蹈襲馮氏早歲之謬説而大肆擴充張揚之，穿鑿附會，不必辨正。前此姜炳璋曾創為『哭李贊皇』之説，其穿鑿之弊與張氏《會箋》正同。此四篇顯係艷情，柳枝之激賞、作者之自賞者均在此。如張氏説為楊嗣復發，則柳枝之激賞直不可解，將謂一商賈女子能解此等微言大義乎？然題名『燕臺』，則事出有因，馮氏謂指使府後房，似可信。觀義山辭張懿仙於柳仲郢，牧之咏張好好身世遭遇，以及集中《天平公座中》等作，可知唐代如義山一類幕府文士與歌伎舞女者流接觸之頻繁，亦可見義山與此類女子之有戀情自屬常事。詩中涉及其人身份，曰『冶葉倡條』，曰『《玉樹》亡國人』，曰『歌唇』，曰『罷舞』，曰『桃葉桃根』，均可證。

戀愛之本事，已無從考證。自此四章所提供之綫索探尋之，約略可知以下數端：一、雙方曾在湘川相識（或會晤），其後女子遠去，不復會合。二、女子離湘川後所至之地，或為嶺南一帶，視詩中『幾夜瘴花開木棉』等語可知。如女子蹤跡確係如此，則其身份為使府後房似更屬可能。三、此女子有姐妹二人（或二人關係極好，情同姐妹），男主人公所戀者為其中一人。四、馮氏謂其人曾為女冠，觀詩中常有雲霧迷離類似道教神話之境界（如『安得薄霧起緗裙，手接雲軿呼太君』），以及多用女仙事，其説不為無據。馮氏又云：『與《河内》《河陽》諸篇，事屬同情，語皆互映。』亦確。至馮氏所謂『其人先被達官取去京師』，張氏所謂『其人為人取去，必先流轉金陵』，後又『自金陵至湘，暗約相見』，及『義山赴約至湘，而其人又遠去』，均屬無徵或錯會。

《柳枝五首》約作於開成二年義山登第前數年中，《燕臺四首》，當更在此之前。視詩中辭采之繁艷，情感之熾熱，亦固類青年時代之作。

張氏屢以『哀感頑艷』稱此詩，洵然。此類題材，中晚唐詩人多敷衍為叙事長歌，而義山則獨辟蹊徑，將其熔鑄成純粹抒情之篇章。詩之絶大部份均為通過回憶或想像，抒寫與對方過去相遇、相識、歡會之情景，或對方在不同季節地點之生活與心情。此種抒寫，目的不在交代事件之發生、發展與結局，而係化事為情、借事寫情。如《春》詩中『暖藹』二句，《夏》詩中『桂宫』二句，《秋》詩中『雙璫』二句，《冬》詩中『當時』二句等片斷情景之映現，均是為了表現抒情主人公對上述情景難以銷磨之鮮明印象與深刻記憶。至于對女子現時處境、心情之想像，更係為了表現刻骨銘心之思念及對所思女子之同情體貼。

由于不以事件之發生、發展與結局結構全篇，而以詩人强烈而時時流動變化之感情為綫索，故詩之章法結構呈現出明顯跳躍性。隨詩人感情流程，忽而回憶，忽而想像；忽而昔境，忽而現境；忽而此地，忽而彼地；忽而閃現某一場景片斷，忽而直抒心靈感受。斷續無端，來去無跡。像《春》詩從開篇之尋覓不得，茫然自失，到轉憶初見時之融怡明媚，再折回當前雙方杳遠相隔之意亂神迷，從叙事角度言，極其錯綜變幻；從感情變化發展流程看，又極為自然。説明此種跳躍多變之章法結構對表現强烈多變之感情有其特殊之適應性。

詩中描繪之情境與女主人公形象均富于悲劇美。『蠟燭啼紅怨天曙』一語，不妨視為女主人公形象之傳神寫照與全詩悲劇意境之象徵性表現。詩分春、夏、秋、冬四題，隨時間之流逝與四季景物之變化，抒情主人公之感情由開始之反復尋覓、懷想、企盼重會，到悲慨相思無望、情緣已逝，最後到『芳根中斷香心死』，終歸幻滅。整組詩之悲劇氣氛不斷加深、强化，至《冬》詩結尾破鬟蓬鬢、在凄風苦雨與朝寒侵凌下對燭悲泣之女主人公形象出現，而達于頂點。此詩在學習長吉體之想像新奇，造語華豔方面，可謂深得其神髓，但又具獨特面目。不像長吉詩之奇而入怪，豔中顯冷，而將奇幻之想像用于創造迷離朦朧之境界，用華豔之辭采表達熾熱癡迷、執着纏綿之感情。使人讀後，既深為詩中所寫之悲劇性愛情而感嘆，又感到其中蕩漾着悲劇性詩情與令人心田滋潤之詩意。哀感纏綿中流露出對生活中美好事物之無限流連。故雖極悲惋，而不頹廢。

許學夷指出此詩『聲調婉媚，太半入詩餘矣』，洵為有識。其實不獨聲調，其内容、意境、情調、意象、辭采，均已極近于後來之詞。『《燕臺》句』之每為詞家所稱，正緣于此。

柳枝五首有序〔一〕

柳枝①，洛中里孃也。父饒好賈②，風波死湖上。其母不念他兒子，獨念柳枝〔二〕。生十七年，塗妝綰髻，未嘗竟，已復起去③，吹葉嚼蕊④，調絲擫管⑤，作天海風濤之曲，幽憶怨斷之音。居其旁，與其家接故往來者〔三〕，聞十年尚相與，疑其醉眠夢物斷不娉〔四〕⑥。余從昆讓山，比柳枝居為近。他日春曾陰，讓山下馬柳枝南柳下，詠余燕臺詩，柳枝驚問：『誰人有此？誰人為是⑦？』讓山謂曰：『此吾里中少年叔耳。』柳枝手斷長帶，結讓山為贈叔乞詩。明日，余比馬出其巷，柳枝丫鬟畢妝⑧，抱立扇下，風鄣一袖，指曰：『若叔是〔五〕？後三日，鄰當去濺裙水上⑨，以博山香待⑩，與郎俱過。』余諾之。會所友有偕當詣京師者，戲盜余卧裝以先，不果留。雪中讓山至，且曰：『為東諸侯取去矣〔六〕⑪。』明年，讓山復東，相背於戲上⑫，因寓詩以墨其故處云〔七〕⑬。

花房與蜜脾⑭，蜂雄蛺蝶雌。同時不同類，那復更相思？

其二

本是丁香樹〔八〕⑮，春條結始生。玉作彈碁局，中心亦不平⑯。

其三

嘉瓜引蔓長⑰，碧玉冰寒漿⑱。東陵雖五色⑲，不忍值牙香〔九〕。

其四

柳枝井上蟠⑳，蓮葉浦中乾㉑。錦鱗與繡羽㉒，水陸有傷殘。

其五

畫屏繡步障，物物自成雙。如何湖上望，只是見鴛鴦？

〔一〕『有』，戊籤作『并』。

〔二〕『念』，蔣本、戊籤、錢本、影宋抄作『命』。

〔三〕『接』，蔣本、錢本、席本、影宋抄作『揖』。　【馮曰】『接』『揖』未知孰是。愚意居其旁者，鄰里也。『接故』二字似連讀，謂與其家交接故舊相往來者，如《吴志·吴範傳》『與親故交接有終始』是也。或謂『揖』取主人揖客之義，與其家素以賓客往來者，恐非也。　【按】接故猶交朋，作『揖』非。接，交往；故，舊交。

〔四〕季抄、朱本均無『物』字。

〔五〕『是』字下原有『邪』字，蔣本、錢本、影宋抄『是』字下有『句』字，悟抄『是』字下有『訇』字，戊籤『是』字下有『耶』字，錢本引一本『是』字下有『自』字，均非。朱本、席本『是』字下旁注小字『句』，是。蓋此處原文本作『若叔是』，因斷句特殊，故於『是』字下旁注小字『句』，以示此處應有句逗，傳抄中羼入正文，遂成『若叔是句（又誤為訇）』；復有謂『若叔是』似不能斷句者，故於其下增『耶』或『邪』以足文氣。至作『自』字者，則又以為當連下文而臆改（句、自形近）。

〔六〕蔣本、姜本、悟抄、席本、錢本均無『為』字。

〔七〕『云』，席本、錢本、影宋抄作『云云』。蔣本無『云』字。

〔八〕『本』，萬絶作『木』。

〔九〕『牙香』原作『衣裳』，一作『牙香』，據蔣本、戊籤、悟抄、席本、錢本、影宋抄、朱本及萬絶改。

集注

①【程注】唐時女子多以楊柳為名。白香山侍兒名楊枝，所謂『鬻駱馬兮放楊枝』是也。韓昌黎侍兒名柳枝，所謂『別來楊柳街頭樹，擺弄春風只欲飛』是也。

②【馮注】《史記·貨殖傳》：『好賈趨利。』【補】饒，增益之辭，有『甚』義。

③【馮注】妝未竟，復起去弄歌。善寫嬌憨之態。下文『畢妝』可反證。

④【馮注】傅休奕《笳賦》：『吹葉為聲。』按：《舊書·音樂志》云：『葉二歌二。』又云：『嘯葉，銜葉而嘯，其聲清震，橘柚尤善。』《新書·禮樂志》：『歌二人，吹葉一人。』蓋吹葉即嘯葉也。而郭璞《遊仙》詩：『中有冥寂士，静嘯撫清絃。放情陵霄外，嚼蕊挹飛泉。』放情二句，似頂静嘯撫絃而言之，故此用『嚼蕊』，以足『吹葉』二字。或別有典，則未詳。又曰：《廣韻》：『笳，簫。卷蘆葉吹之也。』【按】嚼，吟也。《文選》張衡《西京賦》：『嚼清商而却轉。』吹葉嚼蕊，謂吹奏歌唱。

⑤【朱注】擫，音葉。《説文》：『擫，一指按也，於協切。』張衡《南都賦》：『彈琴擫籥。』

⑥【馮注】《玉篇》：『娉，娶也。』《集韻》：『同聘。』《後漢書·樂成靖王傳》：『娉取人妻。』《南蠻傳》：『初設媒娉。』

⑦【馮注】誰人有此情，誰人為此詩也。寫得神動。

⑧【朱注】陳啟源曰：『丫鬟，謂頭上梳雙髻，未適人之粧也。』辛延年詠胡姬『兩鬟何窈窕』，正指十五歲時。劉禹錫詩云：『花面丫頭十三四。』

⑨【姚寬注】《北史》：『竇泰母夢風雷有娠，期而不産，甚懼。有巫者曰：「度河湔裙，産子必易。」便向水

所。忽見一人曰：「當生貴子，可徙而南。」母從之。俄而生泰。及長，為御史中尉。』【朱注】《玉燭寶典》：『元日至晦日，並為酺食，士女湔裙度厄。』【補】湔，洗也。

⑩【馮注】徐曰：「《考古圖》：『鑪象海中博山，下盤貯湯，潤氣蒸香，象海之四環。』」句謂當焚香以待也。按：古《楊叛兒》曲：『暫出白門前，楊柳可藏烏；歡作沉水香，儂作博山鑪。』李謫仙則以『雙烟一氣』衍之，隱語益顯矣。此亦用其意，蓋約之私歡也。

⑪【馮注】『東諸侯』，語本《左傳》。唐時稱東諸侯者其境甚廣。又曰：歷據《左傳注》，東諸侯以齊、魯之境方是，則柳枝不可云亦至湘中也。

⑫【朱注】《史記索隱》：『戲上在新豐縣東二十里戲亭北。』孟康曰：『水名也。』

⑬【馮曰】《序》語不無迴護之詞，未必皆實，而有筆趣。

⑭【朱注】鄭谷《蝶》詩：『微雨宿花房。』王元之《蜂記》：『蜂釀蜜如脾，謂之蜜脾。』《本草》：『蠟是蜜脾底也。』【馮曰】上二句皆分喻。

⑮【朱注】《本草》：『丁香出交廣，木類桂，高丈餘，葉似櫟，陵冬不凋。花圓細，黃色，其子出枝蕊上，如丁子。中有麄大如山茱萸者，謂之母丁香。』按：陳藏器云：『丁香擊之則順理而解為兩向。』杜詩：『丁香體柔弱，亂結枝猶墊。』蓋其合則為結也。【程注】張率詩：『章臺迎夏日，夢遠感春條。』

⑯見《無題》（照梁初有情）。

⑰【馮注】《後漢書·五行志》：『安帝元初三年，有瓜異本共生，一瓜同蒂，時以為嘉瓜。』【程注】《宋書·符瑞志》：『漢桓帝建和二年，河東有嘉瓜，兩體共蒂。』

⑱【吳旦生曰】所以寒物曰冰。作去聲。（《歷代詩話》）【馮注】冰，去聲，逋孕切，見《集韻》。《樂府·情人碧玉歌》：『碧玉破瓜時，郎為情顛倒。』【程注】晉樂府：『金瓶素綆汲寒漿。』

⑲【朱注】阮籍詩：『昔聞東陵瓜，近在青門外。連畛距阡陌，子母相鉤帶。五色曜朝日，嘉賓四面會。』

【馮注】《史記·蕭相國世家》：『召平者，故秦東陵侯。秦破，為布衣，貧，種瓜於長安城東，瓜美，故世俗謂之「東陵瓜」。』

⑳【朱曰】言種非其所。

㉑【馮曰】以不得水喻不得交歡。

㉒【朱注】鮑照《芙蓉賦》：『戲錦鱗而夕映，曜繡羽以晨過。』

【葛立方曰】洛中里娘亦名柳枝，李義山欲至其家久矣。以其兄遜（讓）山在焉，故不及昵。義山有《柳枝五首》，其間怨句甚多，所謂『畫屏繡步障，物物自成雙。如何湖上望，只是見鴛鴦』之類是也。嗚呼！天倫同氣之重，共聚於子女猱雜之所，已為名教之罪人，而一不得其欲，又作為詩章，顯形怨讟，且自彰其醜，遺臭無窮。所謂滅天理而窮人欲者無大於此，如李商隱者，又何足道哉！（《韻語陽秋》）

【范晞文曰】『嘉瓜引蔓長，碧玉冰寒漿。東陵雖五色，不忍值牙香。』非不忍也，不果也。若『玉作彈棋局，中心亦不平。』，又『如何湖上望，只是見鴛鴦』，亦惜其不終遇之意。（《對床夜語》）

【何曰】（《序》）文不從，字不順，幾難尋其句讀。（《輯評》）

【錢曰】五首故為樸拙，殊乏意味，不可解。（馮箋引）

【姚曰】五首俱效樂府體，皆聊以自解之詞。○（首章）此以本無妃偶之事自解。（次章）此以恨無作合之人自解。（三章）此以鄰近引嫌自解。（四章）此以兩邊命薄自解。（五章）此以人不如物自嘆也。

【屈曰】（首章）本非同類，何用相思。（次章）既有一遇，亦不能漠然。（三章）蔓長喻思長，言嘉瓜色如碧玉，冰似寒漿，喻相合也。雖有五色之美，今日不忍更言也。（四章）言彼此俱傷也。（五章）言舉目堪傷也。

【馮曰】（首章）上二句皆分喻（解引姚箋）。（次章）無從結合，徒抱不平，當皆就柳枝説。（三章）上二句謂初破瓜，東陵故侯喻東諸侯，『五色』喻貴人，末句謂不忍遭其採食也。（四章）上二句謂在後房而不得承寵，下二句謂其又有遠行。（五章）上二句其人已去，房室空存；下二句自嘆臨流凝望之無益。此二首（指四、五二章）又與前湘中之跡殊相似。何歟？又總評曰：却從生澀見姿態。據《序語》，是先作《燕臺詩》，後遇柳枝，是兩事也。然艷情大致相同，艷詞每多錯互。合之湖湘尺素雙璫之事，終不能辨其是一是二矣。

【紀曰】一序澀甚，詩亦無可採處。（《詩説》）〇『居其旁』上疑有脱字。又曰：五首皆有《子夜》《讀曲》之遺。（《輯評》）

【張曰】據《序》云：『明年讓山復東，相背於戲上，因寓詩以墨其故處。』則詩為是年（按指會昌六年）在京作。（《會箋》）又曰：柳枝為義山第一知己，此文極力寫之，有聲有色，是最用意之作。義山喪母後，遷永樂，還鄭州，又定居東洛。會昌六年服闋，由洛入京，復官秘閣，具詳《補編・上李舍人狀》。《狀》云：『今春華已煦，時服初成。』又云：『今茲奉違，實間山河（川）。』則會昌六年入京在春時。此文上云『春曾陰』，下云『詣京師』，與柳枝相逢，必是年情事也。至《燕臺》四章，則係開成五年前事，江鄉之遊所由作也，不得與柳枝混為一事矣。馮氏牽附，不敢斷定，甚謬。又云：義山會昌六年服闋入京，重官秘閣，大中元年三月，又應桂管之辟，故《偶成》詩云：『明年赴闕（按：原文作『辟』，張氏誤引）下昭桂，東郊慟哭辭兄弟。』蓋至桂州時，先至洛中與弟羲叟取別。東郊謂洛郊也。此文云：『明年，讓山復東。』當在未應桂辟之前，未幾而義山亦抵洛矣。（《辨正》）

【錢鍾書曰】李義山《柳枝》詞云：『花房與蜜脾，蜂雄蛺蝶雌。同時不同類，那復更相思？』按斯意義山凡兩用，《閨情》亦云：『紅露花房白蜜脾，黄蜂紫蝶兩參差。』竊謂蓋漢人舊説。《左傳》僖公四年：『風馬牛不相及。』服虔註：『牝牡相誘謂之風。』《列女傳》卷四《齊孤逐女傳》：『夫牛鳴而馬不應者，異類故也。』……義山一

點换而精彩十倍。（《談藝録》）

【按】首章雄蜂與雌蝶，雖『同時』而『不同類』，究屬何指，頗不易解。姚曰：『此以本無妃偶之事自解』，似謂義山與柳枝並無妃偶之事。此解殊難通。義山之與柳枝，蓋一見傾心而一往情深者，《序》中描繪柳枝之性格風調，情見乎辭，五首之作，即抒其不能忘情之意，豈得謂『那復更相思』乎？又柳固商賈之女，義山亦寒族衰門，恐不至有如此森嚴之等級觀念，以柳枝為非類而不相思也。此詩當與《閨情》參讀。《閨情》寫夫婦之同牀異夢，辭意均與此相仿。然則此首蓋亦傷柳枝之所適非類，兩情終難合也。東諸侯與商賈女，貴賤懸殊，可謂不同類矣。『花房與蜜脾』即《閨情》『紅露花房白蜜脾』之意，亦指二者之『同時不同類』，與次句同意。次章一二與三四分喻，一二以丁香之『結』苞，喻春愁春恨，所謂『芭焦不展丁香結，同向春風各自愁』者也，二句隱寓一『愁』字。『春條結始生』，謂乍及芳時便脈脈含愁。三四以彈碁局之『中心不平』喻己内心之『不平』，隱寓一『憤』字。三四喻己而非喻柳枝，可於『亦』字味出。三章前兩句以『嘉瓜』隱喻年甫及瓜之柳枝，『碧玉』由『碧玉破瓜時』而來，既形況瓜之碧，又暗示柳枝之為小家碧玉。三四則謂東陵侯之瓜雖五色斑爛，聞名於世，然已則不忍食之，此即所謂『曾經滄海難為水，除却巫山不是雲』之意。四章一二分寫柳枝與已。柳枝蟠於井上，謂其不得其所（井上乃桃李所居之地）；蓮（諧憐）葉乾於浦中，謂已之憔悴沉淪。故三四分别以水中之錦鱗、陸上之繡羽分喻柳枝與已，謂彼此均遭摧殘，『同是天涯淪落人』也。馮謂上二句指柳枝在後房而不得承寵，似義山竟望其承寵者，謂下二句又有遠行之役，純屬任意為解。詩明言水中錦鱗與陸上繡羽，豈可專屬一人？據此章，則義山明視已與柳枝為『同類』矣。五章意較顯豁，即屈箋所謂舉目堪傷也。

馮氏未繫年，然似謂與開成末『湖湘尺素雙璫之事』有關，張氏則繫會昌六年，均無實據。以《燕臺詩》所涉及之艷情與柳枝事為一事，顯非。《柳枝序》中明言柳枝聽讓山詠《燕臺詩》而驚問：『誰人有此？誰人為是？』則《燕臺詩》所寫另屬一事本極明顯。又《燕臺詩》中所懷者為貴家姬妾，而柳枝則為商賈女子，身份亦别。詩之作年，雖無從確考，然必是青年時期所作，觀序中稱『少年叔』可見。會昌六年，義山已三十五歲，豈得復稱『少年叔』乎？張氏謂『必是春（會昌五年春）義山赴鄭過洛時所遇者』，雖言之鑿鑿，而實則純係捏合。義山大和九年不中第東還，至鄭州，或曾於返途經洛陽時與柳枝相遇。其時義山年二十四，與序稱『少年叔』者正合。然則詩當作於開成元年。

有感二首①

九服歸元化②，三靈叶睿圖③。如何本初輩④，自取屈氂誅⑤？有甚當車泣⑥，因勞下殿趨⑦。何成奏雲物⑧？直是滅萑苻⑨。證逮符書密⑩，辭連性命俱⑪。竟緣尊漢相⑫，不早辨胡雛⑬。鬼籙分朝部⑭，軍烽照上都⑮。敢云堪慟哭⑯，未必怨洪鑪〔一〕⑰！

其二

丹陛猶敷奏⑱，彤庭欻戰爭⑲。臨危對盧植⑳，始悔用龐萌㉑。御仗收前隊〔二〕㉒，兵徒劇背城〔三〕㉓。蒼黃五色棒㉔，掩遏一陽生㉕。古有清君側㉖，今非乏老成㉗。素心雖未易，此舉太無名㉘。誰瞑銜冤目㉙，寧吞欲絶聲㉚？近聞開壽讌，不廢用《咸英》㉛。

校記

〔一〕『必』，蔣本、戊籤、錢本、影宋抄、朱本作『免』。

〔二〕『隊』，蔣本、姜本、戊籤、錢本、影宋抄、席本、朱本作『殿』。

〔三〕『兵』，姜本、戊籤、錢本、影宋抄、席本作『兇』。

集注

①【自注】乙卯年有感，丙辰歲詩成。【馮注】《新書·藝文志》：『李潛用《乙卯記》一卷，李訓、鄭注事。』《舊、新書·李訓鄭注等傳》：『文宗以宦者太盛，繼為禍胎，思欲芟除，以雪讎恥。』因鄭注得幸王守澄，俾之援李訓，冀黃門之不疑也。上以訓言論縱横，必能成事，遂以真誠謀之，擢同平章事。訓即謀誅内豎，杖殺陳弘慶（按：《新唐·書李訓傳》及《通鑑·文宗紀》大和九年『弘慶』作『弘志』），酖王守澄。乃以注節度鳳翔，先之鎮，又以郭行餘鎮邠寧，王璠鎮太原，羅立言知大尹，韓約為金吾街使，李孝本權中丞。璠、行餘未赴鎮間，廣令召募豪俠及金吾臺府之從者，俾集其事。大和九年乙卯十一月二十一日，上御紫宸。班定，韓約不報平安，奏曰：『金吾仗院石榴開，夜有甘露，臣已進狀訖。』宰相百官稱賀，訓請親幸左仗觀之。班退，上乘軟輿出紫宸門，升含元殿，百官班列。令宰相兩省官先往視，既還，曰：『臣等恐非真甘露，不敢輕言。言出四方必稱賀也。』帝曰：『韓約妄耶？』乃令左右軍中尉仇士良、魚弘志帥諸内臣往視之。既去，訓召璠、行餘曰：『來受勅旨！』璠

恐悚不能前，行餘獨拜殿下。時兩鎮官健皆執兵在丹鳳門外，訓已令召之。惟璠從兵入，邠寧兵竟不至。中尉至左仗，聞幕下有兵聲，驚恐走出。內官迴奏，韓約氣懾汗流，不能舉首。中官又奏曰：「事急矣，請陛下入內。」即舉軟輿迎帝。訓呼金吾衛士曰：「來，上殿護乘輿。」內官決殿後罘罳，舉輿疾趨。訓攀呼曰：「陛下不得入內！」金吾衛士數十人隨訓而入，立言、孝本率臺府從人共四百餘上殿縱擊內官，死傷者數十人。訓持愈急。邐迤入宣政門，帝瞋目叱訓，宦者郄志榮奮拳擊其胸，訓仆地。帝入東上閤門，門即闔。須臾，內官率禁兵五百人露刃出，遇人即殺，訓、璠、行餘、約、立言、孝本及宰相王涯、賈餗、舒元輿等皆族誅。注與訓謀事有期，欲中外協勢，聞訓事發，自鳳翔率親兵五百赴闕，聞敗乃還。監軍張仲清殺之，傳首京師。王涯為禁兵所擒，士良鞫其反狀，涯實不知其故，榜笞極酷，乃手書反狀以自誣。凡坐訓、注而族者十一家。當訓攀輦時，士良曰：「李訓反。」帝曰：「訓不反。」及訓已敗，士良曰：「王涯與訓謀逆，將立鄭注。」僕射令狐楚、鄭覃等至，帝對悲憤，因付涯訊牒，曰：「果涯書耶？」楚曰：「然。涯誠有謀。」帝逼宦官，於是下詔暴涯、訓等罪。」【按】大和九年十一月冬至甘露之變發生時，商隱在鄭州，事變後有《為鄭州天水公言甘露事表》，肯定誅滅宦官之舉為『改作』；開成元年正月，已回到長安。此二首當作於回長安後。

②【程注】《周禮·夏官》：『職方氏辨九服之邦國。方千里曰王畿。其外方五百里曰侯服。又其外方五百里曰甸服。又其外方五百里曰男服。又其外方五百里曰采服。又其外方五百里曰衛服。又其外方五百里曰蠻服。又其外方五百里曰夷服。又其外方五百里曰鎮服。又其外方五百里曰藩服。』《晉書·文帝紀》：『九服之外，絕域之氓，曠世希至，咸浮海來享，鼓舞王德。』元結《補樂歌》：『元化油油兮，孰知其然？』【按】九服，此泛指全國疆土。元化，頌稱帝王德化。

③【朱注】《典引》：『答三靈之繁祉。』注：『天、地、人也。』【程注】王融《上北伐圖疏》：『古今九服清怡，三靈和晏。』《隋書·音樂志》：『《圜邱歌》：睿圖作極。』【馮注】《漢書·揚雄傳》：『方將上獵三靈之流。』注曰：『三靈，日、月、星垂象之應也。』【按】馮注是。叶，合。睿圖，頌稱帝王英明大略。

④【朱注】《後漢書・袁紹傳》：『中常侍段珪等殺何進，刼帝及陳留王走小平津。紹勒兵捕諸閹人，無少長皆殺之，死者二千餘人。急追珪等，珪等悉赴水死。』【馮注】《後漢書・袁紹傳》：『紹字本初。』又《何進傳》：『常侍張讓、段珪等殺大將軍何進。紹引兵屯朱雀闕下，遂勒兵捕宦者，無少長皆殺之。』

⑤【馮注】《漢書》：『劉屈氂，武帝庶兄中山靖王子也。征和二年為左丞相，封澎侯。』又：『時治巫蠱獄急。內者令郭穰告丞相使巫祠社祝詛，及與貳師將軍共禱祠，欲令昌邑王為帝。詔載屈氂厨車以狥，要斬東市，妻、子梟首華陽街。』《魏志・袁紹傳注》：『紹説進曰：「前竇武欲誅黄門，言語漏洩，自取破滅。」』按：李訓為宰相揆之族孫，世為冠族；其死於宦官又相類，故以屈氂比之。蓋此事以李訓為謀主也。二聯言下臨九服，上奉三靈，誅此刑餘，當如鼓洪爐燎毛髪，何乃謀之非人，望其為本初，而反致厨車之狥哉！『自取』字正有含痛。【錢良擇曰】『自取』二字亦微詞。【按】屈氂誅，指因宦官之告發以謀反罪而族誅。

⑥【朱注】《魏志》：『嘉平六年，景王廢帝，遣使者授齊王印綬，當出就西宮。帝受命，遂載王車與太后别，垂涕，始從太后殿南出，羣臣送者數千人。司馬孚悲不自勝，餘多流涕。』【馮注】《漢書・袁盎傳》：『上朝東宮，宦者趙談驂乘。盎伏車前曰：「天子所與共六尺輿者，皆天下豪英，奈何與刀鋸之餘共載？」於是上笑，下趙談。談泣下車。』【按】馮注是，詳下句注。

⑦【朱注】《梁武帝本紀》：『大通中諺曰：「熒惑入南斗，天子下殿走。」』【馮注】《後漢書・虞詡傳》：『詡案中常侍張防，屢寢不報。詡坐論輸左校。防欲害之，宦者孫程、張賢相率奏曰：「常侍張防臧罪明正，反搆忠良。今客星守羽林，其占，宫中有姦臣，宜急收防送獄。」時防立在帝後，程叱曰：「何不下殿！」防不得已，趨就東廂。』按：以趨就東廂，比士良等至左仗，典切極矣。盎止令談泣而下車，今訓之用意大有甚也。舊注謬甚。【按】張防為另一宦者孫程叱令下殿，與仇士良被誘至左仗驗看甘露，情節、性質絶不相類，恐非所用。《送千牛李將軍赴闕五十韻》有『下殿言終驗』之句，馮注引《梁書・武帝紀》大通謡諺以解之，是，可與此『下殿趨』互證。而上句則馮注殆是。此聯蓋謂：李訓欲一舉誅滅宦官，其用意大有過於袁盎之令趙談當車而泣，然謀事不周，

反使天子下殿趨走，為宦者所劫持。其意蓋在明訓之志大才疏，成事不足，敗事有餘，與次章『素心』一聯意近。乃緊承上聯提出之問題加以議論，非尋常叙述語。

⑧【朱注】《左傳》：『分、至、啟、閉，必書雲物。』此謂金吾街使奏石榴甘露。【補】雲物，日旁雲氣之顔色，古代藉以觀測吉凶水旱。此處『奏雲物』係指奏報祥瑞（即所謂石榴夜降甘露）。何成，猶言『哪能成為』『哪裏是』。

⑨【朱注】《左傳》：『鄭國多盜，取人於萑苻之澤，子太叔興兵攻之。』【馮注】二句指詭稱甘露，實欲聚中官於左仗而殺之也。然下聯接不融貫，或謂宦官率兵殺訓、注等，反似滅此衆盜。【錢曰】謂訓、注為盜，可乎？亦微詞也。【按】馮氏或解是。『直是』與上『何成』相應。

⑩【馮注】《史記·五宗世家》：『請逮勃所與姦諸證。』【補】證，證左，即證人，指與案情有關連者。逮，捕。符書，指逮捕之官文書。符，憑證。

⑪【馮注】《漢書·杜周傳》：『詔獄益多，章大者連逮證案數百。』按：謂王涯等十餘族及訓黨千餘人也。『符書』『性命』皆疊韻。義山精於聲律，疊韻雙聲，屬對工巧，且有句中上下字牽搭而用者，如《宋玉》之『宫』『供』『夢』『送』，《留贈畏之》之『驚鸚』『弄鳳』是也。不暇一一標出，讀者當細會之。【補】辭連，供詞牽連。《舊唐書·李邕傳》：『詞狀連引，敕……就郡杖殺之。』俱，偕，同。

⑫【馮注】《漢書》：『王商身體鴻大，容貌甚過絶人，單于大畏之。夫子曰：「此真漢相矣。」』《舊·新書·傳》：『訓容貌魁梧，神情洒落，多大言自標置。天子傾意任之，天下事皆决於訓，中尉禁衛諸將見訓，皆震慴迎拜叩首。』《通鑑注》：『《甘露記》曰：訓長大美貌，口辨無前，常以英雄自任。』《清江三孔集》：『孔文仲《經父論》：李訓義不顧難，忠不避死；而惜其情鋭而器狹，志大而謀淺。』

⑬【朱注】《晉書》：『石勒年十四，倚嘯上東門。王衍顧謂左右曰：「向者胡雛，吾觀其聲視有異志，恐將為天下患。」遣使收之，會勒已去。』【馮注】上句謂但知尊倚李訓，此句謂不悟士良之不易誅，然於意不順。當以

比鄭注之險惡兆亂。《舊書·傳》：『注本姓魚，冒姓鄭氏，故號「魚鄭」，時人目之為水族。』此只取見異為患，不必過泥。然此句與『萑苻』句，皆未免意為事悔耳。【按】『胡雛』喻指鄭注，取『聲視有異志，恐將為天下患』之意。若仇士良，則不必『辨』而知其為患。義山於李、鄭之淺謀誤國，均持批判態度；而於其為人，則有所區別：視李為志大才疏者，視鄭則為奸邪小人。史亦稱注『詭譎陰狡』，『常衣粗裘，外示質素。』

⑭【馮注】魏文帝《與吳質書》：『觀其姓名，已為鬼籙。』【補】鬼籙，登録死者之名册。朝部，朝班。

⑮【朱注】《唐書》：『至德元載，號西京曰上都。』【馮注】班固《西都賦》：『實用西遷，作我上都。』軍烽，疑作『鋒』字是。《漢書·南粤傳》：『軍鋒之冠。』字習見史書。此謂刀兵之光照耀也，内亂不煩舉烽。再酌。

【按】軍烽猶言戰火，不必泥内亂外患之别。

⑯【程注】『堪痛哭』用賈誼《治安策》中語。【補】賈誼《治安策》：『臣竊惟事勢，可為痛哭者一，可為流涕者二，可為長太息者六。』

⑰【馮注】《莊子》：『今以天地為大爐。』賈誼《鵩鳥賦》：『天地為爐兮，造化為工；陰陽為炭兮，萬物為銅。』【田曰】歸禍於天，風人之旨。（馮注引）【按】禍由人事而非天意，故曰『未必怨洪鑪。』未必，猶不必，特婉言之。

⑱【程注】王維詩：『珥筆趨丹陛。』《書》：『敷奏以言。』【按】敷奏，陳奏。

⑲【程注】《西都賦》：『玄墀釦砌，玉階彤庭。』【馮注】《漢書·外戚傳》：『昭陽舍中庭彤朱。』【補】欻，忽，迅速。

⑳【自注】是晚獨召故相彭陽公入。【朱注】《後漢書》：『大將軍何進謀誅宦官，乃召董卓以懼太后。植知卓凶悍難制，必生後患，固止之。進不從。及卓至，果陵虐朝廷，議欲廢立。羣臣無敢言，植獨抗議不同，卓怒罷會。』《舊唐書》：『訓亂之夜，文宗召右僕射鄭覃，與令狐楚宿禁中，商量制勅。』【馮注】《後漢書·何進傳》：『進素知中官天下所疾，陰規誅之，而内不能斷，謀頗泄。中官懼而思變，張讓、段珪等斬進於嘉德殿，因將太后、

天子及陳留王從複道走北宮。尚書盧植執戈閣道窗下，仰數段珪，珪等懼，乃釋太后。及袁紹勒兵捕殺宦者，讓、珪等遂將帝與陳留王奔小平津，公卿無得從者，惟植夜馳河上，斬宦官數人，餘投河死。明日，天子還宮。』【補】《通鑑》憲宗元和十四年，七月丁酉，以河陽節度使令狐楚為中書侍郎、同平章事。舊唐書令狐楚傳：『大和九年十月，守尚書左僕射，進封彭陽郡開國公。』

㉑【朱注】《後漢書》：『平敵將軍龐萌，為人遜順，帝信愛之，使與蓋延共擊董憲。詔書獨下延而不及萌，萌疑，遂反。帝大怒，自將討之，與諸將書曰：「吾嘗以萌為社稷臣，將軍得無笑其言乎？」』【馮注】按：李訓原非正人，然謀誅宦官，實秉帝旨。及已敗，帝方在危懼，不得不從士良之誣。曰『臨危』，曰『始悔』，正見其實非反也。令狐楚、鄭覃同召，覃未見有奏對語，然令狐亦畏禍依違，且乞罷節度使兵仗參辭之制，非可盧植比矣。【朱彝尊曰】謂訓為龐萌，亦不得已而用之也。【按】『臨危』『始悔』，咎文宗不能知人善任，與下『古有清君側，今非乏老成』相應。馮謂『正見其實非反』，與下『素心未易』之語對照，似暗含此意。

㉒【馮注】謂文宗入內。【按】《通鑑》：『乘輿迤邐入宣政門，訓攀輿呼益急，上叱之，宦者郗志榮奮拳毆其胸，偃於地，乘輿既入，門隨闔。』此即所謂『御仗收前隊』。連下句蓋狀其時形勢之緊急倉黃。

㉓【程注】《左傳》：『請收合餘燼，背城借一。』【馮注】謂士良率兵從內出。【按】《通鑑》：『士良命左、右神策副使劉泰倫、魏仲卿等各帥禁兵五百人，露刃出閤門討賊。王涯等將會食，吏白：「有兵自內出，逢人輒殺。」』

㉔【馮注】《魏志》：『太祖除洛陽北部尉。』注曰：『太祖造五色棒，懸門左右各十餘枚。有犯禁者，不避豪强，皆棒殺之。』此謂金吾衛士、臺府從人蒼黃拒擊也。李德裕嘗言：『天下有常勢，北軍是也。而反以臺府抱關游徼抗中人以搏精兵，其死宜矣。』【補】蒼黃，同倉皇，慌張、匆遽。

㉕【朱注】甘露事在十一月，正冬至時。【程注】《易》：『七日來復。』疏：『十一月一陽生。』【補】《易復》：『後不省方。』孔穎達疏：『冬至一陽生，是陽動而陰復静也。』按冬至後日漸長，古代以為陽氣初動，故稱冬

至為一陽生。掩遏，壅遏、阻遏。二句謂訓等倉皇舉事，欲誅宦官，反遭失敗，并冬至初生之陽氣（喻指國家復興之生機）亦阻遏矣。

㉖【馮注】《公羊傳》：『晉趙鞅興晉陽之甲，以逐荀寅、士吉射者，逐君側之惡人也。』《後漢書·董卓傳》：『何進私呼卓將兵入朝。卓上書曰：「昔趙鞅興晉陽之甲，以逐君側之惡人；今臣輒鳴鐘鼓如洛陽，請收讓等，以清姦穢。」』【程注】《禮記》：『刑人不在君側。』【補】《新唐書·仇士良傳》：劉從諫……上書言：『……如姦臣難制，誓以死清君側。』

㉗【程注】《詩·大雅》：『雖無老成人，尚有典刑。』【馮注】謂今豈無可為社稷臣者，而乃任李訓哉！如裴晉公時猶在也。【鍾惺曰】（二句）鄭重流走。（《唐詩歸》）

㉘【馮注】訓等心雖無他，謀實不善。層層吞吐，憤惋極矣。【補】素心，猶本心。未易，未改變。無名，無名目，猶『不成話』。二句謂訓之本心雖猶忠於朝廷，未有異圖，然此舉倉卒行事，釀成巨禍，效果極壞。按《邵氏聞見後録》云：『李義山《樊南四六集》載《為鄭州天水公言甘露事表》云：宰臣王涯等或久服顯榮，或超蒙委任，徒思改作，未可與權。』敷奏之時，已彰虚偽；伏藏之際，又涉震驚，云云。『當北司憤怒不平，至誣殺宰相，勢猶未已，文宗但為涯等流涕而不敢辨，義山之表謂「徒思改作，未可與權」，獨明其無反狀，亦難矣。』義山此表，頗可與『素心雖未易，此舉太無名』二語互證。

㉙【馮注】謂被禍者。《通鑑》：『開成元年二月，令狐楚從容奏：王涯等身死族滅，遺骸棄捐，請收瘞之。上慘然久之，命京兆收葬。仇士良潛使人發之，棄骨渭水。』

㉚【馮注】謂朝野之中心憤痛而不敢明言者。

㉛【朱注】《樂緯》：『黄帝樂曰《咸池》，帝嚳樂曰《六英》。』道源曰：『《舊書》：開成元年上元，賜百寮曲江亭宴。令狐楚以新誅大臣，不宜賞宴，獨稱疾不赴，時論美之。』此詩結句，蓋有譏也。【程注】孔德紹詩：『盛烈光《韶濩》，易俗邁《咸英》。』【何曰】末句不特譏開讌用樂，蓋深嘆文宗明知其冤，而刑賞下移，不能出

聲也。（《讀書記》）【馮注】《舊書·紀》：『開成二年八月，勑：「慶成節令京兆尹准上巳、重陽例，於曲江會文武百寮，延英奏觴宜權停。」』則元年之不停可見矣。《舊書·王涯傳》：『文宗以樂府之音鄭衛太甚，命涯詢於舊工，取開元時雅樂，選樂童按之，名曰《雲韶樂》。樂成，上悦，賜涯等錦綵。』是則《咸英》由其所定，今能無聞樂而悲哉！

【蔡啟曰】義山詩集載《有感》篇而無題，自注云：『乙卯年有感，丙辰年詩成。』其中有『如何本初輩，自取屈氂誅』，又『蒼黄五色棒，掩遏一陽生』之語。按李訓、鄭注作亂，實以冬至日，是年歲在乙卯，則是詩蓋為訓、注作也。唐小説記此事，謂之《乙卯記》，大抵不敢顯斥之云。（胡仔《苕溪漁隱叢話》前集卷二十二引《蔡寬夫詩話》）

【鍾惺曰】風切時事，詩典重有體，從老杜《傷春》等作得來。（《唐詩歸》）

【錢龍惕曰】甘露之變，從古未有之事也。閹豎横行，南司塗炭。朝右束手而奉行，明主吞聲而免禍，可謂日月晦冥，陵谷震蕩矣。當時士大夫深嫉訓、注之姦邪，反若假手寺人，殲除大憝，故文致二人之罪，以為千窮奇而百檮杌，一旦肆諸市朝，便朝廷清明、上下無事者。一時若鄭覃、李石諸人，以不忤中人而命相矣。李德裕、李宗閔，以訓、注所逐而量移矣。令狐楚號為仇士良所不悦，而見王涯訊諜，則曰『然，涯誠有謀，罪應死』矣，節度使兵仗參辭，則乞停罷矣。汲汲然唯恐得罪宦官以取禍。而訓、注之惡，亦遂昭布於天下後世。論者不咎文宗之不密失臣，則恨訓、注之狂躁誤國，而當日情勢，未有究論之者，可異也！宦官盗竊國柄，兇横不可制者，莫過於漢之十常侍，故何進等謀誅之不勝，反為所殺。然進之謀，進始之，非命於靈帝也。李訓内與文宗謀，而外連藩鎮以誅宮奴，謂之奉天討可也。詐言甘露，衷甲帷幙，謂之權以濟勇可也。事已敗裂，猶扳呼乘輿，投身虎口，謂之死不忘君可也。迨奄人得志，身分族滅，此時文宗稍欲救之，即有閻樂、望夷之禍，天道至此，不可問矣，何獨區區罪訓也！使其非平昔傾險，君子猶將予之，不成之責，何乃甚乎？況山有猛獸，藜藿不採，使當時國之重臣，有不畏強禦者，倡言訓等之無辜，士良諸兇，猶未必刃加其頸也。乃箝口不言，而請王涯三相罪名，僅僅出於劉從諫，亦可耻矣！義山詩云：『古有清君側，今非乏老成。素心雖未易，此舉太無名。誰瞑銜冤目，寧吞欲絶聲？』極言訓等之冤，未嘗甚其罪也。其感憤激烈，恨當事之無人，有不同於衆人之言者，故表而出之如此。（《玉谿生詩箋》卷中）

【吴喬曰】所謂詩如空谷幽蘭，不求賞識者，唐人作詩，惟適己意，不索人知其意，亦不索人之説好。如義山《有感》二長律，為甘露之變而作，則《重有感》七律，無別意可知。何以遠至七百年後，錢夕公始能注釋之耶？意尚不知，誰知好惡？蓋人心隱曲處不能已於言，又不欲明告於人，故發於吟咏。《三百篇》中如是者不少。唐人能不失此意。宋人作詩，欲人人知其意，故多直達；明人更欲人人見好，自必流於鏗鏘絢爛，有詞無意之途。瞎盛唐詩泛濫天下，貽禍二百餘年，學者以為當然，唐人詩道自此絶矣。　又曰：少陵詩是義山根本得力處，叙甘露之變二韻長律……可驗。（《圍爐詩話》）

【朱彝尊曰】用意精嚴，立論婉摯，少陵詩史又何加焉。（馮箋引作錢評）

【何曰】上篇深斥訓、注，下篇則哀涯、餗、元輿等。○古有清君側之義，本為國家；今多老成之人，宜為平反，豈可以涯等本非素心，而聽閹人誣罔族誅之，如今日者無名之舉乎？（《讀書記》）

又，《輯評》朱筆評語尚有二則。其一為首章眉批，云：『多用反語，然實傷之，末稍致怨意。』又一則為次章尾批，云：『結深刺當時不恤羣臣之怨，亦傷帝之制於羣凶，不得行其本志也。』『唐人論甘露事當以此為最，筆力亦全。』是否何氏評，未可定，姑附此。

【沈德潛曰】為甘露之變而作。前一首恨李訓、鄭注之淺謀。後一首咎文宗之誤任非人也。（首章）清平之世，横戮大臣，由訓、注淺謀自取也。至使天子下殿，無辜證逮，不亦可哀之甚哉！（次章）變起倉卒，方悔信任之誤，君側非不可清，實不得老成之人共謀也。一時死者銜冤，生者飲恨，而開成元年上元賜百僚讌飲，何樂而為此耶？（《唐詩别裁》）

【姚曰】此為甘露之變鳴冤也。訓、注之奸邪可罪，訓、注之本謀不可罪。二詩，前首恨訓、注之淺謀，後首咎文宗之誤任，蓋君臣皆有罪也。（首章）清平之世，横戮大臣，實則訓、注淺謀所自取也。至使至尊為下殿之趨，臣子等萑苻之戮，證逮株連，徒受漢相之尊，不辨城狐之勢。此時憐訓、注者歎其受誣，而惡訓、注者方洩其夙怨也，哀哉！（次章）當變起倉猝之時，而方悔信任之誤。兵仗亟於背城，一陽為之掩抑。要非君側之不當清也，不能任老成以謀之耳。雖素心可取，而舉事無名，竟使死者銜冤，生者飲恨，豈非任用匪人之故耶？世界至此，而猶不廢讌賞，何也？

【屈曰】（首章）一段恨其無才略而舉大事。二段恨其果至於敗。三段文宗不能識人，遂令枉殺朝臣。結呼天痛哭也。（次章）一段文宗之失臣。二段事與時。三段恨滿朝無人。末譏其無感憤之心也。

【程曰】（錢箋）洵為論史卓識，得此詩之旨矣。然詩中用事，不無可議。李訓固非君子，然謀誅宦官則是，詩中直指為東漢反叛之龐萌；令狐楚固非小人，然應證王涯則非，詩中乃諛為抗争董卓之盧植，得毋亦有不公乎？知人論世，蓋有所不得已者。義山當文宗時，亦定、哀之間多微詞也。

【馮曰】夕公之論甚正，其中有過譽處，……謀誅宦官，反被慘禍，誠堪憐憤；然文宗任用非人，亦不能辭其咎。義山措語皆有分寸。二篇皆痛李訓而連及王涯輩，通體不重鄭注。蓋史雖稱訓、注為二兇，然注之陰惡，更甚於訓，細閲史書自見，故訓猶可憐，而注惟可惡。《行次西郊》篇中專斥注一人也。

【王鳴盛曰】乙卯年有感，丙辰年詩成，不但獺祭，亦且研十年鍊一紀矣。全集只六百首，皆用幾許功夫琢成，非率爾操觚可及。

【紀曰】第一首曰『竟緣尊漢相，不早辨胡雛』，第二首曰『臨危對盧植，始悔用龐萌』，惜文宗之誤用也。第一首『九服歸元化，三靈叶睿圖。如何本初輩，自取屈氂誅』，第二首曰『古有清君側，今非乏老成。素心雖未易，此舉太無名』，皆咎訓、注之妄舉也。反覆觀之，無一恕詞。夫訓、注皆輕躁小人，僥幸富貴，因之以君國嘗試，使幸而成功，輕則為徐、石之怙寵，重或有操、卓之專權，其平日所為可以覆按也。乃許之以奉天討，許之以謀勇，許之以死事，不亦悖乎！至云國有重臣，不畏彊禦，倡言訓等之無辜，士良諸凶猶未必刃加其頸，尤迂而不情，夫劉從諫之敢于請三相之罪，擁兵在外耳，使其在朝，彼能收三相，復何人不能收乎？以是解『古有清君側』四句，可云南轅而北轍矣。凡說詩當心平氣和求其本旨，先存成見而牽引古人以就之，是亦學者之大病也。○起二句言人心天命俱未去唐，非真有社稷存亡之慮，無容急遽圖之也。四家評曰：結句歸禍於天，風人之旨。（次章）直起不裝頭，是第二首也。『古有』四句，兩開兩合，曲折如意，絕大神力。結句感慨入骨，此義山法也。二詩是慨訓、注輕舉，文宗誤用，而令王涯等蒙冤，錢夕公之箋非也。（《詩說》）（前首）五句至八句叙當日之變。九句十句言蔓累之慘。十一十二句點明誤任匪人之過。十三句言殺戮之多，十四句言形勢之危，總束上文，而末以運數結之。次首法應竟起，故首二句即事直入。三四句補令狐楚事，即折入本意。五句至八句，極言其釀禍之烈。九句至十二句，兩開兩合，言晉陽之甲，古雖有之，然乃重臣正士之任，非訓、注所能當也。無論心不可問，即使心果為國，亦宜慎重其事，明正天討，不宜於反形未著之日，出此無名之兵也。十四句至末，言徒累無辜，而仇士良等晏安如故，於事何補乎？二首反覆陽明，皆是此意。錢夕公因感明季璫禍，遂曲原訓、注，並義山詩而穿鑿之，失其旨矣。（《輯評》）

【姚鼐曰】長律唯義山猶欲學杜，然特摹其句格，不得其一氣噴薄，頓挫精神，縱橫變化處。《有感二首》，世所共推，然惟『清君側』以下八句佳，其餘叙事殊乏步驟。（《五七言今體詩鈔評》）

【張曰】甘露之變，發難訓、注，而謀則斷自文宗。二詩怨憤之中，下語皆有分寸。為帝危，為王涯諸人痛，腐心羣豎，切齒二兇，無可奈何，然後歸之於天，錢夕公所謂『感憤激烈，不同衆論者』，真詩史也。『近聞開壽讌，不廢用《咸英》』，蓋深幸帝位之未移耳。《新書·仇士良傳》：『始士良、弘志憤文宗與李訓謀，屢欲廢帝。崔慎由為翰林學士，直夜，有中使召入秘殿，見士良等坐堂上，謂曰：「上不豫已久，自即位，政令多荒闕，皇太后有制，更立嗣君，學士當作詔。」慎由以死不承命。士良等默然，乃啟後户，引至小殿，帝在焉。士良等歷階數帝過失，帝俛首。既而指帝曰：「不為學士，不得更坐此。」』則當日廢立之事，固間不容髮也。馮氏乃引《王涯傳》『《雲韶樂》』之事，謂帝聞樂而悲，淺矣。（《會箋》）又曰：二詩悲憤交集，直以議論出之。筆筆沈鬱頓挫，波瀾倍極深厚，屬對又復精整，雖少陵無以遠過，豈晚唐纖瑣一派所能望其項背哉！（《辨正》）

【按】題曰『有感』，詩固以議論為主，而非紀事之作。篇中雖亦涉及當日情事，然均為議論所用。故循其議論之脈絡以解之，則全詩了然；以叙事之體求之，則每感其無次第、乏步驟，如姚鼐所云者矣。

詩中所『感』，約有二端：一為疾李訓之志大謀淺，貽誤國事；一為咎文宗之不能知人善任。而咎李訓亦即所以咎文宗，惟二首各有所側重而已。首章以疾李訓之淺謀為主。『九服』二句謂誅滅宦官本有良好條件（九服歸附，君主英明），『如何』二句即承此提出問題。以袁紹喻訓，既切其有誅滅宦官之意圖，又隱責其有投機之心與缺乏謀畫。『屈氂誅』謂以謀反之罪受誅，此係叙述客觀事實，非謂李訓即叛臣也。『有甚』二句，即就其動機與效果之相懸以明其淺謀。『何成』二句更就其手段之拙劣以明之。『滅崔苻』回應『自取』。『證逮』二句則專就變起後株連之廣、為禍之烈以明之。至此，訓之淺謀誤國已揭露無遺，文宗之所任匪人亦已可想見，『竟緣』二句乃就勢引出對文宗之批評。徒以言貌取人，已屬闇於知人；因尊崇大言無當之李訓而信任奸險邪佞之鄭注，更難辭誤國之責。末四句乃總束全篇，極言釀禍之慘酷與心情之悲憤。『敢云堪痛哭』，實謂時勢之殊堪痛哭流涕；『未必怨洪鑪』，實謂釀成如此巨禍，繫人而不繫天也。故作曲筆，而憤激之情愈溢於言表。次章起二句謂變起倉卒。『臨危』二句直接點出全篇主意。『臨危』而『始悔』，正見其闇於知人。『御仗』四句，就宦官凶焰之熾與李訓之倉皇舉事，反致誤國，批評文宗用人之非，並為下『老成』『無名』之論伏根。『古有』四句，實總此二首之内容而概言之，前二謂文宗舉大事而不知任用老成，後二謂李訓徒有大言而不堪重任。『誰瞑』二句，極言冤死者不能瞑目，幸存者難以吞聲。『近聞』二句，又借開讌奏樂之事以見文宗之受制於宦官，不得不忍悲吞聲，與上二句適成對照。事前既闇於知人，事後又形同幽囚，既闇且弱，時事可知矣。

至宦官之凶殘橫暴，固非此詩正面表現之重點。然於疾李訓之淺謀、咎文宗之誤任之同時，對宦官之大事株連、殺戮朝臣亦有所揭露。其時宦官氣焰正熾，『迫脅天子，下視宰相，陵暴朝士如草芥』（《通鑑》文宗大和九年），故以如此重大之政治事件，其時詩歌創作中竟寂無反響。義山獨能斥宦官之殘暴，肯定李訓誅滅宦官之『素心』，抒寫已亡與幸存者之冤憤，其詩膽之可貴，自不待言。

詩於李、鄭二人之中，詳論李之淺謀誤國而略鄭，固因甘露之事，李為謀主，亦緣作者之視李、鄭自有區別。素心未易之評，僅適用於李；至於鄭，則直以亂天下之『胡雛』視之。作者對主謀者之個人政治品質與才能，和謀誅宦官行動本身之正義性採取區別對待之態度，對照同時詩人劉禹錫於事變後所上之《賀梟斬鄭注表》《賀德音表》，當更能看出商隱認識之深刻。

詩以議論出之，然詩之論固不同史論。忠憤激烈之氣，關注國運之情，盤鬱流注於字裏行間。而詩之沉鬱頓挫風格，亦每於抑揚吞吐，亦諷亦慨中顯露。此種抒情性議論，杜甫最為擅長，義山此詩，可謂得其真傳。

據詩中自注『是晚獨召故相彭陽公入』及『近聞開壽讌，不廢用《咸英》』之句，似此二詩之寫作與令狐楚密切相關。不特詩中所叙有關甘露之變情事或出自令狐所述（如『臨危』二句所述之內容，他人即不易知），且詩中所表露之觀點亦可能代表令狐等『老成』大臣之看法。

重有感

玉帳牙旗得上游①，安危須共主君憂〔一〕。竇融表已來關右②，陶侃軍宜次石頭③。豈有蛟龍愁失水〔二〕④，更無鷹隼與高秋⑤。晝號夜哭兼幽顯⑥，早晚星關雪涕收⑦。

〔一〕『君』，席本作『分』。

〔二〕『愁』，悟抄作『曾』，朱本、季抄一作『曾』，一作『長』。

①【朱注】《抱朴子·外篇》：『兵在太乙玉帳之中，不可攻也。』《唐書·藝文志》：『兵家有《玉帳經》一卷。』張淏《雲谷雜記》：『按袁卓《遁甲專征賦》：「或倚直使之遊宮，或居貴神之玉帳。」蓋玉帳乃兵家厭勝之方位，主將於其方置軍帳則堅不可犯，猶玉帳然。其法出於黃帝。遁甲以月建前三位取之。』《東京賦》：『牙旗繽紛。』薛綜曰：『牙旗者，將軍之旌。古者天子出，建大牙旗，竿上以象牙飾之。』《南部新書》：『《詩》：「祈父！予王之爪牙。」祈父，司馬，象獸，以爪牙為衛，故軍前大旗謂之牙旗。出師則有建牙、禡牙，軍中聽號令必立牙旗之下，與府朝無異。近俗尚武，通呼公府門為牙門，字訛轉為衙。』【馮注】《黃帝出軍決》：『牙旗者，將軍之精；金鼓者，將軍之氣。』精與旌有異。《漢書·項籍傳》：『古之王者，必居上游。』【按】玉帳即軍帳，征戰時主將所居之帳幕。《太白陰經》卷十《推玉帳法》曰：『大將軍居太乙玉帳，下吉攻之不得，以功曹加月建前五辰是也。』牙旗，朱氏所引《南部新書》之解本出《封氏聞見記》，其書又引或說云：『公門外刻門為牙，立於門側，以

象獸牙。軍將之行，置牙竿首，懸旗於上。」又，吴斗南《兩漢刊誤補遺》謂《明堂位》言商之崇牙者二，注謂湯以武受命，故常以牙為飾，簨簴則刻版重疊為牙，旂旗則刻繪為牙，後世牙門，此其濫觴。（高步瀛《唐宋詩舉要》注引）上游，猶上流。《南史・謝晦傳》：『晦據上流，檀（道濟）鎮廣陵，各有强兵，足制朝廷。』句謂劉從諫為一方雄藩，昭義鎮轄澤潞，鄰近都城，得上游之便。

②【馮注】《後漢書》：『竇融行河西五郡大將軍事，聞光武即位，心欲東向，遣長史奉書獻馬，帝授融凉州牧。融既深知帝意，乃與隗囂書，責讓之，砥厲兵馬，上疏請師期，帝深嘉美之。』《魏志》：『曹公西征張魯，王粲作詩曰：相公征關右。』按：此謂表已至京師也。《宋書》：『高祖以義真都督關中諸軍事，義真被徵，朱齡石代鎮長安，敕齡石：若關右必不可守，可與義真俱歸。』

③【馮注】《晉書・陶侃傳》：『蘇峻作逆，京都不守，温嶠要侃同赴朝廷，因推為盟主。侃戎服登舟，與温嶠、庾亮俱會石頭。諸軍與峻戰，斬峻於陣。』《通鑑》：『蘇峻為侃將所斬，臠割之，焚其骨。』

④【馮注】《管子》：『蛟龍，水蟲之神者也。乘水則神立，失水則神廢；人主，天下有威者也，得民則威立，失民則威廢。』

⑤【馮注】《禮記・月令》：『孟秋，鷹乃祭鳥，用始刑戮。』《漢書・孫寶傳》：『立秋日敕曰：今日鷹隼始擊，當順天氣取姦惡，以成嚴霜之誅。』《春秋感精符》：『霜，殺伐之表。季秋霜始降，鷹隼擊。』【何曰】第六用『見無禮于（其）君者，如鷹鸇之逐鳥雀也』（按：語見《左傳・文公十八年》）。【補】與，通『舉』，高舉、騰飛。

⑥【馮注】言神人皆望之。【何曰】幽，謂王涯等十一族；顯，謂士大夫不附宦官者也。【按】何説是。幽顯，即所謂陰間與陽間，死者與生者。此即《有感二首》『誰瞑含冤目，寧吞欲絶聲』之意。

⑦【道源注】《天官書》：『兩河天闕間為關梁。』《索隱》曰：『宋均云：兩河六星知逆邪。言關梁之限知邪偽也。』《正義》曰：『闕、邱二星在河南，金火守之，主兵戰闕下。』【姚注】《天文志》：『五車南一星曰天闕，日

月所行，主邊事。』時王茂元在涇原，領邊鎮，故云。【陸鳴皋曰】星關猶天門，言禁闕也。【程注】《晉書·劉隗傳》：『敦克石頭，隗攻之不拔，入宮告辭，帝雪涕與之別。』潘眖箋：『時王茂元節度涇原，領邊鎮，義山深望其清君側之惡，故曰「早晚星關雪涕收」也。』【馮注】《天官星占》曰：『北辰一名天關，一名北極，紫宮太乙座也。』《晉書·天文志》：『東方。角二星為天關，其間天門也，其內天庭也。故黃道經其中。房四星，為明堂，天子布政之宮也。中間為天衢，為天關，黃道之所經也。』似皆可言星關，以喻皇居。而張平子《週天大象賦》：『天關嚴扃於畢野，諸王列藩於漢潯。』用之亦合。此言文宗悲憤不自勝，冀其來誅內官，而乃得收痛淚也。舊引《史記·天官書》『兩河天闕間為關梁』，……雖似合本事，却與下三字不可貫，必非。【高步瀛曰】此以星關借喻天子禁兵所在，『雪涕收』謂收中官禁兵歸之天子也。馮注以星關喻皇居，『收』字專就『淚』言，與『雪』字意複，恐非。【按】星關喻禁闕、皇居。時宦官操縱朝政，盤踞宮闕，故切盼能雪涕而收之。

【錢龍惕曰】大和九年十月，以前廣州節度使王茂元為涇原節度使。逾月，李訓事作。茂元在涇原，故曰『得上游』也。昭義節度使劉從諫三上疏問王涯等罪名，內官仇士良聞之惕懼，故曰『竇融表已來關右』也。初，未獲鄭注，京師戒嚴，涇原、鄜坊節度使王茂元、蕭弘皆勒兵備非常，故曰『陶侃軍宜次石頭』也。宦豎知訓事連天子，相與怨懟，帝懼，偽不語，故宦人得肆志殺戮，則蛟龍而愁失水矣。曰『豈有』者，諱之也。《傳》曰：『見無禮于其君者，如鷹鸇之逐鳥雀也。』奄豎恣橫，舉朝脅息，曰『更無』者，傷之也。至于晝號夜哭，雪涕星關，則欲為包胥救楚之事而無九伯，徒託空言。嗚呼，悲夫！

【吳喬曰】《有感》長韵律二篇，既為甘露之變而作，則《重有感》可知，而余讀之殊不能領。見夕公注，不覺自失，以其命意視《無題》更奥故也。楊、劉、錢之西崑，直是兒童之見。余注《無題》詩，名為『發微』，蓋以此故。賀黄公説此詩大意同夕公，又有曰：『顧華玉譏此詩云：所言何事？次聯粗淺不成風調。古人紀事必明褒貶，乃隱約未有如此者。』華玉之論，何以服人！余謂覺範言詩至義山為一厄，淺夫類然。何必東橋（按指顧東橋）。晚唐詩難讀如此，況盛唐乎？

【賀裳曰】首二句是言諸藩鎮之擁兵者，責以主憂臣辱之義。『竇融表已來關右』，指昭義節度使劉從諫上表請王涯等罪名。『陶侃軍宜次石頭』，傷他鎮無與之同心，兼諷劉逗留不進。『豈有蛟龍愁失水，更無鷹隼與高秋』，正言事皆決於北司，宰相惟行文書，安危繫於外鎮。『晝號夜哭兼幽顯，早晚星關雪涕收』，又舉向時被禍之家及目前株蔓猶未絶者，激烈言之。愚意義山位屈幕僚，志存諷諭，亦可嘉矣。（《載酒園詩話》）

【朱彝尊曰】感甘露之事也。○藩鎮勒兵，止以自衛，莫興勤王問罪之師，故曰『須共』，曰『宜次』，勉之激之，亦《春秋》責備之旨，非刺之也。落句總是望之之詞，作感慨解便淺。○兼幽顯，言神人共見之也。

【何曰】《重有感》一篇并懼文宗將有望夷之禍，而望藩鎮協力以救之。（《讀書記》）又，《輯評》朱批云：此責藩鎮諸公也。第三指昭義劉從諫。○此篇感涇原、鄜坊二帥及助宦為聲勢（者）。工（？）誅不成，搢紳塗地，職由再失事機也。第三責蕭弘外屬，反不如一劉從諫。○逼真工部合作。（《輯評》所録諸條，似非出一人之手，姑附於此）

【胡以梅曰】是舉也，剪除國賊本受密旨。使其事舉，有造唐室。乃闇主臨事懞懂，始不即臨左仗，繼又隨中官入内，使兵自内出，一敗塗地，冤滋流毒，不濟之咎，不獨訓輩也。顧訓、注傾邪小人，素心妄譎，王涯貪權固寵，榷茶構冤，不遠邪佞，賈餗脂韋其間，舒元輿等，性俱詭激，乘險蹈利，與訓相結，不為衆與，所以受禍之後，人情反以假手為快意者，實失好惡之正，故義山集中《有感二首》獨哀之。此云『重有感』者，專為當時藩鎮不能聲罪致討而責之，亦可謂詩史也已。當時王茂元為涇原節度，蕭弘為鄜坊節度，皆處上游之勢，則安危須共主君之憂矣。當時昭義節度使劉從諫三上疏問王涯罪，内官仇士良聞之懼惕，……既如竇融有表來關右，則近鎮何不學陶侃次軍京師乎？若天子得藩鎮之兵，如蛟龍之得水，有何愁慮，乃諸鎮并無鷹隼之擊於高秋之候，所以使含冤之衆晝則人號，夜則鬼哭，幽明皆是，望星闕知誅邪之無人，方始收淚，豈天意長奸歟？（《唐詩貫珠串釋》）

【陸鳴皋曰】甘露之事，昭義節度劉從諫疏問王涯等罪名，仇士良懼，而諸鎮未有舉動，詩蓋為此作也。言擁節而據要地，當共天子安危。況已有問罪之表，則宜有率師以清惡者。第五句，謂文宗受制中人，而反言以存體；第六句，則慨無人效一擊之力也。星闕，猶天門，言禁闕也。雪涕，猶破涕，蓋謂閹寺横逆，禁門縱弛，人鬼憤泣，安得早晚收閉而為之破涕乎？仍望之也。

【徐德泓曰】此詩不惟抒忠憤之思，且著當時藩鎮之失。不激不尤不露，纏綿沉鬱，直入杜陵突奥，匪僅得藩籬而已。第六句『與』字讀去聲，言無有與聞國事者，始見意義。星闕，若主邊塞之臣説，則雪涕收當解作昭雪而收其涕，三字連合，反覺生粘，而意與韻脚亦俱受『雪』字之病，而不醒不穩矣。或解作破涕而收之，則涕已破，而收字又贅矣。故『收』字應屬之門禁，而星闕不係乎邊臣，上解是也。

【陸曰】文宗憤宦官弑逆，陰與訓、注謀除之。訓以謀之不臧，致有甘露之變。天下皆疾訓、注之奸邪，不知其謀則舛，其理則正。義山五言二詩，已排衆論而昭雪之矣。此則深咎内外文武，先既不能討賊，及劉從諫表上，又無接應之人，為可歎也。按唐兵制，内外相維，沿邊盡立節度府，原以防京師一旦有變，勤兵救援耳，故曰『玉帳牙旗得上游，安危須共主君憂』也。涯、餗等見戮後，士良迫脅天子，下視宰相，其氣益盛，然劉從諫表上，誓清君側，若輩即震慴不敢復肆。使諸鎮乘此共興問罪之師，則閹人不難授首，而涯等之冤得白矣，故曰『竇融表已來闕右，陶侃軍宜次石頭』也。史稱『數日之間，生殺除拜，皆決於中尉，上不豫知』，是蛟龍而失水矣，曰『豈有』者，諱之之辭也。士良雖以謀逆誣涯、餗，然未敢專殺，文宗顧問覃、楚，設覃、楚當日能持公論，則罪有攸歸，乃依阿取容，使肆慘毒，孰是為鷹隼之一擊者乎？曰『更無』者，羞之之辭也。藩鎮坐視於外，宰輔依違於中，至使晝號夜泣，人鬼皆愁，何時得清君側之惡，而收此涕淚也哉！此我之所以重有感也。

【楊逢春曰】首指當時藩鎮擁重兵者，二是一篇之主。（《唐詩繹》）

【姚曰】李訓事作，時王茂元為涇原節度使，故曰『上游』。昭義節度使劉從諫上疏問王涯等罪名，仇士良聞之惕懼。竇融表，指劉；陶侃軍，謂茂元在涇原亦勒兵備非常，故以是望之也。時事如此，要之果是蛟龍，寧愁失水？惜訓、注非其人耳。高秋鷹隼，非茂元輩是望而誰望耶？更無者，言豈更無其人也。晝號夜哭，雪涕星關，義山之感憤深矣。

【屈曰】此首即杜之《諸將》也。亦不能如杜之深厚曲折，而語氣頗壯，用意正大，晚唐一人而已。諸選皆不録者，採春花而忘秋實也。○此篇甘露變後之作，猶望其興復也。既得上將，勢足有為，當分主憂。何竇融之表已來關右，而陶侃之軍不次石頭？故奄宦得志。當時如果興師問罪，蛟龍必不至于失水。其如時無英雄，誰能為高秋之鷹隼乎？今日之號哭，神人共憤，如有忠臣，星關可雪涕而收，望之至也。（《玉谿生詩意》）又曰：前半時事，後半致慨。……須共，正承『得上游』。已宜，正承須共。五六比，言必不至喪國，但無忠良耳。七承六，八承五。更無鷹隼，所以晝號夜哭，蛟龍不愁失水，故早晚星關可收。（《唐詩成法》）

【程曰】王茂元雖與蕭弘勒兵，僅可以備非常；若責以清君側之奸，難矣。即劉從諫屢請王涯罪名亦不過三上奏疏，未敢遽興晉陽之甲，何乃於茂元望之深耶？歷觀前史，以清君側起兵者，東漢之董卓，東晉之蘇峻、王敦，挾震主之威，冒不義之名，皆國賊耳，豈社稷臣耶？義山之意，蓋深有慨於文宗『受制家奴』之語，而姑為此將在外不受君命之論，以寄其憤忿也。……

【馮曰】此篇專為劉從諫發。錢龍惕兼王茂元言之，徐氏又兼蕭弘言之，皆誤矣。《舊書·紀》：『昭義節度使劉從諫三上疏問王涯罪名，仇士良聞之惕懼。從諫遣焦楚長入奏，於客省進狀，請面對。上召楚長，慰諭遣之。』《新書·從諫傳》：『李訓先約從諫誅鄭注。及甘露事，宰相皆夷族，從諫不平，三上書請王涯等罪。時宦豎得志，天子弱，鄭覃、李石執政，藉其論執以立權綱。』《仇士良傳》：『從諫言：「謹修封疆，繕甲兵，為陛下腹心，如姦臣難制，誓以死清君側。」書聞，人人傳觀，士良沮恐。帝倚其言，差自强。』故三四言既遣人奉表，宜即來誅殺士良輩也。《舊書·訓注傳贊》曰：『苟無藩后之勢，黃屋危哉！』藩后專指從諫也。史稱士良輩知事連天子，相與惡憤，帝懼，僞不語，數日之内，生殺除拜皆由兩中尉，天子不聞也。故五句痛其受制。六句謂除從諫外更無人矣。若王茂元，史言其以多財爲中人掎摭，方惴惴焉出家貲賂兩軍，得不誅，而反獲封。蕭弘以太后弟得顯位，實庸人耳，安得以陶侃比之哉？且《新書》云：『初未獲注，京師戒嚴。茂元、蕭弘皆勒兵備非常。』是二人方爲中人所用。乃夕公改『初未獲注』爲『初獲鄭注』，以曲成其論，尤是非顛倒矣。『得上游』，似借用《漢書·匈奴傳》從上游來厭人之義，以喻懾服中官也。

【紀曰】豈有、更無，開闔相應。上句言無受制之理，下句解受制之故也。揭出大義，壓伏一切，此等處是真力量。錢夕公以『豈有』爲諱之，非也。（《詩説》）大抵錢氏論詩，皆先存成見而矯揉古人以從之，牧齋箋注杜詩亦然。『兼幽顯』，言神人共憤也。（《輯評》）又曰：『竇融』二句竟以稱兵犯闕望劉從諫，漢十常侍之已事，獨未聞乎？（《四庫提要》）

【朱東喦曰】昔杜工部以議論爲詩，非具大經濟大學問未易臻此境地，故爲唐一代詩人之極。義山竭力摹倣杜工部，集中如此等作，皆深得杜工部之神髓。即有唐無數鉅公，曾未有闖其籬落者。一『得上游』，言身居要地也；二『共分憂』，言心存報主也；三、四皆寫得上游共分憂處。此真用古而化，以議論爲律詩者矣。五『蛟龍失水』曰『豈有』者，是爲至尊諱也；六『鷹隼高秋』曰『更無』者，爲節鎮勉也。七、八用申包胥事作結，蓋當時兵戈犯闕，京師戒嚴，深有望於乞師綏寇之人，重見太平景象有不可須臾少緩之勢，故曰『早晚星關雪涕收』也。（《東喦草堂評唐詩鼓吹》）

【方東樹曰】前有《有感》，故此曰『重』，皆詠甘露之事。錢龍惕箋得之半，失之亦半。先君云：『懼文宗有望夷之禍，望諸藩鎮同力救之，即杜《諸將》之意，而詩不及杜。』樹按：此解得真。向來皆以首句指王茂元，非也。至三句指劉從諫，是也。或乃斥其以稱兵犯闕望之者，亦過論也。要之，此詩昔人皆從上選，然細按之終未洽。雖興象彪炳，而骨理不清，字句用事，亦似有皮傅不精切之病。如第四句與次句複，又與第六句複，是無章法也。試觀杜公有此忙亂沓複錯履否？末句從杜公『哀哀寡婦』句脱化來，似沈著，有望治平之意，而『早晚』七字，不免飣餖僻晦。明七子大都皆同此病，然後知有本領與無本領懸絶如此。蓋義山與明七子，不過詩人，志在學古人句格以為詩而已；非如陶、杜、韓、蘇，有本領從肺腑中流出，故其措注用意，語勢浩然，而又出之以文從字順，與《經》《騷》、古文通源。其餘詩人，不過東牽西補，塗飾揞拄以成室而已。姑舉義山此一詩發其義例，而學問之大凡，胥視此矣。首句若非實指一人，則起為無着；若實指王茂元一人，則又偏枯，與全詩章法不稱。杜《諸將》一人則詠一人到底，不似此單漏流移不定也。潘次耕以為此指王茂元。（《昭昧詹言》）

【施補華曰】義山七律，得於少陵者深。故穠麗之中，時帶沈鬱。如《重有感》《籌筆驛》等篇，氣足神完，直登其堂，入其室矣。飛卿華而不實，牧之俊而不雄，皆非此公敵手。（《峴傭説詩》）

【張曰】此詩專為劉從諫發，馮説甚精。……案《邵氏聞見後録》云：『李義山《樊南四六集》載《為鄭州天水公言甘露事表》云：……』此表惜已佚，頗可與詩參觀。以韓昌黎之學識，尚罪伾、文，杜牧之輩，更無論焉。義山持論，忠憤鬱盤，實有不同於衆論者，乃紀曉嵐撰《四庫提要》，於此詩猶復肆意譏訶，何歟？（《會箋》）又曰：起句言昭義據天下之上游，即當安危與共。頷聯正意。腹聯謂已得上游，豈愁失勢，奈何無分憂王室之人，如鷹隼之逐惡人也。結則望其速來誅君側之惡，雪神人之憤耳。……（《辨正》）

【高步瀛曰】沈鬱悲壯，得老杜之神髓。（《唐宋詩舉要》）

【按】賀裳、陸鳴皋、馮浩謂此篇專為劉從諫發，極是。從諫之屢上疏請王涯罪名，本意在警誡仇士良輩，勿進而為廢立之事，使朝廷稍安而已，初無興兵赴闕、翦除宦官之意（就當時形勢言，如無朝廷命令，從諫實亦不可能為此舉）。義山憂國情深，於從諫不免望之殷而責之切，故詩中每於祈望之中微露不滿、焦急與憤鬱。句中虚字，最見用意。起句先明示其有興兵勤王之便利條件，次即以一『須』字指明此係義不容辭之責任。頷聯『已來』『宜次』，前賓後主，敦促中隱含對從諫『宜次』而竟遲遲『未次』之不滿。腹聯紀箋甚是，其意蓋謂君主失權，受制閹豎，即緣無人如鷹隼搏擊君側惡人之故。『更無』者，絶無之意，深有慨於『安危須共主君憂』者竟坐視危局，能為『鷹隼』而不為也，感慨中復含憤鬱，於從諫則激之亦所以責之也。末聯『早晚』，猶『多早晚』，不定之詞，熱望中透出憂心如焚之情。杜甫《諸將》云：『獨使至尊憂社稷，諸公何以答昇平？』似可為此詩下一注脚。至於藩鎮勤王之舉在當時是否可能，是否會導致政局之複雜化，則義山本一詩人，固不必以政治家衡量之也。

曲江①

望斷平時翠輦過②，空聞子夜鬼悲歌③。金輿不返傾城色④，玉殿猶分下苑波⑤。死憶華亭聞唳鶴⑥，老憂王室泣銅駝⑦。天荒地變心雖折⑧，若比傷春意未多〔一〕。

〔一〕『傷』原作『陽』，據戊籤改。

①【朱注】司馬相如《哀二世賦》：『臨曲江隑洲。』注：『曲江，在杜陵西北五里。』康駢《劇談録》：『曲江，開元中疏鑿為勝境。其南有紫雲樓、芙蓉苑，其西有杏園、慈恩寺，花卉環周，烟水明媚。都人遊賞，盛於中

和上巳之節。』【馮注】《史記索隱》曰：『隑即碕字，謂曲岸頭也。』《舊書·鄭注傳》：『（注）言秦中有災，宜興工役以禳之。文宗嘗吟杜甫《江頭篇》，知天寶以前，環曲江四面有樓臺行宮廨署，心竊慕之。既得注言，即命左右神策軍，差人淘曲江、昆明二池，仍許公卿士大夫之家於江頭立亭館，以時追賞。時兩軍造紫雲樓、彩霞亭，内出樓額以賜之。』《雍録》：『唐曲江，本秦隑州，至漢為樂遊苑。隋營京城，以其地高不便，故闕此地，不為居人坊巷，而鑿為池以厭勝之。又會黄渠水自城外南來，故隋世遂從城外包之入城為芙蓉池，且為芙蓉園。』

②【高步瀛注】張説《芙蓉園侍宴》詩曰：『芳園翠輦遊。』

③【道源注】《晉書》：『孝武太元中，瑯琊王軻之家有鬼歌《子夜》。』【馮注】又：『《子夜歌》者，女子名子夜，造此聲。』《舊書·樂志》：『《子夜歌》聲過哀苦。』【紀曰】子夜指半夜，道源注非。（《輯評》）【按】紀言固是，然道源但注出典，並未謂子夜非半夜。

④【馮注】《漢書·李夫人傳》：『兄延年，侍上起舞，歌曰：「北方有佳人，絶世而獨立。一顧傾人城，再顧傾人國。寧不知傾城與傾國，佳人難再得！」』

⑤【補】下苑，即曲江。參見《及第東歸次灞上却寄同年》注。曲江與御溝相通，故云『玉殿猶分下苑波』。

⑥【程注】《晉書·陸機傳》：『宦人孟玖譖機於成都王穎，言機有異志。穎怒，使牽秀收機，機因與穎牋，詞甚悽惻，既而歎曰：「華亭鶴唳，豈可復聞乎？」遂遇害。』李白《行路難》：『華亭唳鶴詎可聞？上蔡蒼鷹何足道！』【按】華亭，陸機故宅旁谷名。

⑦【朱注】《晉書》：『索靖知天下將亂，指（洛陽）宮門銅駝曰：「會見汝在荊棘中耳。」』【馮注】《華氏洛陽記》：『兩銅駝在宫之南街，東西相對，高九尺，漢時所謂銅駝街。』

⑧【高步瀛注】江淹《別賦》曰：『心折骨驚。』

【朱曰】《舊唐書》：『大和九年十月……壬午，賜羣臣宴於曲江亭。十一月，有甘露之變，流血塗地，京師大駭。十二月甲申，勑罷修曲江亭館。』此詩前四句追感玄宗與貴妃臨幸時事，後四句則言王涯等被禍，憂在王室而不勝天荒地變之悲也。

【何曰】此亦感憤文宗之禍而作，（朱）注所引甚當，特未盡作者之意。蓋此篇句句與少陵《哀江頭》相對而言也。（《讀書記》）又曰：發端言修曲江宮室，本昇平故事，今則望斷矣。第三言當時僅妃子不返，天子猶復歸南內。若今之椓人制命，宰相駢首拏戮，王室將傾，豈止天寶之亂，蕃將外叛，平盪猶易乎？故落句反覆嗟惜，有倍於天荒地變也。○文宗大和七年，從宰臣請，修祖宗故事，以十月十日為慶成節，准上巳、重陽例於曲江錫宴，迄帝崩以為常。傾城不返，託舊事以志鼎湖銀海之痛也。（《輯評》）

【胡以梅曰】首言開元、天寶之際，平時翠輦經過，今望之已斷，空聞夜鬼悲歌矣。此句兼新舊之鬼而言，馬嵬埋後，傾城之色難返；曲江之水依舊分流於玉殿也。第五專指鄭注之死；比於機、雲，蓋修曲江本於注修土木之事。第六作者之憂王室也。天荒地變言都城流血，曲江已廢，慘狀心折，還比傷春之意未多，傷之甚也。（《唐詩貫珠串釋》）

【陸曰】……此詩上四句，溯玄宗朝事；下四句，感文宗時事也。夫以曲江宮殿，而鬼得悲歌其中，則翠輦之不來久矣。三句即杜子美『血污游魂歸不得』意。四句即王子安『檻外長江空自流』意也。後半言朝廷思復升平故事，方謀興葺，而涯等被禍，憂在王室，又不勝天荒地變之悲。然則災異非土工可厭，君天下者，惟當修德以弭之耳。

【徐德泓曰】朱注已明，但『金輿』二句，一繳前，一拖後，下句指文宗遊宴事，非玄宗也，當玩一『猶』字，不然，截成兩橛，下便接不去矣。沉鬱頓挫，《小雅》遺音。惟落句意，似反説淺耳。

【沈德潛曰】此借玄宗時曲江以諷文宗時事。鄭注言秦中有災，宜興土工厭之，乃浚昆明池與曲江。十一月，以甘露變而止，故以『曲江』為題。○『死憶』句批：謂鄭注、王涯等人。『老憂』句批：望雪冤有人。

【姚曰】前四句感明皇貴妃事，後四句述時事之驚心。陸機、索靖，此人皆有天荒地變之恨，若較我今日傷春之心，則猶未為甚。蓋王涯等之含冤，視陸機更甚；曲江亭之遽廢，較索靖更悲也。

【屈曰】首二句天寶大和合起。三四天寶，五六大和。七八合結，言曲江一片地，豈堪幾番天荒地變哉！

【程曰】朱氏之論，劃然分作兩截，律詩無此章法。即如所云，前半亦蒙混，未見翠輦、金輿等字便切天寶時事；後半亦鶻突，何以銅駝、鶴唳二言忽入太和諸臣？陸機死於宦官，王涯輩亦死於宦官，鶴唳一語屬之涯輩可也。但王涯、賈餗、舒元輿三人皆趨奉李訓、鄭注，謀誅宦官又不與其事，此豈老憂王室之人？銅駝一語，亦屬涯輩，則不可也。且『天荒地變』總結一篇，『若比傷春』之言，則別有事外之感，只以『憂在王室而不勝天荒地變之悲』一語了之，於本句之『心雖折』，下句之『傷春多』一語皆若不可解者。以愚求之，此詩專言文宗。蓋文宗時曲江之興罷，與甘露之事相終始也。曲江之修，因鄭注厭災一言始之；曲江之罷，因李訓甘露一事終之。故但題『曲江』，而太和間時事足以概見矣。起句言自從勅罷工役，無復臨幸可望。次句言自從涯等被禍，空有冤鬼之聲。三四一聯上句謂召取李孝本二女入宮，因魏謩諫而出之；下句謂初罷紫雲樓、彩雲亭，但有水色波聲而已。此承首句『望斷翠輦』言也。五六一聯上句謂王涯、賈餗等被禍於宦官，與陸機被收之時事略同；下句謂鄭覃、李石等憂國之孤忠，與索靖之心情無異，此承次句『鬼悲歌』言也。七八二語，上句言太和九年正當甘露之變固可傷，下句言開成元年正月賜百官宴於曲江尤可傷也，蓋痛定思痛之言。此一篇之結構也。如此解，於時事乃親切，於文氣乃貫通，於法脈乃融會矣。

【馮曰】朱氏謂前半追感明皇、貴妃臨幸時事，後半謂王涯等被甘露之禍，非也。凡詩須玩其用意用筆，正陪輕重，乃可引事證之。今次聯正面重筆，即所謂傷春，五六乃陪筆耳。此蓋傷文宗崩後，楊賢妃賜死而作也。文宗后妃，《舊、新書》竟無傳可考，今據《安王》溶、《楊嗣復傳》：『安王溶，穆宗第八子也。楊賢妃有寵於文宗，晚稍多疾，陰請以安王為嗣，密為自安地。帝謀於宰相李珏，珏非之，乃立陳王成美。妃與宰相楊嗣復宗家，及仇士良立武宗，遂摘此事，譖而殺之。』詩首句謂文宗，次句謂賢妃，三四承上，五六則以甘露之變作襯，而謂傷春之痛較甚於此。蓋文宗受制閹奴，南司塗炭，已不勝天荒地變之恨，孰知宫車晚出，并不保深宫一愛姬哉！語極沉鬱頓挫。朱氏誤會，故解至末聯而其詞窮矣。余深味此章與下章（按指《景陽井》），楊賢妃之死也，必棄骨水中，故以王涯輩棄骨渭水為襯，實可補史之闕文，非臆度也。四句似亦以棄骨水中，故云分波。

【紀曰】五六宕開，七八收轉。言當日陸機、索靖雖有天荒地變之悲，亦不過如此而已矣。大提大落，極有筆意，不得將五六看作借比（《輯評》作『借比時事』），使末二句文理不順也。（《詩説》）

【姚鼐曰】前四句言天寶之禍，固所謂『天荒地變』矣。五六則言甘露之事。玄宗事雖可悲，然其後則嬖幸既誅，天下反正，猶可言也。若今受制家奴，大臣冤死，至不敢言，其可傷不更多耶？鄭注言秦雍有災，興役厭之，文宗因治曲江、昆明。曲江、甘露兩事皆因注也，故以起感。

【方東樹曰】收句欲深反晦。（《昭昧詹言》）

【張曰】此詩專詠明皇、貴妃事。首二句總起，言曲江久廢巡幸，只有夜鬼悲歌，亟寫荒凉滿目之景。『金輿』一聯，言苑波猶分玉殿，而傾城已不返金輿矣，所謂傷春也。後二聯則言由今日迴想天寶亂離，華亭唳鶴，王室銅駝，天荒地變之慘，雖足痛心，然豈若傷春之感，愈足使人悲詫耶？舊注皆兼甘露之變言，詩意遂不可解。馮氏又臆造楊賢妃棄骨水中以附會之，益紕繆矣。（《會箋》）又曰：通篇皆慨明皇貴妃之事，此為曲江感事詩，別無寄託也，深解者失之。（《辨正》）

【黄侃曰】此詩弔楊妃而作，與杜子美《哀江頭》同意，而箋注家傳會甘露之變，殊屬無謂。首句言不復遊幸，次句言其淒凉；三句言楊妃已去，四句言宫殿猶存。後四句言臨命之悲、亡國之恨，猶未敵傾城夭枉，遺跡荒殘之

慟也。試取《哀江頭》詩，與此詩互觀，當能領悟。（《李義山詩偶評》）

【高步瀛曰】此詩蓋感於修曲江亭館，旋有甘露之變，而追痛唐代衰亂之原也。明皇嘗與楊妃遊幸曲江，及安史亂後，曲江亦日就蕪廢。起二句言巡幸久曠，夜鬼悲歌，狀當時曲江之荒涼也。三句追敘楊妃之死，即末句所謂傷春也。四句敘文宗修曲江亭館，為前後關鍵。五六敘甘露之變，結言天子制於家奴，可謂天荒地變，傷心甚矣。然推其原始，唐室禍亂，實由於明皇之溺於女寵，後世之變勢有必至，所謂履霜之漸，寒於堅冰；將萎之華，慘於槁木。故曰若比傷春意未多也。朱長孺謂前四句追感玄宗與貴妃臨幸，後四句言王涯等被禍，判為兩橛，似失本意。姚姬傳以天荒地變屬天寶之禍，則傷春屬文宗，亦覺不合。或謂專詠明皇、貴妃事，則華亭鶴唳二句亦格不相入。馮孟亭以為指武宗立後楊賢妃賜死事，固與曲江無關，又臆造棄骨水中之説，則無徵不信已。（《唐宋詩舉要》）

【按】杜甫《哀江頭》藉曲江今昔抒寫盛衰之感，深寓國家殘破之痛，義山此詩構思明顯受其影響。詩中有『平時翠輦』『金輿不返傾城色』『天荒地變』等語，頗似寫盛時遊幸、楊妃之死、安史之亂，故注家或以為專詠明皇貴妃事，或以為前幅追感明皇貴妃，或以為追痛唐代衰亂之原由於明皇之溺於女寵，實則均非也。此詩乃專詠甘露之變以及因事變引起之感慨，末聯為全篇主意所在。『天荒地變』即指流血千門，僵尸萬計之甘露事變；『傷春』則指感傷時事、憂念國家前途命運之情。作者之意，蓋謂此事變本身固令人心摧，然事變所顯示之國家衰頹、王室銅駝之趨勢則更令人憂傷，故云『天荒地變心雖折，若比傷春意未多』也。『傷春』固因『天荒地變』而觸發，然『傷春』之内涵則遠較心折於『天荒地變』更為深遠。循此主意以反求前六句，則其意了然可見。首聯寫事變後曲江荒涼景象：往昔君主車駕臨幸曲江之盛況已不可復見，惟聞夜半冤鬼悲歌之聲。『鬼悲歌』非泛寫荒涼，而係隱寓甘露事變中朝臣慘遭殺戮之事，即《有感二首》『鬼籙分朝部』『誰瞑銜冤目』及《重有感》『晝號夜哭兼幽顯』之意。若追感天寶時事，則子夜鬼歌之語不免泛而不切。次聯即因曲江之荒涼進而抒寫今昔之感。文宗修治曲江，本效昇平故事，甘露事變後罷修，遂廢巡幸。『不返』『猶分』，其中正寓昇平不復之感慨，『傷春』之意已暗寓其中。五句借陸機為宦者所讒害喻指事變中宦官殺戮朝臣，上承『鬼悲歌』，下啟『天荒地變』。六句借索靖銅駝之悲抒寫己之憂慮國家命運之情，上承『望斷』，下啟『傷春』。末聯乃作總收。如此則全篇寓意、結構均極明晰。程箋駁正朱説，論析此詩構思，均極精到，惟句下箋間有過實過鑿處，故更為細釋之。義山此詩學杜，重在杜詩感慨時事之精神，而非承襲其具體題材。詩以麗句寫荒涼，以綺語寓感慨，亦深得杜詩神髓。而化杜詩之闊大沉雄為深沉之感傷，則又顯現出義山詩之獨特面目。

故番禺侯以贓罪致不幸事覺母者他日過其門〔一〕①

飲鴆非君命②，兹身亦厚亡③。江陵從種橘④，交廣合投香⑤。不見千金子⑥，空餘數仞牆⑦。殺人須顯戮⑧，誰舉漢三章⑨？

〔一〕『母者』，『者』，季抄一作『老』。蔣本、姜本、戊籤無『母者』二字，悟抄無『母者他日過其門』七字。【徐曰】『者』一作『老』，當從之。（馮校引）【馮曰】『母者』，似謂『母之者』。製題欲晦之耳，不可改『老』。【紀曰】題有脱字。疑『事覺母者』當作『事毋覺者』。【張曰】『事覺母者』當作『事毋覺者』，方與結語『殺人須顯戮，誰舉漢三章』意相應。『毋』字誤乙，又訛作『母』耳，非謂母之者也。或作『母老』，亦非。

【按】紀校似可從，詳箋。

集注

①【朱注】《舊唐書》：『廣州南海縣，即漢番禺地，有番山、禺山。』【程注】《史記·南越傳》：『番禺負山險阻，南海東西數千里，此一州之王也。』《漢書·地理志》：『粵地，今之蒼梧、鬱林、合浦、交趾、九真、南海、日南皆粵分，番禺其一都會也。』《南越志》：『番禺縣有番、禺二山，因以為名。』《新唐書·地理志》：『廣州南海郡，中都督府，有府二，曰綏南、番禺。』【馮注】《兩漢志》止云番禺，不言二山。《水經注》曰：『昔南海郡治與番禺縣連接，今有水坈陵，城倚其上，縣人名之為番山。』名番禺，儻謂番之禺也，後世皆謂二山矣。贓罪謂多財，不辜謂死非其罪。蓋其父以贓而富，致其子今陷不辜也。玩詩意，『母者』二字不可删，過其門乃母者過其門，非義山過之也。《後漢書·劉盆子傳》：『琅琊海曲有呂母者，子為縣吏，犯小罪，宰論殺之。呂母聚客，規以報仇。』字似可借據。【按】『過其門』者係作者，詳箋。

②【馮注】《史記·呂后本紀注》：『應劭曰：鴆鳥食蝮，以其羽畫酒中，飲之立死。』《漢書·蕭望之傳》：『中書令弘恭、石顯急發執金吾車騎馳圍其第。望之欲自殺，其夫人止之，以為非天子意；門下生朱雲勸自裁，竟飲鴆自殺。』

③【姚注】《老子》：『多藏必厚亡。』【馮注】《後漢書·折像傳》：『父國為鬱林太守，有資財二億。國卒，像感多藏厚亡之義，乃散金帛資産，曰：「我乃逃禍，非避富也。」』

④【朱注】《襄陽耆舊傳》：『吴丹陽太守李衡每欲治家事，妻輒不聽。後密遣人往武陵龍陽汜洲上作宅，種甘橘千株。衡亡後，甘橘成，歲得絹數千匹。』【馮注】《史記·貨殖傳》：『江陵千樹橘。』《吴志·孫休傳注》：『丹陽太守李衡每欲治家事，妻習氏輒不聽。後密遣客十人，於武陵龍陽汜洲上作宅，種甘橘千株。臨死，敕兒曰：

「有千頭木奴，不責汝衣食，歲上一匹絹，亦可足用耳。」後兒以白母。母曰：「此當是種甘橘也。人患無德義，不患不富，貴而能貧方好耳。用此何為？」」【何曰】從他理生，不可慕效，此『從』字之意，與下『合』字相應。（《輯評》）

⑤【朱注】《晉書》：『吴隱之隆安中為廣州刺史，歸自番禺，其妻齎沉香一觔，隱之見之，遂投於湖亭之水。』《寰宇記》：『取投石門内水中，後人謂之沈香浦，亦曰自投香浦。』

⑥【程注】《史記·袁盎傳》：『千金之子，坐不垂堂。』沈約詩：『方驂萬乘臣，炫服千金子。』【馮注】《司馬相如傳》：『故鄙諺曰：家累千金，坐不垂堂。』按：陸氏《釋文》：『金方寸，重一斤，為一金。』又《正義》曰：『秦以一鎰為一金，鎰二十四兩。』古言百金千金，皆以此計。

⑦【馮注】固本《論語》，實用潘岳《西征賦》：『今數仞之餘趾。』

⑧【程注】《書》：『功多有厚賞，不迪有顯戮。』

⑨【馮注】《史記·高祖本紀》：『吾當王關中，與父老約，法三章耳：殺人者死，傷人及盗抵罪。』《後漢書·劉盆子傳》：『吕母聚客為子報仇。母曰：「吾子不當死而為宰所殺，殺人當死。」遂斬之。』

【何曰】以贓罪為時宰所挾，懼而自裁，故用叔牙事。其人必宗室也。（《輯評》）

【朱彝尊曰】詩意易曉，不但刺其貪，兼惜其罪之不著也。

【姚曰】侯以贓罪身死，雖事出不幸，然亦多藏致厚亡也。夫李衡種橘，人猶有諒之者；若吴隱之投香，人孰得而疑之？乃今則千金之軀已殁，數仞之牆空存，事雖得白，而冤死誰憐？因歎其以莫須有之獄見殺，不足以服人也。

【屈曰】此因番禺侯以贜罪誣枉無辜，人無知者，自恐事覺，飲鴆而死，故曰『殺人須顯戮』也。當日徒種江陵之橘，而不投交廣之香，欲長享富貴也。今則不見其人，空餘壁立，何益之有？詳詩意，題當為『毋覺者』，此本誤刻，俟善本證之。

【程曰】此題措語甚古，亦玉谿學杜之一端。『事覺毋者』一語，乃謂獲罪之後，其事得以覺察，蓋無有也。『毋』『無』古皆通用。『他日過其門』一語以下更不置傷弔字，尤有蒼凉情致。古人留心於詩題，即此可見。惜未考得番禺侯為何如人耳。

【馮曰】《舊書·胡証傳》：『大和二年冬，証卒於嶺南使府。廣州有海之利，貨貝狎至。証善蓄積，務華侈，童奴數百，於京城修行里起第，嶺表奇貨道途不絶，京邑推為富家。証素與賈餗善，及李訓事敗，禁軍利其財，稱証子溵匿餗，乃破其家。一日之内，家財並盡。執溵入左軍，士良命斬之以徇。』詩為此發也。首用蕭望之事，取事由宦官，非天子意，不重飲鴆事。次句傷溵之不能散遺貲。三四言遺子以財，當善為術，奈何以黷貨害之！五六傷母之者過其門也。結聯從母者意中説，方見冤痛之情。張讀《宣室志》亦載此事，云濦以文學知名。大和七年春，登進士第，蓋賈餗為禮部侍郎也。濦、溵字同。

【姜炳璋曰】『事覺母者』，『覺』，知也，白也，謂獲罪後，其事共知為無有；『母』『無』通。○製題已下斷語，侯之冤無待言，故詩中不及其受冤處，但責其多藏，為群小所黷，因而殺其身也。晉石崇被收，曰：奴輩利吾財耳。侯大抵家富，為番禺令，權貴利其所有，誣以受贜罪，迫令自殺，蓋未嘗告之朝廷也，故曰『非君命』。三四，申言多藏。五六，寫過其門。七八，言殺人者須請之朝廷，明示天下，始無冤抑，今曖昧誅之，豈國法乎？

【紀曰】題殊晦澁，不了了。詩更無一句成語。（《詩説》）拙鄙之甚。（《輯評》）

【張曰】（馮）説頗通，惟解題中『事覺母者』太晦，余疑『事覺母者』當作『事毋覺者』，……。（《會箋》）

又曰：『事覺』句當作『事毋覺者』，言無人覺其不辜也。○此詩稍失之拙，然尚未至鄙，紀評謬矣。（《辨正》）

【按】番禺侯指胡証，馮氏考訂甚碻。惟解題内『事覺母者』過於迂曲，並後幅句下箋亦覺牽强。此詩題材涉及甘露之變，礙於宦官勢力，製題不免隱晦；兼有訛誤，遂至不可解。屈、紀、張均以為『事覺母者』當作『事毋覺者』，説可從。題意蓋謂：故番禺侯因貪財黷貨致其子無辜被殺，然竟無人察其為無辜，他日余過其門，有感而作此詩。詩言『不見千金子，空餘數仞牆』，明為作者『他日過其門』時所見情景。『殺人』二句則過其門時所感。解為母之者所見所言，反致迂晦。証任嶺南節度時厚殖財自奉，京邸華侈，必遭民怨；禁軍利其財而掠其家，並殺其子溵，京師民衆或因証之貪財黷貨而快意於其家破子亡，故無人察其為不幸。《新書・王涯傳》：『（涯）始變茶法，益其税以濟用度，下益困。……民怨茶禁苛急，涯就誅，皆羣詬詈，抵以瓦礫。』溵之破家亡身，或亦類此。義山大和七年曾與溵同應舉，或與溵有交往，故因溵之被殺而有感。

此詩題材特殊。証貪黷厚殖，遭此身後之劫，確係咎由自取；然禁軍、宦官利其財而誣以匿鍊之罪而殺溵，則死非其罪。故詩中既非証之斂財不以其道，又傷溵之死非其罪，疾宦官之踐踏法紀，肆行殺戮。用語措辭，均有分寸。曰『贓罪』，曰『厚亡』，曰『合投香』，明言其貪黷之非。然全篇點眼則在末聯，謂殺人本須明正典刑，然值此宦官專恣，法紀蕩盡之時，復有誰標舉朝廷法律而明其非罪乎？故意雖兼顧，實以抨擊宦官踐踏法紀為主。

李肱所遺畫松詩書兩紙得四十韻〔一〕①

萬草已凉露，開圖披古松。青山偏滄海〔二〕，此樹生何峰②？孤根邈無倚，直立撐鴻濛③。端如君子身，挺若壯士胸。樛枝勢夭矯④，忽欲蟠拏空⑤。又如驚螭走，默與奔雲逢⑥。孫枝擢細葉⑦，旖旎狐裘茸⑧。鄒顛蓐髮軟⑨，麗姬眉黛濃⑩。

視久眩目睛，倏忽變輝容。竦削正稠直⑪，婀娜旋旉夆〔三〕⑫。又如洞房冷，翠被張穹窿〔四〕。亦若暨羅女〔五〕⑬，平旦粧顔容。細疑襲氣母⑭，猛若争神功⑮。燕雀固寂寂，霧露常衝衝⑯。香蘭愧傷暮〔六〕⑰，碧竹慚空中⑱。可集呈瑞鳳⑲，堪藏行雨龍⑳。淮山桂偃蹇㉑，蜀郡桑重童㉒。枝條亮眇脆〔七〕，靈氣何由同㉓？昔聞咸陽帝，近説嵇山儂。或著仙人號〔八〕，或以大夫封㉔。終南與清都〔九〕，煙雨遥相通㉕。安知夜夜意，不起西南風㉖？

美人昔清興，重之猶月鍾〔一〇〕㉗。寳笥十八九，香緹千萬重㉘。一旦鬼瞰室㉙，稠疊張羉罿㉚。赤羽中要害㉛，是非皆怱怱㉜。生如碧海月，死踐霜郊蓬。平生握中玩㉝，散失隨奴僮㉞。我聞照妖鏡㉟，及與神劍鋒㊱，寓身會有地，不為凡物蒙。伊人秉兹圖，顧眄擇所從〔一一〕㊲。而我何為者，開懷捧靈蹤〔一二〕㊳。報以漆鳴琴㊴，懸之真珠櫳㊵。是時方暑夏，座内若嚴冬㊶。

憶昔謝駟騎〔一三〕㊷，學仙玉陽東〔一四〕㊸。千株盡若此，路入瓊瑶宫㊹。口詠玄雲歌㊺，手把金芙蓉㊻。濃靄深霓袖，色映琅玕中㊼。悲哉墮世網〔一五〕㊽，去之若遺弓㊾。形魄天壇上，海日高曈曈㊿。終期紫鸞歸〔一六〕，持寄扶桑翁(51)。

校記

〔一〕各本均作『四十韻』。馮注本作『四十一韻』，云：『諸本皆作四十，今從實數。』按此系作者記數偶誤，非脱文。

〔二〕『徧』原作『偏』，非。據蔣本、姜本、戊籤、悟抄、席本改。

〔三〕『甹夆』，各本均作『敷峯』。戊籤作『敷夆』，注曰：『《爾雅》：甹夆，掣曳也。』【馮曰】今檢《爾雅》，注謂牽挽。疏引《周頌》『莫予荓蜂』，《毛傳》『摩曳也』，從旁牽挽之言。荓、甹，夆、蜂，掣、摩，音義同。二句合狀輝容之善變，必本作『甹夆』，後乃訛『甹』為『敷』耳，故直為改正。姚氏改作『敷豐』，非矣。【按】馮校是，兹據改。

〔四〕『窿』原作『籠』。【馮曰】戊籤作『窿』，誤。『穹籠』似即熏籠之義，兼言松之清香。【按】馮説非。『翠被張穹窿』，謂松蓋中央隆起，四周低垂，呈天幕之狀，如翠被之張。洞房指張掛畫松圖之房間。畫松之翠蓋如張翠被，使洞房有幽冷之感，故云『又如洞房冷，翠被張穹窿』，與下『是時方暑夏，座内若嚴冬』意相近。據戊籤改。

〔五〕『羅』，馮引一本作『蘿』，字通。

〔六〕『香』，蔣本、姜本、戊籤、悟抄、席本、錢本、影宋抄均作『重』。【馮曰】舊本皆作『重』，頗疑『叢蘭』以音近而訛。【按】『香蘭』可通，與下『碧竹』亦對。

〔七〕『條』，蔣本、姜本、戊籤、錢本、影宋抄、悟抄均作『修』。

〔八〕『仙』，蔣本、姜本、戊籤、悟抄、席本、錢本、影宋抄作『佳』。【馮曰】舊本皆作『佳』，似與『松』不合。惟朱本改『仙』。然故實未詳，未定孰是。【按】本篇一再以『婀娜』『暨羅女』『粧顔容』等詞語寫松，則謂之『佳人』未為不可。然『嵇山儂』事未詳，未可定。

〔九〕『清』原作『青』，據悟抄、席本改。

〔一〇〕『猶』，蔣本、姜本、影宋抄作『由』，字通。

〔一一〕『盼』，蔣本、朱本作『眄』。

〔一二〕『懷』，朱本、季抄作『顔』。

〔一三〕『駟』原作『四』，據蔣本、悟抄改。

〔一四〕『玉』原作『王』，非，據姜本、悟抄、席本、朱本改。

〔一五〕『綗』原作『綱』，非，據蔣本、朱本改。

〔一六〕『期』，朱本、季抄作『騎』，非。

集注

① 【馮注】《雲溪友議》：『開成元年秋，高鍇復司貢籍。上曰：「宗正寺解送人，恐有浮薄，以忝科名。在卿精揀藝能，勿妨賢路。其所試賦則準常規，詩則依齊梁體格。」乃試《琴瑟合奏賦》《霓裳羽衣曲詩》。主司先進五人詩，其最佳者李肱。況肱宗室，德行素明，人才俱美，敢不公心，以辜聖教。乃以榜元及第。詩云云。』《困學紀聞》：『唐宗室為狀頭有李肱。』按：李肱《霓裳羽衣曲詩》見《英華省試類》、《唐文粹·古調》中。據此則李肱與義山同開成二年及第。又按：集中他無可徵，安知此李肱非別一人乎？《新書·表》趙郡南祖之裔有名肱者，但世次太晚，不足參考。今且仍舊說而辨核之。【紀曰】起言『萬草已涼露』，中言『是時方暑夏』，蓋中言得畫之時，起乃題詩之時也。（《詩說》）【張曰】此未第時，故不稱肱為同年。詩云：『是時方暑夏，座內若嚴冬。』蓋是年（按指開成元年）夏作也。【按】紀說是。李肱即開成二年與義山同登第之李肱，無庸置疑。肱以畫松贈義山，義山作詩以答。

② 【馮曰】起勢高壯，暗用泰山秦松。【按】二句似謂松濤起伏，綿延於廣闊無際之青山，不知此樹究生於何峰。蓋以滄海比廣闊綿延之松海。

③ 【朱注】《莊子》：『雲將東遊，而適遭鴻濛。』注：『鴻濛，（自然元）氣也。』

④ 【馮注】《淮南子》：『天矯曾橈，芒繁紛挐，以相交持。』司馬相如《上林賦》：『天蟜枝格。』《大人賦》：

『低印天蟜。』蟜與矯同。【程注】謝朓詩：『樛枝聳復低。』【補】樛（音糾）枝，向下彎曲之枝條。夭矯，屈伸自如。

⑤【補】拏，牽引。蟠拏空，盤繞牽引於空際。

⑥【程注】柳宗元《萬石亭記》：『涣若奔雲。』

⑦【馮注】《文選·琴賦》：『乃斲孫枝。』注曰：『《鄭氏周禮注》曰：孫竹，枝根之末生者。蓋桐孫亦然。』按：此又以言松。【按】孫枝，樹之嫩枝。自本而生出者為子榦，自子榦而生者為孫枝。《文選·琴賦》張銑注曰：『孫枝，側生枝也。』擢，拔，發。

⑧【朱注】《楚詞》：『紛旖旎乎都房。』《左傳》：『狐裘尨茸。』【補】旖旎，繁盛貌。句謂細葉繁茂，如狐裘之細毛雜亂蒙茸。

⑨【朱注】《説文》：『顛，頂也。』『薵，陳草復生。又，薦也。』此句難解，疑有訛。【姚注】鄒，疑鶵字之譌。言如童兒之髮也。【馮注】《玉篇》：薵，厚也，薦也。按鄒姓《史記》亦作騶。此句用事未詳。《廣韻》：『雛，籀文作鶵。』姚氏疑謂如童兒之髮，頗似之，蓋形近而轉訛。【按】薵髮，猶厚髮。此句殆狀嫩枝細葉蒙茸繁茂，如兒童之髮既厚而軟。

⑩【原注】麗，如字。【朱注】《莊子》：『毛嬙、麗姬，人之所美也。』【馮注】《莊子注》：『毛嬙，古美人，一云越王美姬也。麗姬，晉獻公之嬖，以為夫人。崔孝作西施。』按：本無定解，故舊本注曰『如字』，以見非用驪姬也。若《吕氏春秋》驪姬亦作麗姬。梁簡文帝詩『麗姬與妖嬙』，則泛言耳。以上十二句分賦幹與枝葉。

【田曰】此段酷似昌黎，蘇、黄所祖，唐人不用此極力形容。（馮注引）

以上為第一段。從開圖披覽古松入手，逐層刻畫古松之樹幹、枝葉。

⑪【補】《詩·都人士》：『綢直如髮。』《毛傳》：『密直如髮也。』《鄭箋》：『其情性密緻，操行正直。』白居易《歎老》詩：『我有一握髮，梳理何稠直。』綢、稠通。稠直，既密且直。

⑫【馮曰】此總寫四句。【按】甹夆，牽挽。詳見校。二句狀輝容之忽變：乍視之枝幹方密直聳立如削，旋即又婀娜多姿，牽引摇曳。此仍承上文幹、枝而言。

⑬【道源注】暨羅女，西子也。【馮注】《吴越春秋》：『越使相者得苧羅山鬻薪之女曰西施、鄭旦，飾以羅縠，教以容步，三年學服而獻於吴。』注曰：『苧羅山在諸暨縣。』《御覽》引《越絶書》：『越王得採薪二女西施、鄭旦，以獻吴王。』《拾遺記》：『越美女二人，一名夷光，一名修明，以貢於吴，吴處之以椒華之房。二人當軒並坐，理鏡靚粧於珠幌之內，竊觀者動心驚魄，謂之神人。』『平旦顔容』用此事也。

⑭【朱注】《莊子》：『伏戲氏得之，以襲氣母。』【補】《釋文》：『司馬彪云：襲，入也；氣母，元氣之母也。』

⑮【馮曰】又總摹六句。

⑯【補】衝衝，往來不定。

⑰【馮注】《左傳》：『蘭有國香。』《文子》：『叢蘭欲修，秋風敗之。』《楚詞》：『恐美人之遲暮。』【按】此謂蘭雖幽香襲人，然歲華摇落，對長青不凋之高松，自愧傷遲暮也。

⑱【馮注】《史記·龜策傳》：『竹，外有節理，中直空虛。』

⑲【朱注】謝朓《高松賦》：『集五鳳之光景。』

⑳【朱注】《酉陽雜俎》：『不空三藏塔前多老松，歲旱時官伐其枝為龍骨以祈雨。蓋三藏役龍，以其樹必有靈也。』【馮曰】以龍比松，常用之語。舊注引《酉陽雜俎》……非也。【按】二句謂此松可集呈瑞之鳳，堪藏行雨之龍，極言其高大不凡，與上『燕雀』二句相對。

㉑【馮注】《文選·招隱士》：『桂樹叢生兮山之幽，偃蹇連卷兮枝相繚。』《序》曰：『《招隱士》者，淮南小山之所作也。』呂向曰：『淮南王安好士，八公之徒著述篇章，或稱《大山》《小山》，猶《詩》有《大雅》《小雅》也。』【補】偃蹇，蜷曲貌。

㉒【朱注】《蜀志》：『先主舍東南角籬上有桑樹，高五丈餘，遥望童童如小車蓋。』【馮注】按《藝文類聚》引之作『幢幢』，此作『重童』，諸本皆然，似與『偃蹇』皆疊韻也。然『重』字『童』字見之漢碑者，偶或通用。此『重童』豈即『童童』耶？先主幼時貴徵。家在涿縣，句乃云蜀郡，義可通耳。【補】重童，猶『童童』，覆蓋貌。

㉓【馮曰】以上十句，以他物作襯，至此一小束。【補】亮，信，誠然。眇脆，細小脆弱。二句謂桂、桑枝條細弱，不能如松之勁拔而具靈異之氣。

以上為第二段。狀畫松之輝容多變，並與蘭、竹、桂、桑對襯，以見其堅實勁挺之品性。

㉔【朱注】咸陽帝，謂秦始皇。稽山儂，未詳。道源注：『晉法潛隱會稽剡山。或問其勝友為誰，指松曰：「此蒼髯叟也。」』仙人號，似指赤松子。【馮注】《史記·秦始皇本紀》：『上泰山，立石，封祠祀。下，風雨暴至，休於樹下，因封其樹為五大夫。』《漢官儀》：『始皇上封泰山，逢疾風暴雨，賴得松樹，因復其下，封為五大夫。』『復』一作『覆』。《漢書表》《通典》：『漢承秦制，爵二十等，以賞功勞，九曰五大夫。』注曰：『大夫之尊也。』按『嵇山儂』事未詳。然曰『近説』，必非太遠也。《晉書·傳》：『譙國銍縣有嵇山，嵇康從上虞徙銍，家於其側，因而命氏。』《世説》：『山公曰：「嵇叔夜之為人，巖巖若孤松之獨立。」』或更有古松事，所未考也。庾信詩『青林隱士松』，注家引《晉書》曰：『高士戴安道修道成功，有真氣結成五色雲，浮於松上，故號隱士之松耳。』安道譙國人，徙居會稽之剡縣，亦可稱稽山儂。此似較近，但『嵇』『稽』小異，而本傳不載，其所引何《晉書》，俟再考。舊注則皆誤。【按】涂宗濤考證『嵇山儂』指嵇康，詳見一九八三年第一期《天津師大學報》。

㉕【馮注】《列子》：『化人之宫出雲雨之上，實為清都紫微。』《茅君内傳》：『王屋山洞，名曰小有清虛之天。』《通鑑·漢紀》九注：『終南山横亙關中南面，西起秦隴，東徹藍田，凡雍、岐、郿、鄠、長安、萬年，相去且八百里，而連綿峙據其南者，皆此一山也。』【按】清都，神話傳説中天帝所居之處。

㉖【馮注】以上又引舊事，以見松之非凡物也。按《史記》：『凉風居西南維，閶闔風居西方。』《呂氏春秋》

《淮南子》《易緯》皆云：『閶闔，西方風。』而曹子建詩『願為西南風，長逝入君懷』，郭璞《遊仙詩》『閶闔西南來，潛波渙鱗起』，似皆以『西南閶闔』寓近君之意。此句亦然。【何曰】此完畫始終，因寄感慨。（《輯評》）

【按】四句謂生長松樹之終南山與天帝所居之清都，煙雨遥相連接，安知不因松之夜夜嚮往天上宫闕之意，而起西南風將此意送至清都乎？蓋隱以松喻李肱，兼以自寓。

以上為第三段。因松之曾得『大夫』之封，『仙人』之號，進而寫松之近君之意。

㉗【朱注】《集仙録》：『女仙魯妙典居山，有鐘一口，形如偃月，神人所送。』【馮注】未詳。舊引《集仙録》……未知是否。【按】二句謂美人昔日雅興，寶玩此畫，重之猶珍奇之月鐘。

㉘【朱注】《韻會》：『緹，帛丹黄色。』

㉙【馮注】《漢書》揚雄《解嘲》：『高明之家，鬼瞰其室。』

㉚【朱注】羉罿，音鸞童。《韻會》：『羉，㲋網也。罿，捕鳥網也。』【馮注】《爾雅》：『㲋罟謂之羉，繴謂之罿。』《詩》：『雉離於罿。』【按】二句謂一旦遇飛來横禍，則處處網羅密佈。

㉛【馮注】《家語》：『子路曰：「由願得白羽若月，赤羽若日。」』按：《家語》下文又有『旍旗繽紛』，則赤羽、白羽，定謂羽箭。或以為羽旗者，誤也。羽箭有赤、白，如吴、晉争長，矰有白羽、朱羽。《後漢書·來歙傳》：『臣夜人定後為何人所賊，中臣要害。』

㉜【馮注】生平善惡皆不暇論。

㉝【馮注】掌握之寶。

㉞【朱注】《舊書·傳》：『王涯家書數萬卷，前代法書名畫，人所保惜者，以厚貨致之，或官爵致之，厚為垣，竅而藏之複壁。涯死，人破其垣取之，或剔取函奩金寶之飾與其玉軸而棄之。』觀此詩云云，豈畫松即涯所藏者歟？【馮曰】未可定。以上叙畫之來由。【按】朱説可從。

以上為第四段。叙畫松昔為貴家所珍藏，貴家受誅後散失流入民間。

㉟【馮注】《西京雜記》：『宣帝繫獄，臂上猶帶身毒寶鏡一枚，如八銖錢。舊傳此鏡照見妖魅，佩之者為天神所福。帝崩，鏡不知所在。』【錢鍾書曰】『照妖鏡』之名似始見於李商隱《李肱所遺畫松》詩。……馮浩《玉谿生詩箋注》卷一引《西京雜記》，似病拘攣。晉唐俗説，凡鏡皆可照妖，李句亦泛言耳。（《管錐編》第二册）

㊱【馮注】《吴越春秋》：『湛盧之劍，惡闔閭無道，乃去而出，水行如楚。楚昭王卧而寤，得之於牀。風胡子曰：「五金之英，太陽之精，寄氣託靈，出之有神，服之有威，可以折衝拒敵。然人君有逆理之謀，其劍即出，故去無道以就有道。」』按：以漢宣崩，鏡不知所在；吴王無道，劍遂他去，以引下文意。

㊲【馮注】伊人謂李肱也。為此圖擇所從，不意乃以贈我。

㊳【朱曰】『美人』至此，言畫松初見重於貴室，及身名敗後，流落奴童，然此如寶鏡神劍，終非凡物，今遂以遺我，能無興亡之感乎？【補】開懷，猶開顔。靈蹤，指畫松，因視為靈物，故云。

㊴【朱注】鮑令暉詩：『客從遠方來，贈我漆鳴琴。』

㊵【朱注】《説文》：『櫳，房室之疏。』徐曰：『窗也。』【馮注】珠櫳猶珠簾。

㊶【補】二句極形畫松之高寒凛然之狀。

以上為第五段。叙李肱遺畫松。

㊷【朱注】按《通典》：『唐武德七年，改上大都督為驍騎尉，大都督為飛騎尉，帥都督為雲騎尉，都督為武騎尉。』後置節度使，即都督之任。義山嘗為節度巡官，此云謝四騎，言辭去使府耳。【程曰】謂辭去使府是也，節度使即都督之任亦是也，但以四騎為節度則未妥。考《唐百官志》：『司勳郎中、員外郎掌官吏勳級，凡十有二轉。四轉為驍騎尉，視正六品；三轉為飛騎尉，視從六品；二轉為雲騎尉，視正七品；一轉為武騎尉，視從七品。』都督不應若此之卑。杜氏亦云：『按此則都督之名微矣。』四騎二字疑有誤。【馮曰】未詳。余疑謂謝絶四方車騎而山居學仙也。如《家語》『子貢結駟連騎』，則以『駟』作『四』可也。又《史記》『聶政遂謝車騎人徒獨行』，亦可借證。舊注謬。【田曰】又轉到初隱時常對此物，寄意幻杳。（馮注引）【按】馮解近是。駟騎，猶車騎。

㊸【朱注】張籍《送胡鍊師歸王屋山》詩：『玉陽峰下學長生。』《通志》：『東玉陽山在懷慶府濟源縣西三十里，唐睿宗女玉真公主修道於此。有西玉陽山，亦其棲息之所。』【馮注】《通典》：『河南府王屋縣王屋山，沇水所出。』《元和郡縣志》：『山在縣北五十里，周迴一百三十里，高三十里。』按：王屋山盤亙懷州、絳州、澤州之境，玉陽山其分支連接者。《河南通志》：『玉陽山有二，東西對峙。相傳唐睿宗女玉真公主修道之所。』《通典》：『開元二十九年，京師置崇玄館，諸州置道學，生徒有差，謂之道舉。舉送課試，與明經同。』《舊書·職官志》：『天寶二載，置崇玄學，習《道德》等經，同明經例。』按：韓昌黎《李素墓志》曰：『素拜河南少尹。吕氏子炅棄其妻，著道士衣冠，謝其母曰：「當學仙王屋山。」去數月，間詣公，公使吏卒脱道士冠，給冠帶，送付其母。《誰氏子》詩曰：「非癡非狂誰氏子，去入王屋稱道士。」或云欲學吹鳳笙，所慕靈妃媲蕭史。又云時俗輕尋常，力行險怪取貴仕。』蓋當時風尚如此，義山學仙亦此情事。

㊹【馮注】《龜山玄録》有瓊瑶之室，此仙家常語。天壇山古松多千百年物，見志書。【按】『此』指畫松。瓊瑶宫本指道教所謂神仙宫殿，此指道觀。

㊺【道源注】《漢武内傳》：『西王母命侍女安法嬰歌《玄雲之曲》。』【馮曰】必用此。第他本有誤『雲』為『靈』者耳。或引《晉書·樂志·鐃歌曲》之《玄雲》，謂聖皇用人各盡其才也，亦非。

㊻【朱注】《杜陽雜編》：『滄州有金蓮花，研之如泥，以間彩繪，光輝焕爛，與真金無異。』【馮注】《樂府·子夜歌》：『玉藕金芙蓉。』此則是學仙語，如李白《廬山謡》『手把芙蓉朝玉京』。

㊼【朱注】《爾雅》：『崑崙之墟，有璆琳琅玕焉。』【馮注】琅玕，謂竹也，色與青霓之衣相映，與杜詩『翠袖倚修竹』相似。

【按】杜詩原文為『天寒翠袖薄，日暮倚修竹』（《佳人》）。

㊽【程注】《北史·魏彭城王傳》：『何容仍屈素業，長嬰世網。』

㊾【朱注】《吕氏春秋》：『楚人亡烏號之弓，左右請求之，王曰：「楚人亡之，楚人得之，何求也？」』

【程注】《家語》：『楚共王出遊，亡其烏號之弓，左右請求之，王曰：「楚人失弓，楚人得之，又何求焉。」』孔子聞之，曰：『「惜乎其不大也。不曰『人遺之，人得之』，何必楚也！」』【按】二句謂己不幸而墮世網，故離此青松若楚人之遺弓，不復尋求。

(50)【朱注】《一統志》：『天壇山在濟源縣西一百二十里王屋山北。其東曰日精，西曰月華，絕頂有石壇，名清虛小有洞天。』【馮注】《河南通志》：『王屋山絕頂曰天壇。』按：道書十大洞天，王屋山洞為第一也。天壇夜分先見日出，唐人有《登天壇山望海日初出賦》。《舊書・司馬承禎傳》：『字子微，開元十五年，令於王屋山自選形勝置壇室以居，因以所居為陽臺觀。又令玉真公主及光禄卿韋縚至其所居修金籙齋。』白香山有《遊王屋自靈都抵陽臺上方望天壇》詩，又有《天壇峰下》詩『頂上將探小有洞』，注：『小有洞在天壇頂上。』【補】形魄，指己之形體精魄。曈曈，日初升微明之狀。二句謂我今對此畫松，不覺魂馳故山，仿佛己之形體精魄已在天壇之上，望見海日升起。《偶成轉韻》有『舊山萬仞青霞外，望見扶桑出東海。愛君憂國去未能，白道青松了然在』等句，意可與此互參。

(51)【馮注】《十洲記》：『扶桑在碧海中，地方萬里，上有太帝宮，太真東王父所治。有椹樹長數千丈，大二千餘圍，兩兩同根偶生，更相依倚，是名扶桑。其椹赤色，九千歲一生，仙人食之，一體皆作金光色。』按：道書屢稱扶桑大帝君，此以比天子。【朱曰】言此松終當假翼鸞鳥，為仙家之玩。【按】馮以為扶桑翁比天子，非是；朱據誤文『騎』字為解，亦非。二句承上，謂終望己能如紫鸞之歸去，持此畫寄扶桑帝君。蓋明己雖欲近君以成就事業，然終期擺脱世網，再歸仙府。即功成身退之意。

以上為第六段。因畫松而回憶往昔學仙玉陽，遂生終當擺脱世網纓束之想。

箋評

【何曰】『萬草』二句：此等皆學奇於韓。《統籤》：『「終南與清都」二韻是得意語；「憶昔謝四騎」五韻亦復波瀾，餘正患其多。』固似太多，然波瀾亦不得太狹也。（《輯評》）

【姚曰】首四句從畫松起手，將『此樹生何峰』一語貫下。下文但言松，而畫在其中。『孤根』下三十二句，寫松狀之奇古。『昔聞』下八句，言此松精靈，應與清都、絳闕相通。『美人』下十二句，言此畫貴室雖得之而不能有。『我聞』下十句，言己之貴重仙畫。『憶昔』下十句，言往時所親見之松，久不得見。末四句，想此松形魄在天壇海日間，我願將此畫寄與此翁也。

【屈曰】一段畫松。二段正直。三段靈氣獨絕。四段從真到畫。五段暫時沉淪，終非凡物。六段終為我有。七段就松生慨。

【馮曰】極力描摹，波瀾疊起。前以松比李肱而美之，後借學仙時所見以自慨。結寓近君之望。此為尚未第時作。

【紀曰】前一段規仿昌黎，斧痕不化，累句亦多。『淮山』以下，居然正聲。入後更層層唱歎，興寄橫生，伸縮起伏之妙，直與老杜『國初以來畫鞍馬』一章意境相似也。韻多重押，古詩不忌，漢魏諸詩可覆按也。若右丞『萬國仰宗周』一章，則萬無此理矣。『鄒顛』二句不成語，『可集』二句尤下劣，皆可刪去。香泉曰：『起二句便超脱。』（《詩説》）　又曰：若刪去『孫枝』以下十韻，直以『默與』句接『淮山』句，便為完璧。（《輯評》）

【張曰】『淮山』四句，乃總結前層層鋪叙一大段文字。且李肱為宗室，故又以淮王、先主暗美之，氣方完足。若刪去『孫枝』十韻，而以『淮山』直接『默與』句，則局勢促迫矣。紀氏持論不通多類此，由其不能細心推究詩

律也。（《辨正》）

【按】本篇為作者早期所作五古長篇，紀昀謂其兼學韓、杜，誠然。前半寫畫松，描摹刻畫，反復形容，雖時有寄興，而語未渾融，生硬龐雜之處亦誠有之。寫古松之孤直端挺，夭矯繁茂，竦削婀娜，輝容多變，兼有壯士與佳人、陽剛與陰柔之美，自喻喻肱之意，均寓其中。『終南』四句，點醒希冀近君之意。下段借畫寄意。『我聞』四句為全篇點睛，極言神物終當託身有地，不為凡物所蔽，亦兼寓己與李肱。末段則又宕開，由畫松而真松，由入世而出世。作者既熱心仕進，切望近君；而又因屢試不售，不免悲墮世網，睠顧舊山，二者似有矛盾。實則篇末之向往出世，當屬功成身退之想，故曰『終期紫鸞歸，持寄扶桑翁』。

詩中『終南與清都，煙雨遥相通』之『終南』，似非泛言，當與李肱或詩人寓居之地有關。蓋其時二人正準備應舉，故因詠畫松而寄近君之望，又發他年終當擺脱世網之想。

送從翁從東川弘農尚書幕①

大鎮初更帥②，嘉賓素見邀③。使車無遠近④，歸路更煙霄〔一〕⑤。穩放驊騮步⑥，高安翡翠巢⑦。御風知有在⑧，去國肯無聊⑨。

早忝諸孫末⑩，俱從小隱招⑪。心懸紫雲閣⑫，夢斷赤城標⑬。素女悲清瑟⑭，秦娥弄碧簫〔二〕⑮。山連玄圃近⑯，水接絳河遥⑰。

豈意聞周鐸⑱，翻然慕舜韶⑲。皆辭喬木去⑳，遠逐斷蓬飄。薄俗誰其激㉑？斯民已甚恌〔三〕㉒。鸞皇期一舉，燕雀不相饒㉓。敢共頽波遠㉔？因之內火燒㉕。是非過別夢，時節慘驚飆㉖。末至誰能賦〔四〕㉗？中乾欲病痟〔五〕㉘。屢曾紆錦繡㉙，勉欲報瓊瑤㉚。我恐霜侵鬢，君先綬掛腰㉛。甘心與陳阮㉜，揮手謝松喬㉝。錦里差鄰接㉞，雲臺閉寂寥㉟。一川虛月魄，萬崦自芝苗㊱。瘴雨瀧間急㊲，離魂峽外銷㊳。非關無燭夜㊴，其奈落花朝㊵！幾處聞鳴珮㊶，何筵不翠翹㊷？蠻僮騎象舞，江市賣鮫鮹〔六〕㊸。南詔知非敵㊹，西山亦屢驕㊺。勿貪佳麗地㊻，不為聖明朝㊼。少減東城飲㊽，時看北斗杓㊾。莫因乖別久，遂逐歲寒凋㊿。盛幕開高讌，將軍問故寮[51]。為言公玉季，早日棄漁樵[52]。

校記

〔一〕『更』原作『便』，一作『更』，據蔣本、悟抄、戊籤、朱本改。

〔二〕『碧』，朱本、季抄作『玉』。

〔三〕『恌』，馮引一本作『佻』。

〔四〕『末』原作『未』，據朱本改。『賦』原闕，一作『賦』，據蔣本、悟抄、席本、姜本、戊籤、錢本、影宋抄補。

〔五〕『痟』，蔣本、悟抄作『消』，字通。

〔六〕『鮫』原作『蛟』，據朱本、季抄改。

①【朱注】《舊唐書》：『開成元年，楊汝士轉兵部侍郎。其年十二月，檢校禮部尚書、梓州刺史、劍南東川節度使。四年，入為吏部侍郎。』【朱彝尊注】從翁，叔祖也。【馮注】弘農，楊氏也。按：《舊書·紀、傳》：『嗣復於大和七年檢校禮部尚書、東川節度使，九年移西川。汝士於大和八年由工部侍郎出為同州刺史。九年入為户部侍郎，開成元年十二月檢校禮部尚書、東川節度使。時宗人嗣復鎮西川，兄弟對居節制，時人榮之。』今詳味詩句，當為汝士也。詩多敘遊山學仙之事，從翁蓋同居玉陽者，惜無可考。《長安志》：『靖恭坊工部尚書楊汝士宅，與虞卿、漢公、魯士同居，號靖恭楊家，為冠蓋盛族。』按：楊氏多見本集。【按】開成元年，義山在長安經年滯留，準備應明春進士試。此詩當作於歲末。

②【補】大鎮，指東川節度。初更帥，據《舊紀》：『開成元年十二月辛亥，劍南東川節度使馮宿卒。癸丑，楊汝士充劍南東川節度使。』

③【程注】《詩·小雅》：『我有嘉賓。』【按】此謂幕僚，指從翁。

④【程注】孟浩然詩：『山河轉使車。』【按】使車，出使者（此指節度使）之車。

⑤【馮注】從翁必舊在弘農幕者。《舊書·志》：『同州刺史領防禦長春宫使。』汝士刺同，必已辟之，故曰『素見邀』。三四言相隨使車，不計遠近。四言他日歸來，更可致身煙霄矣。若嗣復則初出鎮東川，不相合。

⑥【程注】孔戣《謝借馬狀》：『輟騂騮於内廐，騁逸步於長衢。』【馮注】騂騮，良馬。

⑦【馮注】《説文》：『翡，赤羽雀；翠，青羽雀。』【朱注】杜甫詩：『江上小堂巢翡翠。』【何曰】巢字出韻。（《讀書記》）【按】二句贊從翁從弘農尚書幕之得所，謂其如良馬可從容騁步，前程無限；似翡翠高安新

巢，無復危殆。巢幕習用語。

⑧【朱注】《莊子》：『列子御風而行。』　【馮注】御風，借仙家語以比乘風直上。……非用《魏志》陳琳草檄愈太祖頭風事。【補】有在，猶有處。

⑨【馮注】《漢書·張耳傳》：『天下父子不相聊。』師古曰：『言無聊賴以相保養。』（二句）言自當翱翔朝禁，莫以出遊為慨。

以上為第一段。敘從翁赴東川幕，頌其託身得所，前程萬里。

⑩【程注】杜甫詩：『中外貴賤殊，余亦忝諸孫。』

⑪【馮注】王康琚《反招隱詩》：『小隱隱林藪，大隱隱市朝。』　【按】二句謂己忝居諸孫之末，與從翁又曾偕隱於山林。

⑫【馮注】《上清經》：『元始居紫雲之闕，碧霞為城。』『闕』一作『閣』。按：《長安志》：『西内有紫雲閣。』此則借仙境為言。

⑬【朱注】《會稽記》：『天台赤城山土色皆赤，巖岫連沓，狀若雲霞。』《天台山賦》：『赤城霞起而建標。』【馮曰】以仙境寓登進之望，下二聯亦借仙境説。　【按】馮説恐非。此段叙早歲偕隱山林，學道求仙事。『紫雲閣』借指道觀，『赤城標』則指學道之名山。心懸、夢斷，皆極形其向往之意。

⑭【馮注】《史記·封禪書》：『太帝使素女鼓五十絃瑟，悲，帝禁不止，故破為二十五絃。』

⑮【朱注】用弄玉事。　【馮注】《列仙傳》：『蕭史者，秦穆公時人，善吹簫，作鸞鳳之響，穆公女弄玉妻焉。日於樓上吹簫，作鳳鳴，鳳來止其屋，為作鳳臺。一旦昇天，秦為作鳳女祠。』《方言》：『娥，嬴，好也。秦曰娥。』　【陳貽焮曰】兩句寫女冠借音樂以抒發相思苦悶。　【按】素女、秦娥喻女冠無疑。悲清瑟，弄碧簫，似兼寓離合。

⑯【馮注】《穆天子傳》：『天子昇於春山之上，先王所謂縣圃。』《淮南子》：『崑崙之上，是謂閬風；又上，是

謂玄圃。』《十洲記》：『崑崙山正西一角，名曰玄圃堂。』《集仙録》：『西王母宫闕在崑崙之圃。』

⑰【朱注】《白帖》：『天河謂之銀河，亦曰絳河。』　【馮注】《漢武内傳》：『上元夫人遣一侍妾問王母云：「遠隔絳河，遂替顔色。」』詩叙隱居學仙，而所引多女仙，凡集中叙學仙事，皆可參悟。　【程注】庾信《步虚詞》：『絳河因遠别，黄鵠來相迎。』　【按】二句蓋謂學仙之所高與天接，山既近連玄圃，水亦遥接銀河，言其為神仙境界。《偶成轉韻七十二句》：『舊山萬仞青霞外，望見扶桑出東海。』意類此。

以上為第二段。叙往日偕隱山林，求仙學道情事。

⑱【補】鐸，木舌之鈴。古代施行政教傳布命令時用之。《周禮·天官·小宰》：『徇以木鐸。』注：『古者將有新令，必奮木鐸以警衆，使明聽也。』又《地官·鄉師》：『凡四時之征令有常者，以木鐸徇於市朝。』此處『周鐸』猶言朝廷施政之新令。

⑲【補】《史記·五帝本紀》：『咸戴帝舜之功，於是禹乃興《九招》之樂。』《索隱》：『招，音韶，即舜樂《簫韶》。九成，故曰《九招》。』此以『《舜韶》』喻政治修明。二句謂豈料聞朝廷施行之新政，乃翻然而慕此政治修明之世，而思有所作為。　【紀曰】二句轉折跳動。（《詩説》）

⑳【補】喬木，指故里。《孟子·梁惠王下》：『所謂故國者，非謂有喬木之謂也，有世臣之謂也。』二句謂二人均辭故里而蓬轉宦游。據上句，離鄉宦游當在文宗即位之初。

㉑【補】激，阻遏水勢使奮躍。此處係激厲之意。

㉒【馮注】《詩》：『視民不恌。』《離騷》：『余猶惡其佻巧。』按：恌、佻義同，偷也。　【按】二句謂世俗澆薄，無人激厲，世人已甚佻巧而苟且。

㉓【馮注】謂遭排忌，當指舉場言。　【田曰】以下述人情冷暖，發已悲慨。（馮注引）

㉔【朱注】《莊子》：『因以為弟靡，因以為波流。』『弟』即『頽』也。郭注：『變化頽靡，世事波流。』李白詩：『揚馬激頽波。』

㉕【馮注】《詩》：「心焉如灼。」《莊子》：「我其内熱與？」《後漢書・劉陶傳》：「心灼内熱。」【朱注】白居易詩：「悲火燒心曲。」孟郊詩：「悔至心自燒。」【紀曰】句未雅。【按】二句謂己不願隨波逐流，混同末俗，因之内心如灼，極為苦悶。

㉖【馮注】《古詩》：「人生寄一世，奄忽若飆塵。」【程注】陸機詩：「驚飆褰反信，歸雲難寄音。」【按】二句慨歎人世是非變化匆匆，如別夢之倏然而逝；而節移序改，驚飆忽至，華年又殊易逝。

㉗【馮注】謝惠連《雪賦》：「相如末至，居客之右。」又：「王乃授簡於司馬大夫曰：『侔色揣稱，為寡人賦之。』」

㉘【朱注】《左傳》：「外强中乾。」《韻會》：「痟，渴疾。」相如痟渴，通作消。【按】二句謂己雖有司馬相如之出衆才能，然却窮愁多病。（「病痟」似寓渴求仕進之意。）痟，痟首之疾；消，消渴病，為二疾。後常混淆。義山亦然。詳胡鳴玉《訂譌雜録》五。

㉙【朱注】謂贈詩。【馮注】張衡《四愁詩》：「美人贈我錦繡段。」【程注】《世説》：「著文章為錦繡，蘊《五經》為繒帛。」

㉚【程注】《詩・國風》：「投我以木桃，報之以瓊瑶。」【按】二句謂屢蒙從翁贈詩，勉欲作詩回報。以上為第三段。叙己與從翁出山辭家，宦游蓬轉，深感世俗澆薄，人情冷暖，極言心情之鬱悶。

㉛【補】從翁赴幕，當帶京銜，故曰「綬掛腰」。

㉜【馮注】《魏志》：「陳琳字孔璋，阮瑀字元瑜，太祖並以為司空軍謀祭酒，管記室。」「甘心」字寫出無聊。

㉝【程注】《左傳》：「請受而甘心焉。」

【朱注】赤松子、王子喬。《西京賦》：「美往昔之松喬。」【馮注】揚雄《太玄賦》：「揖松喬於華岳。」《列仙傳》：「赤松子，神農時雨師，服水玉，以教神農。至崑崙山上，常止西王母石室，隨風雨上下，仙去。王子喬，周靈王太子晉也，善吹笙。浮邱公接上嵩高山，後於七月七日乘白鶴至緱氏山。」《淮南子》：「王喬赤松子吐故內新，抱素反真，以遊玄眇，上通雲天。」按：《隸釋》：『薄城有王子喬碑，曰：仙人王子喬者，蓋上世之真人，聞其仙不知興何代也。」此與《列仙傳》大異。【程注】李白詩：『揮手再三別。』【按】二句皆屬從翁，謂其甘心與陳、阮為伍，供職軍幕，而與求仙學道生活告別。馮以『甘心』為反語謂『寫出無聊』，殆誤。與，比也，共也。

㉞【朱注】《益州記》：『張儀築益州城，城故錦澗也，號錦里。』【馮注】《華陽國志》：『成都城南之西曰夷里橋，橋南岸道西，故錦官也。錦江，織錦濯其中則鮮明，他江則不好，故命曰錦里。』《後漢書》：『王符《潛夫論》：濯錦以魚。』此句不特地勢，亦寓對居節制之意。【程注】《孔叢子》：『趙、魏與之鄰接，而強弱不敵。』杜甫詩：『捨舟應卜地，鄰接意如何？』【按】差，錯也，互也。謂西川（治成都）與東川差互而鄰接。

㉟【馮注】《文集與陶進士書》所謂雲臺觀也。《華山志》：『嶽東北雲臺峰下有穴，昔有人入此穴。』唐人多於華山雲臺觀習業，屢見小説家。上句應『甘心』，此句應『揮手』，下聯頂『寂寥』，猶帶仙意。舊注（按指朱注）引漢尚書郎入直雲臺，誤。

㊱【程注】劉禹錫詩：『霞香芝朮苗。』【何曰】一聯可括《北山移文》。【紀曰】二句渾勁之至，顧盼有神。（《詩説》）【補】崦，山。二句想像從翁告別學道生活後，舊山寂寥情景。『芝苗』點學道。

以上為第四段。寫從翁告別舊山，入東川幕。

㊲【朱注】俗謂水湍峻者為瀧。【馮注】《説文》：『瀧，雨瀧瀧貌。』《廣韻》：『瀧，南人名湍。』《集韻》：『奔湍也。』

㊳【馮注】東川在峽外。以下預擬從翁抵幕事。【按】上句『瘴雨』，寫蜀中景物，係從翁將抵之地；下句『離魂』自指，義山在峽外，故云。馮注非。

㊴【馮注】用秉燭夜遊意。

㊵【補】此承『離魂峽外銷』，謂良辰美景虛設。

㊶【馮注】用江妃二女解珮事。《蜀都賦》：『娉江斐，與神遊。』【補】《列仙傳》：『江濱二女，不知何許人。步漢江湄，逢鄭交甫，挑之，不知其神人也。女遂解佩與之。交甫悅，受佩而去。數十步，空懷無佩，女亦不見。』

㊷【馮注】《招魂》：『砥室翠翹，掛曲瓊些。』王逸注：『翹，羽也。以砥石為壁，平而滑澤。以翠鳥之羽彫飾玉鉤，以懸衣物也。』『翠翹』字本此。而此則用《七啟》『揚翠羽之雙翹』，首上飾也。【補】《山堂肆考》：『翡翠鳥尾上長毛曰翹，美人首飾如之，因名翠翹。』韋應物《長安道》詩：『麗人綺閣情飄颻，頭上鴛釵雙翠翹。』二句懸想從翁幕中宴樂情景及浪漫生活。

㊸【馮注】《博物志》：『南海有鮫人，水居如魚，不廢織績。』左思《吴都賦》注曰：『俗傳鮫人從水中出，曾寄寓人家，積日賣綃，綃者，竹孚俞也。』此與前素女二聯相映。以下則全歸之正論。

以上為第五段。想像東川幕中情景及蜀中風習。

㊹【馮注】《新書·傳》：『南詔本哀牢夷後，烏蠻別種。夷語「王」為「詔」。其先渠帥有六，自號「六詔」，曰蒙嶲詔、越析詔、浪穹詔、邆睒詔、施浪詔、蒙舍詔。不能相君。蜀諸葛亮討定之。蒙舍在諸部南，故稱南詔。居永昌、姚州之間，鐵橋之南。開元末，賜皮邏閣名歸義。五詔微，乃合六詔為一。』

㊺【朱注】西山即岷山。李宗諤《圖經》：『岷山巉絶崛立，實捍阻羌夷，全蜀倚為巨屏。唐自肅、代後，西山三城屢陷吐蕃。』【馮注】按陸游曰：『自蜀郡之西，大山廣谷，西南走蠻箐中，皆岷山也。』考《舊書·吐蕃傳》：『劍南西山與吐蕃、氐、羌鄰接。建中時，吐蕃約盟，西山大渡河東為漢界，大渡水西南為蕃界。至貞元時，詔韋皐遣將出成都西山，南北九道並進，逼棲鷄、老翁、故維州、保州、松州諸城。』合之《舊、新書·地理志》，松、維、保等州之山，皆為西山，以在蜀郡之西，故曰西山。雖與岷連亙，而名自分著也。范成大《峨眉山行記》曰：『登山頂光明巖，眺望巖後，岷山萬重。稍北，則瓦屋山，在雅州。稍南，則大瓦屋，近南詔。此諸山之後，即西域雪山，緜亙入天竺諸番。』東、西川所重，在禦外夷，南蠻猶易，吐蕃最强，故二句云。特詳徵之，兼備他篇

之證。【程注】有唐之邊患凡四：突厥、吐蕃、回鶻、雲南，而其亡也以南詔。南詔之地，西北接吐蕃，東北際黔巫，其北則抵益州。自高宗以來，世相臣服。天寶初，雲南太守張虔陀多所求丐，閤羅鳳始忿怨反，取姚州及小夷州凡三十有二。時鮮于仲通為劍南節度，自將討之，大敗引還。閤羅鳳遂北臣吐蕃。楊國忠又使李宓討之，亦敗。會安禄山反，閤羅鳳因之取嶲州。大曆中，異牟尋立，悉衆二十萬入寇，與吐蕃并力。進陷城聚。德宗發禁衛及幽州軍，與山南兵合討，始大破其衆。而吐蕃封之為日東王。尋苦吐蕃求責，會韋臯撫諸蠻有恩威，復内附受册命。太和間，杜元穎為西川節度使，治蜀無狀，嵯巔乃掩擊邛、戎、嶲三州，陷。入成都，掠子女數萬歸。此南詔之始末也。西山捍阻羌夷，全蜀倚為屏翰，其外有羌女、訶陵、南水、白狗、逋阻、弱水、咟霸八國，初諸屬地方二千里，勝兵常數萬，南倚閤羅鳳，西結吐蕃，伺中國强弱為患。韋臯能綏服之，乃建安夷軍於資州，以制諸蠻，城龍谿於西山以納降羌。後又遣將出西山靈關，破俄和、通窪，定廉城，踰的博嶺，圍維州、搏栖雞，攻下牢溪等三城，進收白岸城、鹽州，於是八國皆因臯請入朝。維州在岷山之孤峰，東望成都，如在井底。吐蕃嘗利其險要設計得之，號曰無憂城。及太和五年，李德裕鎮蜀，吐蕃維州副使悉怛謀請降，德裕遣將將兵入據其城。上以牛僧孺之言，詔以其城仍歸吐蕃。未幾南詔遂復寇嶲州，陷三縣。此西山之始末也。按南詔、西山皆與吐蕃相為表裏，東川、西川皆視其叛服以為安危，故義山言之也。

㊻【馮注】蜀中素為佳麗。《華陽國志》：『漢家食貨以為稱首。』

㊼【何曰】勉以乃心王室。【朱彝尊曰】寓規主將意，可見唐時藩鎮之横。（馮箋引作錢評）

㊽【馮注】西川有東城遊賞之盛，東川亦有之乎？或疑即謂京師之東城。從翁既往東川，京師之醼飲疎矣。下句意其迴念京師并交情也。本集『幸會東城宴』可互證。

㊾【朱注】《三輔黄圖》：『惠帝更築長安城。城南為南斗形，城北為北斗形。至今人稱漢舊京為斗城。』杜甫詩：『秦城近斗杓。』【按】二句囑其在東川少減宴遊而時望長安，以國事為念也。若以『東城』指京師之東城，則不得云『少飲』。二句與『勿貪』一聯意一貫。

㊿【馮曰】『勿貪』二句指王事，此指交情，故不複。

以上為第六段。勉其在幕憂念國事，心存舊誼。

(51)【馮注】舊僚指從翁，與『素見招』應。

(52)【朱注】末二語義山自謂，『公玉季』未詳。【馮注】《史記・孝武本紀》《漢書・郊祀志》：『濟南人公玉帶，上黄帝時《明堂圖》。』注曰：『公玉，姓；帶，名。』《吕氏春秋》：『齊有公玉丹，蓋其族。』餘未詳。《史記索隱》曰：『玉，或音肅。』姚氏引《風俗通》：『齊湣王臣有公玉冉。』《三輔决録》：『杜陵有玉氏。』二姓單複有異，單姓者音肅，後漢司徒玉祝是其後也。按：『湣』似『泯』字誤刊。《後漢書》是『玉況』。皮日休《獻致政裴秘監》詩：『玉季牧江西，泣之不忍離。』似以玉季稱弟，與後輩應，『早忝諸孫末』亦通。但公玉又不可合。【田曰】望其援手。【張曰】結則末第無聊，望其援引也。【按】公玉季，指楊汝士。商隱《上張雜端狀》：『是觀玉季，如對金昆。』玉季指弟。楊汝士、楊嗣復弟兄分鎮東、西川。公玉季，猶玉季公，因調平仄而倒。四句謂當幕中高宴，幕主問及從翁之時，祈為己援手，以早日棄漁樵而入仕。

以上為末段，望從翁援引。

箋評

【姚曰】起手八句，叙從翁應東川之聘。『早忝』下八句，言與從翁間闊。『豈意』下八句，言與從翁一同流落。『敢共』下八句，言承從翁慰問。『我恐』下八句，言從翁以郎官赴幕東川。『瘴雨』下八句，自述客中情況。『南詔』下八句，言東川時事，而望其策畫。末四句，言主人存問若及，我已無志功名也。

【屈曰】一段從尚書幕。二段已與從翁始同隱居後同出。三段仕不得意，蒙從翁贈詩。四段東川景物時事。五段送，囑其莫忘也。『使車』二句言征辟無遠近，既當即赴，而從此相別，則隔若煙霄矣。

【田曰】筆勢跳擲，人己分合。大亂心目，不得不歎為奇觀。（馮箋引。《輯評》『跳擲』作『十分跳躍』；『不得不歎為奇觀』作『不容不歎為奇事』）

【紀曰】沈雄飛動，氣骨不凡，此亦得杜之藩籬者。中晚清淺纖穠之作，舉不足以當之。○末一段以勉為送，立意正大，詞氣自深厚雄健，居然老杜合作，較《送李千牛》詩尤為過之。（《詩説》）○結四句帶出望薦之意，收前路兩大段。（《輯評》）

【張曰】弘農，楊氏郡望。……從翁無考，詩多叙學仙玉陽之迹，確係是年作。……集外詩《昔帝迴沖眷》一首，與此同題，乃錯簡。（《會箋》）又曰：此詩波瀾反覆，人己分合，筆飛墨舞，應接不暇，可謂極行文之樂事，得諸長律，尤為罕覯。少陵不能專美於前矣。紀氏獨蒙激賞，堪稱具眼。……《送李千牛》是赴闕，《送從翁》是入幕，故一以重晤為結，一以規勉作收。義山措辭，各有分寸，不得以愛憎妄分優劣也。（《辨正》）

【按】從翁與義山始則偕隱山林，求仙學道；繼又皆辭故里，蓬轉求仕，經歷志趣均有相同點，年齒想亦相去不遠。故雖有輩分之殊，實同朋友手足之誼，贈行之不作泛泛酬應祝頌語者正以此。詩中寫學道求仙生活，寫求仕過程中對頹波薄俗之感受，以及對幕府生活之浪漫想像與勉力為國之深情屬望，皆貫串詩人對生活之熱情。此亦正詩之具有藝術感染力之重要原因。

義山求仙學道之具體時間，張氏謂當在大和末數年内，近人多從其説。然此説實甚可疑。義山東還詩云：『自有仙才自不知，十年長夢采華芝。』十年雖係約數，然作詩時離學道求仙生活已歷時較長則可肯定。且義山自大和三年入令狐天平幕至開成二年登第前，先後歷太原幕、兖海幕，又『為進士者五年（指為鄉貢者五年）』，五次應禮部試，其間實無隱居舊山，學仙玉陽之可能。《李肱所遺畫松詩書兩紙得四十韻》云：『憶昔謝騶騎，學仙玉陽東。』詩作於開成元年，而曰『憶昔……學仙』，則學仙之事不在大和末近數年内可知。本篇更明言『小隱』之事在離家求仕之前，然則學仙玉陽之時間自當在奉母歸鄭、父喪既除之後，入令狐天平幕之前一段時期内。證之以『兼之早歲，志在玄門』（《上河東公啟》），『載念弱齡，恭聞隱語。蕙纕蘭佩，鴻儔鶴侶』（《梓州道興觀碑銘》）等語，益見其求仙學道當係少年時期之事。而結束學仙小隱生活，離鄉求仕，則在文宗即位之初期。『豈意聞周鐸，翻然慕舜韶』，明謂值此文宗初政維新，勵精求治之時，已與從翁亦翻然慕政治修明之世而思有所作為，故下即叙離家求仕之事。據此，玉陽學仙當在敬宗寶歷至文宗大和初一段時間内。

令狐八拾遺綯見招送裴十四歸華州〔一〕①

二十中郎未足稀〔二〕②，驪駒先自有光輝③。蘭亭讌罷方回去④，雪夜詩成道蘊歸⑤。漢苑風煙催客夢〔三〕⑥，雲臺洞穴接郊扉⑦。嗟余久抱臨邛渴〔四〕⑧，便欲因君問釣磯⑨。

校記

〔一〕『綯』原作大字，今依蔣本、朱本改小字置行側。

〔二〕『稀』，朱本、季抄一作『希』，同。

〔三〕『催』，朱本、季抄作『吹』。

〔四〕『余』，蔣本、朱本作『予』。

①【朱注】《唐書·令狐綯傳》：『大和四年登進士第，開成初為左拾遺。』《地理志》：『華州華陰郡，屬關内道。』【馮注】《舊書·傳》：『綯，字子直，楚之子。』《舊書·志》：『關内道華州上輔，天寶元年為華陰郡。』【按】令狐綯開成二年五月尚為拾遺，是年秋冬方改補闕。詩有『雪夜』語，似作於開成元年冬商隱未第時。裴十四，名不詳，係楚之壻，詳『蘭亭』二句注。

②【朱注】《晉書》：『謝萬弱冠辟撫軍從事中郎。』《世説》：『謝中郎萬是王藍田女壻。』【馮注】《晉書》：『荀羨尚尋陽公主，後除北中郎將、徐州刺史、監諸軍事、假節，時年二十八，中興方伯未有如羨之少者。』按：《晉中興書》作『時二十』。《宋書》：『謝晦初為荊州，甚自矜。從叔澹問晦年，答曰：「三十三。」澹笑曰：「昔荀中郎年二十七，為北府都督，卿比之已為老矣。」晦有媿色。』故後人凡言『年少荀郎』『二十中郎』，必荀羨，非他人也。此以尚主比其為壻。唐人用事，每踰分不細檢耳。朱氏引謝萬為簡文帝撫軍從事中郎，誤矣。【按】馮注是。謝萬為謝安之弟，謝道韞為謝安侄女，若以謝萬喻裴十四，下又以道韞喻裴妻，殆為不倫；且以二謝姓分喻夫婦，亦罕此例。

③【朱注】《古樂府》：『何用識夫壻？白馬從驪駒。』【馮注】《漢書·儒林·王式傳》：『歌《驪駒》。』服虔曰：『逸詩篇名也，見《大戴禮》。客欲去歌之。其辭云：「驪駒在門，僕夫具存；驪駒在路，僕夫整駕。」』古樂府《陌上桑》：『何用……。』此兼用之。【按】首聯切裴十四歸。言裴少年才俊，驪駒光輝，即古之二十中郎亦未足貴。『驪駒』兼點其為壻。

④【朱注】《海録》：『山陰縣西南二十里有蘭渚，渚有亭曰蘭亭，羲之舊跡。』何延之《蘭亭記》：『永和九年

三月三日，瑯琊王羲之與太原孫統、孫綽，廣漢王彬之，陳郡謝安，高平郄曇，太原王藴，釋支遁，並其子凝之、徽之、操之等四十有二人會於會稽山陰之蘭亭，修祓禊之禮。』《晉書》：『郄愔，字方回，鑒之子，官會稽内史，加鎮軍都督。』　【馮注】《晉書・王羲之傳》：『永和九年，與同志宴集於會稽山陰之蘭亭，修禊事也。』

⑤【朱注】《晉書》：『王凝之妻謝氏，字道韞，安西將軍奕之女也。嘗内集，俄而雪驟下，叔父安曰：「何所似也？」安兄子朗曰：「散鹽空中差可擬。」道韞曰：「未若柳絮因風起。」』○按：郄愔不與蘭亭四十二人之數。晉書：『王羲之娶郄鑒女。』愔又羲之姊夫，裴十四必令狐氏之壻，時攜内歸華州，故有此二語耳。　【朱彝尊曰】裴殆是楚之壻，綯之妹夫，故借用方回。　【馮注】《晉書・郄愔傳》：『與姊夫王羲之、高士許詢，並有邁世之風，修黄老之術。後築室章安，後為會稽内史，最後乞骸骨居會稽。』而修禊有郄曇，即愔弟也，故偶誤憶歟？羲之乃方回姊夫，道韞乃羲之子婦，合為一聯，似涉嫌疑，豈用古不必太拘哉？朱氏謂裴十四必令狐氏之壻，時攜内歸家。第或更有戚誼，則無由細索耳。『散鹽』，《晉書》作『散』，《御覽》引之亦作『散』，他書作『撒』，誤。劉賓客《和汴州令狐相公》詩：『選壻得蕭咸。』以此度之，令狐有貴壻，朱氏之揣是也。

⑥【朱彝尊曰】華州。　【馮注】華陰縣有漢宫觀，故曰漢苑。詳後《漢宫詞》。

⑦【朱注】《華山志》：『嶽東北有雲臺峰，其山兩峰峥嶸，四面懸絶，上冠景雲，下通地脈，巍然獨秀，有若雲臺。下有穴，昔有人入此穴，出東方山行，云：經黄河底，上聞流水聲。』　【馮班曰】『風煙』『洞穴』四字襯起兩句。　【按】兩句寫華州景物，謂漢苑風物、雲臺洞穴，均時時引動思歸之情。『接郊扉』，言雲臺洞穴即在華州郊外。

⑧【程注】《史記》：『相如有消渴疾，嘗稱病閒居，不慕官爵。』　【馮注】《史記・司馬相如傳》：『臨邛卓王孫有女文君新寡，相如以琴心挑之。及飲卓氏，弄琴，文君竊從户窺之，心悦而好之，恐不得當也。相如使人重賜文君侍者通殷勤，文君夜亡奔相如。』　【按】臨邛渴，兼喻求仕與求偶之渴，詳箋。

⑨【袁彪曰】太公釣於渭水，在華州，故云。（馮注引）　【馮曰】用相如事何無顧忌也！唐季風尚若此。時義

山失偶未娶。【按】『問釣磯』亦含意雙關，兼寓求仕與求偶之意。白居易《代書詩一百韻寄微之》：『繁張獲鳥綱，堅守釣魚砥。』自注：『謂自冬至夏，頻改試期，竟與微之堅待制試也。』

【朱曰】此送裴而感己之不得志也。（《李義山詩集補注》）

【胡以梅曰】詩意蓋裴十四是令狐氏之壻，前四句皆用夫壻事。先贊其年少功名之早。次言與妻同歸。五六言已在長安寂寞，君到華山有奇境清佳。我已有疾，願從君覓隱耳。……（《唐詩貫珠串釋》）

【陸曰】按謝萬為王藍田壻，而道韞為王凝之妻，篇中先後引用，豈裴係令狐氏之壻耶？《晉書》：『萬弱冠辟撫軍從事中郎。』今裴年似之。而驪駒戒塗，光輝載道，古人不得專美於前矣。三句以方回擬裴，四句以道韞擬其內，而見招、送歸之意，亦隨手帶出。漢苑風煙，言客中之留滯無幾也；雲臺洞穴，言故鄉之名勝可探也。義山……見裴攜眷同歸，頓覺臨邛抱渴，而慨然動鄉關之思，其艷羨乎裴也至矣。

【姚曰】此因送裴而感己之不得志也。裴必綯（當作楚）壻，攜内歸華州而綯餞之。謝郎中萬，是王藍田女壻。王羲之娶郄鑒女，郄鑒子愔，又是羲之姊夫。觀詩中用事自明。『漢苑』句，言裴當不久歸京。『雲臺』句，言華州居然仙境。末言己之倦游，而便欲結廬於華州耳。

【屈曰】一裴十四，二歸。三四姻婭。五六華州。結自己。

【程曰】此詩前四句用婚媾故實。朱長孺云：……裴十四必令狐之壻。然考《令狐楚·令狐綯傳》皆未及其子壻，《宰相世系表》裴氏東西眷亦無有壻於令狐者，則朱氏之言殊未可定。或以為義山有姊于歸裴氏，則裴十四未必非其人。用道藴事雖涉稱譽，劉長卿《送女詩》亦云：『柳花如雪若為看。』送女可則送姊妹亦可。考義山《祭裴氏姊文》：『靈有行於元和之年，返葬於會昌之歲』，則時代不合。又云：『此際兄弟，尚皆乳抱，空驚啼於不見，未識會於沉冤』，則時事又不合。裴為李壻，亦莫可憑耳。後四句，五六是送歸華州本旨，七八是自慨疾病，因送裴而動歸思也。

【紀曰】應酬之作，一無可採。

【姜炳璋曰】時義山尚未登第。末二句言因病休養，將結廬華山之下也。無干綯意。

【張曰】朱氏謂裴十四必令狐之壻，時攜内歸家，故有『方回』『道韞』一聯，似之。義山失偶未娶，用相如事作結，唐人風尚如此，不嫌也。（《會箋》）

【按】裴十四少年才俊，仕宦得意，又為令狐貴壻；義山則累試未第，失偶未娶，仕宦婚姻，均不得意。故於宴餞送别之際，未免觸景生情，艷羨之意，溢於言表。尾聯『臨邛渴』與『問釣磯』，似亦兼仕宦、婚姻二端而言之。就仕宦一端而言，『臨邛渴』即所謂『相如渴』，喻渴求仕進；『問釣磯』用太公釣渭川典，暗喻登龍門之術（李白《梁甫吟》：『廣張三千六百釣，風期暗與文王親。』可證此『釣』字之寓意）。就婚姻一端而言，『臨邛渴』即求偶之渴；『問釣磯』，則求偶之道也。二句蓋謂己久抱求仕與求偶之渴，而欲問裴仕宦、婚姻得意之方耳。義山為綯之昵友，裴又綯之姻親，故出言不妨真率而帶戲謔。

和友人戲贈二首〔一〕①

東望花樓會不同〔二〕，西來雙燕信休通②。仙人掌冷三霄露③。玉女窗虚五夜風〔三〕④。翠袖自隨迴雪轉⑤，燭房尋類外庭空⑥。殷勤莫使清香透，牢合金魚鎖桂叢⑦。其二迢遞青門有幾關⑧？柳梢樓角見南山⑨。明珠可貫須為珮⑩，白壁堪裁且作環⑪。子夜休歌團扇掩〔四〕⑫，新正未破剪刀閒⑬。猿啼鶴怨終年事〔五〕，未抵熏爐一夕間〔六〕⑭。

〔一〕英華題作『和令狐八綯戲題二首』。

〔二〕『花』，馮引一本作『高』。『會』，英華作『事』。

〔三〕『五』，英華作『午』，一作『子』。

〔四〕『休』，季抄、朱本一作『欲』。

〔五〕『怨』，英華作『望』。

〔六〕『熏爐』，英華作『爐香』，悟抄作『香爐』。『間』原作『閒』，非，據悟抄、朱本改。

集注

①【補】舊本此二首後有《題二首後重有戲贈任秀才》，可證此二首亦贈任之作。應是令狐綯先有《戲贈任秀才》之作，義山從而和之。

②【道源注】《開元遺事》：『長安郭紹蘭嫁任宗，宗為商於湘中數年，音問不達。紹蘭語梁間雙燕，欲憑寄書於壻。燕子飛鳴，似有所諾，遂飛泊膝上。蘭乃吟詩曰：「我壻去重湖，臨窗泣血書。殷勤憑燕翼，寄與薄情夫。」

任宗得書，感泣而歸。張説傳其事。』【馮曰】舊引《開元遺事》……雙燕寄詩之事，非也。此二句固不必用典。

③【道源注】三霄，神霄、玉霄、太霄也。【馮注】《漢書·郊祀志》：『武帝作栢梁、銅柱、承露仙人掌。』《釋名》：『霄，青天也，無雲氣而青碧者也。』又曰：『近天氣也。』按：三霄猶三天。

④【朱注】《漢書·郊祀志》：『鄠縣有仙人玉女祠。』《魯靈光殿賦》：『神仙嶽嶽於棟間，玉女窺窗而下視。』衛宏《漢舊儀》：『中黄門持五夜。五夜者，甲夜、乙夜、丙夜、丁夜、戊夜。』【馮注】《楚詞·惜誓》：『載玉女於後車。』司馬相如《大人賦》：『載玉女而與之歸。』注曰：『玉女，青要、乘弋等也。』此寫高樓之景，良會不同，言外可見。【馮班曰】不過獨處風寒露冷而已，着詞何等莊體！（《輯評》）

⑤【朱注】杜甫詩：『天寒翠袖薄。』《洛神賦》：『飄飄兮若流風之迴雪。』【程注】張衡《觀舞賦》：『裾似飛鸞，袖如回雪。』

⑥【朱注】謝莊《月賦》：『去燭房，即月殿。』【朱彝尊曰】次第寫出寂寞光景。

⑦【朱注】金魚，魚鑰也。梁簡文帝詩：『夕門揜魚鑰。』《芝田録》：『門鑰必以魚，取其不瞑目守夜之義。』【何曰】桂叢，指女之所憑。【朱彝尊曰】『透』字應作自内而出解，方與『莫』字相應，言徒亂人意也。【馮曰】桂叢，指月殿。重門深鎖，毋使他人得近。

⑧【馮注】《三輔黄圖》：『都城東出南頭第一門，曰霸城門。民見門色青，名曰青城門，或曰青門，亦曰青綺門。』按：即《水經注》東出北頭第三門也。

⑨【馮曰】終南山在長安正南。

⑩【馮注】《拾遺記》：『員邱之穴，洞達九天。中有細珠如流沙，可穿而結，因用為佩。此神蛾之矢也。』【何曰】《韓詩外傳》：『曾子曰：「君子有三言，可貫而佩之。」』（《讀書記》）

⑪【馮注】《爾雅》：『璧肉好若一，謂之環。』《説文》：『璧，瑞玉環也。』似更有典。【朱彝尊曰】其勢可諧。

⑫【朱注】樂府有《白團扇歌》。【馮注】子夜，夜半，非《子夜歌》也。休歌，歌罷也。《古今樂録》：「《團扇郎歌》者，晉中書令王珉好捉白團扇，與嫂婢謝芳姿有情好。嫂捶撻婢過苦，王東亭聞而止之。芳姿素善歌，嫂令歌一曲，當赦之。芳姿應聲而歌：「白團扇，辛苦五流連，是郎眼所見。」珉聞，更問：「汝歌何道？」芳姿即轉歌云：「白團扇，憔悴非昔容，羞與郎相見。」」

⑬【朱注】《荆楚歲時記》：『正月七日，剪綵為人，或鏤金箔為人，帖屏風上，亦戴之頭鬢，像人入新年形容改新。』○新正未破，言未入正月也。用字本沈佺期詩『別離頻破月』，又杜詩『二月已破三月來』。【吴喬注】宋之問詩：『今年春色早，應為剪刀催。』【屈曰】婦女正月不事剪刀，故曰『閒』也。【程曰】新正未破者，新正未動剪刀也。今都下尚有此風，正月望後逢破日動裁剪，他處亦多擇日始動剪刀。【馮曰】未破猶曰未殘。杜詩：『二月已破三月來』。朱氏解作未入正月，誤。【按】馮注是。

⑭【道源注】言終歲相思，不如一夕佳會。【馮曰】結言一夕相思，甚於終年，怨望真不可禁。道源乃謂『終歲相思，不如一夕佳會』，衲子論風懷，宜相左矣。【紀曰】末二句寫怨曠之深。道源注……失其指矣。【錢鍾書曰】張茂先《情詩》即曰：『居歡愒夜促，在戚怨宵長。』李義山《和友人戲贈》本此指，而更進一解，曰：『猿啼鶴怨終年事，未抵熏爐一夕間。』唐李益《同崔邠登鸛雀樓》詩：『事去千年猶恨速，愁來一日即知長。』宋遺老黄超然《秋夜七絶》亦云：『前朝舊事過如夢，不抵清秋一夜長。』皆《淮南子·説山訓》所謂『拘囹圄者以日為修，當死市者以日為短』之意。【按】錢説是。詳箋。

【王夫之曰】斯有麗情，不徒錦字。（《唐詩評選》）

【朱彝尊曰】上（指首章）是危之，此首解之。○『柳梢』句：相去不遠。『明珠』二句：其勢可諧。『子夜』句，不必怨。

【陸曰】二詩相戲，皆於結處見之。其首篇曰：聚會難期，音書莫致。當此露冷風寒之下，其何以為情耶？翠袖自隨迴雪轉，言瞥爾一見也。燭房尋類外庭空，言杳然莫跡也。夫求之不得，寤寐思服，人情大抵皆然，乃作者於此，反丁寧其所思之人曰：彼雖殷勤，子宜鄭重，莫使桂香漏洩，令人疑為不自閒也。此以逆耳之言戲之也。（次篇）此言路隔重關，其人甚遠，又何由望見顏色而與之相近相親也耶？『明珠』『白璧』一聯，即泉（淵）明『願在髮而為澤，願在衣而為領』意。團扇掩，形其羞澀之情；剪刀閒，狀其無聊之況。猿啼鶴怨，固相思之極致也。然終歲相思，不如一夕佳會，此又以傷心之言戲之也。

【徐德泓曰】此二首，似贈置姬別室者。（首章）故言此會不易，非比泛常，不可使有家信促還。蓋緣此地，露冷風清，未可去耳。『翠袖』句，狀此際歡情飛舞之態，而終不能久留，故『燭房』句言內室又旋空也。結謂扃閉宜深，消息不可外露，歸到『戲』字意。（次章）首二句，言不知經過多少關隘，而始得見別館景色，甚言難至也。貫珠為佩，喻室家當聯合同棲，而今不能，且權宜以處，如裁璧作環耳。佩有常繫義，環有待圓義，如此，則『須』字『且』字亦不虛閑矣。『團扇』句，言未遭撻辱，無憔悴羞見之情，不須歌此；而『新正』句，又狀其年正初春，容無改舊也。結謂相思雖經歲之久，祇屬空虛，豈能抵此一夕之歡乎？

【姚曰】此為有所歡而必欲遂之詞。一首言其間隔而不得通。二首言其不得通而必求一合也。（首章）花樓一會，芳信誰傳？仙人掌冷，玉女窗虛，全無顧眄留連之意。乃翠袖已去，燭房已空，而情癡者猶然不覺；猶恨金魚牢鎖之處，不能使一縷殷勤透入，所謂『焦明已翔於寥廓，而羅者猶視乎藪澤』也。（次章）承上章，言望之愈杳而思之愈堅也。青門迢遞幾何，而柳梢樓角，直如南山之間隔，甚言其不得近也。然豈因其不得近而遂已哉？既遇明珠，不得他為珮不止；既逢白璧，不斲他為環不休。中聯特作艷語動之。團扇遮羞，剪刀未破，想到熏爐一夕間事，庶幾終年苦志為之一酬。否則猿啼鶴怨，悵望何時已也！語語是戲贈，妙絶。

【屈曰】（首章）既不同會，信又不通，山窮水盡矣。三四代愁孤冷，五六我亦同此孤冷。此時欲通殷勤，使清香相透，忽想其金魚牢合，恐亦無益也。（次章）一二居處甚近。三四有可合之具。五言無容空怨。六言有暇可為。七八承五六，結言經年愁未如今夕之甚也。

【程曰】二詩必義山在長安而友人有幽會於關外者。故前首起句曰東望花樓、西來燕信也。『仙人』四句，言己在長安寂寞之狀。插『翠袖』句，言雖有迴雪之舞，與我總無與也。結句則囑彼長相歡會也。次首義亦與前首同，俱説自己。玩『須為』『且作』字，義甚妙，言雖有此物，無由持贈也。『子夜』二句與前『翠袖』句同意。結言唯有啼怨而已，不如汝之共對熏爐也。

【趙臣瑗曰】（次章）起句一問，次句一答，明見得伊人宛在，而可望不可即之意隱然言外。三四商所以贈之者珮必明珠，環宜白璧，又以喻其人之芳潔，非如桑中陌上可得而草草者也。妙在五六忽然寫出閨中人淒涼情況，一味閒坐，若謂當斯時也彼亦必旦暮思子不置。而末則直接之云經歲相思不如一夕佳會，此乃所謂戲贈也。（《山滿樓箋注唐詩七言律》）

【馮曰】（次章）首二想其所居；中四寫其整理服飾，深居少事，皆遥思而得之也；結言一夕相思，甚於終年，怨望真不可禁。又曰：徐武源謂此二首似贈置姬别室者，逐句有解。愚更就其説申之：首章言會既不易，信亦稀通。三四清冷之態；五六似言偶得相隨，尋復别去；結謂宜深鎖閉之也。次章謂所居僻遠。三四珮為常繫之物，環有待圓之情，謂終宜合并，且俟徐圖耳。或祇謂以珠珮玉環與之，亦可。下半宜如愚所解。然愚究以妓館之説為得，否則《重有戲》之兩結句囑其深鎖，尚恐烏龍來卧，毒謔何可禁當歟！

【紀曰】此都是無題之類，非艷詞也，于集中為數見不鮮耳。（《詩説》）前一首屬其防閑，後一首代寫閨怨，所謂戲也。○『休歌』猶曰『停歌』，亦不作『莫』字解。（《輯評》）

【張曰】艷情不待言矣。余疑義山登第，同時子直於戚里中必有議婚之慫恿。前二首答綯，即相如消渴之意，義山情殷求偶，於此可見。（《會箋》）

【按】諸家箋不同，而徐德泓説似稍優，今試以徐説為主，參合諸家之解略作串釋。首章起聯謂秀才東望花樓，嘆良會不同；西來雙燕，又音訊不通。蓋言其與所戀者分隔兩處，久未會合。任所居在女子之西，故曰『東望花樓』。頷、腹二聯均承『會不同』『信休通』寫女方獨居清冷寂寞之態：仙掌凝三霄之冷露，綺窗起五夜之凉風，見室虚夜冷，永夜不寐之情景；翠袖迎風，雖若舞袖之迴雪，奈燭房空寂，有如閴謐之外庭，見所居之清冷與賞愛之無人。上六句均極形女子之寂寥怨曠。末二句乃戲任曰：爾當殷勤防範，牢鎖對方所居，切莫使清香外透也。蓋對方身份或為歌伎者流（視『翠袖』『休歌』語可揣知），長期獨居怨曠，難免不抱衾别向，故以『牢合金魚鎖桂叢』戲之。桂叢，猶芳叢，喻指女子所居。次章首聯仍寫任秀才遥望女子所居之地。『青門』在城東，與首章『東望』正合。二句謂女子所居之花樓位於高峻（迢遞）重關之青門附近，登樓則可透過樓角柳梢而望見南山。女子所居為任秀才所熟悉，故有次句，遥望中自含思念之情。此聯若不經意，而風調特佳。頷聯為比喻語，蓋謂任之所歡者既如明珠白璧之可貫堪裁，何不徑取之以為姬妾如近身之環珮乎？『珮』似諧『配』，『環』取『合』意。『且作』，應作也，與『須為』同意。腹聯則遥想花樓中人寂寞無聊意緒，言其夜半歌罷，唯以團扇掩面，不免生怨曠之感；新正未破，剪刀尚閒，更增永日無聊之緒。末聯乃謂即使終年相思怨望，亦不抵今夕一夜熏爐獨守之況味，蓋極言今夕相思之深。此亦所謂『戲』也。

題二首後重有戲贈任秀才〔一〕①

一丈紅薔擁翠筠，羅窗不識繞街塵②。峽中尋覓長逢雨③，月裏依稀更有人④。虚為錯刀留遠客⑤，枉緣書札損文鱗⑥。遥知小閣還斜照，羨殺烏龍卧錦茵⑦。

〔一〕才調無『二首』二字。

①【馮曰】上二首當已是贈任。

②【馮注】往來尋覓，頻繞其居，其如羅窗中人竟不識何！【按】首句寫女方居處門前景物，兼寓比興象徵，當與三四合看。繞街塵謔指往來尋覓之任秀才。

③【馮注】用神女暮雨，詳後《吴令暗答》詩。

④【馮注】《淮南子》：『羿請不死之藥於西王母，姮娥竊以奔月。』注曰：『姮娥，羿妻。羿未及服，姮娥盗食之，得仙，奔入月中。』姮娥獨居，何更有人？二句謂任每訪，必遇有人，不得入也。

⑤【朱注】《漢書》：『王莽更造錯刀，以黄金錯其文，曰「一刀直五千」』。《四愁詩》：『美人贈我金錯刀。』

⑥【馮注】《古詩》：『客從遠方來，遺我雙鯉魚。呼兒烹鯉魚，中有尺素書。』二句謂虚相聯絡，終無實意。

【按】上句謂女虚相贈與，下句謂任枉致書札。

⑦【胡震亨曰】謔之也。（《戊籤》）【馮注】《搜神後記》：『會稽張然，滯役在都。有少婦與一奴守舍，奴與婦通。然素養一犬名烏龍，常以自隨。後歸，婦與奴欲殺然，奴已張弓拔矢，然拍膝大呼曰：「烏龍與手。」狗應

聲傷奴，奴失刀杖倒地，狗咋其陰。然因殺奴，以婦付縣，殺之。』烏龍喻他人，詎任之不得如也。韓偓詩亦云『横卧烏龍作妒媒』。【錢鍾書曰】『無使尨也吠』傳：『貞女思開春以禮與男會。……非禮相侵則狗吠。』按幽期密約，丁寧毋使人驚覺、致犬喔咻也。……李商隱《戲贈任秀才》詩中『卧錦裀』之『烏龍』，裴鉶《傳奇》中崑崙奴磨勒撾殺之『曹州孟海』猛犬，皆此『尨』之之支流與流裔也。《初學記》卷二九載賈岱宗《大狗賦》：『晝則無窺窬之客，夜則無奸淫之賓』；而十七世紀法國詩人作《犬塚銘》，稱其盜來則吠，故主人愛之；外遇來則不作聲，故主婦愛之，祖構重疊。蓋兒女私情中，亦以『尨也』參與之矣。（《管錐編》第一册）又曰：唐人豔體詩中，以『烏龍』為狗之雅號。（同上第二册）

【馮舒曰】戲得太毒，得毋有傷厚道。（何焯引）

【馮班曰】的是宿娼。（何焯引）又曰：太刻薄。（見二馮評閱《才調集》）

【朱彝尊曰】定遠謂『峽中』二句戲甚，有傷雅道，予謂任意更毒，幾不可道。

【何曰】每以夜往，故曰『長逢雨』。腹連似謂竟忘其夫之尚存也。落句閣外烏龍或能猝起。雖戲之，實儆之，謂之贈。（《輯評》）落句言來往既久，烏龍亦不復作妬媒也。（《讀書記》）

【陸曰】此承上二篇説來，言不必金魚牢合，青門迢遞，始成間阻。即此紅蔷翠筠，僅一藩籬之限，而内外有不能相通者矣。逢神女於峽中，示以近也；望姮娥於月裏，又示以遠也。若遠若近間，有令人不可奈何者。豈知錯刀之贈終虚，尺素之投莫報，而小閣之中，錦茵之上，反不若畜狗無知，得以偎香傍玉，寢處其際也。此結相戲，視前二首為虐。

【徐德泓曰】題亦承上而言。首聯，狀秘室景象。次聯，寫暗聚意。第五句，言偶至以答其情，故曰『虚為』，亦如遠客之暫來也。第六句，言身不能常至，惟音問潛通，枉害使輩之僕僕耳。結點室中暮景，言可絶外人之至，無感帨驚尨事也，乃藏嬌之地。始終是『戲』意。

【姚曰】此為有所妄想而不得遂之詞。紅薔擁翠筠之中，何由得見，猶之羅窗深處不識街塵也。峽中逢雨，月裏有人，全是妄想自纏自縛。於是虚想美人有錯刀之贈，於是常託文鱗傳密意之書，捕風捉影，勞心甚矣。曾不如深院烏龍，猶得依棲於斜陽小閣間也。戲得雋甚。

【屈曰】一二所居深密，從未出門。三尋覓甚難。四愛博。五非憐真才。六虚文無益。結惟有遥羡烏龍而已。八與四似複，然此只重在『遥羡』二字，勿呆講。

【程曰】此乃緊接前二首之情事。首二句言友人所居之幽邃也。三四二句，言其所遇之人如神女姮娥也。五句言己不得預此盛會。六句言空以書札與聞於我也。七八二句始贈任，言任在斜陽小閣之中，亦當有烏龍錦茵之羡也。

【馮曰】此必任秀才有所思於青樓中人也，否則措辭豈得爾！

【紀曰】此又以彼有所歡，此空凝望為謔。此種皆不以詩論。（《輯評》）

【張曰】……妬任之先我而聘也。此所以轉而歆羡王氏歟？非尋常狎邪比。雖屬臆測，庶為近之。（《會箋》）又曰：古人戲謔、代贈往往有之，何為不可以詩論？（《辨正》）

【按】《和友人戲贈二首》與本篇雖同屬戲謔之作，内容亦均屬艷情，然所詠之情事似非一端。前二首雖言良會不同，音訊莫通，而詩中所詠之女子則前此已與任情好甚殷，二首且極寫女子寂寞無聊，獨居怨曠之情；而本篇中所寫之女子則與任『虚相聯絡，終無實意』，另有所歡，徒使任遥羡凝望而已。前二首良會不同，或因客觀之間阻所致；後一首之空自凝望，則緣女方之終無實意。視前二首與本篇之用語、口吻，亦可見女子身份、品性之不同，前者戲而不流於褻，後者則純乎惡謔，且見作者之儇薄心理，宜紀氏有『不以詩論』之評。

南山趙行軍新詩盛稱游讌之洽因寄一絶①

蓮幕遥臨黑水津②，櫜鞬無事但尋春③。梁王司馬非孫武④，且免宫中斬美人⑤。

集注

①【朱注】南山，終南山也。《唐書》：『節度使有行軍司馬一人。』【程注】朱長孺題下注云：『南山，終南山也。』是則雍州之南山矣，而蜀中亦有南山。詩中注云：『黑水南流入漢。』是則梁州之黑水矣，而雍州亦有黑水。若據梁州黑水，則南山不應為雍州南山；若據雍州南山，則黑水不應為梁州黑水；是則題注之山與詩注之水抵牾違背矣。愚見《蜀志·後主紀》：『建寧七年春，諸葛亮遣陳式攻武都、陰平，遂克二郡。冬，亮徙府營於南山下。』此題南山正謂此也。詩中黑水，則正謂梁州之黑水，而非雍州之黑水。蓋題稱趙官行軍，乃節度之僚屬。蜀中山南東、西二道有節度使，而雍州為唐之長安，王畿之地，固無節度，則南山自為蜀中之南山明矣。朱注題下誤。【馮注】徐曰：『《彭陽遺表》中行軍司馬趙祝，即此人也。』按：此題與後《南山北歸》，徐氏皆以為當作『山南』，然不可改也。朱氏專以終南為南山，程氏又言蜀中亦有南山，皆疎矣。《漢書·王莽傳》：『子午道當杜陵，直絶南山徑漢中。』今詳考之，如近人《禹貢錐指》備引地志諸書，而曰：『雍之南界，自太華以西為華州諸縣，皆以南山與梁分界；又西為大散嶺，又漸極西而至岷州、洮州、西傾山，皆與梁分界處也。』又曰：『華山，四州之際。

東北冀，東南豫，西南梁，西北雍。雍、梁之間，大山長谷，遠者數百里。終南山東連二華，在長安南，至武功而為太白；又西過寶鷄，訖於隴首山。其深處高而長大者曰秦嶺，關中指此為南山，漢中指此為北山。斯實雍、梁之大限矣。』然則大散嶺、秦嶺之地，實為分界之處，關中正稱之為南山，何用改書山南哉？【按】馮説是。『南山』可指終南山、秦嶺，亦可指秦嶺南麓之梁州。或謂之『山南』。詩作於開成二年春。時令狐楚任興元尹、山南西道節度使，趙柷為其行軍司馬。見《代彭陽公遺表》。柷，《遺表》誤『祝』，據陶敏《全唐詩人名考證》改正。

②【朱注】《水經》：『漢水又東，黑水注之。』注：『水出北山，南流入漢。諸葛亮牋云：「朝發南鄭，暮宿黑水」，指是水也。』【馮注】《南史》：『庾杲之為王儉衛將軍長史，蕭緬與儉書曰：「庾景行泛渌水依芙蓉，何其麗也！」時人以入儉幕為蓮花池，故美之。』《禹貢》：『華陽黑水惟梁州。』所引《水經注》，即此句黑水也。《禹貢》：『梁州南距黑水。』薛士龍謂即古之若水，漢時名瀘水，唐以後改名金沙江者，與此遠矣。然詩句無煩細核。《元和郡縣志》：『黑水在興元府城固縣西北。』

③【朱注】《説文》：『櫜鞬，所以戢弓矢也。』《增韻》：『櫜，箭器；鞬，弓衣。』【馮注】《左傳》：『左執鞭弭，右屬櫜鞬，以與君周旋。』

④【馮注】興元為梁州，故借用梁王。唐時藩鎮非漢藩國之比，而每引古諸侯王，其勢積重，習而不察矣。

⑤【朱注】《史記》：『孫子武以兵法見吴王，王曰：「可試以婦人乎？」曰：「可。」於是出宫中美人百八十人。孫子分為二隊，以王寵姬二人為隊長。即三令五申以鼓之右，婦人大笑；復三令五申鼓之左，婦人復大笑。遂斬隊長二人，用其次為隊長。於是復鼓之，皆中規矩繩墨，無敢出聲。』【補】且，自也（張相《詩詞曲語辭匯釋》）。

【朱彝尊曰】意是日游讌，多用美人為戲劇。梁王，即指趙之主帥也。然取義少味，不甚了了。

【姚曰】名士從軍，又值無事之日，惟以尊前歌舞為樂耳。

【屈曰】謂席有美人，見游讌之洽也。

【王鳴盛曰】此必山南西道節度之擅作威福，多行殺戮，且有斃其姬侍之事，故因其行軍司馬盛稱游讌而因以諷之。言司馬日事尋春，而不談兵法如孫武，轉可以免美人浪死之慘也。又曰：山南西道節度使即令狐楚，義山感知最深，必無所刺，況楚亦并無此事。詩意見令狐待士之厚，乃軍風流跌蕩，雖不必憂國為心，較他鎮之託名講武而擅作威福，浪殺姬人者大不同矣。（馮注初刊本王氏手批）

【紀曰】語不可曉，如就詩論詩，直是無一毫道理也。（《詩説》）

【張曰】此寄令狐楚興元幕者。……詩言『尋春』，是開成二年作。（《會箋》）又曰：以不曉為不佳，皆紀氏陋見。（《辨正》）

【按】紀氏以為語不可曉，王氏則以為末句指藩鎮託名講武，浪殺姬人，均失於求之過深。其原因在未能留意題內『趙行軍新詩盛稱游讌之洽』之語。唐時地方官讌集，幕僚作陪，歌伎侑酒。趙詩『盛稱游讌之洽』，當述及『佳人啟玉齒，上客頷朱顔』（《南潭上宴集》）一類情事。義山因趙之身份為節度使行軍司馬，本掌軍旅之事，今則不習戎事而但參與詩酒宴飲，故即其所『盛稱』而為『梁王司馬非孫武，且免宫中斬美人』之雅謔。『非孫武』云云，不過言其不習軍旅而與詩酒讌集，以見其名士風流本色而已。姚解得之。王氏未免過泥所用孫武事。

然此詩是否毫無微意，似亦難必。《送從翁從東川弘農尚書幕》云：『幾處逢鳴珮，何筵不翠翹？……南詔知非敵，西山亦屢驕。勿貪佳麗地，不為聖明朝。』此詩或亦於打趣中微寓此意焉。

寄惱韓同年 時韓住蕭洞 二首〔一〕①

簾外辛夷定已開②，開時莫放艷陽迴〔二〕。年華若到經風雨，便是胡僧話劫灰③。

其二

龍山晴雪鳳樓霞④，洞裏迷人有幾家⑤？我為傷春心自醉，不勞君勸石榴花⑥。

〔一〕朱注本、馮注本題作『寄惱韓同年二首時韓住蕭洞』。【馮曰】一以（時韓住蕭洞）五字作題下注。

【按】『時韓住蕭洞』五字當係作者題内自注，今仍依舊本而以五字作小字題内夾注。

〔二〕『莫』，季抄一作『不』。

集注

①【朱曰】瞻字畏之，與義山同年，亦王茂元壻。皆見本集。【張曰】此『蕭洞』當指涇原。……時尚未構新居也。【補】《唐詩紀事》：『偓父瞻，開成二年李義山同年也。』商隱《赴職梓潼留別畏之員外同年》云：『佳兆聯翩遇鳳凰，雕文羽帳紫金牀。桂花香處同高第，柿葉翻時獨悼亡。』可證韓、李同年登第，且先後就婚王氏。惱，憂愁、苦悶，非惱恨之惱。寄惱，即寄内心之憂愁苦悶，亦即所謂『傷春』。馮謂『戲惱之』，殆誤。蕭洞，用蕭史娶秦穆公女弄玉事。《水經注·渭水》：『秦穆公時有蕭史者，善吹簫，能致白鵠、孔雀。穆公女弄玉好之。公為作鳳臺以居之。積數十年，一旦隨鳳去云。』事亦見《列仙傳》。此以『蕭洞』喻指岳家。洞取神仙洞府之意。

②【朱注】《本草》注：『辛夷花正二月間開。初發如筆，北人呼為木筆；其花最早，南人呼為迎春。』【馮注】馮衍《顯志賦》：『搆木蘭與新夷。』

③【馮注】《御覽》引曹毗《志怪》：『漢武鑿昆明池，深極悉是灰黑，無復土。以問東方朔，朔曰：「臣愚不足以知之，可試問西域胡也。」以朔不知，難以核問。至後漢明帝時，外國道人來入洛陽，時有憶朔言者，乃試以武帝時灰黑問之。胡人云：「天地大劫將盡則劫燒，此劫燒之餘。」乃知朔言旨。』【補】《高僧傳·竺法蘭》亦載此事，且謂此胡僧即法蘭。劫為佛教名詞，意為『遠大時節』。古印度傳説世界歷若干萬年毀滅一次，重新開始，一周期為一劫。二句謂若到艷陽已去，風雨送春之日，則芳華都歇，猶遭厄歷劫，惟存劫火餘灰而已。極言青春芳華之可貴。

④【補】鮑照《學劉公幹體》：『胡風吹朔雪，千里度龍山。』注：『龍山在雲中。』鮑照《代陳思王京洛篇》：『鳳樓十二重，四户八綺窗。』此以『龍山晴雪鳳樓霞』點染『蕭洞』之環境氣氛。

⑤【馮注】《御覽》引《幽明録》：『漢明帝永平五年，剡縣劉晨、阮肇共入天台山取穀皮，迷不得返。經十餘日，遥望山上有桃樹，大有子實，至上噉數枚。下山見山腹一杯流出，有胡麻飯。度山出一大溪，有二女子姿質妙絶。』二女便笑曰：『劉、阮二郎來何晚耶？』遂同還家。有羣女來，各持三五桃子，笑而言：「賀女壻來！」酒酣作樂。暮令各就一帳宿，女往就之。留半年，求歸甚苦，女呼前來女子集奏會樂，共送劉、阮，指示還路。既出，無復相識，問得七世孫，傳聞上世入山，迷不得歸。』【按】此以天台二仙女暗喻王氏姊妹。『迷人有幾家』，言外有與韓共入天台之企盼。張相謂『有幾家』係幾多般或怎樣光景之意。

⑥【朱注】《扶南傳》：『頓遜國有安石榴，取其汁停杯中，數日成美酒。』梁簡文帝詩：『蠡杯石榴酒。』

【朱彝尊曰】□□齊眉，故以春光不久惱之（第一首眉批）又曰：李以失偶，故云。（第二首眉批。）

【徐德泓曰】（首章）與樊川『春半年已除』同意。李別有贈韓句云：『佳兆聯翩遇鳳凰。』則韓正有幃房之樂，而作此敗興語，故曰『惱』也。（次章）李喪偶，不能如其室家歡樂，故云，仍不脱『惱』字意。石榴花，酒也，以『勸』『醉』兩字見之。故前《無題》詩内『石榴紅』，亦當謂酒。

【姚曰】語云：分手即天涯。不知瞬息即千古，横竪看來總一樣。（第一首）又曰：能無妬殺？（第二首）

【屈曰】霞、雪比仙，故曰『洞裏迷人』云云。三四正寫惱意。

【程曰】此當是悼亡以後所寄。前首勸韓及時唱隨，後首歎己惟有傷春耳。

【馮曰】此必韓初娶王氏女，未成新居，寓居蕭洞，故戲惱之。首作言美色易衰，過時了無佳趣，反襯新婚之美。解者屬之悼亡，大誤。次章傷春，歎己之未得佳偶，即所謂『禁鸞無人近』也。辛夷亦戲言也，未幾而稱曰吾姨矣。

【紀曰】無出色處。（《詩説》）

【張曰】此蕭洞當指涇原。義山與韓同時議婚，而韓先娶，故艷妬之情，見於言表。時尚未構新居也。（《會箋》）

【按】解此二首之關鍵，在正確理解題内「寄惱」二字，朱彝尊、馮浩解「惱」為戲惱，且以韓為戲惱之對象，題與詩遂若不相涉者。實則「寄惱韓同年」，即寄傷春求偶之苦悶於韓瞻，望其為己促成就婚王氏之事也。義山於登第前，久已喪偶（《令狐八拾遺見招送裴十四歸華州》詩已有「嗟余久抱臨邛渴」之語）。據《韓同年新居餞韓西迎家室戲贈》「一名我漫居先甲，千騎君翻在上頭」二句，韓、李當「同時議婚，而韓先娶」，故值韓寓居「蕭洞」之際，其殷殷求偶、醉心王氏之情遂不可抑止，此「寄惱」之所為作也。首章以辛夷先開，莫放艷陽，戲韓成婚在前，極燕爾之樂；且勸韓珍重青春芳華，以免他日有年華風雨之慨。戲謔之中，即寓己「傷春」之情。次章乃因韓之住「蕭洞」而極言洞中之迷人，和盤托出同入仙洞之企盼。石榴「開花不及春」，故云我已為傷春而如癡如醉，更不勞君勸飲石榴酒，而益增傷春之情也。繫年當從馮譜（編開成二年），《詳韓同年新居餞韓西迎家室戲贈》箋。約作於開成二年二三月間。

及第東歸次灞上却寄同年①

芳桂當年各一枝②，行期未分壓春期③。江魚朔雁長相憶，秦樹嵩雲自不知④。下苑經過勞想像⑤，東門送餞又差池〔一〕⑥。灞陵柳色無離恨〔二〕⑦，莫枉長條贈所思〔三〕⑧。

〔一〕『送』，英華作『追』。

〔二〕『恨』原作『限』，非，據蔣本、戊籤、錢本、朱本及英華改。

〔三〕『枉』，朱本、季抄一作『把』，非。

①【馮注】《漢書注》：『霸上在長安東三十里，今謂之霸頭。』何曰：『《水經注》：「霸水，古曰滋水，秦穆公更名以顯霸功。」然則此字不當加水，故《漢志》霸陵、霸橋皆不加水。』按：潘岳《西征賦》：『玄灞素滻。』《玉篇》《廣韻》：『灞，水名。』則作『灞』亦久矣。《唐摭言》：『曲江大會在關試後，亦謂之關宴。宴後，同年各有所之，亦謂之為離會。』却寄者，回寄也，唐詩中每見。【張箋】案《新書》本傳：『開成二年高鍇知貢舉，令狐綯雅善鍇，奬譽甚力，故擢進士第。』《上令狐相公第五狀》云：『今月二十四日禮部放榜，某徼倖成名。』……登第之後，夏初省親濟源，《上令狐相公第六狀》云：『前月七日過關試訖。伏以經年滯留，自春宴集，雖懷歸苦無其長道，而適遠方俟於聚糧。即以今月二十七日東下。』又《及第東歸次灞上却寄同年》詩有『行期未分壓春期』句，可以互證。【按】據『壓春期』語，東歸應在三月二十七日。《國史補》：『進士為時所尚，……俱捷謂之同年。』是年正月二十四日放榜，商隱登進士第。二月七日過吏部關試。三月二十七日東歸濟源省母。

②【朱注】《晉書·郄詵傳》：『臣對策為天下第一，猶桂林一枝，崑山片玉。』【朱彝尊曰】及第。【馮曰】各折一枝也，非用郄詵對策第一，猶桂林一枝。徐曰：『當年，猶今年。』【張曰】『當年』猶言正當妙年，不作今年解。【按】朱注『芳桂』，馮注『各一枝』，可並行不悖。以登科為折桂，出郄詵對策自謂桂林一枝，朱注不誤。《避暑録話》：『世以登科為折桂，此謂郄詵對策東堂，自云桂林一枝也。自唐以來用之。』温庭筠詩：『猶喜故人新折桂。』『當年』當依張解，猶少壯之年。

③【馮曰】在春杪，故曰『壓』。【朱彝尊曰】東歸。【補】分，料想，讀去聲。

④【陸曰】言嗣後縱彼此相憶，正恐消息難知，有天各一方之感耳。【何曰】第四言縱跡自難預定。（《輯評》）【姚曰】雖江魚朔雁，兩心自知，而秦樹嵩雲，豈能共諒？兩人心事，固不堪為不知者道也。【屈曰】魚雁可通，亦不知雲樹相隔之苦。【馮曰】昔日遠而相憶，不意今日合而遽别。【按】諸家解説紛紜，多由泥解『江魚朔雁』及『秦樹嵩雲』所致。魚雁傳書固熟事，然此處江魚朔雁不過分指相隔兩地之朋友、同年而已，與『秦樹嵩雲』意略同（秦樹嵩雲，從杜甫《春日憶李白》『渭北春天樹，江東日暮雲』化出）。二句蓋謂己東歸而同年留長安，彼此阻隔，雖音書可通，而終難知彼此消息而長相憶念也。陸解近是。

⑤【朱注】《漢書注》：『宜春下苑，即今京城東南隅曲江池是也。』《寰宇記》：『本屬下杜，故云下苑。』【馮注】勞想像，似謂友人測我將行蹤跡。（乾隆庚子重刻本作：『此謂爾至曲江追憶同遊之事。』）

⑥【朱注】《水經注》：『長安城東出北頭第一門曰宣平門，亦曰東城門，其郭門亦曰東都門。』【馮注】《漢書·疏廣傳》：『設祖道供張東都門外。』注曰：『長安東郭門也。』張九齡《餞宋司馬序》：『出宿南浦，追餞北梁。』下苑指曲江之會，東門指霸橋送别。【按】二句謂曲江之會，已成追憶，唯供異時之想像回味，今日同年東門設宴餞行，依依話别，正如雙燕之差池。《詩·邶風·燕燕》：『燕燕于飛，差池其羽。之子于歸，遠送于野。』下句用此。又差池，猶又分離。

⑦【朱注】《三輔黄圖》：『文帝霸陵，在長安城東七十里。霸橋跨水作橋，漢人送客至此橋，折柳贈别。』

⑧【何曰】五六言未曾面別，又未送餞，則樹色無離恨可知矣。（《輯評》）【錢曰】以及第故無離恨。（馮浩引）【姚曰】對此灞橋柳色，彼豈能知人離恨耶？翻覺折條相贈者之為俗況矣。【按】姚解固新巧，然此處『無離恨』，自承『送餞又差池』與己之『及第東歸』而言。蓋己與同年同登科第，故雖兩地差池而無離恨，對此霸橋柳色，益覺春光滿目，何必枉折長條以贈所思乎？

【陸曰】起言幸與諸公同登一第，正相聚之始也，不意歸期迫我先春而行。二語完却『及第東歸』四字。下言嗣後縱彼此相憶，正恐消息難知，有天各一方之感耳。五句因獨行踽踽，是以下苑經過，謾勞想像。六句因同年濟濟，是以東門送餞，未免差池。結言及第東歸，幸與去家有別。灞陵柳色，覺無離恨，不煩公等之攀折以贈也。○宋人詞：『一樣長亭芳草，只有歸時好。』似從此結翻出。

【姚曰】此必同年中有最知愛者，歸時不及作別，故却寄此。桂枝同折，方謂聚首方長，孰知行期之即在春期也。雖江魚朔雁，兩心自知；而秦樹嵩雲，豈能共諒？兩人心事，固不堪為不知者道也。且下苑經過，東門送別，皆兩不相值，對此灞橋柳色，彼豈能知人離恨耶？翻覺折條相贈者之為俗況矣。

【屈曰】一二方及第時不意即別也。三四魚雁可通，亦不知雲樹相隔之苦。五六同游之地，自不能忘；東門之餞，又未可得。結言彼柳色本無離恨，君若折而贈我，是枉此長條也，意言同年有離恨也。

【馮曰】姚氏謂必同年中最知愛者，未及話別，故寄之。末言對此灞橋柳色，彼豈能知人離恨耶？翻覺折贈之為俗況矣。此解為合，正醒出不及話別也。錢曰『以及第故無離恨』，似淺矣。

【王鳴盛曰】不過尋常叙別語，亦必用如許曲致。義山之思深，而解者之悟微（按指馮注），兩得之。

【紀曰】致怨同年，語尤過激，義山蓋褊躁人也。

【張曰】結語兼登第得意言之。姚平山云：（略）二義合之，始得東歸省母濟源也。（《會箋》）又曰：……此蓋同年中相厚者未及話別，先之以詩，故措語皆深透一層，愈覺情意藹然，無所謂致怨過激之語也。紀氏不怪自己讀書草率，反譏義山褊躁，曾謂通人而如是乎？（《辨正》）

【按】尋常言別，貴有風致。義山七律中特有此種極富情韻，風調流美之作。諸家解頷、腹、尾聯多誤，尤屬錯會者，係解六句『又差池』為送餞不及，遂使末聯『無離恨』『莫枉長條』亦遭誤解。同年送餞在東門，未至灞上（灞上係義山首途次宿之地），『莫枉長條』云云，顯非指同年。餘具詳句下箋。

壽安公主出降①

嬀水聞貞媛〔一〕②，常山索銳師③。昔憂迷帝力④，今分送王姬⑤。事等和強虜，恩殊睦本枝⑥。四郊多壘在⑦，此禮恐無時⑧。

校記

〔一〕『貞』，蔣本、姜本、影宋抄、錢本、席本作『真』。

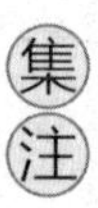

①【朱注】《舊唐書》：『開成二年六月丁酉，以成德軍節度使王元逵為駙馬都尉，尚壽安公主。』《新書》：『鎮冀自李惟岳以來，拒天子命，至王庭湊，恣凶悖，不臣不仁，雖夷狄不若也。庭湊死，其次子元逵襲節度，識禮法，歲時貢獻如職。帝悅之，詔尚絳王悟女壽安公主。元逵遣人納聘闕下，進千盤食、良馬、主粧澤奩具、奴婢，議者嘉其恭。』

②【朱注】《書》：『釐降二女于媯汭。』【程注】《書·傳》『舜為匹夫，能以義理下帝女之心，於所居媯水之汭，使行婦道於虞氏。』疏：『為水在河東虞鄉縣歷山西，西流至蒲坂縣南入於河，舜居其旁。』【補】貞媛，純正美好之女子，借堯女喻壽安公主。

③【朱注】《唐書》：『鎮州常山郡，屬河北道，本恒州恒山郡。成德節度使治恒州。』【程注】《史記》：『秦攻楚，齊、魏各出鋭師以佐之。』【馮注】按：《左傳》：『齊人伐萊，萊人賂夙沙衛以索馬、牛皆百匹。』注曰：『索，簡擇好者。』又《尚書·傳》曰：『索，盡也。』此句『索』字，似言其盡禮來聘，非古謂娶婦曰索之義也。【按】索有娶義。陸游《老學庵筆記》卷十：『今人謂娶婦為索婦，古語也。孫權欲為子索關羽女，袁術欲為子索呂布女，皆見《三國志》。』又《敦煌掇瑣》卷二：『用錢索新婦。』索亦娶義。然『常山索鋭師』之『索』似當如馮注所引《左傳》作『簡擇好者』解，句謂選擇常山鋭師之統帥為壻也。

④【程注】《漢書·張耳陳餘傳》：『（耳）子敖嗣立。高祖過趙，趙王禮甚卑，高祖甚慢之。趙相貫高怒曰：「請為王殺之。」敖曰：「君何言之誤！先王亡國，賴皇帝得復國，德流子孫，秋毫皆帝力也。」』【馮注】又：『耳子敖，尚高祖長女魯元公主。』迷帝力，謂廷湊昔為亂不知恩德，而朝廷不能制之。

⑤【程注】《詩·國風》：『曷不肅雝？王姬之車。』【馮注】《春秋》：『單伯送王姬。』【朱彝尊曰】『分』字深痛，言竟似分宜爾也。（錢氏《唐音審體》作：『分』字深痛，言竟似本分當然也。）

⑥【程注】《詩·大雅》：『本支百世。』【按】本枝，嫡系子孫與旁系子孫。古代宗法制度，天子嫡長子為宗子，襲位為天子，庶子為支子，出封為諸侯。王元逵非以皇族而分封之諸侯，與宗支有別，而對元逵恩遇之隆甚至遠超為敦睦宗室而采取之措施，故曰『恩殊睦本枝』。殊，殊異。

⑦【程注】《禮記》：『四郊多壘，此卿大夫之辱也。』注：『數見侵伐則多壘。』

⑧【王達津曰】《禮記·檀弓》：『有其禮，無其財，君子弗行也。有其禮，有其財，無其時，君子弗行也。』無其時，即無時，就是指時代情況不適當、不允許。李商隱是説雖有王姬下嫁的禮，但和堯降二女於舜不同，没有相適應的時代環境，在這種藩鎮割據時期，只能喪失中央王室威信，是可以不做的。（《李商隱詩雜考》）

【錢龍惕曰】唐之姑息藩臣也，起于夷狄之亂也。而唐之克定禍亂，既失復得，則皆藩臣之力也。藩臣能使朝廷危而復安，夷狄叛而旋滅，而不驕蹇自大，長子老孫，唯忠而賢者，李、郭之徒能之，他人不能也。人人驕蹇自大，長子老孫，舉山東、河北膏腴扼要之地，朝廷不得而問其租賦，司其黜陟，欲國家不削弱，不可得也。故當時蒿目時艱者，鰓鰓然以藩鎮為憂，謂唐必折而入于藩鎮，則唐之亡也，藩鎮亡之也。不知唐之不遽亡也，藩臣繫之也。封建不知起于何時，大率自有君長而已然也。三代守而勿失，享國長久。秦破滅之，二世而亡。漢魏而後，有其名而無其實，夷狄盜賊之禍，遂接踵于世。封建之不可廢也昭昭矣。唐之藩鎮，非封建也，而其後則有封建之勢也。一方亂起，一方討之，未嘗不以尊王室為名也。禄山盜竊而不成，迴紇屢入而却敗，即芝巢橫决，藩后問鼎，而鍾簴絲懸，猶未斬焉遽絶也。自侯國無价人之藩，而宗子撤維城之助，夷狄之入于中國也，不可復支矣。然則公天下而防夷狄之禍者，封建聖王之典也。

【何曰】兵那可與？況王廷湊本賊耶？今以其子貢獻少頻，遂以宗女降之，辱國莫甚於此，故昌言深責廷臣也。（《輯評》）

【姚曰】用意全在結句。夫元逵以改行得尚主，此可言也；欲以此風動鄰鎮，此不可言也。歐陽文忠詩：『肉食何人為國謀？』與此同感。

【屈曰】此題唐人詩多甚佳甚，玉溪淺露如此，可以不作。

【程曰】壽安公主下嫁王元逵始末，《舊唐書》僅略載其歲月，《新書》則詳叙其事情。雖以為元逵貢獻如職，非復如其父之凶悖不臣，然其時之出降，畢竟畏藩鎮而以婚姻結之。故義山作詩正論之，蓋咎其既往且憂方來也。

【徐曰】元逵雖改父風，然據鎮輸誠，不能束身歸國，文宗降以宗女，終有辱國之恥。義山憤王室不振，而諸道效尤也。（馮箋引）

【馮曰】徐論正大，然河朔事體，相習久矣。

【紀曰】太粗太直，失諱尊之體。（《詩説》）　立言無體。（《輯評》）

【張曰】河朔故事，相沿已久，元逵據鎮輸誠，雖降以宗女，事等羈縻，又何足道！詩憤朝廷姑息，語特正大。紀曉嵐譏其立言無體，豈詩人必作諛詞，始為得體哉！（《會箋》）

【按】文宗下嫁壽安，明為嘉元逵之恭，實係畏元逵之勢，恐其復效乃父所為，以常山之鋭師對抗積弱之朝廷也。頷聯以『昔憂』『今分』對舉，畫出朝廷喜出望外、竭力趨奉，以『送王姬』而求苟安之卑怯心理，可謂誅心之筆。腹聯乃進而揭出此舉之實質。而朝廷此舉，其私意不特欲羈縻元逵，亦欲諸鎮因朝廷之施恩殊異而稍全大體。然如此施恩，正所以示弱，故末聯復深刺其非：四郊多壘，諸鎮跋扈，恐非行此出降公主之禮之適宜時機也。故作委婉之辭，藏鋒不露，而諷慨之意自見言外。

韓同年新居餞韓西迎家室戲贈①

籍籍征西萬户侯②，新緣貴壻起朱樓③。一名我漫居先甲④，千騎君翻在上頭⑤。雲路招邀迴彩鳳⑥，天河迢遞笑牽牛⑦。南朝禁臠無人近⑧，瘦盡瓊枝詠《四愁》〔一〕⑨。

〔一〕『詠』原一作『有』，朱本、季抄同。

①【馮注】西迎者，涇原在京西。【王鳴盛曰】此迎何必不是行親迎禮？何以見其必是已成婚後女回涇原而韓往迎乎？【按】王説誤。前有《寄惱韓同年二首》，可證其時韓已成婚。本篇『迎家室』『天河迢遞笑牽牛』等語亦可證非行親迎之禮。

②【馮注】《後漢書》：『光武建武三年，馮異為征西大將軍。』《戰國策》：『有能得齊王頭者，封萬户侯。』

【《輯評》墨批】指王茂元。【補】籍籍，紛亂貌，此形容聲名甚盛。義山詩中常以征東、征南、征西將軍等稱各方節鎮，如稱武寧節度使盧弘止為征東將軍，稱桂管觀察使鄭亞為征南將軍。王茂元為涇原節度使，在長安西，故稱征西。

③【馮曰】新居乃茂元為韓構者，……必在京師。【何曰】切新居，即帶戲。（《讀書記》）

④【朱注】《易》：『先甲三日。』《唐書》：『諸進士試時務策五條，帖一大經，經、策全得者為甲第。』【何曰】戲也。（《讀書記》）（按：何意蓋謂作者借《易》『先甲』之甲為甲第之甲系戲語）。

⑤【朱注】樂府：『東方千餘騎，夫壻居上頭。』【何曰】貴壻。（《輯評》）【按】二句謂登進士第之等第名次，我空自在君之前，而得配佳偶為貴壻，則君翻居我之前。

⑥【何曰】西迎家室。（《讀書記》）【補】招邀，亦作招要，邀請、招請之意。彩鳳喻指韓瞻妻王氏。

⑦【馮曰】王氏女當於成婚後迴至涇原，故畏之往迎。【補】西迎家室，夫婦團聚，故笑牛、女之迢遞相隔。

⑧【馮注】《晉書·謝混傳》：『孝武帝為晉陵公主求婚，王珣以謝混對。未幾、帝崩。袁崧欲以女妻之，珣曰：「卿莫近禁臠。」初，元帝始鎮建業，公私窘罄，每得一㹠，以為珍膳，項上一臠尤美，輒以薦帝，羣下未嘗敢食，於時呼為「禁臠」，故珣以為戲。混竟尚主。』宋彭乘《墨客揮犀》：『今人於榜下擇壻號「臠壻」。』按：是沿唐時風尚。故此句云然也。《唐摭言》曰：『進士宴曲江日，公卿家傾城縱觀，中東牀之選者十八九。』【何曰】戲也。（《讀書記》）

⑨【朱注】《離騷》：『折瓊枝以繼佩。』張衡有《四愁詩》。【姚注】江淹詩：『願一見顏色，不異瓊樹枝。』【馮注】《莊子·逸篇》：『孔子見老子，從弟子五人：子路勇，子貢智，曾子孝，顏回仁，子張武。老子歎曰：「吾聞南方有鳥，其名為鳳，所居積石千里，河水出下，天為生食，其樹名瓊枝，高百二十仞，以璆琳琅玕為實。天又為生離珠，一人三頭，遞卧遞起，以琅玕飼鳳凰。」』按：為實以飼鳳也。或作為『寶』，誤。張衡《四愁

詩》每章皆以『我所思兮』起句。【朱彝尊曰】自比禁臠，真戲言也。【按】瓊枝喻己之身體，猶《安平公詩》以『瑤林瓊樹』喻崔氏兄弟。末聯謂無人擇為佳壻，故不免因相思之苦而瘦損瓊枝。

【金聖嘆曰】餞人親迎詩，看他一二縱筆，却反從他丈人家寫起，已是語無倫次；三四乃因與之同年之故，公然忽插自己入來，言前日之試，我為勝；今日之迎，君為勝。下一漫字一翻字，恰是屈之甚妒之甚也者。此所謂『戲贈』詩也（恰似眼熱新起朱樓也者）。此五六乃一發戲言也。雲路招邀，言彼中待子已久；天河迢遞，言此處鈍滯何甚也。七八又戲，子今已為一家禁臠，則遂盡虛家家之『瓊枝』也（如謝混既為孝武之壻，便瘦盡袁崧之女）。

【朱曰】此詩疑作於悼亡之後，故有末句。『禁臠』況韓同年。瘦盡瓊枝，義山自嘆也。

【何曰】義山與畏之俱為茂元之壻。玩前後詞意，似乎義山悼亡之後，王氏待之差異往日，故云。○按：畏之有四樂：茂元愛之，一也；仕宦通顯，二也；新居，三也；西迎家室，四也。義山皆反是，安得不瘦盡瓊枝乎？（《讀書記》）又曰：『禁臠』自比嘗婚於王氏，為黨人所擯。然義山因名重坎坷，如韓亦僚壻，而未嘗妨其榮進，故上言『漫居先甲』也。（《輯評》）

【胡以梅曰】起指王茂元，貴壻指韓同年。三言同年名次我在韓之前列。甲，甲第也。亦有兼言先為壻意。四言君翻在我之上頭。『上頭』從樂府『夫壻』作歇前語，而『千騎』亦形迎室榮盛，所以妙。五迎家室，彩鳳用弄玉蕭史。六牽牛織女隔河相望，焉得如此親近相聚，反欲笑之，對工意精。七謂我如禁臠，無人敢問，消瘦窮愁，視君天壤。此時義山之妻必已亡，故有禁臠之説耳。

【趙臣瑗曰】題曰『戲贈』，詩中妙在字字帶戲。看他一起手先寫新居，而不寫新居之輪奐，偏寫新居之所由來，明是戲其倚傍妻家門户也。三忽插寫同年我漫居先，是誇詞，不是謙詞，言若論科名，我實爲稍勝一籌也。四又補寫僚壻，君翻在上，有妬意無羡意，言若論東牀，我實宜先享此樂也。皆戲也。五六方寫餞韓西迎家室。彩鳳而曰招摇，言夫人之待子亦已久矣，牽牛而曰迢遞，言子候夫人何其遲也！皆戲也。七八猶言子如謝混，既爲孝武之壻，便應虚却袁崧之女，不惟戲僚壻，並戲丈人，因以戲及當時之求畏之爲壻者。噫！先生可爲善戲矣。（《山滿樓箋注唐詩七言律》）

【陸曰】義山視畏之，得意失意迥别。此詩雖贈韓，而實則自傷寥落，見不如畏之者有四焉：蓋同爲王茂元壻，而已以喪偶日疎，畏之特見親愛，一不如也；已則寄人廡下，而畏之安居，二不如也；同爲開成二年進士，已以記室終身，畏之獨致通顯，三不如也；已則早賦悼亡，而畏之偕老，四不如也。結處以禁臠比畏之，言相形之下，孰敢與近？惟有瘦盡瓊枝，詠《四愁》以寄慨而已。

【姚曰】韓居必茂元所築。義山與韓同年而爲僚壻，故有三四句。五六羡其迎婚之樂。禁臠誠榮，然未婚以前，得毋詠《四愁》『美人』之句，瓊枝爲消瘦乎？所謂戲也。

【屈曰】前四句因同年迎家室而起升沉之感。五六言迎之易也。七八傷已之無偶。

【程曰】韓同年即韓畏之，其家室即王茂元之女。茂元自太和九年爲涇原節度使，至武宗時乃改鎮河陽。起句云『征西』，蓋在涇原時。題稱畏之同年，則爲開成二年，是時義山猶未爲茂元之壻，故末句有南朝禁臠之戲也。朱本補注中有小箋，疑作於悼亡之後，不知『無人近』三字當作何解？

【馮曰】新居乃茂元爲韓構者。疑韓得第即爲茂元幕官，詳《代韓上李執方啟》，故云『千騎君翻在上頭』也。時義山尚未赴涇原，而情態畢露。玩次聯當同有議婚之舉，而韓先成也，義山於是遂有涇原之役。令狐綯怒其背恩而薄其無行以此矣。《新書·韓偓傳》：『京兆萬年人。』此新居必在京師。

【紀曰】詩格卑卑，起二句尤俚。（《詩説》）〇末二句似是自嘲。蓋悼亡以後，或以茂元之故，無人與婚也。如指韓，則文意不可解。（《輯評》）

【曾國藩曰】玩詩中語，當是畏之成婚後登第，復赴涇原迎家室入京，義山登第即已聘王氏，而尚未成婚耳。（《十八家詩鈔》）

【張曰】此調畏之新婚而作。『南朝禁臠』借比畏之。時義山未娶，故有『瘦盡瓊枝』之句，蓋戲之也。若玉谿悼亡之年，茂元已卒，畏之亦早生子冬郎矣。且玉谿伉儷情深，失偶後即不再娶，觀《上河東公啟》辭張懿仙可見。紀氏妄説，殊為可笑也。何氏評語亦誤。○此詩如果作於義山悼亡以後，畏之至此，已官員外郎，不得專稱同年矣。前後詩題，可以參證。起句戲語而以為庸俗，真苛論耳。（《辨正》）又曰：新居乃茂元為韓所構，在京師。西迎，赴涇原也。義山未娶，故以禁臠戲之。（《會箋》）

【按】朱、何、陸、紀均誤以為王氏亡後作，程、馮糾之，謂其時義山未為茂元壻，甚是。馮氏繫《寄惱韓同年》及本篇於開成二年，張氏改繫三年。細酌二詩，馮編較允。《寄惱韓同年》詩作於韓瞻在涇原成婚時（題云『蕭洞』，即暗寓在岳家成婚），詩有『辛夷定已開』『艷陽』『傷春』等語，時令約當春暮。韓新婚後，當返長安，迨茂元為其構築之新居竣工（至少需歷時數月）後，乃西迎家室於涇原，其時當已在六七月。如二詩均作於開成三年，則顯與《安定城樓》『王粲春來更遠遊』之語抵觸，三年春義山已在涇幕矣。馮氏引《唐摭言》進士曲江宴公卿擇壻之盛況，韓瞻之議婚當即在此時，至涇原成婚亦在此後不久。開成二年禮部放榜在正月二十四日，韓瞻『住蕭洞』在春暮，時間正合。本篇有『天河迢遞笑牽牛』句，或即是年初秋作。

病中早訪招國李十將軍遇挈家遊曲江①

十頃平波溢岸清，病來唯夢此中行。相如未是真消渴②，猶放沱江過錦城③。

又一首〔一〕

家近紅蕖曲水濱〔二〕④，全家羅襪起秋塵⑤。莫將越客千絲網，網得西施別贈人⑥。

〔一〕『家近紅蕖』首，舊本（除戊籤外）均題為《寄成都高苗二從事》，戊籤作《失題》，題下注云：『舊本作《寄成都高苗二從事》，誤也。』【馮曰】余定其必為上篇之次章，故作又一首。【按】舊本卷中另有《寄成都高苗二從事》（紅蓮幕下紫梨新）一首，題下有自注：『時二公從事商隱座主所。』詩題、題注與內容合。而『家近紅蕖』首則內容與詩題《寄成都高苗二從事》毫不相涉，題顯係誤植。馮浩據此首詩意與《病中早訪招國李十將軍遇挈家游曲江》題相合，定其必為『十頃平波』首之次章，說可從。今依馮校。

〔二〕『蕖』原作『渠』，據蔣本、席本、朱本改。『渠』『蕖』本通，然作『渠』易生歧義。

集注

①【朱注】招國里在京師。白居易有《招國閒居詩》。【馮注】《舊、新書·白居易、鄭餘慶傳》，皆有昭國里。『昭』『招』同也。李家無可考定。《長安志》曰：『昭國坊在朱雀街東第三街內，坊有夏、綏、宥節度使李寰宅。寰堅守博野鎮，穆宗賜其子方回宅也。』義山文集中河陽大夫為李執方。執方之名，見於開成二年舊紀而無傳，

其世系無可考。據《為韓同年》《白從事啟》，執方係宗室，未知與昭國之李寰為一家否也？蓋王茂元妻為李氏，故《為韓啟》云：『家人延自出之恩。』義山之婚，似藉其力。此章乃未為壻時作。其曰李十將軍，初疑執方本金吾衛將軍也。然開成二年六月出鎮河陽，與『秋塵』之字不合。且執方德望豈宜瀆以狂言？當别是一人，而義山之羡慕王氏則已深矣。招國李家，頻見晚唐詩中。【張曰】李十將軍，馮氏疑别一人，余揣其即為李執方也。執方宗室，或與寰一家，或暫居於此，無可考。……執方由金吾將軍節度河陽，在六月，此則未出鎮時作也。馮説小誤。【岑仲勉曰】按《上河陽李大夫狀》及《上忠武李尚書狀》均稱執方二十五翁，是執方非行十。李十既非執方，則羡婚王氏云云，純出小人之腹矣。【按】李十將軍固非執方，然義山羡婚王氏，自有《寄惱韓同年》《韓同年新居餞韓西迎家室戲贈》可證。餘見箋。又，楊柳《李商隱評傳》謂招國李十將軍即商隱《送千牛李將軍赴闕五十韻》之千牛李將軍，似可從。

② 相如消渴見《送裴十四歸華州》注。

③【馮注】《禹貢》：『岷山導江，東别為沱。』《漢書·地理志》：『蜀郡郫縣。』注曰：『《禹貢》江沱在西南，東入大江。』又『汶江縣』。注曰：『江沱在西南，東入江。』郫之沱為《禹貢》之沱，汶江之沱為開明之沱。按：《史記·河渠書》：『蜀守冰穿二江成都之中。』《正義》引《括地志》云：『大江一名汶江，亦名外江，西南自温江縣界流來。郫江一名成都江，亦曰内江，西北自新繁縣界流來。』而他書引《括地志》又曰：『大江一名流江。』而流江又即檢江。《華陽國志》：『穿郫江、檢江，雙過郡下。』自漢以來皆以郫江為沱水也。郫、檢二江或稱内江、外江，或稱南江、北江。【按】沱江一稱外江，自灌縣南分岷江東流，經崇寧、郫縣、新繁、成都、新都、金堂、簡陽、資陽、資中、内江、富順各縣，至瀘州入江。錦城，即成都。

④【馮注】按：程大昌《雍録》：『唐時曲江，池周七里，占地三十頃。其地在城東南昇道坊龍華寺之南也。』曲江有芙蓉池，而昭國坊近城南面，故云。【補】《劇談録》：『曲江池入夏則菰蒲葱翠，柳陰四合，碧波紅蕖，湛然可愛。』紅蕖，即芙蕖，荷花。曹植《洛神賦》：『迫而察之，灼若芙蕖出渌波。』此句寫『紅蕖曲水』，故下句

有『羅襪秋塵』之聯想。

⑤【朱注】《南都賦》：『羅襪躡蹀而容與。』《洛神賦》：『凌波微步，羅襪生塵。』【按】此句切『挈家遊曲江』。挈家往遊，必多女眷，故有此想像。

⑥【朱曰】未詳，疑出小説家，今逸之矣。【馮注】按：《唐音癸籤》有考東坡《異物志》，以西施為魚名，而引此句證之者，謬極之説也。【按】義山詩中既有言『濁泥葬西施』者，又有謂『西施因網得』者，均不詳所自出。然水葬之事既與《墨子》《吴越春秋·逸篇》所載相類（參《景陽井》注），『網西施』事又兩用之，必當日文士習聞之故事。

【《輯評》墨批】此真奇想，若真消渴，則當飲竭之矣。

【陸鳴皋曰】（次章）俱從『水濱』二字接轉，大旨總為他人作嫁衣裳意耳。

【姚曰】（首章）言己之戀戀於曲江，甚於相如之戀於沱江也。似暗用別聘茂陵事。○（次章）此言二公之才，非時下所能賞識也。二公品格如凌波仙子，西施雖絶艷，迥非其比。既為從事，豈免降格作應酬耶？

【屈曰】（首章）李猶未是真渴，已乃真病消渴耳，蓋嘲也。○（次章）一成都，二兩從事美人衆多。下言莫贈別人而不贈我，戲謔之辭。不看第二句則不解下三四矣。網得即求得，比也。休誤解。

【程曰】（首章）此詩全不寫李將軍挈家游曲江之樂，只寫自己病中羡曲江之遊。上二句言未知將軍來遊，病中業已想像。下二句言既知將軍往遊，病中孤負曲江。以相如之渴，比自己之病；以沱江之水，比曲江之江。言病果真渴，當盡沱江，而今則空抱渴疾，徒讓李將軍遊曲江也。上卷有《過招國李家南園》絶句二首，亦寫自己傷逝之意，或是一時之作。○（次章）此亦為人作嫁衣之歎也。與從事言，正是同病相憐語。

【馮曰】上篇僅從曲江與病中生情。此（指次章）乃點明李十挈家往遊，題義方備。結句急求作合而恐他人之我先也。移而正之，並非武斷。

【王鳴盛曰】馮解妙絶、確絶。

【紀曰】（首章）未免迂曲。（《詩説》）。○（次章）不解所云。（《詩説》）

【姜炳璋曰】（首章）此以己之不得同游曲江為憾也。一二，病來惟夢曲江，則欲游曲江之甚也。三四，『放』，至也，如『放於琅琊』之『放』；言相如不是真病，故能身至沱江而過錦城，我今讓李將軍獨游曲江而不能偕往，則為真病也。諸説并誤。

【張曰】（首章）詩用相如消渴，寓求偶之意。蓋王氏之婚，執方與有力焉；而義山羡慕王氏，不覺溢於言外矣。（次章）舊本作《寄成都高苗二從事》，誤。今從《戊籖》（作《失題》）。馮氏則以此為《病中早訪招國李十將軍遇挈家遊曲江》詩之又一首，非也。考義山開成五年移貫長安，大中二年又攜家赴選，頗有居近曲江之跡。至《甲集序》所謂『十年京師窮且饑』，則約略往來行跡而言。此詩首二自謂，後二望其薦達，而恐他人我先，皆希冀入幕之意。若如馮説，則李十將軍不過偶挈家往遊耳，合之首句『家近紅蕖曲水濱』語，實不可通。大要此詩作於大中二年以後，但不詳為何年也。（《會箋》）

【錢鍾書曰】就現成典故比喻字面上更生新意，將錯而遽認真，坐實以為鑿空……要以玉溪最為擅此，著墨無多，神韻特遠。如《天涯》曰：『鶯啼如有淚，為濕最高花。』認真『啼』字，雙關出『淚濕』也。《病中遊曲江》曰：『相如未是真消渴，猶放沱江過錦城。』坐實『渴』字，雙關出沱江水竭也。《春光》曰：『幾時心緒渾無事，得及遊絲百尺長？』執着『緒』字，雙關出百尺長絲也。他若《交城舊莊感事》曰：『新蒲似筆思投日，芳草如茵憶吐時。』亦同此法，特明而未融耳。（《談藝録》）

【周振甫曰】『相如未是真消渴，猶放沱江過錦城。』從糖尿病古稱消渴雙關到消除口渴，要喝水，誇大到把沱江水喝乾；再從沱江的流到錦城，説明沱江水没有被喝乾，反證相如還不是真消渴，這裏是雙關、曲喻、誇張幾種修辭格的合用。（《詩詞例話》）

【按】兩首均極言己之病『渴』。首章就題中『病』字與『曲江』字生發詩意。一二謂曲江清波十頃，病中無日不渴想而頻作夢遊。以『夢』想暗點『渴』字。三四由己之『渴』，進而疑及相如或非真患『消渴』，否則何不飲盡沱江而猶放其過錦城歟？蓋謂己之病『渴』甚於相如也。次章就題内『挈家遊曲江』生意。一二因曲水紅蕖而生羅襪秋塵之想像，味其意致，似義山屬意於與李家作凌波之游之某一女眷（據『網得西施』語，此女眷或非李十將軍家之直系子女，而係與李家有戚誼、為李十將軍有意招致者）。三四又將己所屬意者比作西施，望李十將軍勿將此『網得』之『西施』贈與别人。語近詼諧戲謔，而渴求之意則和盤托出。李十雖非執方，而『急求作合』之解殆非妄測。詳味詩題及二詩，似李十有意於戚屬女子中為義山作合，義山此次往訪，或即因求偶及與此女子謀面。前詩囑己莫失良機，後詩囑李十莫『别贈人』，其意固較然矣。馮繫二詩於開成二年登第後，雖無確證，然以詩中病『渴』之强烈觀之，或不大謬。李十將軍如為千牛李將軍，則其妻即茂元女，義山屬意其妻妹而求其作合，殊合情理。

哭遂州蕭侍郎二十四韻①

遥作時多難，先令禍有源②：初驚逐客議③，旋駭黨人冤④。密侍榮方入⑤，司刑望愈尊⑥。皆因優詔用，實有諫書存⑦。

苦霧三辰没⑧，窮陰四塞昏⑨。虎威狐更假⑩，隼擊鳥逾喧〔一〕⑪。徒欲心存闕⑫，終遭耳屬垣⑬。遺音和蜀魄⑭，易簣對巴猿⑮。

有女悲初寡，無兒泣過門〔二〕⑯。朝争屈原草⑰，廟餒若敖魂〔三〕⑱。迴閣傷神峻，長江極望翻⑲。青雲寧寄意⑳？白骨始霑恩〔四〕㉑。

早歲思東閣㉒，為邦屬故園㉓。登舟慚郭泰㉔，解榻愧陳蕃㉕。分以忘年契㉖，情猶錫類敦㉗。公先真帝子㉘，我系本王孫㉙。嘯傲張高蓋㉚，從容接短轅㉛。秋吟小山桂㉜，春醉後堂萱㉝。

自歎離通籍㉞，何嘗忘叫閽㉟！不成穿壙入㊱，終擬上書論〔五〕㊲。多士還魚貫㊳，云誰正駿奔㊴。暫能誅倏忽㊵，長與問乾坤㊶。蟻漏三泉路㊷，螯啼百草根㊸。始知同泰講㊹，徼福是虚言㊺。

〔一〕『逾』原作『踰』，據悟抄、席本改。

〔二〕『兒』，蔣本、姜本、錢本、悟抄、席本、朱本作『男』。

〔三〕『若』原作『莫』，非，據錢本改。

〔四〕『骨』原作『首』，據蔣本、錢本、影宋抄，戊籤、朱本改。

〔五〕『終』原作『然』，非，據蔣本、錢本、影宋抄、姜本、戊籤、席本、朱本改。

①【朱注】《唐書》：『遂州遂寧郡，屬山南東道。』《舊書》：『大和九年六月，京兆尹楊虞卿坐妖言得罪，人皆以為冤誣。宰相李宗閔於上前極言論列，上怒，數宗閔之罪，叱出之，貶明州刺史，再貶虔州長史。貶吏部侍郎李漢為汾州刺史、刑部侍郎蕭澣為遂州刺史。』【馮注】《舊書・紀》：『八月，又貶宗閔潮州司户，虞卿、漢、澣亦再貶。』《通鑑》：『澣再貶遂州司馬。』文集祭文云：『纔易炎凉，遂分今昔。』蕭不久即卒也。

②【田曰】遥作即遠起之意。（馮注引）【馮注】多難，指甘露之變。言大難將作，而諸人之受誣於姦邪者，乃禍之源也。【程曰】詩云『遥作時多難，先令禍有源』者，乃探源索本之論。以為蕭澣之貶，本坐宗閔；宗閔之敗，由沮德裕：及乎誤引訓、注，反為其所中傷，是源遠流長，遥有端緒，禍機先伏，何怪其然耶？【按】程氏之解，於蕭澣貶逐之源或較符合，然此處所謂禍源明指甘露之變起於李、蕭、楊之貶，非謂蕭之貶逐有禍源也。

③【馮注】李斯《上秦王書》：『臣聞吏議逐客。』【按】據《史記・李斯列傳》，李斯拜為秦客卿，適值韓人鄭國來秦作間諜事為秦所發覺，秦宗室大臣皆言於秦王曰：『諸侯人來事秦者，大抵為其主游間於秦耳，請一切逐客。』逐客議指此。

④【馮注】《後漢書》：『桓帝延熹九年，司隸校尉李膺等二百餘人受誣為黨人，並下獄，書名王府。』注曰：『事具《劉淑傳》。』按：《後漢書》特立《黨錮傳》以詳其事。田曰：逐客指楊，黨人指李、蕭。【姚注】《後漢書》：『張儉鄉人朱並上書，告儉與檀彬等二十四人圖危社稷，共為部黨，而儉為之魁，靈帝詔捕儉等。大長秋曹節因此諷有司捕前黨故司空虞放等百餘人皆死獄中。』【程曰】謂澣初貶鄭州刺史，猶為出典方州；及詔謂黨人之魁，再降遂州司馬，則廢斥閒散，其勢不可復起矣。【按】田説是。詩言『初驚』『旋駭』，時間緊相承接，明指

楊虞卿坐妖言得罪被逐，李、蕭亦因同黨而相繼被貶事。蕭大和七年由給事中出為鄭州刺史，既為『出典方州』，自不得謂之『逐客』；且七年刺鄭，九年貶逐，其間又内遷刑部侍郎，與『初驚』『旋駭』之語不合。

⑤【補】指其入為給事中。唐時給事中為門下省之要職，掌駁正政令之違失，詔敕不便者，塗竄而奏還。故云『密侍』。

⑥【朱注】《唐六典》：『龍朔三年，改刑部尚書為司刑太常伯。』【程注】《周禮・秋官・鄉士》：『司寇聽之，斷其獄弊，其訟於朝。羣士、司刑皆在，各麗其法以議獄訟。』（二句）謂其初為給事中以至刑部侍郎之時。【馮注】按：《李宗閔楊虞卿傳》：『李德裕入相，文宗與論朋黨，帝曰：「衆以楊虞卿、張元夫、蕭澣為黨魁。」德裕皆請出為刺史。』此七年澣出為鄭州也。訓、注用事，共短德裕，罷之，召宗閔復入，以工部侍郎召還虞卿，尹京兆，此八年冬十月也。蕭由鄭州内召，亦必在八年冬九年春。【補】望，位望。『愈尊』對『密侍』而言。

⑦【馮注】《南史・范雲傳》：『諫書存者百有餘紙。』【程曰】（二句）謂優擢刑部侍郎由於為給事中之能建言。

【按】程解小疏。『皆因』承上『密侍』『司刑』，謂任給事中及刑部侍郎皆因君主優擢施恩，非黨援倖進者，且諫書現存，足見蕭之黽勉盡職，文宗之任用得人。

以上為第一段。總叙蕭、楊等被貶為後日禍難之源，並謂蕭之被擢非緣黨援，點清『冤』字。

⑧【馮注】《左傳》：『三辰旂旗，昭其明也。』注曰：『三辰，日、月、星。』

⑨【馮注】《禮記・明堂位》：『四塞。』註曰：『謂夷服、鎮服、蕃服在四方為蔽塞者。』《周禮》：『九州之外，謂之蕃國。』《戰國策》：『秦四塞之國。』高誘注曰：『四面有山關之固。』二句言天地皆為昏暗。【程注】即史稱二月壬午朔，日有食之，又稱秦地有災者是也。【按】二句以自然景象喻政治危機。

⑩【馮注】《戰國策》：『虎得狐，狐曰：「子無敢食我，天帝令我長百獸。吾為子先行，子隨我後，百獸見我，敢不走乎？」虎與之行，獸皆走，虎不知獸畏己，以為畏狐也。』

⑪【朱注】《月令》：『立秋日，鷹隼始擊。』【馮注】見《重有感》。錢夕公曰：『《舊書・傳》：「訓、注竊

弄威權，凡不附己者，目為宗閔、德裕黨，貶逐無虚日，中外震駭，連月陰晦，人情不安。」故此四句云。』按：隼擊，謂諸臣論列訓、注者，非頂上『諫書』。【程注】謂文宗已惡德裕、宗閔之黨，而訓、注益乘間而逐之。

【按】程説非。二句謂訓、注擅作威福，朝臣論列彈劾訓、注，訓、注愈喧鬧不已。按《通鑑》大和九年七月：『時人皆言鄭注朝夕且為相，侍御史李甘揚言於朝曰：「白麻出，我必壞之於庭。」癸亥，貶甘封州司馬。』此即『隼擊鳥逾喧』之一例。

⑫【馮注】《文子》：『《老子》云：「身處江海之上，心存魏闕之下。」』《莊子》：『中山公子牟曰：「身在江湖之上，心居魏闕之下。」』按：語習見。唐人每用子牟。

⑬【馮注】《詩》：『無易由言，耳屬于垣。』【程曰】（二句）謂其戀君之心無已，而當時未有以其冤啟沃聖聰者。【補】耳屬垣，謂竊聽者貼耳于牆壁。屬，音燭。此句言終遭窺伺過失者告密而得禍，程注非。

⑭【程注】《易》：『飛鳥遺之音，不宜上宜下。』疏：『遺音，哀聲也。』【馮注】《華陽國志》：『望帝禪位於開明，帝升西山隱焉。時適二月，子鵑鳥鳴，故蜀人悲子鵑鳥鳴也。』《文選·蜀都賦》：『鳥生杜宇之魄。』注引《蜀記》曰：『杜宇王蜀，號曰望帝。宇死，俗説云：宇化為子規。蜀人聞子規鳴，皆曰望帝也。』

⑮【程注】《禮記》：『曾子寢疾，病，樂正子春坐於牀下，曾元、曾申坐於足，童子隅坐而執燭。童子曰：「華而睆，大夫之簀歟？」子春曰：「止。」曾子聞之，瞿然曰：「呼！」曰：「華而睆，大夫之簀歟？」曾子曰：「然，斯季孫之賜也，我未之能易也。元，起易簀！」曾元曰：「夫子之病革矣，不可以變。幸而至於旦，請敬易之。」曾子曰：「爾之愛我也，不如彼。君子之愛人也以德，細人之愛人也以姑息。吾何求哉！吾得正而斃焉斯已矣。」舉，扶而易之。反席未安而没。』【馮注】《水經注》：『巫峽漁者歌曰：巴東三峽巫峽長，猿鳴三聲淚霑裳。』【程曰】（二句）謂其死於遂州也。

以上為第二段。叙訓、注專權，政治昏暗，蕭終貶死遂州。

⑯【自注】公止裴氏一女，結褵之明年，又喪良人。【徐注】《漢書·外戚傳》：『王媼嫁廣望王迺始，産子

男無故、武，女翁須。翁須寄劉仲卿宅，仲卿教翁須歌舞。邯鄲賈長兒求歌舞者，仲卿與之。翁須乘長兒車馬過門，呼曰：「我果見行，當之柳宿。」媼與迺始至柳宿，見翁須相對涕泣。』句用此事，言其女聞喪，哭泣而過門但嫁不久而寡，故無兒。（馮注引）【馮曰】『過門』字必用此。【程曰】《祭文》：『鄧攸身後，不見遺孤。』蓋澣死無子也。【按】程説是。有、無皆屬澣，非謂女無兒也。馮引徐説非。此處僅用『過門』字面。

⑰【朱注】《史記》：『屈原為楚懷王左徒，王甚任之。上官大夫與同列，争寵而心害其能。王使原造為憲令，原屬草藁未定，上官大夫見而欲奪之，原不與，因讒之。』

⑱【朱注】《左傳》：『若敖氏之鬼不其餒而。』【程曰】承前『實有諫書存』與『無男泣過門』二語意而總括其初終之迹。【按】二句謂蕭在朝時，奸邪小人害其能而遭讒忌；身死無後，致如若敖之魂餒而不得食也。

⑲【馮注】《水經注》：『大劍去小劍，連山絶險，飛閣通衢，故謂之劍閣。』【程曰】（二句）承前『遺音和蜀魄，易簀對巴猿』二語意而極形其凄凉之景。【按】二句想像澣卒後蜀中山水似亦為之傷神憤激。

⑳【馮注】《史記・范睢傳》：『須賈曰：「賈不意君能自致於青雲之上。」』

㉑【錢龍惕曰】訓、注誅後，文宗始大赦，量移貶謫諸臣，而蕭已卒。（朱箋引）【程曰】謂澣三遭貶降，自鄭州刺史而遂州刺史，自遂州刺史而遂州司馬，其於復用，已斷青雲之路。及開成改元以後，凡指為德裕、宗閔黨人者稍稍收復之，而澣已先死矣。

以上為第三段，叙蕭身後凄凉情景。朱彝尊曰：前叙蕭事，後叙交情。

㉒【馮注】《漢書》：『公孫弘起客館，開東閣，以延賢人。』

㉓【自注】余初謁於鄭舍。【朱注】按《舊唐書》：『太和七年，蕭澣為鄭州刺史。』義山有居在鄭州，故曰『故園』。【楊曰】以下自叙與蕭情分，兩兩夾寫。（馮引）

㉔【馮注】《後漢書》：『郭泰遊洛陽，見河南尹李膺，膺大奇之。後歸鄉里，衣冠諸儒送至河上，車數千輛。林宗惟與李膺同舟而濟，衆賓望之，以為神仙。』

㉕【馮注】《後漢書》：『陳蕃為樂安太守，郡人周璆高潔之士，前後太守招命，莫肯至，惟蕃能致焉。字而不名，特為置一榻，去則縣之。』又：『徐穉字孺子，豫章南昌人也。陳蕃為太守，以禮請署功曹，穉不免之，既謁而退。蕃在郡，不接賓客，惟穉來特設一榻，去則縣之。』【按】二句謂已在鄭備受蕭澣禮遇。

㉖【馮注】《後漢書·禰衡傳》：『始弱冠，孔融年四十，與為忘年友。』【補】分，情。契，合。

㉗【馮注】《詩》：『孝子不匱，永錫爾類。』箋曰：『長以與女之族類。』此謂待之如族類也。下聯正謂族類相匹。

㉘【朱注】蕭氏乃蕭梁之後。【馮曰】《祭文》亦云然。為結句伏脈。

㉙【朱注】按崔珏《哭義山》詩云：『成紀星郎字義山。』可證義山乃隴西成紀李氏。……《新書》或云英國公世勣之後。考英公孫敬業，則天時起義，事敗被誅，復姓徐氏。新史所云不足信也。【馮曰】李翺撰《歙州長史隴西李則墓誌》云：『涼武昭王十三世孫李君，歸葬鄭州某縣岡原。』正與義山家世相合。必即其族而分派已遠。（《玉谿生年譜》）【張曰】考《樊南補編》有《請盧尚書撰叔父故處士誌文狀》，署曰『姑臧李某』。又《請撰仲姊誌文狀》曰：『昔我先君姑臧公以讓弟受封，故子孫代繼德禮，蟬聯之盛，著於史諜。』《新書·宰相世系表》：『李氏姑臧大房，出自興聖皇帝第八子翻，翻子寶，寶子承，號姑臧房。』《北史·序傳》：『涼武昭王李暠子翻，晉昌郡太守。翻子寶，魏太武時授沙州牧敦煌公。長子承，太武賜爵姑臧侯，遭父憂，承應傳先封，以自有爵，乃以本封讓弟茂，時論多之。』義山所謂『讓弟受封』者指此。此可證玉谿生家世所從出。（《會箋》）

㉚【馮注】《漢書·循吏傳》：『黃霸為潁川太守，賜車蓋，特高一丈。』《于定國傳》：『父于公治閭門，謂人曰：「少高大，令容駟馬高蓋車。」』【程注】《東京賦》：『樹翠羽之高蓋。』【補】嘯傲，言動自在，不受檢束。陶潛《飲酒》：『嘯傲東軒下，聊復得此生。』此句指蕭。

㉛【馮注】《晉書·王導傳》：『短轅犢車。』【按】短轅自指。

㉜【馮注】《文選·招隱士》：『桂樹叢生兮山之幽，偃蹇連卷兮枝相繚。』《序》曰：『《招隱士》者，淮南小

山之所作也。』吕向曰：『淮南王安好士，八公之徒著述篇章，或稱《大山》《小山》，猶詩有《大雅》《小雅》也。』

㉝【馮注】《詩》：『焉得蘐草，言樹之背。』傳曰：『背，北堂也。』此兼用戴崇事。詳下《華州宴集》。

【按】二句謂己為蕭門下士，深受優禮，得奉命吟詩作賦，醉宴後堂。

以上為第四段，叙蕭澣刺鄭時對己之恩誼。

㉞【朱注】《漢紀注》：『籍者為二尺竹牒，記其年及名字物色，懸之宫門，相應乃得入也。』【馮注】《古今注》：『籍者，尺二竹牒，記人之年名字物色，懸之宫門，案省相應，乃得入焉。』《三輔黄圖》：『漢宫門各有禁，非侍衛通籍之臣，不敢妄入。』按：唐時由内出外者，謂之離通籍。如香山『博望移門籍，潯陽佐郡符』之類甚多。此指蕭之外貶。錢夕公誤以為義山自謂，則其時尚未得第。【張曰】『離通籍』猶言去通籍未久也，乃義山自謂。時蕭已前卒矣，玩下『穿壙』『上書』句可悟，非指其斥外。（《會箋》）【按】馮注是。《樊南文集》卷六《代李玄為崔京兆祭蕭侍郎文》云：『暫辭朝籍，往分郡符。』辭朝籍，亦即離通籍。特文指其由給事中出為鄭州刺史，詩則指其由刑部侍郎貶為遂州刺史。他文亦有直作離籍者，如《為中丞滎陽公赴桂州長樂驛謝敕表》：『乍離閨籍。』張解『離通籍』為『去通籍未久』，係添字為解。『離通籍』指蕭不指己。『自歎』貫二句。

㉟【朱注】《甘泉賦》：『選巫咸兮叫帝閽。』【馮注】《新書·徐有功傳》：『叫閽弗聽，叩鼓弗聞。』【程注】杜甫詩：『昭代將垂白，途窮乃叫閽。』

㊱【朱注】《史記》：『田横與二客乘傳詣洛陽，未至三十里，自殺，以王禮葬。二客穿塚旁，皆自刎，下從之。』【程注】《周禮·春官·小宗伯》：『卜葬兆甫竁。』注曰：『竁，穿壙也。』【馮注】《漢書音義》：『復土，主穿壙填墓事。』

㊲【程注】《後漢書·欒巴傳》：『上書極諫，理陳、竇之冤。』【馮曰】上書訟冤，《漢書》中事多有。

【按】二句謂雖未能效田横之客穿壙相從，然終當上書極論。

㊳【程注】《書》：『猷告爾多士。』《廣絶交論》：『窮巷之賓，繩樞之士，冀宵燭之末光，邀潤屋之微澤，魚貫

梟踊，颯沓鱗萃。』【馮注】《易》：『貫魚以宮人寵。』

㊴【馮注】詩：『濟濟多士，秉文之德。對越在天，駿奔走在廟。』此言誰能訴之天祖也。【按】此謂朝中雖濟濟多士，誰正疾奔為蕭訟冤乎？

㊵【馮注】儵，音叔，一作倏，俗作倏。《楚辭·九歌》『儵而來兮忽而逝』，謂司命往來奄忽也。此則用《招魂》『雄虺九首，往來儵忽，吞人以益其心些』，亦見《天問》。以比訓、注之奸毒。舊引（按指朱注）《莊子》南海帝、北海帝，誤矣。以儵忽代雄虺，古有此例。

㊶【馮注】（二句）言雖誅訓、注，而蕭之冤終不白也。

㊷【程注】《淮南子》：『千里之隄，以螻蟻之穴漏。』【朱注】《三輔故事》：『始皇葬驪山，起墳高五十丈，下周三泉，周迴七百步。』【馮注】《史記·秦（始皇）本紀》：『始皇治驪山，穿三泉，下銅而致椁。』

㊸【朱注】《玉篇》：『蛩，寒蟬屬。』【何曰】『蛩啼』句自謂。（《輯評》）【按】二句謂今蕭之墓穴蟻漏，墓門草蔓蛩啼，一片凄凉。

㊹【朱注】《梁書》：『武帝聽覽餘閒，即於同泰寺講說《涅槃》《大品》《净名》《三慧》諸經，名僧碩學，四部聽衆，常萬餘人。』

㊺【程注】《左傳》：『君惠徼福于敝邑之社稷。』《老子》：『古之所謂曲則全者，豈虛言哉！』【馮注】《酉陽雜俎》：『蕭澣初至遂州，造二旛刹，施於寺。齋慶畢，作樂，忽暴雷震刹，俱成數十片。至來年雷震日，澣死。』【何曰】落句是惜，說善不蒙福，不可駭看。（《輯評》）【朱彝尊曰】疑蕭學佛，故借以為言，若竟指武帝則迂矣。【補】徼，通『邀』，求取。

以上為第五段，謂訓、注雖戮，而澣之沉冤莫雪，歎善者不得蒙福。

【錢龍惕曰】澣坐宗閔、虞卿黨牽累，故曰『初驚逐客議，旋駭黨人冤』也。時李訓、鄭注竊弄威權，凡不附己者目為宗閔、德裕之黨，貶逐無虚日，中外震駭，連月陰晦，人情不安，故曰『苦霧三辰没，窮陰四塞昏』。虎威狐更假，隼擊鳥逾喧』也。澣没於遂寧，故曰『遺音和蜀魄，易簀對巴猿』也。訓、注誅後，文宗始大赦，量移貶謫諸臣，故曰『白骨始霑恩』也。義山至開成二年始登第，故曰『自歎離通籍，何嘗忘叫閽』也。因澣為梁武子孫，故引同泰徵福之事，以為虚語，傷之之詞也。義山于楊虞卿、蕭澣之亡也，皆哭之極哀。至此云『不成穿壙入，終擬上書論』，冤忿極矣，惡訓、注之奸邪也。訓、注用事，鷹擊毛摯，僚寀一空，遂成甘露之變，君子歎息痛恨于文宗之失人也，有由然哉！

【姚曰】首四句，挈大意起。『密侍』四句，叙進用。『苦霧』四句，叙時局。『徒欲』四句，叙貶斥至死。『有女』四句，叙後事。『迥閣』四句，深致不平。『早歲』以下十二句，叙生平投契之樂。『自歎』以下至末，自恨不得少抒報效，仍望當世之士共為洗雪，而不使銜恨於九原也。

【屈曰】一段總提受冤之由。二段被逐時事。三段死後情事。四段交情。五段自歎不能為侍郎白冤，傷其逐死也。

【程曰】蕭澣之謫遂州，朱長孺所引《唐書》只言遂州刺史，未及再貶遂州司馬。錢夕公箋亦於詩有未詳盡。按《通鑑》大和六年十二月，文宗以前西川節度使李德裕為兵部尚書，朝夕且為相，李宗閔與之有隙，百計阻之，此宗閔之初攻德裕也。七年二月，上以德裕同平章事，與之論朋黨。其時給事中楊虞卿、中書舍人楊汝士、户部郎中楊漢公、中書舍人張元夫、給事中蕭澣等善交結附權要，上干執政，下撓有司，上聞而惡之，德裕因得排其所不悦者。三月，以楊虞卿為常州刺史，張元夫為汝州刺史，蕭澣為鄭州刺史。六月，遂出中書侍郎同平章事李宗閔充山南西道節度使。此德裕報怨之攻宗閔者也。八年，東都留守李逢吉思復入相，薦李訓於上，上又徵鄭注至京師。訓、注皆惡德裕，引宗閔以敵之。十月，遂以宗閔為中書侍郎同平章事。而十一月，以德裕為鎮海節度使。九年四月，左丞王璠、户部侍郎李漢奏德裕圖為不軌，又以為賓客分司，尋又貶袁州長史，此宗閔之黨結訓、注以攻德裕者也。是年，訓、注又共構京兆尹楊虞卿下獄，而宗閔救之。注求為兩省官而宗閔不許，注遂毀宗閔，貶明州刺史，虞卿貶虔州司馬。注又發宗閔結女學士宋若憲、樞密楊承和始得為相，又貶虔州長史，迄潮州司户，而吏部侍郎李漢貶汾州刺史，刑部侍郎蕭澣貶遂州刺史。尋又以楊虞卿、李漢、蕭澣為朋黨之首，貶虞卿虔州司户，漢汾州司馬，澣遂州司馬。此又李訓、鄭注之自為一黨以攻宗閔之黨也。考義山之見惡於令狐綯，原非宗閔氣類，其受知於王茂元、鄭亞、柳仲郢，皆德裕援引之人，則於黨宗閔之蕭澣，不應有歎息之意。然其事出於李訓、鄭注之反覆，時論頗為不平。而澣初貶鄭州之時，義山又曾與投分，亦故者無失其故之義也。……此詩與《哭虔州楊侍郎虞卿》，皆關於太和間二李黨事，固不可以不深考也。

【田曰】一篇極盡哭理。（馮箋引）

【馮曰】史言義山善為哀誄之詞，信然。

【王鳴盛曰】《有感》為訓、注稱冤，他處又斥其奸，非自相矛盾，乃並行而不悖者。（馮注初刊本王氏手批）

【紀曰】起手説得與世運相關，高占地步。○凡長篇須有次第。此詩起四句提綱，次四句叙其立官本末，次六句叙時事之非，次十句叙放逐而死。次十二句叙從前情好，次四句自寫己意，次八句總收。層層清楚，是其次第處也。○長篇易至散緩，須有筋節語支拄其間。七句、八句、十三句、十四句、二十七句、三十八句、三十九句、四十句皆筋節處也。『苦霧』四句極悲壯，『白骨』句沈痛之至而出以蘊藉。先著『早歲』十二句，『自嘆』四句乃有來歷。不然，縱極張皇，亦覺少力矣。故此一段獨長，是血脈轉接處也。（《詩説》）○收亦滿足。○移『公先』二句於『分以』二句前，移『登舟』二句於『分以』二句後，文義更融洽。（《輯評》）

【張曰】詩有『自歎離通籍，何嘗忘叫閽』語，是義山登第後作無疑。『離通籍』猶言去通籍未久也……。文集《代李玄為崔京兆祭蕭侍郎文》，馮氏定為崔珙，則此詩之作，亦當同時。蕭與楊皆牛黨，義山未婚王氏，在進士團中，受其知遇最深，故言之倍加沈痛也。（《會箋》）

【按】《哭蕭》詩馮氏繫開成元年，張氏繫二年。張解『離通籍』雖非，繫年則較合理。澣卒於開成元年夏，而詩中已有『蟻漏三泉路，螿啼百草根』之語，顯非新安葬情景。《哭楊》詩與本篇為姊妹篇，立意、構思均相近，二詩為同時之作亦大致可定。箋並見《哭楊》詩。

哭虔州楊侍郎 虞卿①

漢網疎仍漏②，齊民困未蘇③。如何大丞相，翻作弛刑徒〔一〕④？中憲方外易⑤，尹京終就拘⑥。本矜能弭謗⑦，先議取非辜⑧。巧有凝脂密⑨，功無一柱扶⑩。深知獄吏貴⑪，幾迫季冬誅⑫。叫帝青天闊⑬，辭家白日晡⑭。流亡誠不弔⑮，神理若為誣〔二〕⑯？

在昔恩知忝，諸生禮秩殊⑰。入韓非劍客⑱，過趙受鉗奴⑲。楚水招魂遠⑳，邙山卜宅孤㉑。甘心親垤蟻㉒，旋踵戮城狐㉓。陰騭今如此㉔，天災未可無。莫憑牲玉請㉕，便望救焦枯㉖。

〔一〕『㢮』，蔣本、悟抄作『弛』。按『㢮』『弛』字通。

〔二〕『理』，錢本作『聖』，非。

集注

①【朱注】《唐書》：『楊虞卿，字師臯。大和中，牛僧孺、李宗閔輔政，引為給事中。七年，宗閔罷，李德裕知政事，出為常州刺史。』八年，宗閔復入相，召為工部侍郎。九年，拜京兆尹。其年六月，京師訛言鄭注為上合金丹，須小兒心肝，民間相告語，扃鎖小兒甚密，街肆洶洶。上聞之不悦。注頗不自安，而雅與虞卿有怨，因約李訓奏曰：「語出虞卿家。」御史大夫李固言素嫉虞卿朋比，因傅左端倪。上大怒，收虞卿下獄。於是子弟八人皆自繫，撾鼓訴冤。詔虞卿還私第。翼日，貶虔州司馬，再貶司户，卒於貶所。　【馮注】原編集外詩。《舊書·傳》：『注頗不自安。御史大夫李固言素嫉虞卿朋黨，乃奏曰：「臣窮問其由，語出京兆尹從人。」』《地理志》：『虔州南康郡，屬江南西道。』【張曰】案虞卿再貶虔州司户，《舊書·傳》但云『卒於貶所』，不詳何年。《哭虔州楊侍郎》詩云：『甘心親垤蟻，旋踵戮城狐。』自注：『是冬舒、李伏辠（戮）。』則虞卿之卒，當在甘露事變前後（按『後』字疑衍）。詩有『莫憑牲玉請，便望救焦枯』句，《舊紀》：『開成二年七月乙亥，以久旱徙市，閉坊門。』其歸葬不妨稍遲。　又曰：詩有楚水招魂，邙山卜宅語，是虞卿歸葬時作。（《會箋》）

②【馮注】《史記·酷吏傳》：『漢興，網漏於吞舟之魚。』《老子》：『天網恢恢，疏而不失。』

③【程注】《漢書·食貨志》：『所忠言世家子弟富人，或鬬雞走狗馬弋獵傳戲亂齊民。』注：『齊，等也。無有貴賤謂之齊民。』二語謂李訓、鄭注未誅之先，朝野皆受其害。

④【朱注】《漢書》：『西羌反，發三輔、中都官徒弛刑。』注：『弛，釋也。若今徒解鉗釱赭衣，置任輸作也。』二語謂宗閔。【馮注】《後漢書·朱穆傳》：『太學書生數千人上書訟穆，曰：「伏見弛刑徒朱穆……」』【程曰】二語謂訓、注傾李宗閔，遂加貶黜。【按】弛刑徒，解除枷鎖之囚徒。李宗閔以宰相而貶潮州司户，迹近弛刑徒，故云。

⑤【原注】《史記》云：『商鞅多左建外易。』（姜本無此注）【朱注】《索隱》：『左建，謂以左道建立威權也；外易，在外革易君命。』此語謂固言。【補】中憲，指御史大夫。

⑥【朱注】謂虞卿。【程注】《漢書·序傳》：『廣漢尹京，克聰克明。』二語謂李固言為御史大夫，虞卿為京兆尹，平素相嫉，李遂傅會構罪。

⑦【程注】《國語》：『國人謗王。召公告王曰：「民不堪命矣。」王怒，得衛巫，使監謗者，以告，則殺之。國人莫敢言，道路以目。王喜，告召公曰：「吾能弭謗矣。」』

⑧【程注】《書》：『罔不懼於非辜。』二語謂鄭注畏京師之訛言有累於己，遂以為語出虞卿之家。【朱曰】二語謂鄭注。【馮曰】此謂固言借虞卿以弭謗。【按】此當指鄭注。自矜能弭謗者系受謗者，非固言可知，史稱『鄭注素惡京兆尹楊虞卿，與李訓共構之，云此語出於虞卿家人』（《通鑑》文宗大和九年），則『先議』取非辜者亦鄭注，固言但秉承鄭、李意旨耳。

⑨【朱注】《鹽鐵論》：『昔秦法繁於秋荼，而網密於凝脂。』【馮曰】此謂舒元輿鍛鍊，亦見史文。

⑩【馮注】《世説》：『任愷失權勢，不復自檢括。或謂和嶠曰：「卿何以坐視元裒敗而不救？」和曰：「如北厦門拉攞自欲壞，非一木所能支。」』《文中子》：『大厦之顛，非一木所支也。』言無一人能救之，如宗閔且大得罪矣。【程曰】二語謂嫁禍於虞卿者甚巧，而當時遂無有辯雪者。【按】『巧有』句馮解是。二語蓋謂舒元輿希鄭

注旨意，巧於鍛鍊羅織，法如凝脂之密，而宗閔、虞卿等如大厦傾敗，竟無一人救助之。

⑪【朱注】《周勃傳》：『吾常將百萬軍，安知獄吏之貴也？』

⑫【朱注】司馬遷《（報任少卿）書》：『今少卿抱不測之罪，涉旬月，迫季冬，（恐卒然不可諱）。』注：『迫季冬，言將刑也。』【程曰】二語謂時下詔獄，罪在不測。

⑬【朱注】《甘泉賦》：『選巫咸兮叫帝閽。』【馮曰】此指訟冤。

⑭【馮注】《淮南子》：『日至於悲谷，是謂晡時。』此指遠貶。【程曰】二語謂虞卿子弟闕下稱冤，遠謫。

【按】上句雖隱括子弟訟冤，但主語似仍為虞卿。二句意謂叫天而天不應，辭家遠貶之時，日色慘淡無光。

⑮【朱注】《左傳》：『哀公誄孔子曰：「旻天不弔，不憖遺一老。」』【補】流亡，指身死異鄉，魂魄散佚。《離騷》：『寧溘死以流亡兮。』

⑯【程注】王融《曲水詩》序：『設神理以景裕，敷文化以柔遠。』二語謂不得其正者，於古禮不應有弔，但虞卿謫非其罪，則於神於理所不可誣。【補】若為，猶『怎能』。

以上為第一段。叙楊虞卿受鄭注及其黨羽陷害，下獄遠貶，直至冤死。

⑰【程曰】二語謂己受知於虞卿，見待之禮數最優。

⑱【朱注】《史記》：『嚴仲子與韓相俠累有郄，告聶政，政仗劍至韓，直入上階，刺殺俠累。』

⑲【朱注】《史記》：『豫讓事智伯，甚尊寵之。趙襄子滅智伯，讓乃變姓名，為刑人，入宫塗厠中，欲刺襄子。』鉗奴，刑人也。《漢書》：『季布匿濮陽周氏，周氏乃髡鉗布置廣柳車中。』○言念其恩知，欲報以聶政、豫讓之事。【馮注】《史記·田叔傳》：『叔為趙王張敖郎中，漢下詔捕趙王，惟孟舒，田叔等十餘人赭衣自髡鉗，稱趙王家奴，隨之長安。』《張耳陳餘列傳》：『於是上賢張王諸客，以鉗奴從趙王入關，無不為諸侯相郡守者。』按：『受』字疑。【程曰】二語謂受恩未報，不能如古人之所為。【按】朱引豫讓事非所用，馮注是。二句意似謂，已雖感知遇之恩欲有以報，然未能如聶政之入韓報仇，亦未能如趙王諸客之自為鉗奴以相隨。鉗，古刑罰，以鐵圈

東頸。

⑳【馮注】虔州古屬楚。

㉑【朱注】《十道志》：『邙山在洛陽北十里。』楊佺期《洛城記》：『邙山，古今東洛九原之地也。』【馮注】《説文》：『邙，河南洛陽北亡山上邑。』《孝經》：『卜其宅兆。』白香山《哭師皐》詩：『南康丹旐引魂迴，洛陽籃舁送葬來。北邙原邊尹郁畔，月苦煙愁夜過半。』則楊實葬邙山也。【程曰】二語謂已雖弔之，而虞卿已不可作矣。【按】二句謂虞卿客死楚地，歸葬北邙，並致哀悼之情。

㉒【朱注】《説文》：『垤，蟻封也。』《嶺南異物志》：『蟻封者，蟻子聚土為臺也。』【馮注】《莊子》：『在下為螻蟻食。』

㉓【原注】是冬舒、李伏朋，（『朋』原作『易』，非，據戊籤改）。【何曰】楊虞卿之貶，發難于李訓、鍛鍊者舒元輿也。（《讀書記》）【朱注】《晉·謝鯤傳》：『劉隗誠始禍，然城狐社鼠。』《通鑑》：『秋七月，李訓召舒元輿為右司郎中兼侍御史知雜，鞫楊虞卿獄。九月，元輿、訓並同平章事。十月，有甘露之變，元輿、訓俱族誅。』【程注】《管子》：『車不給轍，士不旋踵。』二語謂虞卿之枉甘心至死，然舒、李之誅不過移時。【馮注】《戰國策》：『一心同力，死不旋踵。』按：《晏子春秋》：『社鼠者，不可熏，不可灌。君之左右，出賣寒熱，入則比周，此之謂社鼠也。』他如《韓非子》《韓詩外傳》《説苑》《漢書·中山靖王傳》，語皆相類，俱無『城狐』二字。惟《文選》沈約《彈王源文》：『狐鼠微物。』注引應璩詩：『城狐不可掘，社鼠不可熏。』因注家多雜引，偶詳徵之。【按】此謂虞卿身死之日不意舒、李之敗如是之速也。

㉔【程注】《書》：『惟天陰騭下民，相協厥居。』二語謂刑政如此，則災害自至。【按】陰騭，暗自安定。此係反語。

㉕【朱注】《詩》：『靡神不舉，靡愛斯牲；圭璧既卒，寧不我聽？』【程注】《左傳》：『晉之邊吏讓鄭曰：鄭國有災，晉君大夫不敢寧居，卜筮走望不愛牲玉。鄭之有災，寡君之憂也。』【按】牲玉，指祭祀時所用之牲

與玉。

㉖【朱注】《唐書》：『開成二年旱，自四月至七月不雨。』【馮注】《舊書·紀》：『開成二年七月乙亥，以久旱徙市，閉坊門。』【田曰】言虞卿冤氣所致，非禱祀可免。（馮注引）【程曰】二語謂開成二年大旱，冤抑不伸，祈雨無益也。

以上為第二段。叙己受知於楊而恩知未報，今舒、李雖戮而冤憤未伸也。

【錢龍惕曰】詩云『如何大丞相，翻作弛刑徒』者，指宗閔也。『中憲方外易』者，指固言也。『本矜能弭謗，先議取非辜』者，謂注也。念昔之恩知禮秩，至欲為聶政、朱家之事。楚水招魂，邙山卜宅，哀之深矣。是冬即有甘露之變，所謂『旋踵戮城狐』也。史言虞卿性柔佞，能阿附權幸，以為姦利。每歲銓曹貢部，為舉選人馳走取科第，占員闕，無不得所欲，升沉取舍，出其唇吻。而李宗閔待之如骨肉，以能朋比唱和，故時號黨魁，以及於禍。觀義山此詩，其與虞卿情好篤厚，則亦宗閔之黨也。他日哭蕭澣、哭令狐楚，皆有百身之感，二人亦宗閔之黨也。乃自開成登第後，連應王茂元、鄭亞、盧弘正之辟，皆李太尉引用之人，豈嫉楊、李朋比之私，而遷於喬木耶？卒為令狐綯所排擯，坎壈以終。當時鈎黨之禍，根株牽連。吁，可畏矣。

【姚曰】起手十六句，直叙虞卿受訓、注誣陷事。蓋虞卿之禍，當事者以其黨李宗閔，故欲陷虞卿以傾宗閔，而李固言證成之。大丞相，指宗閔。中憲，指固言。尹京，則虞卿也。『在昔』四句，言恩知未報。『楚水』四句，言天與雪冤。末四句，言訓、注惡欲，猶未洗盡也。

【屈曰】一段虛提受誣。二段叙受誣事。三段叫冤無路。四段知己之感。五段冤氣不消。

【田曰】怨憤語，大有欲叫無從之意。（馮箋引）

【馮曰】徐氏謂觀《哭蕭》《楊》詩，益知義山為牛黨。夫一介之士必有密友，豈定黨哉？當時『欲趨舉場，問蘇、張、三楊』，義山之相親，當以是也。若必遽以為黨，則白香山乃楊氏之戚，集中寄詩甚多，何千古無人謂為牛黨乎？又曰：夫牛、李之黨，實繁有徒，然豈人人必入黨中，不此即彼，無可解免者哉？既同時矣，同仕矣，勢不能不與之款接，要惟為黨魁者，方足以持局而樹幟，下此小臣文士，絶無與於輕重之數者也。（《玉谿生年譜》）

【王鳴盛曰】此以城狐比舒元輿、李訓、鄭注，又與有感詩之意相反。（馮注初刊本王氏手批）

【紀曰】不及《蕭侍郎詩》之精神結聚，結亦徑直。問『中憲』二句聲調，曰：此亦如七言之拗第六字，以下句三字平聲救之也。

【張曰】此詩故以樸實見骨氣，極盡哭理，筆筆老潔，何等渾成！結則因事寄哀，悲痛之深，不假修飾，豈嫌太盡也哉！（《辨正》）

【按】《哭蕭》詩與《哭楊》詩為題材、内容、體裁、手法相似之姊妹篇，係義山精心結撰之作。二詩深悼蕭、楊之冤貶致死，深疾鄭注等人之專擅奸邪，此固極明顯者。所應進而討論者為以下數事：

一、義山是否牛黨

義山入王茂元幕前，所交結之顯宦如令狐楚、崔戎、蕭澣、楊虞卿等，多為牛黨重要成員。自表面觀之，似義山此時屬牛黨無疑。（徐氏即因此而決其為牛黨。馮氏力辨徐説之非，謂『小臣文士，絶無與於輕重之數』。然『無與於輕重之數』，只可説明其地位、作用無足輕重，不能證明其主觀上無黨牛之意，亦不能判斷其客觀上無黨牛之實。）然決其果否牛黨，既不能僅以其是否交結牛黨成員為主要依據，亦不得以其地位之高下為口實，而應視其是否站在牛黨立場，對李黨進行攻擊（此系派性之主要標誌）。考此一時期義山詩文，絶無攻訐李黨之迹象。如蕭、楊之由給事中出為鄭、常刺史，與李德裕之當政有關，而二詩均未涉及此事。詩中所攻擊者，乃訓、注之黨。據此即可知義山非自居牛黨者。然當日情勢，牛、李兩黨已勢若水火，新進士人如與某一黨之若干顯要人物在較長時間内發生較密切關係，客觀上自予人以屬於某黨之印象。惟其時義山主觀上既不以牛黨成員自居，又無黨同伐異之言行，自對方黨派視之，止不過一寄身之文士耳，不足介意，故義山當時亦未有黨局嫌猜可畏之體驗，此其與上述諸人相交而不覺其隱伏將來背恩無行之責難也。至蕭、楊二人，義山與其關係純屬私誼，視『早歲思東閣，為邦屬故園』，『在昔恩知忝，諸生禮秩殊』之語可見。於二人中，關係又顯有深淺之分（蕭深而楊淺），故詩中所表現之感情亦因之而有别。紀氏極稱《哭蕭》詩之沉痛悲壯而出於藴藉，於《哭楊》詩則有所不足，洵為具眼之論。頗疑義山之結識虞卿，即緣蕭澣之引薦。馮氏謂義山之親楊，殆為應舉着想，亦頗近情理。

二、詩中對鄭、李之態度

王鳴盛於《哭楊》詩，謂『與《有感》詩之意相反』；於《哭蕭》詩，則謂『非自相矛盾，乃并行而不悖者』。實則王氏於《有感二首》所表現之對鄭、李之態度，理解即有所偏。《有感》非『為訓、注稱冤』，而係斥其倉皇舉事，貽誤國事；此二詩則斥其專擅威權，誣陷朝臣。時、事不同，而其斥訓、注也則一。此只可謂内容側重點有别，不可謂『自相矛盾』。而作者對訓、注之態度，亦惟有綜合《有感二首》《行次西郊》及此二詩方見其全。要言之，義山以為訓、注大和末專權縱恣，貶逐大臣，淆亂朝政，係城狐社鼠一流奸邪小人；甘露事變時又投君所好，倉皇發難，事敗而國運更衰，為躁進誤國之投機政客。斥李、鄭為城狐，實婉諷文宗之信任奸邪。詩中『虎威狐更假』『旋駭黨人冤』『白骨始霑恩』『暫能誅儵忽，長與問乾坤』『陰騭今如此，天災未可無』等語，譏評之意，痛憤之情固極明顯。

三、對蕭、楊之同情應如何評價

蕭、楊雖黨附李宗閔，然據史傳所載，與李宗閔尚有所不同。且蕭、楊之被貶逐，確系鄭、李之黨冤誣所致，此事件本身，並非無是非可言，蕭、楊自有可同情之處，鄭、李亦自難逃輿論之譴責。而詩中所反映之現象，亦有助於認識當時政治之混亂與統治集團内部之矛盾傾軋。然義山同情蕭、楊，亦非純出於公心，其中感個人知遇之成份相當濃重，此固不必為之飾。

自南山北歸經分水嶺①

水急愁無地②，山深故有雲。那通極目望，又作斷腸分③。鄭驛來雖及〔一〕④，燕臺哭不聞⑤。猶餘遺意在，許刻鎮南勳⑥。

〔一〕『驛』原作『邑』，一作『驛』，據蔣本、姜本、戊籤、錢本、影宋抄、席本改。

集注

①【朱注】南山，終南山也。《水經注》：『《漢中記》曰：嶓冢以東，水皆東流；嶓冢以西，水皆西流。故俗以嶓冢為分水嶺。』《通志》：『分水嶺在漢中府略陽縣東南八十里，嶺下水分東西流。』【程曰】南山在蜀中。以地道論之，終南在北，地近長安；嶓冢在南，地近江漢。若從終南北歸，不得復過分水嶺矣。此南山是蜀中南山，見《三國·蜀志》，愚於《寄南山趙行軍》七絶有辨。【馮曰】《括地志》云：『嶓冢山在梁州金牛縣東二十八

里，今在陝西漢中府寧羌州北九十里。』《禹貢錐指》歷引自漢以來諸説，而謂嶓冢有二：此嶓冢在漢中西縣，乃嶓冢導漾者；其嘉陵江水所出之嶓冢，則在秦州上邽縣，所謂西漢水也。王阮亭《蜀道驛程》曰：『金牛驛西稍南入五丁峽，一名金牛峽，此峽為蜀道第一險。次寧羌州過百牢關，關下有分水嶺，嶺東水皆北流至五丁峽，北合漾水入沔嶺；西水皆南流，逕七盤關、龍洞，合嘉陵水為川江。』余以此等地理，古今無異，取以疏此題及後題之嘉陵江甚明悉矣。【按】南山，指山南之興元府，朱、程注皆誤，馮氏已於《南山趙行軍》題注辨正。題中『分水嶺』即今陝西寧强縣北之嶓冢（另一嶓冢在今甘肅天水市與禮縣之間）。

②【補】此句形容分水嶺處，山高勢陡，水若迅急不擇地而分流。『愁無地』，似寓無所依托之感。

③【馮注】《辛氏三秦記》：『隴右西關欲上者，七日乃越，上有幾水四注流下，俗歌曰：「隴頭流水，鳴聲幽噎。遥望秦川，肝腸斷絶。」』肝腸，一作心肝。【補】那，況也。王鍈《詩詞曲語辭例釋》：『那，況、又、兼之、更加的意思，有關聯作用的副詞，不是通常作指示代詞或疑問代詞的用法。』二句謂更何況極目回望，雲封霧鎖，而嶺頭流水，又作斷腸之分乎？『斷腸分』暗寓與令狐永訣。

④【朱注】《漢書》：『鄭當時嘗置驛馬長安諸郊，請謝賓客，夜以繼日。』【按】此言己雖及奉令狐楚之召於楚卒前馳赴興元。用『鄭驛』既切楚之善待賓客，又切己之門客身份。

⑤【朱注】《寰宇記》：『燕昭王金臺在易州易縣東南三十里，又有西金臺，俗呼此為東金臺。又有小金臺，在縣東南十五里，即郭隗臺也。』『哭不聞』，言死者不聞其哭。【姚注】《圖經》：『黄金臺，易水東南十八里。燕昭王置千金於臺上，以延天下之士。』【馮注】《述異記》：『燕昭為郭隗築臺，士人呼為賢士臺，亦謂之招賢臺。』

⑥【馮注】《晉書》：『杜預拜鎮南大將軍，都督荆州諸軍事。孫皓既平，以功進爵當陽縣侯。預刻石為二碑，紀其勳績，一沉萬山之下，一立峴山之上，曰：「焉知此後不為陵谷乎？」』按：令狐楚遺命，銘誌但志宗門，秉筆者無擇高位。義山代草遺表，又為墓誌，見《令狐傳》及本集。【何曰】落句謂方撰彭陽碑銘也。鎮南似用征南，偶微誤耳。【按】『鎮南』不誤。墓誌今佚（晏殊《類要》卷十六有《令狐楚墓誥〔誌〕》佚句）。《新唐書·

令狐楚傳》：『疾甚，……自力為奏謝天子，召門人李商隱曰：「吾氣魄且盡，可助我成之。」……書已，敕諸子曰：「吾生無益於時，無請謚，勿求鼓吹，以布車一乘葬，銘誌無擇高位。」』

【朱曰】按史：開成初，令狐楚為山南節度使，卒於鎮。山南治漢中。題云『北歸分水嶺』，而詩有『燕臺哭不聞』之句，知必為令狐楚作也。義山嘗為楚撰誌文，故末曰『許刻鎮南勳』。史云：『楚没前一日，自草遺表，召從事李商隱助成之』，可證彭陽没時義山正在其幕也。

【陸鳴皋曰】首二句寫地，第三句承『山』，四句承『水』。五六句，感其禮聘之意也。李為楚撰誌文，故結語及之。

【姚曰】此為令狐楚作。楚為山南節度使，卒於鎮。三承二，四承一。山名地勢，皆足斷腸也。五句，身為幕僚；六句，心傷知己。楚墓誌文，義山撰，故有末句。【紀曰】一氣流走，風格甚老。

【按】義山早期律體，刻意仿杜而得其仿佛。此篇感情深摯，筆致蒼老，頗得杜意。一二兩聯即景生情，一氣呵成，不暇雕飾而自工。首句尤突兀而生動，令人宛見詩人經分水嶺時中心惶惶，不知所適情狀。令狐之没，實亦義山生平之一大分水嶺也。

行次西郊作一百韻

蛇年建丑月〔一〕①，我自梁還秦②。南下大散嶺〔二〕③，北濟渭之濱④。草木半舒坼，不類冰霜晨〔三〕；又若夏苦熱，燋卷無芳津⑤。高田長槲櫪〔四〕⑥，下田長荆榛。農具棄道傍，飢牛死空墩。依依過村落，十室無一存。存者皆面啼〔五〕⑦，無衣可迎賓。始若畏人問，及門還具陳⑧。

右輔田疇薄⑨，斯民嘗苦貧〔六〕。伊昔稱樂土⑩，所賴牧伯仁⑪。官清若冰玉⑫，吏善如六親⑬。生兒不遠征，生女事四鄰⑭。濁酒盈瓦缶，爛穀堆荆囷⑮。健兒庇旁婦〔七〕⑯，衰翁舐童孫⑰。況自貞觀後，命官多儒臣。例以賢牧伯，徵入司陶鈞⑱。

降及開元中，姦邪撓經綸⑲。晉公忌此事，多録邊將勳⑳。因令猛毅輩，雜牧昇平民㉑。中原遂多故㉒，除授非至尊㉓。或出倖臣輩，或由帝戚恩。中原困屠解㉔，奴隸厭肥豚㉕。皇子棄不乳㉖，椒房抱羌渾㉗。重賜竭中國，强兵臨北邊。控弦二十萬㉘，長臂皆如猿㉙。皇都三千里，來往同雕鳶〔八〕㉚。五里一換馬，十里一開筵㉛。指顧動白日，暖熱迴蒼旻㉜。公卿辱嘲叱，唾棄如糞丸㉝。大朝會萬方㉞，天子正臨軒㉟。綵旂轉初旭，玉座當祥煙。金障既特設，珠簾亦高褰㊱。捋須蹇不顧〔九〕㊲，坐在御榻前㊳。忤者死跟屨〔一〇〕，附之昇頂巔㊴。華侈矜遞衒㊵，豪俊相併吞㊶。因失生惠養，漸見徵求頻〔一一〕㊷。

奚寇東北來〔一二〕㊸，揮霍如天翻㊹。是時正忘戰，重兵多在邊㊺。列城遶長河㊻，平明插旗幡㊼。但聞虜騎入，不見漢兵屯㊽。大婦抱兒哭，小婦攀車轓㊾。生小太平年，不識夜閉門。少壯盡點行，疲老守空村。

生分作死誓[50]，揮淚連秋雲。廷臣例麞怯[51]，諸將如羸奔[52]。為賊掃上陽[53]，捉人送潼關[54]。玉輦望南斗[55]，未知何日旋。誠知開闢久[56]，遘此雲雷屯[57]。送者問鼎大〔一三〕，存者要高官[58]。搶攘互間諜，孰辨梟與鸞[59]？千馬無返轡，萬車無還轅[60]。城空雀鼠死，人去豺狼喧[61]。

南資竭吴越，西費失河源[62]。因令右藏庫〔一四〕，摧毀惟空垣[63]。如人當一身，有左無右邊[64]。筋體半痿痺[65]，肘腋生臊膻。列聖蒙此恥[66]，含懷不能宣。謀臣拱手立，相戒無敢先。萬國困杼軸[67]，内庫無金錢。健兒立霜雪，腹歉衣裳單。饋餉多過時，高估銅與鉛[68]。山東望河北，爨煙猶相聯。朝廷不暇給，辛苦無半年[69]。行人榷行資〔一五〕[70]，居者税屋椽[71]。中間遂作梗[72]，狼藉用戈鋋[73]。臨門送節制[74]，以錫通天班[75]。破者以族滅，存者尚遷延[76]。禮數異君父，羈縻如羌零〔一六〕[77]。直求輸赤誠[78]，所望大體全[79]。巍巍政事堂[80]，宰相厭八珍[81]。敢問下執事，今誰掌其權[82]？瘡疽幾十載，不敢抉其根〔一七〕[83]。國蹙賦更重，人稀役彌繁[84]。近年牛醫兒[85]，城社更攀緣〔一八〕[86]。盲目把大旆，處此京西藩[87]。樂禍忘怨敵，樹黨多狂狷[88]。生為人所憚，死非人所憐[89]。快刀斷其頭，列若猪牛懸[90]。鳳翔三百里[91]，兵馬如黄巾[92]。夜半軍牒來[93]，屯兵萬五千。鄉里駭供億[94]，老少相扳牽[95]。兒孫生未孩[96]，棄之無慘顔。不復議所適，但欲死山間〔一九〕[97]。

爾來又三歲[98]，甘澤不及春[99]。盗賊亭午起[100]，問誰多窮民[101]。節使殺亭吏，捕之恐無因[102]。咫尺不相見，旱久多黄塵[103]。官健腰佩弓〔二〇〕[104]，自言為官巡。常恐值荒迴，此輩還射人[105]。媿客問本末，願客無因循[106]。郿塢抵陳倉[107]，此地忌黄昏[108]。

我聽此言罷，冤憤如相焚[109]。昔聞舉一會，羣盗為之奔[110]。又聞理與亂，繫人不繫天〔二一〕。我願為此事，君前剖心肝。叩頭出鮮血，滂沱污紫宸[111]。九重黯已隔[112]，涕泗空沾脣。使典作尚書[113]，厮養為將軍[114]。慎勿道此言，此言未忍聞[115]！

〔一〕『丑』原作『午』，非，據戊籤改。【馮曰】十二月自興元還京，故下云『不類冰雪晨』，作『午月』者謬。

〔二〕『散』原作『濱』，非；一作『散』。據蔣本、姜本、戊籤、錢本，影宋抄、席本改。『嶺』，朱本、季抄作『關』。

〔三〕『霜』，朱本、季抄作『雪』。

〔四〕『槲』原作『檞』，非，據戊籤、席本改。詳注。

〔五〕『皆』，戊籤、悟抄作『背』。

〔六〕『嘗』，朱本作『常』。

〔七〕『庇』原作『疵』，據戊籤、朱本、季抄改。

〔八〕『同』，馮引一本作『如』。『雕』，蔣本、朱本作『彫』。【按】雕、彫、鵰古通。

〔九〕『捋須蹇』，此三字原缺，下注一作『捋須蹇』，據錢本、席本、朱本補。〔一〇〕『跟』原作『蹻』，非，據戊籤改。『屨』，戊籤作『履』。

〔一一〕『見』，馮引一本作『及』。『頻』，馮引一本作『煩』。

〔一二〕『東』，各本均作『西』，顯誤。朱本及季抄校語：當作『東』。兹據改。

〔一三〕『送』，戊籤作『逆』。

〔一四〕『右』，季抄、朱本作『左』。【按】作『左』似是，詳注。

〔一五〕『榷』，蔣本、錢本、影宋抄作『擢』，字通。
〔一六〕『零』原作『連』，一作『零』，據蔣本、席本、悟抄、姜本、戊籤、影宋抄、錢本改。
〔一七〕『抉』原作『扶』，非，據戊籤改。
〔一八〕『攀』，蔣本、姜本、戊籤、席本、悟抄、錢本作『扳』，同。
〔一九〕『欲』，朱本作『求』。
〔二〇〕『弓』原作『刀』，據蔣本、姜本、戊籤、錢本、影宋抄改。
〔二一〕『繫』，季抄、朱本作『在』。

①【朱注】開成二年丁巳。【補】建丑月，十二月。夏曆建寅，推至臘月為丑月。
②【朱注】梁州漢中郡。【補】秦，指長安。
③【朱注】《地理志》：『大散水源在鳳縣東界大散嶺。』【馮注】《魏志·武帝紀》：『公自陳倉以出散關。』《新書·志》：『寶鷄縣西南有大散關。』《通志》：『通褒斜大路。』按：關以嶺為名。【姚注】《方輿勝覽》：『大散關在梁泉縣，為秦蜀要路。』【按】南下，謂自南來而下大散嶺。
④【朱注】《通志》：『渭河在寶鷄縣治南。』
⑤【程注】應璩《與岑文瑜書》：『頃者炎旱，日更增甚。沙礫銷鑠，草木焦卷。』杜甫詩：『皇天德潤澤，焦卷有生意。』王筠詩：『拭露染芳津。』【馮注】《山海經》：『十日所落，草木燋卷。』【何曰】旱久寓僭，恒暘豫恒燠。（《輯評》）【按】四句寫冬旱景象。舒坼，指草木因晴暖而萌發，故云『不類冰霜晨』。

⑥【馮注】《本草》：「槲木與櫟相類。」《文選·南都賦注》：「櫪與櫟同。」謂皆長不材之木也。槲為松樠，非所用矣。

⑦【程曰】「皆」字誤，當作「背」字。下文「無衣可迎賓」，此所以畏人背面也。【徐曰】所以背面啼也。【馮曰】「背」字似是，作「皆」字亦可。謂皆饑寒而啼也。按：《漢書·項籍傳》：「馬童面之。」師古曰：「面謂背之，不面向也。」面縛亦謂反背而縛之。愚意此句「面」字，或亦謂背之。

⑧【程注】《古詩》：「今日良宴會，歡樂難具陳。」【何曰】此下皆述具陳，至末方自發議論，章法絕佳。（《讀書記》）

以上為第一段。述西郊所見農村荒涼殘破景象，引出村民具陳盛衰。

⑨【朱注】鳳翔府，漢扶風郡地，為右輔。

⑩【程注】《詩·國風》：「適彼樂土。」

⑪【程注】李密《陳情表》：「臣之辛苦，非獨蜀之人士及二州牧伯所見明知。」【何曰】宰相不選牧伯，是此篇發憤大旨。（《輯評》）

⑫【馮注】《魏志注》：「令狐邵為弘農太守，所在清如冰雪。」《晉書·賀循傳》：「循冰清玉潔。」

⑬「六親」見《無題》（八歲偷照鏡）注。

⑭【補】事四鄰，謂不遠嫁。

⑮【補】囷，圓形谷倉。

⑯【朱注】《漢書》：「元后父禁，好酒色，多娶傍妻。」【馮注】《漢書·高五王傳》：「齊悼惠王母，高祖微時外婦也。」師古曰：「謂與旁通者。」按：《左傳》：「不能庇其伉儷。」又：「不女疵瑕也。」健兒有旁婦，見寬然豐樂之象。「庇」字較是。

⑰【程注】《書》：「幼子童孫。」【補】《後漢書·楊彪傳》：「子修為曹操所殺。操見彪問曰：「公何瘦之

甚？」對曰：「愧無日磾先見之明，猶懷老牛舐犢之愛。」』

⑱【程注】《漢書・鄒陽傳》：『聖王制世御俗，獨化於陶鈞之上。』注：『陶家名（模下圓）轉者為鈞，蓋取周回調鈞耳。言聖王制馭天下，亦猶陶者轉鈞。』【何曰】宰相非人，以天官私非材，則小者草竊，大者叛亂相仍，未有已也。故就前事縷陳之。（馮注引，亦見《輯評》。）

以上為一節。追述唐前期社會安定繁榮，人民安樂豐裕，其原因在宰相與地方官得人。

⑲【補】姦邪，指李林甫，參下注。《周易正義》解《易屯象傳》『君子以經綸』曰：『經，謂經緯；綸，謂綱綸。』《禮記・中庸》：『惟天下至誠為能經綸天下之大經。』此喻政治綱紀。

⑳【馮注】《舊、新書・李林甫傳》：『開元二十五年封晉國公。開元中，張嘉賓、王晙、張説、蕭嵩、杜暹皆以節度入知政事。林甫欲杜其源以久己權，乃言夷狄未滅，由文吏憚矢石，不身先，請專用蕃將。因以安思順代己領使，而擢哥舒翰、高仙芝、安禄山等為大將，林甫利其無入相之資。故禄山得專三道勁兵，處十四年不徙，卒稱兵蕩覆天下，王室遂微。』《舊書・崔羣傳》：『告憲宗曰：「世言安禄山反，為治亂分時；臣謂罷張九齡、相林甫，則治亂已分矣。」』

㉑【馮注】《國語》：『不主寬惠，亦不主猛毅，主德義而已。』《大戴禮》：『猛毅而獨斷者，使是治軍事為邊境。』【何曰】分明説好好百姓，被此輩弄壞。（《輯評》）【按】猛毅輩，指凶猛專斷之武將。雜牧，猶言胡亂治理。

㉒【補】多故，猶多事，多變故。

㉓【補】除授，拜官授職。

㉔【朱注】言視民如牛狗，屠之解之。

㉕【何曰】一層（馮注引，亦見《輯評》）【補】厭，同饜。

㉖【朱注】林甫讒殺太子瑛、鄂王瑶、光王琚。【馮注】《漢書・宣帝紀》：『生數月，遭巫蠱事，繫郡邸

獄。邴吉使女徒趙徵卿、胡組乳養。』按：句意必貴妃專寵時，有害皇子，如漢趙后之所為者，史未詳載也。朱氏引林甫讒殺太子瑛、鄂王瑶、光王琚，則與『棄不乳』不符，非也。【何曰】以下專説禄山。（《輯評》）

㉗【馮注】《安禄山事蹟》：『禄山生日後三日，明皇召入内。貴妃以錦繡綳縛禄山，令内人以綵輿舁之，歡呼動地，云：「貴妃與禄兒作三日洗兒。」帝就觀大悦，因賜洗兒金銀錢物。自是宫中皆呼禄山為禄兒，不禁出入。』《舊書·傳》：『安禄山，營州柳城雜種胡人也。』按：《舊書·郭子儀傳》，吐蕃、迴紇、党項、羌、渾、奴剌等各種，而安禄山是柳城雜種胡人，其幼隨母在突厥中。未知與羌渾同異何如耳。【朱曰】羌渾趁韻。禄山實營州雜胡，非羌渾種也。【何曰】羌渾乃借用，若用吐渾，便是趁韻耳。（《輯評》）【紀曰】『椒房』句是義山病痛，若老杜則曰：『至尊顧之笑，王母不肯收。竟歸虚無底，化作長黄虬。』覺十分藴藉也。（《詩説》）【按】何説是。羌渾泛指外族。班固《西都賦》：『後宫則有掖庭椒房后妃之室。』漢代后妃所居宫殿，以椒和泥塗壁，取其温暖有芳香，兼有多子之意。後多以椒房指后妃。此指楊妃。

㉘【程注】《漢書·婁敬傳》：『是時冒頓單于兵强，控弦四十萬騎。』杜甫詩：『隴外翻投迹，漁陽復控弦。』【馮注】《漢書·匈奴傳》：『控弦之士三十餘萬。』《安禄山事蹟》：『禄山引蕃奚步騎二十萬。』【按】安禄山所轄三鎮兵共十八萬餘人，又養同羅、降奚、契丹曳落河八千人為假子，兵力近二十萬。

㉙【馮注】《史記》：『李廣為人長，猿臂，善射。』【程注】陸璣詩疏：『長臂者為猿。』

㉚【馮注】《舊書·志》：『范陽在京師東北二千五百二十里。』【補】雕鳶，鷙鳥與鷂鷹，均善飛猛禽。二句疑指安禄山令其將劉駱谷留長安作諜報事。《通鑑》天寶六載：『禄山常令其將劉駱谷留京師詗（刺探）朝廷指趣，動静皆報之。或應有牋表者，駱谷即為代作通之。歲獻俘虜、雜畜、奇禽、異獸、珍玩之物，不絶於路，郡縣疲於遞運。』

㉛【朱注】《唐書》：『禄山晚益肥，每馳驛入朝，半道必易馬，號大夫换馬臺，不爾馬輒仆。』【馮注】《安禄山事蹟》：『乘驛詣闕，……飛蓋蔭野，車騎雲屯，所止之處，皆賜御膳，水陸畢備。』

㉜【程注】《爾雅》：『春為蒼天，秋為旻天。』孟郊詩：『清流鑒蒼旻。』詩意謂禄山所煖熱可以變春秋之凉燠也。【補】指顧，手指目顧。

㉝【馮注】《爾雅》：『蛣蜣，蜣蜋。』《古今注》：『蜣蜋能以土包糞，轉而成丸。』《莊子》所謂蛣蜣之智，在於轉丸者也。』

㉞【程注】《穆天子傳》：『己未，天子大朝于黄之山。』《通典》：『後漢歲首正月為大朝，受賀。』《書》：『誕告萬方。』《獨孤及傳》：『執玉會萬方。』【按】大朝，隆重之朝會。天子大會諸侯羣臣謂大朝，以別於平日常朝。漢制，元旦、冬至用大朝禮。《唐書·禮樂志》：『皇帝元正、冬至受羣臣朝賀而會。』萬方，指全國各地諸侯，即都督、刺史等。

㉟【程注】《漢書·史丹傳》：『天子自臨軒檻。』《十六國春秋》：『石虎大起宫殿，於會正殿南面臨軒。』【按】皇帝不坐正殿而在殿前接見臣屬，謂『臨軒』。

㊱【補】障，屏風。褰，捲。

㊲【馮注】捋鬚，借舉一節以見禄山驕蹇無狀也。非用朱桓捋孫權鬚，謝安捋桓伊鬚事。《左傳》：『彼皆偃蹇。』注曰：『偃蹇，驕傲。』《公羊傳》：『為其驕蹇。』【道源注】蹇不顧，言禄山於御座前捋須偃蹇，無所顧忌也。

㊳【朱注】《唐書》：『帝登勤政殿，幄坐之，左張金鷄大障，前置特榻，詔禄山坐，褰其幄以示尊寵。太子諫曰：「陛下寵禄山太過，必驕。」帝曰：「胡有異相，吾欲厭之。」』

㊴【朱注】艱屨未詳。或曰：《釋名》：『艱，根也，如物根也。』艱屨，言脚跟下之屨。【徐曰】『跟』字是，猶言死於踐踏也。【馮注】自當作『跟』。《釋名》：『足後曰跟，象木根也。』『屨』『履』義固同。【按】二句謂觸忤安禄山者立死於其踐踏之下，依附者則升居高位。艱，通『根』；囏則艱之古字。故或字誤為『艱』『囏』。

㊵【馮注】《舊、新書·傳》：『帝為禄山起第京師，窮極壯麗，帟幕率緹繡，金銀為箅筐爪籬，大抵服御雖乘輿不能過。』《安禄山事蹟》：『舊宅在道政坊，更於親仁坊寬爽之地造焉。』【按】謂遞為華侈以相炫耀也。

㊶【馮注】《新書·傳》：『禄山為范陽大都督兼河北道採訪處置使，又拜河東節度使，兼制三道，後又得朔方節度使阿布思之衆，兵雄天下。又請為閑廄、隴右羣牧等使，擇良馬内范陽，又奪張文儼馬牧。』【按】豪俊相併吞，似兼安禄山與楊國忠之傾軋而言。

㊷【補】二句謂執政之君臣不復有惠愛養民之意，故誅求日益頻繁。【何曰】二層。（馮注引，亦見《輯評》）

以上為一節。叙開元末年以來，李林甫亂政、安禄山跋扈，中央集權削弱，藩鎮勢力膨脹，政局腐敗，人民困苦。

㊸【朱注】《安禄山事蹟》：『禄山養同羅、奚、契丹八千餘，名曳落河；又畜單于護真大馬習戰鬬者數萬匹，天寶十四載十一月九日起兵反。』

㊹【補】揮霍，動作迅疾貌。張衡《西京賦》：『跳丸劍之揮霍。』陸機《文賦》：『紛紜揮霍，形難為狀。』

㊺【何曰】兩押『邊』字，義同。（《輯評》）【按】『忘戰』，即下引《舊書·傳》『天下承平日久，人不知戰』之意。唐自開元、天寶以來，因常與吐蕃作戰，精兵多集中於西北邊境，故云。

㊻【馮注】《左傳》：『晉侯許賂秦伯以河外列城五。』

㊼【馮注】《舊書·傳》：『天寶十四載十一月，反于范陽。以諸蕃馬步十五萬，夜半行，平明食，日六十里。天下承平日久，人不知戰，聞其兵起，朝廷震驚。十二月渡河。』【按】二句謂叛軍晚間攻打沿河之城邑，天明即已攻陷，插以叛軍之旗旛。據史載，安禄山起兵叛變後，十二月渡黄河，連陷靈昌、陳留、滎陽等郡，繼又陷東京。

㊽【馮注】《安禄山事蹟》：『所至郡縣，無兵捍禦，甲仗器械朽壞，兵士皆持白棒。』【補】《新唐書·安禄

山傳》：『時兵暴起，州縣發官鎧仗，皆穿朽鈍折不可用，持梃鬭，弗能亢，吏皆棄城匿，或自殺，不則就禽，日不絕。』屯，駐防拒守。

㊾【朱注】《漢書注》：『轓，車蔽也。』【馮注】車耳反出，所以為藩，屏翳塵泥。

㊿【補】謂雖係生離，然因情勢艱險，却視同死別，故臨別而作死誓。《古詩為焦仲卿妻作》：『生人作死別。』　【錢鍾書曰】（少壯四句）皆《詩·擊鼓》之『死生契闊』也。

(51)【朱注】《韻會》：『麞性善驚，故從章。章者，慞惶也。』【馮注】《埤雅》：『麞如小鹿而美。又麞性善驚，故從章。』《吴越春秋》：『章者，慞惶也。』

(52)【朱注】《説文繫傳》：『六畜多瘦，惟羊則羸。』　【馮注】《説文》：『羸，瘦也。從羊，羸聲。』注曰：『羊主給膳，以瘦為病。』

(53)【朱注】《唐書》：『東都上陽宫在禁苑之東，東接皇城之西南隅。上元中置。高宗之季，常居以聽政。』【馮注】《舊書·紀》：『天寶十五載正月，禄山僭號於東京。』

(54)【馮注】按：禄山未至長安，新傳小誤。此指賊兵入長安，搜捕百官宦者宫女樂工等，送出潼關，詣洛陽也。事詳通鑑。【按】或謂二句指唐朝降臣為叛賊掃除宫殿，並捉人協助叛軍防守潼關。連上『廷臣』二句寫朝中文武或膽怯逃走，或助賊為虐。

(55)【朱注】玄宗幸蜀。【按】玉輦望南斗，即皇帝乘輿向西南方向出奔之意。『望』與下句『旋』字均屬玉輦。

(56)【程注】揚雄《劇秦美新文序》：『配五帝，冠三王，開闢以來，未之聞也。』

(57)【馮注】《易》：『雲雷屯，剛柔始交而難生。』【紀曰】『誠知』二句筋節震動。【按】開闢，本指盤古開天闢地，此借指唐朝開國。屯，音諄，艱難、禍亂。古人以為天地開闢前一片渾沌，天地開闢時雲雨雷電交會。此以『雲雷屯』喻巨大之禍亂（安史之亂）。二句謂誠知開國後承平已久，不免遇此巨大禍亂。

(58)【程注】《左傳》：「定王使王孫滿勞楚子，楚子問鼎之大小輕重焉。」【馮注】按：「送」惟《戊籤》作「逆」。或曰「逆」謂叛臣，「存」謂尚為王臣者；或曰「送」為迎送，「存」為存問。逆亦迎也，如《春秋》祭公逆王后于紀之類。《方言》：「自關而東曰逆，自關而西曰迎。」此送者、存者，當指使臣往來。然兩未可定。【按】既已叛逆，則不惟有「問鼎」之意，而已付諸行動，用「問鼎」似不切。且以未叛者為「存者」似亦未安，「存者」當與「滅者」相對。疑作「送」者是。二句蓋謂各地方鎮送物勞軍者有覬覦王室之意，遣使存問者亦每邀求高官。

(59)【補】搶攘，紛亂。互間諜，互相偵伺，彼此傾軋。梟，喻奸邪與叛亂者；鸞，喻忠於朝廷者。

(60)【補】謂討叛軍隊往往全軍覆没。

(61)【補】豺狼，喻佔領城邑之叛軍。【何曰】三層。（馮注引，亦見《輯評》）以上為一節。叙安史叛軍長驅直入，人民流離失所，君臣望風而逃，藩鎮乘亂謀私，國家陷於空前混亂。

(62)【朱注】《唐書》：「禄山反，胡虜蠶食，鳳翔以西、邠州以北皆為左衽。至廣德間，吐蕃盡取河西、隴右之地。」【按】安史亂後，中原遭受嚴重破壞，朝廷財政收入主要倚賴浙西、浙東、宣歙、淮南、鄂岳、福建、湖南、江西八道四十州之南方地區，由於誅求苛重，致使東南財力消耗殆盡，而河西之地又淪於吐蕃，故來自東南之財源漸趨枯竭，來自西北之財源亦喪失不存。資、費均指朝廷財政費用。

(63)【道源注】《晉書》：「有左、右藏。左納右給。」《通鑑》：「玄宗出延秋門，細民争入宫禁，焚左藏大盈庫。」【程注】《舊唐書·太宗紀》：「貞觀五年正月幸左藏庫，賜三品以上帛。」【馮注】按：舊本皆作「右」，惟朱本作「左」。《通典》：「左藏庫掌藏錢布帛雜綵，右藏掌銅鐵毛角玩弄之物，金玉珠寶香畫綵色諸方貢獻雜物。」《舊書·志》：「左藏掌邦國庫藏天下賦調，右藏掌國寶貨，凡四方所獻金玉珠貝玩好之物。」句意借右藏以言從此藩鎮專利自殖，不效貢獻，右藏無所用之也。若天下賦調之正數錢物藏，當安史亂平之後，仍有常供，何至惟空垣哉！余初據明皇幸蜀，百姓亂入宫禁，取左藏大盈庫物，既而焚之，而定作「左」，是泥一時之事，而失詩情矣。又按《舊書·安禄山傳》：「朝廷震驚，禁衛皆市井商販之人，乃開左藏庫出錦帛召募。」又《舊書·崔光遠傳》：『駕發，百姓亂入宮禁取左藏大盈庫物，既而焚之。』似作左作右未可執定，但下句『有左無右邊』，則必作『右』是。【按】上言『南資』『西費』竭失，當指朝廷賦調收入，而非金玉玩好之物，似當作『左』。至『摧毀惟空垣』，則詩人誇張形容之詞，固不必泥。若必徵實，則右藏亦未必如空垣也。且右藏如空垣，不過宮廷玩好之物缺乏，並不影響朝廷財政收支。然下言『有左無右』，則又另有所指，不必牽合左右藏庫。

(64)【朱彝尊曰】『邊』字三見。【何曰】三押『邊』字，義異。

(65)【馮注】按：杜牧《戰論》：大略謂：『天下視河北猶四支也，國家無河北，則精甲鋭卒利刀良弓健馬無有也，是一支兵去矣。河東、盟津、滑臺、大梁、彭城、東平盡宿厚兵，以塞虜衝，不可他使，是二支兵去矣。六鎮之師，厥數三億，低首仰給，横拱不為，沿淮已北，循河之南，東盡海，西叩洛，赤地盡取，纔能應費，是三支財去矣。咸陽西北，戎夷大屯，盡剷吴、越、荆、楚之饒，以啖兵戍，是四支財去矣。』可與此『南資』以下數聯相參證也。自祿山之亂，而隴右州縣盡陷於吐蕃，河朔三鎮强藩擅據，此天下大勢之有左無右邊也。【按】四句謂安史亂後之唐王朝，强藩割據，政令不行；肘腋之地，又屢遭異族侵佔，如人之一身，有左無右，筋體已半痿痹矣。《晉書·江統傳》：『寇發心腹，害起肘腋。』

(66)【田曰】遞及肅、代、德、憲時事。（馮注引）

(67)【馮注】《詩》：『小東大東，杼柚其空。』《史記·天官書》：『杼雲類杼軸。』柚、軸通用。

(68)【朱注】《唐書》：『德宗時，江淮多鉛錫錢，以銅盪外，不盈斤兩。銷千錢，為銅六斤。』『馮注』按：銷鑄者多，錢益耗，帛益貴。詳見史志。【按】唐代缺銅，豪富銷開元通寶錢取銅鑄惡錢、制銅器，流通錢幣稀少。兩税法實行後，錢重物輕現象更為嚴重，受害者為廣大農民與士兵。此句承上『内庫無金錢』等句，言官府饋餉時以實物折錢計算，故意抬高錢幣價值，以達到尅扣糧餉之目的。

(69)【馮注】《西都賦》：『日不暇給。』【按】二句謂朝廷無暇顧及山東河北一帶人民之生活，故終歲辛苦而無半年之糧。

(70)【馮注】《漢書·王莽傳》：『豪吏猾民，辜而攉之。』攉、榷通。【補】行人，指行商。榷，本指官府專利、專賣，此指征稅。行資，行商所帶之貨物。句意謂向行商征收貨物稅。詳下注。

(71)【朱注】《唐書》：『德宗建中三年，搜括富商錢，增兩稅鹽榷錢。又於諸道津要置吏稅商貨，每貫稅二十文，竹木茶漆皆什稅一。四年，稅間架錢。每屋兩架為間，上者稅錢二千，中稅千，下稅五百。』【按】稅屋椽，指征收間架錢（房産稅）。

(72)【程注】《東京賦》：『度朔作梗，守以鬱壘；神荼副焉，對操索葦。』王勃《南郊頌》：『憑遐作梗，恃險忘恭。』【補】《北史·魏收傳》：『羣氏作梗，遂為邊患。』作梗，干擾，從中阻撓。此謂藩鎮抗命，朝廷政令不能下達。

(73)【程注】《東都賦》：『元戎竟野，戈鋋彗雲。』【朱注】謂河北諸鎮朱滔、田悅、王武俊以及朱泚、李懷光、李納、李希烈等相繼叛亂。【馮曰】朱泚之亂最大。【補】狼籍，紛亂貌。鋋，鐵柄短矛。用戈鋋，猶言動干戈。【何曰】此處入建中之亂，段落不清，又嫌太略，且如何忽接入鄭注事？又曰：注帥鳳翔，正是右輔地，不為突然無據也。（《輯評》）

(74)【朱注】節，旌節；制，制書也。【馮注】《舊書·職官志》：『旌節所以委良能，假賞罰。旌節之制，命大將帥及遣使於四方，則請而佩之。』【程注】杜甫詩：『每惜河湟棄，新兼節制通。』

(75)【馮注】《舊書·鄭餘慶傳》：『至德以來，方鎮除授，必遣中使領旌節就第宣賜。』又《新書·藩鎮傳》：『先遣使弔祭，次册贈，次近臣宣慰，度軍便宜乃與節。』則指擅自承襲者也。胡三省《通鑑注》亦云：『凡藩鎮加官，率遣中使奉命，謂之官告使。』『以錫通天班』者，杜牧《守論》所謂『王侯通爵，越録受之』也。【補】通天班，直屬皇帝之班列。二句謂藩鎮或跋扈抗命，或世襲自立，朝廷不特不加懲處，反遣使送上旌節制書，賜以高官顯位以羈縻籠絡。中唐後節度使每加同中書門下平章事（宰相）等職銜。

(76)【補】二句謂被朝廷所破滅之藩鎮已遭族誅，而尚存之藩鎮仍觀望拖延，繼續割據。破者，如憲宗時被討滅之西蜀劉闢、淮西吴元濟、淄青李師道等；存者，如河北三鎮。

(77)【朱注】零，音憐。羌戎，西戎也。先零，西羌名。【程注】《説文》：『羌，西戎也。』《廣韻》：『零，先零，西羌也。』【馮注】司馬相如《難蜀父老》：『天子之牧夷狄也，羈縻勿絶而已。』《漢書·趙充國傳》：『先零首為畔逆。』元和時平定諸鎮，而河朔訖不能復，幸得羈縻而已。【按】羈，馬籠頭；縻，牛韁繩。羈縻，籠絡使不生異心。

(78)【馮注】『直』字作『豈』字用。

(79)【補】大體，大概之體統。二句謂豈求其竭誠效忠於朝廷，不過望其維持君臣間之大體，名義上臣服朝廷而已。

(80)【程注】《唐書·百官志》：『初，三省長官議事於門下省之政事堂。其後，裴炎自侍中遷中書令，乃徙政事堂於中書省。張説為相，又改政事堂號中書門下，列五房於其後。』

(81)【程注】《周禮·冢宰》：『膳夫，珍用八物。』注：『謂淳熬、淳母、炮豚、炮牂、擣珍、漬、熬、肝膋也。』梁武帝詩：『雕案出八珍。』【馮注】《周禮》：『食醫，掌和王八珍之齊。』【按】宰相議事，例會食，故云。

(82)【程注】《左傳》：『寡君聞君親舉玉趾，將辱于敝邑，使下臣犒執事。』蔡邕《陳政要疏》：『訊諸執事。』【馮注】《國語·吴語》『敢私告下執事。』【何曰】掌其權者只在百姓口中一指摘，所謂譎諫。（《輯評》）【按】其時宰相有鄭覃、李石、陳夷行等。下執事，下屬聽候支使者。敢問下執事，係村民謙詞，表示不敢直接動問對方。

(83)【何曰】（『瘡疽』句）遥遥傳鉢。（『瘡疽』二句）説出姑息心事。（敢問）四句問宰相也。（《輯評》）

(84)【馮注】《通鑑》：『每歲賦税倚辦，止浙江東西、宣歙、淮南、江西（原無江西二字，據《通鑑》增）、鄂岳、福建、湖南八道，比天寶税户四分減三，天下兵仰給縣官八十三萬餘人，比天寶三分增一，大率二户資一兵。其水旱所傷，非時調發，不在此數。』【何曰】四層。（馮注引，亦見《輯評》）

以上為一節。叙安史亂後唐王朝財源枯竭，賦税苛重，藩鎮跋扈，異族入侵等嚴重危機，抨擊當權者腐敗無能，不敢正視國家危機。

(85)【朱注】《舊唐書》：『鄭注始以藥術遊長安。本姓魚，冒姓鄭氏，時號魚鄭。兩目不能遠視。自言有金丹之術，可去痿弱重膇。元和末，依李愬，為愬煮黄金餌之得效。王守澄總樞密，薦於文宗，深寵異之。』【程注】《後漢書》：『黄憲世貧賤，父為牛醫，同郡戴良才高倨傲，見憲，歸，罔然若有所失。其母問曰：「汝復從牛醫兒來耶？」』【徐曰】此是借用。【何曰】上四層，四海所同；此三層，京師重困。（《輯評》。馮引作『此下一層，京師重困。』）【按】牛醫兒借指鄭注，含輕視之意。《新書·注傳》：『文宗暴眩，守澄復薦注，即日召入，對浴堂門。』

(86)【姚注】《爾雅翼》：『管仲稱社，束木而塗之，鼠因往託焉。燻之則恐燒其木，灌之則恐敗其塗。此鼠之不可得而殺者，以社故也。』後漢虞延曰：『城狐社鼠，不畏燻燒，謂其有所憑託也。』【補】《晉書·謝鯤傳》：『及（王）敦將為逆，謂鯤曰：「劉隗奸邪，將危社稷。吾欲除君側之惡，匡主濟時，何如？」對曰：「隗誠始禍，然城狐社鼠也。」』喻依託君主權勢作惡之奸邪。攀緣，攀附。

(87)【馮注】《左傳》：『城濮之役，亡大旆之左旃。』《晉書·王濬傳》：『杜預與之書曰：「足下既摧其西藩。」』【補】《新唐書·鄭注傳》：『貌寢陋，不能遠視。』『盲目』謂此，兼刺其政治識見之『盲目』。把大旆，指注持旌旗出鎮一方，任鳳翔節度使。大和九年九月，注代李聽鎮鳳翔。鳳翔轄京西地區，為京城藩蔽，故稱『京西藩』。

(88)【朱注】《舊唐書》：『注天資狂妄，日聚京師輕薄子弟、方鎮將吏以招權利。生平恩讎，絲毫必報。心所惡者，目為李宗閔、李德裕之黨，朝士相繼斥逐，班列為空。』【程注】陳琳《為袁紹檄豫州文》：『猥狡鋒協，好亂樂禍。』《宋書・恩倖傳序》：『挾朋樹黨，政以賄成。』【按】二句謂鄭注樂於制造禍端（指誅殺宦官）而忘怨敵之勢力，其所交結之黨羽亦多為狂躁妄為之輩。《新書・注傳》：『日日議論帝前，（與李訓）相倡和，謀鉏翦中官，自謂功在晷刻，帝惑之。』《舊書・注傳》：『輕浮躁進者，盈於注門。』狂、狷本分指躁進者與褊急者，此偏用『狂』義。

89【馮注】漢成帝時童謡：『桂蠹花不實，黄雀巢其巔。昔為人所愛，今為人所憐。』【按】此反其意而用之。

90【朱注】《舊唐書》：『太和九年，（鄭注）與李訓謀誅宦官，訓出注為鳳翔節度使，欲中外合勢。事敗，注自鳳翔率親兵五百餘人赴闕。監軍使張仲清誘而斬之，傳首京師。家屬屠滅，靡有孑遺。』《新書》：『梟注首光宅坊，三日瘗之。』【補】《新書・注傳》：『其屬魏弘節勸注殺監軍張仲清及大將賈克中等十餘人，注驚撓不暇聽。仲清與前少尹陸暢用其將李叔和策，訪注計事，斬其首。』《通鑑》：『張仲清遣李叔和等以注首入獻，梟於興安門。』

91【馮注】《舊書・志》：『鳳翔在京師西三百十五里。』

92【馮注】《後漢書・靈帝紀》：『鉅鹿人張角，自稱黄天，其部師三十六萬，皆著黄巾，同日反叛。』

93【程注】竟陵王蕭子良啟：『宋運告終，戎車屢駕，寄名軍牒，動竊數等。』【補】軍牒，調兵文書。《通鑑》：『丁卯，詔削奪注官爵，……以左神策大將軍陳君奕為鳳翔節度使。』禁軍四出剽劫有如盜賊，故云『兵馬如黄巾』。

94【程注】《左傳》：『寡人唯是一二父兄，不能共億，其敢以許自為功乎？』【按】舊注：『供，給；億，安也。』謂供給軍需以求安。『供億』係唐代公文習用語，意同供給安頓。共，通『供』。

95【補】扳，挽，牽。二句謂當地居民因禁軍勒索財物之多而驚駭，紛紛扶老携幼，四出逃亡。

96【何曰】十室無一存之故。（《輯評》）【補】孩，小兒笑。《老子》：『如嬰兒之未孩。』

97【馮注】《新書・鄭注傳》：『初，未獲注，涇原、鄜坊節度使王茂元、蕭弘皆勒兵備非常。』《通鑑》：『令鄜道按兵觀變，以左神策大將軍陳君奕節度鳳翔。』數句指此事也，言官軍渾如盜賊，益可見《重有感》之專為劉從諫矣。【何曰】五層。（馮注引。亦見《輯評》）

以上為一節。敘鄭注事敗被殺與陳君奕出鎮鳳翔，反映甘露事變及京西人民所遭之殘害。

98【補】爾來，指甘露事變以來。

99【程注】《荆楚歲時記》：『六月必有三時雨，田家謂之甘澤。』

100【馮注】《廣雅》：『日在午曰亭午。』

101【何曰】應『苦貧』。又曰：兩押『民』字，義同。（《輯評》）【徐注】問誰為盜賊，乃多窮民也。【紀曰】問誰多窮民，乃上問下答，句法本漢之童謡『誰其獲者婦與姑』也。

102【馮注】《後漢書·百官志》：『亭有亭長，以禁盜賊。』本注曰：『亭長主求捕盜賊。』《風俗通》：『亭吏舊名負弩，今改為長。』言民窮為盜，節使不務求其源，而徒殺亭吏，則捕之終恐無因也。【何曰】召旱致亂，皆節使為之也，歸罪於亭吏而殺之，其能弭乎？（《輯評》）【田曰】句法出没，十分得意。（馮注引）

103【朱注】《唐書》：『開成二年四月乙卯，以旱避正殿。』《舊書》：『七月乙亥，以久旱徙市閉坊門。』

104【程注】《唐書·代宗紀》：『州兵給衣糧者謂之官健。』【馮注】《通鑑》：『代宗大曆十二年，定諸州兵。其召募給家糧春冬衣者，謂之官健。』

105【馮注】捕盜之官健至荒迥地，即自為盜，節使不治官健，而徒殺亭吏哉！【何曰】災荒之時，兵即為盜，千古一轍。（《讀書記》）

106【補】本末，因果，指唐王朝致亂之原與變亂所造成之後果。因循，猶馬虎大意。【何曰】忽收住於『還秦』，何生動！『無因循』，對『次』字。（《輯評》）

107【朱注】《通志》：『董卓郿塢在郿縣東北一十六里。』【馮注】《後漢書·董卓傳》：『築塢于郿，號曰萬歲塢。』【姚注】《唐書》：『鳳翔府寶鷄縣，本陳倉，至德二載更名。』

108【何曰】亭午猶起，況黃昏乎？（《輯評》）　【田曰】極形危恐。（馮注引）　【馮注】歸到行次。

以上為一節。叙甘露之變以來西郊農村所遭天災人禍及民迫為『盜』情況。

自『右輔田疇薄』至此為第二段。借村民之口叙述從唐初至開成治亂興衰，並揭示其根源。

109【馮注】《詩》：『憂心如焚。』　【何曰】『我聽此言罷』：終『具陳』。此下寄慨作收，得法。（《讀書記》）

110【朱注】會，士會也。　【馮注】《左傳》：『晉侯請于王，以黻冕命士會將中軍，且為太傅，于是晉國之盜逃奔于秦。』

111【馮注】班固《終南山賦》：『概青宮，觸紫宸。』《唐會要》：『高宗龍朔三年四月，移仗就蓬萊宮新作含元殿，始御紫宸殿聽政，百寮奉賀新宮成也。』按：蓬萊宮，本大明宮，咸亨元年仍改名大明。紫宸殿在大明宮，自後為常御之內殿。【補】滂沱，傾瀉流溢貌。

112【馮注】《楚辭・九辯》：『君之門兮九重。』　【何曰】『黯』字從上『黃昏』生。（《輯評》）

113【程注】《漢書・蘇武傳注》：『假吏，猶今之差人充使典。』《唐書・李林甫傳》：『玄宗欲以牛仙客為尚書，張九齡曰：「仙客本河湟一使典耳。」』　【馮注】《舊書・紀》：『開元二十四年，牛仙客為兵部尚書，知中書門下省事。』按：唐人呼吏胥為使典。　【按】使典，官府中辦理文書之小吏。

114【程注】《史記》：『武臣為趙王，間出，為燕所得，張耳、陳餘患之。有廝養卒説燕，乃歸趙王。』　【馮注】《戰國策》：『士大夫之所匿，廝養士之所竊。』鮑注曰：『廝，折薪養馬者。』《容齋隨筆》：『今人呼蒼頭為將軍，本彭寵為奴所縛，呼其奴為將軍事。』《野客叢書》：『《陳勝傳》已言將軍呂臣為蒼頭軍矣。唐岑參歌曰：「紫紱金章左右趨，問著即是蒼頭奴。」李商隱詩：「廝養為將軍。」則知其事甚多。』按：《漢書・鮑宣傳》：『蒼頭廬兒。』注家云：『漢名奴為蒼頭。』若《陳勝傳》《項羽本紀》之蒼頭軍，謂着青帽之軍，《戰國策》已有之，不宜概引。此二句虛説尤合，言尚書奉行故事，乃使典所優為；將軍一無籌策，與廝養何以異？皆不必泥實事。　【程曰】使典、廝養所指，蓋仇士良以內侍監知省事，故曰『作尚書』；又為驃騎大將軍，封楚國公，故曰『為將軍』

也。使典者，如宦官為樞密使、觀軍容使之類，又定制内侍省有典引之號是也。【按】『使典』句謂朝廷中任高級行政職務之官吏才器不過如胥吏之流；『厮養』句謂宦官掌握軍權。唐德宗以來，禁軍將領均由宦官擔任。宦官本皇帝家奴，故稱『厮養』。

【何曰】不用儒臣，則終無仁政；無仁政則終不為樂土。盜賊縱横，近滿右輔，況議河北哉！故終之以『未忍聞』也。（《輯評》）【按】『此言』，即『我聽此言罷』之『此言』，指村民所述。作者因朝政腐敗，危機深重，雖有『君前剖心肝』之願望而不能實現，故不忍再聞此言，徒增憤鬱。

⑮【馮注】將相皆非其人，慎勿再為此言，我真不忍聞也。正見訴之不盡。或謂尚書、將軍不忍聞之，誤矣。

以上為第三段。述作者感慨。

【胡震亨曰】天寶事何可復道，末及開成事，是近事，乃生色耳。（《唐音戊籤》）

【錢龍惕曰】『晉公』十二句箋：《新書》：宰相李林甫嫌儒臣以戰功進，尊寵間己，乃請顓用蕃將。故帝寵安禄山益牢，羣議不能軋。楊國忠以宰相領選，資格紛繆，無復綱叙。大選就第，唱補惟女兄弟觀之。士之醜野偃蹇者，呼其名，輒笑于堂，聲徹于外。士大夫詬耻之。楊貴妃有寵，禄山請為妃養兒，帝許之。其拜必先妃後帝，帝怪之，答曰：『蕃人先母後父。』帝大悦。○『重賜』八句箋：《新書》：禄山逆謀日熾，築壘范陽北，號『雄武城』。峙兵積穀，養同羅降曳落河、奚、契丹八千人為假子，教家奴善弓矢者數百，畜單于護真大馬三萬，牛羊五萬。每乘驛入朝，半道必易馬，號『大夫換馬臺』，不爾，馬輒仆，故馬必能負五石者乃勝載。○『大朝』八句箋：《新書》：帝登勤政樓，幄坐之，左張金雞大障，前置特榻，詔禄山坐，褰其幄以示尊寵。太子諫曰：『自古幄坐，非人臣當得。陛下寵禄山過甚，必驕。』帝曰：『胡有異相，我欲厭之。』○『廷臣』十二句箋：《舊書》：安禄山率蕃、漢之兵十餘萬，自幽州南向詣闕，以誅楊國忠為名。封常清、高仙芝等戰敗，斬于潼關。明年，哥舒翰與賊將崔乾祐戰于靈寶西原，官軍大敗，關門失守。京師大駭，帝謀幸蜀。六月乙未凌晨，自延秋門出，微雨霑濕，扈從惟楊國忠、韋見素、内侍高力士及太子，其親王，妃主、皇孫已下多從之不及。《舊書》：潼關失守，玄宗幸蜀，百姓亂入宫禁，取左藏大盈庫物，既而焚之。京兆尹崔光遠號令百姓救火，又募人分守之，殺十數人方止，使其息東見禄山，禄山大悦。舊書：朝廷失守，衣冠流離道路，多為逆黨所脅，自陳希烈、張均已下數十人赴洛陽。《舊書·本紀》：玄宗至馬嵬驛，六軍不進，陳玄禮奏誅國忠，并賜貴妃自盡。次扶風，軍士各懷去就，咸出醜言，玄禮不能制。韋見素、崔圓、崔涣、房琯倶拜中書侍郎、同平章事。○『列聖』二十四句箋：《新書》：安、史亂天下，至肅宗大難略平。君臣皆幸安，故瓜分河北地，付授畔將，護養萌孽，以成禍根。亂人乘之，遂擅署吏，以賦税自私，不朝獻于廷。效戰國肱髀相依，以土地傳子孫，脅百姓，加鋸于頸，利鉥逆汙，遂使其人自視由羌狄然。一寇死，一賊生，訖唐亡，百餘年卒不為王土。杜牧曰：大曆、貞元之間，有城數十，千百卒夫，則朝廷貸以法。故於是闊視大言，自樹一家，破制削法，角為尊奢。天子不問，有司不呵。王侯通爵，越録受之；覲聘不來，几杖扶之。逆息虜胤，皇子嬪之。地益廣，兵益强，僭擬益甚，侈心益昌。土田名器，分劃大盡，而賊夫貪心，未及畔岸，淫名越號，走兵四略，以飽其志。趙、魏、燕、齊，同日而起；梁、蔡、吴、蜀，躡而和之。其餘混澒軒囂，欲相效者，比比而是。○『近年』十六句箋：《舊書》：鄭注始以藥術游長安權豪之門。本姓魚，冒鄭氏，時號『魚鄭』。注用事，人目之為水族。因李愬結王守澄，薦于文宗，深寵異之。注晝伏夜動，交通賂遺。天資狂妄，偷合取容。太和九年十一月，與李訓等謀誅宦官，訓出注為鳳翔節度使，欲中外合勢。事敗，注自鳳翔率親兵五百餘人赴闕，監軍使張仲清誘而斬之，傳首京師，家屬屠滅，靡有孑遺。注兩目不能遠視。自言有金丹之術，可去痿弱重膇之疾。

【何曰】『瘡疽幾十載，不敢抉其根』，近事即天寶事也。○定哀多微詞，故但收轉亂本。誰生厲階，至今為梗？

開成事在其中矣。今之執政皆林甫也，又安能抉其根乎？然結句但言僭而不言豫，取不敢斥言，為尊者諱之旨也。（末段『昔聞』下十四句）渾是杜句。（以上《輯評》）　又曰：此等傑作，可稱詩史，當與少陵北征並傳。（《讀書記》）

【姚曰】起手十六句，直敘行次西郊時目擊蕭索氣象。自『及門還具陳』以下，直至『此地忌黄昏』，皆從居民口中具述開元至開成年間事，總是致此蕭索之由。自『我聽此言罷』至末，乃自敘作詩之意。蓋致亂之大原，在姦邪之得進；姦邪之得進，由君聽之不聰。上文居民所述，乃是向來致此蕭索之因。此言如此因循過去，忠言日隔，朝政日非，正恐蕭索氣象日甚一日，非臣子所忍盡言也。

【屈曰】一段叙長安亂後景況。二段遺民述亂亡始末。三段感慨結。

【程曰】詩中叙鄭注之事有『爾來又三歲』句，鄭注事在太和九年，明年即改元為開成元年，所謂三歲者，乃開成二年丁巳，起句之所以曰『蛇年』也。此詩分六大段。第一段自起句至『斯民常苦貧』，言經過所見之荒殘。第二段自『伊昔稱樂土』至『徵入司陶鈞』，言京師當日之富庶。第三段自『降及開元中』至『肘腋生臊膻』，言玄宗幸蜀之事。第四段自『列聖蒙此恥』至『人稀役彌繁』，言德宗奉天之事。第五段自『近年牛醫兒』至『但求死山間』，言文宗時甘露之事。第六段自『爾來又三歲』至末，則言時事之不理，而歸於用人之不當也。然逐段之中，皆以用人為主。如貞觀之盛時，則言『命官多儒臣』也，『徵入司陶鈞』也；叙開元之衰，則言『奸邪撓經綸』也，『晉公忌此事』也；叙建中之亂，則言『謀臣拱手立』也，『今誰掌其權』也；叙太和之變，則言『盲目把大旆』也，『樹黨多狂狷』也。此作詩之旨也。……又按：韻以真、文、元、寒、山、先六部並用，本之杜、韓。又有重韻，亦本杜、韓。然其鼻祖則自漢魏以來有之，如《焦仲卿妻》、陳思王《棄婦篇》，皆重韻之最著者也。

【田曰】不事雕飾，是樂府舊法。唐人可比唯老杜《石壕》諸篇，《南山》恐不及也。（馮箋引）（又《輯評》朱筆眉批云：『此等詩只是屋下架屋，雖規橅老杜，然前太冗，後太亂。』不知是否田評，姑附此。）

【馮曰】朴拙盤鬱，擬之杜公《北征》，面貌不同，波瀾莫二。自古有叛臣必由於權奸，而牧令失人，民生日蹙，元氣日削，尤為致亂之本。前半所叙可為龜鑑，不嫌習聞，胡評未允也。真、文、元、寒、山、先六韻通用，此常例也。『邊』字三見，『民』字『奔』字二見，木庵、湛園頗病之。然遠則漢魏，近則杜、韓，皆所不避，古詩不忌重韻，顧亭林論之詳矣。

【紀曰】亦是長慶體裁，而準擬工部氣格以出之，遂衍而不平，質而不俚，骨堅氣足，精神鬱勃，晚唐豈有此第二手。『我聽』以下，淋漓鬱勃，如此方收得一大篇詩住。芥舟曰：的是摹杜，骨格蒼勁似之，神氣冲溢則未也。謂中晚高作則可，以配《北征》，則開合變化之妙不可同日而語矣。（《詩説》）

【姜炳璋曰】此開成二年義山登第後，目擊時事而作，蓋深有感宦官流毒而無翦除之人也。篇中六大段，無一語斥宦官，只末段結尾四句點之，見屢朝皆養癰釀惡，遂至决裂。此日之宦官，有甚於禄山及河北藩鎮，而洩洩坐視，禍有不忍言者。《贈劉司户》詩云：『漢廷急召誰先入』，則以何進召外藩事況昭代，正所謂『此言未忍聞』也，無限悲凉憤懣皆形於結二語中。洴江謂逐段皆以用人為主，如叙貞觀之盛，則曰『命官皆儒臣』；叙開元之衰，則曰『晉公忌此事』；叙建中之亂，則曰『謀臣拱手立』；叙甘露之變，則曰『盲目把大旆』，而歸結於『使典』『廝養』。吾謂第三段『奸邪』『晉公』二語，尤為著眼，故叙事獨詳，以為一篇關鍵，即第四段河北藩鎮之横，列聖蒙耻，皆林甫多用邊將為節度致之也。貞觀後無宦官典兵者，自天寶七載林甫以高力士為驃騎大將軍，遂為例，即第五段屠郛如羊如豕，亦林甫為之也，又何怪第六段今日盜賊公行也哉！崔群對憲宗曰：人皆以天寶十四年安禄山反為亂之始，臣獨以為開元二十四年罷張九齡相，專任李林甫，此理亂之所分也。又，昔人以晝夜喻三代。予謂唐祚二百八十九年，開元以前，雖朝政昏亂，而民間樂業，宇内宴安，猶之雖有風霾，不失為春夏氣象；開元以後，雖禍亂削平，而隨扑隨起，民困已極，閭里蕭條，猶之肅殺之行，雖或晴爽，不失為秋冬氣象；故林甫者，亂之首，罪之魁也。此詩第三段盡力歸重林甫，真信史也。通體述民間之言，處處言弄權在相而受禍在民。故首言村落荒凉，次憶民間富庶。第三段叙天寶之亂：未亂之前便云『中原困屠解』，又云『重賜竭中國』，則民已受困矣；方亂之時，則生離死誓也；既亂之後，則人去城空也。四段，德宗時事，則榷貨税屋也，國蹙賦重也。五段，甘露之變，屠戮者公卿耳，不知京師戒嚴，鄜坊節度使蕭弘、涇原節度使王茂元皆勒兵近郊，以備非常，而云『兵馬如黄巾』，又云『但求死山間』，則想其時所過騷擾，饋食民間，而棄子貼婦，苦不勝言矣，此可以補史氏之闕。義山臨文不諱，其直道非後人所能及也。六段『捕之恐無因』，又云『此輩還射人』，想見將吏邀功，妄殺無辜，以供獻級，無事為兵，有變即為賊，此又足以補正史之未備也。七段歸之在人不在天，則全責宰相；相不得人，則閹人得志，民生受毒。叩頭泣血而訴九重，蓋欲擇賢明之相臣，驅横惡之閹豎也。

【管世銘曰】李義山《行次西郊百韻》，少陵而後，此為嗣音，當與《韓碑》詩兩大。（《讀雪山房唐詩序例》）

【朱庭珍曰】五言長篇……唐代則工部之《北征》《奉先述懷》二篇，玉谿《行次西郊》一篇，足以抗衡。（《筱園詩話》）

【張曰】此詩專慨牧伯非人，述天寶事所以追原禍始也，與鋪叙亂離者有别，胡説非也。（《辨正》）

【按】本篇係義山追溯唐王朝百餘年間治亂興衰歷史，集中表述其政治見解之重要作品。篇中『又聞理與亂，繫人不繫天』一語，為全詩綱領，亦為全詩結穴，詩中所有議論、叙述均圍繞此中心觀點展開。於『理』『亂』二者之中，又以叙述衰亂現象，推求衰亂原因為主，而以前期之繁榮安樂作襯。要之，此詩係借述論史事表現政見之政治詩，非單純叙述唐王朝衰亂歷史之叙事詩。明乎此，方能切實把握全詩旨意、構思、布局及表現手法，而不致産生如胡氏之謬評。

首段描述旅次目擊西郊荒凉殘破景象，為全詩叙事、議論之契機，提出問題之憑藉。二段借村民之口叙唐初至開成年間理亂，揭示唐王朝各方面危機形成與發展之過程，以及衰亂之根源。『右輔田疇薄』一節，追叙貞觀以來安樂富足景象，意在强調中央與地方官吏選任得人。『田疇薄』而『稱樂土』，即寓理亂『繫人不繫天』之意。而『吏善』『官清』『牧伯仁』，其原因又在『例以賢牧伯，徵入司陶鈞』。『降及開元中』一節，揭出盛衰治亂之轉關為『奸邪撓經綸』。而李林甫之專權、安禄山之驕横，又均源於玄宗之昏闇。『奚寇東北來』一節，叙安史亂起，國家人民陷於空前災難。『廷臣例麞怯，諸將如羸奔』，『玉輦望南斗，未知何日旋』，前者直斥，後者婉諷，最見作意。『南資竭吳越』一節，敘安史亂後唐王朝統治危機之深化，而『謀臣拱手立』，宰相尸位素餐，正國家瘡疽之患長期延續之原因。『近年牛醫兒』一節，敘甘露之變，揭出鄭注之任用緣於文宗之昏闇。『城社』一語，斥注亦諷文宗。『爾來又三歲』一節，敘甘露之變以來京西地區民不聊生、鋌而走險情景，回應篇首。而官健之為盜，節使之兇殘，正所以明亂自上作，亂緣人禍。末段抒寫感慨，憂憤國事，提出『又聞理與亂，繫人不繫天』之見解，而深慨於『九重黯已隔』，徒然痛哭流涕。通觀全篇，作者固以為：朝廷與地方官吏之賢否，係國家治亂之根本；中樞是否得人，尤為治亂之關鍵；而中樞是否得人，又取決於君主之明闇。故正言之，則曰『伊昔稱樂土，所賴牧伯仁』，『例以賢牧伯，徵入司陶鈞』；反言之，則曰『奸邪撓經綸』，『城社更攀緣』，『瘡疽幾十載，不敢抉其根』，『九重黯已隔』；合而言之，正所謂理亂『繫人不繫天』也。於釀亂任奸之君主，則於敘述中暗寓譏評之意：敘安史之亂，深咎玄宗釀亂之責；敘甘露之變，婉諷文宗闇於任人，皆為明證。

詩固不主於敘事，然圍繞上述中心觀點，於唐王朝衰亂過程中出現之嚴重危機，亦有多方面揭露。舉凡藩鎮之割據叛亂，宦官之殘暴亂政，統治集團之驕奢傾軋，賦役剥削之日趨苛重，財政危機之日益深化，人民生活之極端窮困，以及邊防之空虛、外族之入侵，均在不同程度上有所反映。各種危機又互為因果，交相影響，形成危及唐王朝統治之總危機，出現『盜賊亭午起，問誰多窮民』之嚴重局面。其中藩鎮割據叛亂與人民生活窮困尤為作者注意之中心。『因失生惠養，漸見征求頻』，『城空鳥雀死，人去豺狼喧』，『國蹙賦更重，人稀役彌繁』，『不復議所適，但欲死山間』，各段敘衰亂，均歸結於人民之苦難，正見作者之用意，亦見作者之卓識。詩中既有唐王朝衰亂歷史過程之縱向敘述，亦有各種危機之橫向解剖，縱橫交錯，構成長達百餘年之社會歷史畫面，顯示出唐王朝衰亡崩潰之歷史必然性。

此義山刻意學杜之作。以單篇作品概括一代歷史，其內容之豐富，規模之宏大，為杜詩所未見；而其思想之深刻，識見之卓越，亦可與杜詩相頡頏。『史詩』之性質，似較杜詩更為突出。唯波瀾曲折、沉鬱頓挫之致固遜於杜，此則不特才力所限、閱歷不足所致，亦與詩之多寓議於敘有關。

此詩係義山在《有感二首》等詩基礎上，進一步考察社會歷史，思索國計民生問題之産物。作者之視野已由局部之事變（甘露之變）、局部之問題（宦官擅權亂政），進而擴展至對唐代開國以來盛衰歷史以及社會政治、經濟、軍事諸方面問題之系統全面考察與思索，帶有總結歷史經驗之性質，實為義山詩中思想性達最高峰之里程碑性作品。

彭陽公薨後贈杜二十七勝李十七潘二君並與愚同出故尚書安平公門下〔一〕①

梁山兖水約從公〔二〕②，兩地差池一旦空〔三〕③。謝墅庾郪相弔後〔四〕④，自今岐路更西東〔五〕⑤。

〔一〕『陽』，舊本均作『城』，非，據朱、馮校改。詳注。

〔二〕『兖』，馮注本作『沇』，曰：『沇，舊刻作兖，而他書引此句則作沇。沇，濟也，見《禹貢》，音兖。』《漢書·天文志》：『角、亢、氐，沇州。』與『兖』通用。

〔三〕『差池』，朱本作『參差』，非。

〔四〕『郪』，馮曰：『似當作樓。』

〔五〕『更』，朱本、季抄作『各』。

集注

①【朱注】《舊唐書・令狐楚傳》：『元和十四年，楚拜同平章事。大和中，歷任宣武、天平、河東節度使。七年，入為吏部尚書。九年十月，守尚書左僕射，進封彭陽郡開國公。開成元年四月，出為興元尹，充山南西道節度使。二年十一月卒於鎮。』《新書》：『杜勝，宰相黃裳之子，寶曆初擢進士第。宣宗大中朝，拜給事中，遷户部侍郎、判度支，欲倚為宰相。及蕭鄴罷，為中人沮毀，更用蔣伸，以勝檢校禮部尚書，出為天平節度使，不得意卒。』李潘未詳。本集有《為安平公兖州奏杜勝李藩等充判官狀》。【程注】《宰相世系表》：『李潘，山南東道節度使李承之子也。』文集作『藩』，誤。【馮注】《舊書・令狐楚傳》：『卒於鎮，贈司空，謚曰文。』按：以其先世封彭城男，稱彭城公亦可。然大和九年，楚已進封彭陽郡公，故當作『陽』。《舊書・紀》：『大中十一年，以中書舍人李藩權知禮部貢院；十二年，李藩為尚書户部侍郎。』而《李漢傳》：『漢弟潘，大中初為禮部侍郎。』即此人也。《御覽》引《唐書》：『大中十二年中書舍人李潘知舉，放博學宏詞科三人。』亦作『潘』。蓋漢、漼、洸、潘皆於水取義，『藩』則非其義矣，故定作『潘』。

②【朱注】《唐書》：『漢中郡，屬山南西道，本梁州漢川郡，天寶元年改漢中。』『兖州魯郡，屬河南道。』梁山謂彭陽，兖水謂安平也。【補】《詩・魯頌・泮水》：『無小無大，從公于邁。』唐人習以『從公』為辦理公務，參與公事。約從公，相邀同往而從事幕府之公事。

③【馮注】《詩》：『燕燕于飛，差池其羽。』【補】差池，不齊貌，引申為差錯、錯失，謂事情乖迕，不如人意。此指在兖、梁兩地，均遇幕主亡故之事。遽失依托，故云『一旦空』。

④【朱注】《謝安傳》：『苻堅寇淮淝，安命駕出，與玄圍棋賭别墅。』庾村未詳。【馮注】《晉書・謝安傳》：

『安於土山營墅，樓館林竹甚盛，每攜中外子姪往來遊集。』按：謝安有與幼度圍棋賭墅事，此則自用謝安之墅。《庾亮傳》：『亮在武昌，諸佐吏殷浩之徒，乘秋夜往共登南樓，俄而不覺亮至，將起避之，亮曰：「諸君少住，老子於此處興復不淺。」便據胡床，與浩等談詠竟坐。』舊皆作『村』，未詳。【紀曰】『庾村』乃『庾樓』之誤。

【按】庾樓固熟事，且切幕主僚屬相得，然此處用『邨』，或指令狐之第宅，非指興元節度使府也。謝墅當亦指崔戎之第宅，即《安平公》詩所謂『明年徒步弔京國，宅破子毀哀如何』者是也。

⑤【馮注】謝朓《辭隨王牋》：『歧路西東，或以烏唈。』【何曰】更無可行之路也。（《輯評》）

【錢龍惕曰】杜、李二君既同出安平之門，又同為彭陽從事，故二公没而贈之以詩也。詩中並感二公，故有梁山兗水、謝墅庾村之目。而恩地感傷，同舍離別，有無窮之思矣。（《玉谿生詩箋》卷中）

【姚曰】『秋風正蕭索，客散孟嘗門』，聚首豈容屢得耶？

【紀曰】極有深情，末二句竟住亦佳，但前二句太拙。（《詩説》）

【張曰】令狐楚薨於開成二年十一月，時義山正赴興元幕，為草遺表。十二月隨其喪還京，有《行次西郊》詩。此篇疑在興元將歸時作，故云『歧路東西』，蓋杜、李亦當時興元舊僚也。義山是年赴梁是赴幕，《補編・上楚狀》云：『況自今歲，累蒙榮示。促曳裾之期，問改轅之日。五交辟而未盛，十從事而非賢。至中秋方遂專往。』狀為開成二年得第後上，則興元之行，非專為楚薨也，與詩首句相合。《舊書》『從事』之稱不誤，馮氏詆之非矣。（《辨正》）按張氏《會箋》已改為『馳赴興元，在秋冬之交。《上令狐第六狀》所謂「至中秋方遂專往」者，成行不妨稍遲也。』）

【按】馮氏繫自梁還秦後，張則置興元將歸時。據『謝墅』『庾郵』語，詩當作於還京後，庾郵自指令狐京邸。此詩內容與《贈趙協律晳》頗相似，末句『自今歧路更西東』，與《贈趙》詩末聯『不堪歲暮相逢地，我欲西征君又東』意亦相仿，猶言各奔東西也。明為歸京後已與杜、李二同僚各謀所就、行將分手時口吻，或即義山將赴涇原辟時所作。杜、李至大中時顯貴，屬牛黨，所謂『歧路西東』，不幸而言中矣！

撰彭陽公誌文畢有感①

延陵留表墓②，峴首送沉碑③。敢伐不加點④，猶當無媿辭⑤。百生終莫報，九死諒難追⑥。待得生金後⑦，川原亦幾移⑧。

集注

①【朱注】《舊唐書》：『令狐楚臨没，謂其子曰：「吾生無益於人，勿請謚號，葬日勿請鼓吹，誌銘但志宗門，秉筆者無擇高位。」卒年七十二。』【何曰】彭陽疾甚，勅諸子誌銘無擇高位，故以屬義山也。（《輯評》）【按】誌文已佚。晏殊《類要》卷一六引《令狐楚墓誥》（疑當作『誌』）云：『為中書舍人兼翰林學士，司神聲而為帝言，其深如混茫，其高大如天涯。』

②【馮注】《史記·吳太伯世家》：『季札封於延陵。』《寰宇記》：『季子墓，在今晉陵縣北七十里申浦西。』

《集古録》：『孔子題季札墓曰：「嗚呼，有吴延陵季子之墓。」』據張從紳記云：『舊石湮滅，唐開元中，命殷仲容模榻其書以傳，至大曆中，蕭定重刊於石。』按：《廣川書跋》《金石録》《集古録》皆疑其僞。【按】季札，春秋時吴王諸樊之弟，多次推讓君位，因封於延陵（今江蘇常州），稱延陵季子。表墓，此指誌文。

③【馮注】沈炯《歸魂賦》：『映峴首之沉碑。』詳《南山北歸》。【姚注】《晉書》：『羊祜卒，百姓於峴山建碑，望其碑者莫不流涕，杜預名之曰墮淚碑。』【按】此自用杜預刻石紀勳沉碑事，與『墮淚碑』無涉。

④【馮注】《後漢書·禰衡傳》：『黄祖子射，大會賓客，人有獻鸚鵡者，射舉卮於衡曰：「願先生賦之，以娱嘉賓。」衡攬筆而作，文無加點，辭采甚麗。』【補】《初學記》十七漢張衡《文士傳》：『吴郡張純少有令名，嘗謁鎮南將軍朱據，據令賦一物然後坐，純應聲便成，文不加點。』伐，誇。點，塗改。

⑤【朱注】《後漢書》：『郭泰卒，刻石立碑，蔡邕為文，謂盧植曰：「吾為碑銘多矣，皆有慚德，唯郭有道無愧色耳。」』【馮注】《左傳》：『范武子之德，其祝史陳信於鬼神，無愧辭。』此則用碑事。

⑥【姚注】《離騷》：『雖九死其猶未悔。』

⑦【道源注】王隱《晉書》：『（《石瑞記》曰：）永嘉初，陳國項縣賈逵石碑中生金，人鑿取賣，賣已復生，此江東之瑞也。』庾信碑文：『刺史賈逵之碑，既生金粟；將軍衛青之墓，方留石麟。』

⑧【馮注】謂此碑必久而不泯也。其文已逸，惜哉！

【何曰】『待得生金後』二句評：恩門非尋常可報，惟此文使託以不朽而已。落句意微旨遠，非細讀無由知。欲收到碑文，却與彭陽公無關。然梁陳詩體，亦多有之。（《讀書記》）

【姚曰】為感恩知己人作碑，以延陵、峴首發端，已極推崇。次聯見非阿私所好。夫以百生莫罄之感，而藉此文以報；以九死難追之人，而藉此文以傳，真乃一字一金，而又自歎曰：畢竟千載下，誰知此情者？

【屈曰】玉谿本艷麗手筆，一遇此等題便無意味，理固然也。

【程曰】令狐楚之卒在文宗開成二年。考其生平，前後在中書省者，自憲宗元和十四年七月至穆宗長慶元年七月罷，又文宗大和九年十月，至次年開成改元四月又罷，合計不過兩載有奇。此外則轉徙節鎮，遂至於歿。其時黨人方興，此出彼入，朝局多變。臨歿命其子以誌墓無擇高位。義山既為其文，能知其意，故深有慨於陵谷變遷也。若不得其時事，則末二語殊不可解。

【紀曰】只『待得』二句為有深致，三句不成句，五六太竭情，非完篇也。（《詩説》）

【姜炳璋曰】一二，以延陵、峴首喻彭陽墓碑，推崇之至。三四，言誌文之稱譽非誣。五六，言其人之關係甚重。七八，言公志在濟世，即此碑石亦當生金利物，然不知何年何代，豈若此身長存，利濟天下哉！此百生之所以莫贖，而九死難追也。程、朱之説皆非。（同上）

【按】此篇全就撰誌一事抒感。前四謂其功德可比杜預、季子，己之銘誌斷非諛墓之作，而楚亦必留名於後世。後四言楚之恩遇極深，己之誌文實難報其萬一。且縱令此碑生金，川原亦已幾移，己之生前已無從得見矣。令狐楚葬京兆府萬年縣鳳棲原，開成三年六月末義山有《奠相國令狐公文》，係楚葬後作。誌文之作當在此之前。

安定城樓①

迢遞高城百尺樓②，緑楊枝外盡汀洲〔一〕③。賈生年少虛垂涕〔二〕④，王粲春來更遠遊⑤。永憶江湖歸白髮〔三〕，欲迴天地入扁舟⑥。不知腐鼠成滋味，猜意鴛雛竟未休〔四〕⑦！

〔一〕『外』，姜本、戊籤作『上』。

〔二〕『涕』，姜本、戊籤、朱本作『淚』。

〔三〕『湖』，悟抄作『南』，非。

〔四〕『鴛』，馮注本作『鵷』，字通。

①【朱注】《唐書》：『涇州保定郡，屬關内道，本安定郡，至德元載更名。』〇按史：大和九年十月，王茂元為涇原節度使。義山時往來其幕，故有是詩。【馮注】《舊書·志》：『關内道涇州安定郡，涇原節度使治所，管涇、原、渭、武四州，在京師西北四百九十三里。』按：王茂元於大和九年節度涇原，至開成四年猶在涇原。

②【補】迢遞，有遠、高二義，此處係『高』義。謝朓《隨王鼓吹曲》：『逶迤帶緑水，迢遞起朱樓。』或釋為遠，則形容城牆綿延繚繞之狀。

③【馮注】《三秦記》：『涇水出开頭山，至高陵縣入渭。』《漢書·郊祀志》：『湫淵，祠朝那。』注曰：『湫淵在安定朝那縣。方四十里，停水不流。』《太平廣記》：『涇川東有美女湫，廣袤數里，莫測其深淺。』按：若作

『上』，謂高樓出緑楊枝上而覽盡汀洲，似亦通。【按】謂緑楊枝外，視線盡處，為涇水岸邊平地與水中洲渚。

④【程注】《史記》：『賈生年少，頗通諸子百家之書。』又：『絳、灌、東陽侯、馮敬之屬皆盡害之，乃短賈生曰：「雒陽之人，年少初學，專欲擅權，紛亂諸事。」』【馮注】《漢書·傳》：『數上疏陳政事，多所欲匡建，其大略曰：臣竊惟事勢可為痛哭者一，可為流涕者二，可為長太息者六。』【按】謂己如賈生之憂憤國事而不為當權者所用，暗寓應宏博試不第。

⑤【朱注】《魏志》：『王粲，字仲宣，山陽高平人。獻帝西遷，徙居長安。後之荊州依劉表。』【馮注】《文選·登樓賦》：『雖信美而非吾土兮，曾何足以少留！』《荊州記》曰：『當陽縣城樓也。』【按】張華《博物志》：『王粲避地荊州，依劉表。表有女，愛粲才，欲以妻之，嫌其形陋周率，乃謂曰：「君才過人，而體貌躁，非女婿才。」』句似兼用此。既切流寓涇幕依王茂元及登樓，又暗寓曾有議婚之事。

⑥【錢良擇曰】神句，乍讀不易解。【何曰】五六言所以垂淚與遠游者，豈為此腐鼠而不能捨然哉？吾誠永憶江湖，欲歸而悠游白髮，但俟迴旋天地功成，却入扁舟耳。（《讀書記》）【王應奎曰】李安溪先生云：『言己長憶江湖以歸老，但志欲斡迴天地，然後散髮扁舟耳。』此為得之。余按少陵《寄章十侍御》詩云：『指麾能事迴天地』，此義山『迴天地』三字所本。昔人謂義山深於杜，信然。（《柳南隨筆》）【沈德潛曰】言己長憶江湖以終老，但志欲挽回天地，乃入扁舟耳。【馮注】言扁舟江湖，必須待旋乾轉坤，功成白髮之時。時方年少，正宜為世用，而預期及此者，見志願之深遠也。解固如斯，要在味其神韻。又曰：預計他年功名成就，歸老江湖，仍抱不忘魏闕之意，則此時之所進取者，卑之不足道也。【按】李、何、沈、馮諸家解大同小異，大要不出必待功成然後身退之意。李解最為簡明。馮氏又解非。入扁舟，暗用范蠡事。《史記·貨殖傳》：『范蠡既雪會稽之恥，乃乘扁舟浮於江湖，變名易姓，適齊為鴟夷子皮。』商隱《為尚書濮陽公賀鄭相公狀》：『范蠡扁舟之志，夢想江湖。』

⑦【馮注】《莊子》：『惠子相梁，莊子往見之。或謂惠子曰：「莊子來，欲代子相。」』惠子恐，搜於國中三日三夜。莊子往見之，曰：『「南方有鳥名鵷雛，發於南海，而飛於北海，非梧桐不止，非練實不食，非醴泉不飲。

於是鴟得腐鼠，鵷雛過之，仰而視之曰：『嚇！』今子欲以梁國而嚇我耶？」』按：似兼用《樂府・升天行》『鳳臺無還駕，簫管有遺聲。何時與爾曹，啄腐共吞腥』之意，以喻婚於王氏之情事。不知，不料。【何曰】成滋味，在彼自成一滋味也。

【蔡啟曰】王荊公晚年亦喜稱義山詩，以為唐人知學老杜而得其藩籬者，唯義山一人而已。每誦其『雪嶺未歸天外使，松州猶駐殿前軍』，『永憶江湖歸白髮，欲迴天地入扁舟』與『池光不受月，暮氣欲沉山』，『江海三年客，乾坤百戰場』之類，雖老杜無以過也。（《蔡寬夫詩話》。《苕溪漁隱叢話》引）

【金聖嘆曰】言今日我適在此安定，彼旁之人不知，則必疑我有何所慕而特遠來，至何所得方乃捨去。此殊未明我胸前區區之心者也。夫我上高城，倚危牆，窺緑楊，見汀洲，方欲呼風亂流，乘帆竟去。何則？滿懷時事，事事可以垂淚；時正春日，日日可以遠遊。大丈夫眼觀百世，志在四方，胡為而曾以安定為意哉？上解既明其近迹，此解（指後四句）又説其本志也。言若疑我不憶江湖，則我不唯一憶，方且永憶！永憶之為言，時時日日長在懷抱也。特自約得歸之日，必直至白髮之後者，細看今日之天地，必宜大作其旋轉。此事既已重大，為時必非聊且，故知不至白頭，不入扁舟，因而濡滯尚似有冀也。此之不察，而謂我有世間戀慕，嗟乎，鴟鴞得腐鼠，嚇鵷雛，固從來舊矣。

【馮班曰】杜體。如此詩豈妃紅媲緑者所及，今之學温、李者，得不自羞！（《瀛奎律髓》臨二馮評閱本）

【朱彝尊曰】通首皆失意語，而結句尤顯然。茂元乃義山知己也，豈其然乎？○第六句尤奇，後人豈但不能作，且不能解。

【何曰】第二言滿地江河，欲歸即得。○五六……二句亦是荆公一生心事，故酷愛之。（《讀書記》）

【沈德潛曰】為令狐氏所擯而作。○言己長憶江湖以終老，但志欲挽回天地，乃入扁舟耳。時人不知己志，以鴟鴞嗜腐鼠而疑鵷雛，不亦重可歎乎！（《唐詩別裁》）

【徐德泓陸鳴皋曰】徐曰：此在涇原幕中作也。先寫城樓景色，次傷不遇如賈生，而依人如王粲也。五句，言無心戀此，六句，壯襟期空闊，皆從遠眺中寫出。『腐鼠』二句，言若輩不知，疑其有所攘奪，蓋為幕友云也。陸曰：『江湖』『天地』一聯，絶似少陵。

【陸曰】上半言登高望遠之餘，俯仰身世，何異賈生之遷長沙，王粲之依劉表耶？下半言所以垂淚遠遊者，豈為此腐鼠而不能舍然哉！吾永憶江湖，欲歸而優游白髮，但必俟迴旋天地功成，却入扁舟耳。何猜意鵷雛者之卒未有已也！

【姚曰】此義山在茂元涇原幕中時作。百尺城樓，緑楊洲渚，邊地有此，亦佳境也。其奈遇如賈生，遊同王粲；且賈生曾陳痛哭之書，吾則淚猶虛淚；王粲曾作《登樓》之賦，吾更客中作客。悲在一『虛』字，一『更』字。人生至此，百念頓灰。自念江湖之上，縱得歸時，已成白髮；天地之内，欲成退步，惟有扁舟。乃世猶有不我諒者，欲以腐鼠之味猜意鵷雛，不亦重可怪乎？義山之隨茂元，令狐綯等深惡之，故其言如此。

【屈曰】一登樓，二時。中四情。七八時事。一上高樓而覩楊柳汀洲，忽生感慨，故下緊接賈生、王粲遠遊垂淚，以賈生有《治安策》，王有《登樓賦》。五六欲泛扁舟歸隱江湖，己之本懷如此，而讒者猶有腐鼠之嚇。蓋憂讒之作。

【程曰】義山博極羣書，負經國之志，特以身處卑賤，自噤不言。兹因人妄相猜忌，全不知己，故發憤一傾吐之。然而立言深隱，略無誇大，真得三百詩人風旨，非他手可摹也。首二句借城樓自喻，有立身千仞，俯視一切之意。三四歎有賈生之才而不得一攄，祇如王粲之遊而窮於所往。五六言本欲功成名立，歸老江湖，旋乾轉坤，乃始勇退。七八言己之意量如此，而彼庸妄者方據腐鼠以嚇鵷雛也。豈不可哀矣哉！

【馮曰】應鴻博不中選而至涇原時作也，玩三四顯然矣。其應鴻博不中，已因往依茂元之故。下半言我志願深遠，豈戀此區區者，而俗情相猜忌哉！

【王鳴盛曰】心之所期，唯在江湖，恐歸時已將白髮。天地間事事夢幻，只有扁舟夷猶自得為樂耳。安得一旦盡回，捨紛紛者而入之哉！故結以應制科不得比之腐鼠。如諸家解，則熱中甚矣，如何可接末二句？（馮注初刊本王氏手批）

【紀曰】刺同侶猜忌之作。（《輯評》）四家評以為逼真老杜，信然。然使老杜為之，末二句必另有道理也。（《詩説》）『欲迴』句言歸老扁舟，舟中自為世界，如縮天地於一舟然。即仙人斂日月于壺中，佛家縮山川於粟穎之意，注家謂欲待挽回世運，然後退休，非是。〇又曰：江湖扁舟之興，俱自汀洲生出，故次句非趁韻凑景。五六千錘百鍊而出於自然，杜亦不過如此。世但喜其浮艷瑣鐫之作，而義山之真面隱矣。結太露。（《瀛奎律髓刊誤》）（許印芳曰：此評解次句甚當，解六句則直率無味。蓋五、六句，上四字須作一頓，下三字轉出意思，方有味。言已長念江湖不忘，而歸必在白髮之時，所以然者為欲挽回天地也。天地既回，而後可入扁舟、歸江湖耳。句中層折暗轉暗遞，出語渾淪，不露筋骨，此真少陵嫡派。曉嵐不賞其筆意曲折，反斥舊解為非，所解收縮天地云云，又皆浮虛之言，了無意味，此性好翻駁之過也。結句雖露，言外當有餘地，斥為太露，亦是苛刻。）（《瀛奎律髓彙評》引）

【姜炳璋曰】時王茂元鎮涇原，義山來游其地，登城樓而作也。一二，是登城樓。三四，言所以至斯地者，以遇等賈生而游（同）王粲也。五六是連環句法，思歸老江湖，而年力富强，未忍遽棄；欲挽回天地，而扁舟飄泊，所志未酬。我豈欲汝腐鼠者，而爾奈何以此嚇我耶？蓋義山至涇原，茂元傾倒之甚，而涇原幕僚有忌其才，恐奪己之位者，故用惠子恐莊子奪梁相之事以示意也。時令狐楚卒，綯已扶喪歸里，而朱以為犯綯之怒，非是。

【袁枚曰】首句寫城樓，次句寫樓外之景。頷聯賈誼、王粲比己不得志。頸聯寫自浪遊之迹。末二自負，以腐鼠比幕職，以鵷雛自比。（《詩學全書》）

【姚鼐曰】時義山為王茂元所愛，幕中必有忌之者，故結句云爾。（《今體詩鈔》）

【朱庭珍曰】純用實字，傑句最少，不可多得。古今句可法者，如……李義山『永憶江湖歸白髮，欲迴天地入扁舟』，高唱入雲，氣魄雄厚，亦名句之堪嗣響工部者……（《筱園詩話》）

【方東樹曰】此詩脈理清，句格似杜。玩末句，似幕中有忌間之者。然用事穢雜，與前不相稱。（《昭昧詹言》）

【施補華曰】（杜甫）『路經灩澦雙蓬鬢，天入滄浪一釣舟』，李義山『永憶江湖歸白髮，欲回天地入扁舟』全學此種，而用意各別。（《峴傭説詩》）

【俞陛雲曰】『永憶江湖歸白髮，欲迴天地入扁舟』（《安定城樓》），玉溪近體詩，頓挫沉著，少陵後為一大宗。詩謂歸隱江湖，乃其夙志，而白髮淹留者，將欲整頓乾坤，遂其濟時之願，即扁舟入海，隨漁父之烟霧而去耳。以沉雄之筆，寫宏遠之懷，陳子昂所謂『囊括經世道，遺身在白雲』也。（《詩境淺説》）

【黄侃曰】此詩作于王茂元涇原節度幕中。當時令狐綯輩，必有以義山背黨為譏者，故有末二句。五六句一意互言，言欲俟旋乾轉坤之後，歸老江湖，以扁舟自適也。當時黨人譏義山以『放利偷合』『輕薄無行』，豈其然哉！（《李義山詩偶評》）

【張曰】賈生對策，比鴻博不中選。王粲依劉，比己為茂元幕官。『欲迴天地』，『永憶江湖』，言我之所志甚大，豈戀此區區科第，而俗情相猜忌哉！義山一生躁於功名，蓋偶經失志，姑作不屑語以自慰也。（《會箋》） 又曰：結句言我志趣遠大，豈羨此鴻博一舉，而世情相猜忌哉！『腐鼠』指鴻博，出於比喻，便耐人尋味，似不得以淺露目之。馮氏定此詩為鴻博不中，歸至涇原所作，良是。（《辨正》）

【按】詩作於開成三年春暮。時義山應宏博試落選，因應王茂元辟，初入涇原幕。詩以登樓騁望發端，將憂念國事，抒寫抱負、感慨身世、抨擊腐朽融為一體，展示詩人理想抱負與客觀境遇之尖鋭矛盾。聯系《行次西郊》詩中所揭示之唐王朝深重危機與『九重黯已隔，涕泗空沾唇』之語，不難理解本篇中『賈生虚垂涕』所藴含之深沉憂憤，與『欲迴天地』所包括之具體内容。有憂國之情、迴天之志，功成身退之表白方不為泛泛套語，蔑視鵷鶵腐鼠之憤語方有批判力量。起手高佔地步，故有高屋建瓴之勢。

闊遠美好之境界，每易激起懷抱遠大，遭遇不偶者之憂憤。此詩首聯登高騁望，次聯忽發時世之憂、身世之感，似不相屬，實意脈貫通，意致頗近杜詩『花近高樓傷客心，萬方多難此登臨』。『賈生垂涕』固含『欲迴天地』之志，『王粲登樓』亦兼寓『冀王道之一平，假高衢而騁力』之願，故五六進而抒寫遠大抱負。七八則又因己之高情遠志不為啄腐嗜腥者所理解而發鵷鶵猜意鵷鶵之慨。此可見全篇意脈之細密，結構之嚴謹。

馮、張二譜均以為娶王氏在前，試宏博在後，馮氏且謂此詩末聯兼喻婚於王氏之情事。其所據不過《漫成三首》『霧夕詠芙蕖，何郎得意初』數語，然此實不足為據，已另有辨（詳《漫成三首》編著者按語）。此處再就其它情事獻疑。按唐制，進士及第後，須再經吏部試，應科目而中者，方能釋褐授官。義山開成三年應博學宏辭科試，目的既在釋褐入仕，則應試前自當閉户研讀，以求一戰而霸，而不致於試前入幕，擔任繁重文字之役。而應試不中選，乃入王茂元幕，則較合乎情理。再就本篇觀之：三四寓應試不第與游幕二事，而曰『春來更遠游』，明係初抵涇幕情景，非先已在幕，此時因宏詞不中選回至涇原也。且用王粲登樓典，則其時作者去國懷鄉之情懷可知（《登樓賦》云：『雖信美而非吾土兮，曾何足以少留！』『情眷眷而懷歸兮，孰憂思之可任！』『悲舊鄉之壅隔兮，涕横墜而弗禁。』『人情同於懷土兮，豈窮達而異心！』一篇之中，屢屢致意，實為賦之主旨），如前已成婚，此時即有應試不中選之挫折，新婚燕爾，主翁賓婿，恐亦不至發王粲登樓懷歸之慨也。《祭外舅文》云：『往在涇川，始受殊遇。綢繆之跡，豈無他人？忘名器於貴賤，去形迹於尊卑。語皇王致理之文，考聖哲行藏之旨。每有論次，必蒙褒稱。』叙入幕成婚及賓主相得情景甚明，是則應宏博試當在前，入幕當在後（本篇寫景，約在暮春），成婚則又入幕之後也。

開成二年所作《上令狐相公狀》六云：『今歲累蒙榮示，……促曳裾之期，問改轅之日。……至中秋方遂專往。』是該年令狐楚曾屢促其至山南幕，而義山答以中秋方赴興元。實則中秋仍未成行，十一月赴興元，係應楚急召，曾為其撰遺表。《舊書・令狐楚傳》：『未終前一日，召從事李商隱……』可證楚歿時義山之身份仍為興元幕僚。十二月還長安後，即須準備宏博試，更不可能於短期内即入涇幕。故本篇當是初入涇幕所作，而非『回至涇幕』之作。

回中牡丹為雨所敗二首①

下苑他年未可追〔一〕②，西州今日忽相期③。水亭暮雨寒猶在，羅薦春香暖不知④。舞蝶殷勤收落蕊〔二〕，有人惆悵卧遥帷〔三〕⑤。章臺街裏芳菲伴⑥，且問宫腰損幾枝⑦？

其二

浪笑榴花不及春⑧，先期零落更愁人〔四〕。玉盤迸淚傷心數⑨，錦瑟驚絃破夢頻⑩。萬里重陰非舊圃⑪，一年生意屬流塵〔五〕⑫。《前溪》舞罷君迴顧⑬，併覺今朝粉態新⑭。

〔一〕『下』，戊籤作『仙』，非。

〔二〕「舞」，蔣本、悟抄、戊籤作「無」。【紀曰】蝶無收落花之理。（《輯評》）「舞」字應是「無」字之誤。「無蝶」「有人」，唱嘆得神。大勝「舞蝶」「佳人」也。（《詩説》）【按】紀説非。「舞」字與「殷勤」二字相應。蝶飛舞徘徊於落花之上，似有惜而收之之意，故云。作「無」則意致索然。且如紀説，仍有蝶收落花之問題，非改「舞」為「無」即可解決。實則寫蝶不舞於花開而舞於花謝之時，感慨更深。《櫻桃花下》云：「流鶯舞蝶兩相欺，不取花芳正結時。他日未開今日謝，嘉辰長短是參差。」可參。

〔三〕「有」，朱本、季抄作「佳」。【朱曰】一作「有」，非。【紀曰】「佳人」字似因訛「無」為「舞」，校者嫌其不對，改為「佳人」就之也。長孺注非。【按】朱校固非，紀疑因訛「無」為「舞」而改，亦非。此聯本作「舞蝶」「有人」，係諧音借對。後人不明乎此，以為不對，遂改「舞」為「無」以就下句「有」字；或改下句「有」為「佳」，以就上句「舞」字。實則兩皆失之。

〔四〕「人」，蔣本、姜本、悟抄作「生」。【按】「生」係語助詞，用於句末有「然」「樣」之義。此處作「生」義亦可通。然與「生意」字重，仍以作「人」為是。杜甫《曲江二首》：「一片花飛減却春，風飄萬點正愁人。」義山似用其語。

〔五〕「塵」，影宋作「星」，非。

①【馮注】原編集外詩。《史記》：「秦始皇巡隴西、北地，出鷄頭山，過回中。」《漢書》：「文帝十四年，匈奴入朝那、蕭關，遂至彭陽，使騎兵入燒回中宮。武帝元封四年，行幸雍，通回中道，遂北出蕭關。」應劭曰：「回中在安定高平，有險阻。蕭關在其北。」按：此皆本題之回中也。若《後漢書》右扶風汧有回城名回中，注曰「來歙開

道處』，非武帝時所通道之回中也。顏師古明辨之，後人尚有雜引者。【朱注】《元和郡縣志》：『秦回中宮在鳳翔府天興縣西。』《一統志》：『在隴州西北一百十里。』【按】回中有二。一為汧之回中，在今陝西省隴縣西北；一為安定之回中，在今甘肅固原縣。詩題所稱回中，指後者。朱注所引係汧之回中，誤。

②【馮注】下苑即曲江，見前。

③【馮注】西州謂安定郡。《後漢書》：『皇甫規，安定朝那人。及黨事大起，自以西州豪傑，恥不得與。』

④【馮注】《漢武内傳》：『帝以紫羅薦地，燔百和之香，以候雲駕。』【按】此羅薦當係置於幄幕以防花寒者。

⑤【馮注】江淹詩：『汎瑟卧遥帷。』袁曰：『正寫「敗」字。』【按】此句以花擬人，以美人之悵卧遥帷狀牡丹為雨敗後花事已闌。

⑥【馮注】《漢書》：『張敞為京兆尹，時罷朝會，過走馬章臺街。』按：章臺本秦時臺也，楚懷王入秦，朝章臺，見《史記》。後名章臺街。唐人有《章臺柳》詩。【補】《史記·秦始皇本紀》：『諸廟及章臺、上林皆在渭南。』

⑦【何曰】結言回中如是，他處可知；牡丹如是，他卉可知。【馮曰】牡丹既敗，則柳枝亦損，喻在京同袍之亦失意者，正應下苑。

⑧【馮注】《舊書·文苑傳》：『孔紹安，隋時為監察御史，詔監高祖之軍，深見接遇。及高祖受禪，紹安自洛陽間行來奔，拜内史舍人。時夏侯端亦嘗為御史監高祖軍，先歸朝，授秘書監。紹安因侍宴，應詔詠石榴詩曰：「祇為時來晚，開花不及春。」』【按】内史舍人正五品上階，秘書監三品，故紹安不平，以『時來晚』而『開花不及春』之榴花自喻。

⑨【馮注】左思《吴都賦》：『泉室潛織而卷綃，淵客慷慨而泣珠。』注曰：『鮫人臨去，從主人索器，泣而出珠滿盤，以與主人。』【朱注】數，色角切。【何曰】花含雨。【按】玉盤，指牡丹花冠。似為白牡丹。《洛

陽花木記》謂牡丹有名玉盤妝者。又，芍藥有名玉盤盂者，蘇軾《玉盤盂詩序》謂其花『重跗累萼，繁麗豐碩。中有白花，正圓如覆盂。其下十餘稍大，承之如盤。』此詩『玉盤』或但就形狀言之。

⑩【何曰】雨著花。【按】此以急奏錦瑟時促柱繁絃，令人心驚喻急雨打花。

⑪【馮注】《穆天子傳》：『是謂重陰。』潘岳《懷舊賦》：『陳荄被於堂除，舊圃化而為薪。』【程注】張衡《思玄賦》：『經重陰乎寂寞兮，愍墳羊之潛深。』曹植詩：『爰有樛木，重陰匪息。』【何曰】應回中。【補】重陰，謂彤雲密佈之陰天。謝惠連《詠冬》詩：『積寒風愈切，繁雲起重陰。』舊圃，指往日曲江之花圃。

⑫【程注】《晉書·殷仲文傳》：『大司馬府中有老槐樹，顧之良久，歎曰：「此樹婆娑，無復生意。」』劉禹錫詩：『流塵被霜紈。』【馮注】劉鑠《擬古》詩：『堂上流塵生。』【何曰】應雨敗。【按】此謂牡丹為雨敗後，落紅委地，化為塵泥，隨水流去。

⑬【馮注】《晉書·樂志》：『《前溪歌》者，車騎將軍沈充所制。』按：《宋書·沈慶之傳》：『高祖充，晉車騎將軍。』《舊、新書·志》作沈玩。于兢《大唐傳》：『前溪村，南朝習樂之所，今尚有數百家習音樂，江南聲伎多自此出，所謂舞出前溪者也。』《寰宇記》：『水自銅峴山曰前溪，在武康縣西一百步，古永安縣前之溪也。晉沈充家於此溪。』【按】《前溪》舞罷，以人舞喻花之飄零。《和張秀才落花有感》：『落時猶自舞，掃後更聞香。』

⑭【胡震亨注】古《前溪曲》：『黄葛生蒙籠，生在洛溪邊。花落隨流去，何時逐流還？還亦不復鮮。』此翻案用之。【馮曰】非翻用也。花為雨敗，原非應落之時。迨至落盡之後，迴念今朝，併覺雨中粉態尚為新艷矣。此進一層法。【何曰】言且化為泥滓，并不如今朝也。言牡丹自是國色，雖飄零而粉態猶存也。【紀曰】結言他日零落更有甚於此日，與長江『并州故鄉』同一運意。【按】郭茂倩《樂府詩集·清商曲辭》存無名氏《前溪歌》七首，其中一首即胡氏所引，『生蒙籠』作『結蒙籠』。

【何曰】回中為安定地，則此詩作於依王茂元於涇原之時。詳味二篇領句，似皆有所思而託物起興者，其或亦為甘露罹禍者而發耶？舒元輿以《牡丹賦》知名，於諸相中最為早達。下苑莫追，榴花浪笑，雖不敢强為之説，世有知言之君子，必將有以解予之惑也。（庚午夏日）〇後細讀《牡丹賦》，無一語與此詩相涉，則非為甘露罹禍者發也。『下苑』句乃自言未得曲江看花耳。（庚午十二月又記）（以上均《讀書記》。注引各條見《輯評》。）

【胡以梅曰】（首章）詳起處，以直取『雨敗』，更深一層言之。若曰來年欲于宜春苑追尋，恐未可得，今却於回中作别而訂後期也。羅薦春香，指花。三四言雨後惟餘寒意，而花之煖氣不知歸於何處。惟蝶收其落蕊，而佳人寂寞，卧帷懶起矣。想章臺街裏之芳菲伴，因此花落而腰肢亦損矣。似言柳，亦言佳人，雖有曲折，然終無精神，學之殊迷悶。（次章）浪笑，言笑之非。蓋因榴不及春而笑，孰知先榴花而落者更使人愁乎？牡丹之後，方放榴花耳。三四皆承零落。玉盤、錦瑟，皆比花；迸淚、驚絃，暗比花落。亦言向玉盤迸淚，事足傷心；聞錦瑟驚絃，頻堪破夢。驚，驚其斷破夢，夢寐難寧也。盤，亦用鮫人素盤泣珠。『數』字妙，言花之一瓣一瓣而落，可見三更勝於四。然『頻』字亦有此意。萬里惟剩重陰，非花時之舊；一年生意已付流塵，難求艷質矣。故顧前溪之舞者但覺其白，併無麗色耳。此格總之意在凌空，不着邊際，可以去實之病。……（《唐詩貫珠串釋》）

【《唐詩鼓吹評注》】（次章）此從回中移至為雨所敗而作也。首言榴開五月為不及春，不意牡丹先開而零落，反不若榴花，所以更使人愁也。其着雨則如玉盤之迸淚，見者傷心；其為雨所敗則如錦瑟之分絃，聞者破夢。此花離於回中，遠去重陰，非舊日所種之圃，而一歲之生意無窮，今乃寥落於風塵之内，則嬌不如前溪舞女之美已，請君回顧，自見舞態之新，而牡丹為不及也。

曰『下苑他年未可追』。回中在安定，安定謂之西州，故曰『西州今日忽相期』。三四曰『寒猶在』、曰『暖不知』，是寫雨。五六『舞蝶殷勤』『佳人惆悵』，是寫牡丹為雨所敗。花時風雨作祟，雨過花事已闌，正韓偓所謂『好花虛謝雨藏春』也。結言回中如是，他處可知；牡丹如是，他卉可知。其損我芳菲者，亦復何限也哉！（次章）隋孔紹安《應制詠石榴》詩有『祇為來朝晚，開花不及春』之句，義山借用作翻。言此牡丹先春零落，較開不及春之榴花更為愁人。玉盤迸淚，花含雨也，故見之者傷心；錦瑟驚絃，雨著花也，故聞之者破夢。非舊圃，照應回中；屬流塵，照應雨敗。結言牡丹自是國色，雖飄零之候，粉態猶足動人，此文家黄龍擺尾法也。

【陸曰】（首章）下苑即曲江池也。康駢《劇談録》：『曲江池開元中鑿為妙境，花卉環周。』牡丹自必特盛，故

【姚曰】（首章）此感容華之忽謝也。下苑繁華，已不得與，西州偶值，亦復可憐。豈料水亭之暮雨猶寒，羅薦之春香已謝，紅顔薄命，自古已然。顧我所恨者，不在彫謝之早，而在賞識之希。不見落蕊勤收，惟餘舞蝶；從此遥帷深卧，空憶佳人。當此之時，失意者失意，得意者未嘗不得意也。因想章臺街裏，柳枝雨後，方鬬宫腰，牡丹之傷損，亦復與彼何預也耶？（次章）大抵世間遇合，不及春者，未必遂可悲；及春者，未必遂可喜。玉盤迸淚，點點傷心，花之遇雨也；錦瑟驚絃，聲聲破夢，雨之敗花也。從此萬里重陰，頓非舊圃，一年生意，總屬流塵。惟是前溪舞處，花片浮來，猶尚分其光澤耳。才人之不得志於時者，何以異此！

【屈曰】（首章）一往日回中，二今日。三雨，四敗。五物，六人，俱惜花也。七八正結『寒猶在』。雨雖欲歇，而寒在也；花乘暖而開，不知其忽有雨也。（次章）一題外起言，莫浪笑其不早開也。早開早落，更覺愁人，不如晚開。三四承其更愁人。五六承零落。七八反結。美人舞罷迴看此花，猶覺粉態併新，雨敗尚如此也。

【程曰】此二首乃歎長安故妓流落回中者，牡丹特借喻耳。

【馮曰】借牡丹寫照也。玩其製題，則知以涇原之故而為人所斥矣。或是艷情之作，未可定。

【王鳴盛曰】悲凉婉轉，無限愁酸。

【紀曰】純乎唱歎，何處著一呆筆！○（首章）第四句對面一襯，對法奇變。結二句忽地推開，深情忽觸，有神

無迹，非常靈變之筆。芥舟評曰：第六句妙遠。二首皆不失氣格，兼多神致。（《詩説》）○「章臺」二句，深情忽觸，妙絶言詮。（《輯評》）

【張曰】余謂此亦宏博不中選之恨。令狐家牡丹最盛，義山本在子直門館，得勿感於黨人之排笮耶？得第方資絢力，尚未釋褐，而忽有王氏之婚，所謂「下苑他年未可追，西州今日忽相期」也。次言「浪笑榴花不及春，先期零落更愁人」，蓋謂我亦知涇原之行，必觸人怒，而不意其報復若是速也。萬里重陰，都非舊圃，一年生意，已屬流塵，異日者迴視今朝，更不知若何失意，則真始料所不及矣。通首皆惋恨語，悽然不忍卒讀，必非艷情。（《會箋》。《辨正》解此二首更鑿，不録。）

【黄侃曰】次首末二句尤凄婉：言今日飄零，固為可念；然使更遲數稔，顔色愈衰，求如今日，且不可得也。《楊柳枝》詞云：「一葉隨風忽報秋，縱使君來豈堪折！」政是此意。（《李義山詩偶評》）

【汪辟疆曰】此義山在安定借牡丹以寄慨身世之詩。題意已明，非專詠牡丹也。（首章）此詩首言下苑未可追，則秘省之勢難再入，令狐門館之勢難再依，以今日涇原之行而可決定之他年也。其試宏詞不中，當必有擯逐之者，故三四一聯以寒字寫外間排笮之人正多；以暖字寫暫時之合少慰。此二句已不勝其悵惘凄迷之感。五六則極言失意。「無蜨」句，即落花滿地無人管之意。「有人」句，即翠衾歸卧繡簾中之意。則歌以當哭矣。結則撇去正面而歎。回中如是，他處可知。牡丹如是，他卉可知。猶言同我之淪落者，恐亦有人。凄惋之中，自然意遠，深情妙緒，觸手紛披。細翫全篇，無一滯筆。最妙在前六句，皆從對面襯出，屬對奇變。而三四一聯，尤其顯然易見者也。次章首句……言榴花開時本晚，而牡丹先春零落。喻己本遭遇蹭蹬，而讒人復從而排笮之也。浪笑二字，極見用意。三四一聯，正面寫牡丹為雨所敗。「玉盤」句，寫花含雨；「錦瑟」句，寫雨打花。體物精細，故精緊乃爾，亦所以喻己之横被摧殘，故曰傷心、曰破夢也。淚迸絃斷，悲苦可知。五六則濃陰萬里，障蔽重重，生意一春，流光晼晚，非舊圃，則殊於下苑也。屬流塵，則困於輪蹄也。嗟歎之間，出以凄惋，不能卒讀矣。結則言今日之零落如此，而他日之零落或更有甚於今日者，必反覺今日雨中粉態，猶為新艷。此進一層寫法，與前篇之羅薦春香暖不

知，遥遥相發。然無聊之慰情，可於言外得之矣。此二詩假物寓慨，隱而能顯，是徐熙惠崇畫法。（《玉谿詩箋舉例》）

【按】二章借回中牡丹為雨所敗寄寓身世零落摧殘之感。首章起聯謂牡丹往年植於曲江苑圃之繁華情景已不可復追，今日乃忽於此西州風雨之中相值，喻往歲進士登第、曲江遊賞、得意盡歡之盛況已不可再，今日竟淪落寄此涇川也。三承二，四承一，謂今日處此西州水亭暮雨之中，所感者惟有寒意，而當年置身曲江苑圃時羅薦春香之暖，竟已恍如隔世，不可想望矣（『不知』正應上『未可追』）。五六正寫『敗』字，謂蛺舞翩翾，似有意惜花，殷勤欲收落蕊，然牡丹為雨敗後，花事已闌，有似佳人之悵卧遥帷，意興闌珊，精采全無矣。末聯諸家多從何焯之説，謂指在京同袍之失意者。此解固似可通，然細按亦覺可疑。蓋此二章專寫『回中牡丹為雨所敗』，處處以曲江下苑與西州回中相對照，以見淪落天涯之恨。既云『章臺街裏芳菲伴』，則彼等固身處京華，春風得意者，豈有淪落之恨？然則『且問宮腰損幾枝』者，謂其日日舞於春風之中，恐不免瘦損宮腰也。『宮腰損幾枝』非言其失意，乃謂其得意也。姚謂『失意者失意，得意者未嘗不得意也』，似得其情。次章首聯謂榴花開雖不及春，然不如牡丹之先期零落更令人傷心。三四寫牡丹為雨所敗，言玉盤之上，雨珠飛濺，似頻流傷心之淚；急雨打花，如錦瑟驚絃，聲聲破夢（《七月二十八日聽雨後夢作》有『雨打湘靈五十絃』之句）。『傷心』『破夢』均就牡丹言。而牡丹之傷心破夢亦即作者之情懷遭遇。五六寫環境與敗後情景，萬里長空，陰雲密佈，氣候惡劣，已非當年曲江舊圃之環境；花落委地，一年生意，已付流塵。上六句喻己未及施展才能即遭打擊而淪落，心傷淚迸，希望成空，昔日之環境已不可再，今後之前途更不可問。末聯則借異日花瓣落盡之時迴視今日雨中情景，猶感粉態之新艷，暗示將來之厄運更甚於今日。聯繫應宏博試被黜情事，此詩之感遇性質自不待言。

義山託物寓懷之作，每有與物相對待之『我』出場。物我之間，時分時合，似分似合，人稱每不甚分明。如首章起聯作者與牡丹顯分為主體與客體，係作者敘述口吻，而以下三聯則物、我無形中融為一體，直可視為牡丹之自述。蓋作者初因見雨敗牡丹而興感，繼則不覺身化為牡丹。明乎此，則首章之『有人』，次章之『愁人』『君迴顧』

均不必泥解為與花相對之「人」，此「人」與「君」亦均可解為牡丹也。

東南

東南一望日中烏①，欲逐羲和去得無②？且向秦樓棠樹下③，每朝先覓照羅敷④。

①【馮注】《史記·龜策傳》：「孔子曰：『日為德而君於天下，辱於三足之烏。』」張衡《靈憲》：「日，陽精之宗，積而成烏，象烏而有三趾。」【補】《淮南子·精神》：「日中有踆烏。」高誘注：「踆，猶蹲也。謂三足烏。」《春秋元命苞》：「日中有三足烏。」

②【補】羲和，駕日車之神。屈原《離騷》：「吾令羲和弭節兮，望崦嵫而勿迫。」亦用以代指日。

③【程曰】「棠樹」疑是「桑樹」之訛，桑與本事（按指《樂府·陌上桑》本事）合，棠則無謂矣。【馮注】棠樹用《詩》「何彼襛矣，唐棣之華」，與秦樓意自通。程曰：「當作桑。」非也。

④【朱注】《樂府·陌上桑》：「日出東南隅，照我秦氏樓。秦氏有好女，自名為羅敷。」【馮注】又曰：「羅敷自有夫。」

【姚曰】此歎遇合之無期，而深致其期望也，即老杜『邀人看騕褭』之意。

【程曰】《樂府·陌上桑》，一作《羅敷艷歌》，一作《日出東南隅行》。崔豹《古今注》：「《陌上桑》者，出秦氏女也。秦氏，邯鄲人，有女名羅敷，嫁為千乘王仁妻。王仁後為趙王家令，羅敷出采桑於陌上，趙王登臺，見而悦之，因飲酒欲奪焉。羅敷巧彈箏，乃作陌上之歌以自明。」此詩蓋借其意以自寓也。言我已為王茂元、鄭亞、柳仲郢之幕客，自當忠心自矢，安忍背其知己之恩耶？

【馮注】歎不得近君而且樂室家之樂也。在涇州而望京都，故曰『東南』。

【紀曰】寄慨之作，殊無佳處。（《詩説》）似言進取無能，姑屬意於所歡。未甚了了，亦未見佳處。（《輯評》）

【按】程説極穿鑿。姚、馮、紀諸家則多泥於日為君象之舊説，以為望陽烏必寓近君之想，然三四已云『向』『照』，則詩人業已身化為陽光而照臨秦樓棠樹下之羅敷，同一陽烏，豈得既喻君主又同時為自己之化身？蓋其時作者與王氏分居兩地，望見東南隅初出之朝陽，遂生『逐羲和』而望見『秦氏樓』之異想；此念既切，不覺身已化為陽光而照臨秦樓矣。『逐』『照』之間，暗含想像之推移轉換，而令人渾然不覺。『此時相望不相聞，願隨月華流照君』（張若虛《春江花月夜》），與此同一機杼。馮編開成三年雖無確據，然此詩作於新婚後不久則大體可信。

和韓録事送宮人入道①

星使追還不自由②，雙童捧上緑瓊輈③。九枝燈下朝金殿④，三素雲中侍玉樓⑤。鳳女顛狂成久别⑥，月娥孀獨好同遊⑦。當時若愛韓公子，埋骨成灰恨未休⑧！

集注

①【朱曰】張籍、王建、戴叔倫、元稹、于鵠、項斯皆有作。【程曰】中、晚此題詩甚多，不止於朱所枚舉。【馮注】文集有《為濮陽公奏韓琮充判官狀》。《舊書·志》：『都督都護府上州録事，從九品上階。』按：琮為詩人，與義山並稱，詳《代柳璧啟》。《舊紀》書開成三年六月，出宮人四百八十，送兩街寺觀安置。此固特紀其多者。然琮已在涇原幕，而三年義山正在京，則必是時作矣。中、晚唐頗多此題。琮子成封，大中時官至湖南觀察使，見《藝文志》。【張曰】馮氏謂韓録事即《為濮陽公奏充判官》之韓琮，不知判官與録事，官品自别也。又引《舊紀》開成三年六月出宮人四百八十，送兩街寺觀安置，謂詩作於是時。夫唐俗重道，宮人入道者歷朝多有，史特紀其最多者耳。即詩人集此題亦數見（按：此説無據，集中送宮人入道者僅此一首），安得定指為開成三年作耶？【按】奏韓琮等四人充判官，在王茂元鎮陳許時，狀云『頃居鎮守，已列賓僚』（鎮涇原時韓已在幕），則陳許奏充判官自不妨涇原幕中為録事也。張以録事、判官官品有别駁之，似未允。且即令韓録事非琮，亦不能否定作於開成三年之可能。宮人入道固歷朝多有，然見於史籍者則自是其中較顯著特出者，故當時文士有賦詩送之之事。此詩風格

情調，亦似前期之作。

②【朱注】《後漢書・李郃傳》：『和帝遣使者二人到益都，郃曰：「有二星使入蜀分埜。」』《晉書・天文志》：『流星，天使也。』【朱彝尊曰】惟追還故不自由。又曰：玩『不自由』三字，似仙女既謫而後追還也。舊注何得以李郃事釋之？【馮注】《爾雅》：『奔星為彴約。』注曰：『流星。』徐曰：李亢《獨異志》：『秦併六國時，太白星竊織女侍兒梁玉清、衛承莊逃入衛城少仙洞，四十六日不出。天帝怒，命五岳搜捕，太白歸位，玉清謫於北斗下掌春。』句用此事。按：謂既謫在人間，又追還上界，真無如何也。《唐、宋史・志》作『亢』，他書或作『元』，非。【按】星使，指道觀所遣迎宮人入道者。古代天文家以為天節八星，主使臣持節，宣威四方，故稱帝王使者為星使。詩中『星使』與朱注引文中之『使星』義近，然其事非義山所用。

③【姚注】《雲笈七籤》：『凡行玉清之道，出則給玉童玉女，瓊輪前導，鳳歌後從。』【馮注】《太上飛行九神玉經》：『凡行玉清、上清、太清之道，皆給玉童、玉女，乘瓊輪丹輿之屬。』《太上飛行羽書》：『南岳真人、西城王君、龜山王母、方諸青童君，並乘緑景之輿。』道書中碧霞玉輿、緑雲之輦、紫霞瓊輪，皆屢見。【朱注】《詩詁》：『車前横木上勾衡者謂之輈，亦曰轅。』【補】輈，小車居中之彎曲車杠。朱駿聲《説文通訓定聲・孚部》：『按大車左右兩木直而平者謂之轅，小車居中一木曲而上者謂之輈，故亦曰軒轅，謂之穹隆而高也。』此代指車。雙童當指侍者。

④【道源注】《金根經》：『黄金紫殿，青要帝君居之。』【朱注】《西京雜記》：『漢高祖入咸陽，有青玉五枝燈。』《漢武内傳》：『七月七日王母至，帝掃除宮内，然九光之燈。』王筠《燈檠詩》：『百花曜九枝。』【馮注】《漢武帝故事》：『西王母欲來，帝然九華之燈。』《漢武内傳》作『九薇』，一作『九光』。

⑤【朱注】《真誥》：『真人行則扶華晨蓋，乘三素之雲。』《藝苑雌黄》：『《修真八道秘言》：「立春日清朝北望，有紫、緑、白雲，為三元君三素飛雲也。三元君是日乘八輪之輿，上詣天帝。」唐試進士以《立春日望三素雲飛》出此。』【馮注】《黄庭經》：『紫烟上下三素雲。』注曰：『三素者，紫素、白素、黄素也，此三元妙氣。』

按：四時之立與分、至，共八日，皆有仙真乘三素雲，但雲色不同，仙真亦異耳。八道者，赤道、黃道之類。

⑥【馮曰】用弄玉事。【按】已見《送從翁從東川弘農尚書幕》。顛狂，放蕩不羈。

⑦【朱注】月娥謂月中姮娥。

⑧【朱注】韓公子未詳。或曰：韓非為韓之諸公子，借以況韓録事也。【姚注】『公』疑作『童』。《搜神記》：『吴王夫差小女名紫玉，悦童子韓重，欲嫁之不得，乃結氣而死。重遊學歸，知之，往弔於墓側。玉形見，顧重延頸而歌云：「南山有鳥，北山張羅，意欲從君，讒言孔多。悲結成疹，殁命黃壚。」云云。』【紀曰】韓公子當是借用吴王小女紫玉魂，是韓童事，長孺注誤。【馮注】《史記》：『韓非者，韓之諸公子也。』按：借古人以點姓，詩家泛例，不必更有事在也。俞南史疑其用紫玉、韓重之事，則以童子為公子，必不可矣。詩言倘有冶情，則從此終身埋恨，戲録事兼點醒原唱。【朱彝尊曰】借比録事。【何曰】落句用韓憑事。（《讀書記》）又曰：末句借處家事收足『和』字。（《輯評》）【按】馮注是。此『韓公子』猶杜牧『誰人得似張公子，千首詩輕萬户侯』之『張公子』。『埋骨』句即『此恨綿綿無絶期』之意。

【何曰】觀項斯、于鵠之寒窘，乃歎義山才情過人。（《讀書記》）

【胡以梅曰】言宫女乃謫降凡間，今天上星使追還，不能自主，而雙童扶之上瓊輈以去，朝金殿，侍玉樓，已在天界矣。鳳女似謂秦弄玉吹簫乘鳳之女，彼想塵凡而成別，惟有月娥避夫入月，所以得同遊矣。結則戲之之詞，言若學吴王女紫玉愛韓重，直至埋骨尚未休也。（《唐詩貫珠串釋》）

【陸曰】此詩前六句是宫人入道，結二句是因和韓録事作，而即借宫人以戲韓也。起言蒙恩放歸之後，復又遣使追還，此身真有不自由者。雙童捧上緑瓊輈，言從此入道去也。接言昔朝金殿，嘗趨至尊之前；今侍玉樓，忽在元君之側，其境遇之不常如此。五六鳳女顛狂，宫中之伴也；月娥孀獨，世外之遊也，言喧寂之不同又如此。結言此宫人者，身雖入道，而愛根未斷，見録事此詩，竊恐紫玉韓童之事復見於今日矣，蓋戲之也。

【姚曰】宫人入道，自是失意事，詩却向失意中説出得意。言此宫人必自謫降中來，今奉星使追還，得以上車而去，朝侍於玉樓金殿之間，真幸事也。從今入道之後，笑鳳女之顛狂，伴月娥之孀獨，棄塵濁而託清虚，何似託身宫禁？然使當時若不託身宫禁而戀戀於人世之佳偶，必至埋骨成灰，焉得如今之受享清福耶？夫亦可以自慶矣。○韓公子，應是韓童子之誤，蓋用吴王女紫玉故事也。埋骨成灰，即用歌中『歿命黄壚』語。舊注謂韓非為韓之諸公子，借以況韓録事，不思此宫人也，何由而愛韓録事耶？

【屈曰】宫人非情願入道，故一二云然。結和韓也。當時如愛韓而嫁，白首偕老，何至今日為女道士孤眠至死乎？

【程曰】大抵唐之宫人入道，亦如《樂府》之邯鄲才人嫁為厮養卒婦。題有風致，可以寄託，作者固不惜語言也。

【紀曰】晚唐卑卑之音。（《詩説》）　庸俗。（《輯評》）亦義山之下乘。（《律髓刊誤》）

【按】送宫人入道詩，中晚唐詩人多有之，似為一時風氣。義山此詩可貴處，在獨表對入道宫女處境命運之同情。起聯寫離宫入道情景，『不自由』三字揭出一篇主意。次聯分寫宫、觀生活：昔日曾在九枝燈下，朝金殿之君主；今後又將於三素雲中，侍玉樓之元君。無論宫、觀，皆身處幽閉，不由自主。腹聯分承三四，謂今日一去，與宫中之女伴已成久别，此後惟日與道觀中孀獨之女冠寂寞相伴而已。末聯謂當年如愛此韓公子，則今日入道，清規甚嚴，恐兩情相隔，長恨綿綿也。意者韓詩中或有戲入道宫女之語，故義山有此。語雖帶謔，實深表同情於入道宫女之『孀獨』處境。陸、姚、屈箋此聯均誤。馮氏謂『倘有冶情，則從此終身埋恨』，雖不以『冶情』為然，釋意則不誤。又腹聯對句『月娥孀獨』，亦即《嫦娥》詩中『碧海青天夜夜心』之嫦娥也。

奉和太原公送前楊秀才戴兼招楊正字戎①

潼關地接古弘農②，萬里高飛雁與鴻③。桂樹一枝當白日④，芸香三代繼清風⑤。仙舟尚惜乖雙美⑥，綵服何繇得盡同⑦？誰憚士龍多笑疾，美髭終類晉司空⑧。

集注

①【朱注】太原公，王茂元也。《唐六典》：『正字掌校讎典籍，刊正文字。』【程注】本集中《贈送劉五經映三十四韻》自注：『余外舅太原公』，則訂以為茂元是也。【馮注】王茂元封濮陽郡侯。此猶未封，故稱太原公。《舊書·志》：『舉試之制，其科有六，一曰秀才，試方略策五條，取人稍峻，貞觀後遂絶。』《唐摭言》：『舉人通稱謂之秀才。』《舊書·志》：『東宫官屬，司經局正字二人，正九品下階，掌典校四庫書籍。』按：《宰相世系表》：『敬之子戴，江西觀察使。』戎，《表》中缺書。《敬之傳》云：『文宗以宰相鄭覃兼國子祭酒，俄以敬之代，未幾兼太常少卿。是日二子戎、戴登科，時號楊家三喜。』《唐摭言》云：『次子戴，進士及第；長子三史登科。』似長子名戎。而詩意以士龍比戎，則戎為戴弟，未可詳考。鄭覃兼祭酒，《表》載於開成元年，然則戎、戴登科亦在開成初。戴稱前秀才者，如《唐摭言》得第謂之前進士之例也。選舉有三史科。【張曰】考本集通例，文集稱濮陽公，詩則稱太原公；亦猶鄭亞文皆稱滎陽公，詩則稱開封公也。《新書·傳》：『茂元交煽權貴，鄭注用事，遷涇原節度

使。注敗，悉出家貲餉兩軍，得不誅，封濮陽郡侯。』是封侯在開成初矣。【按】張説是。楊戴，《登科記考》謂其登進士第在開成二年。

②【朱注】《雍録》：『潼關在華州華陰縣東北三十九里，關西一里有潼水，因名。』《漢書》：『弘農郡，武帝元鼎四年置。』【馮注】《後漢書·志》：『弘農郡湖縣有閿鄉。』華陰縣注曰：『桃林縣西長城是也。』《晉地道記》曰：『潼關是也。』《水經》：『河水又南至華陰潼關。』潘岳《西征賦》：『發閿鄉而警策，愬黄巷以濟潼。』《廣韻》：『閿，俗作閿。』《國史補》：『楊氏自震號關西孔子，葬於潼關亭，至今七百餘年，子孫猶在閿鄉故宅，天下一家而已。』【按】漢弘農郡轄地包括今河南黄河以南、宜陽以西洛、伊、淅川等流域及陝西洛水、社川河上游、丹江流域，治弘農縣（今河南靈寶北）。此云『地接古弘農』，當指弘農縣。

③【朱曰】二楊必兄弟，故云。

④【朱曰】此語送戴。【按】桂樹一枝，用郄詵事，見《及第東歸次灞上却寄同年》注，喻戴科舉登第。白日，猶清時，頌美唐王朝之辭。

⑤【朱曰】此語招戎。【馮注】魚豢《典略》：『芸香辟紙魚蠹，故藏書臺稱芸臺。』按：後漢崔駰三世繼為著作，即秘書之職，見《事文類聚》。但史傳止云『沈淪典籍，世有美才』而已，俟再考。【補】《新唐書·楊憑傳》：『憑字虚受，……虢州弘農人。……長善文辭，與弟凝、凌皆有名。大曆中，踵擢進士第，時號「三楊」。……凌字恭履，最善文，終侍御史。子敬之。敬之字茂孝，元和初擢進士第。』凌、敬之及戴、戎三代以能文登第，戎又為正字，故云『芸香三代繼清風』。按：二語承次句『萬里高飛雁與鴻』分別稱美戴、戎，無送、招意，朱注非。

⑥【朱注】《後漢書》：『李膺與郭泰同舟而濟，衆賓望之，以為神仙。』【何曰】兼招正字。【程注】江總詩：『仙舟李膺棹。』

⑦【馮注】《困學紀聞》：『陳思王《靈芝篇》：「伯瑜年七十，綵衣以娱親。」今人但知老萊子，不知伯瑜。』

按：韓伯瑜之孝，見《説苑》。老萊子，詳《崔處士》詩。仙舟，唐人每以言仕進。二句言兄弟同登之不易得也。

【按】馮解非，詳箋。

⑧【朱注】《晉書》：『吴平，二陸入洛。機初詣張華，華問雲何在，機曰：「雲有笑疾，未敢自見。」俄而雲至。華為人多姿制，又好帛（繩）纏鬚。雲見而大笑，不能自已。』【馮注】《張華傳》：『華封廣武侯，進中書監，拜司空。陸機兄弟欽華德範，如師資之禮。』

【陸曰】起聯言秀才與正字為大邦人物，而萬里高飛，有難兄難弟之目也。……桂樹一枝當白日，言兄弟聯登也。芸香三代繼清風，言後先濟美也。五句是送秀才，因戎未偕出，戴獨自歸，故曰仙舟尚惜乖雙美也。六句是招正字，計戴歸時，戎又將出，故曰綵服何由得盡同也。結言太原公愛才有素，士龍笑疾，定能見容，在正字必有以應其招而可，此義山勸駕之辭也。太原公，謂王茂元。

【陸鳴皋曰】首句言地近，次句總言二楊。三四句，一戴一戎也。五六句，一送一招，言二楊未能偕聚也。結聯側到因送而招，歸重主人以見和意。

【姚曰】此表太原公好士之誠也。……（公）既愛戴才，又必欲兼致其弟，故言潼關形勝之地，人物輻輳，而二楊為之白眉。三四言其科名家世之盛。戎本侍其親，今戴往代之來，……故有『綵服』句。結言太原公之拂拭二楊，亦如晉司空之拂拭二陸，預想戎至之日，一堂諧笑，樂可知也。情趣全在一結。

【紀曰】平淺之作，牽率應酬，殊無可採。（《詩説》）末二句用事愈切愈增滯相，無所取義故也。（《輯評》）

【按】題雖稱『送戴』『招戎』，詩實以招戎之意為主。首聯點明楊氏兄弟爵里、才器，謂二楊家居潼關，地接弘農，大邦望族，才高學富，如鴻雁聯翩，高飛萬里。頷聯合之則贊二楊科名家世之盛，分之則上句以贊戴登科為主而兼包戎，下句以贊戎之能繼家風為主而兼包戴，此亦互文之法。『芸香』固點正字，然在句中之意不妨泛解為『書香』也。陸謂『兄弟聯登』『後先濟美』，得其用意。腹聯雖兼説戎、戴，然其意實主於招戎而不主於送戴。上句以李膺比王茂元，以郭泰喻戴，謂太原公尚惜仙舟未能兼致雙美，言外既對戴去表示留戀，又對戎來深致想望。下句謂戴此去當可如古人之綵服事親，曲盡孝道，然戎則可暫離膝下承歡而至涇川，自古以來，兄弟同綵服事親者豈易得乎？馮謂此聯言兄弟同登之不易得，不惟與頷聯意重，且與『仙舟』『綵服』之典全不相關。『尚惜』『何由』，其意皎然主於招戎也。末聯謂戎來必得太原公之厚遇，如張華之善視士龍也。

贈送前劉五經映三十四韻①

建國宜師古②，興邦屬上庠③。從來以儒戲④，安得振朝綱？叔世何多難，玆基遂已亡⑤。泣麟猶委吏⑥，歌鳳更佯狂〔一〕⑦。屋壁餘無幾⑧，焚坑逮可傷⑨。挾書秦二世⑩，壞宅漢諸王⑪。草草臨盟誓，區區務富强⑫。微茫金馬署⑬，狼籍鬬鷄場⑭。盡欲心無竅⑮，皆如面正牆⑯。驚疑豹文鼠⑰，貪竊虎皮羊⑱。南渡宜終否⑲，西遷冀小康⑳。策非方正士㉑，貢絶孝廉郎㉒。海鳥悲鐘鼓㉓，狙公畏服裳㉔。多歧空擾擾㉕，幽室竟倀倀㉖。凝邈為時範，虛空作士常㉗。何由羞五霸？直自呰三皇〔二〕㉘。別派驅楊墨，他鑣並老莊㉙。詩書資破冢㉚，法制困探囊㉛。

周禮仍存魯㉜，隋師果禪唐。鼎新麾一舉，革故法三章㉝。星宿森文雅，風雷起退藏㉞。縲囚為學切㉟，掌故受經忙〔三〕㊱。夫子時之彦㊲，先生跡未荒㊳。褐衣終不召㊴，白首興難忘㊵。感激誅非聖〔四〕㊶，棲遲到異粻㊷。片辭褒有德，一字貶無良㊸。

燕地尊鄒衍㊹，西河重卜商㊺。式閭真道在〔五〕，擁篲信謙光㊻。獲預青衿列，叨來絳帳旁㊼。雖從各言志㊽，還要大為防㊾。勿謂孤寒棄〔六〕，深憂訐直妨㊿。叔孫讒易得(51)，盜跖暴難當(52)。雁下秦雲黑，蟬休隴葉黄(53)，莫渝巾屨念〔七〕(54)，容許後升堂(55)。

校記

〔一〕『佯』原作『徉』，非，據蔣本、錢本、朱本改。

〔二〕『皇』，席本作『王』。

〔三〕『故』，蔣本、姜本、戊籤、悟抄、席本、錢本、影宋抄均作『固』。

〔四〕『誅』原作『殊』，據蔣本、悟抄、席本改。

〔五〕『閭』，悟抄作『庭』。

〔六〕『勿』，姜本作『弗』。

〔七〕『渝』，各本均作『踰』，據原引一作改。『巾屨』，戊籤作『巾履』。

①【程注】五經為有唐一代科名之制。《新書·選舉志》：『科之目，有明經。明經之別，有五經。凡《禮記》《春秋左氏傳》為大經；《詩》《周禮》《儀禮》為中經；《易》《尚書》《春秋公羊傳》《穀梁傳》為小經。通二經者大經、小經各一，若中經二；通三經者大經、中經、小經各一；通五經者大經皆通，餘經各一，孝經、論語皆兼通之。先帖文，然後口試，經問大義十條，答時務策三道，以文理通粗為上上、上中、上下、中上凡四等為及第。此歲舉常選之一也。』【張曰】詩中自注：『外舅太原公亦受經於公。』又有『雁下秦雲黑，蟬休隴葉黄』語，是贈別在涇原也。【按】詩當作于開成三年秋。

②【程注】《書》：『事不師古，以克永世，匪説攸聞。』杜甫詩：『文物多師古，朝廷半老儒。』

③【程注】《禮記》：『禮在瞽宗，書在上庠。』劉孝綽詩：『横經在上庠。』【馮注】《禮記》：『有虞氏養國老於上庠。』【補】庠，古代學校名。《漢書·儒林傳序》：『鄉里有教，夏曰校，殷曰庠，周曰序。』古之大學曰上庠，亦曰右學；小學曰下庠，亦曰左學。

④【馮注】《禮記》：『哀公曰：「終没吾世，弗敢以儒為戲。」』【何曰】『上庠』謂學校必立之師。『以儒戲』，見既輕儒而不容其直也。（以下注中所引何氏語，均見《輯評》）。【錢良擇曰】以崇儒領起，下叙自周至隋學術興廢。（《唐音審體》）

⑤【馮注】《左傳》：『叔向論鑄刑書曰：「三辟之興，皆叔世也。」』【程注】劉峻《廣絶交論》：『叔世民訛，狙詐飈起。』《詩·周頌》：『未堪家多難。』【田曰】以下叙次明白，音節跌蕩。（馮注引）【補】叔世，猶衰世。《左傳·僖公二十四年》：『首周公弔二叔之不咸。』孔穎達疏：『伯、仲、叔、季、長幼之次也。故通謂國衰

為叔世，將亡為季世。』茲基，指國之根本，即儒學。

⑥【補】《春秋・哀公十四年》：『春，西狩獲麟。』杜預注：『麟者仁獸，聖王之嘉瑞也。時無明王出而遇獲；仲尼傷周道之不興，感嘉瑞之無應，故因《魯春秋》而修中興之教，絶筆於「獲麟」之一句。』《公羊傳》亦謂孔子聞西狩獲麟而『反袂拭面，涕沾袍』，歎曰：『吾道窮矣！』委吏：《孟子・萬章下》：「孔子嘗為委吏矣。」趙岐注：『委吏，主委積倉廩之吏（掌管糧倉之下吏）也。』

⑦【程注】《高士傳》：『陸通字接輿，楚人也。昭王時，見楚政無常，乃佯狂不仕。孔子過楚，接輿過其門曰：「鳳兮鳳兮，何德之衰也！」』【何曰】歌鳳佯狂乃自屬也。『從政殆而』即指後殘暴。【按】此承『叔世多難』，謂孔子大儒而不遇於時，與作者無涉。

⑧【馮注】《漢書・藝文志》：『《書》百篇。秦燔書禁學，濟南伏生獨壁藏之。漢興，求得二十九篇。』孔安國《尚書序》：『我先人藏家書於屋壁。』

⑨【馮注】《史記・始皇本紀》：『李斯請史官非秦記皆燒之；非博士官所職，天下敢有藏《詩》《書》、百家語者，悉詣守、尉雜燒之。』又曰：『始皇曰：「諸生或為訞言，以亂黔首。」使御史案問，乃自除犯禁者四百六十餘人，皆阬之咸陽。』【程注】《書序》：『及秦始皇滅先代典籍，焚書坑儒。』

⑩【朱注】《漢書》：『惠帝四年，除挾書律。』張晏曰：『秦律，有敢挾書者族。』【何曰】秦之二世皆禁挾書，非不成句。【徐曰】謂秦二代皆有此律，非專指胡亥（馮注引）【補】挾，懷藏。

⑪【馮注】《漢書・志》：『《古文尚書》者，出孔子壁中。武帝末，魯共王壞孔子宅，欲以廣其宮，而得《古文尚書》及《禮記》《論語》《孝經》凡數十篇，皆古字也。共王往入其宅，聞鼓琴瑟鐘磬之音，於是懼，乃止不壞。孔安國悉得其書。』【按】《漢書・藝文志》謂孔子纂《尚書》，『上斷於堯，下訖於秦，凡百篇，而為之序。』漢初伏生收得二十九篇（參注⑧），以當時通行之隸書寫定，稱《今文尚書》。漢武帝時孔壁所發見者係用古文字書寫，較《今文尚書》多十六篇，此十六篇後亡佚。晉人偽造《古文尚書》二十五篇，復自《今文尚書》中分出五

篇。清閻若璩考定其為僞書。

⑫【程注】《左傳》：『子産對曰：「昔我桓公與商人皆出（自）周，庸次比耦以艾殺此地，斬之蓬、蒿、藜、藿，而共處之；世有盟誓以相信也。」』《漢書·溝洫志》：『鄭國間説秦鑿涇水為渠，關中為沃野，無凶年，秦以富强，卒并諸侯。』【補】草草：憂慮，勞心。《詩·小雅·巷伯》：『驕人好好，勞人草草。』區區，辛苦。二句謂春秋戰國之時，各國君主為結盟設誓之事而憂勞，為富國强兵之事而辛勤，均不行儒術。

⑬【馮注】《史記·東方朔傳》：『金馬門者，宦署門也，門傍有銅馬，故謂之曰金馬門。』【朱注】《後漢書·馬援傳》：『武帝時，善相馬者東門京鑄作銅馬法獻之，詔立馬於魯班門外，更名魯班門曰金馬門。』《漢書》：『東方朔、公孫弘皆待詔金馬門。』【補】漢代受徵聘者皆待詔公車（官署名），其特異者令待詔金馬門。微茫，隱約模糊貌。

⑭【朱注】《漢書》：『宣帝少喜遊俠，鬬雞走馬，上下諸陵，周徧三輔。』【程注】《史記·滑稽傳》：『杯盤狼籍。』《袁盎傳》：『盎與閭里浮湛相隨行，鬬雞走狗。』蘇頲詩：『東連歸馬第，南指鬬雞場。』【馮注】鬬雞，習見事，此當有切學校者，俟考。如《漢書》：『陸孟，魯國蕃人，少好鬬雞走馬，長乃變節，受《春秋》，以明經為議郎。』《西京雜記》『魯共王好鬬雞』，尚非所用。【按】二句似謂儒者待詔金門無望，君臣惟躭於鬬雞走狗。

⑮【程注】《莊子》：『南海之帝為儵，北海之帝為忽，中央之帝為混沌。儵與忽時相遇於混沌之地，混沌待之甚善。儵與忽謀報混沌之德，曰：「人皆有七竅以視聽食息，此獨無有，嘗試鑿之。」日鑿一竅，七日而混沌死。』【馮注】《史記》：『比干强諫，紂怒曰：「吾聞聖人心有七竅。」』【何曰】先生云：『盡欲心無竅，如所謂燔詩書、愚黔首也。』【輯評墨批】痛罵。

⑯【程注】《後漢書·左雄傳》：『郡國孝廉，古之貢士，出則宰民，宣協風教，若其面牆，無所施用。』《西征賦》：『誦六藝以飾奸，焚《詩》《書》而面牆。』【補】《書·周官》：『不學牆面。』孔安國傳：『人而不學，其猶正牆面而立。』蓋謂不學者如面牆而立，一無所見。

⑰【朱注】《爾雅注》：『鼮鼠，文采如豹。漢武帝時得此鼠，終軍知之，賜帛百匹。』又，摯虞《三輔決録》載竇攸事亦同。　【程注】《竇氏家傳》：『竇攸治《爾雅》，舉孝廉為郎。世祖與百僚大會靈臺，得鼠身如豹文，熒有光澤。世祖異之，問羣臣，莫知，唯攸對曰：「名鼮鼠。」詔問何以知之，攸曰：「見《爾雅》。」詔案視書，如攸言，賜帛百匹。詔諸侯子弟從攸受《爾雅》。』《唐書·盧若虛傳》：『若虛多才博物，時有獲異鼠者，豹身虎臆，大如拳。職方辛怡諫謂之鼮鼠而賦之，若虛曰：「非也。此許慎所謂鼨鼠，豹文而形小。」一座皆驚。』　【何曰】言學陋也。

⑱【朱注】《揚子》：『羊質而虎皮，見草而悦，見狼而戰。』　【錢良擇曰】古學既廢，無人所知。　【馮注】《陰符經》：『羊質虎皮者柔。』　【何曰】言無實也。　【田曰】皆言以偽亂真。（馮注引）

以上為第一段。言建國興邦必師古重儒，并歷叙周秦兩漢之不重儒術。

⑲【朱曰】南渡，謂晉元帝渡江。　【程注】《晉書》：『郭璞行至廬江，見太守胡孟康。時江淮清晏，孟康安之，無心南渡。』孫逖《丹陽行》：『傳聞一馬化為龍，南渡衣冠亦願從。』《易》：『物不可以終否，故受之以同人。』　【馮注】《通鑑》：『晉元帝江東草創，始立太學。成帝時以江左寖安，興學校，徵集生徒；而士大夫習尚《老》《莊》，儒術終不振。穆帝時，以軍興，學校遂廢。』　【補】否：窮，不通。宜終否，謂應合乎『物不可以終否』之理。句意謂迨晉室南渡，儒學之否運已極。

⑳【朱曰】西遷，謂陳後主歸隋。　【程注】《西都賦》：『輟而勿康，實用西遷。』《詩·大雅》：『汔可小康。』　【馮注】《北史·儒林傳》：『隋文平一寰宇，厚賞諸儒，京邑達乎四方，皆啟黌校，齊、魯、趙、魏學者尤多，中州儒術之盛，自漢、魏以來，一時而已。及帝暮年，不悦儒術，至仁壽間，遂廢天下之學。』

㉑【馮注】《漢書·文帝紀》：『詔舉賢良方正能直言極諫者，上親策之。』　【程注】《漢書·董仲舒傳》：『陛下舉賢良方正之士，論誼考問，將欲興仁誼之休德，明帝王之法制，建太平之道也。』

㉒【程注】《後漢書》：『詔光禄勳與中郎將選孝廉郎。』古詩：『大子二千石，中子孝廉郎。』　【馮注】漢

時，詔令二千石舉孝廉，詳《漢書》。此言所策所貢，皆不得人。

㉓【朱注】《莊子》：『昔者海鳥止於魯郊，魯侯御而觴之於廟，奏《九韶》以為樂，具太牢以為膳，鳥乃眩視憂悲，三日而死。』江淹詩：『《咸池》饗爰居，鐘鼓或愁辛。』【馮注】（海鳥）即《國語》爰居。【補】《國語·魯語》上：『海鳥曰爰居，止於魯東門之外三日。臧文仲使國人祭之。』《爾雅·釋鳥》：『爰居，雜縣。』邢昺疏：『爰居，海鳥也，大如馬駒，一名雜縣。』郝懿行《爾雅義疏》：『樊云似鳳凰，劉逵《吴都賦注》亦云似鳳；《廣雅》作延居，云怪鳥屬也。』

㉔【朱注】《廣雅》：『猴一名狙。』莊子：『狙公賦芧，曰：「朝三而暮四。」衆狙皆怒。曰：「然則朝四而暮三。」衆狙皆喜。』又曰：『猿狙而衣以周公之服，彼必齕齧挽裂，盡去而後慊。』【何曰】海鳥、狙公，言駭於所不聞見也。又曰：去古愈遠，則於經術愈不相習。次第指切，皆不漫然。【馮曰】言放蕩成風，深畏禮法拘苦，蓋清談之流毒。下數聯皆此意。【按】馮注是。

㉕【馮注】《列子》：『楊子之鄰人亡羊，楊子曰：「亡一羊，何追者之衆？」曰：「多歧路。」既反，曰：「亡之矣！歧路之中又有歧焉，吾不知所之也。」大道以多歧亡羊，學者以多方喪生。』【程注】《莊子》：『臧與穀二人相與牧羊而俱亡其羊。問臧奚事，則挾策讀書；問穀奚事，則博塞以遊。二人者事業不同，其於亡羊均也。』【按】程注引《莊子》非所用。

㉖【馮注】《禮記》：『治國而無禮，譬猶瞽之無相，倀倀乎其何之？終夜有求于幽室之中，非燭何見？』【補】倀倀，迷茫不知所措貌。《荀子·修身》：『人無法則倀倀然。』楊倞注：『倀倀，無所適貌，言不知所措履。』

㉗【朱注】凝邈、虚空，蓋指何平叔、王夷甫諸人也。邈，音莫。【程注】《梁書·元帝紀》：『錫珪之功既歸有道，當璧之禮允屬聖明，而優詔謙冲，窅然凝邈。』《法華經》：『其佛常處虚空，為衆説法。』【補】凝邈，凝思寂聽，杳然高遠貌。虚空，指老莊之玄言，以虚無為本，程注非。士常，士之常則。

㉘【朱注】《説文》：『呰，訶也。』曹植書：『田巴毁五帝，罪三王，呰五伯於稷下。』【程注】《漢書·董仲

舒傳》：『仲尼之門，五尺之童羞稱五霸。』【馮注】呰，《說文》：『苛也。』《玉篇》：『口毀也。』『訾』同。按：本文『三王』、『王』字韻複，直呰三皇，義固可通。如《莊子·天運篇》：『老子曰：「余語女：三皇五帝之治天下，名曰治之，而亂莫甚焉。」』【《輯評》墨批】由羞、自呰疊韻。

㉙【程注】《北史》：『同源別派。』【補】鑣，馬具，與銜合用，銜在口內，鑣在口旁，俗稱馬嚼子。他鑣猶他道，與上句『別派』意近。二句謂其時老莊楊墨之學大盛，如車馬之馳騖也。

㉚【馮注】《莊子》：『儒以《詩》《禮》發冢。《詩》固有之：「生不布施，死何含珠為？」儒以金椎控其頤，徐別其頰，無傷口中珠。』【程注】《晉書·束皙傳》：『太康二年，汲縣人發冢，得竹書數十車，皆簡編科斗文字，雜寫經史。皙為著作，隨宜分析，皆有考證。』【按】此顯用《莊子》，謂儒家典籍竟淪為破冢之資，蓋極言儒學之衰也。程注非。

㉛【馮注】《莊子》：『將為胠篋探囊發匱之盜為守備，則必攝緘縢、固扃鐍，然而巨盜至，則負匱揭篋擔囊而趨。』謂不能禁其弊。【錢良擇曰】極言學術之壞。【何曰】以上言荒經蔑古之弊。轉朝。

以上為第二段，謂東晉以來老莊之玄風益熾，儒學衰敝之極。

㉜【馮注】《左傳》：『韓宣子來聘，觀書于太史氏，見《易象》與《魯春秋》，曰：「周禮盡在魯矣。」』

㉝【朱注】《書》：『右秉白旄以麾。』【程注】阮籍《大人先生傳》：『左朱陽以舉麾兮，右玄陰以建旗。』任昉《禪書》：『取新之應既昭，革故之徵必顯。』【馮注】《書》：『一戎衣，天下大定。』《易》：『革，去故也；鼎，取新也。』《史記·高祖本紀》：『父老苦秦苛法久矣，吾約法三章耳，餘悉除去秦法。』【《輯評》墨批】『鼎新』以下，言唐人學術之盛。

㉞【程注】《吴志·薛瑩傳》：『乾德博好，文雅是貴。』謝朓詩：『平臺盛文雅，西園富羣英。』《易》：『聖人以此洗心，退藏於密。』【《輯評》墨批】入劉五經。【錢曰】下二聯言人才之盛。【補】森，盛。『星宿』句即李白《古風》（其一）『羣才屬休明，乘運共躍鱗。文質相炳煥，衆星羅秋旻』意。『退藏』，指隱淪者。

出。』

㉟【朱注】《漢書》：「夏侯勝、黄霸皆下廷尉，繫獄，當死。霸因從勝受《尚書》獄中，再踰冬，積三歲乃出。」【馮注】《後漢書》：「崔瑗繫東郡發干獄，獄掾善為《禮》，瑗閒考訊時，輒問以《禮》説。」

㊱【朱注】《史記》：「鼂錯以文學為太常掌故。文帝時，天下無治《尚書》者，帝遣錯受《尚書》伏生所。還，以《尚書》稱説，詔以為太子舍人。」【馮注】掌故，掌故事也。《周禮·夏官》掌固，與此大異。乃後世此或亦作『固』，蓋『故實』『固實』，古字每通用。《通鑑》：「唐太宗貞觀中幸國子監，大徵天下名儒為學官，增學生滿二千二百六十員。以師説多門，章句繁雜，命孔穎達與諸儒撰定《五經疏》，謂之《正義》。」此為唐學業盛事。【何曰】『忙』字亦無味，對不來『切』字。【錢良擇曰】言唐興文教始復盛也。下入劉五經。【補】掌故，漢代官名，掌禮樂制度等故事。司馬相如《封禪文》：「宜命掌故，悉奏其儀而覽焉。」李善注引《漢書音義》：「掌故，太史官屬，主故事者也。」

㊲【程注】《晉書》：「王濟與侍中孔恂、楊恂、楊濟同列，為一時秀彥。」【何曰】以下方入題正面。【補】夫子，指劉五經。彥，美士。《書·太甲》上：「旁求俊彥。」

㊳【何注】《曲禮注》：「先生，老人教學者。」朝廷雖云不振，大臣秉旄尚知尊德樂道，或者先生之跡有嗣音焉。【馮曰】此言先生之蹟得爾則未荒。【田曰】入題婉而入。（馮注引）【方世舉曰】（先生）應作先王。【按】《莊子·天運》有『夫六經，先王之陳蹟也』之語。然此處自當作先生。『蹟』則指儒家經典，即所謂『先王之陳蹟』。

㊴【馮注】《漢書》：「婁敬曰：『臣衣帛，衣帛見；衣褐，衣褐見。』」《後漢書·陳元傳》：「臣如以褐衣召見，誦孔氏之正道。」

㊵【馮注】《漢書·藝文志》：「幼童而守一藝，白首而後能言。」按：皓首窮經事習見。【程注】孔融《薦禰衡表》：「乞令衡以褐衣召見。」【按】謂雖白首窮經，而興味不減。

㊶【朱注】《後漢書》：「桓譚極言讖之非經，帝大怒，曰：『桓譚非聖無法。』將下斬之，良久得解。」【馮

注】《孝經》：『五刑之屬，非聖人者無法。』《漢書·揚雄傳》：『非聖哲之書不好也。』《後漢書》：『周燮不讀非聖之書。』何休《公羊傳注》：『無尊上、非聖人、不孝者，斬首梟之。』【補】感激，有所感而情緒激動。誅非聖，猶對非聖之論加以口誅筆伐。

㊷【朱注】《禮記》：『五十異粻。』注：『粻，糧也。』【馮注】玩此二聯，劉雖登明經，似未得仕。【補】棲遲，游息。《詩·陳風·衡門》：『衡門之下，可以棲遲。』《漢書·敘傳》上：『棲遲於一丘，則天下不易其樂。』此指家居不仕。到異粻，猶言年至五十。

㊸【程注】柳宗元文：『總而括之，立片辭而不遺。』《書》：『天命有德。』《正義序》：『夫子因魯史之有得失，據周經以正褒貶。一字所嘉，有同華衮之贈；一言所黜，無異蕭斧之誅。』《詩·大雅》：『毋縱詭隨，以謹無良。』【馮注】范甯《穀梁傳集解序》：『一字之褒，寵踰華衮之贈；片言之貶，辱過市朝之撻。』【補】無良，不善。二句謂劉於文章中正褒貶。

以上為第三段，言唐興重儒術，而劉棲遲不遇。

㊹【朱注】《史記》：『鄒衍如燕，燕昭王擁篲先驅，列弟子之坐受業焉。』【程注】《史記·正義》：『燕地，尾箕之分野。』江淹《獄中上建平王書》：『飛霜擊於燕地。』《史記·孟子傳》：『其次鄒衍，後孟子。』

㊺【朱注】（《史記·仲尼弟子列傳》）：『子夏居西河教授，為魏文侯師。』【程注】《魏世家》：『文侯受子夏經藝，客段干木，過其閭，未嘗不軾也。』【按】謂茂元鎮涇原，厚禮劉五經。

㊻【自注】外舅太原公亦受經於公也。【朱曰】外舅謂王茂元。【程注】《易》：『謙尊而光。』陸雲詩：『謙光自抑，厥輝愈揚。』【馮注】《新書·李栖筠傳》：『拜浙西都團練觀察使，增學廬，表宿儒河南褚沖、吴何員等，超拜學官，為之師，身執經問義，遠邇趨慕。』此云太原公受經，亦其類耳。【補】《易》『謙尊而光』孔穎達疏：『尊者有謙而更光明盛大。』此指茂元位尊而有謙退之風。又，據自注，最遲在開成三年秋，商隱已與王氏結婚。

㊼【馮注】《詩》：『青青子衿。』【補】《毛傳》：『青衿，青領也，學子之所服。』絳帳，已見《過故崔兗海宅》詩注。二句謂己亦叨獲學子之列。

㊽【補】《論語·先進》：『子路、曾皙、冉有、公西華侍坐。……子曰：「亦各言其志也已矣！」』

㊾【朱注】《禮記》：『大為之防，民猶踰之。』【按】二句謂雖蒙劉五經視為受業弟子，得以侍坐言志，然仍須遵守儒家大防，不可逾矩也。

㊿【程注】《晉書·陶侃傳》：『少長孤寒。』《周書·樂運傳》：『運性訐直，為人所排抵，遂不被任用。』【補】孤寒，謂家世寒微，無可依恃，指己；訐直，性格梗直，敢於揭露陰私，指劉。

51【姚注】叔孫，叔孫武叔。【補】《論語·子張》：『叔孫武叔毀仲尼。子貢曰：「……多見其不知量也。」』

52【程注】《史記·伯夷傳》：『盜跖日殺不辜，肝人之肉，暴戾恣睢，黨數千人，橫行天下。』《正義》曰：『跖者，黄帝時大盜之名，以柳下惠弟為天下大盜，故世放古謂之盜跖。』【馮曰】詳《莊子·盜跖篇》。【何曰】望劉之裁其訐直，扶而進之也；抑劉以褒貶自任，或亦以訐直之故，微與太原不合而去，乃因送劉而託於自訟，戒其處世亦當危行言孫以為贈乎？盜跖比於時武夫悍卒之據高位者，此並非茂元儒家子少攻文之等倫矣。二句乃前半佯狂歌鳳之歸宿也。【按】四句謂望劉勿因（謂、為通）我之孤寒而棄絶之，然我之深憂於公者惟訐直之性格不見容於世耳。叔孫之讒易得，盜跖之暴難當，訐直之妨身也明矣。『勿謂』句頂上，『深憂』以下三句送劉贈言。

53【何曰】收到『送』字。【朱彝尊曰】結出贈送意。【馮曰】點時、地，見送行意。【按】秦、隴，切涇原。

54【馮注】《爾雅》：『渝，變也。』巾屨，取儒服與侍於君子之義。【程注】杜甫詩：『松下丈人巾屨同。』【按】巾，頭巾；屨，麻、葛等制成之單底鞋。巾屨指儒服。

㊺【田曰】去路迥然。【補】《論語・先進》：「由也升堂矣，未入於室也。」句意謂容許己後日為劉之升堂弟子。

以上為第四段，謂幕主與己之敬重劉五經，並點出「贈送」之意。

箋評

【何曰】洋洋大篇，仍自一氣呵成，莫能尋其段落之迹。（《讀書記》）又曰：唐所以興，能用儒也。今奈何白首不召，子孫轉蹈亡國之覆轍乎？〇語多不類，開、寶以前必不然。晚唐長律無出義山之右者，此詩雖不及有感二首，然次第鋪排，應規中矩，議論醇正，詞采芳腴，淺學亦不易到。（《輯評》）

【姚曰】起手四句，以崇儒意領起一篇之綱。『叔世』以下，至『法制困探囊』二十八句，叙自周至隋學術之壞，應『從來以儒戲』句。『周禮仍存魯』至『掌故受經忙』八句，叙唐興文教始復，應『建國宜師古』句。自『夫子時之彦』至『擁篲信謙光』十二句，入劉五經，應『興邦屬上庠』句。自『獲預青衿列』至末十二句，自叙為時所棄，雖處流落中，不勝景仰之切也。

【屈曰】一段總起，言古來尊儒重道，故能成治；後以儒戲，遂至亂亡。二段言秦漢之輕儒。三段晉儒非五經。四段唐重儒學。五段出劉五經。六段自己尊劉五經兼送。〇題是送劉五經，故前四段皆言歷代儒者之重輕，儒學之邪正，蓋儒即五經也。五段方出劉，又寫太原公，此詩之所以作也。六段結到自己之重劉，只『雁下』二句是送。

【程曰】《新書・選舉志》云：『永隆二年，考功員外郎劉思立建言：「明經多抄義條，進士惟誦舊策，皆亡實才，而有司以人數充第。」乃詔自今明經試帖粗十得六以上，進士試雜文二篇，通文律者然後試策。』寶應二年，楊綰又言「進士皆誦當代之文而不通經史，明經者但記帖括；又投牒自舉，非古先哲王側席待賢之意。」當時之言如此，則明經亦可薄矣。然明經之科或有陵替，而經術之士實繫世風，故義山於劉五經發之。起四句以儒術之用舍為古今之興衰，此一篇之綱領也。『叔世何多難』以下，歷叙周末經之不明，其病有二：一壞於富强，再壞於虚空，此叔世之要害也。『隋師果禪唐』以下，言有唐振古，復重經術。『夫子時之彦』以下，致歎於劉五經之不能行其教也。『雁下秦雲』四語，乃以即景贈送終之。按《樊南乙集序》云：『范陽公蕘，選為博士，在國子監始主事講經，申誦古道，教太學生。』是則義山經學之見於文字者也，故此詩於經學鄭重言之。

【田曰】委蛇斷續，文統離合興衰，無不備載。（馮箋引）

【李光地曰】叙經學興廢，意極剴至，語尤清警。（《榕齋語録續集》。馮箋引）

【馮曰】在本集中，此非上乘。（馮注初刊本馮氏原批）【王鳴盛曰】孟亭知言。

【紀曰】清楚而平衍，率筆累句尤多，凡長篇鋪叙而乏筋節，勢必至此。（《詩説》）

【張曰】步驟謹嚴，屬對宏整，並無疵累可抉。篇中雖略涉鋪叙，而段段轉折，純任自然，晚唐長律，此其獨而已。詩中『叔世』數句，『周禮』數句，『燕地』數句，皆一篇筋骨處也。（《辨正》）

【按】此詩題為『贈送前劉五經映』，而叙儒學興廢竟達三分之二篇幅，初讀似感喧賓奪主，細讀方知其用意初不在闡述經學之興廢，而係借此致慨於劉之不遇與時之不重儒士也。開首四語，為一篇之綱領，貫穿全詩，非專為儒學興廢而設。三段前半『周禮』八句叙唐興重儒術，遥應篇首『建國宜師古，興邦屬上庠』；後半『夫子』八句叙劉之棲遲不遇，則暗合『從來以儒戲，安得振朝綱』之語，其意蓋謂劉之不遇，實緣值此『以儒戲』之叔世也。贊唐初之重儒，正所以反襯唐季之輕儒。劉映雖明經及第，而五十猶未釋褐入仕，故稱『前劉五經』，而其時義山亦進士登第尚未釋褐，遭遇仿佛，故有同病相憐之感。慨劉之中亦寓自慨。而慨劉自慨，亦正所以慨時也。此一篇之主意，而特借儒學之興廢以發之。

義山《上崔華州書》與《容州經略使元結文集後序》均極言學道、為文之不必『求古』『師孔』，而此詩則極言建國、興邦之必須『師古』、重儒。《書》謂『百經萬書，異品殊流，又豈能意分出其下哉』，詩則直斥楊墨老莊等别派為『多歧擾擾』，甚至以不尊儒術為『心無竅』『面正牆』，為『叔世多難』之根源。兩相對照，似亦如水火之不相容。實則書、序與詩雖間有齟齬，然並無根本衝突。前者之中心在强調學道不必求古、師孔，道者非周孔所獨能，意在反對迷信孔氏，『相隨於塗中』，初無否定儒學、鄙薄孔氏之意（序謂『孔氏固聖』，則明言孔氏為聖矣）。謂不師孔氏不為非，並非即以孔氏為非，乃反對步趨相隨之『師古』，亦即泥古也。而詩中之所謂『師古』，乃師古代之重儒術也。作者之意，蓋謂儒術雖建國興邦之根本，而儒道並非周孔所獨能；故重儒一事須『師古』，而行道則須與時推移，不必泥古也。明乎師古與泥古之別，則書、序與詩之並無根本衝突亦明矣。

此篇末段『深憂訐直妨』一語，為義山臨別之贈言，亦所以明劉『褐衣終不召』遭遇之主觀根源，同情之中含勸誡之意。或劉五經離涇原另有所就，故義山以訐直易遭讒遇暴誡之。

十一月中旬至扶風界見梅花①

匝路亭亭艷〔一〕，非時裛裛香。素娥唯與月②，青女不饒霜③。贈遠虛盈手④，傷離適斷腸。為誰成早秀？不待作年芳⑤。

〔一〕『匝』原一作『雨』，朱本，季抄同。

①【朱注】《唐書》：『鳳翔府扶風郡，屬關内道，至德二載號西京。』

②【姚注】謝莊《月賦》注：『嫦娥竊藥奔月。月色白，故曰素娥。』

③ 青女見《霜月》注。

④【朱注】《説苑》：『越使諸發執一枝梅遺梁王。』【馮注】《荆州記》：『陸凱與路曄為友，在江南，寄梅花一枝詣長安與曄，並贈詩曰：「折花奉秦使，寄與隴頭人。江南無所有，聊贈一枝春。」』按：陸凱，吴荆州牧也。兹據《太平御覽·春時》所引。路姓一作『范』，首句一作『折花逢驛使』，三句一作『江南無别信』，皆未知孰是。

⑤【程注】沈約詩：『麗日屬元巳，年芳俱在斯。』

【方回曰】義山之詩，入宋流為昆體。此謂梅花最宜月，不畏霜耳。添用『青女』『素娥』四字，則謂月若私之而獨憐，霜若挫之而莫屈者，亦奇。末句又似有所指云。（《瀛奎律髓》卷二十）【許印芳曰】『不』字複。

【馮班曰】大手。○次連奇。（五句）用事巧。○知添字法便解西崑鍊句法矣。（二馮評閲《瀛奎律髓》）

【何曰】（『匝路』句）扶風界。（『非時』句）十一月。（『素娥』句）中旬。○其中有一義山在。（《讀書記》）

【查慎行曰】起五字為梅傳神。（《瀛奎律髓彙評》引）

【姚曰】此傷所遇之非其時也。早秀而不遇知己，正復何益。月冷霜清，孤孑無侶，未堪贈遠，徒足傷離耳。

【屈曰】香艷非時，賞之者少。四言全無益處，乃不待年芳而早秀，香艷非時，果為誰哉！

【馮曰】自鳳翔扶風西南至興元入蜀，西北至涇州也。初疑開成三（按：當作『二』）年馳赴興元時作。檢《舊紀》，是年十一月辛酉朔，丁丑，令狐楚卒，義山已在其幕，安得中旬猶在扶風界哉？至大中時赴東川途次，意味亦不可符，則似涇原往來所作，但無可定編。

【紀曰】清楚有致，但太薄耳。（《詩説》）　寓慨頗深，異乎以逃虛為妙遠。○梅詩固忌刻畫，然烘染傳神，至今日又成窠臼。桃源再至，便成村落。和靖諸詩，亦有一種習氣可厭矣，此難為外人道也。（《輯評》）　又曰：『匝路』是至扶風，『非時』是十一月中旬。三四愛之者虛而無益，妬之者實而有損。結仍不脱十一月中旬。○意正如此，非借艷字為色澤也。○純是自寓，與張曲江同意，而加以婉約。（《瀛奎律髓刊誤》）

【朱庭珍曰】作梅花詩宜以清遠沖淡傳其高格逸韻，否則另出新意，以生峭之筆，為活色疏香寫照，不宜矯激。後人一味矯激鳴高，借寓身分，不知其俗已甚，於此花轉無相涉，徒自墮塵劫惡習而已。庾子山之『樹凍懸冰落，枝高出手寒』，唐人錢起之『晚溪寒水照，晴日數蜂來』，李商隱之『素娥惟與月，青女不饒霜，贈遠虛盈手，傷離適斷腸』，崔道融之『香中別有韻，清極不知寒』，僧齊己之『前村深雪里，昨夜一枝開』，皆相傳佳句也。中惟玉溪『素娥』『青女』一聯，謂月愛之而無益，霜忌之而有損，用意稍深，著色稍麗，然下聯即放緩一步，以淡語空際寫情。其餘各聯，均出以雅淡之筆，不肯着力形容，可見梅詩所貴在淡静有神矣。（《筱園詩話》）

【李因培曰】（『贈遠』句下評）韻於偶句。（《唐詩觀瀾集》卷二十三）

【張曰】此調尉時乞假赴涇西迎家室之作。首句喻祕省清資。次句喻屈就縣尉。『素娥』句所得僅此。『青女』句得不償失。贈遠、傷離，思家之恨。義山得第由令狐，而失意亦由子直，所謂『為誰成早秀，不待作年芳』也。寓意與《有感》（按：指《中路因循》七絶）一首正同。（《會箋》）

【按】純是自寓。首聯謂早梅吐艷非時，領起全篇。頷聯承『非時』，謂素娥唯助與清冷之月光，而青女則不少減霜威之肆虐，紀謂喻『愛之者虚而無益，妬之者實而有損』，近之，三句襯托四句，見環境之冷酷，摧殘之無已。腹聯謂早梅雖盈手在握，然未堪以之贈遠，唯適足增傷離腸斷之情耳，此聯突出早梅之孤孑不逢知己，仍緊承『非時』而言之。末聯總收，謂虚成早秀，未作春芳，蓋歎己之才名早著而所遇非時也，《與回中牡丹為雨所敗》『浪笑榴花不及春，先期零落更愁人』寄興寓慨類似。馮謂涇原住來作，可從。周振甫《詩詞例話》一五六至一五七頁對此首有疏解，可參。

馬嵬二首①

冀馬燕犀動地來②，自埋紅粉自成灰。君王若道能傾國〔一〕，玉輦何由過馬嵬〔二〕③？

其二

海外徒聞更九州④，他生未卜此生休〔三〕⑤。空聞虎旅傳宵柝〔四〕⑥，無復雞人報曉籌⑦。此日六軍同駐馬⑧，當時七夕笑牽牛⑨。如何四紀為天子，不及盧家有莫愁⑩？

〔一〕『能』，英華作『堪』。

〔二〕『由』，英華作『因』。

〔三〕『卜』，英華作『決』。

〔四〕『傳』，蔣本、姜本、戊籤、悟抄、影宋抄及才調、英華、瀛奎律髓作『鳴』。

集注

①【朱注】《通志》：『馬嵬坡，在西安府興平縣西二十五里。』【馮注】《舊書·楊貴妃傳》：『安禄山叛，潼關失守，從幸至馬嵬。禁軍大將陳玄禮密啟太子誅國忠父子，既而四軍不散，曰：「賊本尚在。」指貴妃也。帝不獲已，與貴妃訣，遂縊死於佛室，時年三十八。瘞於驛西道側。上皇自蜀還，密令中使改葬他所。初瘞時，以紫褥裹之，肌膚已壞，而香囊仍在。內官以獻，上皇視之悽惋。』《通典》：『馬嵬故城，孫景安《征途記》云：「馬嵬所築，不知何代人。姚萇時，扶風丁駘以數千人堡馬嵬，即此也。」』按：《晉書·姚萇傳》中作扶風王驎，與丁駘異。《通鑑注》引杜佑曰：『漢平陵，晉改為始平，有馬嵬故城。』此章當與韓琮同賦，詳文集箋。【按】馮氏《樊南文集詳註》卷三《為舉人獻韓郎中琮啟》云：『一日三秋，空詠《馬嵬》之清什。』注引柳仲郢子《璧傳》：『文格高雅，嘗為《馬嵬》詩，詩人韓琮、李商隱嘉之。』按：義山有《馬嵬》詩二首，或琮亦賦之。意是諸人唱和

之作也。韓琮曾為王茂元陳許判官，文集卷二有《為濮陽公奏韓琮等四人充判官狀》，狀有云：『臣頃居鎮守，琮已列賓僚。』則茂元鎮涇原時韓已在幕，義山與韓當在此時結識。

②【朱注】《左傳》：『冀之北土，馬之所生。』燕犀，燕地之犀甲也。鄭玄《周禮注》：『燕近強胡，習於甲冑。』或曰：謂弓也。《列子》：『燕角之弧，朔蓬之幹。』郭璞《毛詩拾遺》：『今西方有以犀角及鹿角為弓者。』《長恨歌》：『漁陽鞞鼓動地來。』【馮注】《考工記》：『燕無函。非無函也，夫人而能為函也。』《左傳》：『犀兕尚多，棄甲則那？』《後漢書·蔡邕傳》：『幽冀舊壤，鎧馬所出。』徐陵《與王僧辯書》：『躍冀馬者千羣，披犀甲者萬隊。』【按】犀自指甲而非指弓，《左傳》可證。

③【朱注】《國史補》：『玄宗幸蜀，至馬嵬驛，縊貴妃於佛堂梨樹之前。』《太真外傳》：『妃死，瘞於西郊之外一里許道北坎下。』

④【原注】鄒衍云：『九州之外，復有九州。』【馮注】《史記·鄒衍傳》：『中國者，於天下八十一分居其一分，中國名曰赤縣神州。中國外如赤縣神州者九，所謂九州也。於是有裨海環之，一區中為一州。如此者九，乃有大瀛海環其外。』

⑤【朱注】陳鴻《長恨歌傳》：『玄宗命方士致貴妃之神，旁求四虛上下，跨蓬壺，見最高仙山上多樓闕，署曰「玉妃太真院」。玉妃出揖方士，問天寶十四載已還事。言訖，憫然，取金釵鈿合，各析其半，授使者還獻上皇。將行，乞當時一事不聞於他人者為驗。玉妃曰：「昔天寶十年秋七月，牽牛織女相見之夕。時夜殆半，獨侍上。上凭肩而立，因仰天感牛女事，密相誓心，願世世為夫婦，執手各嗚咽。此獨君王知之耳。」方士還奏，上皇嗟悼久之。』此詩起二語正指其事。言夫婦之願，他生未卜，而此生先休，徒髣髴其神於海外耳，能無悲乎？【查慎行曰】一起括盡《長恨歌》。（《初白庵詩評》）【吴喬曰】勢如危峯矗天，當面崛起，唐詩中所少者。（《圍爐詩話》）

⑥【朱注】《西京賦》：『陳虎旅於飛廉。』【按】虎旅，指禁軍。宵柝，夜間報警之木梆。

⑦【朱注】《周禮》：『雞人，夜嘑旦以嘂百官。』《漢官儀》：『宮中不得畜雞，衛士候於朱雀門外傳雞唱。』王維詩：『絳幘雞人報曉籌。』○按《仙傳拾遺》云：『玄宗屬念貴妃，往往廢寢。』則虎旅雞人皆增感愴矣。【馮注】《後漢書・百官志》注：『蔡質《漢儀》曰：「不畜宮中雞，汝南出《雞鳴》。衛士候朱雀門外，專傳《雞鳴》於宮中。」』《晉太康地道記》曰：『後漢固始、鮦陽、公安、細陽四縣衛士，習此曲於闕下歌之，今《雞鳴》是也。』一作『今雞唱是也』。《舊書・紀》：『乙未夕，次金城。丙申，次馬嵬。』是將宿於馬嵬也。而兵士圍驛，遂賜妃自盡，則長眠不復曉矣。緊賦駐宿驚悲之狀，舊解多誤會。【按】此聯賦駐宿之夕情景，馮注是。

⑧【馮注】《長恨傳》：『六軍徘徊，持戟不進。』謂駐馬請誅之也。【朱注】《舊書・肅宗紀》：『楊國忠諷玄宗幸蜀，至馬嵬頓，六軍不進。大將軍陳玄禮請誅楊氏。於是誅國忠，賜貴妃自盡。』《長恨歌》：『六軍不發可奈何，宛轉蛾眉馬前死。』

⑨【張相曰】此『笑』字為羨慕義。按陳鴻《長恨歌傳》：『因仰天感牛女事，密相誓心，願世世為夫婦。』此為羨慕牛女之意。【馮注】《風月堂詩話》：『此二句與温飛卿《蘇武廟》詩『回日樓臺非甲帳，去時冠劍是丁年』，用事屬對如此者罕有。』【吴喬曰】叙天下大事，而六七、馬牛為對，恰似兒戲，扛鼎之筆也。【宋宗元曰】（此日二句）逆挽警健。

⑩【朱注】《玄宗紀》：『（明皇御蜀都府衙，宣）詔曰：『聿來四紀，人亦小康。』【按】玄宗在位凡四十五年，此言『四紀』（十二年為一紀），舉其成數。』盧家莫愁，屢見前。此言四紀為天子而不如民間百姓之夫婦相守也。

【范温曰】『海外徒聞更九州，他生未卜此生休』，語既親切高雅，故不用愁怨墮淚等字，而聞者為之深悲。『空聞虎旅鳴宵柝，無復雞人報曉籌』，如親扈明皇，寫出當時物色意味也。『此日六軍同駐馬，他時七夕笑牽牛。』益奇。義山詩後人但稱其巧麗，至與温庭筠齊名，蓋俗學祇見其皮膚，其高情遠意皆不識也。○『海外徒聞更九州』其意則用楊妃在蓬萊山，其語則用鄒子云：『九州之外，更有九州』，如此然後深穩健麗。（《詩眼》）

【陳模曰】前輩論李商隱詠驪山云：『海外徒聞更九州，他生未卜此生休。空聞虎旅鳴宵柝，無復雞人報曉籌。』以為白樂天《長恨歌》費一篇，而不如商隱數句包括得許多意，蓋述得事情出，則不必言垂淚斷腸，而自不能不垂淚斷腸也。（《懷古録》）

【方回曰】六軍、七夕、駐馬、牽牛，巧甚。善能鬬凑，崑體也。（《瀛奎律髓》）

【顧璘曰】此篇中聯雖無興意，然頗典實，起結粗濁不成風調。【唐陳彝曰】起議論體。

【唐孟莊曰】結天子至此，可笑可涕。（以上三條，均《唐詩選脈會通評林》引）

【周珽曰】此詩譏明皇專事淫樂，不親國政，不惟不足以保四海，且不能庇一貴妃，用事用意，均深刻不浮。論詩者先有晚唐二字横處胸中，概棄其美多矣。（同上）

【唐汝詢曰】海外九州，事屬荒誕，帝乃求妃之神於方外乎？他生未必可期，此生已不可作，帝復廢寢思之耶？虎旅雞人，幾於虚設矣。吾想六軍駐馬之禍，始于七夕牽牛之約，以五十年之天子求保一婦人而不可得，反不如盧家之有莫愁，何哉？讀此堪為人君色荒之戒。（《唐詩解》）

【金聖嘆曰】玉妃既縊之後，上皇悲不自勝，因而謬托方士家言，言方士排神馭氣，至於海外仙山，抽簪輕叩院門，果有太真出見，授以鈿盒半扇，仍約生生夫婦，此無非欲聊自解釋者也。今先生特又劈手奪去其説，言他生則我不能知，至於今生，則眼見休矣！因急以三四實之，言既是他生尚愿夫婦，何不今生久住宫幃，而乃自致馬嵬宵柝，永辭上陽曉漏耶？便令方士之飾説更無以得申也。此六軍、七夕、駐馬、牽牛，隨手所合，不費雕飾，而當時陳玄禮侃侃之請，與長生殿密密之誓，一時匆匆相逼，遂成草草不顧，寫來真如小兒木馬，鬼伯蒺藜，既復可笑，又復可憫也。末言四十餘年天子，而不能保一婦人，以為痛戒也。

【馮舒曰】玉谿之高妙不在對偶。

【馮班曰】此篇以工巧為能，非玉谿妙處。（《瀛奎律髓彙評》引）

【吴喬曰】義山馬嵬詩一代傑作，惜于結語説破。又曰：叙天下大事而『六』『七』『馬』『牛』為對，恰似兒戲，扛鼎之筆也。（《圍爐詩話》）

【黄周星曰】盧家莫愁却不會興妖作怪。（《唐詩快》）

【陸次雲曰】使莫愁為玉環，未必有馬嵬之事；使玉環為莫愁，未必能保盧家。（《晚唐詩善鳴集》）

【賀裳曰】中晚人好以虚對實，如……李義山『此日六軍同駐馬，當時七夕笑牽牛』，皆援他事對目前之景。然持戟徘徊，凭肩私語，皆明皇實事，不為全虚，雖借用牽牛，可謂巧心濬發。（《載酒園詩話》卷一）

【方世舉曰】有似淺薄而勝刻至者。如馬嵬，李義山刻至矣，温飛卿淺淺結構，而從容閒雅過之。比之試帖，温是元，李是魁。用力過猛，畢竟面紅耳赤，倘遇趙州和上，必儆醒歇歇去。（《蘭叢詩話》）

【何曰】（首章）末二句言其覺悟之不早也。（次章）縱横寬展，亦復諷歎有味。對仗變化生動。起聯才如江海。老杜云：『前輩飛騰入，餘波綺麗為。』義山足窺此秘。五六倒叙奇特。看温飛卿作，便只是《長恨歌》節要，不見些子手眼。落句專責明皇，識見最高，此推本言之也。（《讀書記》）○定翁（謂）此首（指次章）以工巧為能，非玉溪妙處。吾以為本未嘗專示工巧。○（次章）起聯變化之至，超忽。○（次章）末責明皇，亦覺失體。後半太傷輕薄，其失正不在虎雞馬牛字樣。（《輯評》。末條似非何氏評）

【胡以梅曰】起句就方士復命之語發端……『聞』乃聞方士之言也。『他生』即方士所述貴妃七夕之盟誓。『未卜』乃詩人斷詞，蓋言徒聞其説得玄遠，他生之説，亦不確也。此推翻《長恨歌》中之事。因他生引出此生，言他生不可卜，則此生早休矣。三四承明『此生休』。而他生之盟誓在七夕，所以三四專寫暮夜，暗中有綫。其意有深淺兩層：一言當年驪山七夕與今次馬嵬之夜，同是夜間，當年必穿針乞巧，多少幽事，即有宵柝，亦非虎賁禁旅，還有鷄人唱籌，皆悠揚情景，今則傳柝乃虎旅，鷄人亦蒼茫不至矣。更深一層，言貴妃已死，遂成大暮，彼徒心驚於虎旅之柝，永不知鷄人之曉，總有鷄籌，亦不能醒夜臺，此申明『休』字之精神，可以飛舞。用『虎旅』亦帶貴妃餘畏意，『此日』指有虎旅無鷄人之日。六軍駐馬所以逼殺妃子，却用歇後語止言六軍駐馬。『當時』指是時幸蜀之七夕。按貴妃死於天寶十五年六月十四，去七夕甚近。《本紀》明皇於七月初十次益昌，渡吉柏江，則七夕在漢中保寧之間，當年之七夕大不相同而寥落不堪，正賦《雨淋曲》之候也。所以令人逢此七夕欲笑『牛郎』，向日生死盟誓，今何不見織女偕行乎。『當時』二字下得緊，正為播遷時，惡刻萬分，錦心繡口，解至此，不覺噴飯矣。若以『當時』為盟誓之夕，則『笑』字無謂，使全句無神。此句蓋是歇前語，與上句串讀，則中間有一死妃子也。『笑』亦引出結句，『如何』二字是笑之口吻，『四紀』二字即用玄宗幸蜀赦詔之辭，笑得尤惡。盧家莫愁是私通王昌之莫愁，將貴妃淫亂身分輕輕和盤托出而不覺怒張……

【趙臣瑗曰】上皇思慕貴妃，溺於方士蓬壺之説，以為此生雖則休矣，猶可望之他生，愚之至也。故此詩特用以發端，言方士之説妄也。他生若猶可卜，此生何故早休。此等議論不知提醒世人多少。三四緊承今生休，寫出道路流離、長夜耿耿之苦。回思美婦煽席，真是宴安鴆毒，能不為之寒心哉？五六再提，言在當年亦何嘗計有此日耳。而『六軍』『七夕』，『駐馬』『牽牛』，信手拈來，顛倒成文，有頭頭是道之妙。七八感慨作收，以五十年天下共主，不能保一婦人之非命，不可解也。『如何』二字中有無限含蓄，令為人上者自思之。

【毛奇齡曰】是詩五、六對稍通脱，然首句不出題，不知何指。三、四頗庸泛無意。若落句則以本朝列祖皇帝而調笑如此，以視杜詩之忠君戀國，其身份何等？雖輕薄，不至此矣。有心六義者，蓋亦於此際商之。（《唐七

律選》）

【《唐詩鼓吹評注》】此言貴妃歿後，徒聞在海外蓬萊之上，其與玄宗他生之夫婦未卜，而此生則已休矣。所以清宫長夜，無與為娱，徒聞衛士之鳴柝，無復雞人之唱籌，蓋形其蕭條寂寞之情也。因思此日，六軍銜憤而同駐馬，當時七夕信誓而笑牽牛，其為哀樂何如矣。而余所惜者，四十四年之天子不能保一貴妃，反不如盧家夫婦猶能百年相守也，是不重可嘆哉！

【沈德潛曰】温李擅長，固在屬對精工，然或工而無意，譬之剪綵為花，全無生韻，弗尚也。義山『此日六軍同駐馬，當時七夕笑牽牛』，飛卿『回日樓臺非甲帳，去時冠劍是丁年』，對句用逆挽法，詩中得此一聯，便化板滯為跳脱。（《説詩晬語》）

【陸曰】（首章）言明皇覺悟不早，致有馬嵬之變。（次章）承上首言，不但從前不悟，即貴妃歿後，仍然未悟也。何也？夫婦之願，他生未卜，而此生先休，已可哀矣。又命方士索之四虚上下，仿佛其神於海外，得不謂之大哀乎！三四言途中追念貴妃，每至廢寢，然但聞虎旅戒嚴，不聞雞人傳唱，無復在朝之安富尊榮矣。六軍駐馬，應上『此生休』意；七夕牽牛，應上『他生未卜』意。結言身為天子，不能庇一婦人，專責明皇，極有識見。

【徐德泓曰】首聯，言茫茫世界，孰辨來生，而作此癡願，豈知今世已先休也。若首句作致神海外解，尚屬後事，下便割裂矣。次聯，寫在道之情形。腹聯，言軍變而夫婦之誓願虚矣。六軍駐馬，七夕牽牛，屬對可稱奇想。此詩專詠《長恨傳》事，故筆意輕宕。但結語似覺稍率，而太飄忽。曰『徒聞』，又曰『空聞』，虎雞牛馬字樣，並類而見，亦缺檢點。

【姚曰】前首是深恨其從前。直到國破身危，然後抑情割愛，若早知尤物之能傾國，何至作馬嵬之行？此首（指次章）則深歎其至貴妃既死之後，猶復沉迷不悟，故不覺言之反覆而沉痛也。首聯皆用《長恨傳》中事，海外九州，即臨邛道士之説；他生夫婦，即長生殿中語。二語已極痛針熱喝。下二聯，却將『此生休』三字蕩漾一番。方其西出都門時，宵柝凄凉，六軍不發，遂致陳玄禮等追原禍本，請殲貴妃。追思世世為夫婦之誓，曾幾何時；謂宜如酒醒夢覺，悔恨從前，而徒寫怨淋鈴，傷心鈿合，曾不思四紀君王，不及民間夫婦，却以何人致之？甚矣色荒之難悟也！

【屈曰】（首章）此首與『未免被他褒女笑』一樣口吻，詩法所忌，玉溪多有之，是以來浮薄之誚也。（次章）誰從海外徒聞乎？徒髣髴其神於海外，如何講得通？『空聞』『無復』，熟套語。七八輕薄甚。前人論之極詳。○玉溪諸七律惟《籌筆驛》《馬嵬》二首詩法背謬，體格舛錯，句亦淺近，意更荒疎。諸家偏選此二首，且極口稱之。甚矣，真知之難也。五與三四複，六與二意複。

【程曰】明皇以天子之尊而並不能庇一女子，則其故可知。觀『如何』二句，唐史贊所謂『方其勵精政事，開元之際，幾致太平；及侈心一動，窮天下之欲不足為其樂，溺其所愛，忘其所可戒，至於竄身失國而不悔』，皆櫽括於二句之中，而又不露其意，深得風人之旨。《漁隱叢話》乃以淺近譏之，不亦陋乎！（按：《漁隱叢話》評見《華清宮》箋評）

【馮曰】（首章）兩『自』字淒然，寵之適以害之，語似直而曲。（次章）起句破空而來，最是妙境，況承上首，已點明矣，古人連章之法也。次聯寫事甚警。三聯排宕。結句人多譏其淺近輕薄，不知却極沉痛。唐人習氣，不嫌纖艷也。《英華》以絶句為第二首，當因先律後絶之故，實則律詩當為次章也。西河之評，殊未然。

【紀曰】馬嵬詩總不能佳，此二詩前一首後二句直率，次一首亦多病痛也。歸愚所言後二病良允，獨云起無原委則不然，蓋『自埋紅粉自成灰』前一首已提明矣，故此首勢須直起，乃章法合然，何得云無原委也。（《詩説》）蓋選本限於分體，惟摘此首入七律，歸愚偶未考本集耳。五六逆挽之法，如此用筆便生動，温飛卿《蘇武詩》亦此法也，歸愚嘗論之。

【姜炳璋曰】（首章）此咎明皇不能覺悟於初也。言禄山兵來，貴妃之傾國了然，若早能覺悟，方安居九重，何至踉蹌而過馬嵬乎？○（次章）此咎明皇雖至喪敗而終不悟也。四海之外，豈得更有九州？方士之言誣也。且帝云世世為夫婦，今日者他生未卜，此生已休矣，安能復生於人世耶？古者后夫人侍寢，御史奏鷄鳴於階下，然後夫人嗚佩玉於房中，告去。『空聞虎旅』『無復鷄人』，言妃死而明皇終宵不寐也。夫爾日割愛如此，而當時之誓言如彼，則亦天子之尊何以不如民間夫婦之相保耶？尤物之能傾國，亦可見矣，而猶使楊什伍輩窮碧落、黃泉以求之耶？八句一氣捖摶，魄力甚雄，而諷刺悠然，使人微會，仍不失立言之體也。毛檢討謂其譏刺不遜，不知皆用《長恨歌》意也。沈宗伯謂其起二句無頭腦，不知此為其二，『馬嵬』二字已於第一首點清也。至『徒聞』『空聞』相復，『鷄』『虎』『牛』『馬』并出，蓋義山學杜，氣盛而物之大小畢浮，不必以尺寸求之也。

【王堯衢曰】海外徒聞更九州，他生未卜此生休：帝求妃之神於方外，未必果有是事，又豈卜他生之果得為夫婦乎？空聞虎旅傳宵柝，無服雞人報曉籌：虎旅，衛士也。夜擊木柝以衛王宮。今因兵亂，宵柝空聞矣。雞人掌宮中漏以報更籌，今已無復設矣。此日六軍同駐馬，當時七夕笑牽牛：感牛女之事而為約，真屬可笑。如何四紀為天子，不及盧家有莫愁：如何二字貫下，十二年為一紀，明皇在位四十七（四）年。盧家少婦名莫愁，保有富貴，如海燕雙棲。今以天子而不能保一婦人，其不及遠矣。色荒致禍，幾覆宗社，真可戒也。篇末評：前解寫行在淒涼，後解寫馬嵬之事，感慨係之。（《古唐詩合解》）

【袁枚曰】首二句，意則用貴妃死後在蓬萊山，道士求得見之，語則用鄒子『九州之外更有九州』，此所謂意用事、語用事者。三四言貴妃死，玄宗夜不能寐，空聞宵柝，非因朝中雞人之警也。同駐馬，軍士至馬嵬驛憤怒，縊貴妃以安軍士。笑牽牛，昔玄宗與貴妃七夕感牽牛、織女之事，願世世為夫婦。當時如此，今安在哉！雖為五十年太平天子，而不能無愁也。此實事虛用，全是『空聞』『無復』『此日』『當時』數虛字。中四句情思而虛。（《詩學全書》）

【管世銘曰】頷頸兩聯，如二句一意，無異車前騶仗，有何生氣！唐賢之可法者，如……李商隱『此日六軍同駐馬，當時七夕笑牽牛』，『永憶江湖歸白髮，欲迴天地入扁舟』，……皆神韻天成，變化不測。宋、元以後，此法不講，故日近凡庸。（《讀雪山房唐詩序例》）

【秦朝釪曰】温柔敦厚，詩教也……義山馬嵬等篇，尚有戒意，至云：『未免被他褒女笑，只教天子暫蒙塵。』

直不啻倖災樂禍矣，成何語耶？（《消寒詩話》）

【周詠棠曰】（次首）起得奇，與『羣山萬壑赴荆門』同妙。（《唐賢小三昧續集》）

【朱庭珍曰】玉溪生『此日六軍同駐馬，當時七夕笑牽牛』，飛卿『回日樓臺非甲帳，去時冠劍是丁年』，此二聯皆用逆挽句法，倍覺生動，故為名句。所謂逆挽者，倒撲本題，先入正位，叙現在事，寫當下景，而後轉溯從前，追述已往，以反襯相形，因不用平筆順拖，而用逆筆倒挽，故名。且施於五六一聯，此係律詩筋節關鍵處。中晚以後之詩，此聯多隨筆敷衍，平平順下。二詩能於此一聯，提筆振起，逆而不順，遂倍精采有力，通篇為之添色。是以傳誦人口，亦非以『馬』『牛』『丁』『甲』見長，故求工對仗也。然使二聯出工部手，則必更神化無迹，並不屑以『此日』『當時』『回日』『去時』字面明點，必更出以渾成，使人言外得之。蓋工部以我運法，其用法入化；温、李就法用法，其馭法有痕，此大家所由出名家上也。後人學其句，而不得所以然之妙，僅於字句對仗求工。……學者勿為所惑，從而效顰。

【方東樹曰】（次章）起句言方士求神不得，乃跌起。三四就驛舍追想言之，即所謂『此日』也。五六及收亦是傷於輕利流便，近巧，不可不辨。

【施補華曰】諷刺語須含蓄。如少陵『落日留王母，微風倚少兒』，太白『漢宫誰第一？飛燕在昭陽』，……皆刺明皇、楊妃事，何等婉曲！……義山『如何四紀為天子，不及盧家有莫愁？』尤為輕薄壞心術。（《峴傭説詩》）

【張曰】（首章）結句反説冷刺，兩『自』字凄然，寵之實以害之。用筆曲折，警動異常，而以為徑直可乎？（次章）虎雞馬牛四字用典並未並頭，原不礙格。歸愚之論未允。至末句借莫愁以寓慨，倍覺沉痛，不嫌擬其非倫也。紀氏祇見後人詩法，唐人格律，烏足以知之！（《辨正》）

【黄侃曰】（次章）首句言神仙茫昧，次句言輪轉荒唐，以此思哀，哀可知矣。中二聯皆以馬嵬與長安對舉，六句筆力尤矯健，不僅屬對工巧也。由此振出末二句，言當耽溺聲色之時，自以宴安可久，豈悟波瀾反覆，變起寵胡，倉卒西行又不能保其燮愛，以視尋常伉儷，偕老山河者，良多媿恧，上校銀潢靈妃，尤不可同年而語矣！諷意至深，用筆至細。胡仔以為淺近，紀昀以為多病痛，豈知言者乎？唯『空聞』『徒聞』犯複，則夏后之璜，不能無瑕也。

【俞陛雲曰】白樂天《長恨歌》言玄宗令道士遠訪楊妃事，玉溪亦云然。首句言楊妃遍求不見，瀛海之外，更有九州，虛傳其説耳。次句言七夕之誓，願世為夫婦，事屬虛渺，而此生之恩愛已休。三、四言雖率六軍西幸，警衛猶嚴，而當年絳幘傳籌，同夢聽鷄之夜，不可復得。五、六非但駐馬牽牛，以本事而成巧對，且用逆挽句法。頸聯能用此法，最為活潑。温飛卿《詠蘇武廟》詩：『回日樓臺非甲帳，去時冠劍是丁年』，亦逆挽法也。末句言御宇多年之主，而掩面不能救一愛妃，莫愁雖民間夫婦，而蓬門相守，猶勝天家。為楊妃惜，亦以譏玄宗也。

【按】義山此二詩，雖專責明皇，然亦並無開脱楊妃之意。首章『若道』猶『若知』，『何由過馬嵬』，實即『何緣失國出奔』之意。姚解為『若早知尤物之能傾國，何至作馬嵬之行乎？』甚符作者原意。故首章乃刺其覺悟之不早。次章進一步諷玄宗之始終沉迷不悟。四紀為君，不能如民間夫婦相守，已自食惡果；乃楊妃死後，仍令方士召其魂魄，真可謂『生亦惑，死亦惑』矣！全篇以七夕盟誓為主綫，深刺其沉迷女色，既不能保今生之歡聚，更無論他生為夫婦。『徒聞』『未卜』『空聞』『無復』『此日』『當時』『如何』『不及』等語，皆寓辛辣冷雋之嘲諷。詩中每一聯均包含鮮明對照：楊妃已死與海外召魂之對照；承平年代雞人報曉與奔亡途中虎旅鳴柝之對照；長生殿七夕盟誓與馬嵬坡六軍駐馬之對照；四紀為君不能保一婦人與民間夫婦白頭相守之對照。此一系列意味深長之對照蘊含深刻歷史教訓與深長感慨，使全詩亦諷亦慨，情味雋永。尾聯之發問，尤啟人深思。二首馮、張均未編年。按義山《為舉人獻韓郎中琮啟》：『一日三秋，空詠《馬嵬》之清什。』馮浩曰：『義山有《馬嵬》詩二首，或琮亦賦之。意是諸人唱和之作也。』據義山《為濮陽公陳許奏韓琮等四人充判官狀》，茂元鎮涇原時，韓琮已在幕，故琮與義山為涇幕同僚。馬嵬又為長安、涇原往來所經，故此二首殆為涇幕時與韓唱和之作。下《思賢頓》當亦同時之作。

思賢頓①

内殿張絃管②，中原絶鼓鼙③。舞成青海馬④，鬭殺汝南雞⑤。不見華胥夢⑥，空聞下蔡迷⑦。宸襟他日淚⑧，薄暮望賢西⑨。

①【朱注】即望賢宫也。《舊唐書》：『天寶十五載六月乙未，上至咸陽望賢驛，置頓，官吏駭散，無復儲供。上憇於宫門之樹下。』《津陽門詩注》：『望賢宫在咸陽東數里。』【按】止宿曰頓，止宿之所亦曰頓。《隋書·煬帝紀》：『每之一所，輒數道置頓。』此首原編集外詩。

②【馮注】《舊書·音樂志》：『明皇教樂工子弟三百人為絲竹之戲，音響齊發，有一聲誤，必覺而正之，號為「皇帝弟子」，又云「梨園弟子」。』又：『宫女數百人為《破陣樂》《太平樂》《上元樂》，雖太常積習，不如其妙。』【補】《明皇雜録》：『天寶中，上命宫女數百人為梨園弟子，皆居宜春北院。上素曉音律，時有馬仙期、李龜年、賀懷智皆洞曉音度。安禄山從范陽入覲，亦獻白玉簫管數百事，皆陳於梨園，自是音響遂不類人間。』《雍録》：『梨園在光化門北。光化門者，禁苑南面西頭第一門……開元二年正月，置教坊於蓬萊宫。上自教法曲，謂之梨園弟子。至天寶中，即東宫置宜春北苑，命宫女數百人為梨園弟子。』

③【補】謂中原無戰事，不聞鼓鼙之聲。言外諷玄宗自恃天下太平，肆意享樂。

④【朱注】《唐書・樂志》：『玄宗嘗以馬百匹，盛飾分左右，施三重榻，舞《傾杯樂》數十曲。每千秋節，舞於勤政樓下。』【馮注】鄭嵎《津陽門詩注》：『設連榻，令馬舞其上，馬衣紈綺而被鈴鐸，驤首奮鬣，舉趾翹尾，變態動容，皆中音律。』《舊書・音樂志》：『內閑厩引蹀馬三十匹，為《傾杯樂》曲，奮首鼓尾，縱橫應節，又施三層校牀，乘馬而上，抃轉如飛。』【按】『青海馬』見《詠史》（歷覽前賢）注。

⑤【朱注】《漢舊儀》：『汝南出長鳴雞。』古《雞鳴歌》：『東方欲明星爛爛，汝南晨雞登壇喚。』陳鴻祖《東城老父傳》：『玄宗樂民間清明鬬雞戲，立雞坊於兩宮間。索長安雄雞金毫鐵距、高冠昂尾千數，養於雞坊。選六軍小兒五百人，使馴擾教飼之。』

⑥【朱注】《列子》：『黃帝晝寢而夢遊華胥。華胥國人入水不濡，入火不熱，乘空如履實，寢虛如處林。帝既寤，怡然自得。又二十八年，天下大治，幾如華胥國矣。』

⑦【姚注】宋玉《登徒子好色賦》：『嫣然一笑，惑陽城，迷下蔡。』【馮注】指寵楊貴妃。

⑧【程注】何遜詩：『宸襟動時豫。』杜甫詩：『叢菊兩開他日淚。』【按】此『他日』指過去、前日，相對今日而言。今日過望賢宮追憶舊事，故云。

⑨【馮注】《幸蜀記》：『明皇憩望賢宮樹下，佛然若有棄海內之意；高力士覺之，遂抱上足，嗚咽開諭，上乃止。』《天寶亂離記》：『至望賢宮，迨曛黑，百姓稍稍來，乃得麥飯。』

【張戒曰】夫雞至于鬬殺，馬至于舞成，其窮歡極樂不待言而可知也。『不睹華胥夢，空聞下蔡迷』，志欲神仙而

反為所惑亂也。其言近而志遠，其稱名也小，其取類也大。（《歲寒堂詩話》）

【何曰】詠明皇天寶之事。次連借舞馬、鬭雞二實事暗寓重兵在邊、宿衛單薄之意。（《讀書記》）又曰：第二根脈最好。自恃承平，豈知酣荒不戒，漁陽鼙鼓一旦忽至耶？『不見華胥夢』，言不能如黄帝□□有以養身致物也。

【姚曰】前六句括盡天寶年間事。末用一句點出思賢頓。曰『他日淚』，則是前日都在醉夢中也。曰『薄暮』，則前侈當日之樂，結言後日之苦，須知美中已含刺，味自得之。落句所謂雖悔可追也。（《輯評》）

是此日之危急，直到萬無解救時也。

【屈曰】前四昔日之太平。五六已成陳迹。結感歎。

【馮曰】此章通首作勢，結乃唤醒。

【紀曰】詩極可觀，但五六既露骨亦非體，遂為一篇之累。（《詩説》）

【姜炳璋曰】前六句寫天寶荒淫事曲盡，而以後二句擒題抉轉，則前六句無非寓後二句也。妙絶。

【張曰】五六借古以喻，並不覺露骨。（《辨正》）

【按】詩諷玄宗荒淫失政，自召其禍。前六極形其沉迷於聲色宴樂，鬭雞舞馬，自恃太平，毫無勵精求治之意。『舞成』『鬭殺』，語特辛辣。『青海馬』常用以指賢才，曰『舞成青海馬』，似兼寓其以舞馬代替求賢。汝南雞本報曉者，曰『鬭殺汝南雞』，亦暗含『君王不早朝』之意。故五六分承三四，謂其無求治之意，惟迷戀美色而已。末聯只將當日倉皇出逃、暮宿望賢情景託出，不下貶辭，然前後對照，諷刺更為冷雋，警誡之意亦倍覺深長。

玉山

玉山高與閬風齊〔一〕①，玉水清流不貯泥②。何處更求迴日馭③？此中兼有上天梯④。珠容百斛龍休睡〔二〕⑤，桐拂千尋鳳要棲⑥。聞道神仙有才子，赤簫吹罷好相攜〔三〕⑦。

校記

〔一〕『與』，英華、又玄作『共』。

〔二〕『百』，又玄作『萬』。

〔三〕『吹』，悟抄作『已』。

集注

①【朱注】《穆天子傳》：『天子北征東還，至于羣玉之山。』【馮注】《山海經·西山經》：『玉山。』注曰：『《穆天子傳》謂之羣玉之山，見其阿平無險，四徹中繩，先王之所謂策府。』《十州記》：『崑崙山上有三角，其一

角正北干辰之輝，曰閶風巔。』

②【朱注】《尸子》：『凡水方折者有玉，圓折者有珠；清水有黃金，龍淵有玉英。』顏延年詩：『玉水記方流。』【馮注】《西山經》：『峚山，丹水出焉，其中多白玉，是有玉膏。』《史記·大宛傳》：『漢使窮河源，河源出于寘，其山多玉石，采來，天子案古圖書，名河所出山曰崑崙云。』

③【程注】錢起：『翠微迴日馭，丹巘駐天行。』

④【程注】王逸《九思》：『緣天梯兮北上，登太乙兮玉臺。』【馮注】崔駰《大將西征賦》：『升天梯以高翔。』按：《史記》：『崑崙，日月所相避隱為光明也。』《括地志》：『天竺國在崑崙山南。佛上天青梯，今變為石入地，惟餘十二蹬。』二句似用之。又，《後魏書》：『魏李順曰：「人言姑臧城南天梯山上，冬有積雪。」』【按】回日、上天，泛言其高而已，不必有所用。

⑤【朱注】《莊子》：『千金之珠，必在九重之淵驪龍頷下。能得珠者，必遭其睡也。』

⑥【朱注】《詩》疏：『鳳皇非梧桐不棲。』【馮注】枚乘《七發》：『龍門之桐，高百尺而無枝。』

⑦【朱注】《三十國春秋》：『凉州胡安據盜發晉文王、張駿墓，得赤玉簫、紫玉笛。』【馮注】《晉書·載記吕纂傳》：『盜發張駿墓，得赤玉簫、紫玉笛。』此句不重『赤』字，實暗用蕭史吹簫，夫妻同鳳飛去，故曰『相攜』。以比朋友，詩家常例也。

【胡震亨曰】似為津要之力能薦士者詠，非情詞也。與《一片》詩意同。『才子』指津要子弟，期與之同登也。

【朱彝尊曰】疑是諷人主遊幸之作，但不知指何事，或曰指津要之薦拔寒士者而言。

【吴喬曰】當時權寵未有如綯者，此詩疑為綯作。（首聯）極言歎美。（頷聯）言其炙手。（頸聯）言君相相得。（末聯）即『擬薦子虛名』之意。

【何曰】（首聯）地位高，鑒別清。（『何處』句）力可回天。（『此中』句）警之。（《輯評》）

【胡以梅曰】此是刺貴家，或宮闈之亂。首言所居高潔，如神仙之境何等崔巍，則玉山下之水，宜乎至清，無可貯泥之理。但日馭既不照臨，終年幽閉其中，竟有梯階可通天上也。夫驪龍一珠尚且被探，何況今容百斛之多。分付老龍豈可睡乎？而鳳凰不懼桐高，正欲棲也。豈不聞神仙才子簫史攜弄玉之事？神仙才子言詭秘履危之踪迹。調笑之語，非真贊美。按詩中玉山天子所幸，閬風王母所居，日馭上天，龍與簫史俱近宮闈，用之尤切。豈賦東都上陽之事，第三更合。若作世事，内意『兼』字、『休』字難安放。

【徐德泓曰】此亦比也。前半，自喻才華高朗而清麗，不必別求上聞而自可達也。後半，言握珍不失而欲近君，冀當塗之推挽也。點出『才子』二字，為通首關鍵。

【陸曰】『玉山』句，言地位之崇高。『玉水』句，言鑒別之精當。負知人之明，而又處得為之勢，則所謂力可回天，而不難致人霄漢者，舍公其誰屬邪？譬之珠容百斛，探驪龍於九重之淵；桐拂千尋，棲威鳳於高崗之上，物望所歸，有却之不得者。某在今日，其能無彈冠之慶乎？赤簫吹罷好相攜，即聲應氣求之謂也。

【姚曰】此以汲引望同調也。首句，地望之峻；二句，流品之清。三句，言其方得君；四句，言其能薦達。夫百斛之珠，豈私一龍？千尋之桐，豈私一鳳？幸逢才子而居神仙之地，此非凡俗之勢要者比也，吹簫引接，能無厚望也耶？

【屈曰】此與《碧城》同是寄託，不必泥講。一，地之高；二，清明之極。三四，更無別處可以迴日登天。五，祝其醒悟；六，自欲至此。七八，才必憐才，定相攜也。〇玩結句，似求人薦達之意。

【程曰】此詩亦望恩干進之意。

【馮曰】吴氏《發微》謂為綯作，信然。蓋首聯比内相之清高。次聯言只此可恃，奚用他求？三聯言我欲相依，爾休不顧。結更醒出援手之望。綯為楚子，故曰『才子』；為翰林，故曰『神仙』。必點明『才子』者，冀其承父志而愛我也。余初疑集中前人泥指令狐者未可盡信，及訂明全集，乃知屬望子直，自此而下，篇什極多。蓋其始既有深恩，其後子直得君當國，義山必不能舍此他求，故不禁言之繁也。讀者勿疑。

【紀曰】此實咏玉山，非摘首二句為題之比。純乎託意。三四有力量，五六有風旨。〇此望薦之詩也。首二句言其地位清高，三四句言其力可援引，五六句一宕一折，『珠容百斛龍休睡』言毋為小人之所竊弄，『桐拂千尋鳳要棲』言當知君子之欲進身，末二句乃合到自己明結之。（《詩説》）

【曾國藩曰】此人蓋勢要而有才望者。三四句皆就山取譬。山能回日馭，謂其能回天眷也；山有上天梯，謂其接引甚易也。神仙謂其居要地，才子言其負時望也。（《十八家詩鈔》）

【張曰】殊如馮説，此在洛未入都時作也。（《會箋》）

【汪辟疆曰】此當為義山大中二年由荆巴歸洛時，希望於令狐子直之作也。大中二年二月，令狐綯召拜考功郎尋知制誥充翰林學士，……有駸駸嚮用之勢。義山鎩羽而歸，不能不冀其援手。……此詩借玉山以託意。首句，言其地位高。次句，謂其鑒别審，而玉山策府非翰林學士莫當也。三四一聯則言彼力可回天，故設為問答之詞，以為由此憑藉，可以青雲平步，何必他求。希冀之情，千載如見。五六一聯，『珠容』句，微露警戒之意，意謂地位之愈高者，則小人之包圍必愈甚，勸其勤於職事，以免奸人乘隙，欲自附君子愛人以德之意，回到第二句，尤見周匝矣。『桐拂』句，則直説求進之意，更無須隱飾。結仍歸到急思援手本意。

【按】此以玉山策府喻指秘省清資，謂可借此登進，致身青雲也。首聯謂『玉山』地位之清高。秘省清要，故云。馮曰：『職官以清要為美，校書郎為文士起家之良選。諸校書皆美職，而秘省為最。如翰林無定員，諸曹尚書下至校書郎，皆得與選矣。』三四謂玉山可『迴日』『上天』，即視秘省為登進之天梯也。五六祈時君之清明而致託身於廟堂之意願。末聯則謂聞道有神仙才子者亦有棲桐之宏願，何不於赤簫吹罷之際攜手同登天上乎？『神仙才子』，或指令狐綯。此蓋開成四年釋褐為秘省校書郎時自覺致身通顯有望之寓言也。全篇躊躇滿志、興會淋漓，亦顯為少壯得意語，與後日望薦求引之詞迥異。自胡氏首創『為津要之力能薦士者詠』之解以來，諸家多從之，且實之以令狐綯。不知玉山册府，本屬秘省之現成典故，舍近求遠，謂喻津要，反晦詩意矣。末句『相攜』係同登意，非援引也。劉禹錫《酬令狐相公見寄》『羣玉山頭住四年』，羣玉即中祕。商隱《為滎陽公桂州謝上表》：『再擢詞科，一登策府。』策府指秘書省，亦即玉山。

别薛巖賓

曙爽行將拂，晨清坐欲凌①。别離真不那②，風物正相仍③。漫水任誰照〔一〕？衰花淺自矜。還將兩袖淚，同向一窗燈。桂樹乖真隱④，芸香是小懲⑤。清規無以況⑥，且用玉壺冰⑦。

校記

〔一〕『任』，英華作『清』。

①【補】庾信《對燭賦》：『蓮帳寒檠牕拂曙。』蕭慤《奉和元日》詩：『天門拂曙看。』拂曙，天將明。坐，正。凌，迫近。

②【朱注】那，奴卧切。【馮注】那，《廣韻》：『俗云那事，奴可切。』《爾雅·釋詁》：『那，於也。』註：「《左傳》：棄甲則那。」那猶今人云那那也。【按】不那，猶無奈也。

③【補】屈原《九章·悲回風》：『觀炎氣之相仍兮。』相仍，依舊。

④【馮注】《文選·招隱士》：『桂樹叢生兮山之幽，偃蹇連卷兮枝相繚。』《序》曰：『《招隱士》者，淮南小山之所作也。』《南史》：『何尚之致仕方山，著《退居賦》以明所守。後還攝職，袁淑録古隱士有蹟無名（原作『實』，據今本《南史》改）者為《真隱傳》以嗤焉。』【程注】杜甫詩：『薄劣慚真隱。』【按】『桂樹』似兼用『折桂』，指登第入仕，故曰『乖真隱』，與下句『芸香』指任職秘省對文。

⑤【朱注】二語義山自謂也。義山釋褐秘書省校書郎，旋調補弘農尉，故有『芸香』之句。【程注】《易》：『小懲而大誡，此小人之福也。』元稹詩：『微霜纔結露，翔鳩初變鷹。毋乃天地意，使之行小懲？』【馮注】芸香，屢見。唐人每以降謫為小懲。《北夢瑣言·孟弘微躁妄》一條云：『貶其官，示小懲也。』

⑥【程注】《晉書·王承傳論》：『素德清規，足傳於汗簡。』【補】《梁書·謝朏傳》：『清規雅裁，兼擅其美。』清規，指美好之規範。

⑦【馮注】鮑照詩：『清如玉壺冰。』玉壺冰，政治習用語。【補】駱賓王《上齊州張司馬啟》：『加以清規日舉，湛虚照於冰壺。』王昌齡詩：『洛陽親友如相問，一片冰心在玉壺。』

近耶？

㊟箋評

【何曰】下第詩。似為宏詞不得也。（《輯評》）

【姚曰】此別知己而歎前途之不自主也。漫水衰花，燈窗淚袖，自愧隱非隱，吏非吏，玉壺風度，何由常得親近耶？

【屈曰】一段別時情景。二段不忍即別。三段己之奔走卑官，不如薛之高也。『漫水』二句，點時又自比也。

【程曰】《義山文集》有《為山南薛從事傑遜謝啟》，巖賓豈即其人耶？啟中有云：『從事梓潼，經塗天漢』，則此詩之別正在蜀中矣。詩中『桂樹』『芸香』二語，朱長孺以為義山自謂，愚意兼謂巖矣。玩上文『還將兩袖淚，同對一窗燈』，詞本雙行，焉有單接身事之理？且而結專美薛，何以鶻突收轉耶？愚意巖賓大都亦如義山之自秘書出者，故同病相憐，乃有中四語。而結則側卸薛君，以期其致用耳。

【馮曰】朱氏之説似之。第秘省清資，何以云『小懲』？其為出尉時之失意，或薛之宦途曾降改秘省，無可定也。薛亦似為縣令等官，故以冰壺美之。

【紀曰】通篇平淺，後三句尤不成語。（《詩説》）語多拙澀，結更淺率。（《輯評》）

【張曰】詩樸實中有奇句，後人油滑一派，不能到也，何可詆為拙澀哉！觀結語則『芸香小懲』似指薛由清資謫外也，非義山自謂。結亦贈人頌美詩常調耳。謂之淺率，未免苛求。（《辨正》）

【按】此當是義山開成四年由秘省調補弘農尉時所作。凌晨作別，風物依舊，而人事錯迕，故云『別離真不那』。『漫水』『衰花』寫風物；『任誰照』『淺自矜』，見人之無心觀賞景物。『還將』二句，進一步寫人之『不那』。『桂樹』二句，謂己登第釋褐，已乖真隱；秘省謫外，又遭小懲，仕隱兩失。『清規』二句，謂己之清規亮節，唯以玉壺冰比之，即少伯『洛陽親友如相問，一片冰心在玉壺』意，義山由清職降為俗吏，故有此表白。或謂『桂樹』二句指薛由清資謫外，或謂兼指二人，均非。蓋此詩是義山他往而別薛，非送薛也。『芸香』句語固澀，然意可會。

蜨①

初來小苑中，稍與瑣闈通①。遠恐芳塵斷②，輕憂艷雪融③。只知防灝露〔二〕④，不覺逆尖風。迴首雙飛燕，乘時入綺櫳⑤。

〔一〕原題作『蜨三首』（另兩首為七絕『長眉畫了繡簾開』『壽陽公主嫁時妝』），蔣本、悟抄、席本、錢本、影宋抄均同。姜本『初來』首與五律『葉葉復翻翻』首合題『蜨二首』，『長眉』首與『壽陽』首合題『蜨二首』。戊籤『初來』首題作『蜨』，『長眉』『壽陽』題作『無題二首』。【按】『長眉』『壽陽』二首內容與蜨無涉，當是脱去原題後與『初來』首誤連，遂總冠以『蜨三首』，今改題『失題』。

〔二〕『灝』，蔣本、姜本、戊籤、錢本、席本作『浩』，音義均同。悟抄作『顥』，朱本作『皓』。

①【補】瑣闈，鏤刻有連瑣圖案之宮中側門，指宮廷。

②【朱注】《拾遺記》：『石虎太極殿樓高四十丈，春雜寶異香為屑，使數百人於樓上吹散之，名曰芳塵臺。』庾闡《揚都賦》：『結芳塵於綺疎。』【補】隔芳塵，謂遠隔宮禁。

③【朱注】韋應物詩：『艷雪凌空散。』【馮注】艷雪，謂蜨粉。

④【馮注】陸雲《九愍》：『挹浩露於蘭林。』王融詩：『浩露零中宵。』鮑照詩：『憑楹觀皓露。』此當作『浩』。

⑤【程注】張協《七命》：『雕堂綺櫳。』【補】綺櫳，猶綺窗。櫳，窗櫺。

【何曰】此必所詠之人小字為蝶，非必賦蝶也。（《讀書記》）又曰：比也。（《輯評》）

【陸鳴皋曰】刺狎客之詩，賦中比也。此章首二句，喻其始至而漸親密。三四句喻其心常恐疏遠不得近，而更慮其不能久也。皓露尖風，謂但知防正人顯然之侵，而不知又有尖刻之徒暗加嫉妬矣。不見傷己者已乘時入室乎？燕食飛蟲，取相害之義，蓋本古樂府『蛺蝶之遊戲東園，子燕接我苜蓿間』句意耳。

【姚曰】此為無媒自通者言，而歎其不如乘時得意之徒也。弱質翩躚，芳心豈能遽達？況浥露逆風，易成間阻，豈能如飛燕乘時入室之易易耶？

【屈曰】初來小苑，已通瑣闈。遠恐塵斷，輕憂雪融，其情深如此。然但知皓露之溼翅難飛，不覺尖風之逆吹而忽退。况回首雙燕，咫尺相侵，能不避入綺櫳耶？此亦有託意。二三首即無題詩，非詠蜨也。○又曰：古樂府《蛺蝶行》：『蛺蝶之遨遊東園，奈何猝逢三月養子燕，接我苜蓿間。』結用此意。（按：末聯明言雙燕得以乘時而入綺窗，而蜨不得與，屈氏所引與詩意無涉。）

【程曰】言為人排擠也。起二語言初遊長安，文名蔚起，未嘗不與公卿貴人相通。三句言入幕以來，日見疎遠，已恐芳塵斷絶；四句言黨論之後，妄相輕薄，殊憂艷雪銷鎔。五句言事當防御，亦所自知，然知者不過暗中相傷，如夜行之沾寒露也。六句言人不可逆，亦所自覺，然覺者豈料明言相排，如退翼之遇尖風耶？七八言其時工逢迎之術者皆為援引，如綺櫳在望，燕子乘時而入矣。

【馮曰】自慨之作。起二句喻初為秘省，得與諸曹接近。下言不意被斥，讓他人乘時升進也。似出尉時所賦。

【紀曰】格卑而寓意亦淺露。（《詩説》）後四句純是寓意，然格卑意淺。（《輯評》）

【姜炳璋曰】此一二喻已登第，與公卿相通。『遠恐』『輕憂』，而且慮及『皓露』，可謂知所防矣，豈意又『逆尖風』，為時所擯乎？不如雙雙燕子，乘時而入綺櫳也。此當時受王、鄭之辟，為令狐所惡，故云然。

【張曰】馮説是，似可編年也。（《會箋》）

【按】馮箋已得其旨要。首聯『小苑』『瑣闈』，指宫禁，謂初入秘省，得近宫廷。次聯形容『初來小苑』忐忑不安心情，謂既恐遠隔芳塵，不得長留，又憂粉銷雪融，失輕艷之姿容。腹聯謂雖已防浩露之侵，却未料及逆尖風之阻，喻變生意外，横遭排抑。末則言他人得乘時以入宫掖。瑣闈、綺櫳，一也。此必初官秘省旋斥外為尉時作。『迴首』二字，正點出赴尉時。

出關宿盤豆館對叢蘆有感①

蘆葉梢梢夏景深②，郵亭暫欲灑塵襟③。昔年曾是江南客④，此日初為關外心⑤。思子臺邊風自急⑥，玉孃湖上月應沉〔一〕⑦。清聲不逐行人去〔二〕，一世荒城伴夜砧〔三〕⑧。

〔一〕『孃』，蔣本作『娘』。

〔二〕『逐』，各本均作『遠』，據悟抄改。詳注。

〔三〕『世』，馮注引一作『任』，又作『宿』。『伴』，馮注引一作『半』。

①【朱注】關，潼關也。【道源注】《甘棠志》：『盤豆館在湖城縣西二十里。昔漢武帝過此，父老以牙豆盤獻，因名焉。』【馮注】《北周書·太祖紀》：『帝率將東伐，遣于謹徇地至盤豆，拔之，至弘農。』《隋書·楊素傳》：『西

至閿鄉，上槃豆。』韋莊有《題盤豆驛水館後軒》之作可與此章相證。按：盤豆館至今有其名，潼關外四十里矣。

②【姚注】謝朓詩：『梢梢枝早勁。』【按】姚注非。謝詩『梢梢』係勁挺貌，義山此詩係狀風動草木之聲。鮑照《野鵝賦》：『風梢梢而過樹，月蒼蒼而照臺。』崔成甫《贈李十二白》：『梢梢風葉聲。』

③【程注】《漢書·趙充國傳》：『以閒暇時下所伐材繕治郵亭。』【補】郵亭：古時設於沿途，供傳送文書者與旅客歇宿之館舍。《漢書·黃霸傳》：『使郵亭、鄉官皆畜雞豚。』塵襟：世俗之胸襟。張九齡《出為豫章郡途次廬山東巖下》詩：『追兹刺江郡，來此滌塵襟。』句意謂宿盤豆館對此叢蘆，塵襟為之一洗。

④【徐曰】江南，湘江之南，《項羽紀》『放殺義帝於江南』，《楚辭章句》『遷屈原於江南』也。【馮曰】此可證湖湘之為江南。實則唐時之江南，其道甚廣，浙西、浙東、鄂岳、江西、湖南、福建、黔州，凡七觀察使所管轄，俱載《元和郡縣志》。【按】江南可包湘南，然不必專指湘南，馮氏欲以證成江鄉之遊，故云。實則唐時江南指今長江下游以南地區者多，少有以江南專指湘南者。

⑤【馮注】見《荆山》。蘆叢江鄉（按似應曰『江南』）最多，今身宿關外乃又見之，故有感而言。【按】『關外心』用《漢書·武帝紀》注楊僕移關事（參《荆山》注），此關係函谷關而非潼關。『初為關外心』，猶言初有楊僕恥居關外之心，對此叢蘆，益增感慨，非『身宿關外』之謂。

⑥【朱注】《漢書·戾太子傳》：『上憐太子無辜，乃作思子宮，為歸來望思之臺于湖。』師古曰：『臺在今湖城縣西，閿鄉東。』【補】《水經·河水注》：『河水又東北，玉澗水注之。水南出玉溪，北流逕皇天原西。《周固記》：開山東首上平博，方可里餘，三面壁立，高千許仞，漢世祭天於其上，名之曰皇天原，上有漢武帝思子臺。』

⑦【朱曰】玉孃湖無考。或曰：《嵩山志》：『登封縣有玉女臺，漢武帝見二玉女于此，因名。』玉孃湖或在其側。【馮曰】玉孃湖未詳舊引嵩山玉女臺，誤甚。而王阮《亭秦蜀驛程後記》云：『過閿鄉盤豆驛，涉郎水，即義山所云之玉孃湖。』未知其據何書也，俟再考。又檢《太平御覽·臺類》下引《水經注》：『河水南至華陰，又東，西玉湖水注之。此乃玉澗水，即南出玉谿，北流逕皇天原西者，原上有思子臺。』《御覽》傳本多訛，不足據，然竊疑

唐時或作玉湖，或即此玉孃湖。蓋二句正寫『宿』字，必近地也。斯誠妄測耳。風急月沉，叢蘆尤覺蕭森也。

【按】思子臺在閿鄉東，離盤豆館似尚有一段距離，非即宿時目及，玉孃湖亦然，故用『月應沉』以示推度之意。

⑧【馮注】何曰：『遠當作逐，世當作任。』按：皆不必改。二句收足宿對。【紀曰】午橋謂『遠』字是『逐』字之訛，信然；謂『一世』是『一任』之誤，則未是。『一世』説蘆自妙，言終始常在荒城耳，作『一任』直而乏味。【按】紀説是。上句謂叢蘆梢梢，清聲常在，行人既去，則唯伴荒城之夜砧而已。如作『不遠』，則與題中『對』字相左。

【楊傑曰】《和李義山盤豆館藂蘆有感》：盤豆蒼珉刻舊吟，清風自可滌煩襟。庭蘆邂逅開青眼，澤國歸投是素心。鄉夢不知家遠近，世塗休問迹升沉。《陽春》一曲一樽酒，遮莫秋聲四面砧。（《無為集》卷六）

【朱鶴齡曰】此發客中摇落之感也。（《李義山詩集補注》）

【《唐詩鼓吹評注》】首言蘆葉蕭蕭，且當殘夏，暫駐於此，可以洗吾之塵襟已。然人生踪跡不定，殊可歎惜。昔客江南，今居關外，更當風急月沉之候，半夜砧聲，不逐行人而去，時復與蘆聲相間於荒城也。征夫聞此，有不起江南塞北之思者哉！〇『思子』二句承關外來。

【何曰】次連言昔客江南，黄蘆遍地，然年壯氣盛，自視立致要津，曾無摇落之感。此日流落而為關外之人，不覺凄兮其悲，因蘆葉之梢梢，而百端交集也。腹連皆是所感，末句指叢蘆。『遠』作『逐』，『世』作『任』。（《讀書記》）又曰：奔走塵埃，獨為失路退居之客。蘆葉清砧，止增凄絶，中宵輾轉，暫安無計。此感憤所由感也。又曰：此永樂閒居時作。言昔江南流放，冀入修門，何意仍作關外人乎？其怨憤與子厚『十年憔悴』之句蓋相等也

（《輯評》）又曰：（首句）藏『聲』字。（五句）起『清聲』。（六句）起永夜。

【陸曰】詩言奔走風塵之際，而得見此叢蘆，方欲暫灑塵襟，一憩亭上，乃因之忽有所感，何也？憶昔作客江南，年壯氣盛，自視要津不難立致，故雖黄蘆徧地，對之初無寥落之感。今去國而為關外之人，遂不禁有淒其以悲者焉。由是思子臺邊，玉孃湖上，風急月沉，皆足深人感愴，誠所謂百端交集也。況從此遠去，荒城夜砧，更不及此清聲之可聽乎？然惟任之而已。

【陸鳴皋曰】首句點蘆，次句點館，三四句轉到出關。五六句皆關外之心也。『荒城』而曰『一世』，絶無冀望矣。

【姚曰】此因叢蘆而發客中摇落之感也。蘆葉雖非佳植，而郵亭見此，最寫幽襟。蓋因昔年曾客江南，而出關見此，如逢舊侶也。因憶此館乃漢武曾過之地，而思子臺邊，玉孃湖上，風月淒凉，久已不堪回首，況此叢蘆偶對，客去之後，誰復關情？蕭蕭清響，惟與荒城夜砧相伴而已。生世蒼茫，何以異此！

【屈曰】江南多蘆。關外心，宿館對蘆叢也。五六言館之風月。七八寂寥之景，言惟有蘆叢之風聲，更無一人，是一世之淒凉只此夜矣。

【程曰】『昔年曾是江南客，此日初為關外心』，詩當作于大中三年應盧弘正徐州辟之時也。三年以前，義山從事桂管，嘗使南郡。考唐志，南郡地屬江南道，故曰江南客也。

【馮曰】何評頗妙，然上半稍廓矣。三句『江南客』者，指江鄉之遊也。五六紀地，而志慨合之。四句似喪母後將謀出居永樂，故以從關中徙關外對景寫情也。《岑參集》有《夜宿盤豆隔河望永樂寄閨中》詩可以取證，故編於此。（按馮編會昌二年）然是否尚難定斷，舍此更無由尋踪索解耳。

【紀曰】用筆甚輕，而情思殊深，正復以輕得之耳。香泉評曰：次聯言昔客江南，黄蘆滿地，然年壯氣盛，曾無寥落之感。此日流落而為關外之人，不覺悽乎其悲，因蘆葉之梢梢而百端交集也。（《詩説》）情致宛轉，格在不高不卑之間。（《輯評》）

【張曰】義山少年隨父兩浙，『昔年』句當謂此，不得謂指開成五年江鄉之遊。江鄉之遊不過數月即返，於『客』字意味疎矣。此不定何年所作。（《辨正》）又曰：此詩頗難徵實，四句似喪母後意境。《岑參集》有《夜宿盤豆隔河望永樂寄閨中》詩，必移居永樂時作也。（《會箋》。編會昌四年）

【黄侃曰】詩有『思子臺』，在弘農湖，於唐為湖城縣地。盤豆，驛名，當即在思子臺旁也。此首自嗟其遲莫無成。三四言昔在少壯，未始以遠遊為悲；及此歲華既宴，蓬轉天涯，荒野寒砧，年年相伴，驛亭回首，不免有遷斥之情也。（《李義山詩偶評》）

【按】此詩作年，程氏謂大中三年應盧弘正徐州辟時固誤（赴徐州在是年冬，與本篇『夏景深』不合），馮氏編會昌二年喪母後，張氏編會昌四年移居永樂時亦誤，四句『今日初為關外心』，實為考訂本篇作年之有力根據。開成四年，義山調補弘農尉，由京職降為俗吏，而弘農又適為函關舊地，故有感於楊僕移關之事而生耻居關外之心。曰『今日初為』者，正可證此詩係乍離秘省，赴弘農尉任途中所作也。義山調尉弘農期間，曾作《荆山》詩，亦用楊僕耻居關外而移關三百里事，與此詩可以類證。考義山一生，由京職外調、途經函潼、而又時值夏令者，唯開成四年調尉弘農之役為然，他如赴兖海、赴徐州均未合，此亦可反證詩之作於赴弘農尉途中。

頷聯『思子臺』，馮氏以為似喪母後情景，張氏仍之，亦非。思子臺正暗示其時義山之母尚在，如母已喪而用『思子臺』字面以寄哀思，可謂適得其反。按義山《與陶進士書》云：『尋復啟與曹主求尉於虢，實以太夫人年高，樂近地有山水者，而又其家窮，弟妹細累，喜得賤薪菜處相養活耳。』此固故為解嘲語以抒憤者，然亦可證調尉弘農于奉母養家稍便。本篇因宿盤豆館而及思子臺，似其時義山母即居於弘農附近。按義山會昌四年楊弁平後移家永樂，然《大鹵平後移家到永樂縣居書懷十韻》云：『驅馬遶河干，家山照露寒。依然五柳在，況復百花殘。昔去驚投筆，今來分掛冠。』馮氏謂：『其云「依然五柳」，又云「昔去」、「今來」，則其前必已居之』，解釋純正，張氏力辨其非，近乎强詞奪理（見《會箋》長慶三年、會昌四年）。義山開成四年尉弘農時，或其母寓居永樂亦未可知。（即令其時母仍居濟源，弘農之與濟源，亦自可稱『近地』也。）要之，『思子臺』當是寓母子懸念之情，而『玉孃湖』亦必寄夫妻相思之意。此可定詩當作於義山喪母之前，婚於王氏之後。而在此期間，有所謂『關外心』之時，非調補弘農之際莫屬也。馮氏因執於江鄉之遊之臆想，雖知『關外心』用楊僕事，亦必不謂詩作於調尉弘農時，而謂作于江鄉之遊以後，臆想之蔽，乃使馮氏交臂失之。

據此詩『昔年曾是江南客』，亦可知義山於開成四年之前（味『昔年』二字，時間當較早），曾客遊江南。張氏《辨正》謂指少年隨父兩浙，可從。

詩人因對驛亭前叢蘆而生仕途偃蹇、身世孤寂之感。前四句由面對蘆葉梢梢而憶及往昔客居之江南水鄉，又由江南折回現境，揭出一篇主意『今日初為關外心』。後四句由『關外心』拓展開去，由『思子臺』『玉孃湖』之近境景物觸動對親人之思念。最後歸到荒城夜砧、蘆葉梢梢、長夜難眠之凄清境界。全篇對叢蘆正面着墨不多，然詩人一系列跨越悠長時間及廣遠空間之思緒活動，均由叢蘆觸發。雖寫夏景，而似無往不有凄其之秋聲。既透露詩人特定條件下之心境，又極富韻味。

次陝州先寄源從事①

離思羈愁日欲晡②，東周西雍此分塗③。迴鑾佛寺高多少④，望盡黄河一曲無⑤？

集注

①【朱注】《唐書》：『陝州陝郡，本弘農郡，屬河南道。』【馮注】陝虢觀察使治所。【補】次：旅途中停留。陝州：今河南陝縣。源從事：名不詳。從事，漢以後州郡長官皆自辟僚屬，多以從事為稱。唐州郡佐貳官無稱從事者，然唐人詩文中常以此稱州郡僚佐，如薛逢《重送徐州李從事商隱》，時義山為判官。揣詩意，此源從事當為虢州刺史僚屬。虢州治弘農，在今河南靈寶縣南。義山開成四年由祕書省校書郎調補弘農尉，故與源從事相識。弘農在陝州西。

②【補】晡，申時，黄昏時。杜甫《徐步》：『荒庭日欲晡。』

③【馮注】《公羊傳》：『自陝而東，周公主之；自陝而西，召公主之。』《後漢書·郡國志》：『弘農郡陝縣有陝陌。』注曰：『《博物記》：二伯所分。』【補】歐陽修《集古録》：『陝州石柱，相傳以為周、召分陝所立，以別地里。』雍，古九州之一，今陝西、甘肅二省大部分地區均古雍州地。雍，讀去聲，詳胡鳴玉《訂譌雜録》六。

④【馮注】《舊書·紀》：『代宗廣德元年十月，吐蕃犯京畿，駕幸陝州。十二月還京。』【徐曰】佛寺必還京後建以報功者。

⑤【朱注】《物理論》：『河百里一小曲，千里一大曲，一直一曲，九曲以達於海。』【馮注】《爾雅》：『河百里一小曲，千里一直一曲。』《水經》：『河水又西逕陝縣故城南。』

【姚曰】便望盡何益！益增腸斷耳。

【屈曰】一時。二次陜州。三四寄問之辭，言君已登高遠眺，而我尚在中途也。

【馮曰】佛寺高居，比源；黄河一曲，自喻屈就縣尉。毫不着迹，但覺雄渾。

【紀曰】淺淺語。風骨自老，氣脈亦厚。（《詩説》）

【按】題曰『先寄』，當是作者赴虢途次暫宿陜州，有懷居虢之源從事，故先寄詩以表己思念之殷。杜牧《赴京初入汴口曉景即事先寄兵部李郎中》《夜泊桐廬先寄蘇臺盧郎中》，與此同例，可證。屈謂『三四……言君已登高遠眺，而我尚在中途』，以為作者與源從事同行，而源先至，殆誤。且『迴鑾佛寺』在陜不在虢，登高而望者亦義山而非源從事，馮箋於此亦誤。三四乃述己次陜州時登迴鑾佛寺而西望虢州，然視綫所及，未盡黄河一曲，『源』（蓋以河源關合源從事）猶未得見耳。極言思念情殷，與首句『離思羈愁』正相應。詩以問語作結，然非問源而係自問。不言佛寺雖高，望不盡黄河一曲者，故婉言其詞以增摇曳之情耳。至於『曲』是否暗含二人仕途上之委屈，則不必過鑿。此詩當是作者任弘農尉時因事離虢歸途中作。

荆山①

壓河連華勢孱顔②，鳥没雲歸一望間③。楊僕移關三百里④，可能全是爲荆山⑤？

集注

①【朱注】《唐書》：『虢州湖城縣有覆釜山，一名荆山。』《寰宇記》：『荆山在鼎湖縣南，出美玉，即黄帝鑄鼎之所。』《一統志》：『在陝州閿鄉縣南二十五里。』○此詩《一統志》收入富平荆山，非是。【程注】荆山《禹貢》凡二：『導汧及岐，至於荆山』，北條雍州之荆山也；『導嶓冢，至于荆山』，南條荆州之荆山也。此詩乃言雍州之荆山。《漢書·地理志》謂在馮翊懷德縣南。孔安國謂在岐山東。朱長孺謂入富平非是，此駁是矣。蓋富平屬北地郡，去關甚遠也。然引《唐書》虢州湖城縣不合。虢屬右扶風，亦屬遼遠。考虢有黄帝祠，當即鼎湖縣，與《寰宇記》略同，均爲失之。惟所引《一統志》在陝州閿鄉縣。考陝屬弘農郡，去左馮翊爲近，與《漢志》所謂懷德縣南合，良是。【馮注】《元和郡縣志》：『虢州湖城縣，荆山在縣南，即黄帝鑄鼎之處。』按荆山有三：一在漢左馮翊懷德縣南，《禹貢》北條之荆，大禹鑄鼎處也。一在荆豫界，南條之荆，卞和得玉處也。《漢書·郊祀志》：『公孫卿曰：「黄帝采首山銅，鑄鼎於荆山下。」』此則《唐志》湖城縣之覆釜也。韓昌黎詩：『荆山已去華山來』，即此山也。【按】馮説是。唐湖城縣後廢，今屬閿鄉縣。

②【朱注】（司馬）相如《大人賦》：『放散畔岸，驤以孱顏。』注：不齊貌。【補】河，黃河。華，華山。孱顏，即巉巖，山峻貌。

③【補】即杜甫《望嶽》『盪胸生層雲，決眥入歸鳥』意。

④【馮注】《漢書·武帝紀》：『元鼎三年冬，徙函谷關於新安，以故關為弘農縣。』應劭曰：『時樓船將軍楊僕數有大功，恥為關外民，上書乞徙東關，以家財給其用度。武帝意亦好廣闊，於是徙關於新安，去弘農三百里。』《水經注》：『楊僕以家僮七百人築塞徙關。』

⑤【何曰】言荆山之長，有不止於三百里者。下二句透出壓河連華。【按】何解誤，詳箋。可能，豈能。

【何曰】此嘆執政蔽賢，使畿赤高資，反為關外之人，沉淪使府也。雖有移關之力，猶當被其阻塞，況我將如之何哉！（《輯評》）

【姚曰】移關，為近君耳。

【屈曰】出頭孱顏（不齊）一望佳甚，使移關三百里者可能全是為此哉？勢利之念重，山水之念輕，古今同然也。

【程曰】楊僕移關之事，《漢書·武帝紀》《楊僕傳》以及《地理志》均無明文，惟應劭注《武帝紀》言之。應劭漢人，當別有考。義山據之為詩。詩之大旨，蓋以荆山屬左馮翊，固王畿之內地也。收入關中，未嘗不可以壯帝都。故前二語極其形勝也。然後二語則謂楊僕徙關之請，不過恃有軍功，耻為關外民而已，何嘗為相度皇居之壯耶？考僕本傳，上責其伐前勞，凡有五過。由此觀之，過正不止五也。其刺僕亦深矣哉！僕事已遠，何為刺之？大抵武臣有恃功自恣者，故借此以為諷喻耳。

【馮曰】借慨己之由京調外也。不直言恥居關外，而故迂其詞，使人尋味。

【紀曰】不解所云。（《詩説》）

【姜炳璋曰】此借楊僕事作諷。收荆山入關内，未嘗非扼形勢之策，而僕之移關全為此乎？恐由己不肯為關外民，假公以便己私耳。此必為現在武臣而發。

【張曰】此義山獨創之詩格也……楊僕徙關去弘農三百里，詩以借喻。（《會箋》）

【按】一二言荆山壓河連華，山勢雄峻，鳥没雲歸，景色壯麗。三四轉謂如此荆山置之關外實為可惜，楊僕移關能否即全是為荆山耶？

詩人實自身有恥居關外之感，却借楊僕移關事傳之。于楊僕亦不直言其移關之動機，而迂其詞曰豈能全為惜荆山之故，層層掩抑，其味彌深。然詩人亦非有意布此迷陣，蓋詩思之觸發，即由荆山而起，荆山山勢之雄偉峻拔與地理上之居於關外（唐時以潼關以西地為關中），適足以觸發詩人身世之慨，其構思頗近柳宗元《鈷鉧潭西小丘記》。商隱《與陶進士書》云：『尋復啟與曹主求尉於虢，實以太夫人年高，樂近地有山水者。』此矯語以洩怨憤牢騷者。語若樂之，實則憤之。亦可與荆山互參。

任弘農尉獻州刺史乞假歸京（一）①

黄昏封印點刑徒②，愧負荆山入座隅③。却羡卞和雙刖足，一生無復没階趨④。

〔一〕「歸」，朱本、季抄作「還」。

①【朱注】《唐書》：「弘農縣屬虢州，貞觀八年徙州治弘農。」本傳：「調補弘農尉，以活獄忤觀察使孫簡，將罷去。」此詩當在是時作。【馮注】《元和郡縣志》：「弘農縣，望，虢州郭下。」《舊書·文苑·孫逖傳》：「逖曾孫簡、範，並舉進士。會昌後，兄弟繼居顯秩，歷諸道觀察使，簡兵部尚書。」必此孫簡，傳未詳核耳。○職官以清要為美，校書郎為文士起家之良選。諸校書皆美職，而秘省為最。……至尉、簿則俗吏，義山外斥，大非得意。……觀所編諸詩，憤鬱可見。諭使還官，亦非其意也。（《年譜》）【按】據《舊紀》，姚合開成四年八月任陝虢觀察使，此詩當作于此前不久。

②【補】封印，封存官印。封印與清點刑徒係府縣主管治安官吏每日散衙前例行公事。作者《偶成轉韻七十二句贈四同舍》：「手封狴牢屯制囚，直廳印鎖黃昏愁。」可參證。

③【補】荊山，見《荊山》注。詩意謂入座當值，因瞥見雄峻之荊山而益感縣尉處境地位之卑屈，故云「愧負荊山」。

④【朱注】因荊山而用卞和事，其實卞和泣玉乃楚之荊山，古人用事不甚泥。【馮注】《韓非子》：「楚人卞和得

玉璞於楚山，獻厲王。王使人相之，曰：「石也。」刖和右足。及武王即位，又獻之，復相曰：「石也。」刖左足。及文王即位，和乃抱其璞哭於楚山，三日三夜，泣盡繼之以血。王使玉人治之，得寶玉焉。名曰和氏之璧。』按：三世楚王，他本不同，此從《太平御覽》所引《韓子》也。荆山借用。玉受誣，比民受冤。又蔡邕《琴操》云：『荆王剖之，果有玉，乃封和為陵陽侯，卞和辭不就而去，作《退怨之歌》。』亦可與將罷去為喻。【按】程注引《漢書・鄒陽傳注》三世楚王為武王、文王、成王。没階，盡階，語本《論語》。没階趨，形容拜迎長官時奔走於階前之卑屈情狀，縣尉職位卑微，低於縣令、縣丞與主簿。虢州荆山與卞和得玉之荆山同名，除可『借玉受誣，比民受冤』外，作者因活獄而觸忤觀察使之不平遭遇亦與卞和獻玉反遭刖足有類似之處，故有此聯想。

【黃徹曰】李義山任弘農尉，嘗投詩謁告云：『却羡卞和雙刖足，一生無復没階趨。』雖為樂春罪人，然用事出人意表，尤有餘味。英俊陸沉，强顔低意，趨跖諾虎，扼腕不平之氣有甚於傷足者。非粗知直己不甘心於病畦下舐，不能賞此語之工也。（《碧溪詩話》）

【朱彝尊曰】感憤至矣。

【姚曰】等是不遇知己，却輸他無趨走之苦。

【屈曰】老至居人下，乃有此語。

【紀曰】太激太盡，無復詩致。

【張曰】末句憤語，借卞和刖足發之，便不嫌露骨。（《會箋》）

【按】義山之憤而去職，不安於『封印點刑徒』之庸碌生活與『没階趨』之屈辱處境固為重要原因，然激而促成此舉者，則係因活獄而忤孫簡一事。據義山《行次西郊作》等詩，可推知「活獄」之舉係出於對「窮民」之同情及對酷虐政治之不滿，而其本心，則固為維護朝廷之統治也。然自孫簡一流酷虐之節使視之，職主「捕盜賊」之縣尉竟出而活獄，其叛離職守自不待言，可以想見其必對義山濫施淫威。故義山之憤而去職，呈詩「乞假」，實含有對酷虐政治之不滿，對濫施淫威之長官之抗議，更蘊有忠而見罪之滿腔怨憤，憤語中包含數意。單以屈居下僚、不堪趨走逢迎之苦悶視之，不免皮相。高適「拜迎官長心欲碎，鞭撻黎庶令人悲」之語，或與此詩蘊含之感情相仿佛。

自況〔一〕

陶令棄官後，仰眠書屋中。誰將五斗米，擬換北窗風①？

〔一〕「況」，蔣本、戊籤、影宋抄、錢本、席本作「貺」。字通。況，比也。

①【馮注】《晉書・隱逸傳》：『陶潛為彭澤令。郡遣督郵至縣，吏白應束帶見之，潛歎曰：「吾不能為五斗米折腰，拳拳事鄉里小人邪！」解印去縣。嘗言夏月虛閒，高卧北窗之下，清風颯至，自謂羲皇上人。』【補】陶潛《與子儼等疏》：『少學琴書，偶愛閒靜，開卷有得，便欣然忘食。見樹木交蔭，時鳥變聲，亦復歡然有喜。常言：五六月中，北窗下卧，遇涼風暫至，自謂是羲皇上人。』

【姚曰】言腐鼠不足嚇也。

【程曰】此乃調弘農尉，以活獄忤觀察使孫簡，將罷去時作。

【馮曰】似永樂閒居作。或以祗有傲情，更無他慨，疑前尉弘農乞假歸京時作，亦合。今且編此。（按馮編永樂閒居時）

【紀曰】率筆。

【陸鳴皋曰】『擬換』二字輕倩，避作求人語也。

【張曰】寓感與《假日》同。祗有傲情，更無他慨。《與陶進士書》所謂『脱衣置笏』者，正此時也。午橋説是。（《會箋》）

【按】程説是。永樂閒居非『棄官』，乃居母喪去職，思想感情亦與此不類。其時每感閒居寂寞，繫心京華，無復『誰將五斗米，擬换北窗風』之傲情矣。詩用陶令棄官事，與任弘農尉忤州刺史憤而離職情事絶相類。題為『自況』，蓋以陶令不為五斗米折腰自比。陶潛『吾不能為五斗米折腰』之語，乃指己不願卑事江州刺史五斗米道王凝之（時潛為江州祭酒），此語原意似與義山不願屈事孫簡更為切合。然視『誰將五斗米，擬换北窗風』之句，義山固已將『五斗米』理解為官俸矣。

假日①

素琴絃斷酒瓶空，倚坐欹眠日已中。誰向劉靈天幕内〔一〕②，更當陶令北窗風③。

〔一〕『靈』，悟抄、姜本、戊籤作『伶』。

①【朱注】《楚辭》：『聊假日以媮樂。』【程注】此乃在官乞假之日耳，朱注引《楚辭》『聊假日以媮樂』，非是。【馮曰】此謂休假之日。【按】題固休假日之意，然似有特殊含義，詳箋。

②【朱注】劉伶《酒德頌》：『幕天席地，縱意所如。』【馮注】《文苑英華辨證》：『皇甫湜《醉賦》：劉靈作《酒德頌》。《文選·五臣注》引臧榮緒《晉書》：「劉靈字伯倫。」顏延之《五君詠》《文中子》《語林》並作靈。而《晉書》本傳作伶，故他書通用。』

③見《自況》。

【何曰】下二句却只是家無四壁，變得如此綺麗。（《輯評》）

【姚曰】須知放曠中，雖琴尊亦是一累。

【屈曰】言孤處無聊，而長日如年也。

【馮曰】正以閒適寫寂寥，當在東川病假時作。

【紀曰】平直。此當是休沐給假之日，不得以《楚詞》為解。

【張曰】詩有『陶令北窗風』語，是任弘農尉乞假時作。故聊寫閒適，而意則傲岸。馮編東川幕，誤。

（《會箋》）

【按】張説是。下二承『倚坐欹眠』寫自己，閒適中帶傲岸之氣。馮編此詩於《寓興》下，然二詩所表現之精神面貌相去極遠，疑非。此詩與《自況》語意略同，當同時作。而《自況》明言『陶令棄官』，則此詩題目『假日』當即『任弘農尉獻州刺史乞假歸京』之『假日』，非通常在官之休假日也。《補編》卷五《上李尚書狀》云：『某始在弱齡，志惟絶俗，每北窗風至，東皐暮歸，彭澤無絃，不從繁手，漢陰抱甕，寧取機心？』狀作於開成五年辭尉從常調時，而語頗多與《假日》《自況》相近，亦可證二詩當作於罷尉時。

戲贈張書記〔一〕①

別館君孤枕②，空庭我閉關。池光不受月，野氣欲沉山〔二〕③。星漢秋方會，關河夢幾還④。危絃傷遠道，明鏡惜紅顏⑤。古木含風久，平蕪盡日閒⑥。心知兩愁絶，不斷若尋環〔三〕⑦。

〔一〕『書記』原作『記書』，非，據蔣本、悟抄、席本、戊籤乙。

〔二〕『野』，馮引一本作『暮』。【按】《蔡寬夫詩話》引此二句作『暮』。

〔三〕『尋』，蔣本、悟抄作『循』。唐詩品彙作『連』。

集注

①【程注】義山文集有《祭張書記文》云：『故朔方書記張五審禮。』張書記疑即此人。《祭張書記文》乃會昌元年作，內有云：『始自渚宮，來遊帝里。論邀懸河，文酬散綺。』據此，則詩當作於元年以前義山在長安時。【馮注】疑即祭文之張五審禮。亦王茂元婿也，互詳《祭張氏女文》。此蓋張與其婦相離，故戲贈之。張於開成五年挈婦至京，與篇中『關河』『遠道』等字不合，頗似張自岐下至涇原相晤所作，故酌編此（馮編開成三年義山在涇幕時）。【張曰】考《為外姑祭張氏女文》云：『汝寄京師，食貧終歲。頃吾南返，又往朝那。汝實從夫，適來岐下。道途雖邇，面集猶妨。及登農揆，去赴天朝。汝罷蒲津，聿來胥會。』是張審禮未嘗與婦相離。此或張于役弘農，與義山相見，其婦尚居岐下，故以思家戲之也。詩意牢落，必調尉時作。（張編開成四年義山任弘農尉時）【按】據題稱『張書記』，詩當作於張已任朔方書記後。張之任朔方書記，當在開成五年罷蒲津之後。而會昌元年四月，審禮已葬（其卒當在此前）。故其任朔方書記必在開成五年春至會昌元年春此段時間內。詩寫秋景，故此詩當作于開成五年秋。時義山猶在弘農尉任。

②【補】別館，客館（當是弘農縣之客館）。嚴武《酬別杜二》：『并向殊庭謁，俱承別館追。』

③【補】王安石曾謂此二句『雖老杜無以過』（《苕溪漁隱叢話》引《蔡寬夫詩話》）。月照池水，波光閃爍不定，形成反射，若不受月光者然，故云『池光不受月』。夜色迷茫，蒼然下垂，籠蓋遠山，故云『野氣欲沉山』。二句寫出初夜景色及紛然黯然心境。【錢曰】少陵何以過之。【朱彝尊曰】眼前語，却道不出。【宋宗元曰】寫景，即亦寓興。（《網師園唐詩箋》）

④【補】二句謂張與其婦如牛女遥隔星漢，七夕方能相會，故張為離情所驅，魂夢早已數往返於關河間矣。【宋宗元曰】貼張言。

⑤【程注】李騫《釋情賦》：『起《白雪》於促柱，奉《渌水》於危絃。』【沈德潛曰】四句言張之室家相念。【宋宗元曰】含戲意。【按】二句寫張婦傷離。

⑥【馮曰】與《摇落》詩第五句同。【按】二句狀摇落之景，寂寥之況。

⑦【程注】尋環當作循環。《史記·高祖紀贊》：『三王之道若循環，終而復始。』謝靈運詩：『四時循環轉。寒暑自相承。』又元微之詩：『還招辛庾李，静處杯巡環。』或尋、循、巡三字俱可通也。【馮注】《周書》：『三王之統若循連環，周則復始。』傅休奕《怨歌行》：『情思如循環，憂來不可遏。』【何曰】（『心知』句）迴顧起處。（《讀書記》）【沈德潛曰】足相念意，戲意在言外（《唐詩别裁》）

【吴山氏曰】章法却整，次聯寫景好。

【周明輔曰】『池光』二語，寫景森渾。（上二條《唐詩選脈會通評林》）

【沈德潛曰】四句言張之室家相念。『心知』二句，足相念意，『戲』意在言外。（《唐詩别裁集》）

【陸鳴皋曰】『池光』二句，即寫别館空庭之景。『星漢』以下，皆叙其室家相念私情，故云『戲』也。

【姚曰】首四句，客中黯淡之景。中四句，寫張室家相念之深。末四句，正形容其無可奈何情緒也。

【屈曰】一段彼此寂寞。二段彼此懷思。三段情景全寫。四段無已時。

【紀曰】戲張之憶家也，妙不傷雅。（《詩説》）問『危弦』四句承上二句而申之，删去豈不是一首簡勁律詩？

曰是亦一論，但既曰戲贈，故不嫌多耳。（《詩説》）

【姜炳璋曰】題有『戲』字，蓋遠出而皆有室家之思也。

【許印芳曰】此張書記與其婦相離，而義山戲贈以詩也。章法老成，句法高雅。『古木』二句淡而有味，『池光』二句錘鍊而出以自然。王荆公謂近老杜，洵非溢美。（《律髓彙評》引）

【按】題曰『戲贈』，而無尋常調侃戲謔之詞，直似代張抒寫離思。視『空庭我閉關』句，或義山此時亦別偶孤居弘農，故抒情寫景，均有同病相憐意趣。義山短篇五排，每有辭采清麗，情韻雙絶者。此篇純用白描，不用藻飾典實，與《有感二首》判若兩途。許氏評甚是。

咏史〔一〕

歷覽前賢國與家，成由勤儉破由奢①。何須琥珀方為枕②，豈待珍珠始是車〔二〕③？運去不逢青海馬〔三〕④，力窮難拔蜀山蛇⑤。幾人曾預《南薰曲》⑥，終古蒼梧哭翠華⑦。

〔一〕原連七絶『十二樓前再拜辭』，題作『詠史二首』。蔣本題作『詠史』，後一首另有題，作『贈白道者』；戊籤亦題作『詠史』，後一首作『送白道者』。兹從蔣本、戊籤題作『詠史』。

〔二〕「待」，蔣本、姜本、戊籤、悟抄、席本、影宋抄、朱本作「得」。「珍」，蔣本、姜本、戊籤、悟抄、席本、影宋抄、朱本作「真」，字通。

〔三〕「馬」，戊籤作「鳥」，非。

集注

①【馮注】《韓非子》：「秦穆公問由余曰：『古之明王得國失國何以故？』余對曰：『常以儉得之，以奢失之。』」

②【朱注】《西京雜記》：「趙飛燕為皇后，其女弟在昭陽殿，上襚二十五條，中有琥珀枕、龜文枕。」《宋書》：「武帝時寧州嘗獻琥珀枕，光色甚麗，價盈百金。」【馮注】《後漢書·王符傳注》：《廣雅》曰：「琥珀，珠也。生地中，初如桃膠，凝堅乃成，其方人以為枕，出罽賓及大秦國。」《南史·宋武帝紀》：「寧州獻虎魄枕，光色甚麗。時將北伐，以虎魄療金瘡，命碎分賜諸將。」【按】句用宋武帝以琥珀碎屑分賜諸將典。

③【馮注】《史記·田敬仲完世家》：「威王與魏王會田於郊，魏王曰：『若寡人國小也，尚有徑寸之珠照車前後各十二乘者十枚。』」【按】馮注引未全。威王謂己所貴者賢臣，「將以照千里，豈特十二乘哉！」如此方與「豈得」云云相合。

④【朱注】《隋書》：「吐谷渾青海中有小山，其俗至冬輒放牝馬於其上，言得龍種。有波斯草馬，放入海，因生驄駒，日行千里，故時稱青海驄馬。」

⑤【朱注】《蜀王本紀》：「蜀五丁力士，能徙山。秦獻美女於蜀王，蜀王遣五丁迎之。還至梓潼，見一大蛇入山穴中，五丁共引蛇，山崩，五丁皆化為石。」【馮注】《華陽國志》：「蜀有五丁力士，能移山。秦惠王許嫁五女於

蜀，蜀遣五丁迎之。還到梓潼，見一大蛇入穴中，一人攬其尾掣之，不得，五人相助，大呼抴蛇，山崩，壓五人及秦五女，因命曰五婦山。』按：句意本劉向《災異封事》：『去佞則如拔山。』

⑥【馮注】《禮記》：『舜彈五弦之琴，以歌《南風》。』【程注】《家語》：『昔者舜彈五弦之琴，造《南風》之詩，其詩曰：「南風之薰兮，可以解吾民之愠兮；（南風之時兮，可以阜吾民之財兮。）」』

⑦【朱注】《上林賦》：『建翠華之旗。』注：『以翠羽為旗上葆也。』【程注】《史記》：『舜南巡狩，崩於蒼梧之野。』

箋評

【朱曰】史稱文宗恭儉性成，衣必三澣，可謂令主矣。迫乎受制家奴，自比周赧、漢獻。故言儉成奢敗，國家常理，帝之儉德，豈有珀枕珠車之事？今乃與亡國同恥，深可嘆也。義山及第於開成，《南薰》之曲固嘗聞之矣，其能已於蒼梧之哭耶？○此詩全是故君之悲，玩末二句可見，特不欲顯言，故託其詞於咏史耳。（以上據馮箋引，參《輯評》本校補）又曰：青海馬謂大中間吐蕃以原、秦等州歸國，帝崩後數年，西戎遂有欵關之事，故曰『運去不逢』。蜀山蛇謂逆閹仇士良諸人也。自甘露之變，天子寄命虎口，愧憤没身，故云『力窮難拔』也（據《輯評》本）。

【胡以梅曰】覽史而知前賢之家國，成則由勤儉，破則由驕奢也。何必以琥珀為枕，珍珠為車，此皆奢之足以破國者。蓋始而奢靡無道，一至運去力窮，必歸消滅，如青海雖有龍馬，邊藩叛而不貢；五丁雖有大力，亦致殞身，為秦所吞。是皆去儉從奢荒淫無道之主也。然而聖哲之君難得，曾有幾人預聞《南薰》之曲，以事舜乎？所以終古以來惟哭有虞耳。詩雖詠史，亦隱刺當世，有謂而發。殆敬宗侈肆時作耶？（《唐詩貫珠串釋》）

【何曰】未詳何所指。以為（追）思文宗，則『青海馬』句終無着落。（《讀書記》）

【《輯評》朱筆某氏評曰】此篇為文宗而發。○前半惜文宗之恭儉如此，而同歸敗亂。青海馬比時無豪傑可仗。蜀山蛇比中人，猶言城狐社鼠也。力窮難拔，謂不惟無補，而且益禍耳。注家泥青海字，謬引河湟，然則蜀山又何指耶？○落句傷國既無人，身受生成之德，亦不能為主分憂也。

【朱彝尊曰】感時之切，託之詠史。長孺補謂其為文宗而作，近之矣。○（三四）二句言文宗豈有琥珀真珠之侈。

【陸鳴皋曰】史謂文宗儉約，而受制中人，自比周赧、漢獻，詩為此而作，託詞詠史也。首二句是冒。三四句正言其儉德，奈何等于亡國之慨乎！第五句，言崩後吐蕃有欵塞之事而不得見。六句言力不能除閹寺之横也。李于是時登第，故曰『曾預《南薰》』，今不禁思之而哭。（朱鶴齡）箋注之説當矣。

【姚曰】此為文宗發也。史稱帝斥奢崇儉，終身不改，詩中深惜其運值淩夷，特託詠史發之。青海馬，惜駕馭者無英雄；蜀山蛇，恨盤結者增氣燄。義山以開成二年登第，釋褐秘書，所謂『曾預《南薰曲》』也。

【屈曰】一二總起。三四單承奢。五六單言敗。七八以盛世難逢結。

【程曰】此篇朱長孺謂為文宗而發，其説良是，但發明有未盡者。起二語本由余對穆公之詞而歸重於文宗之恭儉性成。三四因文宗之儉有如史稱衣必三澣者，故凡琥珀之枕、照乘之珠諸奢華事皆絶無之，此則有儉無奢，當成無敗矣。無如運會不逮，心力有窮。凡生平與李訓、鄭注所晝太平之策：一曰復河湟，終未及復。直至大中之時，吐蕃始以原、秦等州歸國，然而及身不逢青海馬矣。一曰除宦官，而宦官終不能除。逮至甘露之後，自憤其受制家奴，遂畢世難拔蜀山蛇矣。是則文宗之難成而幾於敗者，豈不克勤儉之主哉！觀其問周墀何如主，墀以堯舜對，而帝嘆周赧、漢獻尚且不如，然則《南薰》之升平無聞，蒼梧之英靈已遠，深為可太息也。義山登第在文宗開成二年，當其時受知之士具在也，故曰『幾人曾預』此遭際，而痛翠華之不返者，當不獨一己也。

【馮曰】合采朱氏、姚氏之解，已明爽矣。文宗儒雅好詩，夏日與學士聯句，帝獨諷柳公權『薰風自南來，殿閣生微凉』兩句，曰『辭清意足，不可多得。』見《舊書·傳》。結聯統美其好文，方得大體，不可專指義山得第之年恩賜詩題也。

【紀曰】末二句自佳，前六句不復成語。（《詩説》）

【王鳴盛曰】一團忠愛，滿腔悲憤。（馮注初刊本王氏手批）

【袁枚曰】此著侈夸之戒。（《詩學全書》）

【姜炳璋曰】長孺以為刺文宗，非也。題云『詠史』，篇中法戒昭然，夫豈專屬文宗？以第二句作主，中四正寫『破由奢』，七八則言『成由勤儉』也。奢侈之主，欲求千里之馬，周行四極；欲致蜀山之蛇，通道八蠻。至運去力窮時，變生肘腋，舉步難行矣。《南薰》之曲，舜之所以解愠阜財者也，幾人得如舜之歌《南風》乎？惟有哭蒼梧之翠華，以追慕其勤民之德而已。言外便見後世但見財殫力痛、民不聊生，欲如舜之勤儉，絶不可得，有無窮感諷意。

【張曰】朱説精矣。史稱：文宗以樂府之音，鄭衛太甚，命王涯詢於舊工，取開元時雅樂，選樂童按之，名曰《雲韶樂》。又詔太常卿馮定采開元雅樂，製《雲韶法曲》《霓裳羽衣舞曲》。夏日與學士聯句，帝獨賞柳公權『薰風自南來，殿角生微涼』句，今鐘簴依然，而蒼梧之駕，已不返矣。義山開成二年登第，恩賜詩題《霓裳羽衣曲》，故結語假事寓悲，沉痛異常。（《會箋》，繫開成五年）

【按】史稱文宗『自為諸王，深知兩朝（按指穆、敬二帝）之弊，及即位，勵精求治，去奢從儉』（見《通鑑》），力圖挽回唐王朝江河日下之頽勢。然在位十四年，不特無任何可足稱道之建樹，且使危機日趨深化。兩次謀誅宦官之失敗（一次為大和五年與宰相宋申錫謀誅宦官，事洩，申錫貶死；另一次即甘露之變），更足見其政治上所作之努力，無不事與願違。圖治無成，終於在『受制於家奴』之處境中去世。本篇於哀惋文宗圖治無成之同時，深慨於唐王朝之運去難復。詩言儉成奢敗本為歷代興衰之常規，然文宗則雖勤儉而無所成。常規不常，詩人乃不得不將此種反常現象歸之於『運去』（腹聯『運去』『力窮』，詞則並列，意則專主前者），即所謂『曆數終』（《武侯廟古柏》）也。作者已隱約感到唐王朝崩頽之勢已成，即令君主勤儉圖治，亦無法解除危機。此正其對現實政治之感受敏鋭深刻之處。然於『運去』『力窮』之根本原因，則由於時代、階級之限制，作者自不可能作出正確解釋。詩中之所以籠罩悲凉之霧與迷惘情緒者，即源於此。

『青海馬』，指足以輔佐君主成就大業之賢材。此固須與文宗誤任李訓、鄭注之事參觀之。『不逢青海馬』者，非無青海馬，乃因『運去』而『不逢』也。如此理解，方得作者之本意。『蜀山蛇』，自指宦官勢力，不必兼藩鎮、朋黨言之。末聯馮引文宗夏日與諸學士聯句事，似非作者本意。《南薰曲》者，君主愛民圖治之曲也。詩意蓋謂當今之世，曾親聞並能理解文宗求治之意者已無多矣，已將永為文宗之賫志以殁而哀慟也。文宗在位時，義山於其闇弱，頗多譏評；而於其身後，則又頗致哀惋之情。譏評與哀惋，皆出於關注國家命運之情。

垂柳

娉婷小苑中，婀娜曲池東①。朝珮皆垂地〔一〕②，仙衣盡帶風。七賢寧占竹③，三品且饒松④。腸斷靈和殿⑤，先皇玉座空⑥。

〔一〕『珮』，蔣本、朱本作『佩』，字通。

集注

①【馮注】魏文帝《柳賦》：『柔條婀娜而蛇伸。』

②【何曰】第三切『垂』字。（《輯評》）【朱彝尊曰】比得奇。【按】珮，指飾玉之珮帶，以狀垂柳。

③【程注】《晉書·嵇康傳》：『康所與神交者，惟陳留阮籍，河內山濤，豫其流者，河內向秀、沛國劉伶、籍兄子咸、瑯琊王戎，遂為竹林之游，世所謂竹林七賢也。』

④【何曰】小馮云：『三品，五大夫也。』（《輯評》）【朱注】白居易詩：『九龍潭月落杯酒，三品松風飄管絃。』【馮注】考少林寺有則天皇后封三品松、五品槐，見《嵩山志》及宋范純仁《游嵩山聯句》，或更有他事歟？

【補】饒，讓也。

⑤【馮注】《南史》：『張緒少有清望，吐納風流，每朝見，武帝目送之。劉悛之為益州，獻蜀柳數株，枝條甚長，狀若絲縷，帝植於太昌靈和殿前，常賞玩咨嗟，曰：「此楊柳風流可愛，似張緒當年時。」其見賞愛如此。』

⑥【朱注】謝朓詩：『玉座猶寂寞。』

【朱曰】此嘆良遇之不能久也。（《李義山詩集補注》）

【何曰】落句謂文宗。（《輯評》）

【姚曰】此歎良遇之不能久也。娉婷婀娜，丰度翩然，顧時來則松竹讓其妍華，時去則池苑為之寂寞。此必有為而發。

【屈曰】玩『朝佩』『仙衣』與『先皇玉座』等句，亦非徒作。

【程曰】此自感身世，追思文宗也。義山於君臣遇合絶少，唯文宗開成二年登第，故不能已於成名之感，偶對垂柳發之。起二句言目前所見之柳。小苑曲池，娉婷婀娜，殊可念也。三四因其枝枝倒地，因思朝佩之垂；葉葉臨風，不啻仙衣之帶，喻己之初授秘書時也。五六因柳而及於竹，柳不讓竹，竹乃以七賢得名；又因柳而及松，柳不讓松，松且以三品驟貴：喻當時之得志者也。七八乃從今日之小苑曲池憶往時之深宮邃殿。文宗御世，曾獲策名，是如宋武帝之植柳靈和比擬張緒，而今則已矣！得不思先皇之玉座，腸斷於舊殿也哉！

【馮曰】此借喻朝貴之為新君所斥者，語意顯豁，當在文宗後作。或者垂柳即垂楊，暗寓嗣復之姓歟？

【紀曰】結二句自有體，三四太俗，五六更鄙，亦晚唐惡習也。（《詩説》）又曰：結……亦鶻兀。（《輯評》）

【姜炳璋曰】此因睹垂柳有懷登第之日，而感念先皇也。一二言垂柳可愛。其垂地也，有如朝佩之拖；其帶風也，有如仙衣之舉。竹稱君子，無暇與七賢争名，松號大夫，豈意與三品競貴？喻己叨陪秘閣，任以校書，正如張緒少年，濯濯於靈和殿側也。此皆先皇所賜，而天顔莫睹，玉座徒留，回思知己之恩，能無心摧腸斷也哉！

【張曰】頷聯、腹聯稍近帖體，然以為俗惡，則近誣也。結沉痛如許，謂之鶻兀，何哉？觀結語當有本事，然寓意未詳，或亦為贊皇貶後，牛黨倖進而致慨乎？馮氏謂垂柳暗喻楊嗣復，恐未然。集中未嘗為嗣復有詩。（《辨正》）又曰：馮氏謂喻朝貴為新君所斥者，似之。又謂垂柳喻嗣復，則恐未然。使果寓意嗣復，何詩意無深摯之痛乎？（《會箋》）

【按】諸家之説，概而言之，一曰自喻，一曰喻他。喻他説與末聯『腸斷』『先皇』等語意致不符，且楊嗣復、李德裕均宰輔大臣，與『三品且饒松』語顯然不合。視末聯用張緒事及詩中所描繪之垂柳婀娜娉婷之形象，明為借喻風流文士，而非形況位望崇重之大臣。故『自感身世，追思文宗』之説較為可信。義山歷仕文、武、宣三朝，其中唯於文宗有知遇之感。《詠史》（歷覽前賢）末聯云：『幾人曾預南薰曲，終古蒼梧哭翠華。』與本篇末聯所抒知遇之感、傷悼之情若出一轍。而義山於武宗，則雖有傷悼之情而無知遇之感矣。此詩首聯謂垂柳植於小苑曲池，娉婷婀娜，姿態美好輕盈。頷聯進而描摹其娉婷婀娜之態，以上四句，略似《柳》絶句之『曾逐東風拂舞筵，樂遊春苑斷腸天。』腹聯實即『豈占七賢之竹，且饒三品之松』之意，蓋謂柳雖婀娜風流，然既不能如竹之佔盡幽人高致，又不能如松之顯貴受封，暗寓已退不能隱逸，進不能顯達之處境。故末聯因已當前之處境而益增故君之感，謂昔日曾蒙文宗賞愛，而今先皇玉座已空，安得不腸斷於靈和舊殿乎？

酬別令狐補闕〔一〕①

惜別夏仍半，迴途秋已期。那修直諫草〔二〕，更賦贈行詩②。錦段知無報，青萍肯見疑③？人生有通塞〔三〕，公等繫安危④。警露鶴辭侶，吸風蟬抱枝⑤。彈冠如不問，又到掃門時⑥。

〔一〕英華『令狐』下有『八』字。

〔二〕『修』，悟抄作『能』。

〔三〕『人』，英華注：一作『吾』。戊籤、朱本同。

①【朱注】《令狐綯傳》：『開成初為左拾遺。二年，丁父喪。服闋，授本官，尋改左補闕、史館修撰。』【馮曰】綯早為補闕。此服闋起為原官也。詳年譜。（按馮氏《玉谿生年譜》開成二年下云：『是年令狐綯為左補闕。』又曰：《彭陽遺表》已稱左補闕綯。《舊唐書·綯傳》：『服闋後改任左補闕。』小疎也。於開成五年下復云：『是年令狐綯服闋，為左補闕、史館修撰。』注云：『起為原官也。其兼史職或稍在後』）。【按】馮、張并繫此詩於開成五年，可從，然謂南游江鄉前別綯之作，則非。詳箋。

②【馮注】謂夏半告別，預期秋歸，不料秋始成行，更勞賦贈也。此解方與五韻合。【按】馮注非。一、二兩聯謂夏半與令狐告別，回途已届秋末。奈何已又事行役，致令狐於修諫草之同時，更賦贈行之詩也。此即『一歲兩行役』之意。『直諫草』點補闕，『賦贈行詩』點酬別。仍與『乃』通，始也。期，周期，秋已期，謂秋末也。『回途秋已期』，明為已成之事實，馮氏曲解為『預期秋歸』，不僅誤解『期』字，且全然不顧『已』字。

③【朱注】張衡《四愁詩》：『美人贈我錦繡段，何以報之青玉案。』陳琳《答曹植牋》：『君侯秉青萍、干將之器。』注：『青萍，劍名。』【馮注】《呂氏春秋》：『青萍，豫讓之友也，為趙襄子驂乘。因遇豫讓，退而自殺。』《典論》曰：『三劍三刀，惜乎不遇薛燭、青萍也。』是青萍以人名劍，如干將之類矣。《史記》：『鄒陽獄中上書曰：「蘇秦相燕，燕人惡之於王，按劍而怒，食以駃騠。」』注曰：『敬重蘇秦，雖有讒謗，而更膳以珍奇之味。』鄒陽書又曰：『明月之珠，夜光之璧，以暗投人於道路，人無不按劍相眄者，何則？無因而至前也。』又曰：『素無根柢之容，雖竭精思，欲開忠信，輔人主之治，則人主必有按劍相眄之跡。』乃句意所用。【朱曰】（二句）言已雖無報，令狐必無按劍之疑也。【按】青萍兼取朋友之意。

④【何曰】吾生有命，其通塞固當自安，然公等既居清班要路，進賢沮善，乃安危所由分，如之何止營一身，不我顧也？轉出下連有力。○『吾生』『公等』，亦是得杜之皮也。○（『人生』句）高人以自高。（《輯評》）【馮曰】此種句入老杜集何以辨！《後村詩話》：『於升沉得喪之際，婉而成章。』

⑤【何曰】承上一聯，即回映秋期。【馮注】《風土記》：『鶴性警，八月白露降，流於草上，滴滴有聲，即高鳴相警，移徙所宿處，慮有變害也。』《家語》：『孔子曰：「蟬飲而不食。」』《莊子》：『姑射神人吸風飲露。』温嶠《蟬賦》：『飢噏晨風，渴飲清露。』此借寫景言跡雖暫離，心仍永託。【按】馮解近是而未盡其意。此蓋謂己置身於黨局嫌猜之地而知自處。二句中心為『辭侶』『抱枝』，意謂己於離別之後，惟效鶴之警惕，處處檢點；雖在勢利場中，亦當如蟬之餐風飲露，清正淡泊，永抱故枝。『蟬抱枝』啟下聯。

⑥【馮注】《漢書·王吉傳》：『王吉，字子陽，與貢禹為友，世稱「王陽在位，貢禹彈冠。」言其取舍同也。』又《蕭望之傳》：『「蕭、朱結綬，王、貢彈冠。」言其相薦達也。』《史記·齊悼惠王世家》：『魏勃少時欲求見齊相曹參，家貧無以自通，乃常獨早夜掃齊相舍人門外。相舍人怪之，以為物而伺之，得勃。於是舍人見勃曹參，因以為舍人。一為參御，言事，參以為賢，言之王，拜為內史。』【吴喬曰】時綯服闋，為補闕，借用彈冠，非自謂也。【楊曰】結句凄惋，其詞卑，其志苦矣。【補】彈冠，喻準備出仕。末聯謂令狐如無意汲引，則已不得不復效魏勃之掃門以求進也。

箋評

【錢龍惕曰】《舊書》：令狐綯，字子直，開成二年改左補闕、史館修撰。商隱幼能為文，令狐楚深禮之，令與諸子遊。後商隱為王茂元從事。時楚已卒，綯以其背家恩，從李德裕之黨，惡其無行，數以文章干綯，竟不之省。此詩所謂『彈冠如不問，又到掃門時』也。

【朱曰】此因令狐贈别有詩，而以汲引望之也。（《李義山詩集補注》）

【吴喬曰】題稱酬别，詩有贈行，則知此詩乃答綯之作。綯以文宗開成五年庚申轉左補闕，義山以會昌三年癸亥受茂元之辟，意者此詩作於赴河陽時也。其曰『青萍肯見疑』，必非無謂之語。

【姚曰】此因令狐贈别有詩，而以汲引望之也。『青萍』句，喻生平寸心，不應見疑。雖通塞有命，然為國惜才，豈容漠視耶？

【程曰】此已與令狐有隙，而猶未顯絶之時也。中間『錦段知無報，青萍肯見疑』二語，朱長孺以為已雖無報，令狐綯必無按劍之疑也，得其解矣。結二語『彈冠如不問，又到掃門時』，乃露復啟陳情之端緒也。

【馮曰】《與陶進士書》：『九月東去』，景態相合也。纏綿之中，半含剖白，與令狐綯交誼之乖大可見矣。

【紀曰】曲折渾勁，甚有筆力。獨末二句太無地步耳。（《詩説》）末二句太無骨格，遂使全篇削色。凡歸宿處最吃緊。（《輯評》）

【許印芳曰】義山與令狐綯交誼中乖，此詩有剖白之意。後半温厚纏綿，亦復抑塞凄惋，真少陵嫡嗣。（《律髓彙評》引）

【張曰】末二句以凄惋作結，骨力深藏不露，非明七子以空架為高格調也，紀氏何足知之！〇此開成五年作。『夏别』是赴故鄉，移家關中。『迴途』句移家至京，已涉秋矣。『更賦贈行詩』，謂將暫詣江鄉，蒙子直贈别也。江鄉之遊，不詳何事。詩中艷情極多，當為風懷牽引也。千載以後，更難臆測已。（《辨正》）《與陶進士書》：『九月東去。』此詩前半所叙者是。時義山方有湖南之役，嗣復牛黨，必子直為之道地，故詩意感激之中半含剖白也。（《會箋》）

【按】首四謂己夏别秋回，旋又行役，致勞令狐更賦贈行之詩，點明『酬别』之由。五六謂令狐厚誼，已雖無所報答，然實心念舊恩，故人於我，豈有按劍之疑哉！曰『肯見疑』，正見令狐此時已心存隔閡。七八贊美令狐，慨己窮塞，起下『抱枝』『掃門』意。九十以『辭侶』點別，以『拖枝』喻依附舊枝。末聯乃明表希求汲引之意。全篇志卑詞苦，於令狐之見疑，心存惕懼，而婉言剖白；於令狐之彈冠不問，則情頗急切，直言不諱。紀氏譏末二句無品格，甚是。據此，令狐與義山此時確已有隔閡。其具體原因，似與義山壻於茂元後，與令狐間蹤跡之疏不無關係。詩言『錦段知無報』，則隱然見令狐之以報恩相責矣。或言義山與令狐之交惡，始於義山之從亞桂管，觀此詩，則其來有自矣。馮、張謂此行係南遊江鄉，於詩無徵。

送千牛李將軍赴闕五十韻①

照席瓊枝秀②，當年紫綬榮③。班資古直閤④，勳伐舊西京⑤。在昔王綱紊，因誰國步清⑥？如無一戰霸⑦，安有大橫庚⑧？

內豎依憑切，凶門責望輕⑨。中台終惡直⑩，上將更要盟⑪。丹陛祥煙滅，皇闈殺氣橫⑫。喧闐衆狙怒⑬，容易八鸞驚〔一〕⑭。檮杌寬之久⑮，防風戮不行⑯。素來矜異類⑰，此去豈親征！捨魯真非策⑱，居邠未有名⑲。曾無力牧御⑳，寧待雨師迎㉑？

火箭侵乘石，雲橋逼禁營㉒。何時絶刁斗㉓？不夜見欃槍㉔。屢亦聞投鼠，誰其敢射鯨㉕？世情休念亂，物議笑輕生㉖。大鹵思龍躍㉗，蒼梧失象耕㉘。靈衣沾媿汗㉙，儀馬困陰兵㉚。別館蘭薰酷，深宮蠟焰明。黄山遮舞態，黑水斷歌聲㉛。縱未移周鼎㉜，何辭免趙坑㉝？空拳轉鬬地〔二〕㉞，數板不沉城㉟。且欲憑神算㊱，無因計力爭㊲。幽囚蘇武節，棄市仲由纓㊳。下殿言終驗㊴，增埤事早萌㊵。蒸鷄殊減膳㊶，屑麴異和羹㊷。

否極時還泰㊸，屯餘運果亨㊹。流離幾南度㊺，倉卒得西平㊻。神鬼收昏黑，姦兇首滿盈㊼。官非督護貴㊽，師以丈人貞㊾。覆載還高下㊿，寒暄急改更(51)。馬前烹莽卓，壇上挹韓彭(52)。扆蹕三才正(53)，迴軍六合晴(54)。此時唯短劍，仍世盡雙旌(55)。

顧我由羣從(56)，逢君歎老成(57)。慶流歸嫡長(58)，貽厥在名卿(59)。隼擊須當要(60)，鵬摶莫問程(61)。趨朝排玉座(62)，出位泣金莖(63)。幸藉梁園賦(64)，叨蒙許氏評(65)。中郎推貴壻(66)，定遠重時英(67)。政已標三尚(68)，人今佇一鳴(69)。長刀懸月魄(70)，快馬駭星精(71)。

披豁慚深眷(72)，睽離動素誠(73)。蕙留春晼晚(74)，松待歲峥嶸(75)。異縣期迴雁(76)，登時已飯鯖(77)。去程風刺刺(78)，別夜漏丁丁。庾信生多感(79)，楊朱死有情(80)。絃危中婦瑟(81)，甲冷想夫箏(82)。會與秦樓鳳，俱聽漢苑鶯(83)。洛川迷曲沼，烟月兩心傾(84)。

校記

〔一〕『鸞』，各本均作『鑾』。馮曰：『舊皆作八鑾，殊無謂，必八鸞之誤，竟為改正。』據馮校改。詳注。

〔二〕『拳』，席本作『桊』，字通。詳注。

集注

①【朱注】《通典》：『千牛，刀名。後魏有千牛備身，掌執御刀，因以名職。顯慶五年，置左右千牛府。後改為衛，置大將軍一人，將軍各一人以副之。』詳詩語，李千牛乃李晟之孫。【程注】（晟）諸子之子，表多不載，唯聽之子曰琢、璋、瑾、璿、琮、瓊，凡六人。琮官千牛衛將軍，此云李千牛者，蓋琮也。【馮注】《舊書・職官志》：『唐置左右千牛衛。有大將軍，正三品；將軍，從三品；中郎將，正四品下階；備身左右，正六品下階。』又曰：『備身左右，衛官以上、王公以下高品子孫起家為之。』此李千牛當是已為從三品之將軍，故詩有『紫綬』及『趨朝』『出位』之語，非起家為之者。集有《少將》詩可證。千牛乃西平王之孫，程氏遂以李聽之子琮官千牛將軍者實之。琮非嫡長，誤矣。《表》多闕略，無可全考。至招國李家，余揣其為李執方家，茂元妻之族也。徐氏取以證此，尤誤。【張曰】千牛西平孫，亦茂元壻也。詩有『慶流歸嫡長』語，馮氏謂為愿子……杜牧之分司洛陽，司徒愿罷鎮閒居，牧之有《李尚書席上作》，則有家於東都也……此在洛中贈別之作。【按】千牛李將軍，當即『招國李十將軍』，商隱連襟，亦即《祭張書記文》所謂『隴西公』者。據詩中『政已標三尚』之句，詩當作于武宗新立後不久。

②【朱注】《離騷》：『折瓊枝而繼佩。』【馮注】《晉書・王戎傳》：『嘗目王衍神姿高徹，如瑤林瓊樹，自然風塵物外。』

③【朱注】《漢官儀》：『公侯皆紫綬傳龜。』《舊唐書・輿服志》：『侍中、中書令加貂蟬，佩紫綬。』按興元元年李晟加中書令，故云『紫綬榮』。【何曰】起首指將軍光儀，二句言貴胄也。（《輯評》）【馮注】《呂氏春秋》：『士有當年而不耕者。』高誘訓解：『當其丁壯之年。』《史記》：『蔡澤曰：「結紫綬於腰。」』《舊書・輿服志》：『二品、三品紫綬。』按：『當年』，正當妙年，見《垂柳》（按指注引《南史》『似張緒當年時』句），朱氏謂指李

令，誤。紫綬不可引《漢書》『相國、丞相、太尉至徹侯皆金印紫綬』也。【按】馮注是。第二句仍指千牛，不涉先世。千牛將軍三品，故佩紫綬。若李晟封西平郡王，則不得僅以『紫綬榮』稱之矣。『當年』與『照席』對文，『當』明為動詞。陶潛《庚子歲五月中從都還阻風於規林》：『當年詎有幾，縱心復何疑？』『當年』亦壯年之意。

④【馮注】《通典》：『梁置左右驍騎，領朱衣直閤，並給儀從，出則羽儀清道，入則與二衛通直，臨軒則升殿夾侍。至隋，置備身府。』【程注】韓愈《進學解》：『計班資之崇庳。』【補】班資，位次資格。

⑤【朱彝尊曰】『勳伐』一句領起下文。【程注】《唐書》：『至德二載，以鳳翔府為西京，西京為中京。』【按】曰『舊西京』，自指長安。此謂李晟光復長安之功。

⑥【程注】《詩·大雅》：『國步斯頻。』江淹《為蕭驃讓封表》：『國步永清，門下永無謬誤。』【補】國步，國家之命運。

⑦【朱注】《左傳》：『一戰而霸。』【按】本指一戰而稱雄於諸侯，此指李晟戰勝李懷光、朱泚叛軍，《復京》云：『虜騎胡兵一戰摧。』亦詠李晟功績。

⑧【朱注】《史記·文帝本紀》：『大臣使人迎代王，王卜之，兆得大橫，占曰：「大橫庚庚，予為天王。」』注：『龜曰兆，筮曰卦，卜以荆灼龜，文正横也。庚庚，横貌。』【何曰】以下述西平事本次句。（《輯評》）

以上為第一段，寫千牛官品家世，總提李晟平叛之功。

⑨【朱注】《淮南子》：『大將受命已，則設明衣，剪指爪，鑿凶門而出。』【補】古代將軍出征時，鑿一向北之門，由此出發，以示必死决心，稱凶門。責望，責怪抱怨。【朱曰】按《唐書》：代宗時宦官程元振譖殺來瑱，河北叛鎮率以藉口，所謂『内豎依憑切』也。諸節使各置監軍，兵柄不一，所謂『凶門責望輕』也。【馮曰】以下叙致亂之由，定亂之業，余悉為訂正。《舊書·宦官傳》：『自魚朝恩誅，宦官不復典兵。德宗以親軍委白志貞，志貞多納豪民賂，補為軍士，取其傭直，身無在軍者。』《通鑑》：『司農卿段秀實上言：「禁兵不精，其數全少，卒有患難，將何待之？」』此聯正指其弊。【按】馮説是。此詩全叙德宗時朱泚之亂，不及代宗時事。『内豎』句明謂宦官依

仗德宗寵信，朱氏解為河北叛鎮以宦官譖殺來瑱事為憑藉，誤矣。宦官典禁軍，禁軍窳敗無能，故云『凶門責望輕』，與下『容易八鸞驚』正合，朱氏解為兵柄不一，亦誤。

⑩【馮注】《漢書·東方朔傳》：『願陳《泰階六符》以觀天變。』注曰：『泰階，三台也。每台二星。』《黄帝·泰階六符經》曰：『泰階者，天之三階也。上階為天子，中階為諸侯、公卿、大夫，下階為士、庶人。』《後漢書·郎顗傳》：『三公上應台階。』《左傳》：『惡直醜正。』【補】漢晉以來，以三台象徵三公職位，中台象徵司空，此指宰相。詳下注。

⑪【程注】《公羊傳》：『要盟可犯，而桓公不欺。』【馮注】《左傳》：『我實不德，而要人以盟，豈禮也哉？』朱泚之為涇原亂兵所奉，由於曾帥涇原也。《舊書傳》及《通鑑》云：『楊炎獨任大政，專復恩讎，奏請城原州，浚豐州陵陽渠以興屯田。涇原節度段秀實以為未宜興事召寇，炎以其沮己，徵入為司農卿，以李懷光代之。涇原將劉文喜不受詔，上疏復求秀實，不則朱泚，乃以泚代懷光，文喜又不受詔，及文喜授首，加泚兼中書令，而以姚令言為涇原留使。泚自涇州還鎮鳳翔，朱滔以蠟書遺之，欲與同反。馬燧獲之，送長安，泚不之知。上驛召泚至京，泚惶恐請罪。上曰：「千里不同謀，非卿之過。」因留長安私第，賜予甚厚，以安其意。』是則泚之鎮涇原，由於楊相惡秀實之直言。泚之居京師，由於滔之約與同反。切指二事，以見禍生有原，并非泛論。

⑫【補】丹陛：宮殿前以紅色塗飾之臺階。皇闈：皇宮。

⑬【馮注】《莊子》：『狙公賦芧，朝三而暮四，衆狙皆怒；朝四而暮三，衆狙皆喜。』【補】喧闐，聲大而雜，喧嚷。

⑭【馮注】《詩》：『八鸞瑲瑲。』《宋書·禮志》：『漢制：金根車，駕六黑馬，施十二鸞。五時副車駕四馬，施八鸞。』《韻會》：『鑾，通作鸞。』《通鑑》：『建中四年，發涇原兵救哥舒曜。十月，姚令言將兵五千至京師。及將發滻水，犒師惟糲食菜餤，衆怒，蹴而覆之，鼓譟還趣京師。上出金帛二十車賜之，賊已入城，不可復遏。召禁兵禦賊，無一人至者。乃自苑北門出幸奉天。』此謂偏師作亂，遽驚鑾御。【補】容易，疏忽，不防備也。

⑮【馮注】《左傳》：『顓頊氏有不才子，謂之檮杌。舜投之四裔，以禦魑魅。』【程注】《國語》：『商之興也，檮杌次于丕山。』注：『檮杌，鯀也。』《神異經》：『西方荒中有獸焉，其狀如虎而犬毛，長二尺，人面虎足豬口牙，尾長一丈八尺，攪亂荒中，名檮杌。』【按】程引《國語》之『檮杌』為古代傳説中神名，非義山所用。『檮杌』常喻惡人。

⑯【馮注】《家語》：『禹致羣臣於會稽之山，防風後至，禹殺而戮之，其骨專車。』【補】《國語·魯語下》：『昔禹致羣神於會稽之山，防風氏後至，禹殺而戮之，其骨節專車。』

⑰【程注】《國語》：『異德則異類。』《書甘誓序正義》：『夏王啟之時，諸侯有扈氏叛，王命率衆親征之。』【馮注】檮杌句謂久優容泚而居之京師也。《舊書·傳》及《通鑑》云：『姜公輔叩馬諫曰：「朱泚嘗為涇帥，廢處京師，陛下既不能推心待之，則不如殺之，毋貽後患。亂兵若奉以為主，則難制矣。請召使同行。」上倉猝不暇用其言，曰：「無及矣。」遂行。姚令言與亂兵謀，乃迎泚於晉昌里第，入居含元殿，徙白華殿。』『防風』句謂不從公輔之言也，又言於兇徒素事姑息，然此時豈親征之比，何可尚留此禍種哉！

⑱【馮曰】《禮記》：『孔子曰：「我舍魯，何適矣。」』【朱彝尊曰】（素來）三句言幸奉天之不得已。

⑲【補】居邠：《孟子·梁惠王下》：『滕文公問曰：「齊人將築薛，吾甚恐，如之何則可？」孟子對曰：「昔者大王居邠，狄人侵之，去之岐山之下居焉。非擇而取之，不得已也。苟為善，後世子孫必有王者矣……」』【朱注】《舊唐書》：『建中四年十月……令言率亂兵奉朱泚為主。戊申，上至奉天。』

⑳【程注】《帝王世紀》：『黃帝夢人執千鈞之弩，驅羊萬羣，寤而嘆曰：「千鈞之弩，異力者也；驅羊萬羣，能牧民為善者也，天下豈有姓力名牧者也？」於是求之，得力牧於大澤，進以為將。』【朱注】《聖賢羣輔録》：『風后受金法，力墨受準尺。』宋均曰：『力墨或作力牧。黃帝七輔之一。』

㉑【朱注】《韓非子》：『昔者黃帝合鬼神於泰山之上，風伯進掃，雨師灑道。』【馮注】《風俗通》：『《春秋左氏傳》説共工之子為玄冥師。玄冥，雨師也。』《周禮》：『以槱燎祀雨師。雨師者，畢星也。』《廣雅》：『雨師謂之

屏翳。」四句言倉卒出幸，無奉御恭迎之儀衛也。

此節寫德宗信任奸邪，養癰遺患，招致朱泚之亂。

㉒【程注】《魏略》：『諸葛亮攻郝昭，起雲梯衝車以臨城，昭以火箭逆射其雲梯。』【朱注】《尸子》：『昔者武王崩，成王少，周公旦踐東宫，履乘石，祀明堂，假為天子七年。』注：『乘石，王所登上車之石也。』雲橋，即雲梯。【馮注】《舊書·紀》《朱泚、渾瑊傳》：『泚自領兵侵逼奉天，於城東三里下營，矢石不絶。又分營乾陵，下瞰城内。西明寺僧法堅為造雲橋，攻城東北隅，兵仗不能及，城中憂恐。矢石如雨，賊隨風推橋薄城下，三千餘人相繼而登。渾瑊預為地道，雲橋脚陷，不得進。瑊命焚之，雲橋與兇黨同為灰燼。於是三門皆出兵，賊徒大敗。入夜，泚復來攻城，矢及御前三步而墜，上大驚。』【程注】《閒居賦》：『其西則有元戎禁營。』注：『禁營，謂五營也。』

㉓【程注】《史記·李廣傳》：『廣行無部伍，行陣就水草屯，舍止人人自便，不擊刁斗以自衛。』注：『以銅作鐎器，受一斗，晝炊飯食，夜擊持行，名曰刁斗。』

㉔【馮注】《爾雅》：『彗星為欃槍。』注曰：『亦謂之孛，其形孛孛如掃彗。』《史記·天官書注》：『天彗者，一名掃星，本類星，末類彗，小者數寸，長或竟天，體無光，假日之光。天欃者，在西南，長四丈，鋭，主兵亂。天槍者，長數丈，兩頭鋭，出西南方，占曰：為兵喪亂。』《漢書·天文志》：『槍、欃、棓、彗異狀，其殃一也。』【按】古代迷信，以欃槍為妖星，出現即有兵亂。

㉕【馮注】《漢書·賈誼傳》：『欲投鼠而忌器。』射鯨，如《史記》始皇自以大弩射殺一大魚之類。《説文》：『鱷，海大魚也，或從京。』《玉篇》：『魚之王。』此謂諸軍擊賊者，前後屢有小勝，而未即誅元惡。皆詳史文。

㉖【馮注】《詩》：『莫肯念亂。』謂人心不固，從賊之徒反笑為國拒守之自輕其生也。《朱泚傳》及《通鑑》云：『源休引符命勸泚僭逆。及圍奉天時，遣使環城招誘公卿士庶，笑其不識天命。』

㉗【朱注】《説文》：『鹵，西方鹹地也。』《左傳》：『晉荀吴敗狄於大鹵。』注：『大鹵，太原晉陽地。』一行

《并州起義堂頌》：『我高祖龍躍晉水，鳳翔太原。』《册府元龜》：『太宗生時有二龍戲於門外井中，經三日乃冲天而去。』

㉘【馮注】《論衡》：『舜葬蒼梧，象為之耕。』《文選·吴都賦》注：『《越絶書》曰：「舜葬蒼梧，象為之耕；禹葬會稽，鳥為之耘。」』按《水經注》：『會稽山上有禹冢，有鳥來為之耘。春拔草根，秋啄其穢。』而《越絶書》：『禹葬會稽，教民鳥田；舜死蒼梧，象為民田。』相類而有異也。【按】二句謂迴想本朝開國，高祖龍躍太原之情景，益慨如今亂軍踐踏祖宗陵墓之慘痛狀況。詳下。

㉙【馮注】《楚辭·九歌》：『靈衣兮披披，玉佩兮陸離。』

㉚【道源注】儀馬，廟中木馬也。《甘澤謡》：『許雲封因乘儀馬入長安。』【朱曰】按高宗葬乾陵，在奉天縣。《舊唐書》：『朱泚據乾陵作樂，下瞰城中，辭多侮慢。』《通鑑》：『自賊攻城，斬乾陵松柏，以夜繼晝。泚移帳於乾陵，下視城中，動静皆見之。』『蒼梧失象耕』，言賊驚陵寢也。靈衣、儀馬皆陵廟中物。『困陰兵』，似暗用昭陵石馬汗流事。【馮注】儀馬，具馬之儀。《漢書·郊祀志》：『木寓車馬。』寓車寓馬，謂寄其形於木也。陵廟石馬義同。《通鑑》：『開成元年，遇立仗，别給儀刀。』注曰：『具刀之儀而已。』其義亦同。乃源師引《甘澤謡》『許雲封乘義馬入長安』，而改『義』為『儀』，謬哉！【程曰】原廟之衣，愧為沾污；儀仗之馬，難於陰助。

此節寫奉天被圍，驚及陵寢。

㉛【朱注】《舊唐書》：『姚令言迎泚于晉昌里第。泚乘馬擁從北向，燭炬星羅，觀者萬計。明日，入居含元殿，徙居白華殿。』【朱彝尊曰】（『别館』二句）言朱泚入宫居僭也。【馮注】《漢書·地理志》：『右扶風槐里縣有黄山宫。』《西京賦》：『繞黄山而欵牛首。』《書·禹貢》：『黑水西河惟雍州。』此二聯自奉天迴思長安，言宫館皆為賊據，歌舞皆為賊娱，而帝困於奉天也。非朱泚初入宫，燭炬星羅之事。【按】馮説是。酷，（香味）濃烈。

㉜【程注】《史記》：『秦始皇還過彭城，齋戒禱祠，欲出周鼎泗水，使千人没水求之，弗得。』【馮注】《史記·周本紀》：『秦昭王取九鼎寶器，而遷西周公於𢠸狐。』

③③【朱注】《史記》：『武安君白起大破趙于長平，坑降卒四十餘萬。』【馮曰】此言縱未能滅我王室，而困守圍城，何以免害？是泛論，非有所專指也。長平本殺降事，今借用之者。《舊書·傳》：『建中四年十月，泚僭即偽位，稱大秦皇帝。十一月，泚解圍，入長安。明年，為興元元年正月一日，更號曰漢。』當圍奉天時僭稱秦，故用二秦事以切之。

③④【馮注】《漢書·李陵傳》：『轉鬬千里，矢盡道窮，士張空拳。』注曰：『拳，弓弩拳也，與綦同，去權反，又音眷。』《司馬遷傳》：『張空弮，冒白刃。』注曰：『弮，弩弓也。』矢盡，故張弩之空弓，非是手拳也。拳則屈指，不當言張。【補】《文選》司馬遷《報任少卿書》：『沫血飲泣，更張空拳。』李善注引顏師古曰：『陵時矢盡，故張弩之空弓……李奇曰：「拳，弩弓也。」』

③⑤【朱注】《史記》：『智伯與韓、魏攻趙晉陽，引汾水灌之，城不浸者三板。』《通鑑》：『賊并兵攻城東北隅，賊已有登城者。上與渾瑊對泣。時士卒凍餒，又無甲冑，瑊激以忠義，力戰敗之。入夜，泚復來攻城，矢及御前三步而墜。』

③⑥【何曰】（『且欲』句）先定桑道茂事。（《輯評》）【馮注】《後漢書·王渙傳》：『京師稱嘆，以為渙有神算。』此取神明之意。

③⑦【程注】《左傳》：『師曠曰：「公室懼卑，臣不心競而力爭。」』【馮注】《舊書·渾瑊傳》：『以飢弱之衆，當劇賊之鋒，雖力戰應敵，人憂不濟，公卿以下，仰首祝天。』

③⑧【馮注】《漢書》：『蘇武持節使匈奴，單于欲降之，迺幽武，置大窖中。又徙北海上，使牧羝。武杖漢節牧羊，卧起操持，節旄盡落。』《史記》：『石乞、壺黶攻子路，擊斷子路之纓，子路曰：「君子死而冠不免。」遂結纓而死。』【朱注】《通鑑》：『大理卿蔣沇詣行在，為賊所得。沇絶食稱病，潛竄得免。』又：『司農卿段秀實與劉海賓、何明禮、岐靈岳密謀誅泚。泚召秀實等議稱帝事，秀實勃然起，奪源休象笏，唾泚面大罵，因以笏擊之，纔中其額，濺血滿地。賊衆争前殺之，海賓等相次死。』【馮注】《通鑑》：『盧杞言於上曰：「朱泚必不為逆，願遣大臣

入京宣慰。」金吾將軍吴溆請行，遂奉詔詣泚，泚殺之……泚圍城時，龍武大將軍吕希倩戰死，將軍高重捷為賊伏兵所斬。」《舊書·李晟傳》：「上還京，晟表守臣節不屈於賊者程鎮之、劉迺、蔣沇、趙曄、薛岌等。」【何曰】（幽囚）句謂賴段太尉緩師。（《輯評》）

㊴【馮注】《梁書·武帝紀》：「大通六年，熒惑入南斗，諺曰：『熒惑入南斗，天子下殿走。』乃跣足下殿以禳之。及聞魏主西奔，乃慚曰：『彼亦應天象耶？』」

㊵【原注】先時桑道茂請修奉天城。【朱注】《通鑑》：「建中元年六月，術士桑道茂言：『陛下不出數年，暫有離宫之厄。臣望奉天有天子氣，宜高大其城，以備非常。』辛丑，命築奉天城。」【馮注】《舊書·方伎傳》：「帝倉卒幸奉天，方思道茂之言，時已卒，命祭之。」「埤」，同「陴」，城上女牆也。《左傳》：「授兵登陴。」《漢書》劉向《疏》：「增埤為高。」

㊶【馮注】《晋四王故事》：「惠帝還洛陽，道中有老人蒸鷄素木盤中，盛以奉帝。」《周禮》：「膳夫掌王之飲食膳羞。王日一舉，鼎十有二，物皆有俎，以樂侑食。王齋，日三舉。大喪、大荒、大札、天地有烖、邦有大故，則不舉。」《漢書·宣帝紀》：「今歲不登，其令太官損膳省宰。」《晋書·成帝紀》：「詔太官減膳。」

㊷【朱注】《晋書·愍帝紀》：「永嘉（按應為建興）四年冬十月，京師饑甚，米斗金二兩，人相食，死者大半。太倉有麴數十䴵，麴允屑為粥以供帝。」《唐書》：「奉天圍久，食且盡，以蘆秣帝馬，大官糲米止二斛。圍解，父老争上壺飧餅餌。」《通鑑》：「時供御止有糲米二斛，每伺賊休息，夜縋人於城外，采蕪菁根而進之。」【程注】《書》：「若作和羹，爾為鹽梅。」【馮曰】以上全叙圍奉天事。【補】和羹，為羹湯調味，亦代指美味。《詩·商頌·烈祖》：「亦有和羹。」鄭玄箋：「和羹者，五味調，腥熟得節，食之，於人性安和。」

此節寫德宗力竭於奉天，情勢危急萬分。

㊸【補】否、泰，《周易》中二卦名。否謂「天地不交而萬物不通」，泰謂「天地交而萬物通」。後用否極泰來指時勢困厄至於極點而向通順方向轉化。

㊹【補】屯，見《行次西郊》。亨：通達順利。《易・坤》：『品物咸亨。』

㊺【馮注】《舊書・紀》：『興元二年二月，李晟表李懷光反狀已明，車駕幸梁州。』按《傳》書：『帝欲幸西川，晟上表請駐蹕梁、漢，繫億兆之心。』而《通鑑》云：『淮南節度使陳少遊修塹壘，繕甲兵；浙江東西節度使韓滉築石頭城，繕館第數十，修塢壁以備車駕渡江，且自固也。』此即《舊書・韓滉傳》『滉恐有永嘉南渡之事』者也。此句固非虛設。

㊻【馮注】《舊、新書・紀》：『上南幸梁州。李晟大集兵賦，以收復為己任。（興元元年）八月，論功，晟以合川郡王改封西平郡王。』【何曰】前半極承國難，此處不多鋪叙戰功，功自明矣。（《輯評》）

㊼【原注】首，去聲。【按】二句謂神鬼祐助，收去昏黑局面，作亂之姦兇開始現出惡貫滿盈徵兆。首字用作動詞，伏罪。

㊽【朱注】《通典》：『漢置西域都護。晉、宋以後有督護之官，亦其任也。』《齊書》：『廣州西有二江，川源深遠，別置督護專征討之。』

㊾【程注】《易》：『師貞，丈人，吉。』【馮注】《舊書・傳》：『晟引軍渭北，壁東渭橋以逼泚。朔方節度使李懷光自河北赴難，軍咸陽。詔晟與之合軍。懷光陰與泚通，晟懼為所併，乃徙屯渭橋。懷光果叛，晟以孤軍獨當二賊，徒以忠義感人心，故英豪歸向。』

㊿【程注】《周禮・小宰疏》：『覆載之德，其功尤盛。』【補】覆載，天覆地載（指天地養育及包容萬物），亦用作天地之代稱，此指天地，謂天高地下仍舊。

(51)【馮曰】自出幸至還宮，為期不及一年。【按】寒暄當指政治局勢。

(52)【朱注】《舊唐書》：『（晟）興元元年五月，移軍光泰門外。賊來薄我軍，奮擊大破之，追擊至白華門，朱泚、姚令言率衆遁去。晟收復京城。渾瑊、戴休顔、韓遊瓌亦破賊于咸陽。泚走至彭原西城屯，韓旻斬之，傳首行在。姚令言投涇州，源休、李子平走鳳翔，尋並斬獲。』【馮注】莽卓，王莽、董卓。韓彭，韓信、彭越。【按】

莽、卓，指朱泚、姚令言等；韓、彭，指平叛諸將帥。

53【補】扈蹕，謂護從皇帝車駕。

54【程注】梁元帝《纂要》：『天地四方曰六合。』【馮注】《舊書·紀》：『七月壬午，車駕至自興元。渾瑊、韓遊瓌、戴休顔以其衆扈從。李晟、駱元光、尚可孤以其衆奉迎，步騎十餘萬，旌旗數十里，都民歡呼感泣。李晟見於三橋，自陳收復之遲，上慰勞遣之。』

55【朱注】《唐書》：『節度使賜雙旌雙節，行則建節樹六纛。』按晟子愿、愬、聽、憲皆為節度使。【程注】陸雲詩：『仍世載德。』（二句）謂晟在當時只知用兵，雖家室為賊所質，皆有所不恤，嘗曰：『天子野次，臣下惟知死敵而已』，故能成功，而子孫又能各以功名顯。如愿為河中節度，憲為嶺南節度，愬為魏博節度，聽為河中節度，……迄于琛，猶為千牛將軍也。【何曰】（此時句）轉。（《讀書記》）入將軍，與已夾叙，情事兩盡。（《輯評》）【朱彝尊曰】轉下無痕。【補】仍世，累代。《晉書·武帝紀》：『泰始元年冬十二月柴燎告類於上帝曰：「粵在魏室，仍世多故。」』此節叙李晟收復之功。

以上為第二段。

56【朱注】《唐書》：『元和四年，詔以晟配饗德宗廟廷，其家編附屬籍。』義山本宗室，故曰『由羣從』。【程注】《晉書·阮咸傳》：『羣從兄弟，莫不以放達為行。』【馮注】由、猶通。羣從，從兄弟也。

57【補】老成，閱歷多而練達世事。《詩·大雅·蕩》：『雖無老成人，尚有典刑。』

58【程注】漢韋玄成詩：『德之令顯，慶流于裔。』【朱注】《舊唐書》：『晟十五子，長子侗無禄早世。』此云嫡長，豈千牛乃侗之子歟？【馮注】《金石録》：『裴度撰《西平王碑》，載西平十二子愿、聰、揔、愻、憑、恕、憲、愬、懿、聽、惎、愍。』《唐書·宰相世系表》同。而《新、舊史傳》皆云有十五子也。《舊史》云：『侗、伷、偕無禄早世。』豈以侗等早世，故碑不載歟？又李石撰《李聽碑》云：『西平有子十六人。』疑更有未名而卒者爾。按《神道碑》乃大和元年奉勑撰，必可據也。侗既早世，未必有後，凡西平子嫡出、庶出皆無可考。此嫡長似為愿子。

《舊紀》：『德宗詔西平郡王李晟長子愿賜勳上柱國，與晟門並列戟』也。杜牧之分司洛陽，司徒愿罷鎮閒居，牧之有《李尚書席上作》，則有家於東都也。《新書表》列聽子琢、瑋、瑾、璿、琮、瓊六人，惎子璀一人，其餘《傳》《表》皆缺。

(59)【朱注】《詩》：『詒厥孫謀。』【程注】《漢書·翟方進傳》：『陳咸、馮野、王逢信官簿皆在方進之右，及御史大夫缺，三人皆名卿，俱在選中，而方進得之。』【補】詒，遺。

(60)隼擊，見《重有感》。【馮注】《漢書·孫寶傳》：『時孫寶以姦惡之人問掾侯文，文曰：「霸陵杜穉季。」寶曰：「其次。」文曰：「豺狼横道，不宜復問狐狸。」寶默然。』此云『當要』，暗用其事。

(61)【馮注】《莊子》：『北溟有魚，其名曰鯤；化而為鳥，其名曰鵬，摶扶摇羊角而上者九萬里。』

(62)【馮注】《舊書·志》：『凡受朝之日，千牛將軍則領備身左右，昇殿而侍列於御座之左右。』《新書·儀衛志》：『朝會有千牛仗，以千牛備身、備身左右為之，皆執御刀弓箭，升殿列御座左右。』

(63)【馮注】《魏略》：『景初元年，徙長安諸鐘虡駱駝銅人承露盤。』《漢晉春秋》：『帝徙盤，盤折，聲聞數十里。金狄或泣，因留於霸城。』【補】出位，此謂離職。

(64)【馮注】《史記·梁孝王世家》：『孝王築東苑，方三百餘里。』《正義》曰：『苑園在宋州，俗人言梁孝王竹園也。』《西京雜記》：『梁孝王好營宫室苑囿之樂，作曜華之宫，築兔園，園中有落猿巖、棲龍岫，又有雁池，池間有鶴洲鳧渚，王日與宫人賓客弋釣其中。』又曰：『王遊於忘憂之館，集諸遊士，各使為賦。』【紀曰】『幸藉』四句前後如何轉折？此處殊不了了。

(65)【程注】《後漢書·許劭傳》：『劭與從兄靖俱有高名，好共覈論鄉黨人物，每月輒更其品題，故汝南俗有月旦評焉。』

(66)見《送裴十四》。

(67)【朱注】《後漢書》：『班超封定遠侯。』

(68)【朱注】『三尚』未詳，或曰即『夏尚忠，商尚質，周尚文。』【潘眆曰】按《唐職官志》：『少府監之屬有中尚署、左尚署、右尚署。』李將軍蓋以門資出身，嘗歷試三尚署之職。（程注引）【程曰】少府監掌百工技巧之政，總中尚、左尚、右尚。中尚掌供郊祀圭璧及天子器玩、后妃服飾、雕文錯綵之制。左尚掌供翟扇蓋繖五路五副七輦十二車，及皇太后、皇太子、公主、王妃、內外命婦、王公之車。右尚掌供十二閑馬之轡。千牛或曾官此三尚，亦未可知。至忠、質、文兼括三代所尚，於贊千牛不合。【馮注】《家語》：『孔子曰：「帝王改號於五行之德，各從其所王。夏后氏以金德王，尚黑；殷人以水德王，尚白；周人以木德王，尚赤。此三代所以不同。」』三尚用此。上言『泣金莖』者，千牛當於文宗晏駕時罷歸。今武宗立，朝政一新，不啻三代之各易所尚，而千牛將起用矣。舊注引忠、質、文，相似而猶誤，又改引三尚署，則謬矣。【按】馮説是。『摽』，通『標』。

(69)【朱注】《史記·滑稽淳于髡傳》：『此鳥不鳴則已，一鳴驚人。』

(70)【馮注】《新書·車服志》：『千牛將軍執金裝長刀。』《尚書》：『旁死魄。』《傳》曰：『旁，近也。月二日近死魄。』《疏》曰：『月始生魄然貌。』《尚書正義》曰：『魄者，形也。謂月之輪廓無光之處。』

(71)【朱注】《天文志》：『房為天府，曰天駟，其陰右驂。』《白帖》：『馬為房星之精。』【馮注】《爾雅》：『天駟，房也。』注曰：『龍為天馬，故房四星謂之天駟。』【按】二句寫將軍長刀快馬之勇武形象。

此節美千牛之材，叙彼此交情。

(72)【程注】杜甫詩：『披豁對吾真。』【補】披豁，猶披露胸懷，謂以真心示人。深眷，深切關心。

(73)【補】暌離，闊別。【程注】李白詩：『斗酒熟黃鷄，一餐感素誠。』

(74)【馮注】《楚辭》：『白日晼晚其將入兮。』蕙開於夏令，故曰『留春』。《玉篇》：『晼，於阮切。』【補】晼晚，日將落。

(75)【馮注】鮑照《舞鶴賦》：『歲峥嵘而愁暮，心惆悵而哀離。』似有自夏涉秋之景。【按】『蕙留』句自指，有遲暮之感。『松待』句指千牛。歲峥嵘，切赴闕，與『人今佇一鳴』呼應。

(76)【朱注】《古樂府》：「他鄉復異縣。」回雁謂雁書。【程注】元稹詩：「悵望悲迴雁。」【馮注】徐靈期《南岳記》：「南岳周回八百里，回雁為首，嶽麓為足。」《輿地志》：「衡山一峰極高，雁不能過，遇春北歸，故名迴雁。」或云：「峰勢如雁之迴。」《通典》：「衡州湘潭縣有南岳衡山。」《新書・志》：「元和後湘潭屬潭州。」【按】朱注是。馮注引非所用，詳箋。

(77)【朱注】《字林》：「鯖，雜肴也。」【程注】《西京雜記》：「五侯不相能，賓客不得來往。婁護、豐辯，傳食五侯間，各得其懽心，競致奇膳，護乃合以為鯖，世稱五侯鯖，以為奇味焉。」【馮注】《抱朴子自叙》：「人賫酒餚候，洪亦不拒也。後有以答之，亦不登時也。」《魏志・管輅傳注》：「水火之難，登時之驗。」【補】鯖，同「𦙶」，為魚肉合烹成之食物。後稱美味佳肴為五侯鯖。登時：猶立時、立刻。任昉《奏彈劉整》：「苟奴登時欲捉取。」「異縣」句謂望其寄書，「登時」句謂已叨其宴餞也。千牛赴闕，義山過別，千牛邀其餞飲，故有「飯鯖」語。

(78)【補】刺刺，狀風聲。丁丁，狀漏聲。

(79)【馮注】庾信《哀江南賦》。【按】《哀江南賦序》云：「信年始二毛，即逢喪亂，藐是流離，至於暮齒。燕歌遠別，悲不自勝；楚老相逢，泣將何及。畏南山之雨，忽踐秦庭；讓東海之濱，遂餐周粟。下亭漂泊，高橋羈旅。楚歌非取樂之方，魯酒無忘憂之用。追為此賦，聊以記言。不無危苦之辭，惟以悲哀為主。」又云：「嗚呼，山嶽崩頽，既履危亡之運；春秋迭代，必有去故之悲。天意人事，可以悽愴傷心者矣！」凡此，均所謂「生多感」者也。

(80)【馮曰】取路歧之意。【按】楊朱亦自指。「死有情」不詳出典。或即上句「生多感」之意，謂己之多愁善感、滯於哀傷而不能自拔之性格。極而言之，故曰「死有情」。

(81)【朱注】《古樂府》：「大婦織綺羅，中婦織流黃，小婦無所為，挾瑟上高堂。」

(82)【朱注】杜甫詩：「銀甲彈箏用。」道源注：「唐樂府有《相府蓮》，後語訛為《想夫憐》。」《樂苑》曰：「《想夫憐》，羽調曲也。」【程注】《國史補》：「司空于頔以樂曲有《想夫憐》，其名不雅，將改之。客曰：「南朝相府曾有瑞蓮，故歌《相府蓮》。自是後人語訛，相承不改耳。」」「絃危中婦瑟，甲冷想夫箏」，乃自傷其失偶。【馮曰】此句直取想夫之義，自謂離其家室也。【按】『絃危』二句，姚、程均謂自傷失偶，此似是而實非，蓋涉上文『死有情』而誤解。其時義山在洛，其妻王氏不在身邊，故想像王氏懷念自己之情景。『絃危』，謂絃聲淒急；『甲冷』，正形其寂寥無伴。用意與作者《戲贈張書記》『危絃傷遠道，明鏡惜紅顔』相近。朱彝尊曰：『（絃危二句）以麗語寫情語，何其昵也！豈與千牛有姻婭之舊耶？』得之。

83【馮注】言歸期當在春。【按】『秦樓鳳』指千牛家室。此言千牛當與妻在京團聚。與上文己之離居相對。

84【馮曰】點明洛中送別。【按】曲沼：曲岸之池沼。此餞別之所。

此節叙己之失意，並歸到送千牛赴闕。以上為第三段。

【錢龍惕曰】『此去』句下箋：千牛李將軍者，西平王晟之孫也。《舊書》：『建中四年十月，詔涇原節度使姚令言率涇原之師救哥舒曜，涇原軍出京城，至滻水，倒戈謀畔，令言不能禁。上令載繒綵二車，遣晉王往慰諭之，亂兵已陣于丹鳳闕下，促神策軍拒之，無一人至者。上與太子諸王妃主百餘人，出苑北門，其夕至咸陽，飯數匕而過。戊申，至奉天。』『是時朱泚盜據京城，李懷光圖為反噬，河朔僭偽者三，李納虎視于河南，希烈鴟張于汴鄭，晟内無貨財，外無轉輸，以孤軍抗劇賊而鋭氣不衰，徒以忠義感於人心，故英豪歸向。』『其誰』句下箋：《舊書》：『德宗纔幸奉天，賊軍已至，四面攻城，晝夜矢石不絶，城中死傷者甚衆。重圍救絶，芻粟俱盡。城中伺賊休息，輒遣人城外樵採以進御，人心危蹙。上與渾瑊對泣。賊泚北據乾陵，下瞰城内，身衣黄衣，蔽以翟扇，前後左右，皆朱紫閹官，宴賜拜舞，紛紜旁午，城中動息，賊俯窺之，慢辭戲侮，以為破在漏刻之頃。賊造雲橋成，闊數十丈，以巨輪為脚，推之使前，施濕氈生牛革，多懸水囊以為障，直指城東北隅，兩旁構木為廬，冒以牛革，迴環相屬，負土運薪于其下，以填濠塹，矢石不能傷。城中恐懼，相顧失色。』『屑麴』句下箋：《新書》：『賊負其衆，遂長圍，百拳弩射城中，不及幄坐者三步。』《舊書》：『朱泚盜據宮闕，遣其將韓旻，領馬步三千，疾趨奉天。以段秀實失兵權，疑其蓄怨，召與同惡。秀實詐許之，陰與劉海賓、何明禮、歧靈岳等謀，倒用司農印，追韓旻兵還，遂以象笏擊泚，中額流血，匍匐而走，唾泚面大罵曰：「狂賊，吾恨不斬汝萬段！」遂遇害，海賓等相次被殺。』《新書》：『「奉天圍久，食且盡，以蘆秣帝馬，大官糲米止二斛，圍解，父老争上壺飡餅餌。」』『壇上』句下箋：《新書》：『帝欲幸咸陽，趣諸將捕賊。懷光出醜言，進狩梁州，次渭陽，太息曰：「朕是行將有永嘉事乎？」渾瑊曰：「臨大難無畏者，聖人勇也，陛下何言之過！」』《舊書》：『晟大集諸將，駱元光、尚可孤等，陳兵光泰門外，直抵苑牆。晟先使人開苑牆二百餘步，至是賊已樹木柵之。賊倚柵拒戰，晟叱軍士曰：「安得縱賊如此？當先斬公等。」史萬頃懼，先登拔栅而入，鼓噪雷動，賊即奔潰，乘勝驅促，至于白華，忽有賊騎千餘出於官軍之背，晟以麾下百餘騎馳之，左右呼曰：「相公來！」賊聞之驚潰，官軍追斬，不可勝計。朱泚、姚令言、張庭芝相率遁走涇州。田希鑒斬姚令言，幽州軍士韓旻於彭原斬朱泚，並傳首至行在。晟破賊露布至梁州，上覽之，感泣，羣臣無不隕涕，因上壽稱萬歲，奏曰：「李晟虔奉聖謨，盪滌兇醜，然古之樹勳力復都邑者，往往有之。至于不驚宗廟，不易市肆，長安人不識旗鼓，安堵如初，自三代以來，未之有也。」上曰：「天生李晟，為社稷萬人，不為朕也。」』

【朱彝尊曰】通首叙李令事過半，疑千牛是世職，故備述其祖德，亦詩史之意也。

【張謙宜曰】叙西平功，精采横溢，當接少陵之席。（《絸齋詩談》卷五）

【何曰】叙前事太多。（《輯評》）

【姚曰】千牛，乃西平之孫。首四句，從門第起筆。『在昔』以下，至『仍世盡雙旌』，承『動伐舊西京』句，鋪叙西平功業。『在昔』四句總挈。『内竪』四句，叙朝廷用捨失宜。『丹陛』四句，叙涇原兵變。『檮杌』四句，叙朱泚、朱滔煽毒。『捨魯』四句，叙出幸奉天。『火箭』四句，叙奉天被圍。『屢亦』四句，叙羣情渙散。『大鹵』四句，叙驚及陵寢。『縱未』四句，叙奉天力竭。『且欲』四句，叙忠良塗炭。『下殿』四句，叙時窮勢極。『否極』四句，接出西平。『神鬼』下十二句，叙收復舊功，落到千牛，而以『短劍』句收上，『雙旌』句起下。『顧我』以下八句，叙千牛登朝之榮。『幸藉』以下八句，叙交親屬望之雅。『披豁』以下八句，叙別況。『庾信』下至末，自叙失偶，而致羡於千牛之携家赴闕也。

【屈曰】一段從千牛追論其先人之功。二段朱泚之亂、德宗幸奉天事。三段西平收復之功。四段述彼此交情，兼送千牛。

【程曰】朱箋於事實未詳，且有舛誤，謹依唐書、通鑑考訂李晟世系，惟聽之子琮為千牛衛將軍，詩為琮作無疑。長孺因『慶流歸嫡長』句，疑千牛為侗之子。考舊書侗無禄早世，不聞有子，且『嫡長』句不必定指千牛。愚謂『顧我猶羣從，逢君嘆老成。慶流歸嫡長，貽厥在名卿』四句皆有開闔，賓主固當分看。『慶流』句屬嫡長，『貽厥』句始屬千牛也。此詩起四句寫千牛出於勳舊之家。『在昔王綱紊』以下四句寫德宗幸奉天，全為李晟之功。『内豎依憑切』，謂代宗以來，不復使宦官典兵，及德宗即位，又以禁兵委白志貞，既而竇文瑒、王希遷分典之。及李懷光反，而尹元正擅詣河中，矯制招諭，而晟劾其欲宥元惡者也。『凶門責望輕』，謂李懷光名為赴難，卒不出兵，屯咸陽凡八旬，帝數促戰，無如之何也。『中臺終惡直』，謂張延賞初已與晟有隙，後雖奉詔和解，終密言晟不可以久持兵柄，更薦劉元佐，李抱真，使立功以間晟也。『上將更要盟』，謂李懷光未反之先，猶與晟聯屯，然不欲晟獨當一面，請與晟合，冀兼并其軍以反也。『喧闐衆狙怒』，謂朱泚僭叛，朱滔、田悦、王武俊亦各稱王，李懷光、李希烈又欲為帝，而朱滔輩説李希烈勸進之詞，皆以為朝廷誅滅功臣失信天下也。『容易八鑾驚』，謂其時内自關中，西暨蜀漢，南盡江淮閩越，北至太原，所在出兵，而回紇拒其北，吐蕃梗其西也。『檮杌寛之久，防風戮不行』，謂朱泚留京師日，朱滔以蠟書約泚同反，馬燧獲之以聞，帝召泚慰勉之，賜予甚厚，泚怏怏思亂。及涇軍以犒薄變，帝自苑北門出，姜公輔以泚怏怏，不如殺之，若亂兵奉以為主，則難制矣。帝不暇用其言，而亂兵果迎泚僭逆也。『捨魯真非策，居邠未有名』，謂建中四年已幸奉天，興元元年又進梁州，未幾益欲西幸成都，晟請駐梁、漢以繫天下之望也。『曾無力牧御，寧待雨師迎』，謂一時事出非意，羣臣皆不知乘輿所之，既至奉天，乃詔徵近道兵入援也。『火箭侵乘石，雲橋逼禁營』，謂朱泚自將逼奉天……矢及御前三步而墜。又使西明寺僧法堅造攻具，雲橋廣數十丈……『屢亦聞投鼠，誰其敢射鯨』，謂當時赴難之兵，如劉德信于見子陵破泚；泚夜攻奉天東西南三面，渾瑊亦戰却之，可謂得利矣。然杜希全、戴休顏、時常春、李建徽入援，議道所出，渾瑊欲自乾陵，而盧杞以恐驚陵寢為言，議由漠谷，四軍敗潰，泚軍遂據乾陵矣。『世情休念亂，物議笑輕生』，謂帝初擇大臣入京城以察泚，從臣皆畏憚莫敢行，惟金吾將軍吴溆不忍聖情，慊慊獨請奉詔。段秀實為賊所得，陰結所厚圖泚，……遇害。時人不知服其忠義，猶以為武人一時之奮，不慮死以取名也。『大鹵思龍躍，蒼梧失象耕。靈衣沾愧汗，儀馬困陰兵』，如朱泚入宣政殿自稱皇帝，尋自將逼奉天，竟移仗擾亂乾陵，斬伐松柏，遂使原廟之衣，愧為沾污，儀仗之馬，難於陰助也。『別館蘭薰酷，深宮蠟焰明。黄山遮舞態，黑水斷歌聲』，謂姚令言初迎泚為主，泚按轡列炬，傳呼入宫，居含元殿，徙白華殿，百司供億，六軍宿衛，咸擬乘輿，而帝出倉卒，後宫不及從什七八。後事平，詔求所失裏頭内人是也。『縱未移周鼎，何辭免趙坑。空拳轉鬬地，數板不沉城』，謂朱泚雖終滅亡，其時却苦殺戮，郡王、王子、王孫被害者凡七十七人。漠谷之兵為賊所邀，乘高以大弩巨石擊之，死傷甚衆。而奉天城中，馮河清、姚況未發器械輸行在之先，帝與渾瑊對泣，士卒凍餒，又無甲冑，賊并兵攻城，已有登城者矣。『且欲憑神算，無因計力爭。幽囚蘇武節，棄市仲由纓』，謂其時羣臣號天以禱，甲弊兵臨不支，朝士之不從泚者，蔣沇潛竄以免，劉迺絶食而卒，吴溆奉使而被害，段秀實罵賊以殞身也。『下殿言終驗，增埤事早萌，蒸鷄殊減膳，屑麴異和羹』，謂術士桑道茂於建中元年早已言有離宫之厄，請築奉天城以備非常，至四年則竟幸奉天。時供御纔有糲米二斛，每伺賊休息，夜縋人於城外采蕪菁根而進之也。以上皆序奉天、梁州之事。『否極時還泰』至『回軍六合晴』十四句，則叙收復京城之事矣。『流離幾南度，倉卒得西平』，謂李懷光與朱泚通謀，上南幸梁州。是年八月，李晟改封西平郡王也。『官非督護貴，師以丈人貞』，謂晟與李懷光聯壘之時，懷光為元帥，得專軍政，晟將一軍，猶聽命於懷光，懷光陰通於泚，漸有異志，晟即上言當先變制備，又遺書責之，以孤軍處二强寇之間，内無資糧，外無救援，徒以忠義感激將士，故軍雖單弱而鋭氣不衰也。『覆載還高下，寒暄急改更』，謂自建中四年出幸，迄興元元年七月還宫，為期不及一年，有如陸贄所言『中興大業，旬月可期』也。『馬前烹莽卓，壇上揖韓彭。扈蹕三才正，回軍六合晴』，謂收復之日，泚為韓旻所斬，傳首至行在，姚令言、源休、李子平輩尋并斬獲，而李晟與駱元光、尚可孤奉迎，渾瑊、韓遊瓌、戴休顏，扈從步騎十餘萬，旌旗數十里也。『此時惟短劍，仍世盡雙旌』，謂晟在當時只知用兵，雖家室為賊所質，皆有所不恤……而子孫又各能以功名顯……迄於琛，猶為千牛將軍也。『顧我由羣從』者，李晟族出隴西，見《宰相世系表》；李義山望在成紀，見崔珏哀挽詩。考《宗室世系表》，漢河東太守李仲翔葬隴西狄道，因家焉。生伯考，官隴西、河東二郡太守，又生尚，官成紀令，因居成紀。成紀、隴西，蓋同出也。此一篇之事實也。自此至『出位泣金莖』，叙李琛之門蔭官爵也。『幸藉梁園賦，叨蒙許氏評』，叙己之出處也。『中郎推貴婿』至『快馬駭星精』，叙李琛之人材出羣也。『披豁慚深眷』以後，則總叙己與李琛會合離別之情事也。就中唯『中郎推貴婿』無考。按起句『照席瓊枝秀』，李千牛當甚年少，後云『中郎推貴婿』，則又新婚時也。末段『弦危中婦瑟，甲冷想夫箏』，乃自傷其失偶。『會與秦樓鳳，俱聽漢苑鶯』，乃同會於吉席也。此詩中小節，無關大旨。然一言必求其歸，一事必得其當，不然『中郎推貴婿』一語，以為泛泛稱其戚黨可也。而『中婦瑟』『想夫箏』之自傷，胡為乎來哉！況又繼之以『會與秦樓鳳』等語耶？

【田曰】跳動激發，筆驅風雲，人擬義山於少陵，於此信之。（馮箋引）

【馮曰】此章在洛陽作。李千牛亦茂元婿，時將赴闕，而義山將南遊也。前半頌美先世。後幅『趨朝』二句，謂其官京師而暫歸也。『幸藉』二句，謂叨其賞譽。『中郎』二句，實指千牛為王婿。『異縣』二句，謂我將往異鄉迴雁峰前，今日過別，遽邀餞飲也。庾信以寓江南，楊朱以悲歧路。『中婦瑟』『想夫箏』，則謂己之與其妻別也，情關姻婭，不妨語之昵耳。『會與』二句，訂歸期也，語意全為明白。朱氏輩以『迴雁』為雁書，以『絃危』二句為悼亡，遂至前後皆不可通。又曰：語皆覈實，字盡精湛，大氣鼓蕩，運重若輕。竊意追叙太繁，未免貪使才耳。

【王鳴盛曰】『在昔』以下，追叙其先世功勳，太覺繁多。

【紀曰】『在昔』四句總領前半篇，聲光闊大。『否極』四句轉軸，亦字字筋節，精神震動。蒙泉評曰：『覆載』

八句，聲華宏壯。『此時』二句，落到千牛，前路何等繁重，此處寸樞轉關，可云神簡，正復大有剪裁在也。此等處絕可玩。結乃聲情勃發，淋漓盡致。凡大篇最忌收處潦草。鋪排不難，難於氣格之高壯；層次不難，難於起伏轉折之有力。《長慶集中》儘有序次如話，滔滔百韻之作，然流易有餘，無此身份矣。廉衣評曰：『寒暄』句不妥。芥舟評曰：『屢亦』二句稍弱，以疊用虛字故。（《詩説》）『隼擊』四句與下文接筍未清；『幸藉』八句，自叙亦近鄙，若去此六韻，竟以『披豁』句接『名卿』句則完美矣。文人每患多才，故班孟堅不滿傅武仲也。（《輯評》）

【張曰】『隼擊』四句，當有實事。疑千牛中遭廢黜，沈淪幕僚，觀『出位』字可悟，故即以『幸藉』二句接之，以下則述千牛婚於茂元，與義山為僚婿。『政已』四句，謂其又復起用也。如是解之，轉折分明矣。紀氏誤會詩意，乃以接筍未清詆之，真强作解事者耳。○『幸藉』二句用典極雅，不得以鄙致譏。『幸藉』八句，仍是指千牛，至『披豁』以下，始屬自叙耳。○若從紀氏説，以『披豁』句竟接『名卿』下，則失去赴闕送行之意，通篇茫無頭緒，尚以為完美，豈不可笑。（《辨正》）

【按】李千牛亦茂元婿，朱彝尊最先發之，馮、張皆從之。細玩末二段，此説近是。『幸藉梁園賦，叨蒙許氏評』，當是義山居茂元幕期間曾得李千牛之品評稱許。『中郎推貴婿，定遠重時英』，推、重二字極可玩味，蓋言茂元於諸壻中最重千牛。『絃危』二句，則自慨與妻室分離，如非姻婭之誼，必不於宴餞之際發此。按義山《祭張書記文》叙茂元諸壻有隴西公、滎陽鄭某、隴西李某、安定張某、昌黎韓某、樊南李某。馮浩謂『隴西公似以爵尊，故稱公，未考其何人也。其人與詩集之李千牛，疑是兩人』，按千牛將軍從三品，品秩頗高，故尊稱『隴西公』，非因其年長而稱公。此千牛李將軍當即祭文中之『隴西公』。

詩作于洛陽，此甚明者。然馮、張均以為開成末『義山將南遊』時作，則屬臆測。『異縣期迴雁』一句，馮謂『將往異鄉迴雁峰前』，然『迴雁』與下『飯鯖』相對，明為動賓結構，而非名詞，故『回雁』之非『迴雁峰』之省固極明顯。『期』者，望也、盼也，非『指……以為期』之『期』。因別離而望對方寄與書信，正與上『睽離』語合。反之，如此處突然插入己將南遊之事，下文竟又言『洛川迷曲沼，烟月兩心傾』，豈非自相矛盾？（『洛川』二句不僅點明洛中送別，且謂別後於洛對烟月而心傾也。）

據『照席瓊枝秀，當年紫綬榮』等語，李千牛當在壯年時期。詩之詞采，亦確如諸家所謂『聲光震耀』，『大氣鼓蕩』，『跳動激發』，且有以才力自炫現象，而無晚年之衰颯氣。蓋詩人此時亦尚屬盛年。程氏謂已悼亡，與詩之情調不合。馮氏據『政已標三尚』，言當時蓋文宗晏駕，武宗初立，似之。詩為送千牛赴闕而作，然絶大部分篇幅用於叙贊李晟平亂之功。就題面而論，確有喧賓奪主、頭重脚輕之嫌。然亦不妨認為作者本意正在叙贊李晟之功，借以致慨於國家衰亂也。正如《行次西郊作一百韻》歷叙天寶以來亂離狀況，其意蓋在追本溯源，探求致亂之源，以為鑑戒。此詩之作，亦類乎此。『王綱紊』之根源，一則曰『内豎依憑切，凶門責望輕。中台終惡直，上將更要盟』；再則曰『檮杌寬之久，防風戮不行』；三則曰『世情休念亂，物議笑輕生』，既深疾德宗之養癰貽患，信任奸邪，又深慨士大夫之毫無節操，可謂『一篇之中，三致志焉』。要之，作尋常送別詩讀，不免喧賓奪主，作反映朱泚之亂之政治詩讀，則不覺其叙亂事之繁多矣。

淮陽路①

荒村倚廢營②，投宿旅魂驚。斷雁高仍急③，寒溪曉更清④。昔年嘗聚盜⑤，此日頗分兵⑥。猜貳誰先致⑦？三朝事始平⑧。

①【朱注】《後漢書・志》：『淮陽國，高帝十一年置。明帝改為陳國。』《唐書》：『陳州淮陽郡，屬河南道。』

【馮注】道經淮陽之境，非專指陳州也。

②【補】廢營，當指昔日藩鎮吴少誠、吴元濟等割據陳蔡時所築營壘遺迹，故下文有『昔年嘗聚盜』之聯想。

③【補】仍，更。

④【何曰】三四寫出徹夜無寐，待旦急發。（《輯評》）

⑤【程曰】『昔年嘗聚盜』者，李希烈自討平梁崇義，遂竊據謀叛。密與朱滔等交通，以至朱滔、王武俊、田悦、李納當時自號為四王，而顏魯公斥之為四凶者，各遣使詣希烈，上表稱臣勸進。及希烈為其將陳仙奇毒死，而吴少誠又殺仙奇以起，繕兵完城，復拒朝命，再傳至吴少陽、吴元濟。此所以為『聚盜』也。【補】文集《為濮陽公陳許謝上表》：『況在昔年，常鄰多壘。』

⑥【程曰】『此日頗分兵』者，淮西既平，李師道始請納質割地，既而反覆，上怒，討之。及師道死，上令楊於陵分李師道地，計其士馬多寡，分為三道。又因藩鎮所以拒命，由諸州縣各置鎮將，收刺史縣令之權，遂得自作威福；於是詔諸道節度使，支郡兵馬並令刺史領之。此所以為『分兵』也。【馮曰】『分兵』謂調遣也。會昌二年討回鶻，三年討劉稹，皆以汴、蔡、陳、許之兵矣。【張曰】少誠為節度，治蔡州；陳許本自有節度，治許州；蔡平，始析郾城為溵州，屬陳許，其後又省彰義歸忠武軍，故曰『分兵』也。【按】張説是。分兵，分彰義之兵歸他鎮統轄。『此日』承『昔年』而言，正緣昔年恃强割據，故此日朝廷有分兵之措施。

⑦【程曰】『猜貳誰先致』者，謂德宗猜忌，人情不安，陸贄嘗屢諫之。當時之反側，有歸順而復叛去者，實由

德宗致之，此所以為『先致』也。【馮注】《通鑑》：『貞元元年，陸贄以河中既平，慮乘勝討淮西李希烈，則四方負罪者孰不自疑，上奏極言之，乃詔：「希烈若降，當待以不死。」二年，陳仙奇毒殺希烈，舉淮西降，以為節度。纔數月，詔發其兵於京西防秋，仙奇遣精兵五千人行，吴少誠殺仙奇為留後，密召防秋兵歸。上敕陝虢觀察李泌擊殺其三分之二，又命汴鎮劉元佐以詔書緣道誘而殺之，得至蔡者纔四十七人。少誠以其少，悉斬之以聞。少誠繕兵完城，欲拒朝命。』

⑧【朱注】按地志，陳州與蔡州接壤，吴少誠據蔡，傳至元濟，歷德、順、憲三朝始討平之。【馮曰】事詳《韓碑》。【程曰】『三朝事始平』者，李希烈、陳仙奇、吴少誠、少陽、元濟，自德宗而順宗，自順宗而憲宗，始為裴度、李愬平之。蓋歎其為日已久，為力不細，欲使後來知所鑒也。

【朱彝尊曰】因投宿而感時，此工部家法。

【姚曰】此過戰地而追原禍本也。前四句，荒凉景色。聚盗是亂所從起，分兵則亂猶未平。然推原禍本，孰非上下猜忌以致此耶？

【屈曰】前四今日情景。後四今昔國事。

【程曰】長孺之論，得其事實矣，然未暢其旨也。詩意乃經過平定之後追思變亂之前藩鎮跋扈之弊，著德宗猜忌之愆也。前四句寫景，後四句序事。

【馮曰】其討劉稹，羣議皆以為不可，故結句借舊事為隱諷，斯誠謬見哉！

【紀曰】氣脈既大，意境亦深，沈著流走，居然老杜之遺。（《詩説》）沉著圓勁，不減少陵。（《輯評》）

【姜炳璋曰】人君一時猜忌，遂致盜滿河南、北，綿延三朝，而況黨人傾軋，始於牛僧孺、李宗閔對策，而成于錢徽之貶，至四十年交訌狂噬，日益加甚，不止猜貳也，安得升平之治乎？此作詩之旨也。

【張曰】此赴茂元陳許辟時作。……藩鎮拒命，由於猜貳朝廷，結深歎平之之不易。馮編於會昌三年討劉稹時，誤。（《會箋》。編會昌二年）又曰：余定王茂元會昌二年（《會箋》改從馮説作『元年』）出師陳許，據《祭外舅文》也。義山當至其幕。《祭文》所謂『公在東藩，愚當再調。束帛資費，銜書見召』也。義山是年重入祕省，則赴幕或在未入祕書之前。此詩即會昌二年赴陳許時作。此日『分兵』，指討回紇也。與上詩（按指《即日》『小苑試春衣』一首）同編，亦可證上詩實二年作。前詩在春時，故不及命討事；此詩在秋時，故詳及徵師事。大可訂正史文。義山此等篇，亦何愧於少陵詩史哉！（《辨正》）

【按】馮氏誤解『分兵』為調遣陳許兵討劉稹，故編會昌三年，且謂『結句借舊事為隱諷』，編年與對詩意之理解均誤。義山於討劉稹事，立場極為鮮明，視《行次昭應縣道上送户部李郎中充昭義攻討》《登霍山驛樓》《為濮陽公與劉稹書》等詩文可知，斷不可能謂劉稹之叛係朝廷猜忌所激成。且會昌三年四月末，王茂元已奉朝命調離陳許赴河陽，此詩寫景明係秋冬景象，則義山何為而至茂元已離去之陳許？張氏《會箋》謂此詩係『赴茂元陳許辟時作』，甚是，然繫於會昌二年春則顯誤。考義山開成五年九月辭弘農尉，同月中旬至濟源移家。十月十日抵達長安。『既獲安居，便從常調』（《上李尚書狀》），旋應王茂元之召，赴陳許幕，于十一月初抵達許州。詳參拙文《李商隱開成五年九月至會昌元年正月行蹤考述》（《文學遺産》二〇〇二年第二期）。此詩係赴陳許途中行將至許州時所作。

詩之主旨，在結末二句。『猜貳』指德宗。德宗以猜忌著稱，懷有個人野心之武臣如李懷光等固因受其猜忌而過早激成叛亂，即忠貞如李晟者，亦終被解除兵權。猜忌之結果，既削弱朝廷力量，亦造成藩鎮之疑懼。詩人有感於此而追咎君主猜忌之過，似亦不無道理。馮氏斥為『謬見』，似太過。

華州周大夫宴席①

郡齋何用酒如泉②，飲德先時已醉眠〔一〕③。若共門人推禮分，戴崇爭得及彭宣④？

〔一〕『德』原一作『得』，非。

①【原注】西銓。【朱注】《舊唐書》：『周墀，字德升，長慶二年擢進士第。開成四年正拜中書舍人。武宗即位，出為華州刺史、鎮國軍潼關防禦等使。』【馮注】周大夫為周墀，文集有《為汝南公表》。《職官志》：『吏部三銓：尚書為尚書銓，侍郎二人，分中銓、東銓。』《唐會要》：『乾元二年，改中銓為西銓。』按杜牧之《周墀墓誌銘》云：『武宗即位，以疾辭，出為工部侍郎、華州刺史。』愚意開成時墀似曾以本官權判銓事。《舊書·傳》中如鄭肅權判吏部西銓，出為陝虢防禦觀察之類頗多，義山似曾為所注擬，故特標明，但史傳即或漏書，墓誌何亦不叙？是則未可定也。據《唐摭言》，會昌三年，王起再主文柄，墀以詩寄賀，其時猶刺華州也。【補】量才授官謂

銓。題稱周大夫，指朝散大夫。見《樊南文集》卷二《為侍郎汝南公華州謝加階表》。詩作於會昌元年，詳按語。

②【朱注】裴秀詩：『有肉如邱，有酒如泉。』

③【馮注】謝靈運詩：『中山不知醉，飲德方覺飽。』（《平原侯植》）【補】《詩·大雅·既醉》：『既醉以酒，既飽以德。』朱熹注：『德，恩惠也。言享其飲食恩意之厚。』

④【朱注】《漢書·張禹傳》：『禹弟子尤著者淮陽彭宣、沛郡戴崇。宣為人恭儉有法度，而崇愷弟多智。禹心親愛崇，敬宣而疏之。崇每候禹，禹將入後堂飲食，婦女相對，優人管絃，鏗鏘極樂，昏夜乃罷。而宣之來也，禹見之於便坐，講論經義，日宴賜食，不過一肉，巵酒相對，未嘗得至後堂。及兩人皆聞知，各自得也。』【補】禮分、禮數、禮節。争得：怎能。

【姚曰】所謂人情若好，飲水也甜。

【屈曰】感其厚待過他客遠甚。

【程曰】此詩口吻，謂周大夫雖與他人親，不過狎而玩之，與己雖疏，或覺有恭敬義。然詩語如此，而詩意則正怨其疏遠也。題下自注：西銓，豈正當調官不遂時耶？

【馮曰】此似席間有同出門下而其人已稍尊貴者，故以戴崇自比，以彭宣比其人。言外慨己之蒙厚遇而位不進，非怨周大夫疏之也。

【王鳴盛曰】言已受大夫之知遇，不減戴崇，如某公者，大人雖敬之，不過如彭宣耳，不如待己之親密也。無如己命不猶，仕途顛頓，反出此公之下，戴崇反不如彭宣矣，豈不辜負大夫盛德哉！

【紀曰】全無詩意，所謂頭巾氣也。（《詩説》）憤語殊乏詩致。（《輯評》）

【姜炳璋曰】言周大夫之疏我者，敬我也。程云：此正恐其疏己。是也。又云：當調官不遂而作。按此時墀刺華州，尚未執政，何先怨之耶？『西銓』，謂由西銓得華州耳，然於義山無當，必有脱誤。

【張曰】詩慨己蒙周知遇而名位不進，反不及他人也，非憤語。紀氏誤會而繩之，可發一笑。（《辨正》）

【按】開成五年十二月，商隱離陳許幕，約于年末抵周墀華州幕。開成三年商隱應吏部博學宏辭科考試，初選合格。時周墀以充翰林學士權判西銓，曾注擬商隱官職，後被某『中書長者』駁下。會昌元年正月十日，商隱曾為周墀草擬賀赦表（《為汝南公華州賀赦表》）。此詩當是商隱暫寓華州幕期間所作。

詩以彭宣自喻，謂己飲周大夫之德，受其禮遇，已深感榮幸，何用『酒如泉』，似張禹待戴崇之親密乎？曰『飲德』，曰『推禮分』，在感激周墀禮遇之同時似有微感周墀于己感情稍疏之意。曰『何用』，曰『若共』，曰『争得』，于貌似自得中對另一面實有所不足。

無題二首

昨夜星辰昨夜風①，畫樓西畔桂堂東〔一〕。身無彩鳳雙飛翼，心有靈犀一點通②。隔坐送鈎春酒暖〔二〕③，分曹射覆蠟燈紅④。嗟余聽鼓應官去，走馬蘭臺類轉蓬〔三〕⑤。

其二

聞道閶門萼緑華⑥，昔年相望抵天涯〔四〕。豈知一夜秦樓客，偷看吴王苑内花〔五〕⑦。

〔一〕『樓』，影宋抄、瀛奎律髓作『堂』。

〔二〕『鈎』，瀛奎律髓作『鬮』。

〔三〕『轉』，錢本、影宋抄、席本、朱本、季抄作『斷』。

〔四〕『抵』原作『尚』，一作『抵』，據蔣本、姜本、戊籤、悟抄、席本、錢本、影宋抄、朱本改。錢本旁注一作『向』。

〔五〕『看』原作『著』，一作『看』，據蔣本、戊籤、悟抄、席本、錢本、影宋抄、朱本改。

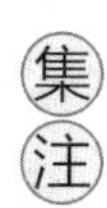

①【錢謙益注】星有好風。（何焯引）【按】『星有好風』係《尚書·洪範》中語。

②【朱注】《南州異物志》：『犀有神異，表靈以角。』《漢書·西域傳》：『通犀翠羽之珍。』如淳曰：『通犀，謂中央色白，通兩頭。』【馮注】《抱朴子》：『通天犀角有白理如綖，置粟中，雞往啄輒驚，南人呼為駭雞犀。』

【補】《左傳·莊公二十二年》：『鳳皇于飛，和鳴鏘鏘。』

③【道源注】《漢武故事》：『鈎弋夫人少時手拳，帝披其手，得一玉鈎，手得展，故因為藏鈎之戲。』後人效之，別有酒鈎，當飲者以鈎引盃，白居易詩『酒鈎送盞推蓮子』是也。【馮注】《辛氏三秦記》：『昭帝母鈎弋夫人，

手拳而有國色，先帝寵之，世人藏鉤法此也。』按：《漢書》：『鉤弋趙倢伃家河間，天子召之至，兩手皆拳，上自披之，即時伸，由是號拳夫人，居鉤弋宮。』《列仙傳》云：『病卧六年，右手拳。召到，帝披其手，得玉鉤，手得展。』周處《風土記》：『臘日飲祭之後，叟嫗兒童為藏彄之戲，分為二曹，以校勝負：若人偶，即敵對；人奇，即令奇人為遊附，或屬上曹，或屬下曹，名為飛烏，以齊二曹。』按：古皆作『藏彄』，後多作『藏鉤』，字異而事同也。『隔座送鉤』者，送之使藏，今人酒令尚有遺意。道源泥下三字，而以為酒鉤，非也。《説文》：『彄，弓弩端，弦所居也。』而古人每借用之。【按】馮注是，席上為藏鉤戲，非酒鉤。

④【朱注】《漢書·東方朔傳》：『上嘗使諸數家射覆，置守宫盂下射之。』注：『於覆器之下置諸物，令暗射之，故云射覆。』【程注】宋玉《招魂》：『菎蔽象碁，有六簙些。分曹並進，遒相迫些。』【補】射，猜度。射覆，為古代一種猜度預為隱藏事物之遊戲。後世酒令以字句隱寓事物，令人猜度，亦稱射覆。

⑤【朱注】《唐六典》：『漢御史中丞掌蘭臺秘書圖籍，故歷代建臺省，秘書與御史為鄰。』杜氏《通典》：『御史大夫所居之署，謂之憲臺，後漢以來亦謂之蘭臺寺。』按：義山釋褐秘書省校書郎，王茂元辟為掌書記，得侍御史，故用此蘭臺事。【馮注】《舊書·職官志》：『秘書省，龍朔初改為蘭臺，光宅時改為麟臺，神龍時復為秘書省。』御史臺，魏、晉、宋名為蘭臺，梁、陳、北朝咸曰御史臺，唐因之。此云『走馬蘭臺』，必為秘書郎時也。漢制，御史中丞在殿中蘭臺，掌圖籍秘書。故後代營置府寺，必以秘書省及御史臺為鄰，是以互稱耳。舊解謂義山此時得侍御史，誤甚。白香山詩自注：『秘書府即蘭臺也。』按：是唐人習稱。《淮南子》：『見飛蓬轉而知為車，以類取之。』魏武帝詩：『田中有斷蓬，隨風遠飄揚。』【補】《新唐書·百官志》：『日暮，鼓八百聲而門閉；……五更二點，鼓自内發，諸街鼓承振，坊市門皆啟，鼓三千撾，辨色而止。』『聽鼓』指此。應官，應付官事。或指官家差事。蘭臺指秘書省，馮注是。

⑥【馮注】《真誥》：『萼緑華者，自云是南山人，不知是何山也。女子，年可二十上下，青衣，顔色絶整。以升平三年十一月十日夜降於羊權家，自此往來，一月輒六過。來與權尸解藥。』按：萼緑華曰：『我本姓楊。』又云

是九嶷山中得道女羅郁也。而《南史》：『羊欣，泰山南城人，祖權，晉黄門郎。』皆不可言閶門。此只取與下『吴王苑』相應。

⑦【朱注】秦樓客用《列仙傳》蕭史事。【朱彝尊曰】意自可曉，不必泥秦樓吴苑等字。【程注】《列仙傳》：『蕭史善吹簫作鳳鳴，秦穆公以女弄玉妻焉。作鳳樓，教弄玉吹簫，感鳳來集。』【馮注】（末句）暗用西施。

【朱曰】（昨夜首）此言得路與失路者不同也。（《李義山詩集補注》）

【馮舒曰】妙在首二句。次連襯貼，流麗圓美，西崑一世所效，義山高處不在此。（《讀書記》。馮注引『義山』二字上有『然』字）

【馮班曰】起句妙。（《讀書記》引。馮注引作『首七字最妙』）三四不過可望不可即之意，點化工麗如此。次句言確有定處也。義山《無題》諸作，真有美人香草之遺，正當以不解解之。（何焯引，見《輯評》。）又曰：義山以畿赤高賢，失意蹉跎，出而從事諸侯幕府，此詩（按：指『昨夜』首）託詞諷懷，以序其意。『身無綵鳳』一聯，言同人之相隔也。下二聯，序宴會之歡，而已不得與，方走馬從事遠方以為慨也。楊孟載云：『義山《無題》詩，皆寓言君臣遇合』，得其旨矣。（吴喬《西崑發微》引）

【吴喬曰】（『昨夜』二句）述綯宴接之地。（『身無』二句）言綯與已位地隔絶，不得同升，而已兩心相照也。（『隔座』二句）極言情禮之歡洽。（『嗟余』二句）結惟自恨，未怨令狐也。（次章）義山就王茂元之辟，慮綯見疎，故《酬別》詩有『青萍肯見疑』之句，今因禮遇之隆，喜出望外。（《西崑發微》）又曰：『昨夜星辰昨夜風，畫樓西畔桂堂東』，乃是具文見意之法。起聯以引起下文而虚做者，常道也；起聯若實，次聯反虚，是為定法。

（《圍爐詩話》）

【《唐詩鼓吹評注》】此追憶昨夜之景而思其地，謂身不能至而心則可通也。送鬮射覆，乃昨夜之事。嗟予聽鼓而去，迹似轉蓬，不惟不能相親，並與畫樓桂堂相遠矣。

【何焯曰】（首句）『嘒彼小星，三五在東』，自比身處卑位，不得遂其所好也。（『心有』句）言止於相望。（《輯評》）

【杜詔曰】義山無題，楊孟載謂皆寓君臣遇合。長孺亦云『不得但以艷語目之』，吴修齡又專指令狐綯，説似為近之。（《唐詩叩彈集》）

【胡以梅曰】（『昨夜』首）義山《無題》借題諸篇，説者謂其託美人以喻君子，思遇合之所由作也。義山推李賀為天上奇才，風流習尚，詭激奇情，固出入於昌谷之間，運之以典墳之富，使人誠不可方物。然名教自有樂地，如《離騷》之用有娀、高丘二姚，不過一二見，其它山川草木、鳥獸雲物，皆可寄託，何必沾沾纏綿於側艷而後立言？其中真真假假，假假真真，易瞇俗眼，生時為當塗所薄，未必不由此。千古之下，共惜其才，因護其短，欲為賢者諱，捨軀殻而談臟腑，何能百不失一？況當日癖有嗜痂，今必曲為之解，翻空作者笑人，更亦到處皆成疑團渾沌，血脈梗塞，茫無條貫，詩神面目，竟無洗發之日，又豈愛義山之才之謂歟？抑使後之好作綺語者，皆得遁法於幽怨騷人，縱恣蕩逸，亦非訓世之道。如此詩下半首，語氣顯然。且若作遇合論，席間座上已是靈犀通照，何尚煩轉蓬之歎乎？此章本集内二首，其二曰（略），則席上本有萼緑華其人，於吴王苑中偷看之而感情耳，已有注脚。若後『來是空言』章，集中四首，其四有『東家老女嫁不售』，則已注明前三首為思遇合矣。他如雖無注脚，而揣摹通章神情，考其用事，辨其真假，注宜分晰，若其綺麗之語，柔膩之姿，通身脈絡，皆傍艷情而出，故當一歸之艷情。……此詩是席上有遇追憶之作。妙在欲言良宵佳會，獨從星辰説起。是言星辰晴焕，昨夜如良夜，而風亦和風也。疊言『昨夜』，是追思不置，如『鳳兮鳳兮』『潮乎潮乎』，腹轉車輪耳。畫樓西畔而曰桂堂，蓋用『盧家蘭室桂為梁』之堂，畫樓為陪襯，桂堂為賓位。兩句凌空步虚，有繪風之妙。只一『桂』字如春草之勾萌，而『東』字作為下落。測其微旨，『西』字亦是陪客。『東』字本於『恨不早嫁東家王』之『東』。為桂堂穿綫，則隱然有一人影在內，不須道破，令人猜想自得。然猶在幽暗之中，得三四鋪雲襯月，頓覺七寶放光，透出上文。身遠心通，儼然相對一堂之中。五之勝情，六之勝境，皆為佳人着色。且隔座分曹，申明三之意；送鉤春暖，方見四之實。蠟燈紅後，恨無主人燭滅留髡之會。聞鼓而起，今朝寂寞，能不重念昨夜之為良時乎？若欲謂之傷遇合而作，則起處何因，首二句旨在何處，便入暗室。五六亦覺膚淺泛語，嚼蠟無味矣。應各出手眼，不能習人唾餘也。……按唐龍朔……改祕書省為蘭臺，時義山為祕書省校書郎，朱箋引御史，恐非。（《唐詩貫珠串釋》）

【陸鳴皐曰】此因羈宦而思樂境，亦不得志之詩也。首二句，言良辰而在勝地，乃倒裝法。次聯，言身不得至而心至之。腰聯，正想慕歡宴之場，而方從事一官，不能與會，故嗟耳。李初為祕書省校書郎，後又辟幕府而得侍御史，故用蘭臺事。而曰『斷蓬』者，喻去來頓折也。

【徐德泓曰】此詩非詠夜景，然既以夜説入，則酒暖、燈紅、聽鼓字様，俱屬夜間，律法始合。一起超忽，尤争上乘處也。

【陸曰】會昌二年，王茂元鎮河陽，辟義山掌書記，得侍御史，詩有『走馬蘭臺』之言，疑作於其時。首句星辰字、風字，非泛然寫景，正見得昨夜乃良夜也。當此良夜，阻我佳期，則畫樓桂堂之間，雖不能至，心向往之矣。隔座送鈎，分曹射覆，言一宵樂事甚多，而聽鼓應官之客，曾不得身與其間，傷之也，亦妒之也。○楊孟載云：『義山《無題》詩，皆寓言君臣遇合』，誠得其旨矣。然本文皆託於帷房暱媟之詞，不得以正意攔入，故余於諸篇第就本文詮解。讀書論世，在學者自得之而已。

【錢良擇曰】義山《無題》詩直是艷語耳。楊眉庵謂託於君臣不忘君，亦是故為高論，未敢信其必然。

【姚曰】（『昨夜』首）此言得路與失路者之不同也。星辰得路，重以好風，畫樓桂堂，正得意人集聚之地。此時雖不必傳翼而飛，已心許作一路上人矣。於是隔座送鉤，分曹射覆，眉眼傳情，機關默會，留髡送客之樂，不言可知。而余以聽鼓應官之身，雖從走馬蘭臺之後，巧拙冷暖，真有咫尺千里之嘆也，如何！本集此章後有絕句云

（按即『聞道』首），意其人必少俊而驟躐清華者歟？

【屈曰】（『昨夜』首）一二昨夜所會時地。三四身雖似遠，心已相通。五六承三四言，藏鈎送酒，其如隔座；分曹射覆，惟凝燭紅。及天明而去，應官走馬，無異轉蓬。感目成於此夜，恐後會之難期。（『聞道』首）甚自幸，然未得顯然明看，終是恨事。

【程曰】義山《無題》諸作，世多以艷語目之，不知義山轉皆有題，凡無題者皆寄託也。楊孟載能知其為寓言是矣，但皆以為感歎君臣之遇合，未免郛郭。須分別觀之，各有所為，乃得耳。此詩第一首有蘭臺字，當是初成進士，釋褐秘書省校書郎，調補弘農尉時作，蓋歎不得立朝，將為下吏也。起用『星辰』字，用『風』字，非泛泛寫景。自漢有郎官上應列宿之語，後代多以入朝為郎者為上星辰。劉賓客《送人出郎署》云：『夜見星辰憶舊官。』崔珏《傷義山詩》亦有『成紀星郎』之言；風則莊子所謂『吹萬不同』之物，而失意者有如藥山禪師之對李翱所言『黑風吹墮』者也。此詩之起，意謂昨始得為校書郎，方有列宿之榮，無端而出於外，乃如風吹飄落也。次句畫樓桂堂，比秘書省之華貴，以足上文之意。三四言身今不得復至，而心未能忘情。五六言時賢之在秘書省者風流情事，當有送鈎射覆酒暖燈紅之樂。結二語謂已不能與此樂事，以作尉而去，迴思校書郎，能無繫戀？故明攄其慨歎曰『嗟余』，曰『應官』，曰『蘭臺斷蓬』，詞旨皆豁然也。第二首言官職之秘書省，人皆以為清秩，猶天上應真之位，固已所昔聞而仰望者。當其未得，遠若天涯，及其既得，似為固有。豈知事有不然，時復多變，竟如秦樓之客，不過偷看吴王苑内之花而已，可勝道哉！朱長孺引馮定遠之論，以為『義山幾赤高賢，失意蹉跎，出而從事諸侯幕府，故託詞諷懷以序其意』，其説亦粗得其梗概，但未就詩中『蘭臺』字，『應官』字細加推詳，則誤認為應辟幕僚得侍御史之時，而不知為初出秘書調尉弘農之時也。

【趙臣瑗曰】（『昨夜』首）一是記其時，二是記其地。三可望而不可即也。四是欲舍之而不能舍也。五六是實記其所見之事：兩行粉黛，十二金釵，後庭私讌，促坐追懽，有如此者。七八彼席未終，我踪靡定，徬徨回惑，惟有付之一歎而已。此義山在王茂元家竊睹其閨人而為之，或云在令狐相公家者，非也。蓋義山在令狐家尚未第，迨王茂元辟為掌書記始得侍御史，而茂元遂以女妻之。觀末句『走馬蘭臺』及次首絶句『豈知一夜秦樓客，偷看吳王苑内花』，則義山固已自寫供招矣，又何疑焉？（《山滿樓唐詩七律箋注》）

【馮曰】（『昨夜』首）次聯言身不接而心能通；五六正想像得之，與下章『偷看』相應，非義山身在其中也，意味乃佳。又曰：自來解《無題》諸詩者，或謂其皆屬寓言，或謂其盡賦本事，各有偏見，互持莫決。余細讀全集，乃知實有寄託者多，直作艷情者少，夾雜不分，令人迷亂耳。此二篇定屬艷情，因窺見後房姬妾而作，得毋其中有吳人耶？趙箋大意良是，他人苦將上首穿鑿，不知下首明道破矣。《鼓吹》合諸《無題》詩而計數編之，全失本來意味，可大噱也。又曰：『秦樓客』，自謂壻於王氏也。但義山兩為秘省房中官：一在開成四年，是年即出尉弘農；一在會昌二年。而王茂元於武宗即位初由涇原入朝，會昌元年出鎮陳許，則蹤跡皆不細合矣。或茂元在鎮，更有家在京，或係王氏之親戚，而義山居停於此。頗可與《街西池館》及《可歎》等篇參悟，亦大傷輕薄矣。

【王鳴盛曰】其所懷者，吳人也，故云『閶門』，又云『吳王苑内花』。馮先生因秦樓二字用蕭史弄玉事，故以為王茂元後房，恐太泥。唐時風氣，宴客出家妓，常事耳，何必婦翁？（馮注初刊本王氏手批）

【紀曰】二首直是狹邪之作，了無可取。何以定二首為實有本事也？以第一首七八句斷之。（《詩説》）又曰：觀此詩（按：指『昨夜』首）末二句，實是妓席之作，不得以寓意曲解。義山風懷詩，注家皆以寓君臣為説，殊多穿鑿。虛谷收入此類，却是具眼。○通犀乃犀病所致，此特言病耳。元人始誤用為褒語。（《瀛奎律髓刊誤》）

【姜炳璋曰】（其一）此義山初得御史而受室王氏，因作此詩，寄中朝所親之人，疑即令狐綯也。是時李贊皇當國，用綯為左補闕；綯與贊皇全未有隙，於義山素屬交親，故義山詩寄之。星辰有風，天氣晴好也；畫樓桂堂，畫省問也。『彩鳳』用蕭史乘鳳事，蓋侍御史兼掌圖籍，可以從容諷議，而身居幕官，復為贅婿，不得跨鳳而來，即下章所云『秦樓客』也。然心似靈犀，與親厚者無息不相通矣。『春酒』『蠟燈』，正言朝官之樂。而我在河陽屢承使命，每聽更鼓，輒起應官職，直是走馬御史，如轉蓬然，安得與中朝同列隔座分曹，暢我情懷耶？『蘭臺』，只作御史字用。（其二）『秦樓』是借喻河陽幕府，『閶門』『吳苑』是借喻長安。蓋長安秦地，以秦樓喻河陽，不得復見長安，故借喻于閶門吴苑也。緑華女仙，借喻中朝顯秩；『苑内花』謂苑内美人，為侍御史之喻也。言當日欲居顯位，大展才猷，故自河内不遠天涯而至長安，豈知一為河陽之贅婿，但有一侍御史之虚銜而已，何異望女仙而來偷看一美人而止乎？『偷看』者，僅有虚銜，但可為觀美，而非其實有也。時贊皇當國，絢為補闕，與義山相知之深，不必明白相告而自能默會於意言之外也。

【孫洙曰】（一）其時。（二）其地。（三）形相隔。（四）心相通。（五、六）此樓西堂東，相遇時之景。

【張曰】此二首疑在王茂元家觀其家妓而作，後篇已説明矣。『隔座』二句點明家妓。蓋因親串，故晦其題耳。（《辨正》）又曰：（『昨夜』首）此初官正字，歆羡内省之寓言也。首句點其時、地。『身無』二句，分隔情通。『隔座』二句，狀内省諸公聯翩並進得意情態。結則艷妒之意，恐已不能身厠其間，喜極故反言之也。次章意尤顯了。萼緑華以比衛公。閶門在揚州，《舊紀》：『寶曆二年鹽鐵使王播奏：「揚州舊漕河水淺，今從閶門外古七里港開河向東，取禪智寺橋東通舊官河」』是也，此指淮南。下言從前我於衛公可望而不可親，今何幸竟有機遇耶？秦樓客，自謂茂元壻也。觀此則秘省一除，必李黨汲引無疑。義山本長章奏，中書掌誥，固所預期。當衛公得君之時，藉黨人之力，頗有立躋顯達之望，而無如文人命薄，忽丁母憂也。此實一生榮枯所由判歟？自趙臣瑗謂此義山在茂元家竊窺其閨人而作，於是解者紛紛。不知是年茂元方鎮陳許，即開成四年，義山釋褐校書，茂元亦在涇州，蹤跡皆不相合。馮氏亦知其不通，則又創為茂元有家在京之説，更引《街西池館》等篇實之。義山不但無特操，且從此為名教罪人矣。何其厚誣古人如是哉！（《會箋》）

【黄侃曰】此詩全為追憶之辭，又有『聽鼓應官』之語，其出為縣尉，追想京華游宴之作乎？

【汪辟疆曰】此當為開成四年調尉弘農留别祕省同官之詩也。趙臣瑗謂義山竊窺王茂元家姬，大謬。首二語言其時地，星辰喻其高，風喻其清，而畫樓桂堂，則祕省也。三四分隔情通欣羡如見。五六則狀内省諸公聯翩並進，讌遊之樂，得意可知。結二語，則謂己不得長在此間，而有轉蓬遠揚之恨。比類達情，意深而婉，反覆誦之，味彌永矣。又曰：次章蓋竊幸因王氏而自進於衛公之詩也。萼緑華比衛公。次句言向於衛公而不可親，今何幸有此機遇也。秦樓客，謂為茂元壻。二語謂豈意以論婚王氏之故而自得附於李黨耶？吴王苑内花，當指李衛公門下英俊之士。細翫此詩，又可知義山再入祕省，其為李黨汲引無疑也。又按：李衛公以文宗開成二年五月由浙西觀察使調充淮南節度使，至開成五年四月召回，以為吏部尚書同中書門下平章事。此二詩如作於開成四年義山由祕書省校書調補弘農尉之時，則衛公時正在淮南。此云閶門者當在揚州……（《玉谿詩箋舉例》）

【按】此二首顯為賦體，而非比興寓言之作。首章「嗟余聽鼓應官」「走馬蘭臺」，已將己之身份地位和盤托出；次章「秦樓客」亦即自指。故二首所述，殆為作者親身經歷之情事，而非託事寓懷、借美人以喻君子之寓言。託美人以喻君子之比興寓言體作品，雖亦間有出現「我」字者（如阮籍《詠懷》「西方有佳人」），然彼意象較虚，託寓痕跡顯然，與此二章之實寫宴飲場面，具體交代「我」之仕履行跡者迥然有別。張氏《會箋》謂首章係「歆羡内省之寓言」，然「身無」一聯，明言身雖不能相接而情則相通，則彼此固已心心相印，許為知己，若重入秘省，又屬「李黨汲引無疑」（張氏語），則此時正大可有為之日，何末聯反歎走馬蘭臺，身如轉蓬乎？「喜極故反言之」之説，純屬臆想，正見其後先矛盾，無以自圓。至謂萼緑華比李德裕，閶門指淮南，更穿鑿不足信，下文明言「吴王苑内花」，閶門自指吴地而與淮南無涉。汪氏雜取程、張之説，謂首章為調尉弘農留别秘省同官之作，然末聯「聽鼓應官」明係京官晨上班應付官事，而非遠赴弘農；「走馬蘭臺」亦指走馬而赴蘭臺官署，而非走馬而離蘭臺也。

主賦實説者，或以為「狹邪之作」，然與詩中所述「身無綵鳳雙飛翼」及「偷看吴王苑内花」之語不甚切合。故諸説之中，實以趙、馮二家較優。唯其過泥「秦樓客」之典，必指實所懷者為王茂元之後房姬妾，則不免拘執。「秦樓客」固暗指己之愛婿身份，然此處特取義於文士之風流瀟灑；且貴家宴會多矣，何必定指婦翁之家？然視「吴王苑内花」之語，則所懷者為貴家姬妾，似大體可定。

首章係追憶昨夜所參預之一次貴家後堂宴會。星辰好風，渲染良夜氣氛；畫樓西畔桂堂東，盛宴良會之所。「身無」一聯，謂彼此身雖不能相親相接，效綵鳳之雙飛，心則固如靈犀一綫，相通相應。腹聯送鈎射覆、酒暖燈紅，正寫盛宴熱鬧情景，而觥籌交錯之間，雙方目成心會之情可想。馮氏謂此聯係「想像得之，與下章「偷看」相應，非義山身在其中也」，不知既曰「一夜」「偷看」，則雙方當於席上相遇，如為佇立遥想，又何從得「偷看」乎？末聯則謂晨鼓催人，不得久留其間，走馬應官，赴職蘭臺之際，不禁有身如轉蓬之歎也。「聽鼓應官」，與下首「一夜」相應，蓋昨夜之宴，竟徹夜達曉矣。次章一二句，似透露對方美名早著，作者之想望亦非一日。「相望抵天涯」者，正極形相見之難，所謂「咫尺畫堂深似海」也。三四則言昨夜竟有幸得窺此苑内名花以償宿願。「偷看」云云，亦「不敢公然子細看」（《天平公座中呈令狐相公》）之謂也。

二詩作於義山任職祕省期間，則開成四年春、會昌二年春、六年春似均有可能，頗難定編。馮繫開成四年初入祕省時，張繫會昌二年重官祕省時，均無確據。視首章末聯以「走馬蘭臺」為蓬轉不定之生活，似帶身世沉淪孤孑之感，與《偶成轉韻七十二句贈四同舍》「我時憔悴在書閣，卧枕芸香春夜闌。明年赴辟下昭桂，東郊慟哭辭兄弟」等句情調彷彿，或作於會昌六年春。然終乏確證，姑依張箋暫繫會昌二年春。

鏡檻〔一〕①

鏡檻芙蓉入②，香臺翡翠過③。撥弦驚《火鳳》④，交扇拂天鵝⑤。隱忍陽城笑⑥，喧傳郢市歌⑦。仙眉瓊作葉⑧，佛髻鈿為螺⑨。五里無因霧⑩，三秋只見河⑪。月中供藥剩⑫，海上得綃多⑬。玉集胡沙割⑭，犀留聖水磨⑮。斜門穿戲蝀，小閣鎖飛蛾⑯。騎襜侵韉卷⑰，車帷約幰鈋⑱。傳書兩行雁⑲，取酒一封駞⑳。橋迴涼風壓，溝横夕照和〔二〕。待烏燕太子㉑，駐馬魏東阿㉒。想象鋪芳褥㉓，依稀解醉羅㉔。散時簾隔露㉕，卧後幕生波㉖。梯穩從攀桂㉗，弓調任射莎㉘。豈能拋斷夢，聽鼓事朝珂㉙？

〔一〕『鏡』，才調作『錦』。首句『鏡』字才調亦作『錦』。

〔二〕『横』原作『斜』，一作『横』，據各本改。才調集亦作『横』。

集注

①【程注】謝脁《詠鏡臺詩》云：『玲瓏類丹檻。』題云鏡檻，當是鏡臺耳。又按：《才調集》作錦檻。【馮注】本集諸本皆作鏡，所見《才調集》二本，一作鏡，注曰：『或作錦』；一直作錦。……徐曰：錦檻，錦棚也。《開元遺事》：『長安富家，每至暑伏中，各於林亭内植畫柱，結錦為涼棚，設坐具，召名姝間坐，遞請為避暑會。』杜子美《陪諸貴公子丈八溝携妓納凉》詩，即此會也。玩全篇語義，與此頗合。按謝脁詩，《初學記》於鏡臺采之，程説近是，故且從舊本。徐説於全篇亦似，但不必過泥林亭。【按】《開元天寶遺事》又云：『都人士女，每至正月半後，各乘車跨馬，供帳於園圃或郊野中，為探春之宴。』『長安士女，勝春野步，則設席籍草以紅裙相插挂，以為宴幄。』是錦棚之屬，不但夏令避暑有之，且春游亦為之，不但林亭可設，郊野亦然。鏡檻與詩意較難合，似應從《才調集》作錦檻。然本集均作『鏡』，姑仍之。

②【朱注】鏡檻，水檻也。水光如鏡，故曰鏡檻。或曰北齊後主於宮中起鏡殿寶殿。又高宗時武后作鏡殿，四壁皆安鏡，為白晝秘戲之須。鏡檻當是鏡殿中欄檻耳。【按】朱注非，見上注。

③【朱注】《拾遺記》：『石虎春雜寶異香為屑，使數百人於樓上吹散之，名曰香（芳）塵臺。』【馮曰】此句

泛用可也。【徐曰】芙蓉、翡翠，皆喻名姝。　【按】曰香臺，當是錦檻設於高敞處，視之若臺，故云。

④【朱注】《春秋元命苞》：『火離為鳳。』《唐會要》：『貞觀中有裴神符者，妙解琵琶，作《勝蠻奴》《火鳳》《傾盃樂》三曲，聲度清美，太宗深愛之。』　【馮注】《春秋演孔圖》：『鳳，火精也。』

⑤【道源注】《通志》：『漢陽府産天鵝。』以天鵝羽為扇也。　【馮注】《世説》：『郄嘉賓三伏之月詣謝公，雖復當風交扇，猶沾汗流離。』《拾遺記》：『周昭王時塗修國獻丹鵠，夏至取鵠羽為扇，二美女更摇此扇，侍于王側。』《本草》：『鵠，一名天鵝，大鵞也。』此言羽扇，字習見。　【按】二句謂錦檻中名姝撥弦則彈奏《火鳳》之曲，揮扇起舞則拂天鵝之羽。『火鳳』『天鵝』或有兼喻在座女子之意。

⑥【馮注】《登徒子好色賦》：『嫣然一笑，惑陽城，迷下蔡。』《漢書·劉輔傳》：『小罪宜隱忍。』　【補】隱忍：與下『喧傳』對文，有含而不露之意。此句狀女子隱笑之態。陽城笑，言其笑之迷人。

⑦【馮注】宋玉《對楚王問》：『客有歌於郢中者，（其始曰《下里》《巴人》，國中屬而和者數千人。其為《陽阿》《薤露》，國中屬而和者數百人。）其為《陽春》《白雪》，（國中）屬而和者不過數十人。』　【按】曰『喧傳』，當指屬和者之衆。句意謂歌聲喧聒。

⑧【馮注】眉以葉言，如梁元帝詩：『柳葉生眉上。』《御覽》引《上原經》曰：『眉竺仙住南岳』，餘未考。

【按】仙眉泛稱其美，不必用事，取與下『佛髻』相對。瓊作葉：謂其眉如瓊葉，美而有光澤。

⑨【朱注】《楞嚴經》：『世尊從肉髻中涌出百寶光。』《法苑珠林》：『如來申髮，以尺量，長一丈三尺五寸。放已右旋，還成蠡文。』蠡即螺。王勃《釋迦像碑》：『髻銜龍髮，頂秀螺紋。』　【馮注】《南史·扶南國傳》：『佛髮青紺色，衆僧以手伸之，隨手長短，放之則旋屈為蠡形。』《僧伽經》：『佛髮青而細，如藕莖絲。』《法苑珠林·敬佛篇》：『迦畢試國有佛髮，青色，螺旋右縈，引長丈餘，卷可寸許。』二句狀其粧飾。　【補】白居易《阿彌陀佛贊》：『金身螺髻，玉毫紺目。』是佛髻確為螺狀。鈿，以金翠珠寶等制成之花朵形首飾。鈿為螺，謂螺髻之上插以花鈿。

⑩【馮注】《後漢書》：『張楷，字公超，居弘農山中，學者隨之成市，後華陰山南遂有公超市。性好道術，能作五里霧。時關西人裴優亦能為三里霧。』

⑪【馮注】銀河也。無端有霧，凝望惟河，未得諦視也。【按】二句似指倏而分離。如為雲霧所遮，如牛女為銀河所隔。

⑫【朱注】姮娥竊藥奔月事。《樂府·董逃行》：『白兔長跪擣藥蝦蟇丸，奉上陛下一玉柈。』【補】剩，多也。

⑬【馮注】《博物志》：『南海有鮫人，水居如魚，不廢織績。』左思《吴都賦》注曰：『俗傳鮫人從水中出，曾寄寓人家，積日賣綃。綃者，竹孚俞也。』【朱注】《北夢瑣言》：『唐朱建章為幽州司馬，往渤海，遇水仙，遺以鮫綃，軸之如箸，夏天展之，一室凛然。』

⑭【朱注】《爾雅翼》：『鮫，今之沙魚。大而長喙如鋸者名胡沙，小而麄者名白沙。』《説文》：『鮫魚皮可飾刀。』《孔叢子》：『秦王得西戎利刀，割玉如割木。』【姚注】《通志》：『解玉溪在成都華陽縣大慈寺南，用其砂解玉則易為功。』【馮注】《寰宇記》：『邢州貢解玉沙。』《齊東野語》：『玉人攻玉，必以邢河之沙。』按《寰宇記》河南道潁陽縣：『八風溪水南流，合三交水。此岸有沙細潤，可以澡灌。隋代常進後宫，雜以香藥，以當豆屑，號曰玉女沙。』亦可取證。【按】朱注誤，馮注近是。

⑮【朱注】《抱朴子》：『通天犀能殺毒。』《水經注》：『聖水出上谷郡西南聖水谷。』《舊唐書》：『寶曆二年，亳州言出聖水，飲之者愈疾。』【馮注】《三輔黄圖》：『冰池在長安西。』《舊圖》云：『西有滮池，亦名聖水泉。』蓋冰、滮聲相近，傳説之誤也。按：冰池之為聖女泉，宋敏求《長安志》亦云：『聖水泉出咸陽縣西昆明池北平地上也。』其餘聖水事甚多。細玩以上四句，供藥剩者，借言飲食已畢；得綃多者，取更衣之義。綃至輕明，正切夏衣。玉謂玉顔，胡沙喻拭面之物。犀謂犀齒。聖水磨，喻漱齒之態。其遺辭至為詭僻。【按】『月中』二句似是狀其如月娥搗藥，度日如年，如鮫人潛織，鮫綃滿屋，均想像其閒居無聊賴之情景。『玉集』二句不甚可解。

⑯【馮曰】貯之別室。【按】『斜門』句實寫景物，以戲蜨飛翾反襯幽居之孤寂苦悶；『小閣』句即所謂『深鎖春光一院愁』也，飛蛾喻幽居女子。

⑰【朱注】襜，昌艷切。韉，將先切。《韻會》：《説文》：『襜，衣蔽前。』又，襜褕，謂帷襜，以蔽前後。一曰襌襦，郭璞云：『今之蔽膝也。』韉：馬鞁具，通作韀。《晉·張方傳》：『亂軍入宮，割流蘇武帳以為馬韀。』【程注】襜，通作韂，鞍下障泥。白居易詩：『花襜宜乘叱撥駒。』【馮注】《釋名》：『韠蔽膝也，又曰跪襜。』按襜本衣名，『騎襜』則被於馬者，暫休，故卷之。【姚注】跨馬則衣前必捲。【補】襜，繫於衣前之圍裙（即《説文》之所謂『衣蔽前』）。《詩·小雅·采綠》：『終朝采藍，不盈一襜。』韉：即韀，襯托馬鞍之墊。

⑱【朱注】鈋，吾禾切。【道源注】《倉頡篇》：『帛張車上曰幰。』《龍龕手鏡》：『鈋，去角也，刓方為圓也。』【姚注】車中則幰必微開。【馮注】《釋名》：『容車，婦人所載小車也。其蓋施帷，以隱蔽形容也。』幰，憲也，御熱也。《舊書·輿服志》：『車有亘幰、通幰。』《説文》：『鈋，吪圜也，五禾切。』《廣韻》：『刓也，去角也。』二句謂休其車騎。此十字以故犯聲病為戲。【按】二句謂卷起障泥鞍墊，束緊車上帷幔。

⑲【馮注】《詩》：『兩驂雁行。』此用雁書。

⑳【朱注】《漢書（西域傳）》：『大月氏國出一封橐駞。』注：『脊上有一封高也，如封土然。今俗呼為犎。』【馮注】謂遣使更延他人取酒，以備宴飲。按：『一封』謂以一駞取酒亦可，不必定謂駝封。【補】一封駝：單峰駱駝。

㉑【朱注】《藝文類聚》：《燕》丹子曰：『秦止燕太子丹為質曰：「烏頭白，馬生角，乃可歸。」丹仰天嘆，烏即白頭，馬為生角。秦王不得已而遣之。』【何曰】待烏謂烏棲也。（《讀書記》）

㉒【馮注】《洛神賦》：『余從京師，言歸東藩，背伊闕，越轘轅，經通谷，陵景山，日既西傾，車殆馬煩。爾乃税駕乎蘅皋，秣駟乎芝田，容與乎陽林，流眄乎洛川。』【徐曰】『待烏』謂烏棲，承上『夕照』，『駐馬』亦取日既西傾之義。【馮曰】此義山自寫遥望之情，下遂接入想像。【按】曹植於魏明帝太和三年徙封東阿王。

㉓【馮注】《文選・雪賦》：『援綺衾兮坐芳縟。』按《西京賦》：『采色纖縟。』《雪賦》本作『縟』，或作『褥』，誤也。　【按】《雪賦》中之『縟』義同褥。

㉔【馮注】《史記・滑稽淳于髡傳》：『日暮酒闌，合尊促坐，男女同席，履舄交錯，杯盤狼藉，堂上燭滅，主人留髡而送客。羅襦襟解，微聞薌澤。當此之時，髡心最歡，能飲一石。』以下想其酒闌夜宿。　【補】依稀：仿佛，想像之詞。

㉕【馮注】鮑照詩：『珠簾無隔露。』

㉖【馮注】幕動如波紋，猶《燕臺夏》詩『輕帷翠幕波洄旋』也。　【何曰】（『散時』）二句太褻。（《輯評》）

㉗【馮注】《淮南子》：『月中有桂樹。』虞喜《安天論》：『俗傳月中有仙人桂樹，今視其初生，見仙人之足，漸以成形，桂樹後生焉。』　【朱注】《酉陽雜俎》：『月中有桂，高五百丈。』　【程注】杜甫詩：『攀桂仰天高。』　【補】崔駰《大將西征賦》：『升天梯以高翔。』王逸《九思》：『緣天梯兮北上。』從，任。

㉘【馮注】《北史・豆盧寧傳》：『當與梁企定肆射，乃相去百步，縣莎草以射之，七發五中，企定服其能。』《御覽》引《述異記》：『昔戰國時魏國苦秦之難，有民征戍不返，其妻思之而卒，冢上生木，枝葉皆向夫所在而傾，謂之相思木。今秦趙間有相思草，狀若石竹，而節節相續，一名斷腸草，又名愁婦草，亦名孀草，人呼為寡婦莎，蓋相思之流也。』按月娥亦言孀獨，二句定指女冠，用意頗幻。否則語不倫矣。今本《述異記》孀草誤作霜草。寡婦莎誤作寮莎，幾無從考索耳。前云仙眉、佛髻，亦以女冠也。

㉙【馮注】徐曰：《唐六典》載：『承天門擊曉鼓，聽擊鐘後一刻鼓聲絶，皇城開。第一鼕鼕鼓聲絶，宮城及左右延明、乾化門開。第二鼕鼕鼓聲絶，宮殿門開，則百官集矣。』《雍洛靈異小録》：『馬周請置街鼓，時人呼為鼕鼕鼓。』　【馮注】詳《馬周傳》。《隋書・志》：『馬珂，三品以上九子，四品七子，五品五子。』　【補】珂，馬勒上之裝飾品，或即以代指馬勒。

【朱彝尊曰】：此亦西崑諸公之祖也。以句求之，字字可解。以篇求之，字字不可解。後之人賞其工麗，以為艷詞而争效之，亦想當然耳，原未必曉其所以然也。

【馮舒曰】詩多未解，然如是西施，不必能名然後知其美。（二馮評閲《才調集》。下條同。）

【馮班曰】此首頗直，内用事有未詳處。

【何曰】陳無己謂昌黎以文為詩，妄也。吾獨謂義山是以文為詩者。觀其使事，全得徐孝穆、庾子山門法。

【姚曰】首四句，寫其居止。『隱忍』四句，寫其色藝。『五里』四句，寫其隔絶。『玉集』四句，寫其房櫳。『騎襜』四句，寫其出遊。『橋迴』四句，於所值之地而一見流連。『想像』四句於既歸之後而不勝神往。末四句，以眄望無聊之意結。

（《讀書記》）

【屈曰】一二親至閨中。『撥弦』句能彈也。『交扇』句，遮面也。『隱忍』句，色喜也。『喧傳』句，能歌也。『仙眉』二句，眉髮之美也。『五里』二句，久不相見也。『月中』以下六句，美如嫦娥而又巧絶也。『騎襜』二句，出遊也。『傳書』句，信相通也。『取酒』句，有所贈也。『橋迴』二句點時也。『待烏』二句思情也。『想像』以下皆己之所願也。結二句不忍舍也。〇一段昔曾親至美人所居而見其如此。二段久不相見而想其如此。想像以下，己之所願如此。結二句不忍舍也。

【程曰】此艷詩也。結語即『辜負香衾事早朝』之意。中間『待烏燕太子，駐馬魏東阿』二語，謂羈留之情，如秦約燕丹，歸待烏頭之白；甄憐曹植，魂來洛水之濱。蓋去留眷戀，死生以之，極言其情也。

【馮曰】細為剖析，姿態全呈。晝則羡其嬉遊，晚而想其歡會。身屬旁觀，饞涎難禁。意織語僻，易使人迷耳。玩結句當作於為校書時。其後雖頻在京，無此歡悰矣。

【紀曰】瑚琢下派。香泉曰：『此必有懷歌妓之作』，説亦有理，以末二句證之益信。問上黨馮氏評此詩如何？（按即如見西施云云）曰此鈍吟偏駁之論，二馮評《才調集》意在闢江西而崇崑體，於義山尤力為表揚，然所取多屑屑雕鏤之作，而欲持之以攻江西，恐與江西之生硬，正亦如齊楚之得失也。夫義山、魯直本源俱出少陵，才分所至，面貌各别，而俱足千古，學者不求其精神意旨所在，而規規于字句之間，分門别户，此詆粗莽，彼詆塗澤，不問曲直，鬨然佐鬭，不知粗莽者江西之流派，江西本不以粗莽為長，塗澤者西崑之流派，西崑亦不以塗澤為長也，因論鈍吟此語而并及之。（《詩説》）　香泉以為眷懷歌妓之作，似有事實，并非虚擬。○『梯穩』句言不羡登第，『弓調』句言不羡立功。（《輯評》）

【張曰】此篇用事太晦，或屬艷情。馮氏據結語謂作於校書時，然義山兩為秘省房中官，會昌六年又重官正字，何時所作，頗難定編。（《會箋》）玉谿艷情諸詩，雖專以藻繪為工，然設采處無不緯以清氣，運以沉思，迥異塗附，由其用意為主故也。西崑學步，僅獵其詞華而無其神味。譬如翦綵作花，非不繁艷也，就而觀之，去真逾遠。此亦悟義山天才為不可及矣。紀氏不能細辨義山、西崑之所以異同，反因西崑措辭瑣屑，并義山亦一概詆之，是何異子孫不屑，殃及祖宗耶！可謂不善於立言者已。（《辨正》）

【按】　諸家均以為艷體。然用事僻而語意晦，故箋釋各有不同，今試綜合諸家箋語以解之。題應從《才調》作『錦檻』。首二錦檻、香臺，名異而實同，芙蓉、翡翠分别狀錦檻、香臺。『入』『過』之主體，係男主人公，若作正常句式，應為『入！芙蓉錦檻』『過！翡翠香臺』。『撥弦』四句謂其所屬意之女子能歌善舞，姿態嬌媚，色藝雙全。『仙眉』二句狀其眉髮之美，妝飾之艷。『五里』二句，似指錦檻相見後，即成别離，如隔五里霧，如隔河漢。以下遂想像其隔絶孤寂情景。『月中』二句，擬之為嫦娥、鮫人，謂其如嫦娥孤居，搗藥成塵；如鮫人潛織，鮫綃滿屋，極狀其百無聊賴之態。『玉集』二句意晦詞澀，不甚可解，或如馮解，係狀其長日無事，着意妝飾。『斜門』二句謂其幽居小閣，唯看斜門戲蝶。『騎襜』二句，寫出遊。『騎襜』寫男子，『車帷』寫女子。二人邂逅相遇。『傳書』二句，謂傳書以邀約，取酒以歡會，非謂錦檻中人傳書取酒也。『橋迴』二句，環境描寫，點時地。『待烏』二句，以燕丹、東阿自況。『待烏』，謂已渴望已久，『駐馬』謂於相見處流連。『想像』四句，追憶歡會之情景，詞艷意褻。『梯穩』二句，即得成比目，其它皆可置之度外之義，故紀氏釋為『不羡登第』『不羡立功』。由此，自然轉入結尾，不忍聽鼓而事早朝也。馮氏謂『身屬旁觀，饞涎難禁』，恐係誤解『想像』一語所致。實則此想像係事後追憶之詞，非想望而不得之詞。如馮氏説，則末聯為虛語矣。又此詩所懷想者，馮氏謂女冠，亦非。視『錦檻』『香臺』之語，與詩中有關色藝之描寫，其人當為貴家姬妾一流。因末句有『聽鼓事朝珂』之語，姑編任職秘省期間。

贈子直花下

池光忽隱牆，花氣亂侵房①。屏緣蜨留粉〔一〕，窗油蜂印黃〔二〕②。官書推小吏③，侍史從清郎④。並馬更吟去，尋思有底忙⑤？

〔一〕『緣』，悟抄作『緑』。校語云：北宋本作『緣』。

〔二〕『油』原作『由』。蔣本、姜本、戊籤、席本、影宋抄、朱本均作『油』。按上句『屏緣』為一詞，指屏邊，此句『窗油』亦連文，為一詞（《擬意》『犀帖釘窗油』可證）。油，指油幕。後人因誤解上句之『緣』為『因』義，故以下句『油』字為誤文而改『由』以就之。緣、油係借對。據蔣、姜各本改。

集注

①【補】『池光』句寫花影映牆。微風吹拂，花枝搖曳，若波光隱現於牆。『忽』與『亂』相對，謂花影恍忽不定。

②【補】緣，讀去聲 yuàn 院，邊緣。二句謂因花氣侵房，故屏風邊緣常有蝶停留而遺落蝶粉，窗幕常有蜂停留而印上蜂黃。《道藏經》：『蝶交則粉退，蜂交則黃退』。

③【朱注】《唐書》：『諸部郎有令史、書令史。』【馮注】《舊書·志》：『並流外也。令史掌案文簿。』【補】官書：官中之文書。《周禮·天官·宰夫》：『六曰史，掌官書以贊治。』推，託付。

④【朱注】杜佑《通典》：『漢尚書郎給侍史一人，女侍史二人。』【馮注】《後漢書·鍾離意傳》：『藥崧家貧，為郎，常獨直臺上，無被，枕杫，食糟糠。帝每夜入臺，輒見崧，問其故，甚嘉之。自此詔大官賜尚書以下朝夕餐，給帷被皁袍及侍史二人。』蔡質《漢官儀》：『尚書郎，伯史二人，女侍史二人，皆選端正者。伯史從至止車門還，女侍史潔被服，執香爐燒燻，從入臺中，給使護衣服也。』《北史》：『袁聿修為尚書郎，十年未受升酒之遺，尚書邢邵戲呼為清郎。』《山公啟事》：『舊選尚書郎極清望也，號稱大臣之副。』按稱『清郎』『望郎』以此。

⑤【補】更吟：更疊吟唱，猶唱酬。有底：張相曰：『猶云有如許或有甚也；亦猶云為甚也。』（《詩詞曲語辭匯釋》）按：末二句不易確解，蓋令狐綯乃庸俗之輩，雖附庸風雅，其心實未嘗在篇什上，故雖並馬更吟，而神思似仍為他事牽連。故商隱先謂官書已推小吏，且得侍史相從，清閒之極，後乃詰其尚有何忙乎？

【吳喬曰】詩中有『侍史從清郎』之句，必是令狐綯官郎中時所作。（《西崑發微》）

【《輯評》墨批曰】此必作於入直苑閣中，非泛然花下也。

【姚曰】花影朦朧，花氣稠疊，屏間窗底，總在濃香膩粉中也。且公務多閒，侍史雋麗，並馬清哦，得無為春思所困也耶？

【屈曰】《北史》：『邢卲為兗州刺史時，袁聿修出使，卲送白紬為別，聿修不受。卲報書云：「弟昔為清郎，今日復作清郎矣。」』按選舉以清望為重，故云。前四花下，後四贈子直。省郎曰清郎，又曰望郎。

【程曰】第六句『侍史從清郎』，當是作於大中元年令狐綯為郎之日，其時尚未應鄭亞之辟，未搆嫌怨，故通篇皆和平之音。自此以後則交疎矣。

【馮曰】是會昌二年子直為户部員外郎時。

【王鳴盛曰】並馬唱酬，外貌未嘗不款洽，無奈心已離矣，此綯之所以為小人也。

【紀曰】三四蒙泉以為卑俗也，七八更不成語。（《詩説》）又曰：三四纖俗，結句太率。（《輯評》）

【張曰】三四切花下，寫得艷至。義山長技，巧則有之，纖俗則未也。結亦唐賢舊格，以為太率，非也。（《辨正》）又曰：詩作尋常投贈語，言外頗有平視意，與後此《西掖玩月》之作，情態異矣。是重官秘書得意時也。（《會箋》）

【按】令狐綯會昌二年任户部員外郎，見《舊書》綯子《滈傳》。馮、張繫本篇於是年，是。張謂『詩作尋常投贈語，言外頗有平視意』亦確。綯雖無意篇什，其偕義山賞花賦詩，甚至僅出於應酬，然既是『並馬更吟』，見其時兩人關係尚較正常。蓋會昌間牛黨方失勢，而義山重官祕省，仕途似有轉機也。楊柳繫此詩於大和五年綯初釋褐授弘文館校書郎時，謂『清郎』指校書郎，見《李商隱評傳》一二〇頁。按大和五年春商隱在鄆州令狐楚幕。

即日①

小苑試春衣，高樓倚暮暉。夭桃唯是笑②，舞蝶不空飛。赤嶺久無耗③，鴻門猶合圍④。幾家緣錦字，含淚坐鴛機⑤。

①【補】即日，猶言以當日所接觸之題材為詩。與『即事』一類詩題近似。或謂『即日』當作『即目』，然各本均無異文。

②【錢鍾書曰】『桃之夭夭，灼灼其華』；《傳》：『夭夭、其少壯也；灼灼、華之盛也。』按《隰有萇楚》：『夭之沃沃』；傳：『夭、少也。』説文：『媄：巧也，一曰女子笑貌；《詩》曰：「桃之媄媄」』……蓋『夭夭』乃比喻之詞，亦形容花之嬌好，非指桃樹之『少壯』。李商隱《即日》：『夭桃惟是笑，舞蝶不空飛。』『夭』，即是『笑』，正如『舞』，即是『飛』；又《嘲桃》：『無賴夭桃面，平明露井東。春風為開了，却擬笑春風。』具得聖解。（《管錐編》卷一）

③【朱注】《唐書》：『鄯州鄯城縣有天威軍，故石堡城，天寶八載更名。又西二十里至赤嶺，其西吐蕃，有開元中分界碑。』

④【馮注】按：《漢書·地理志》：『武帝元朔四年，置西河郡，統三十六縣，有鴻門縣，又有離石縣。』其地與雁門、馬邑相接，唐時河東道之邊也，烏介入犯正其地。舊注引項羽屯兵之鴻門，謬矣。上指戎吐蕃者久不歸，此指逐回紇者猶苦戰。又唐人用顔色字，每以假對真，『鴻』字取同『紅』音。餘仿此。

⑤【馮注】《晉書》：『竇滔妻蘇氏名蕙，字若蘭，善屬文。滔苻堅時為秦州刺史，被徙流沙，蘇氏思之，織錦為《迴文旋圖》詩以贈滔，宛轉循環，詞甚悽惋，凡八百四十字。』按：他書不一其説，錦字、錦書習用，不必定拘此。《古詩》：『客從遠方來，遺我一端綺。文綵雙鴛鴦，裁為合歡被。』梁元帝《鴛鴦賦》：『文連新錦之機。』錦機亦習用。【程注】《侍兒小名録》：『前秦安南將軍竇滔有寵姬趙陽臺，置之別所。妻蘇求而獲焉，苦加撻辱，滔深恨之。滔鎮襄陽，與陽臺之任，絶蘇氏音問。蘇悔恨自傷，因織錦迴文，題詩二百餘首，計八百餘字，縱横反覆，皆為文章，名《璇璣圖》，遺蒼頭齎至襄陽。滔覽錦字，感其妙絶，因具車以迎蘇氏。』杜甫詩：『誰家挑錦衣，燭滅翠眉顰？』【補】鴛機，織錦機。

【朱曰】此應寄山南時作。（《李義山詩集補注》）

【朱彝尊曰】前半自喜，後半憂時。

【何曰】感時事而作。（三四句）對末二句。（《輯評》）

【姚曰】此應客山南時作。客中極目，夭桃舞蝶，皆欣欣自得，乃身居軍府，地隔煙塵，錦字難通，望夫有淚，蓋非獨一家也。

【屈曰】一事，二時。三四比也。五六時事可憂。七八征人婦之愁恨。○三比小人惟躭逸樂，四比小人惟私是營。

【程曰】『赤嶺久無耗，鴻門猶合圍』，謂回鶻與劉稹兩事也。武宗會昌二年，回鶻擁赤心部逼漁陽。會昌三年，昭義節度使劉從諫卒，子劉稹自稱留後，詔討之。時王茂元為河陽節度，奉詔同討。義山居其幕下，故言及之。回鶻之事遠，故曰久無耗；劉稹昭義之事近，故曰猶合圍也。是時已妻茂元之女，大都不在河陽，故目擊時艱，因思家室。前四語道盡客居之傷神，結二語遥度閨中之情致，詩旨固豁如也。

【馮曰】上半詠女郎春憨歡聚之態，下半以思婦對映。言外見世路干戈，離情不少，人愁我亦愁矣。

【王鳴盛曰】下半首寫征戍，真子美同調。

【紀曰】蒙泉曰：感時事而作。三四句對末二句看，興也。（《輯評》）

【張曰】通首皆為征人思婦而發，感事之作，別無寓意。或以人愁我愁解之，鑿矣。（《會箋》，繫會昌三年）又曰：此篇當是會昌二年春間作，時蓋未喪母也。史書回鶻掠靈朔北川於二年八月云：『乃徵發許、蔡、汴、濟等六鎮之師討之。』蓋徵師在八月，而回鶻掠靈、朔實在春間耳。史專據徵師而言，詩中『赤嶺』二句則指回鶻事而不及命討，可以參悟。余初定為會昌三年作，大誤。義山會昌二年丁母憂，詳《曾祖妣狀》。若實係三年作，則丁憂未久，安得弄筆墨耶？且詩語亦不類矣。（《辨正》）

【按】『赤嶺』二句，馮注極確。姚、程二箋均誤。然馮謂上半詠女郎春憨歡聚之態，下半以思婦對映則非。此詩構思，可借王昌齡《閨怨》（閨中少婦不曾愁）以明之。『小苑試春衣，高樓倚暮暉』，接近『閨中少婦不曾愁，春日凝妝上翠樓』，然『倚暮暉』三字見其在樓上佇立已久，情緒已轉入黯淡。『夭桃惟是笑，舞蝶不空飛』，近於王詩之『忽見陌頭楊柳色』，然已非乍見，而係於暮暉中凝視此類景物，精神殊為不堪。『惟是』『不空』，非抱欣賞態度，蓋覺彼不與己心境合也。此夭桃之繁盛艷麗、含笑春風，舞蝶之翩翾雙飛、自在歡聚乃格外觸發己之離情別緒，故五六即明確寫出思婦念遠之情。赤嶺無耗、鴻門合圍，戰事正未有已時。末聯則因己之離愁而思及人之離愁，今日坐鴛機而懷遠人，寄錦書而訴相思者，非獨己之一身矣。此亦略近王詩末句懷覓封侯者之意。惟此時唐王朝邊防之形勢與開、天時期迥然不同，思婦已非在封侯與團聚中抉擇，而深為被合圍與無耗之征人安全躭心矣。全篇均從思婦着筆，非前後幅以不同境遇者對映也。

贈別前蔚州契苾使君①

何年部落到陰陵②？奕世勤王國史稱〔一〕③。夜捲牙旗千帳雪〔二〕④，朝飛羽騎一河冰⑤。蕃兒襁負來青冢〔三〕⑥，狄女壺漿出白登⑦。日晚鸊鵜泉畔獵⑧，路人遥識郅都鷹〔四〕⑨。

〔一〕「奕」原作「三」，一作「奕」。影宋抄、席本作「弈」，非。據蔣本、姜本、戊籤、悟抄、錢本改。

〔二〕「捲」，舊本均同，唯馮注本作「掩」，曰：「一作捲，非。」【按】馮注本不知何據。作「捲」亦通。

〔三〕「冢」原一作「域」，非。

〔四〕「識」，朱本、季抄一作「認」。

集注

①【自注】使君遠祖，國初功臣也（底本「遠」字闕文，「祖」訛「相」，據蔣本、影宋抄、錢本、朱本補正。）　【朱注】《唐書》：「蔚州興唐郡，屬河東道，隋雁門郡之靈丘、上谷郡之飛狐縣地，武德六年置蔚州。」又曰：「契苾何力，其先鐵勒別部之酋長。貞觀六年，隨其母率衆千餘家詣沙州，奉表内附。後以軍功封涼國公。」【程注】《唐書・回鶻傳》：「武宗詔銀州刺史何清朝、蔚州刺史契苾通以蕃、渾兵出振武與沔、仲武合。」蔚州契苾使君疑即契苾通。　【馮注】《舊書・志》：「河東道蔚州興唐郡，本隋雁門郡之靈邱縣，領縣三：靈邱、飛狐、興唐。」《契苾何力傳》：「何力率衆……内附，太宗置其部落於甘、涼二州。何力至京，授將軍，後封涼國公。」《舊書・紀》：「會昌二年，詔契苾通、何清朝領沙陀、吐渾六千騎趨天德。」按：時因討回紇也。《會昌一品集》云：「通本蕃中王子，諳識虜情，先在蔚州，任使已熟。」《通鑑》云：「通，何力五世孫。」《新書・志》：「天德軍在豐州中受降城西二百里大同川。」合之詩中第七句，必二年赴天德時贈送之作。通後節度振武，見《文苑英華・制書類》。

②【朱注】按《史記》：「顓頊任地，北至幽陵，南至交趾。」陰陵疑即幽陵。《唐書》：「貞觀二十年，鐵勒九姓大酋領率衆降，分置瀚海、金微、幽陵等九都督府。」　【姚注】陰陵即陰山。　【馮注】《舊書・北狄傳》：「貞觀時，鐵勒、契苾、回紇等十餘部落相繼歸國，請列為州縣，太宗各因其地置瀚海、燕然、幽陵等凡一十三州。」按：何力内附在其前也。《漢書・匈奴傳》：「北邊塞至遼東，外有陰山，東西千餘里。」《舊、新書・志》：「關内道豐、勝二州界有陰山，隴右道庭州亦有陰山。」庾信《五聲調曲》：「陰陵朝北附。」　【程注】《漢書・鮑宣傳》：「部落鼓鳴，男女遮迣。」《晉書》：「咸寧五年春三月，匈奴都督拔奕虛率部落歸化。」

③【朱注】《唐書》：『何力三子：明、光、貞。明襲封涼國公，光右豹韜衛將軍，貞司膳少卿。』【馮注】《新書・傳》：『明子聳襲爵。』【程注】《周禮・春官・大宗伯》：『秋見行覲』注：『覲之言勤也，欲其勤王之事。』《左傳》：『狐偃言於晉侯曰：「求諸侯莫如勤王。」』【補】奕世，累世。

④【馮注】《舊書・傳》：『貞觀七年，同征吐谷渾。時吐谷渾主在突淪川，何力欲傾其巢穴，乃自選驍兵千餘騎，直入突淪川，襲破牙帳，渾主脱身以免，俘其妻子。』

⑤【馮注】《舊書・傳》：『龍朔元年，為遼東道行軍大總管，次于鴨緑水，其地高麗之險阻，莫支男生以精兵數萬守之，衆莫能濟。何力始至，會層冰大合，趨即渡兵，鼓譟而進，賊遂大潰，斬首三萬級，餘衆盡降。』【朱注】謝靈運《征賦序》：『羽騎盈途，飛旍蔽日。』【按】二句寫契苾何力『勤王』事蹟：雪蓋千帳之寒夜，捲旗突襲敵軍；冰封河流之清晨，率騎涉冰飛越。

⑥【沈德潛曰】（『襁負』句）使君招來者。【馮注】《寰宇記》：『青塚在振武軍金河縣西北，漢王昭君葬於此，其上草色常青。』【程注】《南史・臧盾傳》：『弟厥為晉安太守，下車宣化，兇黨皆襁負而出。』【按】『襁負』出《論語・子路》：『襁負其子。』

⑦【朱注】《漢書注》：『白登在平城東南十餘里。』《括地志》：『朔州定襄縣，本漢平城縣，東北三十里有白登山，山上有臺。』【馮注】《漢書》：『高帝自將兵逐匈奴，冒頓縱精騎圍高帝於白登七日。』《新書・傳》：『子明遷鷄田道大總管，至烏德鞬山，誘附二萬帳。』徐曰：『三四何力事，五六子明事，所謂奕世勤王也。』【程注】鮑照詩：『成軍入玉門，士女獻壺漿。』【補】《孟子・梁惠王下》：『簞食壺漿，以迎王師。』二句謂契苾明移鎮北方後，深得附近少數民族擁護，諸部落紛紛歸附。

⑧【朱注】《唐書》：『西受降城北三百里有鸊鵜泉。』《寰宇記》：『鸊鵜泉在豐州北，胡人飲馬於此。』【馮注】《新書・回紇傳》：『貞觀中，回紇南踰賀蘭山境，遣使獻款，於是鐵勒十一部皆來歸命，乃詔磧南鸊鵜之陽置過郵六十八所。』

⑨【馮注】《史記·酷吏傳》：『郅都行法，不避貴戚，號曰蒼鷹。景帝拜為雁門太守，匈奴竟都死，不近雁門。為偶人象郅都，令騎馳射，莫能中，見憚如此。』此取獵鷹相關，點明趨天德備胡寇。【方東樹曰】收句用郅都，言其職事也。切使君。

【許學夷曰】商隱律詩較古詩稍顯易，而七言為勝。七言如『何年部落』一篇，乃晚唐俊調。（《詩源辯體》）

【王夫之曰】平遠。（《唐詩評選》）

【朱彝尊曰】此等詩工麗得體，晚唐入獨擅其勝，不獨義山為然。

【賀裳曰】取青媲白，大家所笑，然如《贈契苾使君》……殆可辟瘧，雖以『青塚』『白登』組織，但見其工，寧病其纖哉！（《載酒園詩話》又編）

【《唐詩鼓吹評注》】首句設問，言何年帥部落之兵到陰陵之山，蓋奕世勤王，其功著於國史也。胡人以氈為帳，夜則拱帳為室，其羽騎疾走如飛，故云夜捲牙旗而有帳雪，朝飛羽騎而渡河冰，此聯美其壯勇也。至蕃兒之至，狄女之迎，使君又積有成勞已。且不特能制夷虜也，亦且不避權貴，如漢郅都日暮會獵於鸊鵜之泉，有不側目而視，擬之蒼鷹者哉！

【何曰】本自功臣之後，材又足以威遠懷外，奈何少恩至此，一路逼出末二句。第四用灞陵夜獵，收『前』字。通鑑：『會昌二年秋，以蔚州刺史契苾通將兵詣振武。』通，何力五世孫。即其人也。注：契苾種帳，大和中附於振武，故有『鸊鵜泉畔』之句。典麗極矣，但少題中一『別』字。（《讀書記》）《輯評》引作『第七用霸陵夜獵，醒「前」字。』按：何箋誤會詩意，多謬誤，詳注及箋）又曰：雙關借用，齊梁以來多此法，末句不為病。

（《輯評》）。

【胡以梅曰】……勤王雖天子蒙塵，諸侯有勤王之師，然總之王家有事，提師赴援耳。下皆勤勞邊地之事。起問何年，下手便靈。蓋下六句皆典實，起宜疎蕩，且本句又有部落陰陵實事，則骨肉停勻，句法摇漾。『稱』字喝起下文，猶言國史亦載之如此也。建牙旗謂屯守，飛羽騎謂征探。邊地苦寒，寒時戒嚴之際，所以獨舉風雪河冰言之，夜則捲旗壓帳，日則騎滑冰堅，句中不着半字勞苦，已是滿目邊愁。此剥盡皮膚，全存神髓者矣。白登在内地，故用『出』字，此言近邊愛戴。青冢在塞下，襁負而來，此言功在於撫柔。鸊鵜泉更遠在邊外，言其宣威之廣，如郅都之在雁門。『鷹』字雙關，可禽可人，且兩句以禽名為血脈，『鷹』字更覺有神，心細如絲。通首有聲有色，情旨含蓄，非庸筆可夢見。……（《唐詩貫珠串釋》）

【趙臣瑗曰】一二追溯使君家聲，三四寫使君英武，五六寫使君勳業，七八寫使君威名。真是寫得神采奕奕，更不待曹將軍始開生面也。（《山滿樓箋註唐詩七言律》）

【陸曰】此詩因契苾之入中國久，故云『何年部落到陰陵，奕世勤王國史稱』也。三四蹈雪履冰，言其勤王之勞。五六襁負壺漿，言其招徠之衆。……結用（郅都）作比，言契苾之能威服遠人也。

【陸鳴皐曰】首聯美其先世。次聯美其軍容。三聯美其德化。四聯美其威名。

【姚曰】使君之先，鐵勒别部之酋長，以軍功封凉國公，故本其世功以美之。牙旗夜掩，言其謀；羽騎朝飛，言其勇。要不但以其勇略絶人，而實能以恩信服遠。蕃兒襁負，狄女壺漿，信乎其為北邊之保障矣。且其威名所振，可以不戰服人，雖古之名太守，何以加此！

【屈曰】家本降人，而能奕世盡忠。三夜營艱苦，四朝報勞心。五六所立大功，威名至今猶存也。

【紀曰】四家評曰：清壯。純取聲華，而骨力足以副之。詩到無所取義之題，既不能不作，則亦不得不以修詞鍊調為工，此類是也。若《李郎中充昭義攻討》詩極有可説，而語亦泛泛，聲華雖壯，殆無取焉。香泉評曰：詩工雅典麗極矣，但少題中『别』字意。（《詩説》）　聲調清遒。郅都酷吏，非佳事；且號曰蒼鷹，非鷹為都所蓄也。此

三字究不妥貼。（《輯評》）

【姜炳璋曰】寫使君氣勢，獵獵有聲，歸到勤王方是奕世忠義。前人謂此詩可以辟瘧，良然。

【俞陛雲曰】此詩贈漠南歸誠之部落，壯健而得體，雅與題稱。首句言朔方雄族，久駐陰陵。次句言其祖以外酋向化。為唐初功臣，世篤忠貞之裔，久著勳名。三、四言千帳雪飛，牙旗夜肅；長河凍合，怒馬朝騰。見天時之嚴寒，而不減軍容之壯盛。五、六言蕃兒狄女，皆襁負壺漿而至，見使君招來綏輯之功。結句言其騎射之精，行獵兼以習武；郅都鷹健，路人遥識名藩。收筆之餘勁，猶能穿札也。

【張曰】結句已帶別意，細閲方能會其深妙也。○『郅都鷹』斷章取義，此温李用事訣也。且『蒼鷹』語傳中著之，本以美都，原非惡事，古人豈似後世諱忌哉！鷹雖非都所蓄，然文中借用，亦所不妨。（《辯正》）

【按】據《通鑑》：開成五年，回鶻别將句録莫賀引黠戛斯十萬騎攻回鶻，大破之，焚其牙帳蕩盡，回鶻諸部逃散。可汗兄弟嗢没斯等，及其相赤心、僕固、特勒那頡啜各帥其衆抵天德塞下，就雜虜貿易穀食，且求内附。會昌元年，天德軍使田牟欲擊回鶻以求功，李德裕謂宜遣使鎮撫，運糧食以賜之。詔田牟約勒將士毋得先犯回鶻。會昌二年八月，烏介可汗帥衆突入大同川，驅掠河東雜虜牛馬數萬，轉鬬至雲州城門。詔發陳、許、徐、汝、襄陽等兵屯太原及振武、天德，俟來春驅逐回鶻。會昌三年，破回鶻於黑山。契苾通奉詔赴天德，當先赴闕，故義山有詩送之。稱『前蔚州契苾使君』者，或赴天德時另有所授職銜。詩以『奕世勤王』一語為中心，歷叙契苾部落内附以來，與唐廷之良好關係，表彰契苾氏歷代『勤王』功績，及其促進北邊少數民族和睦相處之作用。作者着力寫『奕世勤王』，意在激勵契苾通為國再建功勳，亦反映出對民族間友好關係之重視。唐代不甚歧視少數族，故少數族與朝廷關係較前代融洽，太宗時遺風，此時尚存，於此詩可見一斑。末句『郅都鷹』雙關，既以『鷹』關合上句『獵』字，又暗示契苾通如號稱蒼鷹之郅都，為回鶻所畏憚。實則，『獵』非真獵，『鷹』亦非真鷹，不過謂契苾通率兵至天德，為回鶻所憚耳。『獵』即軍事行動之異名，『郅都鷹』即『蒼鷹郅都式之人物』也。

灞岸

山東今歲點行頻，幾處冤魂哭虜塵①。灞水橋邊倚華表②，平時二月有東巡③。

①【朱注】杜甫詩：『行人但云點行頻。』【姚注】《杜詩注》：『點行，漢史謂之更行。以丁籍點照上下，更換差役。』

②【朱注】《三輔黄圖》：『霸橋在長安東灞水上。』《説文》：『亭郵表。』徐曰：『表，雙立為桓，今郵亭立木，交于其端，或謂之華表。』按：橋柱亦曰華表，杜甫《橋成》詩『天寒白鶴歸華表』是也。【馮注】《三輔黄圖》：『霸水出藍田谷，西北入渭，跨水作橋。』《古今注》：『程雅問曰：「堯設誹謗之木，何也？」答曰：「今之華表木也。以横木交柱頭，狀若花，形似桔橰。大路交衢悉施焉，表王者納諫，亦以表識衢路。今西京謂之交午。」』按：橋旁表柱，見《檀弓》『三家視桓楹』疏。【按】此華表指設於橋前作為標誌與裝飾之表柱。

③【程注】《書》：『歲二月，東巡守，至於岱宗。』【朱彝尊曰】言非今歲之謂也。

【徐德泓曰】此出師之作，結得高渾。不言今日，反説『平時』，行同而情事各異，有怨有哀，有規有諷，可見詩家奥境，總存乎含蓄也。然惟筆妙者能之。

【姚曰】太平離亂，都在老來眼裏，亦從銅駝荆棘語翻出。

【屈曰】傷時念亂之作。

【程曰】所謂『東巡』者，乃幸東都故事也。唐之盛時，自太宗、高宗以及玄宗，代代有之。天寶以後，唐室多故，無復屬車之清塵矣。迄乎河北諸鎮跋扈陸梁，遂必不可舉行。此所以武宗欲幸東都而在廷以凋弊止之也。此詩先叙後世之亂，而後思及於盛時之東巡，今昔之感言外見矣。又曰『今歲點行』者，武宗會昌三年大發兵討澤潞也。灞上發兵，東出潼關，故有憶於東巡故事耳。

【馮曰】此為討回紇作，非大中時討党項也。會昌二年八月，回鶻烏介可汗掠雲、朔、北川，乃徵發許、蔡、汴、滑等六鎮之師，會軍於太原。六鎮皆與東都密邇。唐自天寶亂後，久不復幸東都，故慨之也。古者函關以東皆謂之山東，六國惟秦在山西，故《過秦論》『山東豪傑並起』，而後漢書陳元傳『陛下不當都山東』，謂洛都也。

【紀曰】以倒裝見吐屬之妙，若順説則不成語矣，於此悟用筆之法。首二句再蘊借更佳。（《詩説》）

【張曰】紀氏凡遇琱琢語，則以為瑣屑；不雕琢語，又以為粗淺。此非評文，乃故意與古人尋釁耳，謂之何哉！（《辨正》）

【按】此詩程氏以為會昌三年發兵討澤潞時作，非也。澤潞叛鎮，恐不宜謂之『虜』。且會昌三年八月諸鎮進兵攻討劉稹時，義山似有在王茂元幕之迹（九月有《為濮陽公遺表》），是否仍在長安，頗可疑。馮氏既云『點行』指會昌二年八月發諸鎮兵會軍太原，又繫此詩於會昌三年春，則自相矛盾矣。原其所以，則泥於『二月東巡』字面耳。『二月』係用《書》語，非謂作詩時亦正值二月也。『山東點行』與『冤魂哭虜塵』均倚華表遠眺時想像得之，不必眼前有征行之士兵過灞橋也。由『山東今歲點行頻』而聯想及『平時二月有東巡』，詩之次第亦然。妙在前二句點明衰亂時事後，三四句不着議論，只寫詩人『灞水橋邊倚華表』之無言情態與『平時二月有東巡』之內心感觸。淡淡收住，感慨自深。

行次昭應縣道上送戶部李郎中充昭義攻討①

將軍大旆掃狂童〔一〕②，詔選名賢贊武功③。暫逐虎牙臨故絳④，遠含鷄舌過新豐⑤。魚遊沸鼎知無日⑥，鳥覆危巢豈待風⑦？早勒勳庸燕石上⑧，佇光綸綍漢廷中⑨。

〔一〕『狂』原作『征』，非，一作『狂』，據蔣本、姜本、戊籤、悟抄、席本、朱本、錢本、影宋抄改。

集注

①【朱注】《唐書・地理志》：『天寶二年，分新豐、萬年，置會昌縣。七載，省新豐，改會昌為昭應，治温泉宫之西北。』《方鎮表》：『大曆元年，相、衛六州節度，賜號昭義軍節度。建中元年，昭義節度兼領澤、潞二州，徙治潞州。』劉稹傳：『會昌三年，昭義節度使劉從諫卒，子稹拒命，自為留後。詔以成德王元逵、魏博何弘敬為招討使，與河東劉沔、河陽王茂元合兵討之。四年七月，郭誼斬稹，傳首京師。』【程曰】『李郎中充昭義攻討』，竊疑下有闕文。蓋是時業以王元逵、何弘敬為招討，不應又有攻討之設。考《唐書・百官志》，天下兵馬元帥、副元帥、都統、副都統以下官屬，只有行軍長史、行軍司馬、行軍左右司馬、判官、掌書記、行軍參謀、前軍兵馬使、中軍兵馬使、後軍兵馬使、中軍都虞侯各一人。其元帥、都統、招討使掌征伐，兵罷則省。所載止此，不聞別有攻討也。况郎中之官，唐制正五品，亦不足與諸節度同充攻討。以詩考之，第二句云：『詔選名賢贊武功』，乃招討使之幕官耳。再按《百官志》：『招討幕職，長史從三品，司馬從四品。』然則李郎中所充當是行軍司馬，再上亦不過長史。題下當有『行軍長史』『行軍司馬』等字而脱之耳。【馮注】相、衛早為田承嗣盗取，所移領者，潞、澤、邢、洺、磁五州。李郎中，李丕也。《藩鎮傳》：『丕善長短術，從諫署大將。稹拒命，軍中忌其才，丕懼，遂自歸，擢沂州刺史，遷汾、晉二州刺史。大中時，節度振武、鄜坊。』《會昌一品集》有《授丕晉州刺史充冀氏行營攻討副使制》，又有《代丕與郭誼書》云：『今蒙改授晉州，充石尚書副使。』蓋石雄代李彦佐為行營攻討，而丕副之也。凡用將出使曰招討使、曰招撫使、曰攻討使，名小異，義實同也。《會昌一品集》有《授王宰攻討使制》矣，而於丕亦云攻討副使。程氏乃疑之，誤矣。【張曰】昭應本會昌縣，京兆府屬，惟李丕已加御史中丞，而此云户部郎中，殊不可解。（《會箋》）又曰：會昌四年三月，汾州刺史李丕授晉州刺史，充冀、代行營攻討副使。案李丕

副石雄，乃由汾改晉，《舊紀》但書汾州，誤。集有《行次昭應縣道上送户部李郎中充昭義攻討》詩，李郎中，李丕也。考《會昌一品集》《授丕汾州刺史制》已云『忻州刺史兼御史中丞李丕』，《職官志》：『御史中丞，正五品上階；郎中，從五品上階。』豈丕出刺晉州，又换郎中耶？《新書·藩鎮傳》但云：『丕擢忻州刺史，遷汾、晉二州刺史，大中初拜振武節度使，徙鄜坊卒。』餘皆無考。大抵外使兼職，史多不載，俟再覈之。（同上）【岑仲勉曰】丕是昭義新降大將，本一武人，今詩云：『將軍大旆掃狂童，詔選名賢贊武功……遠含雞舌過新豐……早勒勳庸燕石上，佇光綸綍漢庭中。』所送明是文人，且非檢校官，當日贊助軍幕帶攻討銜者當不止李丕，不得因同是姓李而遽行傳會也。　【按】李郎中非李丕，岑氏疑之是也。一、其時詔發八鎮之師，四面進討。其西南段初設晉絳行營。會昌三年八月以李彦佐為晉絳行營節度澤潞西南面招討使（彦佐已於五月統晉絳行營，八月方加招討使），仍屯翼城。其地春秋時為晉翼邑，亦名故絳。據詩句知此李郎中或帶攻討銜前往贊助李彦佐軍幕。其後以石雄代彦佐進駐冀氏，授李丕為攻討副使制已稱冀氏行營，與詩『臨故絳』之語不合。二、李丕原已兼御史中丞，若此時為户部郎中，則是降職，張采田已云『殊不可解』。按李德裕有《代盧鈞與昭義大將書》云：『李丕中丞……曾未一年，驟歷三郡。』可見始終未改其兼職，李郎中應是另一人。三、如岑氏所云，李丕原為昭義大將。會昌三年八月歸降朝廷後，仍為任外職之武人；而此詩中之李郎中，顯係在朝文官。充者，臨時充任，另有本職，其本職即郎中。至程氏以郎中官品較低而疑題下有脱字，則别無版本證據，只可存疑。

②【朱注】《左傳》：『祁瞞亡大旆之左旃。』《唐書》：『李德裕曰：「劉稹騃孺子耳（馮引《通鑑》同）。」』【按】將軍，指晉絳行營主將。

③【馮注】《會昌一品集授丕汾州制》云：『昔在爾祖，志康國屯。翼龍而飛，既濡其雨露，刑馬而誓，已表於山河。』則丕固名家裔也。　【按】李郎中非丕，已見前。此曰『名賢』，正可證其為文人。

④【朱注】《漢書·匈奴傳》：『本始二年，遣雲中太守田順為虎牙將軍，出五原。』《左傳》：『晉人謀去故絳。』《一統志》：『絳州，春秋時屬晉，即故絳與新田之地。』　【馮注】《漢書·宣帝紀》：『本始二年，雲中太守

田順為虎牙將軍。』按：虎牙將軍始此，而三年田順有罪自殺，故《通典》只敘後漢光武以蓋延為之。《左傳》：『士蔿城絳。』注曰：『絳，晉所都，今平陽絳邑縣。』又，『晉人謀去故絳，遷於新田。』【按】晉原都於絳，後遷都新田，遂稱舊都為故絳。唐於其地置翼城縣（屬絳州，今翼城縣東南），地當潞州西南，為討伐劉稹時晉絳行營所在地。後唐軍推進至冀氏縣（屬晉州，今安澤縣南），又改稱冀氏行營。

⑤【馮注】《漢官儀》：『尚書郎奏事於明光殿，省中皆胡粉塗壁，畫古賢人烈士，郎趨走丹墀，含雞舌香，伏其下奏事，黄門侍郎對揖跪受。』《西京雜記》：『太上皇徙長安，居深宮，不樂。高祖乃作新豐，移諸人實之，太上皇乃悦。』【按】雞舌香，即丁香。丁香果實有仁如雞舌，故名。新豐，即題所稱昭應。

⑥【朱注】丘遲《與陳伯之書》：『將軍魚遊於沸鼎之中。』【馮注】《後漢書·劉陶傳》：『譬猶養魚沸鼎之中，必至燋爛。』【補】《後漢書·張綱傳》：『若魚游釜中，喘息須臾間耳。』

⑦【馮注】《詩》：『予室翹翹，風雨所漂摇。』箋曰：『巢之危，以所託枝條弱也。』《周禮》：『哲蔟氏掌覆夭鳥之巢。』【按】二句謂稹之覆亡指日可待。

⑧【馮注】《周禮·司勳》：『王功曰勳，民功曰庸。』《後漢書》：『竇憲大破北單于於稽落山，遂登燕然山，刻石勒功，令班固作銘。』【程注】《文心雕龍》：『才華清英，勳庸有聲。』

⑨【程注】《禮記》：『王言如絲，其出如綸。』柳宗元《代謝出鎮表》：『捧對綸綍，不知所圖。』【按】綸綍，指君主詔令。

【錢良擇曰】壯麗渾雅，聲出金石。（《輯評》作朱彝尊批語。）

【何曰】頗似夢得『相門才子稱華簪』篇。落句尤有開寶風氣，然恨其少言外遠致。（《讀書記》。劉禹錫《送源中丞充新羅册立使》：『相門才子稱華簪，持節東行捧德音。身帶霜威辭鳳闕，口傳天語到雞林。煙開鰲背千尋碧，日浴鯨波萬頃金。想見扶桑受恩處，一時西拜盡傾心。』）

【陸曰】首句將軍指元逵等，狂童指稹也。名賢謂李郎中，贊武功，以其充昭義攻討也。《方鎮表》：『昭義節度，兼領澤、潞二州』，故曰『暫逐虎牙臨故絳』。《漢官儀》：『尚書郎懷香握蘭』，故曰『遠含雞舌過新豐』也。下半言劉稹孺子，不難滅此朝食，將勒銘歸朝，光綸綍於漢庭之上，在指顧矣。蓋頌禱之辭也。

【姚曰】李德裕曰：『劉稹騃孺子耳。』蓋亦以為不必重發也。故云狂童本不足當大旆，而且選名賢贊之。計此行雖遠含雞舌，不過暫逐虎牙，蓋魚遊沸鼎，鳥覆危巢，指顧不足定也。從此勒勳燕石，黼黻明時，功名又豈可以輕料耶？

【屈曰】前半郎中充攻討。五六狂童必敗。祝其早日成大功，以光漢廷也。

【程曰】題曰『行次昭應縣』，則去河東而近長安之地。蓋茂元卒而復入京師也。五六以鼎沸之魚、危巢之鳥比澤潞叛賊，乃親自軍中得其將命之情勢，故告李郎中以鼓舞之。按史，茂元薨後，武宗從李德裕之言，以石雄代李彦佐，雄明日即引兵踰烏嶺，破五寨，殺獲千計。雄恤將士，士卒樂為之致死。王宰治軍嚴整，昭義人甚憚之。未幾，澤潞果平，義山蓋有先見矣。

【紀曰】骨格峥嶸，不失氣象，論其音節，尤在初盛之遺，然以為佳則未也。別有説在《贈別前蔚州契苾使君》條下。（詩説）

【張曰】此必自京移居永樂時道中所贈。（《會箋》，繫會昌四年）又曰：深味即在宏整中，讀久方知。草率者不能領取也。（《辨正》）

【按】《通鑑》：會昌三年七月，晉絳行營節度使李彦佐自發徐州，行甚緩，李德裕因請以天德防禦使石雄為彦佐之副，俟至軍中，令代之。乙巳，以雄為晉絳行營節度副使，仍詔彦佐進屯翼城。八月，乙丑，昭義大將李丕來降。庚戌，以石雄代李彦佐為晉絳行營節度使，令自冀氏取潞州，仍分兵屯翼城以備侵軼。據此及李郎中『暫逐虎牙臨故絳』，則詩中所稱大將必指李彦佐，而此詩之作必在會昌三年八月石雄代彦佐之前。馮、張繫會昌四年，顯誤。

又，會昌三年四月，劉稹抗拒朝命，據鎮自立，武宗以澤、潞事謀於宰相，宰相多以為：『回鶻餘燼未滅，邊境猶須警備，復討澤潞，國力不支，請以劉稹權知軍事。』諫官及羣臣上言亦然。唯李德裕力排衆議，堅主討伐。八月，甲戌，薛茂卿（劉稹將）破科斗寨，擒河陽大將馬繼等。時議者鼎沸，以為劉悟（稹祖父）有功，不可絶其嗣。又，從諫養精兵十萬，糧支十年，如何可取！義山此詩，正其時所作。詩直斥劉稹為狂童，謂其如魚游沸鼎、鳥居危巢，覆亡指日可待，祝禱李郎中早勒勳庸，此亦可見義山態度與其時朝廷内部主張姑息縱容者適成鮮明對照。

詩雖表現義山堅主討伐之態度，然終帶有應酬成分，頗似夢得『相門才子』篇者以此，缺少餘味亦以此。張氏之説，護短耳。

賦得雞〔一〕

稻粱猶足活諸雛〔二〕，妒敵專場好自娱①。可要五更驚穩夢〔三〕，不辭風雪為陽烏②？

〔一〕馮引一本無『賦得』二字。

〔二〕『足』原作『是』，非，據蔣本、姜本、戊籤、悟抄、席本、朱本改。

〔三〕『穩』，朱本、季抄作『曉』，非。

①【朱注】《韓詩外傳》：『雞有五德。敵在前，敢鬭者，勇也。』曹植《鬭雞》詩：『願蒙貍膏助，常得擅此場。』

【程注】劉孝威《鬭雞篇》：『丹雞翠翼張，妒敵得專場。』

②【朱注】張衡《靈憲》：『日，陽精之宗，積而成烏，（象）烏（而）有三趾。』《蜀都賦》：『陽烏迴翼於高標。』

【馮注】《史記·龜策傳》：『孔子曰：「日為德而君於天下，辱於三足之烏。」』【補】可要，豈願也。

【朱彝尊曰】寓意有所指也。

【徐德泓曰】此亦望用之詩，言足以自足自樂，而終不能忘君也。結歸君上，便得體裁。『可要』二字活得妙，當為轉一語曰：願不辭風雪而終不要，可要，可奈何！

【姚曰】此嘆禀性之不可移也。可要，猶言豈要如此。

【屈曰】一家不甚貧。二才堪自信。三若遇知己。四不辭辛苦，盡忠朝廷也。

【程曰】此亦感慨從事之作也。托之於雞者，雞有五德，自可擅場，徒為哺雛，戀人粱稻，猶己之為貧而從事也。然而辛苦五更，不辭風雪者，空為天上之陽烏耳，豈非如己之入幕，徒供在位者之驅策哉！

【馮曰】刺藩鎮利傳子孫，故妒敵專權而無勤勞王室之志。三句謂其自謀則固也，作『曉』字殊少味矣。雞取《戰國策》連雞之義。當為討澤潞、宣諭河朔三鎮時所作。

【紀曰】此純是寓意之作，然未免比附有痕，嫌于黏皮帶骨矣。凡詠物託意須渾融自然，言外得之，比附有痕，所最忌也。（《詩説》）又曰：此刺怙勢而不忠者。（《輯評》）

【張曰】馮説殊妙。『勿為子孫之謀，欲存輔車之勢』，衛公先見，足為此詩確證。結言恐驚夢穩，豈真禀承王命哉！不過冀朝廷不奪我兵權耳。陽烏，日也，喻君。（《會箋》，繫會昌三年）又曰：紀氏知詠物託意，須言外得之，但恐紀氏不能於言外領之耳。玉谿名家，豈有比附粘滯之詩哉！（《辨正》）

【按】《戰國策·秦策》：『諸侯不可一，猶連雞不能俱止於棲亦明矣。』馮謂題取『連雞』之義，誠是，然所取者，僅以連雞喻不可一之諸侯之義。詩意蓋謂藩鎮割據世襲，廣佔地盤，稻粱食料已足以活諸雛矣，然仍為各自私利而彼此敵視，相互争鬬，以獨霸全場為樂。彼等或亦偶秉王命，實則無效忠朝廷之誠意。馮謂詩作於討澤潞時，雖無確證，然頗可發明詩意。按其時伐叛諸鎮，本即割據者或半割據者，相互間矛盾重重，彼此猜忌，於朝廷命令則消極應付，行動遲緩。據《通鑑》載，晉絳行營節度使李彥佐自發徐州，行甚緩，又請休兵於絳州，逗遛觀望，殊無討賊之意。王元逵前鋒入邢州境已逾月，何弘敬猶未出師，元逵屢有密表，稱弘敬懷兩端。忠武節度使王宰亦遷延顧望，遲遲不進。元逵與弘敬、王宰與石雄皆不相協。凡此之類，皆『妒敵專場』，不願冒風雪而為陽烏之謂也。

韓偓《觀鬬雞偶作》云：『何曾解報稻粱恩，金距花冠氣遏雲。白日梟鳴無意問，惟將芥羽害同羣。』取譬與此詩相類，亦可證詩中『雞』之所喻。或謂借鬬雞影射朋黨相爭，亦可通。

和劉評事永樂閒居見寄①

白社幽閒君暫居②，青雲器業我全疎③。看封諫草歸鸞掖〔一〕④，尚賁衡門待鶴書⑤。蓮聳碧峰關路近⑥，荷翻翠扇水堂虚〔二〕⑦。自探典籍忘名利〔三〕，欹枕時驚落蠹魚⑧。

〔一〕『看封』，【馮曰】一作『已看』，非。【按】『看』是行看之意，與下句『尚』字正對，如作『已看』，則與劉閒居永樂事實不符。

〔二〕『扇』字各本均同，惟馮注本作『蓋』，不知何所本。

〔三〕『忘』字原闕，一作『忘』，他本均作『忘』，兹據補。

集注

①【馮注】《舊書·志》：『河東道河中府永樂縣。』　【張曰】劉評事即後所謂劉、韋二前輩。劉閒居永樂。詩意望其入京，云『青雲器業我全疏』者，時義山丁母憂也，此未居永樂時作。　【按】永樂，今山西芮城縣。《新唐書·百官志》：『大理寺：評事八人，從八品下。掌出使推按。』

②【馮注】《晉書》：『董京字威輦，初與隴西計吏俱至洛陽，被髮而行，逍遥吟咏，常宿白社中，孫楚數就社中與語。』【補】白社：洛陽東地名。《水經注》：『陽渠水經建春門，水南即馬市，北則白社故里。』暫，偶也。

③【朱注】顔延之《五君詠》：『仲容青雲器』。　【按】青雲喻高官顯爵。

④【朱注】掖，殿旁小門也。楊汝士詩：『文章舊價留鸞掖。』　【程注】杜甫詩：『背人焚諫草。』　【補】看，行看，不久。句意謂劉評事行將歸朝，應首句『暫居』。

⑤【朱注】《北山移文》：『鶴書赴隴。』李善注：『蕭子良《古文篆隸文體》曰：鶴頭書與偃波書，俱詔版所用，在漢謂之尺一簡，彷彿鶴頭，故有其稱。』　【馮注】《通典》：『梁陳時選曹以黄紙録名，入座奏可，出付典名書其名，帖鶴頭板，送所授之家。』　【程注】《詩·國風》：『衡門之下，可以棲遲。』　【按】賁，飾也。衡門，横木為門，指簡陋之房屋。句意謂劉正修飾衡門而待詔書之至，仍應上『暫居』。

⑥【朱曰】謂蓮花峰。　【馮注】《華山記》：『山頭有池，池中生千葉蓮花，服之羽化，因名華山。』按：所謂太華峰頭玉井蓮也。《御覽》云：『華山三峰：蓮花、毛女、松檜也。』永樂中條山遥對蓮花峰，故近潼關。

⑦【程注】許渾詩：『烟開翠扇清風晚，水泛紅衣白露秋。』　【馮注】《楚詞·九歌》：『築室兮水中，葺之兮荷蓋。』又，『水周兮堂下。』　【按】『關路近』點歸朝有日，『水堂虚』見暫居幽閒。

⑧【馮注】《爾雅》：『鱏，白魚。』注曰：『衣書中蟲，一名蛃魚。』《穆天子傳》：『蠹書於羽陵。』【程注】常衮詩：『香銷蠹字魚。』【按】末聯仍寫劉評事，非自謂，贊其躭於典籍而無名利之心。

【朱曰】此嘆宦途之不可期也。（《李義山詩集補注》）

【《唐詩鼓吹評注》】此言評事之隱於永樂，不久復用。若我則青雲事業，渺然無期。蓋君曾有諫草歸於鸞掖，我但静處衡門，以待鶴書耳。君今閒居此地，蓮峰之聳，荷蓋之翻，皆足以供賞玩，以視余之開書欹枕，蠹魚驚落，其無所聊賴，相去復何如哉。〇『衡門』句宜就評事説，謂以君之才尚閑居以待鶴書之至，使人不能自平耳。

【陸曰】義山退居太原時，曾移家永樂縣，適劉評事亦此寄居，以詩見貽，而義山作此和之也。起言君與我同此棲遲，然君乃暫依白社，我則絶意青雲矣。三四足首句意，言今雖辭歸鸞掖，正恐鶴書不日來召耳。後四句又言評事居此，蓮聳碧峰，荷翻翠扇，相賞之下，惟以典籍自探，豈復有名利之念哉！蠹魚落枕，猶云書癖書淫也。

【陸鳴皋曰】會昌中，李不得調，退居太原，故云『永樂閒居』。首二句，一彼一此。三四句分承，謂劉將進用，而已則尚待除書也。腹聯，寫所居景象，結歸『閒』字。

【姚曰】此嘆宦達之不可期也。君本暫時閒居，故雖封諫草而歸，尚待鶴書之賁，我則蓮峰路近，荷蓋堂虚。豈復青雲中人物，但自覺名心未斷，雖典籍可躭，而眠夢之餘，猶未免驚心落蠹耳，真人前不必説假話也。

【屈曰】評事閒居只是暫時，我之器業則是全疎。今雖即歸鸞掖，尚待鶴書。闕路甚近，出在目前；水堂之虚，其時不遠，皆寫暫字。我則欹枕讀書而已，結始承二句。

【馮曰】此義山未移居永樂時作。

【紀曰】牽率應酬之作。

【按】詩作於會昌三年夏。時義山丁母憂，猶未移居永樂，適劉評事寄詩述其閒居永樂情景，故義山自京寄詩和之。首聯雖君、我對舉，然頷、腹、尾聯則並非雙管齊下，而僅就劉評事一方言之。『幽閒暫居』四字，一篇之骨。頷聯言其暫居，腹、尾二聯則狀其幽閒。而己之閒居有期、青雲無望之慨即寓於欣羡劉評事『幽閒暫居』之中。蓋義山此時雖因丁母憂而不得不賦閒退居，內心則亟盼致身青雲，故和詩中不覺流露其欲歸鸞掖而不得之苦悶。次句『疎』字係『遠』意，謂己之致身貴顯之望遼遠不可及，陸解為『絶意』，殊誤。末聯『自探』之『自』非義山自謂，乃形容劉評事游心典籍，名利兩忘，不復他顧之情景，下句『欹枕時驚落蠹魚』，正借此細節形其精神幽閒，不關注外間之事，而終日惟倘佯於書房中也。姚、屈均以為自指，不唯與腹聯脱節，且亦不符義山之思想實際。

和韋潘前輩七月十二日夜泊池州城下先寄上李使君①

桂含爽氣三秋首，蓂吐中旬二葉新〔一〕②。正是澄江如練處，玄暉應喜見詩人③。

〔一〕『二』原作『三』，據席本、戊籤、朱本改。詳注。

①【朱注】《舊唐書》：『池州屬江南西道，本隋宣城郡之秋浦縣，武德四年置池州。』【馮注】徐曰：杜樊川有《處州李使君墓誌銘》：『使君名方玄，字景業，由起居郎出為池州刺史，凡四年。會昌五年四月卒於宣城客舍。』蓋時方移處州而遽卒也。按：更有牧之《祭李文》可證。李之刺池當始於會昌元、二年也。本集有《十字水期韋潘侍御同年》，而此乃曰前輩，下篇劉、韋二前輩不書其名。舊本列此章於永樂諸詩中，疑即韋前輩，而潘字或有一誤，或有兩韋潘皆未可定。韋出詩見示而和之，不必義山至池也。今以李之刺池酌編此（按馮編會昌二年）。【張曰】集有《十字水（期）韋潘侍御同年》，此稱前輩，未知是一人否？至《移家永樂》詩所稱劉、韋二前輩，當即此韋潘。……當在未移永樂前也。【岑曰】余按唐人用『前輩』『先輩』字甚泛，《黄御史集》有《二月二日宴中貽同年封先輩渭》詩，此稱同年為先輩之例也。劉禹錫有《送李庚先輩赴選》詩，是開成末作（參拙著《續貞石證史》），時禹錫年將七十矣。兩韋潘應是同人。

②【朱注】《帝王世紀》：『堯時蓂莢（生於階），每月朔生一莢，月半生十五莢，望後日落一莢，月小盡，則一莢（厭而）不落，觀之以知晦朔。』【按】三秋首，切七月，二葉新，切十二日，作『三葉』者誤。《白虎通·符瑞》：『蓂莢者，樹名也。月一日一莢生，十五日畢；至十六日一莢去。故莢階而生，以明日月也。』蓂莢係古代傳説中瑞草。

③【朱注】謝朓《晚登三山》詩：『餘霞散成綺，澄江浄如練。』李白詩：『解道澄江浄如練，令人長憶謝玄暉。』按玄暉嘗為宣城内史，池州本宣城郡，故末二語云然。【馮注】《南齊書》：『謝朓字玄暉，為中書郎，出為宣城太守。』【朱彝尊曰】如此刻畫，便不惡。

【陸鳴皋曰】刻畫『七月十二』工甚。元暉，比使君也。

【姚曰】澄江如練，妙景無人道得，太白所謂『令人長憶謝玄暉』也。恰值此時，特為下一注脚。

【屈曰】二從『黃花開日未』成句化來。

【馮曰】筆趣與《人日即事》相似，然不類本集，可疑也。

【紀曰】首句是七月，次句是十二日，三句是夜泊，四句是和韋《上李使君》，可謂字字清楚矣，然其實纖小瑣屑有乖大雅也。

【張曰】題中字字皆到，前二句正以樸率取姿，而後結語愈得神味。此詩人疎密相生之法也。紀氏不知，妄加論斷，實以形其淺陋耳。　又曰：此詩必義山會昌間丁憂閒居時所作。韋潘前輩，當即劉、韋二前輩（按當曰二前輩中之韋氏），舊本列之永樂諸篇中可證。（《辨正》）

【按】馮浩引徐逢源説，以為此詩題内之『李使君』即會昌年間刺池州之李方玄，可從。方玄刺池，在會昌元年至四年。四年九月以後繼任池州刺史者為杜牧。故此詩當作於會昌四年九月之前。馮、張均編會昌三年丁憂閒居期間，近之。唯韋潘原題當作《七月十二日夜泊池州城下先寄上李使君》，商隱此詩，係追和韋潘之作。『玄暉』借指李使君，『詩人』指韋潘。詩意蓋謂李使君見韋潘之寄詩，當至『澄江如練處』與韋相見。初疑詩中用謝朓典，以為李使君係宣州刺史。然自元和至大中，歷任宣州刺史班班可考，無一李姓者。開成四年至會昌四年，宣歙觀察使為崔鄲從，會昌四年至五年，宣歙觀察使為韋温。且宣州刺史例為宣歙觀察使兼任，如李為宣州刺史，亦不得僅以『使君』稱之。故仍當從徐、馮之説。

大鹵平後移家到永樂縣居書懷十韻寄劉韋二前輩二公嘗於此縣寄居①

驅馬遶河干②，家山照露寒〔一〕③。依然五柳在④，况值百花殘〔二〕⑤。昔去驚投筆⑥，今來分掛冠⑦。不憂懸罄乏⑧，乍喜覆盂安⑨。甑破寧迴顧⑩，舟沉豈暇看⑪？脱身離虎口⑫，移疾就豬肝⑬。鬢入新年白，顔無舊日丹⑭。自悲秋穫少⑮，誰懼夏畦難⑯？逸志忘鴻鵠⑰，清香披蕙蘭。還持一杯酒，坐想二公歡。

校記

〔一〕『照露寒』，【馮曰】舊皆作『照』，似當作『曉』。【按】『照』字義長，馮説非。

〔二〕『值』，馮從戊籤作『復』。

集注

①【朱注】《説文》：『鹵，西方鹹地也。』《左傳》：『晉荀吴敗狄于大鹵。』注：『大鹵，太原晉陽地。』《唐書》：『會昌四年正月，河東都將楊弁逐節度使李石，據軍府應劉稹。三月，李義忠克太原，生擒弁，盡誅亂

卒。』【馮注】《春秋》：『晉荀吴帥師敗狄于大鹵。』《穀梁傳》：『中國曰太原，夷狄曰大鹵。』按：云『二前輩』『二公』，固以先進待之也。餘詳《和韋潘前輩》。《元豐九域志》：『熙寧六年，省永樂縣入河東為永樂鎮。縣有中條山、黄河、媯水、汭水。』【按】大鹵指太原。克太原《舊紀》《通鑑》均書正月壬子，朱注誤。李義忠當作吕義忠。

②【程注】《詩·國風》：『坎坎伐檀兮，置之河之干兮。』【馮注】永樂濱河。

③【朱注】《上林賦》：『過鳷鵲，望露寒。』注：『觀名，在雲陽甘泉宫。』按：太原，唐北都，故得用之。【馮曰】余意似謂移家而來，曉行抵此，故疑作『曉』。若作『照』而用露寒觀，義既不合，句亦不妥也。【程曰】起聯『露寒』字，不過泛泛寫景，猶言寒露耳。朱注……牽强紆曲不可從也。錢起詩：『柳岸向家山。』【按】露寒不用宫觀名，程説是。句意謂露光閃爍，映照家山，倍增寒意。作『曉』義複。

④【馮注】《晉書》：『陶潛嘗著《五柳先生傳》，曰：「宅邊有五柳，因以為號焉。」』

⑤【馮注】殘，餘也。

⑥【馮注】《後漢書》：『班超常為官傭書以供養，嘗投筆歎曰：「大丈夫無他志略，猶當效傅介子、張騫立功異域，以取封侯，安能久事筆硯間乎？」』投筆從戎，遂為入幕常語。

⑦【馮注】《後漢書·逢萌傳》：『解冠掛東都城門，歸，將家屬浮海，客遼東。』又《胡廣傳》：『六世祖剛，平帝時大司農馬宫辟之。值王莽居攝，剛解其衣冠縣府門而去。』【朱注】《梁書》：『陶弘景掛冠神武門。』【補】分，應。

⑧【朱翌曰】《左氏》『室如懸罄』，言室中之物垂盡，以『罄』訓『盡』也。其下云『野無青草』，則罄恐是器物，但非今之僧罄也。若以古之鐘罄言之，則罄皆曲折片石，無中虚之理。《説文》『罄，虚器。』以是知為器物，但不知於今為何器。子厚云：『三畝能留懸罄室，九原猶寄若堂封。』李義山云：『不憂懸罄乏，但喜覆盂安。』【朱注】《國語》：『室如懸磬。』【馮注】《左傳》：『室如懸罄。』《後漢書·陳龜傳注》引左傳亦作『磬』，言如磬

之懸，下無所有。愚意『罄』『磬』古當通用，非盡字之義。

⑨【馮注】《漢書·東方朔傳》：『連四海之外以為帶，安於覆盂，動猶運之掌。』

⑩【馮注】《後漢書·郭泰傳》：『孟敏客居太原，荷甑墮地，不顧而去。林宗問其意，對曰：「甑已破矣，視之何益！」林宗以此異之。』《世說》：『鄧遐免官後見桓溫，溫曰：「卿何以瘦？」答曰：「有愧於叔達，不能不恨於破甑。」』注：『孟敏字叔達。』宋蘇軾詩：『功名一破甑，棄置何用顧？』同此意。

⑪【朱注】《豫章記》：『聶友夜射白鹿，尋踪不見，乃見箭著一梓樹，伐之，取二板為牂牁。後友船行遇風作，皆没，惟友船獨全。尋看乃向梓板夾扶其船。』【程注】《史記·項羽紀》：『陳餘復請兵，項羽乃悉引兵渡河，皆沈舟破釜甑，燒廬舍，持三日糧，以示士卒必死，無一還心。』【馮注】《通典》：『河陽縣，古孟津，謂之陶河渚，魏杜畿試船沈没之所。』《魏志·杜畿傳》：『文帝征吳，畿受詔作御樓船於陶河，試船，遇風没。帝為之流涕，曰：「忠之至也。」』按：上句太原，此喻王茂元卒於河陽，不暇哭送，如祭文所云者，何其隱切！【按】朱、程所引皆非所用，馮注引杜畿試船遇風事亦不切，疑別有事。解為茂元卒於河陽，亦非，詳箋。

⑫【朱注】《莊子》：『料虎頭，編虎鬚，幾不免虎口哉！』【程注】《漢書·卜式傳》：『式脱身出，獨取畜羊百餘，田宅盡與弟。』高適詩：『脱身簿尉中，始與箠楚辭。』【補】《史記·劉敬叔孫通列傳》：『通曰：「公不知也，我幾不脱于虎口。」迺亡去。』

⑬【朱注】《後漢書》：『太原閔仲叔，徵博士不至。客居安邑，老病家貧，不能（得）肉，日買猪肝一片。安邑令聞之，勑吏常給。仲叔曰：「豈可以口腹累安邑？」遂去。』【程注】《北史》：『高德正移疾屏居佛寺，為退身之計。』【按】移疾，猶移病，官吏上書稱病辭職。《漢書·公孫弘傳》：『使匈奴，還報，不合意。上怒，以為不能，弘乃移病免歸。』顔師古注：『移病，謂移書言病也。』

⑭【馮注】《詩》：『顔如渥丹。』

⑮【程注】《漢書·食貨志》：『百晦之收，不過百石，春耕夏耘，秋穫冬藏，伐薪樵，治官府，給繇役，四時

之間，無日休息。」【馮注】取不逢年之意。

⑯【程注】趙岐《孟子注》：「脅肩諂笑，病於夏畦。言其意若勞極，甚於仲夏之月治畦灌園之勤也。」

⑰【馮注】《史記·陳涉世家》：「燕雀安知鴻鵠之志哉？」

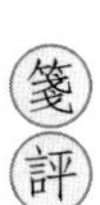

【何曰】『依然五柳在』二句：使夢得、子厚為之，便無此風致。『不憂懸磬乏』二句：是大鹵平後。（《讀書記》）又曰：清麗哀深，情不言而已至。（《輯評》）

【姚曰】四句移家永樂。『昔去』四句，移家情事。『甑破』四句，言亂離幸免。『鬢入』四句，言生事艱難。『逸志』四句，思與二公一罄情愫也。

【屈曰】一段到永樂縣居。二段大鹵平後。三段生感。四段寄二公。

【程曰】大鹵謂澤潞叛鎮也。『脱身離虎口』句，謂親從茂元討澤潞時事也。會昌三年五月，討澤潞之將為河東節度劉沔、成德節度王元逵、魏博節度何弘敬，河中節度陳夷行、河陽節度王茂元合力攻討。六月，王茂元遣兵馬使馬繼等將步騎二千，軍於天井關。詔茂元等以七月中旬五道齊進。八月，茂元軍萬善，時已久病，而賊將張巨、劉公直、薛茂卿共攻之，茂元困急。會李德裕奏茂元習吏事而非將才，止令鎮河陽。茂元尋薨於軍。茂元薨而義山始離戎幕，此所謂『脱身離虎口』也。至於大鹵之平，乃會昌四年八月澤潞叛帥為董可武、崔元度斬之以降，此所謂大鹵平也。朱長孺題下注只引河東都將楊弁逐節度李石，據軍府應劉稹，尋為李（當作呂）義忠所擒，此但一時一事耳，不足盡始末也。……『甑破』『舟沉』二句，謂茂元薨後已離幕職，如甑破不須迴顧，諸軍討澤潞破釜沉舟，誓必滅此，已亦不暇看也，所以接『脱身離虎口』句。朱注『舟沉』引聶友船行遇風事，殊不相涉。

【馮曰】義山罹母憂，而澤潞賊氛逼近懷孟，故急至故鄉，改葬其姊與姪女，詳年譜。及太原楊弁平後，始安居永樂。其云『依然五柳』，又云『昔去』『今來』，則其前必已居之，辨詳《年譜》。當太和六年，義山必曾至令狐楚太原幕，但實蹟無徵耳。『破甑』古人每以喻罷官，合之『脱身』句，似此時為李石幕官，而遭亂遽罷也。程氏謂王茂元兵敗身死，義山始離其戎幕，徐氏謂太原當有王茂元宅，皆謬甚也。余閲《續酉陽雜俎》與《北夢瑣言》所載三枝槐曰：『相國李石，河中永樂有宅，庭槐一本抽三枝，直過堂前屋脊，一枝不及。相國同堂昆弟三人，曰石、曰程，皆登宰職；惟福歷七鎮使相而已。』然則李石家居永樂，而義山卜居，未曉因依何人也。又曰：敬宗寶曆元年乙巳，商隱年十三。父喪除後，似懷州無可居，始居蒲州之永樂（其在是年，或猶在後，未可定）。按：《祭姊文》云：『四海無可歸之地，九族無可倚之親，既祔故邱（謂葬父於鄭州壇山故邱，）便同逋駭。及衣裳外除，旨甘是急，乃占數東甸，傭書販舂。』占數，占户籍之數也。蓋其先由鄭居懷，此似懷州亦無可居。而蒲州在西京東北三百里外，貞觀中，昇為四輔，故曰東甸。其後會昌四年，移家永樂，有『昔去』『今來』之句，舊蹟當於此徵矣。（《玉谿生年譜》）

【田曰】有懷皆苦，無句不妍。（馮箋引）

【紀曰】平平無佳處，格力尤薄。（《詩説》）亦自清妥。○『依然』句藏得劉、韋二人故居在，故末句不妨直出二公。（《輯評》）

【張曰】詩云『依然五柳在』者，以陶令閒居自比。『昔去驚投筆』，謂從前歷佐方鎮。『今來分掛冠』，謂此後自甘閒廢。實則是時居憂，義山躁進，故有此言。馮氏泥『昔去』『今來』語，謂喪父時已卜居永樂，前已駁之矣（《會箋》長慶三年下云：『義山父喪除後，卜居洛陽』）。『甑破寧迴顧』，指李石太原被逐。『舟沉豈暇看』，指茂元卒於河陽，未及哭送。或當時李石曾招遊太原，遇變不果，故有『脱身離虎口』句；或引此二事為例，作幸詞以自慰藉，意亦可通。馮氏疑為李石幕官，遭亂遽罷，時正在母喪中，恐未然也。若《喜聞太原同院崔侍御臺拜》詩，此『太原同院』，必係指太和六年令狐楚幕，不得附會李石。馮氏又引《續酉陽雜俎》《北夢瑣言》永樂有李石宅事，亦與入幕不細符。要之，幕僚皆由辟置，唐時無居喪服官者，列傳中可考，豈義山獨放於禮法之外哉？（吾友曹元忠云：『《唐六典》注：『遭喪被起在朝者，各依本品，著淺色純縵；』周已下慘者，朝參起居，亦依品色，無金玉之飾。』是居喪服官，唐人不嫌。然考之《唐書》，奪情起復，藩鎮多有，《六典》所言，亦係專指常參官，幕僚實不多見也。）此譜中歧異之處，故詳辨之，終苦無顯證豁然耳。（《會箋》）又曰：『依然』句似義山自謂故居尚存，玩『昔去』『今來』可見。況前四句皆叙遷居事，無緣突入二公也。若結語直出，則固無傷也。（按：此針對紀評而發。）〇觀為茂元遺表，可見此詩『甑破』二句，蓋暗指茂元死事。疑義山於茂元死後，始移家永樂也。義山從前未嘗於永樂寓居，『昔去』句不過泛言當日入幕耳。『依然五柳在』句，自指二公舊居而言。馮注甚誤（按：此條又與上條意見相反，當非一時之作）。至謂『甑破』比李石，云義山與石不必往來，是說也，余亦信之。惟集中殊少顯證，只有《太原同院》及《故府中交城舊莊》二首可以旁證。然二詩尚在可疑之列，餘則無一相合耳。〇又案《文集重祭外舅文》云：『及移秩農卿，分憂舊許，羈牽少暇，陪奉多違。』又云：『屬纊之夕，不得聞啟手之言；祖庭之時，不得在執紼之列。』是義山於茂元死時，已不在河陽也。而此篇所述，却似茂元死時，義山親遭景況。細玩『舟沉』『甑破』二語，豈義山丁憂後，曾馳赴河陽而茂元已前卒耶？此段細蹤，真無從索解矣。（《辨正》）

【按】詩作於會昌四年太原楊弁亂平後，據『百花殘』語，約當暮春時。程箋謂大鹵為澤潞叛鎮，殊誤。然詩中尚有下述問題需進一步探討：

一為義山移家永樂前曾否寓居此地。馮氏據『依然五柳』及『昔去』『今來』等語，推斷『其前必已居之』，張氏《會箋》則力辨其非。按張說非。『五柳』顯指舊宅，詩云『依然在』，重返故居口吻顯然。如此前未居永樂，則所謂『依然在』者，直不可解。且上句云『家山照露寒』，更可證永樂為義山舊居。《馮譜》釋《祭姊文》『占數東甸』為占户籍之數於蒲州，固非（已另有辨，詳《關於李商隱生平若干問題考辨》『占數東甸』一節），然永樂非會昌四年初次寓居則甚明。『昔去』『今來』皆承上『河干』『家山』，定指永樂。然義山此前究於何時寓居永樂，則缺乏材料，難以考索。

二爲『甑破』『舟沉』所指。馮、張均以爲甑破指李石太原被逐，舟沉指茂元卒於河陽。按甑破用孟敏客太原典，謂指太原軍亂，已倉皇脱身事，固極確切，然謂下句指茂元之卒則非。詩題『大鹵平後移家到永樂縣居』，大鹵平後既指楊弁亂平，則所謂『甑破』『舟沉』亦必與楊弁之亂密切相關而不得旁涉他事，何能於叙述太原軍亂之後突然闌入茂元卒於河陽之事？下云『脱身離虎口』，虎口顯指楊弁作亂時之太原，然則『甑破寧迴顧，舟沉豈暇看』，即匆遽脱身於亂城，不暇追顧之意，二句實同指一事。蓋楊弁作亂時，義山適客居太原，亂中倉皇出奔，故有上數語。至義山是否曾入太原李石幕，則缺乏實證，難以考定。

三爲本篇結構層次。『驅馬』六句，叙移家永樂，於『昔去』『今來』之對照中寓不遇之感。『不憂』六句，緊扣『大鹵平後』追叙當日亂中情事，於交代移家背景中寓時世衰亂之慨。『鬢入』六句正面書懷。亂後重返舊居，投筆之宏願成虚，鴻鵠之逸志未遂，掛冠閒居，鬢白顔衰，雖得覆盂之安，而不免壯志銷磨之苦悶。寄劉、韋及二公曾居永樂，只篇末點出。紀謂『依然』句藏二人故居，非是。

自喜

自喜蝸牛舍①，兼容燕子巢。緑筠遺粉籜②，紅藥綻香苞〔一〕③。虎過遥知穽，魚來且佐庖。慢行成酩酊④，鄰壁有松醪〔二〕⑤。

〔一〕『藥』原作『葉』，非，據蔣本、席本、朱本、戊籖改。

〔二〕『醪』原作『膠』，一作『醪』，據蔣本、姜本、朱本改。

集注

①【朱注】《古今注》：『蝸牛，陵螺也。野人為圓舍如其殼，曰蝸舍。』　【馮注】《魏志注》：『案《魏略》云：「焦先及楊沛並作瓜牛廬，止其中。」以為瓜當作蝸。蝸牛，螺蟲之有角者，俗或呼為黃犢。先等作圜舍，形如蝸牛蔽，故謂之蝸牛廬。』　【補】何遜《仰贈從兄興寧置南》詩：『棲息同蝸舍，出入共荆扉。』

②【程注】《禮記》：『竹箭之有筠。』晉戴凱之《竹譜》：『萌筍包籜。』　【朱注】《韻會》：『筠，竹青皮。』白居易詩：『筠粉汙新衣。』　【紀注】竹漸長則笋皮剥落，故曰『遺粉籜』。

③【朱注】謝朓詩：『紅藥當階翻。』　【按】紅藥，即芍藥。苞，指花苞。

④【程注】《晉書·山簡傳》：『習氏有佳園池，簡每出游嬉，多之池上。置酒，輒醉，名之曰高陽池。時有童兒歌曰：「山公出何許？往至高陽池。日夕倒醉歸，酩酊無所知。」』

⑤【朱注】《本章》：『松葉、松節、松膠，皆可為酒，能已疾。』裴硎傳奇：『酒名松醪春。』　【馮注】鄰壁，暗用畢卓、阮籍事，詳後《詠懷寄秘閣》。

【輯評墨批曰】取題首二字為題，别是一體。

【何曰】定遠云：『己之寄形宇内，以天地為逆旅，猶蝸牛也。妙在第二句又為物所寄，便是《莊子·逍遥遊、齊物論》諸篇見解，活潑潑地那得不自喜？』『第三言有竹，第四言有花，第五言近山，第六言近水，末二句言又有酒也。』（《讀書記》）又曰：時物變遷，三春暗擲，言自喜，實自悲也。○蝸牛廬内，能容燕子成巢；阿閣三重，不許才士厠近，所以寧窺鄰甕之酒，不掃權門之塵也。（《輯評》）

【陸鳴皋曰】首聯寫居。次聯寫居室之景。下則心無係着之意。

【姚曰】蝸舍燕巢，託身雖穿（窄），所可喜者，緑筠紅蘂，景物備矣。五句，言遠害；六句，言不貪。况鄰舍相招，過從亦不寂莫耶？

【程曰】此當從鄭亞時作。義山從亞，令狐綯惡之，其黨或有欲加害者，賴亞藩籬，固未致動摇，故有『虎過遥知穽』語。蝸舍燕巢，喻亞雖調外，尚能庇己。筠、蘂二句，喻己之不改其常。虎、魚二句，喻不獨遠害，而可寄食，此其所以自喜也。結言慢行，言鄰壁，又喻有徐徐引去之意，蓋不欲終為人府怨也。

【馮曰】次句言家室相聚，三四即上章（指《永樂縣所居一草一木無非自栽》詩）『悉已芳茂』之意。

【紀曰】亦平淺無意味。○問『遺』字，曰：竹漸長筍皮剥落也。

【張曰】祇取首二字為題，無他寓意。馮氏定為永樂閒居時所賦，觀起句及結，似近之矣。（《辨正》）

【按】閒居自遣之作，别無寓託。謂自適之中微露寂寥之意則可，謂自喜而實自悲則與全詩情調不符。腹聯狀村居之荒僻與生活之悠閒，深解者失之。程箋極穿鑿，不可從。大中三年所作《上尚書范陽公啟》有『去年遠從桂海，來返玉京……隘傭蝸舍，危託燕巢』之語，似與此詩首句『蝸牛舍』合。然京郊之地與『虎過遥知穽』終異，且其時在京兆府典章奏，忙於公務，與此詩所寫閒適情景不合。故依馮氏繫永樂閒居期間。

春宵自遣

地勝遺塵事①，身閒念歲華②。晚晴風過竹，深夜月當花③。石亂知泉咽④，苔荒任逕斜⑤。陶然恃琴酒，忘却在山家⑥。

①【補】遺，忘。塵事，世俗之事。陶潛《辛丑歲七月赴假還江陵夜行涂口》：『閒居三十載，遂與塵事冥。』

②【補】歲華，指一歲中之美好景物。陳子昂《感遇》詩：『歲華盡摇落，芳意竟何成？』此處兼含有年華之意，微寓春秋代序，美人遲暮之感。

③【鍾惺曰】『當』字有景，尤有情。【補】當，正對，映照。

④【補】泉流亂石中，聲音幽咽。『知』字寫泉聲隱約若不可聞之狀入微。

⑤【補】徑斜苔荒而任之不加修葺，見環境之幽僻與蕭散自得之情趣。

⑥【何曰】（二句）是自遣。（《讀書記》）【譚元春曰】『琴酒』字熟，在一『恃』字點化。

【王夫之曰】駸駸摩初唐之壘。（《唐詩評選》）

【陸鳴皋曰】此山居作。『閒』字、『當』字、『恃』字，俱有味。

【姚曰】塵鞅勞人，歲華却無處不到。竹風花月間，非静對者不能心賞也。石泉既無俗韻，苔逕豈有俗駕，琴酒而外，更復何營？

【馮曰】念歲華，是不能忘也。陶然忘却，聊自遣耳。

【紀曰】亦淺率無味，大似後人寫景凑句之詩，篇篇可以互换者也。（《詩説》）此所謂馬首之絡。（《輯評》）

【王堯衢曰】地勝遺塵事，身閒念歲華：有勝地必有勝景，塵俗之事可遺。身閒則歲月空過。故感春而有念也。晚晴風過竹，深夜月當花：此風月花竹地勝乃得有之，身閒方能領略。晴風遠來，竹能先受；夜月高起，花獨能當。當字有景尤有情。石亂知泉咽，苔荒任徑斜：此正寫山家也。石亂泉不能流去，必然咽住；徑斜人少，苔生而荒。知字、任字，内有聽其自然意。陶然恃琴酒，忘却在山家：山家寂寞，何以自遣？所恃者琴酒耳。陶然自樂，幾忘此身之所在矣。恃字用得有意味。篇末評：前解寫春宵之勝事，後解寫山家之寂寞，而自遣意前後俱見。（《古唐詩合解》）

【張曰】雖用少陵法而細意妥帖，仍自玉谿本色，非空腔滑調也。『馬首之絡』，祇可詆明七子，豈可横加義山！（《辨正》）

【王文濡曰】（首句）言地多勝景，而俗事胥遺。（次句）身閒則歲月空過，故感春而有念也。（三四句）風月花竹，勝地乃能有之，言晴風遠來，竹能先受，夜月高起，花獨能當，『當』字有景有情。（五句）石亂則泉流不暢，必然咽住而作聲也。（六句）徑斜人少，苔生而荒，『任』字有聽其自然之妙。（七句）恃，倚賴也，言陶然全賴琴也。寫山家風景，處處不脱春宵，其用字之妙，殆千錘百鍊而出，如『當』字、『知』字、『任』字均耐人尋味。（《唐詩評注讀本》）

【按】作者於自遣中頗有悠然自得之趣。『塵事』因『地勝』而暫遺，因『琴酒』而暫忘。然此終屬不安於身閒者自遣之詞，非真能超然物外者。馮箋由『念歲華』『陶然忘却』發之，可謂善探心曲。

戲題贈稷山驛吏王全①

絳臺驛吏老風塵②，躭酒成仙幾十春。過客不勞詢甲子，唯書亥字與時人③。

集注

①【自注】全為驛吏五十六年，人稱有道術，往來多贈詩章。【朱注】《唐書》：『稷山縣屬絳州，縣在州城西五十五里。』【馮注】《隋圖經》：『稷山在絳郡，后稷播百穀於此，亦《左氏傳》所謂晉侯治兵於稷。』《元和郡縣志》：『絳州屬縣稷山，因縣南稷山為名。』

②【姚注】《説苑》：『晉靈公造九層之臺，費用千億。』《通志》：『在絳州西北二十里。』【馮注】《元和郡縣志》：『晉靈公臺在絳州西北二十一里。《左傳》靈公從臺上彈人即此。』《後漢書·馮衍傳》：『饁女齊於絳臺兮。』

注曰：『《國語》：晉平公作九層之臺。』

③【朱注】《左傳》：『晉悼夫人食輿人之城杞者。絳縣人或年長矣，無子而往與于食，使之年，曰：「臣生之歲，正月甲子朔，四百有四十五甲子矣，其季于今三之一也。」吏走問諸朝，師曠曰：「七十三年矣。」史趙曰：「亥有二首六身，下二如身，是其日數也。」士文伯曰：「然則二萬六千六百有六旬也。」趙孟召之而謝過焉。』【程注】亥字二畫在上，並三人為身，如算之六下，亥上二畫豎置身旁。【按】此係借亥字以著算式，為二六六六也。吳景旭云：『《左傳》：師曠釋絳縣老人年數云：「亥有二首六身。」蓋離拆亥字點畫而上下之，如算籌縱橫。然則二首為二萬，六身各一縱一横，為六千六百六十，正合其甲子之數，迺是七十三年也。楊巨源《送絳州盧使君》詩：「絳老問年須算字，庾公逢月要題詩。」李義山《贈絳臺老驛吏》詩：「過客不勞詢甲子，惟書亥字與時人。」張伯元《元日》詩：「問年書亥字，獻歲出辛盤。」』

【黄徹曰】史趙釋絳縣老人年數云：『「亥有二首六身。」』蓋離析『亥』字點畫而上下之，如算籌縱横然，則下其二首為二萬，六身各一縱一横，為六千六百六十，正合其甲子之日數，傳以趙之明曆。劉賓客《送人赴絳州》云：『午橋羣吏散，亥字老人迎。』義山《贈絳臺老驛吏》云：『過客不勞詢甲子，惟書亥字與時人。』可謂善使事矣。（《䂬溪詩話》）

【何曰】落句仍不脱『風塵』意，所以工。

【姚曰】慨肉眼之寡識也。

【紀曰】偶然率筆。

【張曰】此與《霍山驛樓》詩，皆似太原往來之作。

【按】張説是。

登霍山驛樓①

廟列前峰迥②，樓開四望窮。嶺鼷嵐色外③，陂雁夕陽中。弱柳千條露，衰荷一向風④。壺關有狂孽⑤，速繼老生功⑥。

集注

①【朱注】《唐書》：『義寧元年，以霍邑、趙城、汾西、靈石置霍山郡，有霍山祠。』【馮注】《元和郡縣志》：『晉州平陽郡霍邑縣霍山，一名太岳。』《禹貢》曰：『壺口、雷首至於太岳。』鄭氏注曰：『彘縣霍太山是也。』《新書·志》：『霍邑有西北鎮霍山祠。』按：似皆太原往來之作。

②【朱注】《水經注》：『河東霍太山有嶽廟甚靈，鳥雀不棲其林，猛虎常守其庭。』

③【朱注】《説文》：『鼷，小鼠也。』【馮注】《爾雅》：『鼷鼠。』注曰：『有螫毒者。』疏曰：『《春秋》食郊牛角者也。』《博物志》：『鼠之最小者，或謂之耳鼠。』《玉篇》：『螫毒，食人及鳥獸皆不痛，今之甘口鼠也。』

④【何曰】弱柳、衰荷，以興劉稹之易取。（《讀書記》）【馮曰】白香山詩『風荷一向翻』，可相證也。

【補】一向，猶言一片或一派也。温庭筠《谿上行》：『風翻荷葉一向白，雨濕蓼花千穗紅。』元稹《放言》詩：『竹枝待鳳千莖直，柳樹迎風一向斜。』

⑤【朱注】《漢書》：『上黨郡有壺口關，有壺關縣。』應劭曰：『黎侯國也。』《寰宇記》：『壺關在潞州城東二十五里，因山似壺，故名。』狂孽謂劉稹。【姚注】《舊唐書》：『昭義節度等使劉從諫，會昌三年卒。大將郭誼等用其姪稹權領軍務。宰相李德裕奏請稹護喪歸洛，稹竟叛。』

⑥【朱注】《唐書》：『高祖兵發太原，次靈石縣。隋將宋老生屯霍邑以拒義師。太宗與段志玄自南原引兵馳下，衝老生陣，出其背。老生兵敗，投塹，劉弘基就斬之，遂取霍邑。』【馮注】《舊書·紀》：『隋武牙郎將宋老生，屯霍邑以拒義師。會霖雨積旬，餽運不給，有白衣老父詣軍門曰：「余為霍山神使謁唐皇帝曰：八月雨止，路出霍邑東南，吾當濟師。」八月辛巳，高祖引師趨霍邑，斬宋老生。』按：暗用此事，應轉首句『廟』字，謂宜神佑破賊也，非謂諸將當繼此功。【按】馮解是。其時因久雨糧盡，李淵決意退兵。李世民力勸不可。此白衣老父請見，或係李世民故弄玄虛，以堅軍心。

【姚曰】首句霍山，次句驛樓。中四句，四望蕭條，民物凋耗之景。時劉稹未平，故結句以掃蕩望之。精神在『速繼』二字。言時勢至此，更不可少緩也。

【程曰】結句所謂『狂孽』者，朱長孺注謂劉稹，得其事實矣。其言『速繼老生功』者，謂武宗與李德裕定策討澤潞，以王元逵為北面招討使、何弘敬為東面招討使，與河陽節度王茂元、河東節度使劉沔、河中節度使陳夷行合力討之，五道齊進，又以武寧節度使李彥佐為晉絳行營諸軍節度招討使，時惟王元逵奏拔宣武柵，擊堯山。李彥佐自發徐州，行甚緩，又請休兵於絳州，兼請益兵，何弘敬且為之奏雪。而王茂元有疾，李德裕言彦佐等逗遛顧望，望賜詔切責。未幾茂元薨，是時義山為茂元書記，詩當作於其時，有望於彦佐諸人也。

【袁枚曰】首二破題。霍山上有嶽廟。中四樓前景物。末二感亂，時劉稹叛。（《詩學全書》）

【姜炳璋曰】此登樓有感也。中四，登樓四望，而鼠驅雁落，弱柳敗荷，一段衰亂之景，不堪寓目。時五路討劉稹，逗留不進，武宗下詔切責，而王茂元又卒於軍。義山云『速繼』，蓋以討賊速進者鼓諸軍之勇也。

【紀曰】詩有氣格，但三四太無理，嵐色之外，豈能見小鼠乎？間末二句似突出。曰登高望遠，忽動於懷，興寄無端，往往有此似突而究非突，蓋其轉接之間以神而不以迹也。（《詩説》）

【張曰】永樂近境遊覽之作，時澤潞未平，故有結聯。（《會箋》。繫會昌四年）又曰：嶺鼷是比喻，與『陂雁』句一虚一實，言遠望嵐色外，遥山數點，有如小鼠耳。不得以無理病之。結用霍山神告高祖事……方與上『廟』字相應。（朱）注不能舉其出典，紀氏因以突如其來致譏，皆未深考史書，細會詩意耳。（《辨正》）

【按】義山會昌四年暮春移家永樂（據《大鹵平後移家到永樂縣居書懷十韻》），此詩有『陂雁』『衰荷』之語，當係是年秋往返永樂、太原途中作所。時討伐劉稹之役已近結束（七月，邢、洺、磁三州降），故末句云然。中二聯，均四望所見所想。『嶺鼷』，係想像得之。嶺鼷、陂雁、弱柳、衰荷，未必有寓託。姚箋謂『四望蕭條，民物凋耗之景』，較為切當。若如何氏所云：『弱柳、衰荷，興劉稹之易取』，則嶺鼷、陂雁何所指耶？且劉稹既『易取』如此，又何必祈神之祐助耶？尾聯回應首聯，因前峰之嶽廟而祈望霍山神助佑王師再繼破敵之功。

題道靖院院在中條山故王顏中丞所置虢州刺史捨官居此今寫真存焉〔一〕①

紫府丹成化鶴羣②，青松手植變龍文③。壺中別有仙家日④，嶺上猶多隱士雲〔二〕⑤。獨坐遺芳成故事⑥，搴帷舊貌似元君〔三〕⑦。自憐築室靈山下⑧，徒望朝嵐與夕曛⑨。

〔一〕『靖』，朱本、季抄作『静』。馮曰：『一作净。』

〔二〕『士』，馮引一本作『者』。

〔三〕『搴』，席本作『褰』，字通。

①【朱注】《宣室志》：『河中永樂縣道净院，居蒲中之勝境。文宗時，道士鄧太玄煉丹於此。』括地志：『蒲州河東縣雷首山，一名中條山，亦名首陽山。』【馮注】《新書·志》：『永樂縣有雷首山。』按：中條即雷首山，兼

跨數邑之境。永樂舊隸虢州。徐曰：『《英華》有權德輿《中嶽宗元先生吴尊師集序》云：「太原王顔常悦先生之風，自先生化去三歲，顔為御史中丞，類斯遺文上獻。」即此人也。顔固好道矣。』按：《宣室志》：『鄧太玄鍊藥留貯院内，蒲人侯道華在院為供給者，性好子、史，常不釋卷，一覽必誦之於口，曰：「天上無愚懵仙人。」一旦不見，惟脱雙履衣掛松上，留偈一首。方驗竊太玄藥仙去，時大中五年五月也。』此詩在前，偶附志之。

②【朱注】《抱朴子》：『項曼都言：「到天上，先過紫府，金牀玉几，晃晃昱昱。」』《神仙傳》：『蘇仙公躭升雲而去，後化白鶴，止郡城東北樓。』又丁令威亦化白鶴集遼東華表柱。【程注】《洞仙傳》：『丁令威者，遼東人，少隨師學得仙道分身，任意所欲。嘗暫歸，化為白鶴，集郡城門華表柱頭，言曰：「我是丁令威，去家千載今來歸，城郭如舊人民非，何不學仙冢纍纍。」』李白詩：『不知曾化鶴，遼海歸幾度？』

③【馮注】按：《拾遺記》：『秦始皇起雲明臺，窮四方之珍木，有東得之漂樤龍松。』然不必用此也。《格物總論》曰：『松磥砢多節，皮如龍鱗，盤根樛枝，四時青青。』以龍狀松，習見語也。《抱朴子》：『松三千歲，皮中有藂芝如龍形，名曰飛節芝。』【朱注】王維詩：『種松皆作老龍鱗。』

④【馮注】《後漢書·方術傳》：『費長房為市吏，有賣藥老翁懸一壺於肆頭，及市罷，輒跳入壺中。』按：《神仙傳》：『凡召軍符，召鬼神治病玉府符，皆出自壺公，總名《壺公符》。』《雲笈七籤》：『魯人施存遇雲臺治官張申，常夜宿壺中，中有天地日月，自號壺天。』《真誥》謂施存孔門弟子。張申即長房之師。

⑤【朱注】陶弘景《答詔》詩：『山中何所有？嶺上多白雲。』【姚注】《京房易飛侯》：『視四方常有大雲，五色具而不雨，其下有賢人隱。』

⑥【馮注】《後漢書·宣秉傳》：『拜御史中丞，光武特詔御史中丞與司隸校尉、尚書令會同，並專席而坐，故京師號曰「三獨坐」』。《史記·自序》：『余所謂述故事，整齊其世傳。』【何曰】中丞。（《輯評》）【程注】莊忌《哀時命》：『廓落寂而無友兮，誰可玩此遺芳？』張華詩：『誰與翫遺芳，佇立獨咨嗟。』

⑦【朱注】《老子·内傳》：『受元君神圖寶章變化之方，及還丹伏火水汞液金之術。』《真誥》：『常月月朝太素

三元君。』常建詩：『夢寐升九崖，香靄逢元君。』【馮注】《後漢書》：『賈琮為冀州刺史。舊典，傳車驂駕，垂赤帷裳。琮曰：「刺史當遠視廣聽，何垂帷裳以自掩塞乎？」乃命御者褰之。』太素三元君，道書屢見。

⑧【程注】《詩·小雅》：『築室百堵，西南其户。』【補】道家以蓬萊山為靈山。左思賦：『巨鼇贔屭，首冠靈山。』吕向注：『靈山，海中蓬萊山。』此猶云仙山，指中條山。

⑨【補】嵐，山林中霧氣。曛，落日餘光。

【朱曰】此悵仕隱之兩不遂也。（《李義山詩集補注》）

【馮班曰】八句汲汲叙題中之意。（何焯引）

【胡以梅曰】起言其已成仙化鶴而去，手植之松皆老，用對起，點染華潤。『羣』字蓋丁令威、蘇躭輩皆化鶴，今入其羣耳。此『羣』字用得最靈，化陳為新，已包括前人之化鶴在内，妙。次言其去也必另有壺中日月在於仙境，至今只餘隱士嶺上之雲矣。用事恰好。遺像在而成為故事，褰帷望之恰似元君矣。更有次序。（《唐詩貫珠串釋》）

【陸曰】起聯言中丞化鶴歸來，昔時手植之松已變龍文，則歷年久矣。『壺中』句，指道静院；『嶺上』句，指中條山。仙家結上中丞，隱士即起下刺史。獨坐遺芳，捨官居此也（按此解誤）；褰帷舊貌，寫真存焉也。篇末言己築室其下，不能繼前人而高蹈，得毋詒誚山靈也？

【姚曰】此悵仕隱之兩不遂也。青松白鶴，縹緲精靈，自塵凡望之，誠仙人之窟宅，而隱士之淵藪矣。顧當日處富貴場中，而萌出世之念，如王中丞、虢州刺史，莫不早卜菟裘，希心道侶，今但留獨坐芳名，褰帷舊像。而余也築室靈山之下，朝嵐夕曛，咫尺仙都，而富貴神仙，蹉跎兩失，身世蒼茫，能無三歎也耶？

【屈曰】中丞已化鶴而去，惟餘松老龍文。三四想尚存也。當日獨坐，遺芳已成故事；今日褰帷，寫真空在。自憐築室靈山，徒望嵐曛而已。三四得體。

【程曰】此退居永樂時作也。

【紀曰】層層安放清楚，然求一分好處亦不可得。（《詩説》）

【方東樹曰】此即事小詩，清切可取。不及《過武威莊》高華壯闊，足為式則也。起二句謂王中丞所置院。三四言刺史居此。五六寫真。以自家作收。（《昭昧詹言》）

【按】此不過就長題敷衍成篇，馮班所謂『汲汲叙題中之意』也。首二中丞、刺史雙起。丹成化鶴，指中丞早已仙去；松呈龍文，指刺史逝世亦久。『青松手植變龍文』化用王維《春日與裴迪過新昌里訪吕逸人不遇》『種松皆作老龍鱗』句意，而王詩固以老松形容隱逸者所居景象也。頷、腹二聯，即兩兩分承之。『仙家』『獨坐』，承中丞；『隱士』『舊貌』，承刺史。謂至今院中嶺上，猶別有洞天日月，飄緲白雲，令人悠然生求仙隱逸之想，然中丞獨坐已成故事，刺史高風惟存寫真。今我築室中條山下，既不能追跡中丞之仙蹤，又不能效刺史之隱淪遺世，徒望朝嵐夕曛，不勝仰慕而已。

奉同諸公題河中任中丞新創河亭四韻之作①

萬里誰能訪十洲②？新亭雲構壓中流。河蛟縱翫難為室〔一〕③，海蜃遥驚恥化樓④。左右名山窮遠目，東西大道鎖輕舟⑤。獨留巧思傳千古⑥，長與蒲津作勝游⑦。

〔一〕「蛟」，朱本作「鮫」，字通。

①【朱注】《唐書》：「河中府河東郡，本蒲州，屬河東道。」【馮注】《會昌一品集》有河東（當作中）留後任畹，即此人也。【張曰】畹，蜀人，元和十年進士第，見《沈亞之集》。【按】唐河中府，今山西永濟縣。中丞係任畹所帶京職。據《舊紀》，會昌四年二月丁巳，崔元式由河中移鎮河東，石雄任河中節度使。但石雄係兼職，其主要任務是對劉稹作戰，故任命任畹為河中節度留後。

②【陸曰】按《十洲記》：「四方巨海之中，有祖、瀛等洲十處。」【馮注】《十洲記》：「祖洲、瀛洲、玄洲、炎洲、長洲、元洲、流洲、生洲、鳳麟洲、聚窟洲。」【馮班曰】虛一句。（何焯引）

③【姚注】郭璞《江賦》：「鮫人搆館於懸流。」【馮注】木華《海賦》「鮫人之室。」「難為室」，如《世說》陳元方難為兄，季方難為弟之意。【程注】孟浩然詩：「宇廨鄰鮫室。」【按】木華《海賦》作「蛟人之室」，《文選》作「鮫」。

④【朱注】《史記·天官書》：「海旁蜃氣象樓臺。」【何曰】次連只可施之新創，移掇泛題河亭不得，所以尤佳。（《讀書記》）【馮注】范晞文《對牀夜語》：「不過蛟室蜃樓耳，而點化如此。世稱王禹玉鳳輦鰲山之句，

本斯意也。』

⑤【徐曰】東岸河東縣，西岸河西縣。　【何曰】《唐六典》：『造舟之梁四，河三洛一。蒲津浮梁，河之一也。』故有第六句。（《讀書記》）　【朱注】《唐書》：『河中府河西縣有蒲津關。開元十二年鑄八牛，牛有一人策之。牛下有山，皆鐵柱夾岸，以維浮梁。』　【按】謂東西大道以浮橋連鎖。

⑥【何曰】新創。（《讀書記》）　又曰：巧思用杜當陽事。所謂『非陛下知，微臣亦不能施其微巧』。（《輯評》）　【按】巧思常語，何引杜當陽事，非。

⑦【馮注】《史記·秦本紀》：『昭襄王五十年，初作河橋。』正義曰：『今蒲津橋也。』　【何曰】河中。（《讀書記》）

【胡以梅曰】細詳是亭，似於黃河浮梁上結構成之，故起言十洲在大海水中，誰能遊訪？今新亭壓中流而創建，即可擬其勝矣。影落水中，鮫人疑其為室，縱玩難居；蜃蛟雖好幻樓，自耻不逮典麗工切精品也。左右名山，供亭中之遠望；東西大道，似若鎖一輕舟者。蓋浮梁聯舟為之而繫於岸，今直言大道為鎖，故作光怪之語耳。結乃説出地方，收拾上文。總之，任中丞有奇想異構，須得名句方傳。

【陸曰】按《十洲記》：『四方巨海之中，有祖、瀛等洲十處。』今任中丞所創新亭，在河中流，故用作翻。言十洲之勝，誰其見之？不若此雲構巍然，為有目共賞也。鮫室蜃樓，皆不能及，極贊河亭之妙。以下從亭之四旁説。遠山可眺，浮梁可渡，而新亭居其中，將蒲津自此增勝，而中丞巧思可傳之千古矣。

【姚曰】此諷興作之無關急務也。人未有無端而作十洲之想者，乃此亭之興，髣髴似之。以之詫河鮫，驚海蜃，可謂豪舉。顧左右名山，徒供遠目，非有控御之勢也。東西大道，但鎖輕舟，亦非要害之防也。徒以蒲津勝地，費此巧思，為遊賞之計耳。通首總譏作亭之無謂。古人於此等題，必不肯全無意見，漫賦一篇也。

【屈曰】一虛破河中。二新亭。三四實寫河亭，却用虛筆。五六亭外景。結中丞。○起句突兀。

【程曰】此亦退居永樂時作。

【紀曰】無一句是詩。（《詩説》）俗不可醫。（《輯評》）

【張曰】此評（指紀評）亦苛。

【按】此尋常酬應奉同之作，無諷意，姚箋非。詩極贊河亭之壯美巧麗，兼美中丞之巧思為河山生色，多虛泛語，唯腹聯寫景較切題，取境亦闊大。

過姚孝子廬偶書①

拱木臨周道②，荒廬積古苔。魚因感姜出③，鶴為弔陶來④。兩鬢蓬常亂，雙眸血不開⑤。聖朝敦爾類⑥，非獨路人哀⑦。

集注

①【徐曰】《邵氏聞見録》：『唐永樂縣姚孝子莊，孝子名栖筠。』貞元中，當戍邊，栖筠之父語其兄曰：『兄

嗣未立，弟已有子，請代兄行。」遂戰没，時栖筠方三歲。其後，母再嫁，鞠於伯母。伯母死，栖筠葬之，又招魂葬其父，廬於墓側，終身哀慕不衰。縣令刻石表之。河東（按：當作『中』）尹渾瑊上其事，詔加優賜，旌表其閭。名其鄉曰孝悌，社曰節義，里曰欽愛。』姚孝子必即其人。　【馮曰】按：《邵氏聞見録》謂栖筠而下，至宋政和中，義居二十餘世，專以一人守墳墓，世推尊長公平者主家政，三百餘年，無異爨者。《澠水燕談録》『筠』作『雲』。《宋史·孝義·姚宗明傳》亦作『雲』，云經唐末五代兵戈亂離，而子孫保守墳墓，骨肉不相離散，求之天下，未或有焉。

②【馮注】《左傳》：『爾墓之木拱矣。』　【何曰】過字。（《讀書記》）　【按】『周道』，大路，見《靈仙閣晚眺》注。

③【朱注】《華陽國志》：『姜詩事母至孝，妻龐氏奉順尤篤。姑嗜魚鱠，又不能獨食，夫婦嘗力作供鱠，呼鄰母共之。舍側忽有湧泉，每旦輒出雙鯉魚，常以供母膳。』　【馮注】《後漢書·列女傳》：『廣漢姜詩，妻龐。詩事母至孝，妻奉順尤篤。母好飲江水，去舍六七里，妻嘗泝流而汲。其子後因遠汲溺死，妻恐姑哀傷，託以行學不在。姑嗜魚鱠，又不能獨食，夫婦嘗力作供鱠，呼鄰母共之。舍側忽有湧泉，味如江水，每旦輒出雙鯉魚，常以供二母之膳。永平三年，察孝廉，顯宗詔曰：「大孝入朝，凡諸舉者一聽平之。」由是皆拜郎中。』

④【朱注】《晉書》：『陶侃丁母艱，在墓下，忽有二客來弔，不哭而退，儀服鮮潔，知非常人。隨而看之，但見雙鶴飛而沖天。』　【徐曰】次聯指廬墓事。（馮注引）　【何曰】切廬，頂得出。（《讀書記》）

⑤【徐曰】三聯哀慕不衰。（同上）

⑥【程注】《詩·大雅》：『孝子不匱，永錫爾類。』　【補】敦，勉勵。　【徐曰】七句旌表里閭也。

⑦【何曰】收『周道』。（《輯評》）

【姚曰】拱木荒廬，魚鳥為之感動，而孝子不自知其孝也。以此膺旌獎，聖朝固不是崇虛聲者。

【馮曰】義山喪母未久，故觸緒成篇。

【紀曰】多不成語。凡詩詠忠臣易，詠孝子難，詠烈女易，詠節婦難，而孝子尤難于節婦，代述衷曲，或有至情動人，旁贊必不佳，古體樂府猶有措手之處，律篇多無味也。（《詩説》）

【張曰】結言豈獨路人哀之乎？時義山喪母，故云。此蓋託興成詩，非專為孝子表彰也。集中偶一為之，何至鄙陋哉！（《辨正》）

【按】馮謂因喪母而觸緒成篇，甚是。末聯微露觸緒傷情之意，『路人』語雖泛言，意實自指，兼點題中『過』字。

靈仙閣晚眺寄鄆州韋評事①

愚公方住谷〔一〕②，仁者本依山③。共誓林泉志④，胡為尊俎間⑤？華蓮開菡萏⑥，荆玉刻孱顔⑦。爽氣臨周道，嵐光出漢關〔二〕⑧。滿壺從蟻泛，高閣已苔斑⑨。想就安車召⑩，寧期負矢還〔三〕⑪！潘遊全璧散〔四〕⑫，郭去半舟閒⑬。定笑幽人迹，鴻軒不可攀⑭。

校記

〔一〕『住』，蔣本、悟抄、錢本、影宋抄作『任』。
〔二〕『出』，朱本、季抄作『入』，非。
〔三〕『矢』原作『笑』，戊籤作『米』，均非，據席本、朱本改。
〔四〕『全』原作『金』，非，一作『全』，據蔣本、姜本、戊籤、悟抄、席本、影宋抄、錢本改。

集注

①【朱注】靈仙閣無考。按詩有『華蓮』『荆玉』『周道』『漢闕』等句，閣必在陜州境也。《唐書》：『鄆州東平郡，屬河南道。』　【馮注】靈仙閣在永樂縣，見《太平廣記·木怪類》所引傳奇，開成中江叟事也。韋評事曾居永樂，而已出赴鄆幕，詩意自明。《金石録》：『《鎮嶽靈仙寺碑》，薛收撰，貞觀元年。』按：似即此閣歟？【按】會昌四年鎮天平者先後有狄兼謨、劉約，韋評事所事之幕主不知是狄抑或是劉。

②【馮注】《説苑》：『齊桓公出獵，入山谷之中，問一老公曰：「是為何谷？」對曰：「為愚公之谷。」曰：「何故？」對曰：「以臣名之。臣故畜牸牛，生子而大，賣之而買駒。少年曰：『牛不能生馬。』遂持駒去。傍鄰聞之，以臣為愚，故名此谷為愚公谷。」』義山自謂。　【朱注】《水經注》：『時水又北，逕杜山，北有愚公谷。齊桓公時公隱于谿，鄰人有認其駒者，公以與之，故謂愚公。』《寰宇記》：『愚公谷在臨淄縣西二十五里。』

③【馮注】謂韋。　【補】《論語·雍也》：『智者樂水，仁者樂山。』

④【補】《北史·韋敻傳》：『所居之宅，枕帶林泉。』《梁書·庾詵傳》：『性託夷簡，特愛林泉。』林泉志，即隱遁之志。

⑤【馮注】《晏子春秋》：『孔子曰：不出樽俎之間，而知千里之外，其晏子之謂也，可謂折衝矣。』【補】《文選》張協《雜詩》：『折衝樽俎間，制勝在兩楹。』尊俎間，即折衝尊俎間之省。二句謂本共有隱遁之約，何韋竟參戎幕。

⑥【補】菡萏，蓮花。華蓮，指華山蓮花峰。參《和劉評事永樂閒居見寄》。

⑦【姚注】《寰宇記》：『荆山，在鼎湖縣南，出美玉。』司馬相如《大人賦》：『放散畔岸，驤以孱顔。』注：『不齊貌。』　【按】虢州湖城縣之荆山，與卞和得玉之荆山（在今湖北南漳縣西）同名，故稱荆玉。參《任弘農尉獻州刺史乞假歸京》注。孱顔，同巉巖，高峻貌。

⑧【馮注】想其所經道途，是遠眺，非閣前景也。評事先至京，始赴鄆。　【按】『華蓮』四句寫登靈仙閣覽眺所見。荆山在永樂之東，華山在永樂之西，馮謂『想其所經道途』，殊不可解。『評事先至京』純出猜測。周道，大路。《詩·小雅·何草不黄》：『有棧之車，行彼周道。』漢關，或指潼關。潼關古為桃林塞，東漢末設置。

⑨【朱注】《爾雅》：『酒有泛齊，浮蟻在上汎汎（原誤引作洗洗）然。』【馮注】曹植《酒賦》：『素蟻浮萍。』　【補】《文選》張衡《南都賦》：『醪敷徑寸，浮蟻若萍。』劉良注：『酒膏徑寸，布於酒上，亦有浮蟻如水萍也。』二句謂昔與韋評事常登此閣覽眺，今則獨自登眺，無心飲酒，惟見高閣苔斑，倍增冷寂。

⑩【馮注】《漢書·儒林傳》：『武帝使使束帛加璧，安車以蒲裹輪，駕駟迎申公。』　【補】安車，古代一種可以安坐之小車。《禮記·曲禮上》：『大夫七十而致事，……適四方，乘安車。』鄭玄注：『安車，坐乘，若今小車也。』孔穎達疏：『古者乘四馬之車，立乘。此臣既老，故乘一馬小車，坐乘也。』

⑪【馮注】《漢書·司馬相如傳》：『拜相如為中郎將，建節往使。至蜀，太守以下郊迎，縣令負弩矢先驅，蜀

人以為寵。』言韋已赴鄆，未必以再到故居為望。

⑫【朱注】《晉書》：『潘岳與夏侯湛並美姿容，行止同輿接茵，京師謂之連璧。』

⑬【姚注】《後漢書》：『李膺與郭泰同舟而濟，衆賓望之，以為神仙。』【按】參《哭遂州蕭侍郎》注。二句謂韋昔與己同遊，今則離散。

⑭【朱注】（顏延之）《五君詠》：『交呂既鴻軒，攀嵇亦鳳舉。』【姚曰】幽人自謂，鴻軒謂評事也。

【補】鴻軒，謂如鴻鵠之飛舉遠翔。

【姚曰】首四句謂己與韋俱不得自遂。『華蓮』四句，閣上晚眺之景。『滿壺』二句自言。『想就』二句謂評事。末四句叙分散。幽人自謂，鴻軒謂評事也。

【屈曰】一段本擬隱山谷，出仕何為？二段晚眺之景。三段來此已久，不意遊宦不達。四段寄韋。

【程曰】此當是罷弘農尉時作。（按程説誤）

【袁枚曰】首二引起在閣晚眺之由。次聯叙己與韋隱顯殊途，籠起所以寄詩之故。三聯、四聯、五聯，正寫在閣晚眺。……六聯、七聯、末聯，正寫寄韋之意，言韋就安車之詔，異日定縣令負弩矢前驅以迎之，而已則如夏侯湛之與潘安連璧，李膺之與郭泰同舟，今皆分散，一為閣中之幽人，一為鄆州之鴻軒，而不可攀也。（《詩學全書》）

【紀曰】只『嵐光入漢關』一句可觀，餘無一佳處而多累句。○問香泉以為少『晚眺』二字意是否？曰『華蓮』四句正是『眺』字，但『晚』字不一見，未免疏漏耳。（《詩説》）

【張曰】『潘遊』二句，亦是晚唐人用法，後世此種為試帖套熟，故覺可厭，實則非劣調也。（《辨正》）又

曰：韋評事當即韋潘前輩，以曾在永樂寄居，故詩寓招隱之意。（《會箋》）

【按】姚箋首四句、屈箋三段均非，已見句解。詩有追懷同游、慨己幽閒之意，張謂『寓招隱之意』，亦非。『華蓮』二句，似兼寓韋之入幕與才美，謂其如華蓮之開，荆玉之奇也。

寄和水部馬郎中題興德驛〔一〕①

仙郎倦去心②，鄭驛暫登臨③。水色瀟湘闊④，沙程朔漠深⑤。鷁舟時往復⑥，鷗鳥恣浮沉。更想逢歸馬，悠悠嶽樹陰⑦。

校記

〔一〕原題下有雙行小字題注『時昭義已平』五字，朱本同。蔣本、姜本、戊籤、悟抄、席本、錢本均作大字連入題內。今仍依原本作題注。

集注

①【原注】時昭義已平。　【馮注】《舊書·紀》：『會昌四年七月，潞州將郭誼殺劉稹以降，八月，傳首京師；九月，誼等皆伏誅。』《隋書·志》：『京兆郡華陰縣有興德宫。』《元和郡縣志》：『同州馮翊縣南三十二里，義旗將趣京師，次於忠武園，因置亭子，名興德宫。』按：忠武園，《新書·志》作志武里。同州與華陰縣接近，而隋與唐則異也。末聯則指華陰。時馬郎中自永樂入朝，詩語顯然。【張曰】興德驛即興德宫，在同州。馬郎中當自京暫來永樂，因有此作，而義山迎而和之，故首句云然，非馬自永樂還朝也。【按】張説非。題稱『寄和』，而非『迎和』。如馬自京暫來永樂途經馮翊而有《題興德驛》之作，義山迎和之，則馬必先馳傳寄詩義山，義山從而和之，復馳傳寄詩於馬郎中。永樂馮翊相距不遠，如此往返寄詩，義山寄和之作未到，馬或已先期到永樂矣。且首句『去心』，當指歸心，歸程倦於跋涉，故有鄭驛登臨之事，如馬自京暫來永樂，自永樂言之，不當言『去心』。末聯想像其途經華陰時所見和平景象，更顯係歸途漸行漸遠情景，如係自京來永樂，則既已登臨興德驛，豈得更經華嶽？馮説是。《新唐書·百官志》：『尚書省工部：水部郎中、員外郎各一人，掌津濟、船艫、渠梁、堤堰、溝洫、漁捕、運漕、碾磑之事。』

②【馮注】《白帖》：『郎官曰星郎、仙郎、臺郎。』

③【補】鄭驛，此借指興德驛。暫，且也。

④【馮注】《水經》：『湘水北過羅縣西，溳水從東來流注之。』注曰：『瀟者，水清深也。』《湘中記》曰：『湘川清照五六丈，下見底，石如樗蒲矣，五色鮮明，白沙如霜雪，赤崖若朝霞。是納瀟湘之名矣。』按：注則謂湘水至此，兼名瀟湘，非又有瀟水也。《圖經》言湘水至零陵北而營水會之，二水合流，謂之瀟湘。

⑤【馮注】《文選・雪賦》：『朔漠飛沙。』【徐曰】二句比也。【按】馮翊濱洛河，洛河與渭水相會後入黃河。興德驛當濱洛河，故以瀟湘水闊擬之。自馮翊往北，漸近朔漠，故云『沙程朔漠深。』二句寫登臨興德驛所見。

⑥【馮注】《漢書・司馬相如傳》：『浮文鷁。』注曰：『鷁，水鳥，畫其象於船首。』【姚注】張衡《西京賦》：『浮鷁首。』注：『船頭象鷁鳥，厭水神。』

⑦【馮注】《書》：『歸馬於華山之陽。』【補】孔穎達疏：『此是戰時牛馬，放牧之，示天下不復乘用。』嶽，指華山。白行簡《歸馬華山》：『牧野功成後，周王戰馬閑。』

【姚曰】時昭義已平，故驛路稍得寧靜。三四，猶極目荒凉。五六，則漸就平復，故羨歸馬之得悠悠於嶽樹陰也。

【紀曰】『水色』二句是可好可惡之句。通體如佳，此等亦足配色。如一篇中無主峰，末無結穴，專倚此調為敷衍，風斯下矣。

【按】首聯點題內『馬郎中題興德驛』，次句『登臨』引起頷腹兩聯，均想像馬郎中登臨時所見。『水色』『沙程』，寫此驛北通朔漠、南接渭洛。鷁舟往復，鷗鳥浮沉，則望中悠閒容與之和平景象，緊扣『時昭義已平』。末聯則又由『驛』進而想像其歸路所見偃武之象。歸馬悠悠，嶽樹陰陰，時平景象如畫。

和馬郎中移白菊見示

陶詩只采黄金實①，郢曲新傳《白雪》英②。素色不同籬下發③，繁花疑自月中生④。浮杯小摘開雲母⑤，帶露全移綴水精〔一〕⑥。偏稱含香五字客⑦，從兹得地始芳榮⑧。

校記

〔一〕『全』，席本作『旋』。按：作『旋』似與『帶露』較合，然他本亦均作『全』，恐是席本以意改。

集注

①【馮注】陶潛詩：『采菊東籬下。』又：『秋菊有佳色，裛露掇其英。』《本草》：『九月采花，十一月采實。』《玉函方》：『王子喬變白增年方：甘菊，三月采名玉英，六月采名容成，九月采名金精，十二月采名長生。』【程注】潘岳《秋菊賦》：『真人采其實。』

②【朱注】宋玉《對楚王問》：『客有歌於郢中者，曰《下里巴人》，屬而和者數千人……其為《陽春白雪》，國

中和者不過數十人。』【馮注】《楚辭》：『夕餐秋菊之落英。』【程注】鮑照詩：『蜀琴抽《白雪》，郢曲發《陽春》。』【何曰】和『見示』字。（《讀書記》）

③【何曰】移。（《讀書記》）

④【何注】梁簡文帝《采菊篇》：『月精麗草散秋株。』

⑤【朱注】謝靈運《永嘉記》：『百卉正發時，聊以小摘供日。』【馮注】《春秋運斗樞》：『樞星散為雲母。』《淮南子》：『雲母來水。』【按】雲母有白色、黑色，此指白雲母。

⑥【馮注】《山海經》：『堂庭之山多水玉。』司馬相《如上林賦》：『水玉磊砢。』郭璞曰：『水玉，水精也。』【按】句意謂帶露全移之白菊，如綴晶瑩之水精。

⑦【朱注】郭頒《魏晉世語》『司馬景王命中書郎（令）虞松作表，再呈，不可意，令松更定之，經時竭思，不能改。中書郎鍾會取草視，為定五字，松悦服，以呈景王，王曰：「不當爾耶！誰所定也？」松曰：「鍾會也。」王曰：「如此可大用。」』沈佺期詩：『五字擢英才。』【何曰】切馬郎中。（《讀書記》）【按】含香已見前《送李郎中》注。

⑧【程注】鍾會《菊花賦》：『俯弄芳榮。』【何曰】『移』字。（《讀書記》）

【胡以梅曰】以陶詩所詠為賓，馬之原唱為主。借《白雪》之歌引出白英，正從和韻發端，贊其詩，兼及其花。東籬乃黄菊，故今不同，暗承起句。四仍歸於白。雲母用『浮』字，已可通氣，小摘則花未大放，經酒方開。『小摘』與『開』字亦有照應。帶露而似水精，已入化境。全移，所以是綴。總之不止以雲母水精喻其白，還有無限心

思。骨節相通，烹煉成味。結言有含香五字客之佳詠，花亦從此得地，而頌含香之郎官得地亦在其中也。（《唐詩貫珠箋釋》）

【陸曰】起二句用黄菊翻入本題，言此白雪之英，古未聞也。三四謂非籬下所有，疑其來自月中，本寫『白』字，而『移』字亦隨手帶出。五六又分合言之。小摘是分看朵頭，全移是合觀一本。雲母水精，借物之白者相比。『含香』句，謂花與人稱，一經郎中移植，便慶得地，而芳榮自此始矣。

【姚曰】黄花古見賞於高隱，而白菊今見詠於新詩。自應傳種月中，豈但擅名籬下。於是不但浮杯小摘，而且帶露全移。愛菊如此，真不愧郎署含香，而此菊之遇合有時，亦可謂不偶也。

【屈曰】一陪，二白。三承一，四承二。五六白。七郎中菊。

【紀曰】刻意寫『白』字。然此花格韻不宜如此刻畫了之。（《輯評》）

【張曰】此種詩語太酬應，究非義山所長。不敢為古人護短，特拈出以視後賢辨正之。（《辨正》）

【按】前幅詠白菊而以黄花作襯。後幅五六兼寫『移』字『白』字，七八以人花相稱、彼此得地作結。紀評良是。

菊

暗暗淡淡紫，融融冶冶黄①。陶令籬邊色②，羅含宅裏香③。幾時禁重露④？實是怯殘陽〔一〕。願泛金鸚鵡⑤，昇君白玉堂⑥。

〔一〕「殘」，英華作「斜」。

①【補】融融冶冶，明麗鮮艷貌，與「暗暗淡淡」相對。

②【朱注】陶潛詩：「采菊東籬下。」

③【朱注】《晉書·羅含傳》：「含致仕還家，階庭忽蘭菊叢生，以為德行之感。」

④【馮注】無人潤澤，深憂遲暮。【按】禁（讀平聲），勝也。幾時禁重露，言何曾勝重露也。馮注「幾時」句非。

⑤【道源注】《嶺表録異》：「鸚鵡螺旋尖處屈而朱，如鸚鵡觜，故以此名。殻裝為酒盃，奇而可玩，亦有範金為其形者。」梁簡文帝書：「車渠屢酌，鸚鵡驟傾。」【馮注】《西京雜記》：「九月九日飲菊花酒，令人長壽。」《御覽》：「《晉咸康起居注》：詔送遼東使鸚鵡杯。」

⑥【姚注】古樂府：「白玉為君堂。」

露殘陽之下也耶？

【姚曰】此寓士為知己用之意。首聯，見標格不俗。次聯，見聲價極高。彼開玉堂、泛鸚鵡者，忍使之零落於重

【何曰】『色』字發端，『香』字起泛酒。（《輯評》）

【朱曰】此寄士為知己者用之意。（《李義山詩集補注》）

【屈曰】以如此之黄紫而冷落於陶籬羅宅，重露殘陽，安能禁此不情乎？泛金盃，昇玉堂，無可奈何之情也。

【程曰】此亦自寓之詩。起二語言不合時眼。次二語言寄人籬下。次二語言秋氣可悲。一結則望人培植也。

【馮曰】三四是罷官家居，結望入朝。

【紀曰】前四句俗艷不堪，後四句寓意亦淺。（《詩説》）

【陸瑩曰】疊字之法最古。然如菊詩：『暗暗淡淡紫，融融冶冶黄。』轉成笑柄。（《問花樓詞話》）

【張曰】起四句初唐詠物法，與俗格不同……（《辨正》）

【按】借菊自寓。首二句美菊之顔色。三四借陶令、羅含暗寓罷官閒居，亦襯托其身份品格。五六凋零遲暮之感。七八則希求遇合。此非隱遁出世者之象徵，乃閒居草澤、熱中仕進、積極用世者之化身。陶令籬邊、羅含宅裏，特當前之處境，乃心則無時不在昇君白玉堂也。

所居

窗下尋書細，溪邊坐石平。水風醒酒病，霜日曝衣輕①。雞黍隨人設，蒲魚得地生②。前賢無不謂〔一〕③，容易即遺名④。

校記

〔一〕『無不』，戊籤作『不無』，姜本作『無所』。

集注

①【何曰】『輕』字豈可代『單』字用？（《讀書記》）　【程注】儲光羲《樵父詞》：『喬林時曝衣。』

【按】霜日，即秋晴之日，曝衣易乾，故曰『輕』，與衣單無涉。

②【馮注】周禮：『青州、兖州，其利蒲魚。』

③【何曰】不無謂，言其出有為也。（《輯評》）　【紀曰】『無不謂』一作『不無謂』，文意略可通，然總不成

句。（輯評）【按】『無不謂』連下句，言前賢均謂如此也。

④【程注】曹植《七啟》：『君子不遯俗而遺名。』

【姚曰】窗下溪邊，水風霜日，隔句相承。五六言所求於世有限。但得如此，即如前賢之逃世遺名，亦不難也。

【屈曰】前賢之容易遺名，皆以所居之勝，非無謂也。

【紀曰】平直。（《詩説》）

【張曰】詩寫閒適之景，是永樂退居所作。（《會箋》）

【按】窗下尋書細，謂窗下細探典籍；溪邊坐石平，見退居終日長閒。水風醒酒，霜日曝衣，畫出悠閒自適意態。雞黍蒲魚，雖非珍羞異味，却是鄉居風味；『隨人設』『得地生』，正見鄉居生活之淳樸自然。前賢均謂居閒適之境極易遯世遺名，我今已躬踐此境矣。『取適琴將酒，忘名牧與樵』，亦此意。

秋日晚思

桐槿日零落，雨餘方寂寥①。枕寒莊蝶去②，窗冷胤螢銷③。取適琴將酒④，忘名牧與樵⑤。平生有游舊，一一在煙霄〔一〕⑥。

〔一〕『煙』，席本作『青』。

①【何曰】桐槿零落，不唯花盡，兼且葉凋，況又雨餘，形容寂寥酷刻。（《輯評》）

②【馮注】《莊子》：『昔者莊周夢為蝴蝶，栩栩然蝶也。俄而覺，則蘧蘧然周也。此之謂物化。』　【何曰】（枕寒）晚；（莊蝶去）秋。（《輯評》）　【按】莊蝶去，謂夜不能寐。兼寓理想抱負成虛之慨。

③【程注】《晉書·車胤傳》：『胤博學多通，家貧不常得油，夏月則練囊盛數十螢火以照書，以夜繼日焉。』【何曰】（窗冷）秋；（胤螢）晚。〇次聯即『多情真命薄』之意。（以上《輯評》）〇蝶去螢銷，止剩寒冷，只是頂上『雨餘寂寥』。即此已足興感，不必又苦穿鑿。（《讀書記》）

④【補】將，與也。

⑤【程注】《顏氏家訓》：『上士忘名，中士立名，下士竊名。』

⑥【何曰】對『寂寥』（《讀書記》）。　【程注】《錢起》詩：『濟濟振纓客，烟霄各致身。』　【按】在煙霄，猶致身青雲。

【賀裳曰】佳句每難佳對，義山之才，猶抱此恨。如《秋日晚思》『枕寒莊蝶去』，雖用莊周夢蝶事，實是寒不成寐耳；對曰『窗冷胤螢消』，此却是真螢，未免借對，不如上句遠矣。（《載酒園詩話》卷一）

【陸鳴皋曰】結從『忘名』生出，仍冀推挽之意。

【姚曰】桐槿之質，望秋先零，蝶去螢銷，與土木形骸何異？琴酒自遣，樵牧為羣，非無煙霄之遊舊，而汲引復誰望耶？

【紀曰】淺率。三四句莊蝶，胤螢字尤俗不可耐。（《詩説》）

【張曰】詩云『忘名』，實則正未能忘，故有結語。前半皆狀閒居景況。初列病廢鄭州時，然彼時似無此傲岸氣象。今仍從馮編。（《會箋》）。按：馮編會昌五年秋，張編四年秋。張氏繫年較當）

【按】取適、忘名，曠達其表；零落、寂寥，悽悲其内。寒冷寂寥，不得不以琴酒自適，忘名自解。末二語於感慨身世寂寥中微露不平之氣，所謂『同學少年多不賤，五陵衣馬自輕肥』是也。

幽居冬暮

羽翼摧殘日①，郊園寂寞時。曉雞驚樹雪，寒鶩守冰池②。急景倏云暮〔一〕，頹年寖已衰③。如何匡國分④，不與夙心期⑤？

〔一〕『倏』，席本作『歲』，非。朱本作『忽』。

①【馮注】言鎩翮不能高飛。

②【何曰】（『曉雞』二句）工於比興。（《讀書記》）【姚曰】『曉雞』句，喻不改其常；『寒鶩』句，喻不移其守。【屈曰】三四『冬』。【按】姚解似求之過深，二句蓋借冬景寓寂寥寒冷之感。

③【馮注】鮑照《舞鶴賦》：『窮陰殺節，急景凋年。』【按】急景，短日。

④【馮注】陸機《應詔》：『恨頹年之方侵。』【補】寖，漸。

⑤【程注】蔡邕疏：『匡國理政，未有其能。』【補】二句謂匡國無分，報國無門，與平素之志相違。

【姚曰】急景頹年，致身料已無分，然夙志未嘗忘也。

【屈曰】一罷官，二幽居，三四冬，五六暮，結應起句。

【程曰】此乃大中末廢罷居鄭州時（作）。起句曰『羽翼摧殘日』，又曰『頽年寖已衰』，情語顯然。

【馮曰】此母喪中作。郊園當是京郊之園，即所云移家關中者，必在四年春移家永樂之前也。下半歎年漸衰而志不遂。

【紀曰】四家評曰：『渾圓有味。』○無句可摘，而自然深至。此火候純熟之後，非可以力强也，强為之，非枯則率矣。

【張曰】此詩遲暮頽唐，必晚年絶筆，馮編永樂閒居，誤矣。程氏……所解極是。今以殿編年之末，識者審之。（《會箋》。繫大中十二年冬）

【按】程氏據起句及『頽年』句，定為大中末廢罷居鄭州時作。孤立視之，似頗可信。然本集卷中《秋日晚思》《春宵自遣》《七夕偶題》三首五律與《幽居冬暮》相連（其間僅隔《靈仙閣晚眺寄鄆州韋評事》五排一首），頗似同一時期連續創作之即景抒情組詩。而《春宵自遣》《秋日晚思》《七夕偶題》三首顯非晚年病廢居鄭州時作，馮、張均繫永樂閒居時（張繫《七夕偶題》於會昌五年秋，亦居喪期間），極是。然則《幽居冬暮》當亦同期之作。此就原集編次及各篇詩題之聯繫觀之。再就內容觀之：詩言『羽翼摧殘日』，不過謂羽翼傷殘不能奮飛遠舉，與《杜司勳》七絶『短翼差池』意相似，非必指廢罷而言。義山重官祕省，旋丁母憂，仕途多舛，故有羽翼摧殘之嗟。『郊園』何必鄭州？永樂閒居詩如《小桃園》：『竟日小桃園』；《春日寄懷》『我獨丘園坐四春』；以及《小園獨酌》，言及『桃園』『小園』『丘園』者不一而足。至閒居寂寥之情，永樂詩中更隨處可見（《秋日晚思》：『桐槿日零落，雨餘方寂寥。』《喜雪》：『寂寞門扉掩，依稀履跡斜。』《小園獨酌》：『空餘雙蝶舞，竟絶一人來』）。『頽年寖已衰』，亦閒居失意者常語，《春日寄懷》固已言『青袍似草年年定，白髮如絲日日新』矣。此詩似作於永樂閒居後期。蓋閒居之初，心境尚較安恬，故《春宵自遣》有『陶然恃琴酒，忘却在山家』之句；至《秋日晚思》，則已有零落寂寥之慨，而羡游舊之在煙霄；迨及此詩，乃歎急景頽年，夙心不遂，情激切而悲凉矣。數首連讀，感情發展脈絡顯然。馮繫此詩於移家永樂前，不免先後顛倒。

四年冬以退居蒲之永樂渴然有農夫望歲之志遂作憶雪又作殘雪詩各一百言以寄情於游舊〔一〕①

憶雪

愛景人方樂②，同雲候稍愆③。徒聞周雅什④，願賦朔風篇〔二〕⑤。欲俟千箱慶⑥，須資六出妍⑦。詠留飛絮後⑧，歌唱《落梅》前〔三〕⑨。庭樹思瓊蕊⑩，粧樓認粉緜。瑞邀盈尺日⑪，豐待兩岐年⑫。預約延枚酒⑬，虛乘訪戴船⑭。映書孤志業⑮，披氅阻神仙⑯。幾向霜堦步，頻將月幌褰。玉京應已足⑰，白屋但顒然⑱。

殘雪

旭日開晴色，寒空失素塵⑲。遶牆全剥粉，傍井漸銷銀⑳。刻獸摧鹽虎㉑，為山倒玉人㉒。珠還猶照魏〔四〕㉓，璧碎尚留秦㉔。落日驚侵晝，餘光悮惜春㉕。簷冰滴鵝管㉖，屋瓦鏤魚鱗㉗。嶺霽嵐光坼，松暄翠粒新㉘。擁林愁拂盡，著砌恐行頻㉙。焦寢忻無患㉚，梁園去有因㉛。莫能知帝力，空此荷平均㉜。

〔一〕『游舊』原一作『舊游』。

〔二〕「賦」，戊籤作「誦」。

〔三〕「唱」，戊籤作「倡」，通。

〔四〕「猶」原一作「獨」，非。

集注

①【馮注】《舊書·志》：「武德初，置蒲州。開元中，改河中府。」

②【馮注】《左傳》：「趙衰冬日之日也。」注曰：「冬日可愛。」【補】景，日光。

③【朱注】《詩·小雅·節南山》：「上天同雲，雨雪雰雰。」【補】同雲，下雪前均匀遍布之陰雲，亦作彤雲。候稍愆，指氣候變冷。愆，錯失。與上「愛景人方樂」相對而言。

④【馮注】（《周雅》）即上《小雅》。謝惠連《雪賦》：「詠《南山》於《周雅》。」

⑤【朱注】《詩·衛風》：「北風其涼，雨雪其雱。」《雪賦》：「歌《北風》於《衛詩》。」【程注】曹植《朔風》詩：「今我旋止，素雪雲飛。」【馮曰】曹植《朔風》詩……非此所用。【按】《周雅》什，指歷史上已有之詠雪篇什；《朔風》篇，指已欲製作之詠雪新篇，故曰「顧賦」。

⑥【姚注】《詩傳》：「豐年之冬，必有積雪。」【馮注】《詩》：「乃求千斯倉，乃求萬斯箱。」【程注】唐太宗詩：「已獲千箱慶，何以繼薰風？」【何曰】望歲。（《輯評》）

⑦【朱注】《韓詩外傳》：「草木花多五出，雪花獨六出。」【程注】梁昭明太子啟：「玉雪開六出之花。」

⑧【程注】庾信《楊柳枝》：「獨憶飛絮鵝毛下，非復青絲馬尾垂。」【按】用謝道韞詠雪事，屢見。

⑨【程注】《樂録》：「漢《横吹曲梅花落》，本笛中曲也。」蘇味道詩：「行歌盡《落梅》。」【朱注】梁簡文

帝《雪朝》詩：『落梅飛四注。』

⑩【程注】《西京賦》：『屑瓊蕊以朝餐。』楊素詩：『山河散瓊蕊。』【馮注】《西京賦注》：『《楚辭》曰：屑瓊蕊以為糧。王逸曰：糜，屑也。』按：所引即《離騷》『精瓊爢以為粻』句而小異。

⑪【朱注】《雪賦》：『盈尺則呈瑞於豐年。』【馮注】《左傳》：『平地尺為大雪。』【何曰】望歲。

⑫【朱注】《後漢書》：『張堪為漁陽太守，百姓歌曰：「桑無附枝，麥秀兩岐。」』《詩傳》：『豐年之冬，必有積雪。』《氾勝之書》：『雪是五穀精。』【按】麥秀兩歧，謂一麥二穗，獲豐收。《後漢書·張堪傳》云：『乃於狐奴開稻田八千餘頃，勸民耕種，以致殷富。百姓歌曰：「桑無附枝，麥穗兩岐，張君為政，樂不可支。」』岐、歧古通。

（《輯評》）

⑬【朱注】用兔園事，見《喜聞太原同院崔侍御臺拜》注。【馮注】《雪賦》：『微霰零，密雪下。王乃置旨酒，命賓友，召鄒生，延枚叟。』【何曰】寄情遊舊。（《輯評》）

⑭【馮注】《語林》：『王子猷居山陰，大雪夜，開室命酌，四望皎然，因詠《招隱詩》。忽憶戴安道在剡，乘興棹舟訪之，經宿方至，既造門而返。或問之，對曰：「乘興而來，興盡而返，何必見戴安道？」』

⑮【馮注】《南史·范雲傳》：『孫伯翳，太原人。父康，起部郎，貧，常映雪讀書。』【朱注】《談藪》：『齊太原孫伯翳家貧，常映雪讀書，與王亮、范雲為莫逆交。』【補】孤，通『辜』。

⑯【朱注】《晉書》：『王恭乘高輿，披鶴氅裘，涉雪而行。孟昶嘆曰：「真神仙中人也！」』

⑰【補】玉京，指京都。

⑱【程注】《漢書·蕭望之傳》：『望之説霍光曰：「天下之士争願自效，今士見者，皆先露索挾持，恐非周公躬吐握之禮，致白屋之意。」』注：『白屋，賤人所居也。』杜甫詩：『白屋花開裏，孤城麥秀邊。』《淮南子》：『聖人呼吸陰陽之氣，而羣生莫不顒然仰其德以和順。』劉琨《勸進表》：『蒼生顒顒然莫不欣戴。』【馮注】《家語》：

『孔子曰：「周公下白屋之士，日見百七十人。」』注曰：『白屋，草舍。』【何曰】退居結。（《輯評》）
【補】《漢書·吾丘壽王傳》：『三公有司，或由窮巷，起白屋，裂地而封。』顔師古注：『白屋，以白茅覆屋也。』舊亦稱布衣之士之房屋為白屋。劉孝威《行還值雨》詩：『況余白屋士，自依卑路旁。』顒然，昂頭景仰貌。《易觀》：『有孚顒若。』朱熹注引或曰：『謂在下之人信而仰之也。』此寫仰望之狀。

⑲【朱注】何遜《雪詩》：『若（原引作『時』，據《何遜集》改）逐微風起，誰言非玉塵。』（按詩題原作《和司馬博士詠雪》）【何曰】刻劃。（《輯評》）

⑳【馮曰】拆用粉牆、銀牀。【何曰】俱貼『退居』着筆。（《輯評》）

㉑【程注】《左傳》：『王使周公閱來聘，享有昌歜、白、黑、形鹽，辭曰：「國君文足昭也，武可畏也，則有備物之饗以象其德，薦五味、羞嘉穀、鹽虎形以獻其功，吾何以堪之？」』

㉒【程注】《世説》：『山公曰：「嵇叔夜之為人也，巖巖若孤松之獨立，其醉也，傀俄若玉山之將崩。」』李白詩：『玉山自倒非人推。』【馮注】《晉書·裴楷傳》：『楷字叔則，風神高邁，容儀俊爽，時人謂之玉人。』又稱見裴叔則如近玉山，照映人也。【按】二句似謂堆成之雪獸、雪人崩摧。

㉓【朱注】用照乘珠事，見《詠史》（歷覽前賢）注。【馮注】《後漢書·循吏傳》：『孟嘗遷合浦太守，郡不産穀實，而海出珠寶，通商貨糴。先時宰守貪穢，珠遂漸徙於交阯郡界。嘗到官，去珠復還。』【姚注】《史記》：『梁惠王曰：「寡人國小，尚有徑寸之珠照車前後各十二乘者十枚。」』

㉔【程注】《史記·藺相如傳》：『趙王遣相如奉璧西入秦，秦王大喜。相如視秦王無意償趙城，乃前曰：「璧有瑕，請指示王。」王授璧，相如因持璧却立倚柱，怒髮上衝冠，謂秦王曰：「臣觀大王無意償趙王城邑，故臣復取璧。大王必欲急臣，臣頭今與璧俱碎於柱矣！」』

㉕【補】二句寫殘雪與落日餘光輝映景象。殘雪未消，日落時天猶未暝，故驚訝晝之長；殘雪與餘照輝映，幾誤以為春日之景而憐愛之。

㉖【朱注】李賀詩：『王子吹笙鵝管長。』【程注】白居易詩：『溜滴簷冰盡。』《臨安志》：『昌化縣西五十里，地名葉源，有馬塢小山，巔有石竅，名天井，深不可測，其中若列梯級通人上下，有泉涓涓灌注石面，凝結石脂如冰筋者，名鵝管石。』【馮注】《輿地記》：『太湖小山洞庭穴中有鵝管鍾乳。』《圖經本草》：『石鍾乳，溜山液而成，空中相通，如鵝翎管狀。』

㉗【朱注】庾信賦：『秦王餘石，仍為雁齒之階；漢后舊陶，即用魚鱗之瓦。』【馮注】《楚辭》：『魚鱗屋兮龍堂。』

㉘【朱注】顧愔《新羅國記》：『松樹大連抱有五粒子，形如桃仁而稍小，皮硬，浸酒療風。』《酉陽雜俎》：『松凡言兩粒、五粒。粒當言鬣，五粒松皮不鱗。』李賀有《五粒小松歌》。【馮注】《述異記》：『松有兩鬣、三鬣、七鬣者。言如馬鬣形也，言粒者非矣。』《本草圖經》：『粒，讀為鬣。』【程注】劉禹錫《四松》詩：『翠粒晴懸露，蒼鱗雨起苔。』【補】坼，開；暄，暖。二句謂雪晴之後，山嶺上霧氣已開；松樹因晴暄而愈呈青翠之色。

㉙【程注】章孝標詩：『六出花飛處處飄，粘窗著砌上寒條。』

㉚【朱注】《高士傳》：『焦先，野火燒廬，因露寢，遭大雪，先袒卧不移，人以為死，就視如故。』【補】忻，同『欣』。

㉛【朱曰】雪霽故去。【馮注】（梁園）屢見。此謂辭幕而歸。【何曰】遊舊。（《輯評》）【按】此『梁園』似指太原幕。

㉜【何曰】仍收到退居。（《輯評》）【馮曰】言退居者，惟此荷帝力平均也。【補】《康衢謠》：『耕田而食，鑿井而飲，帝力何有於我哉！』

【馮班曰】（《憶雪》）句句是憶。（《殘雪》）句句是殘。（何焯引）

【何曰】（《殘雪》）勝前作。（《讀書記》）　又曰：只是用事之切，運句流逸，别無他長。○病於不高。（以上《輯評·憶雪》眉批）

【姚曰】（《憶雪》）此退居時望澤之意，非真望歲也。首四句，言無雪。『欲俟』四句，入望歲意。『庭樹』四句，言望雪之切。『預約』四句，言期望未遂。末四句，恐雪之未能遍及也。（《殘雪》）此首言愛戀之意。首四句，寫始銷。『刻獸』四句，寫銷猶未盡。『落日』四句，寫殘後景色，而惟恐其銷盡。末四句，言退居之人恩澤庶幾同被，帝力平均，又與前首玉京、白屋相應。

【屈曰】（《憶雪》）一段憶。二段雪。三段雪中情事。四段結到憶。然二段有農夫望歲之志，三段有寄情舊遊之意。（《殘雪》）一段實賦。二段比。三段賦近景。四段遠近合賦。五段總結『殘』意。

【程曰】四年冬者，武宗會昌甲子年也。其時王茂元卒，義山方離幕府至京師，退居永樂。蓋無聊之時，有望於汲引者，所以題曰『寄情游舊』。前首結句『玉京應已足，白屋但顒然』，後首結句『莫能知帝力，空此荷平均』，意可見矣。

【紀曰】《憶雪》詩一無可採。《殘雪》詩頗刻畫，然只是試帖伎倆耳，其中又多累句，亦非佳篇。（《詩説》）

【張曰】二詩皆用當時帖體，在集中偶而戲筆，聊備一格，不當過為苛責也。○《憶雪》《殘雪》二篇，不過寫景，别無寓感，故不能工妙。此可見為詩當相題也。此種皆非義山所長，偶而弄筆，藉以酬應，後人過而存之。過譽固非，過貶亦可不必也。○玉谿詩境，盤鬱沉著，長於哀艷，短於閒適，摹山範水，皆非所擅場。集中永樂諸詩，一無出色處，蓋其時母喪未久，閒居自遣，别無感觸故耳。其後屢經失意，嘉篇始多，此蓋境遇使然，閱者宜分别觀之。（《辨正》）

【按】『憶雪』，思雪、望雪也。思、憶可互訓。『問女何所思，問女何所憶』，憶即思也；『一絃一柱思華年』，思即憶也。此篇『憶雪』之憶，非追憶，乃盼望之謂。『渴然有農夫望歲之志』，故盼雪。首四因同雲密佈而思雨雪雱雱，『願賦《朔風》篇』，即正面點明『憶雪』題意。以下『欲俟』『須資』，以未然之辭明『望歲』之切；『留後』『倡前』，則雪尚未降而預作《落梅》之唱，預計飛絮之詠；『思』『認』『邀』『待』，亦均翹首待望之意。『預約』句，預為置酒邀約之計；『虚乘』句，虚作雪夜訪友之想，謂盼雪而雪尚未降也。『孤』『阻』二字，即承望雪而未果言之，謂欲映雪讀書、披氅涉雪而未能也。霜堦、月幌，盼雪情切而誤將霜華月色認作白雪，故屢步頻褰也。末聯則謂京華想必雪足而此地獨無，但顒然仰望而已，言外有恩澤不均之意。兩篇皆於結處微露寓意，而後篇則謂上天恩澤所及者，惟此雪為平均，辭與前篇相反而意則相通。

喜雪

朔雪自龍沙①，呈祥勢可嘉②。有田皆種玉③，無樹不開花④。班扇慵裁素〔一〕⑤，曹衣詎比麻⑥？鵝歸逸少宅⑦，鶴滿令威家⑧。寂寞門扉掩⑨，依稀履跡斜⑩。人疑游麪市⑪，馬似困鹽車⑫。洛水妃虚妒⑬，姑山客漫誇⑭。聯辭雖許謝〔二〕⑮，和曲本慚《巴》⑯。粉署闈全隔⑰，霜臺路漸賒〔三〕⑱。此時傾賀酒⑲，相望在京華。

校記

〔一〕『慵』，馮引一本作『難』。

〔二〕『雖』，蔣本、姜本、戊籤、席本、悟抄、錢本、影宋抄均作『追』。【按】『雖許謝』與下『本慚巴』對文，作『追』非特與下句不對，且亦不詞。

〔三〕『漸』，馮引一本作『正』。朱本亦作『正』。【按】漸、正義同。

集注

①【馮注】《後漢書·班超傳贊》：『坦步葱、雪，咫尺龍沙。』注曰：『葱嶺、雪山、白龍堆沙漠也。』據此注龍沙似分言，亦有謂沙形長亙如龍者。【程注】陳後主樂府：『龍沙飛雪輕。』【按】此泛指塞漠之地。李白《塞下曲》：『將軍分虎竹，戰士卧龍沙。』

②【朱注】《雪賦》：『盈尺則呈瑞於豐年。』【何曰】嫩。（《輯評》）

③【馮注】《水經注》：『無終山有陽翁伯玉田。』《搜神記》曰：『雍伯，雒陽人。父母没，葬之於無終山。山高八十里，上無水，雍伯置飲焉。有人就飲，與石一斗，令種之，玉生其田。北平徐氏有女，雍伯求之，要以白璧一雙。伯至玉田，求得五雙，徐氏妻之，遂即家焉。』《陽氏譜叙》言翁伯是周景王之孫，食采陽樊，因而氏焉。陽公受玉田之賜，今猶謂之玉田陽。按：他書『陽』多作『楊』，或作『羊』。『翁伯』『雍伯』亦小異。

④【程注】劉庭琦《瑞雪篇》：『何處田中非種玉？誰家院裏不生梅？』

⑤【朱注】班婕妤《怨歌行》：『新製齊紈素，皎潔如霜雪。』

⑥【朱注】《詩·曹風》：『麻衣如雪。』

⑦【朱注】《法書要録》：『（梁虞龢《論書表》曰：）王羲之性好鵝。山陰曇禳村有一道士，養好者十餘。王往求市易。道士言：「府君若能自屈，書《道德經》兩章，便合羣以奉。」王住半日，為寫畢，籠鵝以歸。』白居易詩：『雪似鵝毛飛散亂。』【馮注】《晉書·王羲之傳》：『字逸少。』

⑧【朱注】《搜神後記》：『丁令威，本遼東人，後化白鶴歸，集城門華表柱。空中言曰：「有鳥有鳥丁令威，去家千年今始歸。」』謝惠連《雪賦》：『皓鶴奪鮮。』白居易《雪》詩：『舞鶴庭前毛稍定。』

⑨【朱注】録異傳：『漢時，大雪積地丈餘。洛陽令身出按行。至袁安門，無有路，謂已死。除雪入户，見安僵卧。問何以不出，曰：「大雪人皆餓，不宜干人。」』【馮注】《汝南先賢行狀》：『胡定字元安，潁川人。在喪，雉兔遊其庭。雪覆其室，縣令遣户曹掾排闥問定，定已絶穀，妻子皆卧在床。令遣以乾糗就遺之，定乃受半。』【李因培曰】都在用虚。（《唐詩觀瀾集》）

⑩【馮注】《史記·滑稽傳》：『東郭先生久待詔公車，貧困飢寒，衣敝履不完。行雪中，履有上無下，足盡踐地，道中人笑之。』

⑪【朱注】束晳《餅賦》：『重羅之麵，塵飛雪白。』張説《對雪》詩：『積如沙照月，散似麵從風。』白居易《雪》詩：『北市風生飄散麵，東樓日出照凝酥。』【馮注】《御覽》引《姑臧記》：『羣公對雪，尚隆之曰：「麫堆金井，誰調湯餅？」』

⑫【馮注】《戰國策》：『驥之齒至矣，服鹽車而上太行，中阪遷延，負轅而不能上。』【賀裳曰】『馬似困鹽車』，佳句也；上云『人疑游麵市』，却醜。（《載酒園詩話》）

⑬【朱注】《洛神賦》：『飄飖兮若流風之迴雪。』

⑭【朱注】《莊子》：『藐姑射之山，有神人居焉，肌膚若冰雪。』

⑮【朱注】用謝道韞事。　【馮曰】謂遠匹道韞也。　【按】馮注本作『追許謝』，故云。然遠匹道韞，只可謂『追謝』，不得謂『追許謝』，『許』字失注。此『許』字與下句『慚』字對文，係稱許之意。聯辭雖許謝，謂雖稱許道韞詠雪之聯句。

⑯【馮注】宋玉《對楚王問》：『客有歌於郢中者，其始曰《下里巴人》，屬而和者數千人。』餘見《移白菊》。此謂閨中唱和。　【朱注】《琴賦》：『紹《陵陽》，度《巴人》。』注：『皆琴曲。』　【按】此謂己之聯句若《下里巴人》，慚對謝女之《陽春白雪》。

⑰【朱注】《漢官儀》：『省中皆胡粉塗壁，故曰粉署。』　【補】粉署，指尚書省。闈，宫中小門。後泛指宫闈、宫廷。

⑱【朱注】《通典》：『御史臺為風霜之任，故曰「霜臺」。』

⑲【李因培曰】醒『喜』字意。（《唐詩觀瀾集》）

【黄徹曰】李商隱詩好積故實，如《喜雪》詩一篇中用事者十七八，以是知凡作詩者，須飽材料。傳稱任昉用事過多，屬辭不得流便。余謂昉詩不能傾沈約者，乃才有限，非事多之過。東坡有全篇用事者，如《賀陳述古弟章生子》詩及《戲張子野買妾》詩，句句用事，曷嘗不流便哉！（《詩林》三引《砦溪詩話》。轉引自郭紹虞《宋詩話輯佚》。）

【何曰】此等便是《西崑酬唱集》惡道也。（《輯評》）

【姚曰】此因雪而寓逢年之想，言得意人與失意人，情事不同也。起八句，遇雪之喜。『寂寞』四句，自寓不得志。『洛水』四句，寓有才見妒。末四句，則望京華而顧慕也。

【屈曰】一段雪之可喜。二段比。三段景。四段情。五憶長安。

【程曰】此詩亦似試帖之作，有妥帖而無排奡。自是銀袍鵠立者束縛於三條宮燭下所為，非灞橋驢子背上尋來者也。

【馮曰】略有寄意。四、五聯閒居之景。七、八聯兼閨中人言之。結慨不得在京華也。

【紀曰】鄙俚夾雜，加以瑣纖，無復詩體。（《詩説》）絶不稱題。『寂寞』二句稍可。○粉署、霜臺，亦鬬合小樣。（《輯評》）

【張曰】此種詩大抵非義山所擅場，故寫來不甚出色。蓋義山自有安身立命之地，於此等自不甚經意耳。余嘗謂義山詩境，長於哀感，短於閒適。此亦性情境遇使然，非盡關才藻也。令狐雖與義山少恩，然能成就義山千古詩派。倘使當日援引通顯，温飽終身，安得有如許好詩流傳至今日哉！則絢之玉成義山為不淺矣。（《辨正》）

【按】詩誠試帖體，一篇中用事十七八，重疊堆垛，殊乏情韻，纖瑣之評，不為苛論。姚謂『因雪而寓逢年之想，言得意人與失意人，情事不同』，詩中無徵，似失穿鑿。馮謂『略有寄意』，較為近實。『寂寞』二句，微露閒居寂寥，生計困窘之況，用事亦不露痕迹。『洛水』四句，當依馮箋。『洛水』『姑山』均因閨人而即景為雅謔，非所謂『寓有才見妒』也。此詩當是與閨人賞雪賦詩，有懷京華而作。『粉署闈全隔，霜臺路漸賒』二句，粉署指尚書省，霜臺指御史臺，上句言祕省遠隔，下句謂憲臺路遥。程、馮均謂義山初得侍御史在入徐州盧弘止幕時，説頗可信。然則此處『霜臺』殆與『粉署』泛指朝廷乎？

題小柏〔一〕

憐君孤秀植庭中，細葉輕陰滿座風。桃李盛時雖寂寞，雪霜多後始青葱①。一年幾變枯榮事〔二〕②，百尺方資柱石功③。為謝西園車馬客，定悲搖落盡成空④。

〔一〕『柏』，悟抄、席本、錢本、影宋抄、戊籤作『松』。按：頗難定。

〔二〕『變』原一作『度』，蔣本、季抄、朱本同，非。

①【馮注】《爾雅》：『青謂之葱。』揚雄《甘泉賦》：『翠玉樹之青葱。』

②【補】幾變枯榮，指桃李等言。

③【馮注】《漢書》：『田延年謂霍光曰：「將軍為國柱石。」』

④【馮注】魏文帝《芙蓉池作》：『乘輦夜行遊，逍遥步西園。』曹植《公宴》詩：『清夜遊西園，飛蓋相追隨。』又云：『秋蘭被長阪，朱華冒渌池。』芙蓉、秋蘭俱不耐久，故云然，以比朝貴。【補】為謝，為告。摇落盡成空，謂桃李蘭荷等盡皆凋零衰敗。

【何曰】此篇不似義山手筆。（《讀書記》。《輯評》所録下有『殊覺疎薄』四字。）又曰：落句殆有夢得不得看花之感耶？（《讀書記》。《輯評》所録無『不得』二字）

【陸曰】此作者以小松自況也。首句言其特立，次句言其蔭庇。三四即歲寒後雕之意。接言枯榮屢變，凡物皆然；柱石堪資，生是使獨。彼西園車馬之客，榮盛一時，不轉眼而已悲摇落，人與物寧有異哉？

【姚曰】此言大材之不願小成也。上半首詠小松。下半首自寓，言只就一歲之中，榮枯幾變，若計此松到百歲之後成柱石之材，不知要耐多少冷煖，而不知其有所不悔也。榮華百態，轉首成空，彼西園車馬，擾擾争馳，恐亦未之思耳。

【屈曰】一二小松。三聯不能隨時，惟存高節。五六歲月易得，百尺可期。然眼前貴人待此松長成，已盡摇落奈何！亦自傷不遇也。

【馮曰】頗如何評，而首句與前題『無非自栽』合，故從原編列之。（按馮編會昌五年）

【王鳴盛曰】《小松》詩亦多自容，雖疎薄，未必贋作。

【紀曰】淺薄之至。

【張曰】何義門評：『殊覺疎薄，不似義山手筆。』誠然。惟詩境略似永樂閒居時，但苦無顯證耳。（《會箋》）

【按】義山永樂閒居詩頗多清淺之作，不必因其深於託寓遂疑此種為贋作，七古《贈荷花》風格亦與此相類。詩以桃李暫榮而旋衰與柏樹雪後方青葱作對照，盛贊小柏之孤秀挺拔，不畏嚴寒，寄寓『百尺柱石』之抱負。末聯『西園車馬客』，似指徒賞浮華而不重其才者。味其意致、口吻及制題，疑是少作。姑從馮編附於永樂詩。

正月十五夜聞京有燈恨不得觀①

月色燈光滿帝都，香車寶輦隘通衢〔一〕。身閒不覩中興盛，羞逐鄉人賽紫姑②。

〔一〕『隘』，席本作『溢』，萬絶作『向』。

①【程注】宋敏求《春明退朝録》云：『上元燃燈，或云沿漢祠太一自昏至晝故事。唐明皇先天中，東都設燈；文宗開成中，建燈迎三宮太后。唐以前歲不常設。』據此，則上元有燈，竟稱盛事矣。【徐曰】《舊書・紀》

於睿宗先天二年、玄宗開元二十八年，皆書上元觀燈；後至文宗開成四年，書正月丁卯夜咸泰殿觀燈作樂，三宮太后諸公主等畢會。是則自禄山亂後，此舉無聞，至文宗始再行，義山所以有中興之感也。【馮曰】《紀》文只書其最盛者，每歲習見之事，何煩屢書？非直至開成始再行也。開成時不可言中興，且其時義山固在京也。初疑會昌中武功平定，故有慶賀之舉，史偶不書，時退居永樂，故曰『身逐鄉人』。然《舊書·紀》《通鑑》：『宣宗大中之政有貞觀之風，訖於唐亡，人思詠之，謂之小太宗。』三州七關乃得收復，以云中興，於斯為合。文集《上相國汝南公啟》於大中朝云『慶屬中興』矣。則『身閒』者必東川歸後，病還鄭州時也。『鄉人』亦似鄭州較親切。又曰：《通鑑》：『隋柳彧以近世風俗，每正月十五夜然燈遊戲，男女混雜，緇素不分，穢行由此而成，盜賊由斯而起，請頒禁斷，從之。』注引梁簡文帝有《列燈詩》，陳後主有《光璧殿遥詠山燈》詩，柳彧所謂近世風俗也。此豈非唐以前事乎？【張曰】《通鑑·憲宗紀》胡三省注：『唐制：兩京及諸州縣街巷率置邏卒，曉暝傳呼，以禁夜行，惟元夕張燈弛禁，前後各一日。』是兩京張燈，久成故事，此特謂其最盛者耳。武宗朝迴紇既破，澤潞又平，而義山方丁憂蟄處，不克躬預慶典，故曰『身閒不覩中興盛』也。馮氏屬之病還鄭州時，則宣宗末政，不得言中興。且義山屢經失意，興致亦別，細玩自悟。『鄉人』只泛指鄉居之人，不必泥作故鄉解也。今編永樂閒居時，較得其實。（《會箋》）【按】張説是。

②【朱注】《荆楚歲時記》：『正月望日，其夕迎紫姑神以卜。』【馮注】《異苑》：『紫姑是人妾，為大婦所嫉，每以穢事相次役，正月十五日感槩而死。故世人作形，夜於厠間或猪欄邊迎之，祝曰：「子胥不在，曹姑亦歸去，小姑可出。」子胥，壻名也；曹姑，大婦也。戲捉者覺重，便是神來，奠設菜菓，亦覺貌輝輝有色，即跳躞不住。占衆事，卜行年蠶桑，又善射鉤，好則大儛，惡便仰眠。』按：《歲時記》亦引《異苑》作注，而字有小誤者。又引《洞覽》曰：『帝嚳女將死，云生平好樂，至正月可以見迎。』又曰：『《雜五行書》：「厠神名後帝。」』將後帝之靈憑此姑而言乎？他書則云：壽陽李景之妾。【田曰】不為誤燈期，悲身閒也。【馮注引】【補】舊俗以儀仗、鼓樂、雜戲迎神出廟，周遊街巷，謂『賽會』。

箋評

【姚曰】賽紫姑，問吉凶也。身既廢棄，有何吉凶可問？

【程曰】此詩正月十五日自是開成之時。詩又以為中興，則自當大和九年訓、注既敗之後，開成改元，國步奠安之初也。

【紀曰】殊無佳處。

【按】馮編大中十二年正月病廢居鄭州時，顯非。《通鑑》所謂大中之政有貞觀之風，本屬失當，胡三省已駁之曰：『衛嗣君之聰察，不足以延衛；唐宣宗之聰察，不足以延唐。』《新唐書·逆臣傳贊》云：『唐亡諸盜皆生於大中之朝，太宗之遺德餘澤去民也久矣，而賢臣斥死，庸懦在位，厚賦深刑，天下愁苦。』斯語洵為大中之政確評。大中十二年，自四月至七月，先後有嶺南都將王令寰、湖南都將石載順、江西都將毛鶴、宣州都將康全泰之亂（此種變亂，自大中九年以來即屢屢發生，史不絕書），以如此紛亂之局面而謂之『中興盛』，其謬固不待言。且『病廢』家居，與有報國之力而『身閒』亦顯然有別。而會昌四年，澤潞平，義山正丁憂閒居永樂，與所謂『中興』『身閒』者正合。五年正月，因澤潞平而上尊號，赦天下，則其年元宵『京有燈』自屬當然。

賦得月照冰池八韻〔一〕

皓月方離海，堅冰正滿池。金波雙激射①，璧彩兩參差②。影占徘徊處③，光含的皪時④。高低連素色，上下接清規⑤。顧兔飛難定〔二〕⑥，潛魚躍未期⑦。鵲驚俱欲遶⑧，狐聽始無疑⑨。似鏡將盈手⑩，如霜恐透肌⑪。獨憐游翫意，達曉不知疲⑫。

〔一〕詩題蔣本、戊籤、席本、錢本、影宋抄『八韻』作『詩』。悟抄、季抄、朱本無『八韻』二字。

〔二〕『兔』原一作『影』，非。

①【馮注】《漢書·禮樂志》：『月穆穆以金波。』【補】顏師古注：『言月光穆穆，若金之波流也。』【程注】鮑照詩：『奔泉雙激射。』

②【朱注】《尚書·中候》：『甲子冬至，日月如懸璧。』【程注】駱賓王序：『璧彩澄空，漏清光於雲葉；珪陰散迥，摇碎影於風梧。』【馮注】用璧月語。

③【朱注】曹植詩：『明月照高樓，流光正徘徊。』

④【姚注】司馬相《如子虛賦》：『明月珠子，的皪江靡。』注：『的皪，明珠光也。』

⑤【朱注】梁簡文帝詩：『青山銜月規』。

⑥見《碧城》。

⑦【朱注】《易卦通驗》：『大雪魚負冰。』鄭玄注：『負冰，上近冰也。』　【馮注】《禮記·月令》：『孟春之月，魚上冰。』

⑧【朱注】魏武《短歌行》：『月明星稀，烏鵲南飛。遶樹三匝，何枝可依？』

⑨【朱注】郭緣生《述征記》：『河冰始合，（車馬不敢過），要須狐行，云此物善聽，聽冰下無水聲，然後過河。』

⑩【朱注】枚乘《月賦》：『蔽修堞而如鏡。』（按馮注引《西京雜記》引《月賦》為公孫乘作，『如鏡』作『分鏡』。朱注係自《初學記》引。）陸機詩：『安寢北堂上，明月入我牖。照之有餘輝，攬之不盈手。』　【程注】駱賓王《翫初月》詩：『自能明似鏡，何用曲如鉤？』

⑪【朱注】李白詩：『牀前明月光，疑是地上霜。』　【程注】《齊書·白帝歌》：『嘉樹離披，榆關命賓鳥；夜月如霜，金風方嫋嫋。』

⑫【程注】《始興王叔陵傳》：『夜常不卧，執燭達曉。』梁虞騫《觀（視）月詩》：『清夜未云疲。』

【朱彝尊曰】（『皓月』）二句分起。（『金波』）六句合。（『顧兔』）六句又分。（『獨憐』）二句合結。

【姚曰】首句月，次句冰。三四雙承。『影占』四句合寫。『顧兔』四句復分寫。『似鏡』四句復合寫。

【屈曰】一二分寫。下六句合寫。『顧兔』六句又分寫。結二句合。

【程曰】《賦得月照冰池》，當是唐時試帖之題，玩詩亦是試帖體。若閒中所作，名手應有縱横出入處，不應如此之規規尺幅也。

【馮曰】此亦非試帖作。中間全是寓意，結羡得意者之遊賞，反託己之寂寞也。毛西河選入試帖，誤矣。《英華帖體》，是題葉季良作，止六韻。

【紀曰】試帖之絶工緻者，然以為高作則未也，蓋此種為場屋之式，實難見長，《湘靈鼓瑟》試帖絶調矣，亦幸是占得題目好耳。（《詩説》）『狐聽』句只有『冰』字，亦不切『池』，亦不切『月』。『鵲驚』句亦無理，烏鵲繞樹，非繞月也。○連用四鳥獸，亦一病。（《輯評》）

【沈德潛曰】省試。『皓月』二句，分寫。『金波』二句，雙承。『影占』四句，合寫。『顧兔』四句，又分寫。『似鏡』四句，復合寫作收。（《唐詩别裁集》）

【臧岳曰】疏義：首句籠起『月』字。次句籠起『冰池』。三四籠起『照』字。五六虚寫『照』字。七八實寫『照』字。以下六句又以故實烘染。『顧兔』貼月，『潛魚』貼『冰』，『鵲驚』貼『月』，『狐聽』貼冰，『似鏡』貼月，『如霜』貼冰。六句皆用分賦，末二句以人見月照作結。參評：毛初晴曰：金波璧彩，皆指月光，然與璧池水波兩合，故佳。鵲欲繞冰，狐不疑月，可謂良工苦心。惜四句俱有禽蟲名耳。趣陶園曰：結尾『游』屬冰，『翫』屬月，字非苟下。（《唐詩類釋》卷一）

【按】『顧兔』四句微有寓意，似言己飛躍之難定無期。如遶樹之烏鴉，無枝可依；似聽冰之狐狸，心存怵惕也。此前均刻劃語。末四句總結，亦無寓託。『獨憐』二句乃自謂，馮箋非。此首與下首疑均為閒居期間戲作試帖體。

賦得桃李無言①

夭桃花正發②，穠李蕊方繁。應候非争艷③，成蹊不在言。静中霞暗吐，香處雪潛翻④。得意摇風態，含情泣露痕⑤。芬芳光上苑⑥，寂默委中園。赤白徒自許，幽芳誰與論！

①【馮注】《史記·李廣傳贊》：『桃李不言，下自成蹊。』

②【補】《詩·周南·桃夭》：『桃之夭夭，灼灼其華。』穠，花木繁盛貌。

③【補】應候，應物候也。

④【補】分詠桃、李。

⑤【朱注】李賀詩：『芙蓉泣露香蘭笑。』

⑥【馮注】『芳』字複。『芬、芳、光』三字音相犯。　【姚注】上苑，上林苑也。

【葛立方曰】省題詩，自成一家，非他詩比也。首韻拘於見題，則易於牽合；中聯縛於法律，則易於駢對。非若遊戲於烟雲月露之形，可以縱横在我者也……李商隱《桃李無言》詩云：『天桃花正發，穠李蕊方繁。』此等句，與兒童無異。以此知省試詩自成一家也。（《韻語陽秋》）

【許學夷曰】經書文惟沉思默運，始能中的，詩必幽閒放曠，乃能超越耳。試觀今人場屋之文多傳，而唐人試作，傳者惟祖詠《終南望餘雪》、錢起《湘靈鼓瑟》二篇……李商隱《桃李無言》云：『天桃花正發，穠李蕊方繁』，較平生所作，遂為霄壤。（《詩源辯體》）

【朱彝尊曰】未見奇麗。豈義山獨短於鎖院體耶？

【何曰】上六句兩層各為一聯，末二聯兩層各為一句。『暗吐』『潛翻』，仍虛含『無言』，比發端又有淺深次第。

○題下批：此失本義。篇末批：亦是託諷。（均《輯評》）『得意』句：似柳。（《讀書記》）

【姚曰】首四句點題。中四句是無言意味。末四句見賞識者之難也。

【屈曰】一二分起，三四合承，五六又分。『得意』四句寫無言，末合結。

【程曰】此詩與前《賦得月照冰池》，皆似試帖詩。題固似之，詩體尤似，或即義山試席之作。

【馮曰】此用帖體，却非試席作也。閒居觀物，率筆抒懷，後二聯顯然矣。此章與《月照冰池》，《文苑英華·帖體類》中初不收入，後人乃入試帖選本，誤矣。

【紀曰】試帖中之平平者。

【袁枚曰】首二句分破。二聯清『無言』。三聯霞指桃，雪指李。暗吐潛銷，實寫『無言』。四聯、五聯合寫。末二赤白指桃李，有自負不羣之意。

【臧岳曰】疏義：首韻破『桃李』。次韵承明『無言』。三韻分賦『桃李』，貼切『無言』。四韻洗發『無言』。五韻作一總束，喝起下文。末韻以幽芳自許作結，反寓干請之意。參評：第四韻賦寫『無言』，其妙處亦只可意會，不可言傳。（《唐詩類釋》）

【按】此戲作帖體，而非試席詩，馮箋是。義山閒居永樂期間，曾作《憶雪》《殘雪》《永樂縣所居一草一木無非自栽》《喜雪》諸詩，均帖體，詩中亦每有寄託。如《永樂縣所居》詩『學植功雖倍，成蹊跡尚賒。芳年誰共玩，終老召平瓜』，《喜雪》詩『寂寞門扉掩，依稀履跡斜……粉署闈全隔，霜臺路漸賒』等句，與本篇意致頗近，疑此詩與《月照冰池》亦均作於閒居永樂期間。此篇以桃李之成蹊不言，喻己之才名聞世；以桃李之得意摇風與芬芳上苑喻昔曾登第居於秘省。以含情泣露與寂默中園喻今之閒居寂寥；末即承寂默中園之意作結，赤白自許，幽芳誰論，即『芳年誰共玩，終老召平瓜』之意。

永樂縣所居一草一木無非自栽今春悉已芳茂因書即事一章〔一〕

手種悲陳事①，心期翫物華。柳飛彭澤雪②，桃散武陵霞③。枳嫩棲鸞葉④，桐香待鳳花⑤。綬藤縈弱蔓⑥，袍草展新芽⑦。學植功雖倍⑧，成蹊跡尚賒⑨。芳年誰共翫？終老召平瓜⑩。

〔一〕『今春』，悟抄作『今年仲春』。

①【程注】杜甫詩：『手種桃李非無主，野老牆低還是家。』《左傳》：『寡君又朝以蕆陳事。』韋應物詩：『徂歲方緬邈，陳事尚縱横。』【何曰】發端寓意『樹猶如此』，直注結句『老』字。（《輯評》）

②【程注】顔延之《陶徵士誄》：『初辭州府三命，而後為彭澤令。』《陶潛傳》：『嘗著《五柳先生傳》以自況，曰：先生不知何許人，不詳姓字，宅邊有五柳樹，因以為號焉。』

③【馮注】陶潛《桃花源記》：『晉太元中，武陵人捕魚，緣溪行，逢桃花林，夾岸數百步，得一山，有小口，舍船從口入。其人云：「避秦來此，不復出焉。」停數日，辭去。』【張曰】『雪』字貼柳，『霞』字貼桃。

【按】五柳、桃源均切隱逸閒居。

④【朱注】《後漢書·仇覽傳》：『枳棘非鸞鳳所棲。』

⑤【馮注】《詩》：『鳳凰鳴矣，于彼高岡；梧桐生矣，于彼朝陽。』《禮·月令》：『季春之月，桐始華。』【朱注】張正見詩：『丹山下威鳳，來集帝梧桐。』薛道衡詩：『集鳳桐花散。』

⑥【朱注】王維詩：『印綬隔垂藤。』【馮注】綬形如藤，詩家常用。

⑦【馮注】《古詩》：『青袍似春草。』　【何曰】（『柳飛』六句）悉已芳茂。（《讀書記》）

⑧【馮注】《左傳》：『閔子馬曰：「夫學，殖也。不學，將落。」』舊本皆作『植』，謂自栽也。【何曰】（『學植』句）寫自栽。（《讀書記》）【按】《左傳》杜預注：『殖，生長也；言學之進德，如農之殖苗。』亦作學植。《晉書·王舒傳》：『恒處私門，潛心學植。』此處學植雙關學栽樹木及學問積累二義。

⑨【朱注】《史記》：『桃李不言，下自成蹊。』　【按】喻實至名歸。『成蹊』亦雙關語，既謂桃李雖已芳茂，然其下尚未成蹊，亦以喻己成名之跡尚遲。

⑩【馮注】《史記·蕭相國世家》：『召平者，故秦東陵侯。秦破，為布衣，貧，種瓜於長安城東，瓜美，故世俗謂之東陵瓜。』

【姚曰】此因手植而發身世之感也。首尾呼應。

【屈曰】一二無非自栽。中三聯悉已芳茂。結言恐將終老於此縣耳。『學植』二句比興。

【錢曰】實叙六句，又以『瓜』字落韻，律法不免於犯矣。（《輯評》作朱彝尊批）

【馮曰】列叙一草一木，結從今春推下，似無礙。

【紀曰】點綴落小家局面。（《詩説》）句句雜湊。○『彭澤』字添出『雪』，『武陵』字添出『霞』。枳非鸞鳳所棲，不得謂之棲鸞葉。『綬藤』字俗，『袍草』字尤不通。（《輯評》）

【陳衍曰】杜詩除《課伐木》《園官送菜》《追酬故高蜀州人日見寄》《觀公孫大娘弟子舞劍器行》《同元使君春陵行》《八哀詩》諸篇題下並有小序外，有長題多至數十字而非序者，大概古體用序，近體絕不用序。……長題如小序，始於大謝。少陵後尚有柳州、杜牧之、李義山諸家。柳州前已論之。義山如《永樂縣所居一草一木無非自栽今春悉已芳茂因書即事一章》《題道静院院在中條山故王顔中丞所置虢州刺史捨官居此今寫真存焉》《韓冬郎即席為詩相送一座盡驚他日余方追吟連宵侍坐徘徊久之句有老成之風因成二絶寄酬兼呈畏之員外》，……皆長題而無序，非至東坡始仿為之。（《石遺室詩話》）

【張曰】前六韻實叙，『瓜』字韻虚説。結處祇是用典，似無大礙，不相犯也。○『綬藤』『袍草』皆晚唐用典法，惟『棲鸞』取義稍别，然反襯亦無礙也。謂之雜凑，未免苛毒，吾所不取。（《辨正》）

【按】姚箋是。首二篇之主。『悲陳事』，寓蹉跎不遇之感：『翫物華』，寄芳茂見賞之望。『柳飛』二句，謂退居隱逸。『枳嫩』二句，以棲鸞、待鳳寓託身有所之想。『綬藤』二句，喻己官卑職微，『袍草』句即『青袍似草年年定』之意。『學植』二句謂己雖學有素養，然成名尚早。結則歎不遇知音，恐終老閭里。味『手種悲陳事』句，義山經營永樂所居，恐不自居喪移家之日始，而永樂之為義山舊居亦可進一步證實。

小園獨酌

柳帶誰能結？花房未肯開。空餘雙蝀舞〔一〕，竟絶一人來。半展龍鬚席①，輕斟瑪瑙杯②。年年春不定，虚信歲前梅。

〔一〕『雙』原一作『並』。

集注

①【朱注】《山海經》：『賈超之山，其草多龍修。』郭璞曰：『龍鬚也。生石穴中而倒垂，可以為席。』鄭緝之《東陽記》：『仙姥喦下不生蔓草，盡出龍鬚。』《唐書》：『秦州、丹州，俱土貢龍鬚席。』【馮注】《元和郡縣志》：『汾州、沁州，貢龍鬚席。』

②【朱注】《洛陽伽藍記》：『元琛酒器有瑪瑙盌。』【馮注】魏文帝《馬腦勒賦序》：『馬腦，玉屬，出西域。文理交錯，有似馬腦，故其方人因以名之。』《晉書·載記·呂纂傳》：『盜發張駿墓，得琉璃榼、白玉樽、馬腦鍾。』

箋評

【何曰】句句生動。與《小桃園》詩皆是宮體。（《讀書記》）

【姚曰】此有所期而不遂之詞。柳帶花房，將舒未放。對雙蝶而長懷，必同心之侶也。五六佇待之慇。此非春來之不定，乃含意之未申耳。

【紀曰】詩極清楚，『空餘』二字襯貼活，對亦有致，但格意薄弱耳。（《詩説》）

【按】姚謂『有所期而不遂』，誠是；然所期者未必即『同心之侶』，不得因『柳帶』『花房』『蝶舞』等字而遽定其為賦艷情也。首聯寫小園春遲，待春不至。次聯園空蝶舞，寂寥無人。腹聯正寫獨酌。末聯回應篇首，謂春光不定，空自等待。梅先春而發，報春之來，然竟落空，故曰『虛信歲前梅』。味其意致，似是仕途有所期待不遂，因而抒感。

小桃園

竟日小桃園，休寒亦未暄〔一〕①。坐鸎當酒重，送客出牆繁②。啼久艷粉薄，舞多香雪翻〔二〕③。猶憐未圓月，先出照黃昏。

〔一〕『休』，戊籤作『林』，非。

〔二〕『香』，戊籤作『春』，非。

集注

①【補】亦，尚、且。謂寒意已去然尚未晴暖。

②【補】坐鶯、送客者均桃樹。當酒，對酒也。重，指花重，與下『繁』字均狀其繁茂。牆外繁枝，若送客然，故曰『送客出牆繁』。二句寫一樹繁花面對飲宴之人，客散時又似送客於牆外。

③【補】二句寫桃花之落。

【何曰】第六似柳。（《讀書記》）

【姚曰】竟日之間耳，坐鶯送客，熱鬧曾幾何時，而粉薄香翻隨之矣。若非黄昏早出之月，不幾虚度此日也耶？

【紀曰】極有情致，但格卑，而五句尤纖。問第六句恐不是桃詩。曰香泉以為直似詠柳也。（《詩說》）起二句好，末二句亦可觀。（《輯評》）

【張曰】此詩是當時宫體。六句云『香雪』，則非可移諸柳詩。『啼久』句亦雅切。（《辨正》）

【按】似有惜桃花之方榮旋悴之意。末聯謂猶愛未圓之月，先出照此黄昏中落英繽紛之桃園，蓋明日即殘紅滿地，芳華難覓矣。

春日寄懷

世間榮落重逡巡，我獨丘園坐四春①。縱使有花兼有月，可堪無酒又無人〔一〕②？青袍似草年年定③，白髮如絲日日新。欲逐風波千萬里，未知何路到龍津④？

〔一〕『又』，馮曰：『一作更。』

①【何注】《漢書·敘傳》：『逡巡致仕。』（《輯評》）【程注】元稹詩：『榮落盈虧可奈何，生成未遍雪霜過。』《莊子》：『登高山，履危石，臨百仞之淵，背逡巡，足二分垂在外。』《過秦論》：『逡巡遁逃而不敢進。』

【補】張相《詩詞曲語辭匯釋》卷五：『逡巡，迅速之義，與普通之作為遲緩解者異。……李商隱《春日寄懷》詩：「世間榮落重逡巡，我獨丘園坐四春。」重，甚辭。……此言四年之間，世人之忽榮忽落甚迅速，獨我之貧困如故也。」按張解甚碻，程引『逡巡』非其義。坐，行將也。

②【袁曰】無酒無人，反不如併花月而去之。二語沉痛。（馮注引）

③【何注】陳後主詩：『岸草發青袍。』（《讀書記》）　【《輯評》墨批】『定』字奇。　【程注】庾信賦：『青袍如草。』

④【馮注】《三秦記》：『河津一名龍門，水險不通，黿魚之屬莫能上。江海大魚薄集門下數千，不得上，上則為龍。』　【程注】《晉書·孫綽傳》：『綽嘗鄙山濤，謂人曰：「山濤吾所不解，吏非吏，隱非隱，若以元禮門為龍津，則當點額暴鱗矣。」』　【道源注】任昉《知己賦》：『過龍津而一息，望鳳條而再翔。』

【朱曰】此嘆汲引之無人也。（《李義山詩集補注》）

【錢良擇曰】此詩稍平易，然自是少陵家法，與他手平易者迥別。（《唐音審體》）

【唐詩鼓吹評注】首言人在世間，如物有榮枯，重在逡巡頃刻之間，落未久而又榮耳。獨我久於丘園，處此窮約，縱使有花有月可以遊賞，其能堪此無酒無人哉。嗟嗟青袍未換，白髮叢生，欲逐風波而上龍門，未期何日可到，此所以重感於世間之榮落耳。

【陸曰】此義山退居太原時歎老嗟卑之作也。言榮落之際，世人所逡巡而不能忘情者，我豈樂此閒居而獨坐丘園至四年之久耶？夫丘園中非無花晨月夕，而無酒無人，誰其堪此？青袍似草，言纓簪之絕望也。白髮如絲，言血氣之漸衰也。結言我非忘世之人，但風波萬里，未識何途之從而得致要津也。本傳：『茂元卒，來游京師，久之不調。』此詩應作於會昌五六年間。

【徐德泓曰】清空如話，已為宋元人啟徑。

【姚曰】此歎汲引之無人也。榮落之感，世人何日能忘？不謂我之一坐，已是四年。縱使不以聲利縈懷，而對花對月，如此無人無酒之恨何！況青袍不改，白髮添新，非敢憚風波而甘邱壑也。仕路無媒，惟有撫時而歎耳。

【屈曰】一二寄懷之由。三四懷。五景，六情。結自傷，欲出而無路也。

【紀曰】不免淺率。（《詩説》）亦是滑調。（《輯評》）

【張曰】義山會昌元（當作『二』）年丁母憂，至是（按指會昌五年）閒居已四年矣，故曰『我獨丘園坐四春』也。馮編於會昌六年，非是。（《會箋》）又曰：此詩極有情致，豈是油滑一派？大抵紀氏論詩，專以好惡為是非，未免有意吹索，皆非公論。（《辨正》）

【按】張氏繫年是。商隱會昌二年冬居母喪，至五年春，尚遁跡丘園，閒居無所事，故有年不吾與之慨。末聯仕進無路、汲引無門之慨。四句『無酒』似用陶潛《五柳先生傳》『性嗜酒，家貧不能常得』之意。

落花

高閣客竟去，小園花亂飛。參差連曲陌，迢遞送斜暉①。腸斷未忍掃，眼穿仍欲稀〔一〕②。芳心向春盡，所得是沾衣③。

校記

〔一〕『稀』，朱本、季抄作『歸』。　【何曰】『欲歸』有味，看花之心也。　【姚曰】『稀』比『歸』字勝。【紀曰】『稀』一作『歸』，非。　【按】『仍欲稀』指花落未已，留於枝頭者愈見稀疏，正寫『落』字。作『欲歸』則專寫人之惜花心理。以作『稀』較勝。

集注

①【補】參差：形容花先後相接，紛紛降落之狀，故下曰『連』。迢遞：遥遠。二句謂落英繽紛，勢連小徑曲陌；臨空飛舞，宛若遥送夕陽斜暉。　【何曰】（『參差』句）不獨小園。（『迢遞』句）日已晚矣。（《輯評》）

②【補】二句謂花之委於地者漸積漸多，然因腸斷而未忍掃，花之殘留於枝者仍不斷凋落，愈見稀疏，不因惜花者之心急眼穿而暫輟也。　【何曰】（『腸斷』）思鄉也。（按何解非）

③【朱注】謝朓詩：『鄉淚盡沾衣。』　【程注】漢《鐃歌》：『臨水遠望，泣下沾衣。』　【何曰】（芳心）看花之心也。（《輯評》）　【按】結聯意雙關，謂面對春盡日暮，有情之『芳心』（花心）所得者惟零落飄蕩沾人衣裳之命運而已，關合己面對春殘日暮，雖有惜花之心而無可奈何，唯有泣下沾衣而已。

【鍾惺、譚元春曰】俗儒謂温、李作落花詩，不知如何纖媚，詎意高雅乃爾。（鍾）（『高閣』句）落花如此起，無謂而有至情。（鍾）調亦高。（譚）（『腸斷』句）深情苦語。（鍾）（『所得』句）『所得』二字苦甚。（鍾）

【朱曰】此因落花而發身世之感也。（《李義山詩集補注》）

【吴喬曰】《落花》起句奇絶，通篇無實語，與《蟬》同，結亦奇。（《圍爐詩話》）

【何曰】致光《惜花》七字意度亦出於此。（《讀書記》）

【陸次雲曰】《落花》詩全無脂粉氣，真是豔詩好手。（《晚唐詩善鳴集》）

【沈德潛曰】題易粘膩，此能掃却臼科。（《唐詩别裁》）

【徐德泓曰】『眼穿』句，仍望春還，乃刻意苦語也。結亦沉摯，但『沾衣』似未可竟作淚名耳。

【李因培曰】『高閣』二句：忽從此説起，超妙之極。『腸斷』句：未諧。『芳心』二句：此落花所以關情處。（《唐詩觀瀾集》）

【姚曰】此因落花而發身世之感也。天下無不散之客，又豈有不落之花？至客散時，乃得諦視此落花情狀。三四，花落之在客者。五句，花落之在地者。六句，花落之猶在樹者。此正波斯匿王所謂沉思諦觀刹那，刹那不得留住者也。人生世間，心為形役，流浪生死，何以異此！只落得有情人一點眼淚耳。

【屈曰】一傷情，二落花，三四承二，五六承一，七八人花合結。人但知賞首句，賞結句者甚少。一二乃倒叙法，故警策，若順之，則平庸矣。首句如彩雲從空而墜，令人茫然不知所為，結句如臘月二十三日夜聽唱，你若無心我便休，令人心死。（《唐詩成法》）『芳心』緊承五六，是進一步法。（《玉溪生詩意》）

【田曰】起超忽，連落花亦看作有情矣。結亦雙關。（馮注引）

【楊曰】一結無限深情。（馮注引。）

【程曰】此亦悼亡之作，觀首句可知，曰『客』者托詞也。

【紀曰】歸愚曰：『起法之妙，粘着者不知。』蒙泉評曰：好起結，非人所及。起句亦非人意中所無，但不免放在中間。後面寫寂寞之景耳，得神在倒跌而入。四家評曰：一結無限深情，『得』字意外巧妙。○芥舟曰：『起句真是超絶。「眼穿」、「腸斷」，吾不喜之。』

【孫洙（蘅塘退士）曰】（『高閣』二句）花落則無人相賞，故竟去也。（『眼穿』二句）望春留而春自歸。

【顧安曰】客去憑欄，正無聊賴。風飄萬點，不覺傷心。三四寫亂飛，并寫高閣，亦得神理。（《唐律消夏録》）

【朱庭珍曰】凡五七律詩最争起處……李玉谿之『高閣客竟去，小園花亂飛』……皆高格響調，起句之極有力、極得勢者，可為後學法式。（《筱園詩話》）

【張曰】老杜詩紀氏所奉為金科玉律者，亦常（嘗）以『眼穿』對『心死』矣，何獨惡乎義山？『腸斷』『眼穿』，亦晚唐詩家常用語。且此二句詞極悲渾，不得以字面論其工拙也。芥舟臆見可笑。（《辨正》）

【按】借落花以寓慨身世，此常調耳。本篇妙在處處緊密結合作者身世之感，以惜花傷春者之眼光、心情寫落花，使落花與傷落花者渾然一體。首聯以高閣客去為小園花飛作襯，畫出寂寥冷落景象，『竟』『亂』二字曲傳惜花者心緒之悵惘與紛亂。頷聯以寫落花動態為主，而『連曲陌』見飛紅在惜花者心目中飄灑彌漫之廣，『送斜暉』傳達出詩人目睹斜陽落花倍加傷感。腹聯以寫惜花者心情為主，而花之委地、依枝情狀仿佛可見。末聯總收，將落花與具落花身世之作者合而為一。全篇純用白描，無一典故藻飾，而落花與惜花者之神情全出。義山所謂『刻意傷春』之作，自含此類。

縣中惱飲席①

晚醉題詩贈物華，罷吟還醉忘歸家。若無江氏五色筆②，争奈河陽一縣花③。

①【補】縣中，當指永樂縣。惱，戲也。

②【馮注】《南史》：「江淹嘗宿於冶亭，夢一丈夫自稱郭璞，曰：『吾有筆在卿處多年，可以見還。』淹乃探懷中，得五色筆一以授之。爾後為詩絶無美句，時人謂之才盡。」

③【馮注】庾信賦：「若非金谷滿園樹，即是河陽一縣花。」《白帖》：「潘岳為河陽令，樹桃李花，人號曰『河陽一縣花』。」

【何曰】此似席中意有所屬，無緣薦口，故言若並無一詩題贈，幾負此花，如未嘗相值也。○（『晚醉』句）飲席。（『河陽』句）縣中。

【姚曰】天下無可奈何境界，惟才情可以消受。雖然，須是遇憐才者始得。

【徐曰】飲席似妓席，與牧之『忽發狂言』同一豪致。（馮箋引）

【馮曰】玩『歸家』字，則宜永樂縣也。

【紀曰】自負其能以凌人，雖曰戲筆，亦無身分。第二句尤不成語。（《詩説》）露才揚己，殊不足觀。（《輯評》）

【張曰】與杜樊川『忽發狂言驚四座』同一豪致，以為露才揚己，何也？豈詩人例作卑下語耶？（《辨正》）

【按】徐箋是。惱飲席，飲席戲題也。『物華』『河陽一縣花』，均喻指席上歌妓，亦即戲題之對象。『題詩贈物華』之詩即本篇。

寒食行次冷泉驛①

歸途仍近節〔一〕，旅宿倍思家〔二〕。獨夜三更月，空庭一樹花。介山當驛秀②，汾水遶關斜③。自怯春寒苦，那堪禁火賒④。

校記

〔一〕『節』，悟抄作『郭』，非。

〔二〕「宿」，悟抄作「次」。

①【朱注】（冷泉驛）在汾州。　【馮注】《荆楚歲時記》：「去冬節一百五日，即有疾風甚雨，謂之寒食，禁火三日。」《前明統志》：「冷泉在汾州府孝義縣西南二十里，炎夏清冷。」本朝王阮亭《秦蜀驛程後記》：「抵介休縣，過冷泉關，關為太原、平陽要害，又抵靈石縣。」按：《新書志》汾州孝義縣有隱泉山，頗疑音近，即後稱冷泉者。

【張曰】此必自永樂赴鄭州途次作。首曰「歸途」，鄭州為義山故鄉也。　【按】張説非，詳箋。

②【朱注】《水經注》：「袁崧《郡國志》曰：介休縣有介山，有綿上聚，有之推廟。」《寰宇記》：「介山在汾州靈石縣東三十里，昔介子推隱於此，因名。」　【馮注】《史記》：「晉文公反國，介子推自隱，至死不復見。於是文公環緜上山中而封之，以為介推田，號曰介山。」《新書・志》：「汾州介休縣有雀鼠谷，有介山。」　【馮班曰】雙關。

③【朱注】《水經》：「汾水出太原汾陽縣北管涔山，南至汾陰縣北，西注於河。」《唐書》：「汾州靈石縣有陰地關。」　【馮注】《周禮・職方氏》：「河内曰冀州，其浸汾、潞。」《水經注》：「（汾水）南過冠爵津。汾津名也，在介休之西南，俗謂之雀鼠谷。數十里間道隘，水左右悉結偏梁閣道，累石就路，俗謂之魯般橋，蓋通古之津隘。」《北史》：「周武帝大舉東討，大將軍宇文盛守汾水關。」　【按】關與驛當為一事，地在介休、靈石之間，汾水沿岸，東對介山。馮氏疑冷泉即隱泉山，然隱泉山在汾州北，與此聯所云「介山當驛」「汾水遶關」者不符，疑非是。

④【朱注】《琴操》：「晉文公出亡，子綏割股以啖之。文公復國，忘其賞。子綏作《龍蛇之歌》而隱。文公求之不出，乃燔左右木，子綏抱木而死。文公哀之，令人是日不得舉火，即寒食節也。」　【馮注】《新序》：「文公求

子推不得，以謂焚其山宜出，遂不出而焚死。』《鄴中記》：『并州之俗，冬至後一百五日，為介子推斷火，冷食三日，作乾粥，今之糗是也。』按：《後漢書·周舉傳》：『并州舊俗以子推焚骸，有龍忌之禁。』注曰：『龍，星，木位，春見東方。心為大火，忌火之盛，故謂（為）之禁火。俗傳云子推以此日被焚而禁火。』然《傳》文云：『每冬中，輒一月寒食，莫敢煙爨。舉以盛冬去火，殘損民命，非賢者意，作書置子推廟，宣示愚民，風俗頗革。』豈是後乃改於清明前耶？《琴操》云：『文公令民五月五日不得發火。』尤異辭矣。【補】自，已也，與『那堪』相應。賒，劇甚。禁火賒，禁火甚嚴。按賒有有餘、不足二義，此由有餘義引申。參張相《詩詞曲語辭匯釋》。二句謂本已怯春寒之苦，更那堪值此寒食，禁火甚嚴乎？

【姚曰】歸途旅宿，清景絶佳。三四驛中近景。五六驛中遠景。末將寒食、冷泉映帶作結。

【屈曰】『倍思家』三字殊欠發揮，結稍得之。

【程曰】詩中介山汾水，蓋會昌四五年閒居太原之時作也。

【田曰】境地悄然，能使歡人生悲。（馮浩引。又《輯評》朱筆頷聯眉批云：『境地悄然。』）

【馮曰】首云歸家，歸永樂也。時方閒居，故感子推隱死之事。

【紀曰】氣格頗高，三四亦佳句，但五六句忽寫形勢與上二句下二句俱不貫串，雖前四是序宿，後四是序行，然轉折不清，嫌於雜亂鶻突也。『賒』字趁韻耳。（《詩説》）　中唐正派。（《輯評》）

【張曰】夜既有月，則形勢遠近倍覺分明，豈有名家命篇而端緒不清者哉？『賒』字是贅説，然非趁韻也。（《辨正》）

【按】張謂歸鄭州途次作，非。義山自永樂赴鄭州，當渡河循京洛大道東去，豈有北行至靈石、介休而復東南行至鄭州者乎？此明為太原、永樂往來詩。馮編會昌五年春，似可從。全詩均夜宿冷泉驛所見所感，腹聯係次宿時望中所見。清疏明秀，義山五律中又是一格。

喜聞太原同院崔侍御臺拜兼寄在臺三二同年之什①

鵬魚何事遇屯同？雲水升沉一會中②。劉放未歸雞樹老③，鄒陽新去兔園空④。寂寥我對先生柳⑤，赫奕君乘御史驄⑥。若向南臺見鶯友⑦，為傳垂翅度春風⑧。

集注

①【徐曰】使府侍御為寄禄官，臺拜則即真矣，故聞而喜之也。（馮注引）【馮注】舊人以太原為王茂元者，誤。此太原稱地不稱郡望也。太原同院，若謂太和六年令狐公尹太原，義山當至其幕，於事無徵，且詩意不符。頗疑此時曾在李石太原幕，故曰『同院』，但與母喪時甚相近，參考不細合。味其意致，必閒居永樂時也。又按：李石先在令狐楚河東幕，必與義山夙契，當有往來之跡，惜無可明考。唐有三院御史：侍御史謂之臺院，殿中侍御史謂之殿院，監察御史謂之監院。臺拜，臺院也。又馮氏補注曰：以太原事編此（馮繫會昌四年）。然細玩情味，疑非本集而誤入者。當再考。【張曰】此太原同院，必指令狐楚幕。『劉放未歸』『鄒陽新去』，謂楚卒府罷。『先生柳』，

用陶令故事，比縣尉。崔與義山同為幕僚卑官，故曰『鵬魚何事遇屯同』。崔臺拜，而已屈就縣尉，所謂一升一沉也。結聯兼寄同年。馮編會昌四年，似未審。惟義山開成二年登第，同年縱早達，未必兩年中即擢中臺，此則不無可疑耳。詩似夢得，恐非玉谿手筆，姑附此。（按張繫開成四年義山任弘農尉時）【岑仲勉曰】按令狐綯固早達，且藉先廕，然舉太和四年進士，猶五六年後始官從八品之拾遺，如謂登第兩年，即授正八已上之職，在唐制殆不可能，況復兩三人乎？馮編會昌，遠較張為穩。（張）箋又云：『先生柳用陶令故事，比縣尉。』此實張之根據（箋一亦云：『陶潛五柳，唐人往往用為尉令典故，此詩必義山辭尉求調時作。』），然《大鹵平後移家到永樂》詩亦有『依然五柳在』句，箋三固云『依然五柳在者，以陶令閒居自比。』安見其必指縣尉乎？（僧孺子藂，商隱同年，然據大中三年杜牧所作僧孺志，其見官猶不過正八品上之浙南府協律耳。）【按】岑駁正張説甚是。詩當作於閒居永樂期間。陶令五柳典，當視其如何運用而定其含義。此云『寂寥我對先生柳』，明言已閒居寂寥，如陶潛之對五柳，不得解為沉淪尉職。至題中『太原同院』，究指令狐尹太原時同幕抑李石鎮太原時同幕，則苦乏確證。然參《大鹵平後移家永樂》詩，似以同在李石幕為近。詳下注及箋。

②【馮注】似與崔同遭險難，而俄判升沉也。【補】鵬喻崔，魚自喻。《易·屯》：『彖曰：屯，剛柔始交而難生。』遇屯同，同遭危難。雲水升沉，謂崔如雲之升（臺拜），己則如水之沉。

③【馮注】《魏志》：『劉放，涿郡人，説漁陽王松附太祖，以放參司空軍事，歷主簿記室。文帝時為祕書監，加給事中，遂掌機密。明帝尤見寵任。放善為書檄詔命，招喻多放所為。』《世語》曰：『放與孫資久典機任，夏侯獻、曹肇心不平。殿中有雞棲樹，二人相謂：「此亦久矣，其能復幾？」』《急就篇》注：『皂莢樹，一名雞栖。』按：孫資為中書令，劉放為中書監，皆當宰輔之任，非庶僚也。『劉放』句似謂府主未得還朝。【按】據《通鑑》，會昌四年正月乙酉，楊弁率其衆剽掠城市，李石奔汾州。戊子，詔李石復還太原。壬子，擒楊弁。三月丁巳，以李石為太子少傅、分司，以河中節度使崔元式為河東節度使。此句如指府主未得還朝，按時間則當是崔元式。蓋作詩時作者已移家永樂（據下『寂寥我對先生柳』句可知），而移家時已值春暮。然馮解頗可疑，詳下箋。

④【馮注】《漢書・梁孝王傳》：『招延四方豪桀，自山東游士莫不至，齊人羊勝、公孫詭、鄒陽之屬。』《鄒陽傳》：『梁事敗，陽求方略解罪於上者。行月餘，還過王先生，發寤於心。辭去，不過梁，徑至長安。』『鄒陽』句乃謂崔以臺拜入京。【朱注】《雪賦》：『梁王不悦，遊於兔園，乃置旨酒，命賓友，召鄒生，延枚叟。』

⑤【朱注】《陶淵明集》有《五柳先生傳》。【程注】王維詩：『路旁時賣故侯瓜，門前學種先生柳。』【按】指己閒居。已見《大鹵平後移家永樂》注。

⑥【朱注】《後漢書》：『桓典拜侍御史，常乘驄馬，京師語曰：「行行且止，避驄馬御史。」』【程注】杜甫詩：『屢入將軍第，仍騎御史驄。』【補】赫奕，顯耀盛大貌。

⑦【朱注】《通典》：『御史臺亦謂之蘭臺寺。梁及後魏、北齊或謂之南臺。魏制：有公事，百官朝會名簿，自尚書令僕以下悉送南臺。』鶯友：《劉賓客嘉話録》：『今謂登第為遷鶯，蓋本《毛詩》「伐木丁丁，鳥鳴嚶嚶，出自幽谷，遷於喬木」，然並無鶯字。頃試《早鶯求友》及《鶯出谷》詩，別無證據，豈非誤歟？』愚按：唐人陽楨詩：『軒樹已遷鶯。』蘇味道詩：『遷鶯遠聽聞。』後來遂承襲用之。【馮注】《詩》：『嚶其鳴矣，求其友聲。』【按】《禽經》有『鶯鳴嚶嚶』之語，唐人遂牽合『嚶其鳴矣，求其友聲』而有鶯友之語。此指三二同年。

⑧【朱注】《馮異傳》：『始雖垂翅回谿，終能奮翼澠池。』【馮注】《張衡傳》：『子覩木雕獨飛，愍我垂翅故棲。』【程注】杜甫詩：『青冥却垂翅。』

【黄徹曰】老杜：『卿到朝廷説老翁，漂零已是滄浪客。』又：『朝覲從容問幽仄，勿云江漢有垂綸。』其後夢得《送陳郎中》云：『若問舊人劉子政，而今頭白在商於。』《送惠休》則云：『休公久別如相問，楚客逢秋心更悲。』

小杜：『江湖酒伴如相問，終老烟波不記程。』『交遊話我憑君道，除却鱸魚更不聞。』商隱《寄崔侍御》云：『若向南臺見鶯友，為言垂翅度春風。』臨川：『故人一見如相問，為道方尋木雁編。』『歸見江東諸父老，為言飛鳥會知還。』聖俞：『儻或無忘問姓名，為言嬾拙皆如故。』坡：『單于若問君家世，莫道中朝第一人。』皆有所因也。（《碧溪詩話》）

【朱曰】此以汲引望人也。（《李義山詩集補注》）

【何曰】極似夢得。（《讀書記》）

【陸曰】玩前四句，疑崔亦偃蹇一官，至此始得臺拜。故義山聞命，而以鵾鵬變化之説喻之，蓋喜之之辭也。劉放未歸，言其久淹下位；鄒陽新去，喜其忽拜殊恩。下言己之寂寥如此，崔之赫奕如彼，雲水升沉，自此懸絶矣。按義山釋褐祕書省校書郎，王茂元辟為掌書記，得侍御史，故有南臺鶯友之語（按此解誤）。結用垂翅回谿之言，應是退居太原時作。

【徐德泓曰】首句，言與同院。次句，言一會間各異矣。鵬魚，用《莊子》語。鵬之升雲，比崔；魚之沉水，自比也。中二聯，俱分承，而一此一彼也。後則題中『兼寄』之意。

【姚曰】遇屯，同在院也；升沉，崔新拜也。雞樹老，己猶滯也；兔園空，崔已去也。因念此去以後，我甘寂寥，而君方赫奕，不知臺中舊友，其能噓拂及之也耶？

【屈曰】一二賢愚升沉。三升，四沉。五自己，六崔臺拜。結寄同年。

【程曰】此亦退居太原時作，玩詩意可知。

【紀曰】比前二詩（《春日寄懷》《和馬郎中移白菊見示》）略可，然亦不佳。（《詩説》）起句笨，餘亦平鈍。（《輯評》）

【王鳴盛曰】一篇中用七物，人必以堆砌譏之。當知此為西崑體，組織工妙，自宋人翙空疏鄙俚之格，故反以此為病耳。

【張曰】詩語輕淺，又是一格。然不類義山手筆。紀氏以爲平鈍，則未然也。（《辨正》）

【按】『太原同院』究屬何指，馮氏於令狐幕與李石幕之間游移不定（意實偏於指李石幕），張氏則謂必指令狐幕。然如張說，首句『遇屯同』或尚可解爲二人仕途同遇艱難，偃蹇不進，然解至四句『鄴陽新去』則辭窮矣。鄴陽新去，顯指崔侍御因臺拜而新離太原幕，然則詩題之『太原同院』必不指相隔六七年之令狐幕府，而當指當時之李石幕府。若然，則首句『遇屯』亦當指會昌四年春楊弁之亂。參《大鹵平後移家永樂》詩『甑破』『舟沉』及『脱身離虎口』等語，可推知義山楊弁亂時不特在太原，且有寓李石幕跡象。至於入幕爲正式辟聘抑暫時居留，則不易確定。據義山當時母服未闋情況，或爲暫時居留性質。

馮式解『劉放』句爲府主未得還朝，蓋因放後任中書監，非庶僚，與崔侍御之身份不符之故。然此詩結構，首聯鵬魚升沉合起，君我並舉，頷、腹二聯，則我沉君升兩兩分承，末聯因崔之升而兼寄在臺同年，以慨己之沉，次序井然。三句突入府主，殊爲不倫。且義山長於活用故典，劉放鷄樹之典，固不必泥放爲秘書監也。此句當如姚氏所解，指己之滯。原典謂放久歷機任，雞樹已老，義山則謂鷄樹雖老，而己仍垂翅閒居，未歸朝廷也，此正活用故典，以反襯己之沉滯。

評事翁寄賜餳粥走筆爲答①

粥香餳白杏花天②，省對流鶯坐綺筵③。今日寄來春已老，鳳樓迢遞憶鞦韆④。

集注

①【馮曰】評事翁似為劉評事，韋則赴鄠矣。【張曰】此評事似即永樂閒居之劉評事（按：前有《和劉評事永樂閒居見寄》），亦即劉、韋二前輩也。但劉公已去永樂，此或又到縣居，或從他處寄賜，皆不可知，姑從馮編（會昌五年）。詩境似永樂退居時。【按】味詩意，劉評事似自京寄賜餳粥。

②【朱注】《玉燭寶典》：『寒食節，今人悉為大麥粥，研杏仁為酪，引餳沃之。』孫楚《祭子推文》云：『黍稷一盤，醴酪二盂。』是其事也。【程注】《荊楚歲時記》：『寒食禁火三日，造餳大麥粥。』白居易詩：『鷄毬餳粥屢開筵。』【補】宋黃朝英《緗素雜記》：『《劉夢得嘉話》云：為詩用僻字，須有來處。宋考功詩云：「馬上逢寒食，春來不見餳。」餳，徐盈切。嘗疑此字，因讀《毛詩鄭箋》說吹簫處云：即今賣餳人家物。六經唯此注中有餳字。……宋子京《途中清明》詩云：「漠漠輕花着早桐，客甌餳粥對禺中。」寒食清明，多用餳粥事。』吴景旭《歷代詩話》：《釋文》：『餳，夕精反；又音唐。』《方言》：『餳謂之糖。凡飴謂之餳，自關而東，陳、楚、宋、衛之通語也。』《釋名》：『餳，洋也，煮米消爛，洋洋然也。……』《鄴中記》云：『并州之俗，冬至一百五日為冷節，作乾粥，是今之糗也。』世俗每至清明，以麥成秫，以杏酪煮為薑粥，俟凝冷，裁作薄葉，沃以餳若蜜而食之，謂之麥糕。

③【紀曰】省，記也。【張曰】起聯憶從前在京款洽也。【按】省對，曾對也。（參張相《詩詞曲語辭匯釋》五七三頁）

④【馮注】《天寶遺事》：『宮中至寒食節，築鞦韆嬉笑為樂，帝常呼為半仙之戲。』【按】鳳樓，指宮中樓閣。鮑照《代陳思王京洛篇》：『鳳樓十二重，四户八綺窗。』

【黄朝英曰】《劉夢得嘉話》云：為詩用僻字，須有來處。宋考功詩云：『馬上逢寒食，春來不見餳。』餳，徐盈切。嘗疑此字，因讀《毛詩》鄭箋説『吹簫』處云：『即今賣餳人家物。』六經唯此注中有餳字。後輩業詩，即須有據，不可學常人率焉而道也。……李義山詩云：『粥香餳白杏花天，省對流鶯坐綺筵。』又宋子京《途中清明》詩云：『漠漠輕花着早桐，客甌餳粥對禺中。』寒食清明，多用餳粥事。（《緗素雜記》）

【陸鳴皋曰】此即事而有帝京之思也。

【姚曰】極寫蹉跎流落之感。

【屈曰】流鶯比美人，故下言『憶鞦韆』。『省』字有意。

【程曰】詳味詩意，是初尉弘農，繫心京國之語。

【紀曰】只將今昔對照，一點便住，不説出已説出矣。此詩家常用之法。（《詩説》）

【按】此因評事寄餳粥而興今昔之慨。昔年在京，於杏花開放之時，粥香餳白，曾共對流鶯而坐綺筵，何等風流愜意。而今重睹餳粥，昔日之歡會已不可再，惟遥想宫中樓閣時見鞦韆之情景。言外不勝昔榮今悴之感。『春已老』三字正寓美人遲暮之慨。

所居永樂縣久旱縣宰祈禱得雨因賦詩

甘膏滴滴是精誠①，晝夜如絲一夕盈〔一〕②。祇怪閭閻喧鼓吹③，邑人同報束長生④。

校記

〔一〕『夕』原作『尺』，一作『夕』，影宋抄、錢本、席本、萬絶作『夕』。蔣本、姜本作『勺』。【按】作『勺』顯誤。作『尺』亦非。蓋此雨非傾注而下，晝夜而盈尺者，視『甘膏滴滴』『如絲』語可知。據影宋抄、錢本、席本及萬絶改。詩意蓋言密雨如絲，晝夜不停，一夕忽盈也。後人不解此意，以為『夕』與『夜』複，遂誤改為『尺』。

集注

①【馮注】《春秋》：『僖公三年六月雨。』《公羊傳注》曰：『所以詳録，賢君精誠之應也。』《後漢書·諒輔傳》：『為民祈福，精誠懇到。』【程注】《王命論》：『精誠通於神明，流澤加於生民。』李白詩：『蒼天感精誠。』【補】《詩·小雅·甫田》：『以祈甘雨，以介我稷黍。』孔穎達疏：『云甘雨者，以長物則為甘，害物則

為苦。』

②【朱注】張協詩：『密雨如散絲。』

③【何曰】『怪』字從『是』字生出。

④【道源注】《晉書》：『束皙，太康中，郡大旱。皙為邑人請雨，三日而雨注。衆以皙誠感，為作歌曰：「束先生，通神明，請天三日甘雨零。我黍以育，我稷以生。何以酬之？報束長生。」』【馮曰】此用反託法。

【姚曰】格天感人，贊縣令，語不輕下。第三句，見其不自以為功也。

【紀曰】鄙俚。

【按】姚箋第三句不確。『祇怪』，指作者只訝閭閻鼓吹何以如此喧闐，非指縣令而言。四句正所以明閭閻鼓吹之故。或謂『祇怪』係『何怪』之義，蓋以束擬縣宰也。亦通。

崔處士〔一〕

真人塞其内①，夫子入於機②。未肯投竿起③，唯歡負米歸④。雪中東郭履⑤，堂上老萊衣⑥。讀遍先賢傳⑦，如君事者稀。

校記

〔一〕姜本題作『贈崔處士』。

集注

①【馮注】真人字見《莊子》，屢見道書。《史記·秦始皇本紀》曰：『吾慕真人。』詩：『秉心塞淵。』鄭氏箋：『塞，充實也。』《老子》：『塞其兑，閉其門。』《莊子》：『慎汝内，閉汝外。』皆塞其内之意。【姚注】《莊子注》：『固塞其精神也。』

②【馮注】《莊子·至樂篇》：『萬物皆出於機，皆入於機。』謂出入於造化機也，非機心機事之謂。

③【馮注】《文選》應休璉《與從弟君苗君胄書》曰：『伊尹輟耕，郅惲投竿。』注曰：『《東觀記》：郅惲字君章，從鄭次都隱弋陽山，漁釣甚娛。留十日，喟然告别而去。客江夏郡，舉孝廉為郎。』《莊子》：『釣於濮水，楚王使大夫往焉，曰：「願以境内累先生。」莊子持竿不顧。』《蜀志·秦宓傳》：『楚聘莊周，執竿不顧。』此當用郅惲事。《舊唐書·杜審權傳》：『捨築入夢，投竿為師。』按：此則用太公事。【程注】《宋書·江夏王義恭傳》：『義恭上表薦南陽宗炳曰：「若以蒲帛之聘，感以大倫之美，庶投竿釋褐，翻然來儀。」』【屈曰】未肯投漁竿而仕也。

④【馮注】《家語》：『昔者由也常食藜藿之實，為親負米百里之外；親没之後，南遊於楚，積粟萬鍾，列鼎而

食，願欲食藜藿為親負米，不可復得也。』

⑤ 見《喜雪》『依稀履跡斜』句注。

⑥【馮注】師覺授《孝子傳》：『老萊子，楚人。行年七十，父母俱存。常着斑爛之衣，為親取飲，上堂脚跌，恐傷父母之心，僵臥作嬰兒啼。孔子曰：若老萊子，可謂不失孺子之心矣。』

⑦【馮注】魏文帝有《海內先賢傳》，其他書名甚多。【程注】《宋書・長沙王道規傳》：『嗣長沙王義慶，撰《徐州先賢傳》十卷。』杜甫詩：『宅入先賢傳，才高處士名。』【按】先賢傳泛指，猶云先賢之傳，非必以《先賢傳》名書者。

【馮班曰】上六句先將崔處士似先賢事迹寫透，末二句結出，便通體皆靈。（何焯《讀書記》引）

【何曰】安貧而又能致孝，此真事守身養志者也。（《輯評》）

【姚曰】塞其內，入於機，善藏其用也。中四句，隔句相承，五承三，六承四，真不求人知事。末以高出尋常許之。

【紀曰】四家以為無味也。

【按】崔處士不詳何人。詩盛稱其安貧不仕，事親至孝，意致與居母喪閒居永樂期間所作《過姚孝子廬偶書》《喜雪》《所居》諸篇相近，或即此時所作。《過姚孝子廬偶書》一篇，馮謂『喪母未久，故觸緒成篇。』此篇當亦類是。

鄭州獻從叔舍人褎①

蓬島烟霞閬苑鐘，三官牋奏附金龍②。茅君奕世仙曹貴③，許掾全家道氣濃④。絳簡尚參黄紙案⑤，丹爐猶用紫泥封⑥。不知他日華陽洞，許上經樓第幾重⑦？

集注

①【朱注】會昌中討劉稹，褎為鄭州刺史。本集有《為舍人絳郡公上李相公啟》可證。【馮注】文集有《為舍人絳郡公上諸相啟》，乃由中書舍人於會昌二年出守絳州移鄭州者，正當劉稹叛亂時。啟皆以多病事煩，乞移他郡，而詩言好道，意其養疾攝生、習導引之術歟？稱舍人者，唐人重内輕外，投贈外官，每書其京銜。【補】中書舍人，中書省屬官。唐時中書舍人掌管詔令、侍從、宣旨、接納上奏文表等事。《新舊唐書・李讓夷傳》有起居舍人李褎，當即其人。會昌四至六年在鄭州刺史任。褎，同「褎」。會昌五年春，商隱應鄭州刺史李褎之招，赴鄭州。事見商隱《上李舍人狀》。詩當作于居鄭期間。

②【朱注】《真誥》：『有上聖之德命終受三官書為地下主者，一千年乃轉三官之五帝。』又曰：『二天宫立一官，六天凡立為三官。三官如今刑名之職，主諸考謫，常以真仙司命兼總御之。』注：《消魔經》云：『岱宗又有左火官、右水官及女官，亦名三官，並主考罰。』又曰：『受用金龍玉魚，此不可闕。』【道源注】《東齋記》：『道

家有金龍玉簡，學士院撰文，具一歲中齋醮投於名山洞府。金龍以銅製，玉簡以階石製之。』【馮注】《後漢書·劉焉傳》：『張魯祖父陵，順帝時學道鶴鳴山中，造作符書，以惑百姓。受其道者輒出米五斗，故謂之「米賊」。』注曰：『張角為五斗米道，使人為鬼吏，主為病者請禱。請禱之法：書病人姓字，說服罪之意。作三通：其一上之天，著山上；其一埋之地；其一沉之水，謂之「三官手書」。』《黃庭經》：『傳得可授告三官。』注曰：『天、地、水也。』金龍玉簡，道書屢見，如《黃籙簡文經》：『投金龍一枚，丹書玉札，以關靈山五帝昇度之信。』【補】蓬島：傳說中神山名。《漢書·郊祀志上》：『自威、宣、燕昭使人入海求蓬萊、方丈、瀛洲，此三神山者，其傳在勃海中。』閬苑：傳說中神仙居處。此處與蓬島均喻宮苑。『三官』，朱注是。首聯點李褒舍人身份與好道術。陸曰：『在九重則掌絲綸，在六天則主箋奏。』

③【朱注】《洞仙傳》：『茅濛字初成，咸陽南關人，即東卿司命君盈之高祖也，師北郭鬼谷先生，受長生之術，入華山修道，白日昇天。』《集仙傳》：『大茅君盈南至句曲之山，南岳真人赤君、西城王君及諸青童並從王母降於盈室，天皇大帝命五帝君賜以紫玉之板、黃金刻書九錫之文，拜盈為東岳上卿司命真君太元真人。王母命上元夫人授盈之二弟茅固、茅衷《太霄隱書》《丹景道經》等四部寶經，命侍女張靈子執交信之盟以授於盈、固及衷，事訖，升天而去。』【馮注】唐柳識《茅山白鶴廟記》：『茅山，舊句曲也。漢元帝世，有茅君來受仙任，因為茅山。二弟亦此山得道。三峰是三君駐雲之所。』

④【道源注】《神仙傳》：『許翽，字道翔，小名玉斧，郡舉上計掾主簿。父穆，長史，為上清佐卿。掾居方隅山洞石壇上焚香禮拜，因而不起，明旦視之，如生。』《真誥》曰：『從張鎮南受衣解法。』《十二真君傳》：『許遜字敬之，祖琰，父肅，世慕至道，師大洞君吳猛傳三清法要。太康二年八月一日於洪州西山拔宅上升。晉尚書郎邁，散騎常侍、護軍長史穆皆遜之族子，後俱得道。』《晉書》：『許邁字叔玄，丹陽句容人，志求仙道，立精舍於餘杭懸霤山，往來茅山洞室。父母既終，乃遣婦孫氏還家，偏遊名山。』【馮注】《晉書傳》：『許邁一名映，句容人也。偏遊名山。後入臨安西山，改名玄，字遠遊。莫測所終，皆謂羽化矣。』《上清源統經目注序》：『許邁之第五弟謐，

真位為上清佐卿，謚之第三子玉斧，長名翽，字道翔，郡舉上計掾不赴，後為上清仙公。』按：穆即謚也。道書玉斧稱許掾，玉斧子黃民，黃民子豫之皆得仙。《真誥》言登升者三人：先生邁、長史謚、掾玉斧也。度世者五人：玉斧兄虎牙、玉斧子黃民、黃民長子榮、黃民二女道育、瓊輝也。又玉斧之姑適黃家者曰黃娥，本名娥皇，亦得度世。《萬花谷》引《十二真君本傳》許遜為九州都仙太史，家屬四十二口皆乘雲去。【何曰】『奕世』『全家』便為『他日許上』伏脈，從兄弟叙到叔侄，次第極妙。（《輯評》）

⑤【道源注】絳簡，即赤章也。凡仙經朱書亦曰絳簡。【朱注】沈約《與陶弘景書》：『方當名書絳簡，身遊玄闕。』馮鑑《續事始》：『貞觀十年，詔用黃麻紙寫詔敕文。』高宗上元二年敕曰：『制敕施行，既為永式，比用白紙，各有蟲蠹。自今尚書頒下諸州縣並用黃麻紙。』【馮注】《黃庭經》：『玉書絳簡赤丹文。』《唐會要》：『開元三年，始用黃麻紙寫詔。上元三年，詔制敕並用黃麻紙。』《通鑑》注：『唐故事：中書用黃白二麻，為綸命輕重之別。其後翰林學士專掌內命，中書用黃麻，其白皆在翰林院，拜授將相、德音赦宥則用之。』洪邁曰：『晉恭帝時，王韶之遷黃門侍郎，凡諸詔黃皆其辭也。則東晉時已用黃紙寫詔矣。』【補】案，案卷、文案。尚書用黃札，故稱黃案。

⑥【朱注】《真誥》：『紫薇夫人詩：慶雲纏丹爐。』王績《游北山賦》：『拭丹爐而調石髓。』唐制：舍人掌絲綸，故用黃紙紫泥事。【馮注】《太清中經》有九鼎丹法。《漢舊儀》：『皇帝六璽，皆白玉螭虎紐，皆以武都紫泥封。』

⑦【馮注】《南史·處士傳》：『陶弘景止句容之句曲山。此山下是第八洞宮，名金壇華陽之天。乃中山立館，自號華陽隱居。始從東陽孫遊岳受符圖經法，偏歷名山，尋訪仙藥。永元初更築三層樓，弘景處其上，弟子居其中，賓客至其下。與物遂絶，惟一家僮得侍其旁。』【道源注】《神仙感遇傳》：『陶貞白就興世館孫先生，咨禀經法，行道要，拜表解職入茅山，登嵓告静，自稱華陽隱居，書疏亦以此代名。然敕命餉賚常為煩劇，乃造三層樓樓止，身居其上，弟子居中接賓于其下，令一小豎傳授而已。』

【方回曰】三四善用事，義山體喜如此。（紀昀曰：此全不解義山門徑語。）

【《輯評》墨批】純用仙家事，不似寄託，豈其人好道耶？是不可解。（《輯評》）

【何曰】三四是從叔入道，五六是舍人入道。第三從祖父説到今日叔侄分誼，落句根脈在此。（《讀書記》）

【胡以梅曰】李褒必仕途而好道法者。起句指其結壇清潔，鐘鼓虔修，故以比仙境稱之，於中則有朝真牋奏也。三四必曾受籙封職，已非一世，而全家皆能奉道。五六借道家所用，夾以舍人掌詔制之物，渲染顏色，插和言之。結以陶隱居相比，欲附弟子之列，然亦不敢定而問之，妙。

【《唐詩鼓吹評注》】此詩一意謂仙，一意謂舍人。首以蓬萊、閬苑之境比中書鳳凰池，蓋言從叔在中書清貴如蓬萊仙人，聞殿庭之鐘如閬苑鐘也。次言舍人所掌詔章，註於青史，如三官醮章附注金龍之簡。三四句言家多禄位，如茅真君累世為仙，許敬之一家得道也。仙書絳簡，舍人則黄紙，天子以紫泥封詔，比仙家以丹封藥爐，且朝廷有官爵，華陽則有經樓矣，言不知他日薦我於朝，亦如中書之得近天顔否也？（廖文炳原解）王清臣陸貽典曰：此正不必兩兩相比。玩頸聯，絳簡則參黄紙，丹爐則用紫泥，是舍人帶官學道，非混而為一也。廖解附會郝註，而拘牽過之，遂生如許葛藤矣。《陶貞白傳》：『句容之勾曲山，一名華陽洞天，因自稱華陽隱居。嘗造三層樓，棲止其上，弟子居中，接賓於其下。』末謂不知我至華陽洞中，許上經樓第幾重也。通篇只説以舍人而學道耳。

【陸曰】褒以舍人而通道術。會昌中，出為鄭州刺史。義山獻詩，當在其時。起言舍人在九重則掌絲綸，在六天則主箋奏，世羣目為功名中人，而不知實蓬閬中人也。三四言不獨今日為然，奕世皆屬仙曹；不獨一人為然，全家俱有道氣。茅君許掾，舍人足以兼之矣。五六是夾寫法，絳簡而參以黄紙，丹爐而封以紫泥，方是舍人之學仙，移贈他人不得。又褒為義山從叔，故引陶隱居事作結，不知他日得如華陽弟子，為之接賓樓下否？自首迄尾，真乃字字切合。

【姚曰】褒必素奉道而居舍人之職者，故以汲引望之。蓬閬之間，金龍玉簡，向主三官箋奏，班資高矣，良由夙根仙骨，非凡人之所敢望耳。今居舍人之職，黄紙敕書，紫泥封掌，以清貴之官而仍帶烟霞之氣，人地真不忝矣。但華陽經樓，豈容輕上，如我之辱在泥塗者，正不知許上第幾重耳。

【屈曰】一二舍人已得仙道，但茅君得仙能攜兄弟，許掾成道惠及全家，五六於今尚沉宦海，未便飛騰，他日華陽不知許我亦上經樓而共仙去乎？玉溪集中每刺仙家，則此首俱是寓意。

【程曰】此詩求之詞氣，以崇奉道術契合；觀其神理，則望恩求薦之意居多。起聯專屬從叔，從舍人説到好仙。項聯兼及自己，從仙家説到世系。腹聯又專屬從叔，從好仙説到舍人。結聯又兼及自己，從成仙説到援引。此作詩之本旨也。若專認為談仙，便是癡人説夢。

【紀曰】淺俗。（《詩説》）庸俗殆不可耐。（《輯評》）義山集中之下乘。（《律髓刊誤》）

【姚鼐曰】五六東餐西宿之語。意褒乃託神仙説以取富貴者，故以是諷之與？（《七言今體詩鈔》）

【方東樹曰】大約李褒好道，起即用烟霞與鐘鼎，遠以稱之。金龍雖用道家，仍切舍人主撰文牋奏。是時褒為鄭州刺史，而曰舍人，蓋寄禄也；五六用黄紙、紫泥與此同，皆雙關也。收用陶華陽三層樓，自言來訪也。此詩亦無勝可選，但有秀句而已。三官主考讁，豈比刺史耶？用事似精切，而不免東餐西宿，開俗詩塗飾之派。

【張曰】此亦晚唐應酬詩常調，為後人套熟，故覺可厭耳。何至庸俗且不可耐耶？論古人當留餘地，不得如是妄下斷語也。（《辨正》）又曰：從叔舍人褒，即文集所謂絳郡公褒。學仙見《補編》諸啟。《唐語林》『李尚書褒，晚年修道，居陽羡川石山』可證，故詩以好道言之。舍人外轉，大非得意。『絳簡』『丹爐』兩（按：當作一）聯，祝其仍官京朝也。（《會箋》）

【按】此尋常應酬詩，若以思想論，自不免庸俗。『寓刺仙家』『望恩求薦』『祝官京朝』之説均求之過深。亦官亦道，此當時士大夫習尚。末聯亦僅就學仙説，無希求汲引意。以學道求仙自詡者，即以仙家語稱美之，如此而已。陸氏句釋頗精，謂自首至尾，『字字切合』，誠然。

七夕偶題

寶婺摇珠珮①，嫦娥照玉輪②。靈歸天上匹③，巧遺世間人④。花果香千户，笙竽溢四鄰〔一〕。明朝曬犢鼻，方信阮郎貧〔二〕⑤。

校記

〔一〕『溢』，季抄、朱本作『濫』。

〔二〕『郎』，季抄、朱本作『家』，非。

①【朱注】寶婺，婺女星也。《左傳注》：『婺女為已嫁之女，織女為處女。』徐陵《玉臺新詠序》：『金星與婺

女争華。』【馮注】《史記・天官書》：『牽牛為犧牲，其北河鼓。河鼓大星，上將；左右，左右將。婺女其北織女。織女，天女孫也。』《索隱》曰：『《爾雅》云：河鼓謂之牽牛，故或名河鼓為牽牛也。』《爾雅》云：『須女謂之務女。』或作『婺』字。《荆州占》云：『織女一名天女，天子女也。』【程注】王勃《兜率寺浮圖碑》：『仙娥去月，旅方鏡而忘歸；寶婺辭星，攀圓璫而未返。』【按】婺女，即女宿，二十八宿之一，玄武七宿之第三宿，又名須女，有四星。《左傳・昭十年》：『有星出於婺女。』《禮記・月令》：『孟夏之月，旦，婺女中。』

②【馮注】嫦、常通用。《文心雕龍》引《歸藏經》作『常』。婺女近為之摇珮，常娥遠為之照輪。珮、輪皆謂織女，蓋催之渡河也。

③【馮注】崔寔《四民月令》：『七月七日，河鼓、織女二星神當會。』《續齊諧記》：『桂陽成武丁有仙道，謂其弟曰：「七日織女當渡河。」弟問曰：「何事渡河？」答曰：「暫詣牽牛。」世人至今云織女嫁牽牛也。』《御覽》引《大象列星圖》曰：『古歌「黄姑織女時相見」。黄姑即河鼓也，為吴音訛而然。』按：《爾雅》本作何鼓，注曰：『今荆楚人呼牽牛星為檐鼓。檐者，荷也。』則知原不作『河』。晉人《七日夜歌》：『靈匹怨離處。』【朱注】謝惠連《牛女》詩：『雲漢有靈匹。』

④【朱注】用乞巧事。【姚注】《荆楚歲時記》：『七夕，人家婦女結彩縷，穿七孔針，陳瓜果於庭中以乞巧，有嘻子網於瓜上者則以為得巧。』【何曰】次聯一句結上，一句生下，章法奇創。（《輯評》）

⑤【馮注】《竹林七賢論》：『阮咸，籍兄子也。諸阮俱善居室，惟籍一巷尚道業，好酒而貧。七月七日曬衣，諸阮庭中爛然，莫非綈錦。咸時總角，乃竪長竿標大布犢鼻褌於庭中，曰：「未能免俗，聊復共爾。」』《晉書・阮咸傳》：『咸與籍居道南，諸阮居道北，北阮富，南阮貧。七月七日，北阮盛曬衣服，錦綺粲目。咸以竿掛大布犢鼻於庭，人或怪之，答曰：「未能免俗，聊復爾耳！」』【補】《史記・司馬相如列傳》：『相如身自著犢鼻褌，與保庸雜作，滌器於市中。』裴駰《集解》引韋昭曰：『今三尺布作，形如犢鼻矣。』王先謙《漢書補注》謂如今之圍裙，但以蔽前，反繫於後。

【朱彝尊曰】平實。

【姚曰】天上果有牛、女，豈能以巧遺世人？花果笙竽，世俗之狂癡，大率如此。貧如阮郎，實不屑為此態耳。蓋以嘲仕途之妄營者，故曰『偶題』。

【馮曰】極平實，却有寓意，蓋借言婚於王氏也。一二謂作合者，即《戊辰會静中》『西山』『南真』之意。三四謂成婚得佳耦。五六即事。七八則自訴清貧，與王氏之富於財者異也。《祭外舅文》中有數語可互參。

【紀曰】無味。（《詩説》）無所取義，此種塵劫題可以不作。（《輯評》）

【張曰】馮氏謂借慨婚於王氏，是也。次聯言人皆沾其餘潤，而已所得者，但匹偶耳。茂元家貲甚富，而已長貧，故末句云然。與《祭文》參觀，此當作於洛中也。（《會箋》。繫會昌五年）又曰：結句寄託顯然，語亦鮮麗，迥異塵劫，紀氏何以知其無所取義耶？○因七夕以寄婚於王氏之感，結言非歆其多財也。（《辨正》）

【按】會昌五年夏，商隱自鄭州抵洛陽，居茂元家。『夏秋以來，疾苦相繼』（《上鄭州李舍人狀》四）。此詩係是年七夕居洛時作。前六句均即事，末二句方有寄慨。《重祭外舅司徒公文》云：『跡疏意通，期奢道密。紵衣縞帶，雅況或比於僑吳；荆釵布裙，高義每符於梁孟。』又云：『愚方遁跡邱園，游心墳素，前耕後餉，并食易衣。不忮不求，道誠有在；自媒自衒，病或未能。雖吕範以久貧，幸冶長之無罪。』皆可為本篇末聯作注脚。然此類詩與通篇刻意寄託者有異。蓋作者因詠七夕牛女相會及世間乞巧之事，遂聯及己之拙於謀生，夫婦貧賤相守情事，乃借阮咸七夕曬衣之事發之。固不得因末聯微有寄慨而膠柱鼓瑟，例及全體。馮氏並前二聯亦以婚於王氏之具體情事實之，不免穿鑿。

寄令狐郎中①

嵩雲秦樹久離居②，雙鯉迢迢一紙書③。休問梁園舊賓客，茂陵秋雨病相如④。

集注

①【馮注】《新書·傳》：『綯擢右司郎中。』按：《舊書》失書『郎中』。綯子《滈傳》：『綯於會昌二年任户部員外郎。』則為郎中，必在三四年。【張曰】案《舊書·傳》但書累遷庫部、户部員外郎，漏書右司郎中，《新傳》則書擢累左補闕、右司郎中，出為湖州刺史，而漏書員外郎。考集《寄令狐郎中》詩有『嵩雲秦樹』語，係會昌五年義山病居東洛時作，而和綯湖州詩題亦云《酬令狐郎中見寄》，則綯洵由右司郎中出守，惟不詳何年耳。刺湖州為會昌五年，故從原譜（指馮譜）載此（指為右司郎中在會昌四年）。又曰：『嵩雲』自謂，『秦樹』謂令狐，時義山還自鄭州，卜居洛下，方患瘵恙，子直有書問訊，故詩以報之。未幾，令狐即出刺湖州矣。馮編入之永樂，蓋未見《補編》耳。【按】張説是。義山於會昌五年春赴鄭州李舍人褒之招，夏秋間居洛陽，詳《樊南文集補編》《上李舍人一、二、三、四狀》及張氏《會箋》。此詩作於五年秋。令狐綯出刺湖州在大中元年，詳後《酬令狐郎中見寄》題注。

②【馮注】謂舊在河南、京師之跡。【按】馮注非。『嵩雲』『秦樹』指己與令狐一在洛下，一在長安，兩地

相隔。《及第東歸次灞上却寄同年》『秦樹嵩雲自不知』亦此意。

③【朱注】古詩：『客從遠方來，遺我雙鯉魚。呼兒烹鯉魚，中有尺素書。』【按】此謂令狐有書問訊。

④【朱注】《史記》：『司馬相如客游梁，梁孝王令與諸生同舍。後為孝文園令，病免，家居茂陵。』【馮注】《史記》：『司馬相如稱病閒居，不慕官爵，為孝文園令；既病免，家居茂陵。』【按】朱、馮引《史記·司馬相如傳》似删削過甚，今補引如下：『（相如）事孝景帝為武騎常侍，非其好也。是時梁孝王來朝，從遊説之士齊人鄒陽、淮陰枚乘、吴莊忌夫子之徒，相如見而悦之，因病免客遊梁，梁孝王令與諸生同舍。』梁園賓客本此。梁園係梁孝王所建宫苑，故址在今開封東南。《水經·睢水注》：『或言兔園在平臺側，梁王與鄒、枚、司馬相如之徒極遊其上。』梁孝王死，相如歸蜀。武帝讀《子虚賦》，頗贊賞，因得召進，任為郎。免官閒居茂陵系晚年事。『梁園舊賓客』，指己曾為令狐楚幕僚，受其知遇。『茂陵』句謂已當前閒居多病。令狐綯來書中問其近況，故借『茂陵秋雨病相如』答之。

【敖英曰】落句以相如自況。此是用古事為今事，用死事為活事，如『短衣匹馬隨李廣』『為報惠連詩不惜』『但用東山謝安石』『自保曾參不殺人』『憑君説與謝玄暉』，皆是此法。（《唐詩選脈箋釋會通評林》）

【唐汝詢曰】嵩雲秦樹，天各一方，所可達者惟書耳。然我秋雨抱痾，無足問也。（《唐詩解》）

【周珽曰】義山才華傾世，初見重於時相，每以梁園賓客自負，後因被斥，所向不如其志，故此托卧病茂陵以致慨，意謂秦梁修阻，所憑通信，惟有一書，今已抱病退居若相如矣，雖有書可寄，不必重問昔時之行藏也。（《唐詩選脈箋釋會通評林》）

【陸鳴皋曰】李係令狐楚舊客，故云。冀望之情，寫得雅致。

【姚曰】相如病卧茂陵，非楊得意無由見知於武帝，此以楊得意望令狐也。

【屈曰】求薦達之意在言外。

【程曰】此亦居鄭亞幕中寄綯者。曰『梁園舊客』，皆追論疇昔從楚於汴州之時。末語以茂陵卧病自慨者，亦頹然自放，免黨怨之詞也。

【楊曰】其詞甚悲，意在修好。（馮浩引）

【紀曰】一唱三歎，格韻俱高。

【姜炳璋曰】『嵩雲』，指從令狐楚於汴州時事；『秦樹』，指在長安時，以梁孝王喻楚，以相如自喻。蓋綯為考功郎中之日，正鄭亞官桂管之時，贊皇去位，義山在鄭幕中，而以詩寄綯也。梁園舊客，感之以先德宜繩也；卧病相如，動之以衰病可念也。

【俞陛雲曰】義山與令狐相知久，退閑以後，得來書而却寄以詩，不作乞憐語，亦不涉觖望語，鬢絲病榻，猶回首前塵，得詩人温柔悲悱之旨。（《詩境淺説續編》）

【按】詩之作意，諸家多以望薦、修好為解。然細味全詩，結合當日情勢，頗覺可疑。義山因入王茂元幕及婚於王氏，致遭令狐綯之疑忌。令狐綯官職，會昌年間雖有所升遷（由庫部員外郎遷户部員外郎，再遷右司郎中），然均非顯職。會昌四、五年間，又正值牛黨勢力之最低點。故於此牛黨失勢之日，令狐綯以此類官職，實亦不能成為義山望薦之對象。此固與大中初牛黨得勢，令狐綯累擢顯職之情況絶異者。自義山方面而言，此時茂元已卒，失其所依，又别無所謂『背恩』之行動（如開成三年之入茂元幕，大中元年之入鄭亞幕），令狐綯似亦不必時時嫉其往昔之『背恩』而必加詬責也。要之，會昌時期，由於主客觀情勢之變化，令狐綯與義山之矛盾有所緩和。《贈子直花下》與本篇均為當日情况之反映。本篇一二言彼此秦洛離居，承令狐寄書存問。三四謂令狐情意殷勤，尚念舊誼，然己則閒居多病，秋雨寂寥，情頗難堪，甚有愧於故人之存問也。詩有感念舊恩故交之意，而無卑屈趨奉之態；有感慨身世落寞之辭，而無乞援望薦之念。實義山寄贈令狐詩中較可讀者。紀氏稱此詩『一唱三歎，格韻俱高』，較得其情。

又，楊得意於武帝前言相如為《子虛賦》事與本篇『茂陵秋雨病相如』句無涉，姚箋誤。

獨居有懷

麝重愁風逼①，羅疎畏月侵。怨魂迷恐斷，嬌喘細疑沉。數急芙蓉帶②，頻抽翡翠簪③。柔情終不遠〔一〕，遥妒已先深。浦冷鴛鴦去，園空蛺蝶尋④。蠟花長遞淚⑤，筝柱鎮移心⑥。覓使嵩雲暮⑦，迴頭灞岸陰⑧。只聞涼葉院，露井近寒砧⑨。

〔一〕『不遠』，才調集作『未達』。

集注

①【馮注】已含秋景，與結處相應。【補】馥重，謂香氣馥郁。

②【朱注】梁元帝《烏棲曲》：「芙蓉為帶石榴裙。」【朱彝尊曰】瘦則帶緩，故數急之。（錢氏《審體》箋同）

③【朱注】《後漢書·輿服志》：「太皇太后、皇太后入廟，簪以玳瑁為擿，長一尺，端為花勝，上為鳳雀，以翡翠為毛羽。」梁費昶詩：「日照茱萸領，風搖翡翠簪。」

④【馮注】張協《雜詩》：「蝴蝶飛南園。」【何曰】（「浦冷」句寫）獨。

⑤【馮注】庾信《對燭賦》：「銅花承蠟淚。」

⑥【馮注】見《昨日》。【補】鎮，長，久。諸亮《詠花燭》：「莫言春稍晚，自有鎮開花。」

⑦【道源注】《漢武内傳》：「武帝夜夢與李少君俱上嵩高山，半道，有錦衣使者乘龍持節從雲中下，言太乙君召。覺，即告近臣曰：「如朕夢，少君將舍朕去矣。」」

⑧【朱注】王粲詩：「南登霸陵岸，回首望長安。」【馮曰】身在嵩雲，迴望長安，覓使傳書。【按】馮解是。

⑨【馮班曰】可聞不可見，懷也。（《輯評》）【按】已所思者在長安，非特不可見，亦不可聞，馮班注非。

【朱曰】此為憶情人而不得近之詞。（《李義山詩集補注》）

【馮班曰】此篇尤為陶令《閒情》。

【朱彝尊曰】（『覓使』句）憶王茂元所。（『迴頭』句）憶令狐綯家。（末聯）寫出獨居風景。

【何曰】亦為令狐而作，觀『嵩雲』『灞岸』句可見。『柔情』句見己之不忘舊好，『遥妬』句謂李宗閔等間之也。（《輯評》）

【陸鳴皋曰】前四句，寫獨居幽況。『數急』四句，有朝命不至，而他人我先意。『浦冷』四句，言時光已失，不禁涕淚而迴腸也。『嵩雲暮』，則無從覓召我之使矣；『灞岸陰』，則不見長安矣。所聞者惟淒然景物，不亦悲乎！

【姚曰】此句憶情人而不得近之詞。前八句，寫所懷之人。『柔情』二語妙，女子善懷，亦善妒也。『浦冷』以下，乃自訴其不得一達耳。

【屈曰】一段美人妝束情態。二段美人先已思我。三段別恨。四段通信無人而永夜不寐也。○有精妙之句，無變化之方，遂令意不飛動。

【程曰】義山之憂讒畏譏，始於去令狐而就王茂元河陽之辟，此詩正其時也。起四句言謗議侵逼，可畏可愁，魂氣迷離，若沉若斷。中四句言去此就彼，亦若頻煩，豈無舊情，何期遭妬。下四句承上文『柔情終不遠』意，言此身雖去，夢寐猶尋，有淚誰知，中心自矢。末四句承『遥妬已先深』意，言嵩雲無使，灞岸生陰，凉院獨居，有懷寒露。篇中『情』字、『妬』字是眼，『嵩雲』字、『灞岸』句是證，確為河陽憶長安作無疑。

【馮曰】通首就所懷之人着筆。一二寫其嬌態。三四言其魂夢相思。以下數聯，皆摹離緒。末二聯拍到己之獨居而懷之也。大旨是寄内之作，或別有艷情，必非寓意令狐。

【紀曰】詞纖格卑，三四尤鄙猥。（《詩説》） 格不甚高，而語意清麗，純以情韻勝人。○『嬌喘』二字未雅。○七八句上下轉關。（《輯評》）

【張曰】語麗情深，似寓意令狐。起句謂身世孤危。『柔情』自指，『遥妬』指子直。『浦冷』『園空』，牛黨未得意時也。『蠟花遞淚』『箏柱移心』，比己之去牛就李。玩『覓使』一聯，其會昌五年洛中作乎？頗可編年也。馮氏謂寄内、艷情，未確。（《會箋》） 又曰：紀氏動以格律詆義山，不知此種詩，正義山獨創之格也，何可以紀氏之格繩之！『嬌喘』二字亦未見其不雅，苛論最可厭。○『浦冷』比李黨無依。『園空』指仍向令狐尋好也。○此詩亦寄意令狐所作，當是大中二年荆門歸後在洛賦者。是時子直交誼已乖，而己尚擬陳情而恐其疎我也，故曰『柔情終不遠，遥妬已先深。』『嵩雲』切洛，『灞岸』指子直京師也。（《辨正》）

【按】馮謂：『通首就所懷之人着筆』，非是。『獨居有懷』者係女子，非男子『獨居』而有懷也。起二句，麝熏香濃，猶可重温舊夢，風逼則香散夢斷，故曰『愁風逼』；羅疎月侵，則耿耿不寐者尤難乎為情，故曰『畏月侵』。『愁』『畏』皆獨居女子特有心理。『怨魂』二句，傷離怨別，夢繞魂迷，杳然不知所之；嬌喘細弱，幾疑一息將沉。『數急』二句，形容憔悴瘦損。『柔情』二句，謂己之柔情脈脈，終不遠離對方，然彼則並不知我之癡情而遥妒已深矣。張氏分解此二句，最得其旨。『浦冷』二句，對方離去之後寂寞清冷情景。『蠟花』二句，傷別難寐，唯伴殘燭而遞淚；長日無聊，唯藉彈箏以自遣。『鎮移心』，謂長因箏聲凄凄而益動離情。『覓使』二句，謂己居嵩洛，彼在長安，覓使傳書而無由。末二句，以寫獨居寂寞作結。

此詩『柔情』二句、『覓使』二句暗露寓託消息，與《寄令狐郎中》一詩合參，寄意尤明。『秦樹嵩雲久離居』一句即可概括『獨居有懷』之背景，且與本篇『嵩雲』『灞岸』之語正合。『柔情』二句，即謂己雖繫心令狐，感恩懷舊，彼則早已心存隔閡而深忌我矣，此正一篇之眼。全篇所抒寫之離懷，亦即所謂『休問梁園舊賓客，茂陵秋雨病相如』也。所不同者，此則云覓使傳書而無由，彼則曰『雙鯉迢迢一紙書』耳。二詩寫作時間當相去不遠，張氏會箋謂會昌五年洛中作，可從。此篇與《寄令狐郎中》同中有異，蓋寄詩係直陳令狐者，故感念舊恩、慨己落寞，委婉不露；此篇則借題抒懷之作，故不免言及對方之『遥妒已先深』。合觀之，則其時雙方關係雖有所緩和，而往日之隔閡與裂痕終未能消弭也。

漢宫詞①

青雀西飛竟未迴②，君王長在集靈臺③。侍臣最有相如渴，不賜金莖露一杯④。

①【徐曰】《磧砂唐詩》作杜牧詩。【馮曰】的是義山手筆。

②【道源注】《漢武故事》：『七月七日，上於承華殿齋，忽青鳥從西來。上問東方朔，朔曰：「西王母欲來。」有頃，王母至。（及去，許帝以三年後復來，後竟不來。）』《洞冥記》：『東方朔望見巨靈，目之，化青雀飛去，帝乃起青雀臺。』【馮注】《山海經·西山經》：『玉山，西王母所居，其狀如人，豹尾虎齒而善嘯，蓬髮戴勝，是司天之厲及五殘。』又曰：『崑崙之邱，有人名西王母。』《海内北經》：『西王母梯几而戴勝杖。』《山海經·大荒西經》曰：『西有王母之山，有三青鳥，赤首黑目，一名曰大鵹，一名少鵹，一名青鳥。』注曰：『皆西王母所使也。』又見《西山經》三危之山，又見《海内北經》，注皆云：『為王母取食。』【唐汝詢注】蔡琰《琴賦》：『青雀西飛，

別鶴東翔。」

③【馮注】《三輔黄圖》：「集靈宫、集仙宫、存仙殿、望仙臺，皆武帝宫觀名，在華陰縣界。」按：唐亦有集靈臺，即華清宫長生殿側，見《舊書·紀》。此則用漢事。

④【馮注】《三輔黄圖》：「建章宫有神明臺，武帝造，祭仙人處。上有承露臺，有銅仙人舒掌捧銅盤玉杯，以承雲表之露，和玉屑服之。」按：《三輔黄圖》建章宫神明臺，甘泉通天臺，皆言有承露盤。【補】《文選》班固《西都賦》：「抗仙掌以承露，擢雙立之金莖。」張銑注：「抗，舉也。金莖，銅柱也。作仙人掌以舉盤於其上。」駱賓王《帝京篇》：「銅羽應風回，金莖承露起。」義山此詩金莖實即指仙人掌承露盤。

【羅大經曰】譏武帝求仙也。言青雀杳然不回，神仙無可致之理必矣，而君王未悟，猶徘徊臺上，庶幾見之。且胡不以一物驗其真妄乎？金盤盛露，和以玉屑，服之可以長生，此方士之説也。今侍臣相如，正苦消渴，何不以一盃賜之，若服之而愈，則方士之説，猶可信也，不然，則其妄明矣。二十八字之間，委蛇曲折，含不盡之意。（《鶴林玉露》）

【陳模曰】此詩若止詠武帝求長生，相如病渴而已，而不知其譏刺漢君臣之顛倒者，而意溢於言外矣。蓋言長在集靈臺，與金莖露盃，則武帝惑於神仙長生之説者可見。言相如渴，則相如有乖於衛生而病者又可見。使金莖露果可飲而不死，則必能療相如之渴，不然則又安能長生乎？隱然抑揚，寓此意也。（《懷古録》）

【李攀龍曰】望幸之思悵然。

【唐汝詢曰】青雀不返，王母無驗矣，帝猶望仙不已，則金莖之露何不賜消渴之相如，以觀其效耶？（《唐

詩解》）

【吴逸一曰】唐憲宗服金丹暴崩，穆宗復循舊轍，義山此作，深有託諷意。天子好仙，宫闈必曠，故以宫詞名篇。（《唐詩選脈箋釋會通評林》）

【周珽曰】此刺世主不急禮賢而徒事虚妄無益之事也。彼青雀西飛不返，王母復來之語，既已不驗，漢武惑於方士妄言而不悟，猶登臺望仙不已，何愚若是也？後二句至天隱注：若食露果可不死，相如最渴，何不以此試之，則驗否見矣。（同上）

【吴喬曰】明人不知比興，而説唐詩，開口便錯。義山之『侍臣最有相如渴，不賜金莖露一杯』，言雲表露試之治病，可知真僞，諷憲武之求仙也，白雪樓大詩伯以為宫怨。（《圍爐詩話》）

【朱曰】按史：憲宗服金丹暴崩，穆宗、武宗復循其轍。義山此作，深有託諷，與後《瑶池》詩同旨。

【朱彝尊曰】玩通首，言好渺茫而恩不下逮，非專諷刺學仙也。

【馮班曰】刺好仙事虚無而賢才不得志也。風刺清婉。（《二馮評閲才調集》）

【何曰】諷求仙之無稽而賢才不得志也。

【楊逢春曰】此刺求仙無益。言求仙而仙已無念也。通首作唤醒語，絶不下一斷筆，而一種癡情，自於言外傳出。詠史詩中最為體格渾成。（《唐詩偶評》。轉引自霍松林主編《萬首唐人絶句校注集釋》）

【沈德潛曰】言求仙無益也。或謂好神仙而疏賢才，或謂天子求仙，宫闈必曠，故以宫詞名篇，以相如比宫女，穿鑿可笑。（《唐詩别裁集》）

【徐增曰】此甚言求仙無驗，天子不當尚此虚誕之事。……仙人可成，消渴之疾豈醫不得？……武帝既取雲表之露和玉屑以服之求長生，豈不賜一杯於相如，愈其消渴之疾，而相如竟以消渴死。相如飲露而死，則仙無靈；若不賜相如，坐視其疾而不救，是武帝有仙人之私而無天子之德矣，武帝豈吝此一杯露者哉！疾且不能愈，而敢望仙之必成也？……（《而菴説唐詩》）

【姚曰】微辭婉諷，勝讀一篇《封禪書》。

【屈曰】君王之望仙，猶臣之望君，奈何不賜金莖之露乎？言不蒙天子特恩也。○金莖露即金丹之類也。若舊注作託諷憲宗服金丹暴崩解，是義山亦欲求死耳。

【程曰】長孺之言，以為與瑶池詩同旨，是也。但謂泛論憲宗、穆宗、武宗之好仙，未歸一是。愚見專為武宗也。考武宗會昌五年正月築望仙臺於南郊，則次句比事屬詞，最為親切也。

【田曰】深婉不露，方是諷諫體。（馮箋引）

【馮曰】武宗朝，義山閒居時多，借以自慨，非諷諫也。

【紀曰】筆筆折轉，警動非常，而出之深婉。後二句言果醫得消渴病愈，猶有可以長生之望，何不賜一杯以試之也。折中有折，筆意絶佳。（《詩説》）用意最曲。若作好神仙而不恤賢臣，其意淺矣。又曰：鈍吟此解，上下畫為兩橛，殊失語妙。（《輯評》）

【姜炳璋曰】『不賜』是形容『長在』二字，見求長生之專也。

【潘德輿曰】義山譏漢武詩云：『侍臣最有相如渴，不賜金莖露一杯。』意無關係，聰明語耳。許丁卯則云：『聞有三山未知處，茂陵松柏滿西風。』雋不傷雅，又足唤醒癡愚。（《養一齋詩話》）

【俞陛雲曰】前二句言求仙之虚妄，以一『竟』字唤醒之，而君王仍長日登臺不悟。三、四句，以相如病渴、金盤承露兩事，聯綴用之，見漢武之見賢而不能舉，此殆借酒以澆塊壘，自嗟其身世也。

【張曰】武宗朝，義山丁憂閒居，不得入朝，故假武宗求仙以寄慨。『侍臣』二句，義山自謂，曾官祕書省正字，故曰侍臣也。紀評未詳其意，解釋晦曲，真穿鑿之尤者也。○相如渴，以相如茂陵卧病，比己之閒居也。寄子直詩已言『茂陵秋雨病相如』矣。蓋同時作。（《辨正》）又曰：孫樵《露臺遺基賦序》：『武皇郊天明年，作望仙臺於城之南。』詩言『君王長在集靈臺』，臺成會昌五年，正義山服闋將重官祕省時也，故有『侍臣』句。首句點明洛中作，長安在洛之西，故曰『西飛』。好音尚乖，故曰『未迴』。『金莖』喻内職。『相如渴』，即『渴然有農夫望

歲』之志。通首皆希冀顯達之微言，非有所託諷。馮編永樂閒居時，一往似通，徵實則謬矣。（《會箋》）

【按】此詩旨意，或謂諷求仙，或謂自慨，實則二者兼而有之，而以諷求仙為主。首句謂青雀西飛未迴，暗示西王母之遲遲不來，杳無音訊，見求仙之虛妄，與《漢宮》『王母不來』同意。次句謂神仙雖不來而君王仍長守於集靈臺，刺其溺於求仙，沉迷不悟。溺於求仙者必荒於朝政，疏於求賢，故三四即因其求仙而轉出另一意：長在集靈臺，則金莖之露自應多矣，奈何惜此一杯露水不以賜病渴之侍臣乎？此中含數層意：諷其『長在集靈臺』而毫無所得，既不見西王母之來，亦未見金莖之仙露；諷其溺於求仙而無意求賢，亦即『不問蒼生問鬼神』之意；慨己之渴求仕進，而不得分君王一杯雨露，『渴』『露』含義雙關。

程箋謂專刺武宗，甚是。史載，武宗好神仙，道士趙歸真得幸。諫官屢以為言，李德裕亦諫之。會昌五年正月，敕造望仙臺於南郊壇。是年秋冬，覺有疾，而道士以為換骨。此詩之作，約在築望仙臺之後，義山重官祕閣前。是時義山閒居已久，亟盼起用，故有『相如渴』之語。

北齊二首

一笑相傾國便亡①，何勞荊棘始堪傷〔一〕②。小蓮玉體橫陳夜〔二〕③，已報周師入晉陽④。

其二

巧笑知堪敵萬機⑤，傾城最在著戎衣⑥。晉陽已陷休迴顧〔三〕，更請君王獵一圍⑦。

〔一〕『堪』原作『悲』，一作『堪』，據蔣本、姜本、戊籤、悟抄、席本、錢本、影宋抄、朱本改。萬絶亦作『堪』。

〔二〕『蓮』，姜本、戊籤、席本、朱本作『憐』。

〔三〕『顧』，席本作『首』。

集注

①【補】《詩・大雅・瞻卬》：『哲夫成城，哲婦傾城。』《漢書・外戚傳》：『李延年歌曰：「北方有佳人，絶世而獨立；一顧傾人城，再顧傾人國。寧不知傾城與傾國，佳人難再得。」』此句『一笑相傾』之『傾』為傾倒、傾心之意。又雙關國亡之『傾』。

②【朱注】《吴越春秋》：『夫差聽讒，子胥垂涕曰：「以曲作直，舍讒攻忠，將滅吴國，城郭丘墟，殿生荆棘。」』【馮注】《史記・淮南王列傳》：『召伍被與謀，被悵然曰：「王安得此亡國之語乎？臣聞子胥諫吴王曰：「臣今見麋鹿遊姑蘇也。」今臣亦見宫中生荆棘，露霑衣也。」王怒。』

③【朱注】《北齊書》：『後主馮淑妃，名小憐，大穆后從婢也。穆后愛衰，以五月五日進之，號曰「續命」。慧黠能彈琵琶，工歌舞。後主惑之，願得生死一處。』宋玉《諷賦》：『主人之女為臣歌曰：內怵惕兮徂玉牀，橫自陳

兮君之旁。』釋德洪《楞嚴合論》引司馬相如《好色賦》曰：『花容自獻，玉體橫陳。』今此賦不傳，或出假託。【馮注】《太平御覽・果部》引《三國典略》：『馮淑妃名小蓮也。』《萬花谷》作『小蓮』。白香山《夢行簡》詩『池塘草緑無佳句，虛卧春窗夢阿憐』，又以『憐』作『連』，豈古皆通用耶？《楞嚴經》：『我無欲心應汝行事，於橫陳時味如嚼蠟。』橫陳字六朝人詩屢用之。【吴景旭曰】觀梁元帝詩：『王孫及公子，熊席復橫陳。』夏英公詩：『橫陳皆錦繡，器皿盡金玉。』所謂橫陳，乃鋪陳之義。《海録碎事》：『橫陳，言同被也。』則李義山所云：『小憐玉體橫陳夜，已報周師入晉陽。』其謂此邪？（《歷代詩話》）

④【朱注】《北齊書》：『武平七年十二月，周武帝來救晉州，齊師大敗。帝棄軍先還，留安德王延宗等守晉陽。帝走入鄴。辛酉，延宗與周師戰於晉陽，大敗，為周師所虜。』【按】周師攻破晉陽（今山西太原市。為北齊軍事中心），向鄴城（齊都）進軍。次年，周師抵鄴城下，朝官紛紛出降，齊後主出逃被俘，齊亡。此以『周師入晉陽』形容北齊面臨危亡局勢。

⑤【程注】《詩》：『巧笑倩兮。』《書》：『兢兢業業，一日二日萬幾。』【補】《尚書》孔安國傳：『幾，微也。言當戒懼萬事之微。』《漢書・百官公卿表》：『相國、丞相皆秦官，金印紫綬，掌丞天子，助理萬機。』

⑥【程注】《書》：『武成一戎衣，天下大定。』【按】謂馮淑妃之美艷動人尤在著戎裝時。

⑦【朱注】《北齊書》：『周師取平陽，帝獵於三堆。晉州告急，帝將還。淑妃請更殺一圍，從之。』【馮注】《北史傳》：『周師之取平陽，帝獵於三堆，晉州亟告急，帝將還，淑妃請更殺一圍，帝從其言。及帝至晉州，城已欲没矣。』《通鑑》：『晉州告急，自旦至午三至；至暮更至，曰：「平陽已陷。」乃奏之。齊主將還，淑妃請更殺一圍，從之。』按：《隋、唐地志》：晉陽在太原，與晉州平陽郡相距數百里。淑妃請更殺一圍，乃平陽事，非晉陽也，似小誤。或言晉陽尋即陷矣，無可迴顧，其猶能更請一圍乎？猶上首已入晉陽之意，用筆皆幽折警動。【按】此當是作者誤記晉州平陽郡為晉陽，馮或解非。

【黄徹曰】晨牝妖鴟，索家生亂，自古而然。故夏姬亂陳，費無極亂楚。李義山《詠北齊》云：『小蓮玉體橫陳夜，已報周師入晉陽。』東坡『成都畫手開十眉，橫雲却月争新奇。遊人指點小顰處，中有漁陽胡馬嘶。』熟味此詩，則『吴人何苦怨西施』，豈足稱詠史哉！等而下之，凡移於此物者，皆可以為戒。（《䂬溪詩話》）

【朱曰】只叙本事耳，言外却有許多感嘆。（《李義山詩集補注》）

【何曰】上言其一為所惑，禍敗即來；下言轉入轉迷，必將禍至不覺，用意可謂反覆深至矣。首章最警切。又按：上篇歎其不知不見是圖，下篇笑其至死不悟。（《讀書記》） 又曰：（首章三四句）警快。（《輯評》）

【朱彝尊曰】（首章第三句評）故用極褻昵字，末句接下方有力。（次章三四句評）有案無斷，其旨更深。（馮箋引均作錢評）

【張謙宜曰】不説他甚底，罪案已定，此詠史體。（《絸齋詩談》卷五）

【徐德泓曰】（首章）甚言女寵之禍，又進一層。

【姚曰】前者是惑溺開場，後者是惑溺下場，沉痛得《正月》詩人遺意。

【屈曰】（首章）『一』字『便』字，『何勞』字『始堪』字『已報』字相呼相應。（次章）『知堪』『最在』『已陷』『更請』相呼相應。不用論斷，具文見意。

【程曰】此託北齊以慨武宗王才人游獵之荒淫也。

【馮曰】（首章）北齊以晉陽為根本地，晉陽破則齊亡矣。詩言淑妃進御之夕，齊之亡徵已定，不待事至始知也。（次章）程氏、徐氏以武宗遊獵苑中，王才人必袍騎而從，故假事以諷之。夫武宗豈高緯之比，斷非也。寄託未詳，當直作詠史看。

【紀曰】四家評曰：警快。廉衣評曰：『芥舟云二詩太快，然病只在前二句欠深渾，後二句必如此快寫始妙。』○議論以指點出之，神韻自遠。若但議論而乏神韻，則周曇胡曾之流僅有名論矣。詩固有理足意正而不佳者。（次章）此首尤（《輯評》作較）含蓄有味。風調欲絶，而不佻不纖，所以為詩人之言。問芥舟評《北齊》前一首太快，如何？曰：是有此病，帶得過耳；其謂第二首首句不佳，亦是。（《詩説》）

【林昌彝曰】唐人詩：『晉陽已陷休回顧，更請君王獵一圍。』……詩但述其事，不溢一詞，而諷諭藴藉，格律極高。此唐人擅長處。（《射鷹樓詩話》）

【俞陛雲曰】名都已失，戎馬生郊，而猶羽獵戎裝，擲金甌而不顧。後二句，神采飛揚，千載下誦之，如聞香口宛然，詞人妙筆也。俛仰《黍離》遺恨。南内方起桂宫，而北兵近踰瓜步；擒虎已臨鐵甲，而麗華猶唱瓊枝。酣嬉亡國，寧獨小憐一笑耶？（《詩境淺説續編》）

【張曰】近見徐龍友批本，亦有王才人之解，皆一時謬説。故今采馮箋以闢之，後有解者，勿為所惑也。（《會箋》）又曰：前篇首二句語雖樸質而神味極自然。此篇（指次章）起句亦筆力蒼健，警策異常。紀氏謂其『欠渾』『滯相』，蓋未統會全篇氣息觀之耳。（《辨正》）

【劉永濟曰】按武宗會昌二年回鶻入侵，詔發三招討使將許、蔡、汴、滑等六鎮之兵會於太原。十月武宗幸涇陽，校獵白鹿原。諫議大夫高少逸、鄭朗等諫其『校獵太頻，出城稍遠，萬幾廢弛，方用兵師，且宜停止。』又按武宗内寵有王才人，欲立為后。此詩當諷武宗而作，程説定也。（《唐人絶句精華》）

【按】二首固詠史而寓鑒戒之作，然不妨其有某種現實針對性質。武宗固非高緯之比，然其喜畋獵、好神仙、寵女色，亦非無可諷之處，且義山《茂陵》《昭肅皇帝挽歌辭》及《漢宫》《瑶池》諸作已屢諷之矣。細味首章『一笑』二句，蓋極言色荒之足以覆國，預為危言聳聽，以冀其勿蹈北齊覆轍也。『一』字『便』字，『何勞』字『始堪』字，皆憂其蹈歷史覆轍而預作警誡之詞。若作泛論看，則不特有負作者苦心，亦失此數句之情味。次章『著戎衣』及『獵一圍』，亦非偶然巧合。謂義山視武宗為高緯一流固非，然謂其借北齊後主荒淫亡國以警戒武宗，藉收防微杜漸之效，似無不可。

義山詠史詩，為表達主題之需要，常在史實基礎上加以生發、推想、集中概括。首章三四句即屬集中概括之例。馮淑妃進御之夕與『周師入晉陽』之時本不相接，然為極言色荒之禍，不妨剪接連綴，以加强藝術效果。陳貽焮謂此首『將極褻昵和極危急而有因果關係的前後兩件事……省略掉時間距離而緊緊地凑在一起，以警快地顯示「一笑相傾國便亡」的主旨』，所論極是。此實藝術典型化手法之一。次章重在刻畫諷刺對象之性格。三四句所選取之生活細節，即最能表現人物性格之典型性細節，故但舉事實，不着議論，而人物神情畢現，神韻自遠。『巧笑』二句，反言若正，亦諧趣橫生。此二首似可編年，約在會昌後期，武宗未逝世時。

昭肅皇帝挽歌辭三首①

九縣懷雄武②，三靈仰睿文。周王傳叔父③，漢后重神君④。玉律朝驚露⑤，金莖夜切雲⑥。笳簫悽欲斷〔一〕，無復詠横汾⑦。

其二

玉塞驚宵柝⑧，金橋罷舉烽⑨。始巢阿閣鳳⑩，旋駕鼎湖龍⑪。門咽通神鼓⑫，樓凝警夜鐘⑬。小臣觀吉從⑭，猶誤欲東封⑮。

其三

莫驗昭華琯〔二〕⑯，虛傳甲帳神⑰。海迷求藥使⑱，雪隔獻桃人⑲。桂寢青雲斷⑳，松扉白露新㉑。萬方同象鳥㉒，舉動滿秋塵〔三〕㉓。

校記

〔一〕「簫」，馮引一本作「笙」，非。

〔二〕「琯」，朱本、季抄一作「管」。

〔三〕「舉動滿」原作「舉慟滿」，蔣本、戊籤、錢本作「舉動滿」，姜本作「舉動浄」，據馮校改。詳注。

集注

①【朱注】《唐書》：「武宗會昌六年崩，謚至道昭肅孝皇帝，葬端陵。」【程注】《唐書》：「武宗始封潁王。開成五年，文宗疾大漸，神策軍護軍中尉仇士良、魚弘志矯詔廢皇太子復為陳王，立潁王為皇太弟，即皇帝位。」【馮注】《舊書·紀》：「會昌六年三月壬寅，帝不豫，疾篤，是月二十三日崩，……廟號武宗。八月葬端陵。」按：《左傳》：「吳與齊戰，齊人公孫夏命其徒歌《虞殯》。」即挽歌之始也。《續漢書·禮儀志》曰：「登遐，羽林孤兒、《巴俞》擢歌者六十人。」《晉書·禮志》：「漢魏故事，大喪及大臣之葬，執紼者挽歌。」《古今注》：「《薤露》《蒿

里》，喪歌也，出田横門人，至李延年分為二曲：《薤露》送王公貴人，《蒿里》送士大夫庶人，使挽柩者歌之。」《全唐詩》中大行挽歌，亦有奉勅撰者。此疑代人之作。【按】武宗八月葬端陵，其時商隱已喪服期滿重官秘閣。詩有『小臣』字，當非代人之作。

②【朱注】《後漢書》：『九縣飈回。』【姚注】九縣，九州也。

③【朱注】《唐書》：『武宗諱瀍，始封潁王，開成五年立為皇太弟，廢太子成美為陳王。』【程注】周王傳叔父，用北周明帝傳位於武帝。武宗為文宗太弟，宦官以文宗所立太子成美幼少，廢而立之，故詩用北周宇文氏事。按《北史·周本紀》：『明帝大漸，詔曰：「朕兒幼少，未堪當國，魯國公邕，朕之介弟，能弘我周，以立天下。」』是則舍其子而立弟，猶之太子以位傳叔也。此之謂周王傳叔父也。【馮注】《史記·周本紀》：『共王崩，子懿王囏立。懿王崩，共王弟辟方立。』《舊書·紀》：『遺詔立光王為皇太叔，即皇帝位。』【按】馮注是。朱、程皆以武宗弟繼兄位為解，然太子成美本未立，自不得稱『傳叔父』。

④【朱注】《漢書·郊祀志》：『上求神君，舍之上林中虒氏館。神君者，長陵女子，以乳死。見神於先後宛若，宛若祠之其室。及上即位，置祠内中，聞其言不見其人云。』按：《通鑑》：『會昌三年築望仙觀於禁中，五年又築望仙臺於南郊。』故用此事。【程注】漢后重神君，用冒頓閼支稱漢王有神事。武宗大破回紇，凡肅、代以來之寇患一朝而伸，故詩用漢高祖事。按《漢書·匈奴傳》：『冒頓圍高帝於白登七日，閼支謂冒頓曰：「漢主有神。」』是則人君之能讋服戎敵（狄）者，不啻漢高之神靈也。此之謂漢后重神君也。【姚注】《漢書》：『置壽宮神君。神君最貴者太一，其佐曰太禁、司命之屬，皆從之。』【馮注】《史記·封禪書》：『天子病不愈，游水發根言上郡有巫，病而鬼神下之。上召置祠之甘泉。及病，使人問神君，神君言曰：「天子無憂病。病少愈，彊與我會甘泉。」於是病愈，遂起，幸甘泉。病良已，大赦，置壽宮神君。』詩是用此事，非用長陵女子也。《舊書·紀》：『帝重方士，服食修飾，親受法籙，至是藥燥。』《通鑑》：『上自秋來已覺有疾，而道士以為换骨。』【按】馮注是。此謂武宗好神仙方術。《通鑑·會昌四年》：『上好神仙，道士趙歸真得幸。』又，《會昌五年》：『上餌方士金

丹，性加躁急，喜怒不常。……以衡山道士劉玄静為銀青光禄大夫、崇玄館學士，賜號廣成先生，為之治崇玄館，置吏鑄印。』

⑤【朱注】《後漢書·律曆志》：『候氣之法，殿中（候）用玉律十二。惟二至乃候靈臺，用竹律六寸。』【馮注】《史記·商君傳》：『危若朝露，尚欲延年益壽乎？』《古今注》：『《薤露》之章曰：薤上朝露何易晞！』

⑥【馮注】《三輔故事》：『承露盤高二十丈，掌大七圍。』餘詳《漢宫詞》。【朱注】《楚詞》：『冠切雲之崔嵬。』【何曰】五六言求仙之無益。説大行蘊藉輕婉，而託諷已長。（《輯評》）【紀曰】『切雲』乃切近之切。長孺注引《楚詞》誤。《楚詞》切雲乃冠名也。【按】切雲冠之切亦切近之意。二句言縱有切雲之金莖，亦不能延其年壽而竟忽如朝露之晞也。

⑦【程注】《漢武故事》：『帝幸河東，與羣臣飲宴，作《秋風辭》曰：泛樓船兮濟汾河，横中流兮揚素波。』（簫鼓鳴兮發櫂歌，少壯幾時兮奈老何！）張説詩：『漢武横汾日，周王宴鎬年。』

⑧【朱注】出塞從玉門關，故曰玉塞。王勃賦：『金山之斷鶴，玉塞之驚鴻。』《唐書》：『會昌三年正月，河東節度使劉沔大破回鶻於殺胡山，迎太和公主以歸。』故曰驚宵柝。【程注】《晉書》：『控弦玉塞，躍馬金山。』【馮注】《漢書·西域傳》：東則接漢，阸以玉門陽關。師古曰：『阸，塞也。』此謂破回紇也。《舊書》：『劉沔遣石雄至振武，引兵夜出，直攻可汗牙帳。至其帳下，虜乃覺之，可汗大驚，不知所為，遂迎太和公主以歸。』故曰驚宵柝。【按】驚宵柝，謂夜襲。

⑨【朱注】按此語謂平劉稹之叛。義山《李衛公集序》：『天井雄關，金橋故地，跨摇河北，倚脅山東，適有軍書，果聞戎捷。』可證金橋在上黨。吴融有《金橋感事》詩，即此地也。《鼓吹》注乃云洛陽橋名，大誤。【程注】《玉海·地志》云：『金橋在上黨南二里。』【馮注】《史記》：『公子無忌與魏王方博，舉烽，言趙寇，王懼。』《漢書·音義》：『晝則燔燧，夜則舉烽。』此謂平劉稹。【按】上黨唐潞州治，昭義節度使駐潞州，故以金橋代指昭義鎮。

⑩【姚注】《帝王世紀》：『黄帝時，鳳凰巢於阿閣。』【馮注】《禮門威儀》：『其政太平，則鳳集於林苑。』《尚書・中候》：『黄帝時，天氣休通，五得期化，鳳凰巢阿閣，讙於樹。』謂武功既成，將致太平也。

⑪【馮注】《漢書・郊祀志》：『黄帝採首山銅以鑄鼎，鼎成，有龍垂胡顙下迎，黄帝上騎，羣臣後宫從上龍七十餘人。餘子臣不得上，乃悉持龍顙，龍顙拔，墮黄帝之弓，乃抱其弓與龍顙號。故後世因名其處曰鼎湖，其弓曰烏號。』

⑫【朱注】《樂志》：『凡天神之類皆以雷鼓，地祇之類皆以靈鼓，人鬼之類皆以路鼓。』【程注】江淹《丹砂可學賦》：『奏神鼓於玉玦，舞靈衣於金裾。』【馮注】蔡質《漢儀》：『凡宫中漏夜盡，鼓鳴則起。』又《臨海記》：『郡西有白鵠山，山有石鼓。相傳云此山有白鵠，飛入會稽郡雷門鼓中，打鼓聲洛陽聞之。』劉瓛定《軍禮》：『或曰：鷺，鼓精也。昔吴王夫差啟蛇門以厭越，越為雷門以禳之，擊大鼓雷門之下，而蛇門聞焉。其後移鼓建康宫之端門，有雙鷺破鼓而飛乎雲表。』《古今樂録》及《吴録》：『夫差移於建康之宫南門，有雙鶴從鼓中而飛上入雲中。』按：『通神』用此，非用《周禮・地官》『鼓人以雷鼓鼓神祀』之類。

⑬【朱注】用景陽鐘事。【姚注】《南史》：『齊武帝以内深隱，不聞端門鼓漏，置鐘景陽樓上，應五鼓及三鼓，宫人聞聲，早起粧飾。』【馮注】張衡《西京賦》：『警夜巡晝。』此謂響寂聲沉，冥冥長夜矣。【按】二句寫武宗逝世後悲涼氣氛，謂宫中鐘鼓聲亦為之低沉嗚咽。古代宫中以鐘鼓報時，鼓又常為祭神樂器，故云『通神鼓』，以與『警夜鐘』相對。

⑭【馮注】《後漢書・禮儀志》：『先大駕日，游衣冠於諸宫殿，羣臣皆吉服，從會如儀。皇帝近臣喪服如禮。』《晉書・禮志》：『將葬，設吉駕，羣臣吉服導從，以象平生之容。』

⑮【馮注】武帝元封元年，東巡登封泰山。【朱注】陳後主詩：『願上東封書。』【程注】庾信《陪駕幸終南山》詩：『且欣陪北上，方欲待東封。』【何曰】旋轉有力。【按】二句謂見羣臣吉服導從吉駕，猶誤認為君王欲舉行封禪盛典。

⑯【朱注】《尚書・大傳》：『堯致舜天下，贈以昭華之玉。』《西京雜記》：『高祖初入咸陽宮，周行府庫，有玉笛長二尺三寸，二十六孔，吹之則見車馬山林隱鱗相次。銘曰「昭華之琯」。』【馮注】《大戴禮》：『舜時，西王母獻白玉琯。』《晉書・律曆志》：『舜時，西王母獻昭華之琯。』【按】昭華琯係玉管，朱引《尚書・大傳》『昭華之玉』係美玉，非是。

⑰【姚注】《漢武故事》：『上以琉璃珠玉明月夜光雜錯天下珍寶為甲帳，其次為乙帳。甲以居神，乙以自居。』

⑱【朱注】《史記》：『始皇使徐市等入海求諸仙人及不死之藥。』《漢書》：『武帝遣方士入海求蓬萊安期生之屬而事，化丹砂諸藥齊為黃金。』【馮注】《漢書・郊祀志》：『自威、宣、燕昭使人入海求蓬萊、方丈、瀛洲諸仙人及不死之藥，秦始皇使人齎童男女求之，船交海中，皆以風為解。漢武帝東巡海上，益發船，令言海中神山者數千人求蓬萊神人，復遣方士求神人採藥以千數。』

⑲【朱注】《拾遺記》：『西王母進周穆王嵰州甜雪，萬歲冰桃。』『嵰州去玉門二千里（按：《御覽》十二作「三十萬里」），地多寒雪。』【姚注】《西王母傳》：『王母降武帝宮中，命侍女取桃，四以與帝，三自食之。』【馮注】《舊書・紀》：『會昌元年六月，衡山道士劉玄静充崇玄觀學士，賜號廣成先生，命與趙歸真等於三殿建九天道場，帝親受法籙。三年，築望仙觀於禁中。四年，以道士趙歸真為道門教授先生。五年，築望仙臺於南郊。歸真舉羅浮道士鄧元起有長生之術，帝遣中使迎之。』【何曰】武宗以仙死，故及之。（《輯評》）【按】曰『迷』曰『隔』，謂求仙之虛妄。

⑳【朱注】《漢書》：『上令長安作飛簾、桂館，使公孫卿持節設具而候神人。』【姚注】《尚書・中候》：『成王觀於洛河，沉璧，禮畢，王退俟，至於日昧，榮光並出幕河，青雲浮洛。』【馮注】《三輔黃圖》：『桂宮，漢武帝造。』《關輔記》云：『桂宮在未央宮北，從宮中西上，至建章神明臺、蓬萊山。』《西京雜記》：『武帝為七寶牀、雜寶桉、厠寶屏風、列寶帳，設於桂宮。』按：『桂寢』當用此，而兼用《漢書》『公孫卿曰：「仙人可見，好樓居。」於是上令作飛簾、桂館，使卿候神人。』『青雲』用仙人乘雲而下之意。

㉑【朱注】《符子》：『堯曰：「余坐華殿之上，森然而松生於棟；立櫺扉之內，霏然而雲生於牖。」』【馮注】陵寢必植松栢。松扉栢城，習用語也。舊引《符子》……似之而非也。白露亦園陵習用，此更切八月初葬。【按】《馮》注是。

㉒【朱注】《帝王世紀》：『舜葬蒼梧，下有羣象嘗為之耕。』《水經注》：『禹崩於會稽，因葬之，有鳥來為之耘，春拔草根，秋啄其穢。』【姚注】《越絶書》：『舜葬蒼梧，象為之耕；禹葬會稽，鳥為之耘。』（《文選·吴都賦注》引）【馮注】《論衡》：『舜葬蒼梧，象為之耕。』

㉓【馮注】按：乘輿，《史記·封禪書》作『乘轝』。後世喪儀每作『轝』，謂葬時靈輿也。若如朱本謂舉慟而塵為之凈（按：朱本作『舉慟滿秋塵』，『滿』一作『凈』），亦通。然此體只取莊重，故酌定。《易·大有卦》：『大車以載。』李氏易傳作『大轝』，《説卦》為『大輿』，《易傳》為『大轝』。是轝、輿、車三字並通，而古人言喪車每作轝。

箋評

【吴喬曰】問曰：『詩有惟詞而無意者乎？』答曰：『唐時已有之，明人為甚，宋人却少。如義山《挽昭肅皇帝》詩：「海迷求藥使，雪隔獻桃人」是也。宏（弘）嘉人湊麗字以成句，湊麗句以成篇，便有詞無意，宋人不勦説，故無此病。』（《圍爐詩話》）

【朱彝尊曰】典麗嚴重，立言之體如是。（第一首評）

【賀裳曰】義山之詩，妙于纖細……然亦有極正大者，如《肅皇帝挽辭》：『小臣觀吉從，猶誤欲東封。』……惻然有攀髯號泣……之志，非温所及。（《載酒園詩話又編》）

【姚曰】首章從在位日叙到不豫時。（次章）正寫賓天時事。（三章）從賓天後叙到入陵時。

【程曰】第一首項聯『周王傳叔父，漢后重神君』，朱本周事無注，漢事引武帝求長陵女子神君置祠，以為比武宗之好仙也。愚見未然。觀文氣上方鄭重叙其傳位，下何支蔓忽刺好仙乎？且起云『九縣懷雄武，三靈仰睿文』，全然歸美之詞，並無含諷之意，如此承接，恐亦不倫。……『傳叔父』承次句『仰睿文』，『重神君』承起句『懷雄武』，如此解方稱。挽歌第一首頌揚冠冕之詞，若第三首，則專指好仙，此行文之餘波乃可及之耳。

【田曰】宏整哀切，就挽事作歎，不失誄尊之體。（馮箋引）

【馮曰】武宗大有武功，篤信仙術，絶類西漢武帝。三詩用典，大半取之。極華贍中，殊含悽惋。

【紀曰】（首章）四家評曰：五六説大行藴藉輕婉。（次章）到第六句直是轉身不得，必為弩末矣，看結法是何等神力。廉衣曰：『結句調警而意纖。』思之信然。（三章）又就求仙唱嘆作收，聲情凄婉，是悲非刺。四家評曰：『三首宏整哀切，就挽事作嘆，不失誄尊之體。』（《詩説》）

【張曰】（次章）結句以反託出之，意最沉痛，語尤得體，真有欲叫無從之感，與少陵『欲往城南忘城北』句同一用意，讀之故君之慨凄然，謂之調警意纖，真不知詩之言也。（《辨正》）

【按】帝王挽歌，哀挽而外，例皆頌美之詞。此三章獨於頌美哀挽之同時，託諷寓慨，直似蓋棺論定之史贊。唐後期諸帝中，憲宗而外，惟武宗在位期間政治、軍事略有起色，其治績不僅遠勝穆、敬，亦超越文、宣。義山於其武功，備極推崇，詩中一則曰『九縣懷雄武』，再則曰『玉塞驚宵柝，金橋罷舉烽』，極稱其討回鶻、平劉稹之功。本以為太平有望，東封有日，不意其因耽於神仙方術而遽死，故詩中於其求仙再三託諷致慨。諷之正所以深惜之也。要之，頌贊其雄武英達，伐叛平亂，深惜其迷信神仙，年壽不永，為三章大旨。其中首章贊、諷並寓，而筆意較虚；次章側重於贊其『雄武』，而深慨其年壽之促；三章側重於諷其『重神君』，躭於神仙方術。似是首章總提，二、三分承。程氏不明作意，力主首章為頌揚冠冕之詞，於『周王』一聯別生曲解，求深反鑿。姚箋謂三章以時間先後為序，亦非。

茂陵①

漢家天馬出蒲梢②，苜蓿榴花徧近郊③。内苑只知含鳳觜〔一〕④，屬車無復插雞翹⑤。玉桃偷得憐方朔⑥，金屋修成貯阿嬌〔二〕⑦。誰料蘇卿老歸國，茂陵松栢雨蕭蕭⑧！

校記

〔一〕『只』，律髓作『足』，非。『含』，朱本、季抄一作『銜』。

〔二〕『修』，朱本、季抄一作『粧』。

集注

①【朱注】《漢書》：『武帝葬茂陵。』注：『在長安西北八十里。』

②【朱注】《史記》：『武帝伐大宛，得千里馬，名曰蒲梢，作《天馬之歌》。』【馮舒曰】首句亦有病。蒲梢，馬名。（《輯評》作：『出』字有病。蒲梢馬名，非地。）【何曰】言蒲梢乃天馬之子，『出』字無病。（《輯

評》）惟一事占二句，稍費詞耳。『郊』字誤押。（《瀛奎律髓彙評》）　【按】似謂漢家之天馬乃大宛千里馬蒲梢之後代。

③【馮注】《戊籤》：『首二句誤出韻。』按：唐人不拘。《漢書·西域傳》：『大宛左右以蒲陶為酒，俗耆酒，馬耆目宿。漢使采蒲陶、目宿種歸。天子以天馬多，外國使來衆，益種蒲陶、目宿，離宮館旁極望焉。』《博物志》：『張騫使西域還，得安石榴、胡桃、蒲桃。』　【朱注】《爾雅翼》：『苜蓿似灰藋，秋後結實，黑房纍纍如穄米，可為飯，亦可釀酒。』陸機《與弟書》：『張騫為漢使西域十八年，得塗林安石榴。』　【何曰】點化工妙。起二句指用兵。（《讀書記》，下同）

④【馮注】《十洲記》：『仙家煮鳳喙及麟角作膠，名為續絃膠，或名連金泥，能續弓弩已斷之絃，刀劍斷折之金。武帝時，西國王使至，獻此膠，武帝以付外庫，不知妙用也。帝幸華林園射虎，弩絃斷，使者時從駕，又上膠一分，使口濡以續弩絃。帝驚曰：「異物也。」乃使武士數人共對掣引之，終日不脱，膠色青如碧玉。』　【胡震亨曰】含鳳觜，謂口濡膠也。（《戊籤》）　【何曰】指畋獵。

⑤【朱注】《後漢書·輿服志》：『大駕，屬車八十一乘；法駕，屬車三十六乘。』蔡邕《獨斷》：『鸞旗，編羽毛，列繫幢旁，民或謂之雞翹。』　【馮注】《後漢書·輿服志》：『前驅有九斿雲罕，鳳凰闟戟，皮軒鸞旗。鸞旗者，……民或謂之雞翹，非也。』《舊書·職官志》：『屬車一十有二。古者屬車八十一乘。皇朝置十二乘也。』此謂已殂落。弩絃可續，而壽命難延。五六又追述。　【何曰】指微行。　【按】馮解非。帝王出行，侍從之車（即屬車）上插鸞旗以為標誌。『無復插雞翹』者，謂其常微行出遊也。何解是。此句『無復』與上『只知』對文，均詠武帝生前行事，五六亦然。突入殂落之意，文氣亦不貫。

⑥【朱注】《西王母傳》：『王母七夕降武帝宮中，命侍女取桃。玉盤盛七枚，四以與帝，三自食之。』《漢武故事》：『東郡獻短人曰巨靈，指東方朔謂上曰：「王母種桃三千年一著子，此兒不良，三過偷之矣」』。楊慎曰：『本是「瑶池宴罷留王母」，俗作「玉桃偷得憐方朔」，直似小兒語耳。』愚按：《漢武内傳》：『王母降承華之宮，嚴

車欲去，帝叩頭殷勤，乃留。』若瑤池西宴，自是穆王事，如何可合？偏檢宋本，俱無之，不可以語出用修而不覈其實。【馮注】《神農經》：『玉桃，服之長生不死。若不早得服，臨死日服之，其尸畢天地不朽。』《抱朴子・内篇》：『五原蔡誕入山而返，欺家云：「到崑崙山，有玉桃光明洞徹而堅，須玉井水洗之，便軟可食。」』《博物志》：『王母降於九華殿。王母索七桃，以五枚與帝，母食二枚，惟母與帝對坐，從者皆不得進。時東方朔竊從殿南廂朱鳥牖中窺母，母顧之，謂帝曰：「此窺牖小兒常三來盗吾此桃。」』按：（朱）此辨極是，不可震其名而為所欺也。【何曰】指神仙。

⑦【朱注】《漢武故事》：『帝為膠東王時，長公主問曰：「兒欲得婦否？」曰：「欲得。」指女：「阿嬌好否？」笑曰：「若得阿嬌，當以金屋貯之。」』【馮注】《漢書・外戚傳》：『武帝即位，陳皇后擅寵驕貴十餘年。』此舉一以該後宫。【何曰】指聲色。

⑧【馮注】《漢書・蘇武傳》：『武字子卿，為栘中廄監。武帝天漢元年，使匈奴。昭帝始元六年春迺還。詔武奉一太牢謁武帝園廟，拜為典屬國。武留匈奴凡十九歲，始以强壯出，及還，鬚髮盡白。』馮班曰：『只用蘇卿一襯，丰神百倍。』

【張戒曰】此詩非誇王母玉桃，阿嬌金屋，乃譏漢武也……其為世鑒戒，豈不至深至切？（《歲寒堂詩話》）

【范晞文曰】詩用古人名，前輩謂之點鬼簿，蓋惡其為事所使也。……李商隱集中半是古人名，不過因事造對，何益於詩！至有一篇而疊用者，如《茂陵》云：『玉桃偷得憐方朔，金屋修成貯阿嬌。誰憐蘇卿老歸國，茂陵松柏雨蕭蕭。』此猶有微意。（《對牀夜語》）

【方回曰】義山詩織組有餘，細味之格律亦不為高。此詩譏誚漢武甚矣，謂驕侈如此，終歸於盡也。（《瀛奎律髓彙評》此條下馮舒批：以其無硬字耶？紀昀批：義山詩殊有氣骨，非西崑之比，此語未是。）

【朱曰】按史：武宗好遊獵及武戲，親受道士趙歸真法籙，又深寵王才人，欲立為后。此詩全是託諷。

【《輯評》墨批曰】亦崑體也。

【何曰】八句中貫穿極工整而不牽率。落句只借子卿一襯，風刺自見於言外。〇此詩始不甚愛之，後觀《西崑酬唱集》，求如此者絶不可得，乃歎義山筆力之高。（以上《讀書記》。《輯評》所引『貫穿』上有『包括』二字。）又曰：『武帝窮兵黷武，其師出無名，賊用民命，莫甚於伐宛之役，故獨以為刺。』外勤遠略，而内則不能戒慎，妄冀神仙，而不能擯遠聲色，又皆即其行事之相反者譏之也。〇《廣韻》五有獨用，與三蕭四宵不通用。捎、郊皆五爻中字。〇捎字原非韻。（以上《輯評》。後二條似非出一人。）

【胡以梅曰】通首譏刺漢武之意。一二言其務遠勞民，三四五六謂其但知苑囿巡幸，好神仙宫闈燕昵之私也。結獨惜蘇武盡節，乃武皇不及一見，徒謁於陵寢而不勝其寂寞矣。

【沈德潛曰】（二）勤兵。（三）射獵。（四）微行。（五）求仙。（六）重色。

【陸曰】此詩似為武宗而發。按史：武宗善制奄侍，駕馭藩臣，亦英主也。然好畋獵武戲，受道士趙歸真法籙，又寵王才人，欲立為后，至服金丹得疾，而猶信方士妄言，謂為换骨。六年之中，失多於得。《茂陵》一篇，其託諷乎？首言勤兵大宛，是黷武也。三四言非畋獵，即微行，是好動也。五六言既求神仙，又躭聲色，是自戕也。結處借子卿一襯，風刺見於言外。

【陸鳴皋曰】考武宗兼好遊獵，又寵幸王才人，故此章并及之。前半俱言遊獵。首聯，以馬引入；次聯，言但習調弓之事，而法駕亦不整也。五句，以一『憐』字寫求仙；六句，以一『貯』字寫内嬖。結有曲終人散之意，感諷良深，不徒咏史之工已也。

【徐德泓曰】蘇卿歷盡艱辛，似不能老，不意歸國；而躭逸樂、冀長生者，反不見矣，故曰『誰料』。落想凌空。

【姚曰】此感武宗舊事，必是昇遐後作，故借茂陵名篇。按史：武宗好遊獵，……大抵皆少年血氣未定事。好獵必好馬。鳳觜常含，備結斷也；雞翹不插，好武扮也。既慕玉桃之延年，仍聞金屋之專寵，六年未滿，竟爾昇遐。結句深歎其不能清心寡慾，養壽命之原，垂戒切矣。

【屈曰】……此詩哭武宗而以茂陵比之也。無復插雞翹，已死也。以方朔比歸真，以阿嬌比才人，蘇卿自喻也。王茂元卒後，義山閒居太原。宣宗元年，鄭亞請為觀察判官，檢校水部員外郎，故曰『誰料蘇卿老歸國，茂陵松柏雨蕭蕭。』

【馮曰】武宗武功甚大，故首聯重筆寫起，不僅游獵武戲也。推之好仙好色，而仍歸宿邊事，武之所以為武也。亦非專是託諷，謂借發故君之感，則合乎忠厚矣。蘇卿未必有所指。徐氏謂宣宗立，武宗朝貶逐五相李宗閔、楊嗣復、牛僧孺、崔珙、李珏同日召還。義山本牛黨，蘇卿指僧孺等。深文之論，吾無取焉。又曰：此章的是慨武宗矣。然謂直詠漢武以為諷戒，意味固已深長，詩中妙境，其趣甚博，隨人自領之耳。

【紀曰】前六句一氣，七八折轉，集中多此格。此首尤一氣鼓盪，神力完足。蘅齋評曰：『此首確是茂陵懷古詩，以為託諷，恐失作者之意。』（《詩説》）此及楚宮詩皆三蕭四宵六殽同押。唐人自程試以外不甚遵陸法言、孫愐。當時自必有例，今不可考，似乎□韻耳。若四皓廟詩用斤字，則唐人真諄臻殷同用，諸家之證甚明。（《輯評》）

【姜炳璋曰】一氣趕下，忽以末二撥轉，雄厚足配老杜。

【方東樹曰】先君云：『此詩全與武宗對簿。一二言窮兵略遠。三言田獵，四言微行。五言求仙，六言近色。末收尤妙。』又曰：藏鋒斂鍔於宏音壯采之中，七律無此法門。不善學者，便入癡肥一派。（《昭昧詹言》）

【張曰】慨武宗也。蘇卿自謂。徐氏乃謂宣宗立，武宗朝貶逐五相……同日召還，義山本牛黨，蘇卿指僧孺輩。不知義山自正書祕邱後，其於牛黨，所關淺矣。後又從鄭亞，望李回，及李黨疊敗，然後始向子直告哀，無緣此時已傾心牛黨也。徐氏臆説，殆不可從。（《會箋》）又曰：唐人遷宦卑官，多好以賈誼、蘇武借喻。此蘇卿歸國，義山自比也。義山會昌六年服闋入京，武宗已崩（按：《會箋》改訂為會昌五年十月服闋入京）。詩前六句分寫武功、好獵、求仙、寵王才人事。結則以蘇卿藉發故君之慨，所謂『日西春盡到來遲』也。徐氏謂指牛黨，謬矣。（《辨正》）

【按】此詩内容與《昭肅皇帝挽歌辭》同中有異。《挽歌辭》於頌其武功外，僅諷其躭於神仙方術，此則兼及遊獵、女寵；《挽歌辭》僅於哀挽中託諷寓慨，此則諷意較為顯露。然其贊揚武功則同。何、陸等以首聯為諷刺黷武，失之。馮箋較切詩意。蘇卿當係自況。其時義山三十六歲，然《春日寄懷》已云『白髮如絲日日新』，且又久離朝廷，方歸京國，自亦不妨言『老歸國』矣。末聯深寓故君之慨，非諷刺語。細味『誰料』一語，義山於武宗之早逝，蓋始料之所未及，語意頗沉痛。又，此聯雖用典，然亦可證義山服闋重官祕省之日，武宗已逝。張氏《會箋》謂五年十月已服闋入京，似可疑。

漢宮

通靈夜醮達清晨①，承露盤晞甲帳春②。王母西歸方朔去〔一〕③，更須重見李夫人④。

〔一〕「西歸」，朱本、季抄作「不來」。「方朔」，英華注：集作「何處」。

集注

①【朱注】王褒《雲陽記》：「鉤弋夫人從至甘泉而卒，既殯，尸香聞十里。帝哀悼，乃起通靈臺於甘泉宮。有一青鳥集其上往來。」【馮注】通靈，泛指醮事亦可。《太平廣記》引《漢武内傳》：「帝禱醮名山，以求靈應。」【按】醮，設壇祭神。

②【朱注】《漢武故事》：「上以琉璃珠玉明月夜光雜錯天下珍寶為甲帳，其次為乙帳。甲以居神，乙以自居。」【補】晞，乾。承露盤乾無露，甲帳空有珠寶充溢，温暖如春。諷求仙之虚妄。

③【馮注】《武帝内傳》：「其後東方朔一旦乘龍飛去，同時衆人見從西北上，冉冉大霧覆之，不知所適。至元狩二年帝崩。」餘皆別詳。

④【朱注】《漢書》：「李夫人早卒，帝思念不已。方士齊人李少翁言能致其神，乃夜張燈燭，設帷帳，陳酒肉，而令帝居他帳。望見好女如李夫人之貌，還幄坐而步。又不得就視，帝益相思悲感。」【馮注】同上：「（上）為作詩曰：『是邪非邪？立而望之，偏何姍姍其來遲！』」按：李夫人，《封禪書》作王夫人。

【何曰】刺求仙。○抛却神仙，反求死鬼，諷刺太毒。（《輯評》）

【陸鳴皋曰】即前篇（按：指《瑶池》）意，而寫出執迷情況，更覺神味渾涵。

【姚曰】英雄末路，打不過這關頭，往往如此。

【屈曰】言武帝不能成仙，只能見鬼耳。深妙。

【程曰】此似為武宗諷也。武宗亦英明之主，而外崇劉玄静，内寵王才人，既欲學仙，又復好色，大惑也。與漢武後先一轍，故託言焉。

【馮曰】武宗崩後作無疑。首句指道場法籙。下二句言王母不再來，方朔又去，帝求仙之道絶矣。末句以『重見』託出李夫人之早卒，運筆殊妙。隔帷遥望，豈果能重見之耶？或謂宫車晚出，却與李夫人重見，意亦通也。

【紀曰】不下貶語，而諷刺自切。『春』字趁韻。

【俞陛雲曰】此詩與集中《王母祠》《瑶池》二詩相似。西母遐昇，東方玩世，即李夫人之帳中神采，亦望而莫接，玉化如烟。而漢武崇尚虚無，迄無覺悟。唐代尊奉老聃，宫廷每尊奉仙靈，相沿成習，玉谿借漢宫以託諷耳。

【張曰】『春』字作暖字解，極穩，非趁韻也。（《辨正》）

【按】託漢武以諷武宗，兼求仙與女寵二者而言之。首二句謂漢武之通靈夜醮，乃為思念鈎弋夫人而設，然情緣未斷，又豈能妄求神仙乎？故露盤無露，甲帳空設，所祈求者總成虚也。此即《華嶽下題西王母廟》『神仙有分豈關情？八馬虚追落日行』之意。三句馮箋謂『王母不再來，方朔又去，帝求仙之道絶矣』，甚確。既如此，豈能免於一死乎？惟有於地下重見李夫人矣。『更須』，用語殊妙，不僅謂求仙不得，終須一死，且兼諷其方思已歿之新歡，愧對早卒之舊寵。『重見』之日，正其長生與女色兩大欲望盡皆落空之時，諷刺可謂辛辣。

華嶽下題西王母廟①

神仙有分豈關情？八馬虚追落日行②。莫恨名姬中夜没③，君王猶自不長生〔一〕④。

校記

〔一〕『猶』，戊籤作『獨』，非。

集注

①【馮注】《漢書·哀帝紀》：『關東民傳行西王母籌至京師，會聚祠西王母。』又《五行志》：『民聚會里巷阡陌，設祭，歌舞祠西王母。』按：王母祠廟似始此。顧亭林《金石文字記》：『華嶽唐人題名中有李商隱名。』

②【朱注】謂穆王八駿。【馮注】《穆天子傳》：『天子之駿，赤驥、盗驪、白義、踰輪、山子、渠黄、華騮、緑耳。天子主車，造父為御。』《水經注》：『湖水出桃林塞之夸父山。山多野馬，造父於此得驊騮、緑耳、盗驪之乘，獻穆王，使之馭，以見西王母。』【按】此謂穆王乘八駿西行見西王母而不得。《列子》：『穆王乃觀日之所入，一日行萬里。』

③【朱注】《穆天子傳》：『天子遊於河濟，盛君獻女。王為盛姬築臺，砌之以玉。天子西征，至玄池之上，乃奏樂三日，終，是日樂池盛姬亡，天子殯姬于穀邱之廟，葬于樂池之南。』《郡縣志》：『濮州璧玉臺，穆天子為盛姬所造也，今旁地猶多珉石。』白居易《李夫人》詩：『君不見穆王三日哭，重璧臺前傷盛姬。』【馮注】《穆天子傳》：『天子西北□，姬姓也，盛柏之子也。天子乃為之臺，是曰重璧之臺。天子東狃於澤中，逢寒疾，盛姬告病，天子西至重璧之臺，盛姬告病，□乃殯盛姬於轂邱之廟。天子永念傷心，乃南葬盛姬於樂池之南。』

④【馮注】《史記·周本紀》：『穆王即位，春秋已五十矣，立五十五年崩。』

【朱曰】按《唐書》：『武宗王才人善歌舞，狀纖頎，頗類帝。每畋苑中，才人必從，袍而騎，佼服光侈，觀者莫知孰為帝也。帝惑方士説，欲餌藥長生，後寖不豫，才人獨憂之。及大漸，才人悉取所常貯，散遺宮中。審帝已崩，即自經幄下。』義山此詩豈有感其事而發歟？

【朱彝尊曰】亦暗寓武宗、王才人事。

【錢良擇曰】舊注謂此詩感唐武宗餌方士藥得疾崩，王才人從死而作。（《唐音審體》）

【姚曰】感時事也。盛姬比王才人。但識得神仙有分，正如坡老所云：『彼徒辛苦，我差樂耳。』非為好色人未減也。

【楊曰】康駢《劇談録》：『有孟才人寵於武宗，帝不豫，召而問之曰：「我或不諱，汝將何之？」對曰：「無復生為。」是日令於御前歌《河滿子》一曲，聞者涕零。後宮車晏駕，哀痛數日而殞。』『名姬』亦可指此。（馮箋引）

【徐曰】張祜詩有《孟才人歎》，《序》稱才人以笙囊獲寵。上曰：『吾不諱，爾何為哉？』指笙囊泣曰：『請以此就縊。』上憫然。復曰：『妾嘗藝歌，請對上歌一曲以泄憤。』乃歌一聲《河滿子》，氣亟立殞。上令醫候之，曰：『肌尚温而腸已斷。』其事皆大同小異，豈宫闈事祕，傳之者不得其真乎？（馮箋引）

【馮曰】以上兩章（按：指《漢宫》及本篇），皆武宗崩後作無疑也。……考《舊書·后妃傳》云：『武宗王賢妃事闕。』而《紀》文：『即位之年三月，詔宫人劉氏、王氏並為妃。及葬端陵，德妃王氏祔焉。』《通鑑》載王才人事，而《考異》引李贊皇《獻替記》曰：『王妃有專房之寵，至是嬌妬忤旨，一夕而殞。』又引蔡京《王貴妃傳》：『帝升遐，妃自縊，仆於御座下。』又引《劇談録》：『孟才人窆於端陵之側』，而曰此事正恐是王才人，傳聞不同也。今合檢諸書，竊以德妃、賢妃即一人，孟才人、王才人事，亦即王妃也。唐末紀載厖雜，附會者多，不足盡信。又曰：《獻替記》書於五年十月，張祜詩序『才人先帝而殞』，與崩後從殉不同。合之此二詩，則妃必先帝而卒，史文當有舛耳。

【紀曰】全以警快擅長，又是一格。中著一曲，故快而不直，然病處與《海客》詩同。（《詩説》）

【張曰】看似直瀉無餘，實則沉痛刺骨。此種詩祕，宋以後無人能領會其趣矣。（《辨正》） 又曰：武宗學仙，好色，又好大喜功，絶類穆滿、劉徹。此二詩（按：指《漢宫》及本篇）朱長孺謂暗詠王才人殉帝事，馮氏從之。又謂王才人即王賢妃，説皆精妙。詩本假古事寓意，讀者更當於言外味之。（《會箋》）

【按】詩諷帝王之既希長生又戀美色。首句『神仙有分豈關情』，謂有仙緣者豈復牽戀美色，言外則如穆王之『關情』而好色者自與神仙無分矣。故次句謂其雖乘八駿而追落日，亦終虚此行，無緣歷仙境、遇仙人。三四乃進而謂希長生而戀美色者，『名姬』既中夜而没，己亦不免於一死，情緣仙緣，均歸虚無。蓋帝王之好神仙，每與其希圖長保享樂生活密切相關，詩則兼此二者而諷之。朱氏以為詩暗寓武宗、王才人事，諸家多從之。按武宗之因餌長生藥而罹疾早卒與寵王才人事，確為義山此類詩之生活素材，然王才人事所反映者為宫廷内部之矛盾與宫廷生活之陰暗，與此詩之諷帝王求仙好色自是不同。固不得謂此詩即詠王才人殉帝事也。

華山題王母廟〔一〕

蓮花峰下鎖雕梁〔二〕①，此去瑤池地共長②。好為麻姑到東海，勸栽黃竹莫栽桑③。

〔一〕『廟』，蔣本、戊籤、席本、朱本作『祠』。

〔二〕『花』，蔣本、戊籤、錢本、萬絶作『華』，字通。

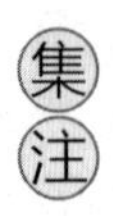

①【朱注】《華山記》：『山巔有池，生千葉蓮花，服之羽化，因名華山。』【程注】《華山志》：『華山頂上有蓮華峰。』江總詩：『芙蓉作帳照雕梁。』

②【朱注】《穆天子傳》：『天子觴王母於瑤池之上。』【補】共，猶極也。參看張相《詩詞曲語辭匯釋》。

③【何曰】按《穆天子傳》，則黃竹是地名，不知作者何所承也。【馮注】按：黃竹非近西王母，詳《瑤池》絶句下。而《穆天子傳》曰：『庚戌，天子西征至於玄池，奏廣樂三日，是曰樂池。天子乃樹之竹，是曰竹林。癸

丑西征，癸亥至於西王母之邦。』疑義山因此而用，本荒遠不足細校耳。竹貫四時而不改，桑田有時變海，故結句云。【按】麻姑桑海事見《海上》，黄竹見《瑶池》。好為，叮囑之詞。黄竹係活用故實，不必泥。

【陸鳴皋曰】史載憲宗、武宗俱惑方士長生之説。義山諸作俱托意規諷，若僅作咏古觀，便嚼蠟矣。

【姚曰】王母《白雲謡》云：『將子毋死，尚能復來。』詩意言黄竹尚望再來，桑田則不復來矣。

【屈曰】栽黄竹，猶知民之疾苦也；莫栽桑，不至變海也。

【程曰】此詩與《瑶池》《王母廟》諸作皆為武宗而發，此則謂其求仙也。起二句謂雕梁空鎖，漫説齋宫，蓬島三山，可望難即。下二句謂滄海無定，風雪何常，不能見海上之桑，猶可憩邱中之竹。勸之正以諷之，此詩人之婉而多諷也。

【馮曰】似指令狐交情，願修好久要而不更變也。可與『欲就麻姑買滄海』同參。此祝詞，彼怨詞，但難鑿定耳。

【紀曰】不解所云。

【俞陛雲曰】唐人詠神仙詩，每含警諷，義山此詩亦然。以王母之神奇，何慮滄桑變易，詩乃言莫栽桑樹，瞬成滄海，貽笑麻姑，不若歌成《黄竹》，萬年之為樂未央，殆有諷意也。其『瑶池阿母』一首，意亦相似。（《詩境淺説續編》）

【張曰】馮氏已悟到，余更定為徐府罷，入京塗次作耳。（《會箋》）又曰：結言當與彼始終相守，直至滄海桑田而不變也。『黄竹』取不改柯易葉意。○此詩亦暗寓令狐重修舊好之作。華山王母祠蓋塗次經過，借以託寄也。

○令狐綯，華原人，故假華山以寄意。《與陶進士書》亦嘗以華山借喻，可參觀也。（《辨正》）

【岑仲勉曰】《華嶽下題西王母廟》，馮編會昌六年，（張）箋從之；又《華山題王母祠》，馮不編年，（張）箋四編大中五年。余按兩詩皆七絶，安見不同時作？若曰舊本已分，且題目小異，則須知集非原面目，多由後人掇拾來也。《與陶進士書》：『正以往年愛華山之為山—間者得李生於華郵，為我指引巖谷，列視生植，僅得其半；又得謝生於雲臺觀，暮留止宿，旦相與去，愈復記熟；後又得吾子於邑中，至其所不至者，於華之山無恨矣。』則早年華山游蹤甚密，竟無一首留題詩，吾斯未能信。詩意拙於參悟，不欲多論，姑一發之。（《平質》）

【按】前二句謂蓮華峰下，雕梁空鎖，瑶池仙境，路遠難達，神仙之事，殊為渺茫。後二句謂王母若至東海而見麻姑，請勸其栽黄竹而莫栽桑。蓋《黄竹歌》本為穆王哀民凍寒之作，栽黄竹猶可動哀民之念；而栽桑於東海之地，焉知其不復變為滄海乎？總言神仙不可求，長生不可冀，而人民饑寒交迫，殊堪哀憫也。末句實即『不問鬼神問蒼生』之意，而辭特婉曲。馮謂『竹貫四時而不改』，殊無據，附會令狐，更不可從。

過景陵①

武皇精魄久仙昇②，帳殿淒涼煙霧凝③。俱是蒼生留不得，鼎湖何異魏西陵④！

集注

①【朱注】《唐書》：『憲宗服方士柳泌金丹，毒發，多躁怒。元和十五年正月暴崩，謚曰聖神章武孝皇帝，葬景陵。在蒲城縣金幟山。』【馮注】《舊書·憲宗紀》：『元和十五年正月甲戌朔，上以餌金丹小不豫，庚子暴崩，葬景陵。』《新書·志》：『景陵在同州奉先縣金熾山。』【按】《新唐書·地理志》：『同州馮翊郡奉先縣，故蒲城，開成四年更名。景陵在西北二十里金熾山。』朱作『幟』誤。

②【補】武皇，指憲宗。《韓碑》：『元和天子神武姿。』

③【朱注】梁庾肩吾詩：『迴川入帳殿。』《唐六典》：『凡大駕行幸，設三部帳幕，帳皆烏氊為表，朱綾為覆。』【馮注】《通典》：『葬儀備列吉凶二駕：神駕至吉，帷宮帳殿，進轀輬車；靈駕至凶，帷帳殿下。』【按】此狀陵寢凄凉景象。

④【朱注】《漢書》：『黄帝鑄鼎荆山之下，有龍垂胡髯下迎，黄帝騎龍上天。後世名其地曰鼎湖。』【馮注】《三國·魏志》：『太祖武皇帝葬高陵。』按：陵在鄴之西岡，故稱西陵。《鄴都故事》：『魏武遺命諸子曰：「吾死，葬於鄴之西岡。婕妤美人，皆著銅雀臺上，施六尺牀，繐帳，朝晡上酒脯粻糒之屬，月朔十五輒向牀前作伎樂。汝等時時登銅雀臺，望吾西陵墓田。」』

【何曰】似亦刺學仙之無益。（《讀書記》）

【朱彝尊曰】諷戒之旨切矣。但以魏武陪黄帝，則殊不倫。豈其地相近，即所見而言之耶？

【陸鳴皋曰】上半實寫，下用夾襯法，正個中活潑潑地。

【徐德泓曰】此言求仙即成，亦不能長生于世，較《瑶池》《漢宫》意，又進一層。鼎湖與西陵並引者，一則飄然遺世之人，一則尚戀聲伎之人，蓋謂無論聖愚，同歸于盡耳，而憲廟更以此致禍，尤足悲也。

【姚曰】為惑溺者諷。

【屈曰】鼎湖指憲宗也。言求仙本欲如黄帝之不死，而究無異西陵，何益之有！

【馮曰】此篇意最隱曲，假景陵以詠端陵（按指武宗），而又追慨章陵（指文宗）也。『鼎湖』喻新成陵寢，『西陵』喻章陵，而痛楊賢妃賜死事也。有前諸詩可證，言豈獨文宗不能庇一姬耶？憲宗與武宗皆求仙餌藥致疾，故用黄帝上仙。而篇首『武皇』，微而顯矣。

【紀曰】因憲宗求仙，故以黄帝託諷，然擬之曹瞞，究竟非體，義山時時有此病也。（《詩説》）即少陵『孔丘盜跖俱塵埃』意。（《輯評》）

【張曰】此詩馮氏……解最得，故詩中全是借發故君之痛，與少陵詩意不同，無所謂立言無體也。紀氏以追慨故君為立言無體，然則於故君必皆作諛詞而始為得體耶？以此説詩，固哉高叟矣。○義山會昌六年春服闋入京，武宗三月崩，此當是途中聞武宗崩秏而作者。或六年中别有近境行役，亦可有此等作，則無從懸測矣。（《辨正》）

【按】馮氏解詩，每以直為曲，以顯為隱，刻意而求，反晦其意。如此篇題為『過景陵』，顯係有感於憲宗惑於神仙方術而發。首句『仙昇』，即以黄帝鼎湖之事擬之，故末句『鼎湖』自指憲宗無疑，豈得忽指武宗？魏武『性不信天命之事』，不惑於神仙方術，臨終遺命，亦表現其對世俗生活之留戀，而不以仙昇之説自欺。自惑於神仙者視之，魏武死葬西陵固遠不如黄帝仙昇鼎湖；然自作者視之，人皆等於一死，鼎湖仙昇不過無稽之談，與魏武死葬西陵畢竟有何異耶？『俱是蒼生留不得』二語，全是挖苦，不特諷憲宗妄求仙昇而終歸黄土，并黄帝鼎湖之事亦徹底否定。馮氏牽扯文宗、武宗，純屬臆説。朱、紀謂比擬不倫，立言無體，則囿於後世貶抑魏武之成見，且此處西陵、鼎湖，不過借指死葬、『仙昇』，不涉對軒轅、魏武之評說。此詩編會昌六年無據，以其諷帝王求仙姑附編於此。

瑤池①

瑤池阿母綺窗開②，《黃竹》歌聲動地哀③。八駿日行三萬里④，穆王何事不重來⑤？

集注

①【馮注】《穆天子傳》卷三：『天子賓於西王母，天子觴西王母於瑤池之上。西王母為天子謠曰：「白雲在天，山陵自出。道里悠遠，山川間之。將子無死，尚能復來。」天子答之曰：「予歸東土，和治諸夏。萬民平均，吾顧見汝。比及三年，將復而野。」』

②【馮注】稱王母為玄都阿母，見《武帝內傳》。

③【馮注】《穆天子傳》卷五：『日中大寒，北風雨雪，有凍人，天子作詩三章以哀民，曰：「我徂黃竹，□員閟寒」云云。』按：玩傳文，黃竹當在嵩高之西，長安之東，與西王母相遠，固不必拘耳。

④【馮注】《穆天子傳》卷四：『朝於宗周之廟，乃里西土之數，各行兼數三萬有五千里。』《列子》：『穆王乃觀日之所入，一日行萬里。』《杜子美集·畫馬讚》原注：『《穆天子傳》：飛兔、騕褭，日馳三萬里。』按：《宋

書・符瑞志》：『飛菟，神馬之名也，日行三萬里。禹治水勤勞，天應其德而至。騕褭者，神馬也，與飛菟同。』宋郭若虛《圖書見聞誌》：『舊稱周穆王「八駿日馳三萬里」。晉武帝時所得古本，乃穆王時畫黃素上為之，腐敗昏潰，而骨氣宛在，逸狀奇形，蓋亦龍之類也。』【按】八駿名目記載不一。《穆天子傳》一作赤驥、盜驪、白義、踰輪、山子、渠黃、華騮、綠耳。《列子・周穆王》華騮作驊騮，白義作白㵒。《拾遺記》作絕地、翻羽、奔宵、超影、踰輝、超光、騰霧、挾翼。

⑤【馮注】《竹書》：『穆王十七年西征昆侖，見西王母。其年，西王母來朝，賓於昭宮。』

【敖英曰】此詩就題斷意，與《賈生》《楚宮》二詩同體。

【周明輔曰】實語如此散逸，固自難得。（上二條《唐詩選脈箋釋會通評林》引）

【唐汝詢曰】此譏古史之誣。夫八駿之行疾矣，穆王何以不踐三年之約乎？（《唐詩解》）

【朱彝尊曰】此詩方是專諷學仙。（錢良擇評同）

【賀裳曰】詩又有以無理而妙者，如李益『早知潮有信，嫁與弄潮兒』，此可以理求乎？然自是妙語。至如義山『八駿日行三萬里，穆王何事不重來』，則又無理之理，更進一塵。總之詩不可以執一而論。（《載酒園詩話》卷一）

【何曰】此首及《王母祠》《王母廟》兩篇皆刺武宗也。（《讀書記》）又曰：疑諷武宗也。○當與《漢宮詞》參看。○詩云『將子無死，尚能復來』，不來則死矣，譏求仙之無益也。（以上《輯評》）

【陸鳴皋曰】『何事』二字寫得輕婉。

【徐德泓曰】右二首（按：指《華山題王母祠》及《瑤池》）同題而各意。前首譏不恤民瘼，黃竹桑田，帶引微妙；此首言求仙無益，神味輕圓，皆詩中之史也。

【姚曰】求仙正復何樂！

【屈曰】諷求仙之無益也。

【程曰】此追歎武宗之崩也。武宗好仙，又好遊獵，又寵王才人，此詩鎔鑄其事而出之，只周穆王一事足概武宗三端，用思最深，措辭最巧。

【葉矯然曰】『八駿日行三萬里，穆王何事不重來』之句，皆就古事傳會處翻出新意，令人解頤。（《龍性堂詩話》）

【紀曰】太快太盡。（《輯評》） 盡言盡意矣，而以詰問之詞吞吐出之，故盡而不盡。（《詩説》）

【方南堂曰】李義山『八駿日行三萬里，穆王何事不重來』，語圓意足，信手拈來，無非妙趣。（《輟鍛録》）

【按】詩專諷求仙之愚妄，未正面涉及佚游，更無論色荒，不得因穆王行事有此數端遂加傳會。此詩特點，一為不拘於《穆天子傳》之情節，從『將子無死，尚能復來』與『比及三年，將復而野』之期約中翻出『不重來』之情景。二為撇開求仙者，純從西王母方面着筆。首句寫西王母倚窗佇望，候穆王而不至。次句借《黄竹》哀歌動地，暗示穆王已死。兩句一寫西王母目之所接，一寫西王母耳之所聞。三四則進而寫西王母心之所想。斥求仙之愚妄，多從長生不可求，神仙不可遇着眼，此則翻進一層，謂即遇神仙亦無益。穆王固遇仙矣，然神仙西王母亦不能使其免於死，非特不能，並求仙者『何事不重來』亦似茫然無所知。如此神仙，亦可以休矣！如此遇仙，亦復何益！作者《海上》詩云：『直遣麻姑與搔背，可能留命待桑田？』與此詩意趣相類，而本篇將此意化為西王母之心理獨白，乃覺諷意彌長。

海上

石橋東望海連天①，徐福空來不得仙②。直遣麻姑與搔背③，可能留命待桑田④！

①【朱注】《三齊略記》：『始皇作石橋，欲過海看日出處。有神人驅石下海，石去不速，神輒鞭之，石皆流血。』

②【馮注】《史記·秦始皇本紀》：『齊人徐市等上書，言海中有三神山，名蓬萊、方丈、瀛洲。於是遣徐市發童男女數千人，入海求仙人。』《漢書·郊祀志》：『三神山者，其傳在勃海中。未至，望之如雲；及到，三神山反居水下，水臨之。患且至，則風輒引船而去，終莫能至云。』按：《史記·始皇本紀》作徐市，《淮南王傳》作徐福，至《後漢書·東夷傳》而後，諸書多作『福』。楊升庵有説未敢信。【朱注】《仙傳拾遺》：『徐福字君房，秦始皇時聞東海中祖洲上有不死之草，生瓊田中，一名養神芝。始皇乃遣福及童男女各三千人乘樓船入海，尋祖洲，不返。』

③【朱注】《列仙傳》：『麻姑降蔡經家。經見麻姑手似鳥爪，心言背大癢時，得此爪以爬背，當佳也。王方平知經心言，使人牽經，鞭之曰：「麻姑，神人也，汝何忽謂其爪可爬背乎？」但見鞭著經背，亦不見有人持鞭者。

方平告經曰：「吾鞭不可妄得也。」』【補】直遣，即使能讓。

④【朱注】《神仙傳》：『麻姑謂王方平曰：「接侍以來，見東海三變為桑田。向到蓬萊，水淺於往時略半也，豈將復還為陵乎？」方平笑曰：「聖人皆言海中行復揚塵也。」』【補】可能，豈能。二句謂即遇仙人如麻姑者為之搔背，又豈能留命於滄海復變桑田之日乎？

【姚曰】此又是喚醒癡人透一層意：莫說不遇仙，便遇仙人何益？

【屈曰】海水連天，徐生已死。即遣麻姑搔背，而海變桑田，命不能待，亦見無仙也。

【馮曰】此兖海痛府主之卒而自傷也。用事皆切東海。徐福求仙，義山自喻；麻姑搔背，喻崔厚愛，其如不能留命而遽卒乎！義山身世之感，多託仙情艷語出之。不悟此旨，不可讀斯集也。

【紀曰】用筆頗快，而亦病于直。（《詩說》）此刺求仙之作，似為武宗發也。微傷於快。（《輯評》）

【張曰】馮氏謂在兖海作，非是。此徐幕痛盧弘正之薨也。考轉韻詩已云『望見扶桑出東海』矣，故以徐福暗點徐幕。子强相待不薄，既辟軍判，又得臺銜，『麻姑搔背』，所以喻其厚愛也。若兖海，府主雖卒，令狐尚在，義山是時亦正年少氣盛，安有滄海桑田之慨乎？細玩乃可別之。（《會箋》）

【按】詩諷帝王求仙，意本明白。首二謂遣人入海求仙而不得，三四翻進一層，謂即遇神仙，亦不能遂長生之妄想。李賀《官街鼓》：『幾回天上葬神仙。』直謂神仙亦有生死；此則謂神仙搔背，亦不能使其延壽。語雖異而意趨則同。馮、張附會崔戎、盧弘止之遽卒，殊不足信。麻姑搔背而不能留其命，希留命者非麻姑甚明，如馮所解，則麻姑喻崔，不能留命者亦崔，是尚復成語乎？

四皓廟〔一〕

本為留侯慕赤松①，漢廷方識紫芝翁。蕭何只解追韓信②，豈得虛當第一功③？

〔一〕戊籤無「廟」字。【按】此詩内容但詠四皓而不涉「廟」字，與「羽翼殊勳」首之為道經四皓廟有感而作不同。頗疑應從戊籤作「四皓」，然各本均有「廟」字。據張禮《遊城南記》，「圭峰、紫閣在終南山四皓廟之西」，此「四皓廟」疑指在終南山者。

集注

①【程注】《史記·留侯世家》：「（留侯曰：）『今以三寸舌為帝者師，封萬户，位列侯，此布衣之極，於良足矣。願棄人間事，欲從赤松子游耳。』」《列仙傳》：「赤松，神農時雨師。」【補】漢（高祖）六年，封張良為留侯。漢廷識紫芝翁，指吕后從張良計迎四皓至朝廷輔太子事，參見《四皓廟》（羽翼殊勳）注。四皓曾作《紫芝之歌》，故稱紫芝翁。按張良從高祖入長安後，即「道引不食穀，閉門不出歲餘」，此即所謂「棄人間事，欲從赤松子

游』。吕后使人彊要良畫計，使高祖不廢太子，良乃獻計迎四皓，故太子得不廢。二句贊留侯薦四皓定儲之功，謂如不緣留侯以慕赤松之游、不與政事爲名，薦四皓爲太子之羽翼，則漢廷安得識此四人而不易太子哉！

②【程注】《淮陰侯傳》：『信數與蕭何語，何奇之。何聞信亡，不及以聞，自追之。居一二日，何來謁上，上曰：「若亡，何也？」何曰：「臣不敢亡，臣追亡者。」上曰：「若所追者誰？」何曰：「韓信也。」』

③【程注】《蕭相國世家》：『關内侯鄂君進曰：「曹參雖有野戰略地之功，此特一時之事。蕭何轉漕關中，給食不乏。陛下雖數亡山東，嘗全關中以待陛下，此萬世之功也。奈何欲以一旦之功加萬世之功哉！蕭何第一，曹參次之。」』【馮注】同上：『高帝曰：「夫獵，追殺獸兔者，狗也；發蹤指示獸處者，人也。今諸君，功狗也；蕭何，功人也。」列侯位次，蕭何第一。』

【葛立方曰】李義山云：『本爲留侯慕赤松，漢廷方識紫芝翁。蕭何只解追韓信，豈得虚當第一功？』是以蕭何功在張良下也。王元之詩云：『紀信生降爲沛公，草荒孤壘想英風。漢家青史緣何事，却道蕭何第一功？』是以蕭何功在紀信下也。余謂炎漢創業，何爲宗臣，高祖設指縱之喻盡之矣。他人豈容議耶？（《韻語陽秋》）

【何曰】丁丑十月初十日，承篋塾中燈下誦義山詩，是日有自京師來，傳北征大帥恩禮之盛者，循諷三歎。

（《輯評》）

【徐德泓曰】本贊四皓，而反説蕭何，避直寫也。解此，可得遠致虚神之法。

【姚曰】此美留侯定儲之功最大也。

【屈曰】留侯能薦四皓以安劉，其功雖大，豈能勝創業之勳乎？作者意有所指，非定論也。

【程曰】此詩非為蕭、張定高下也。意謂安太子一事，蕭何自無法不得不讓留侯此着耳。是極贊留侯之辭。

【徐曰】此詩為李衛公發。衛公舉石雄，破烏介，平澤潞，君臣相得，始終不替，而卒不能早定國儲，使武宗一子不得立，有愧紫芝翁多矣。故假蕭相以譏之。（馮箋引）

【馮曰】徐箋甚精。《舊、新書》武宗五子，並逸其薨年。然《通鑑》云：諸宦官密於禁中定策，下詔稱皇子沖幼，須選賢德，則其時武宗之子未盡也。留侯之使呂澤迎四皓，已在多病道引不食穀，杜門不出之後歲餘矣。衛公始終秉鈞，而竟不能建國本、扶沖人，何哉？蕭何為相，至惠帝二年薨。詩故確據漢事而婉轉出之。《會昌一品集·賜石雄詔》云：『得飛將於無雙。』此擬韓信正合。集又有《天性論》，為莊恪太子事，而歎無人以一言悟主也。比類而觀，其能解於此章之冷刺歟？

【紀曰】全不成語。（《詩説》）酷似胡曾詠史詩，義山何以有此？（《輯評》）

【張曰】非譏衛公，蓋惜其能為蕭何而不能為留侯也。留侯身退，薦賢以扶社稷；衛公恃功自固，所賞拔者武人而已。卒為僉壬旅進，身亦不保，欲求一紫芝翁而不可得矣，豈徒為建儲一事致慨哉？（《會箋》）又曰：此有寓意，不得作詠史詩呆看，豈胡曾派所可比耶？（《辨正》）

【按】詩謂張良薦四皓而安儲位，功莫大焉；蕭何唯知重將才而追韓信，不與安儲定國之大事，豈得虛當首功乎？蕭、張各有建樹，本無須强分高下，作者為極讚張良而謂『蕭何唯解追韓信』，則明顯違反史實之論，其為另有託寓皦然。晚唐諸帝多宦官所立，在位時由於各種原因未能立皇太子，或立而又廢。故舊君去世之時，每有宮廷變亂。其時大臣宰執，於立嗣事亦多未能有所建言，故四皓定儲之事每為時人議論之題目。杜牧《題商山四皓廟》一絶云：『呂氏强梁嗣子柔，我於天性豈恩讎！南軍不袒左邊袖，四老安劉是滅劉。』其意雖與義山此詩之極贊四皓安劉相反，然可見定儲一事確為當時士大夫心之所繫。徐、馮二氏，聯繫李德裕雖拔石雄，破回鶻，平澤潞而卒未能定儲之事，以為為德裕發，不為無見。兹更補充一證。《會昌一品集序》：『（帝）曰：「我將俾爾（指德裕）以大手筆，居第一功。」』此言與高祖稱蕭何功第一頗相似，其時必在士大夫中廣為流傳，故詩中以蕭相國擬德裕。張氏復因詩有『留侯慕赤松』之語，而謂作者惜德裕能為蕭何而不能為留侯，似之。義山同時雖無若張良者，然前此歷事肅、代、德三朝之李泌則頗有張良之風。《新唐書·李泌傳》：『（泌）善治《易》，常游嵩、華、終南間，慕神仙不死術。……肅宗即位靈武，……拜元帥廣平王行軍司馬。……始，軍中謀帥，皆屬建寧王，泌密白帝曰：「建寧王誠賢，然廣平冢嗣，有君人量，豈使為吳太伯乎？」帝曰：「廣平為太子，何假元帥？」泌曰：「使元帥有功，陛下不以為儲副，得耶？太子從曰撫軍，守曰監國，今元帥乃撫軍也。」帝從之。』事頗類張良安儲。傳贊謂『其謀事近忠，其輕去近高，其自全近智』，胡三省注《通鑑》更謂其『子房欲從赤松游之故智』，是唐代即有此類人物，義山之論亦可謂不虛發矣。馮、張均繫會昌六年，雖無顯證，然詩如為德裕發，則作於宣宗即位之初似可大體肯定。

代祕書贈弘文館諸校書〔一〕①

清切曹司近玉除②，比來秋興復何如？崇文館裏丹霜後〔二〕③，無限紅梨憶校書。

〔一〕萬絶題作『憶洪文館諸校書』。

〔二〕『丹』，朱本、季抄一作『飛』。

①【朱注】《唐六典》：『秘書省，監一人，少監二人，丞一人，秘書郎四人。武德初置修文館，武德末改為弘文館，校書郎二人。』【馮注】按《通典》《舊新書·志》：中書省下秘書省，秘書郎四員，後減一員；校書郎八人，《新書》作『十人』；正字四人。門下省下弘文館，校書郎二人，有學生三十人，《新書》作『三十八人』。其學生教授考試如國子學之制。○此云弘文諸校書，豈不專指二人歟？【按】作于會昌六年重官秘省正字時。

②【馮注】《長安志》：『門下省在西内太極殿東廊左延明門東南，弘文館在門下省東，聚天下書籍。』又：『皇城内承天門街之西第五横街之北有秘書省。』按：故以近玉除羡弘文。【程注】曹植《贈丁儀》詩：『凝霜依玉除。』

③【朱注】杜氏《通典》：『唐置崇賢館，屬左春坊，後避皇太子諱，改為崇文館，其學士例與弘文館同。』【馮注】按：《舊書·志》：『漢有東觀，魏有崇文館，至唐武德初置修文館，後改弘文。』太宗秦府有十八學士，後弘文、崇文二館皆有學士，蓋即後翰林之職。崇文，貞觀中置，太子學館也。自明皇置翰林供奉，後改供奉為學士，而弘文、崇文漸以輕矣。題曰『弘文』，而詩曰『崇文』，似通稱耳，非指太子學館也。或別有意，未詳。【按】此崇文館即指秘書省。